热爱

宋方金 著

中国工人出版社

图书在版编目（CIP）数据

热爱／宋方金著．—北京：中国工人出版社，2019.12
ISBN 978-7-5008-7172-9

Ⅰ．①热…　Ⅱ．①宋…　Ⅲ．①长篇小说—中国—当代　Ⅳ．①I247.5

中国版本图书馆CIP数据核字（2019）第074009号

热　爱

出 版 人	王娇萍
责任编辑	葛忠雨　王　宁
责任印制	黄　丽
出版发行	中国工人出版社
地　　址	北京市东城区鼓楼外大街45号　邮编：100120
网　　址	http://www.wp-china.com
电　　话	（010）62005043（总编室）　（010）62005039（印制管理中心） （010）62379038（社科文艺分社）
发行热线	（010）62005049　（010）62005042（传真）
经　　销	各地书店
印　　刷	北京市密东印刷有限公司
开　　本	710毫米×1000毫米　1/16
印　　张	38
字　　数	660千字
版　　次	2019年12月第1版　2019年12月第1次印刷
定　　价	78.00元

目录

CONTENTS

目录

第一章

周日阳光清丽。

吃过早饭，万山红匆匆忙忙收拾好李貌的相亲资料，准备去公园相亲会。李貌是万山红和李双全的女儿，今年 28 岁。在万山红看来，无论男女，28 是一道坎，过了这个坎还不谈婚论嫁，就该归入大龄青年的行列了。最近一年来，每周日去幸福里社区公园相亲会已经成为万山红的“固定节目”，风雨无阻。李双全劝万山红，说婚姻大事还是得尊重女儿的意见，她都说了不让你去公园给她相亲，你还是少去。万山红说这哪能听她的，她不让我去，她倒是给我领回个现成的啊！

其实李貌有现成的男朋友。李貌的男朋友叫尚晋，青岛人，和李貌是大学校友。两人相识于一场校园辩论赛，辩题是中国传统武术是否有技击作用。李貌是正方，尚晋是反方。结果是尚晋赢了。李貌不服气，辩论赛结束后找到尚晋，非要用中国传统武术跟尚晋切磋一下，结果三两下就把尚晋给打趴下了。

李貌的功夫学自父亲李双全。李双全是五行推手的掌门人，习武数十年，在京城传统武术界也算是响当当的一号人物。李貌打小跟着父亲练武，功力虽说不上深厚，但对付个把普通人还是不在话下。

两人算是不打不相识，一来二去成了朋友，不过当时尚晋有女友，两人的关系并未更进一步。毕业以后两人也各奔东西，没什么交集。直到一年多前，两人在一次校友聚会上重逢了。这时两人都刚刚结束上一段感情，同是天涯沦落人，彼此把对方当成了倾诉的对象，一次次互诉衷肠下来，爱情的种子萌芽了。

李貌没敢把这段恋情告诉爸妈。万山红给未来女婿定下了几条硬标准，其中第一条就是必须有北京户口。尚晋毕业以后一直漂在北京，户口还在老家青岛。李貌跟尚晋说，就凭这一条，咱俩甭说结婚了，你连进我家门的资格都没有！

有人是“人来疯”，尚晋是“事来疯”，什么事到了他这儿都能有个着落。有天他得到一个消息，北京市面向社会公开招聘专职人民调解员，尚晋当即发了狠：为了获得登门拜访李貌父母的资格，无论如何必须把这个人民调解员的指标拿下！

功夫不负有心人，经过几个月的艰苦备战，尚晋在调解员选拔考试中取得了笔试面试双第一的优异成绩，成功获得落户指标。工作分配时，尚晋主动申请到幸福里社区居委会工作。周一也就是明天，尚晋将走马上任。李貌觉得时机到了，该把两人的恋情向爸妈公开了。但李貌心里还是有些打鼓，毕竟户口只是必要条件而非充分条件，这桩恋情能否得到爸妈的认可，李貌心里一点儿底都没有。

李貌约尚晋到自己的工作室商量一下登门的细节问题。等了半天尚晋还没到，李貌打电话过去催问。尚晋说：“我刚走半路上，被周茉莉提溜到居委会来了！”李貌说：“你不是明天才正式上班吗？”尚晋说：“挡不住这周茉莉是个工作狂！非带我今天去熟悉熟悉社区公园的周日家长相亲会，说那里容易出事儿，是重点调解区，让我早点接手。”李貌无可奈何：“那你结束了赶紧过来！”

尚晋口中的周茉莉是他的顶头上司、幸福里社区居委会主任，三十出头的年纪，气质干练。两人在居委会门口会合，一同前往幸福里社区公园。

尚晋背着一个大大的双肩包，双肩包上写着三个简洁的字：啥都有。周茉莉看着奇怪，问尚晋：“哎，你背这么大一包干吗啊，又不是去登山。”尚晋说：“报告周主任，这是我一个良好的生活习惯，人一出门，包不离身，生命宝贵，安全第一。”周茉莉有些狐疑。尚晋索性取下双肩包，打开给周茉莉看。里边除了日常物品，还有一个基本逃生装备袋，有压缩军粮、瑞士军刀、针线包、护目镜、钛水，等等。周茉莉说：“嗬，够全乎的。”尚晋有些得意：“必须的。这包的名字叫啥都有！哪天我也给你归置一个。”周茉莉不以为然：“我不需要。人生需要时刻归零，正所谓一念放下，万般自在。”

两人边走边聊。周茉莉问：“我听说你是主动要求来咱们幸福里社区的？”尚晋说：“是。因为我女朋友家住这儿。感谢祖国，感谢组织，满足了我的愿望。”周茉莉边走边嘱咐：“咱们街道办，就属幸福里社区纠纷最多、调解压力最大，领导能同意你调来，一是因为你主动要求，二也是因为你调解员考试成绩是综合第一，否则也不敢冒险。你要好好干。”尚晋好奇：“周主任，为什么幸福里社区纠纷最多？”周茉莉说：“幸福里的回迁户和外来户大约各占一半，互相对不上眼。而且，还剩个九号没拆着，跟拆了的一比，立马显出差距来了，九号的居民心里边都在打自己的小算盘。”尚晋又问：“为什么没拆？”周茉莉皱眉：“有个钉子户叫常有丽，人送外号常有理，联合了他们楼全体居民，把整栋楼变成了钉子楼。条件最后没谈妥，没拆动。”尚晋有些明白了：“嗬，还有这么一主儿啊！酷！不过从规划来说，早晚不都得拆吗？”周茉莉回应：“理论上是这样。”尚晋：“晚拆的比早拆的还能多拿钱呢。”周茉莉叹了口气：“问题就在这儿。有一位我很喜爱的作家，但我现在忘了他的名字，他曾经说过，人会祝贺一个陌生人的发迹，但却不能容忍身边人的晋升。”尚晋一听：“你喜爱的这个作家叫王尔德。但我不怎么喜欢他，因为他太毒舌了。”周茉莉一脸严肃：“咱们不讨论王尔德，继续讨论刚才这个问题——这个地方为什么难拆呢，因为已经拆过一次了。”尚晋惊讶道：“是二次拆迁啊？”周茉莉点点头：“对。所以幸福里的人都活得忒舒坦。说实话，就是躺拆迁款上都能活得很好。所以他们吃过拆迁的甜头儿，这次拆就比较难。好多户人家早都在算计怎么分这二次拆迁款了，家里边难免磕磕碰碰，动了手脚儿的也有。”尚晋明白了：“这是一个哲学难题，一头猪还没长大，张三和李四就算计怎么分它。周主任，你知道结果会怎么样？”“怎么样？”“猪长大了，张三和李四互相气死了。”周茉莉扑哧笑了，但赶紧正色起来，理了理衣服。

尚晋看着周茉莉打趣道：“周主任，您笑起来很好看啊，怎么笑一半就收工啊？”周茉莉一本正经了起来：“工作时间，必须严肃认真。”尚晋脱口而出：“您让我想起了我妈。”周茉莉有些恼火：“我有那么老吗？”尚晋忙解释：“不是说您老，是说您和我妈的工作态度一样。都严肃认真，不苟言笑，一本正经。”周茉莉哼了一声：“外省市的基层干部能有这样的工作作风，难得。”

幸福里社区公园一块空地上，聚集了各种各样为子女相亲的家长：有作摆摊状的，有溜达着寻找机会的，大部分人手里或腋下都夹带着影集或子女的个人简历；为不给子女丢脸，个个都打扮得比较体面，行为和话语像地下党接头一样，透着神秘和专业，声音也比平时低了三度。

空地的两棵树上挂着一副不伦不类的标语对联：

上联：有缘千里来相会；

下联：无缘对面也相逢。

两棵树中间扯着一条横幅，写着横批：缘来是你。

一个男家长凑到一个女家长跟前："你男还是女？"女家长说："我男。你呢？"男家长有些失望："不好意思，我也男。"女家长叹气："狼多肉少啊。"两人不再多言，各自掉头在人群里寻找新的目标。

相亲空地的边上，是一群跳广场鬼步舞的中老年妇女，也夹杂着少量男的。领舞的是常有丽。常有丽看上去比实际年龄年轻不少，显得很有活力。

万山红抱着李貌的相亲资料走了过来，远远地和常有丽四目相对，两人都不由自主皱皱眉撇撇嘴。万山红率先转移了目光，昂首阔步从广场舞人群边缘走过。

常有丽跳着舞步走到相熟的林姐旁边，低声说："林姐，发现没，万山红脸歪了。"林姐瞄了一眼："没瞧出来。你别跟人家不对付就埋汰人！"常有丽说："你老花眼了！我明明看她左脸歪了一撇儿。真的，我不是埋汰她，我是关心她。"林姐说："得了吧，还关心她，你不是跟她不对付吗？"常有丽说："不对付归不对付，该关心还是要关心。毕竟我们闺密一场。我是重情重义的人。"林姐扑哧笑了，明显不信。

那边万山红已经走进了相亲场地，边走边张望，寻找可以接洽的对象。一对家长夫妇看到了万山红，两人嘀咕。男家长说："哎，这女的长得还不赖！"女家长随口附和："是不赖。"忽又觉得别扭，愠怒地说："是给儿子相亲还是给你相亲？花花肠子弯弯绕啊你！"男家长连忙解释："你心眼活泛一点行不，当妈的要长得不赖，那闺女应该也八九不离十！家长相亲，不就得先相家长吗！对不对？"女家长想了想，好像是这个理儿，又打量了一下万山红，有些不屑："模样过得去，就是走路有点垮，你看那衣服搭配，俗！不像是中产阶层家庭。配得上咱儿子跟咱们这个富庶绅士家庭吗？"男家长说："先打探一下再说。根据我的经验，我们国家自改革开放以后，闺女不一定像妈了。"女家长不解："为啥呢？"男家长说："吃得好了呗！知识改变命运，营养改变体形！四十年改革开放使得人不可貌相了。”女家长犹豫了一下：“有枣没枣，先打她一杆子！”

两人走上前跟万山红搭讪。男家长赔笑：“女士您好！您男还是女？”万山红打量了一下对方，语气里有些隐藏不住的小得意：“我男女双全。”女家长有些疑惑：“双胞胎？”万山红没直接回答：“反正是俩——你们京还是外？”男家长回应：“我们是外。但也是大城市——沈阳。”万山红不屑地说：“大城市和大城市也是有区别的，北京是首都，不是普通的大城市。”男家长说：“首都不是只有一个嘛。说起来，沈阳也是历史悠久的名城。再说了，环境也只是外部条件，当前社会讲的是内容为王。”女家长见万山红似乎兴趣不大，连忙直入正题：“我们这边是男，28岁，颜值很高——你看我就知道了，有辆中上档次的一手车，马上买四环内的一手房，名牌大学的保送硕士，也算一手硕士……”没等女家长说完，万山红打断：“对不起，外地的我就不考虑了，只考虑北京的。”

万山红说着转身要走，被女家长拦住了：“哎你这是地域歧视啊，别为了个户口耽误了儿女的前程！”万山红解释道：“户口我倒不在意，我主要觉得远，而且探亲不方便，我怕冷，东北天寒地冻的，走动起来不方便。”男家长有些不甘心：“我们儿子很优秀，您不要因为怕冷错过火热的生活，错过了会后悔的，你先看看资料呗。白纸黑字，杠杠的！”男家长热切地把资料递向万山红。万山红没接，一副拒人千里之外的架势：“不好意思，不管您儿子配置多高，如果硬指标不到，那么软指标再硬我也不考虑。再见。”

万山红欲转身，女家长又拦住她：“大姐，那我还想问一个问题。”万山红忍着不耐烦：“请不要尊称我大姐，真的，别客气，我估计你比我大。您有什么问题，请说。”女家长忙改口道：“好，大妹妹，像咱们这个年龄，都一个孩子，你怎么有俩呢？”万山红顿了一下：“……保密。”女家长不解道：“这有什么可保密的……”忽然想到了什么：“哈哈，我整明白了，你是二婚的呀！对吧大姐？”万山红恼了：“我是二婚，你是二！”一转身气呼呼走了。

女家长猜得八九不离十：万山红是头婚，李双全却是二婚。李双全和前妻有个儿子，叫李才，也即李貌同父异母的哥哥。李才是个网络大V，自号“推手李才”，坐拥几十万粉丝。不过此推手非彼推手，实则是策划人的意思。李才长期混迹于文化界和娱乐圈，用李貌的话说就是：写微博批评明星达人，上电视点评社会万象，咖啡馆演讲心灵鸡汤，总之也算是个不大不小的社会名人。但这些网络虚名并没给李才带来实际的经济利益。迫于生计，李才拉来好友马得路，在幸福里社区租了个二层小楼，投资开了家咖啡馆，取名理想胡同。咖啡馆开张已经十个月了，一直生意惨淡，入不敷出，无奈之下缩减规模，把二层转租给了李貌开办她的“家是一座城”环境设计工作室。

这会儿李才正在楼下的理想胡同咖啡馆里举行一场名为“与困难共舞”的讲座。咖啡馆大门旁边张贴着一张海报，海报上是李才一张意气风发的照片，海报上的文字是——

与困难共舞　听李才解惑

推手李才第二十八场心灵感悟

李貌在楼上的工作室里等着尚晋，也有一搭没一搭地听着。讲座只有十几个听众，其中有一名戴着斗笠和墨镜的男子。男子是中途进来的，奇特的装束一进门就引起了李才的注意。李才直觉此人是有目的而来，但究竟什么目的却猜不透。李才也顾不上多想，专注于自己的讲座。

“……父母会老去，朋友会离去，金钱会散去，才华会失去，白云会飘去，花朵会谢去，时间会流去，美梦会飞去，由此可以得出，在这个捉摸不定瞬息万变的世界上，有且只有一种东西不会老去离去散去失去，大家知道是什么吗？”

苏洁回答：“影子。影子跟人形影不离嘛！”——苏洁是李貌工作室的前台兼秘书，这会儿闲来无事，也坐在人群中听讲座。

李才说：“错！遇到黑暗，影子也会坚定不移地离去。我给大家的答案是：困难。只有困难，是永垂不朽的。只有困难，从生到死，一直陪伴在我们的身边。你长大，困难也跟着长大；你强大，困难也跟着强大；你伟大，困难也跟着伟大。刀，砍不烂；水，煮不烂；火，烧不烂。请问，有谁从没遇到过困难吗？如果有，请回答我。”

人群中忽然传出一个男性声音：“有——我！”

李才循声看过去，发声的正是那名斗笠青年。

斗笠青年站起身来：“本人从小到大没遇到过什么困难。李推手，这你怎么讲?!”

李才明白了，这人是砸场子来了。李才在脑子里迅速搜索了一番，实在想不起此人是谁、跟自己有过什么样的交集。

李才强作镇定，微笑着赶紧找补："朋友，你如果从来没有遇到困难，生活就会很平淡。就跟一只鸟一样，如果没有遇到空气，它根本无法飞高。"

斗笠青年继续说道："如果没有空气，鸟就先憋死了，谈不上飞不飞；别说鸟，人也就憋死了！没困难，能把人憋死吗？不能。困难憋不死人，说明困难和空气不能相提并论。李推手，我推断得对否？"

李才有点愣怔，一时答不上话来。

斗笠青年咄咄逼人："如果我推断得对，你算不算胡说八道？"

气氛一下紧张了。李才迟疑着正待开口，楼上却传来李貌的声音："哎你这是听讲座还是抬杠啊?!"

众人都抬头看过去，李貌噔噔噔地从二楼下来了。

苏洁帮腔："对，这就是抬杠！"

李貌边走边说："谁都能听得出来，主讲人就是打个比方，没说困难就是空气！你是不是捂得太严实了没听清楚？"

斗笠青年仍是一脸不忿："既然出来开讲座，打比方就得打准确了，不能披上个袈裟就觉得自己会念经，拿着个笤帚的也别当自己是哈利·波特。连个比方都打不准确就敢开坛胡抡啊?!"

说话间李貌已经走到了斗笠青年跟前，直视着斗笠青年："说话够呛的啊墨镜男！那要这么说，戴墨镜的不一定是王家卫，踢场子的也难说个个是李小龙啊！看路数你是来挑事儿的！"斗笠青年语气嚣张："开场子就别怕踢场子！今天我就是来踢馆的！"说完打量了一番李貌："你谁啊？李推手不至于弄个女保镖来罩场子吧？"李貌说："我是李推手的妹妹，李貌。李小龙的李，貌美如花的貌——怎么着，你什么踢法？文踢还是武踢？甭我哥出面，我陪你！"

眼看两人剑拔弩张，李才怕把事闹大，急忙上前："李貌，辱骂和恐吓绝不是战斗！没有空气，鸟和人确实就憋死了，从这个物理学层面上来说，这位朋友的确是在和我进行学术研讨。"李貌说："哥，他自己都承认是踢场子的！"又朝斗笠青年问道："墨镜男，捂得这么严实，不怎么光明正大啊，你到底想干吗？"斗笠青年笑了："你比你哥聪明。鄙人来踢馆，本来想先文后武，嘁哩喀喳就结束。但被你搅了局，搅得我心情不爽。好男不跟女斗，今儿个不踢了。"斗笠青年又转向李才："李推手，等你下次讲座的时候我再来踢，也好让你有个准备。你不介意吧？”

李才努力想撑住场面：“欢迎来踢。但我一向喜欢以文会友，斯文不能扫地。”斗笠青年继续紧逼：“别呀，以文会友太素。我认为能动手就别吵吵。”李貌说：“现在你不就在吵吵吗?！痛快把话倒出来，这里有人给你接着！”斗笠青年冷笑道：“先文后武。先礼后兵。”李貌反问：“文怎么说，武又怎么讲？”斗笠青年似乎不愿跟李貌纠缠，目光转向李才：“文，针对你的讲座，看看你肚子里有没有二两油水，是不是嘴唇上抹一道肥肉片子就出来充肉食动物；武，针对你家的李氏五行推手。听说李氏五行推手有名，你自己也到处吹嘘著名推手李才，我想跟你下场子练练，验证一下你是推手还是吹手。文武你要都接得住算你有本事，接不住你就鞠躬下台，别在这儿丢人现眼。如何？”李才强作镇定：“一言为定。”斗笠青年看着李才：“好。风雨无阻不见不散。你下次讲座还是在网上提前发布时间吧？”李才说是。斗笠青年说：“那就好，微博微信我都关注了你，不会错过的。”

斗笠青年又转向听讲座的人：“到时希望各位也来看看热闹，见证一个推手的倒台，也见证一下传统武术和现代搏击的区别。”众人也是看热闹不嫌事大，竟然鼓掌叫好。

李才努力保持着矜持的微笑：“敢问朋友尊姓大名？”

斗笠青年却卖起了关子：“大丈夫行不更名坐不改姓——但我现在不打算告诉你。以后你该知道的时候自然会知道。”说完想走，被李貌上前一步拦住。

“慢着。你砸人场子，恶语伤人，想走就走啊?！”

斗笠青年不屑地看着李貌：“当然。难道你还要留我喝杯咖啡？”

“咖啡你喝不上，但名字你得留下。”

“那得看你的本事。你是女性，踢打抱摔太难看，你们太极不是喜欢讲手吗，我跟你讲一下手吧。”

斗笠青年说着伸出手，李貌伸手一搭，两条胳膊一碰即交上了手——两人均单手发力，你推我挡，斗笠青年以刚推柔，李貌以柔卸刚。外人看上去两人如跳舞一样进退转换，但李才知道形势危险，急忙叫停。

“李貌，停！让这位朋友走！”

李貌退后一步，貌似平静实则颇感意外地看着斗笠青年。斗笠青年也有些意外地看着李貌。两人身上都有功夫，但都没想到对方竟也不是弱手。

李貌说道：“看在我哥的面儿上，走吧。不过我告诉你，踢馆不是那么容易的。想来踢馆先过我这一关。”

斗笠青年微微点头：“没想到李氏推手还真不是花架子，但容易不容易下次场面上见吧。既然你露了一手，那么我也不能太藏着掖着，也给你露一手。”

斗笠青年一撩风衣，抬脚往地面上跺了一下。

斗笠青年朝李貌道：“看清楚了，这就是我的名字！我的名字叫——实力！”

斗笠青年转身大步离开。李貌看斗笠青年跺过脚的地方，地面砖已碎成两半。苏洁也发现了，惊呼一声：“哇塞！砖碎了！真不白给！我见到活的武林高手了！”说着拿起手机到碎砖处拍照。

咖啡馆内的人都看着李才，李才额头上已微微地冒出了汗。他努力使自己镇定下来，微笑着：“我一直以为踢馆是武术界的事，没想到文艺界也有。看来最近流行跨界啊。”苏洁举起手中的手机：“李才哥，我已经把他要踢馆的事儿和他的碎砖场面发你微博上和我朋友圈了，好多人都说要来现场看。”李才不知如何回答，干咳了两下，拿起手边的茶杯喝水掩饰，李貌也赶紧刷微博查看。

这时一个听众叫道：“李才老师，您妹妹都会功夫，那么您功夫一定是更上一层楼了！作为您的粉丝，我们大家都支持你！”众人纷纷鼓掌。苏洁说：“李才哥，到时候您以语言的魅力、推手的威力暴揍他一顿！我给您现场直播！”李才面带微笑心里却暗暗叫苦：“拜托大家就此事先别发消息了，此事不宜闹大。还是要给对方留个余地。”苏洁夸奖：“李才哥就是心胸宽广，这种人还给他留什么余地！”李才苦笑不语。

尚晋和周茉莉在公园相亲会现场巡视。尚晋颇为感慨：“看来我国单身男女的库存很多啊。”周茉莉面色不悦：“尚晋，你这么调侃一个群体合适吗？库存这样一个物理名词能用到人身上吗？”尚晋一愣：“我就是开个玩笑。”周茉莉语气凌厉地说道：“玩笑不就是调侃吗？你了解单身男女吗？从人类学来看，人如果不经历单身阶段，就不会向结婚的合理的方向发展。你这样歧视一个群体能做好调解工作吗？”尚晋看着周茉莉，恍然大悟，脱口而出：“我明白了。”周茉莉转头问道：“你明白什么了？”尚晋有些尴尬：“没什么。”周茉莉逼问：“把话说明白。”尚晋只好把话说开：“我感觉您好像也是单身。”

周茉莉被戳中了心思，有些懊恼，面上依旧很严肃：“单身怎么了？你知道一个人找到理想中的伴侣，也就是真爱的可能性是多少吗？”尚晋点头说：“我知道。”周茉莉一愣：“你知道？”尚晋接着说：“根据德雷克公式，有人算出了真爱的概率，是 28.5 万分之一。”周茉莉故作镇定：“既然你知道这个概率，那你就知道，人找到真爱的可能性很小，所以我还在找。”尚晋又问：“找不到的话，您也不凑合吗？”周茉莉白了尚晋一眼：“你还是先假设我能找到比较好——现在你集中一下注意力，我给你介绍一下这个相亲会的由来。”

周茉莉说：“咱们这个社区公园的家长相亲会是三年前自发组织起来的，原来就是十几个遛弯儿的老头老太太互通有无，现在人气旺了，成赶大集了，吵嘴斗殴免不了。”尚晋奇怪：“相亲怎么还能打起来呢？”周茉莉说：“来替孩子相亲的家长要么心里窝着火，要么上着火，言来语去一不对付就别上劲了，比年轻人火星子还冒得快！原来我兼着调解员的时候，每周日都来转转，现在好了，有你这专职的，我以后轻省多了！”

尚晋有些兴奋：“我一直以为调解都是小范围的，没想到还有这么大场面！”周茉莉问道：“憷了？”尚晋一笑：“憷？兴奋我还来不及呢！打小我就喜欢看热闹，最不怕事大！”尚晋看看四周，一脸期待：“嘿，今天要是有打起来的就好了！”

周茉莉有些好气又好笑，正要开口，忽然间呼啦一群家长围了上来，不由分说就开始七嘴八舌地问：

“小伙子，在哪里工作啊？”

“孩子，是北京人吗？”

还有比画着尚晋个头的：“多高啊？一米八五有吗？”

“小伙子，月收入多少啊？”

面对着家长们凶猛的连珠炮问话，尚晋一时不知回答谁好，只好统一回答了一句：“本人名花有主了！”

周茉莉连忙替尚晋解围：“大家好，我是幸福里居委会主任周茉莉，他叫尚晋，可不是来相亲的，他是刚分到咱们幸福里社区的专职调解员。以后家庭纠纷邻里矛盾甭找我了，都找他就行。”

众家长一听不是相亲的，发出一片叹息声。一个家长不甘心地问：“调解员，你真有对象了？”尚晋连连点头：“千真万确。谢谢阿姨关心。”众家长这才偃旗息鼓一哄而散。

周茉莉来了兴趣：“尚晋，你对象住哪片儿？谁啊？”尚晋说：“叫李貌。就在幸福里九号。但我还没去过她家。”周茉莉想了想：“李貌我不认识。她家里人是干什么的？”尚晋想了想：“她爸叫李双全，卖李氏蹄花，老字号儿。”周茉莉恍然：“哦，李掌柜家的闺女呀！”尚晋点头：“对。”周茉莉往四下看看：“哎，我刚才好像还看见万山红了呢。”尚晋不禁有些兴奋和紧张，也跟着四下张望：“啊？我丈母娘在这儿？”周茉莉边看边说：“刚才人堆里似乎晃了一眼。”尚晋压低声音：“周主任，希望您暂时保密。因为我跟李貌这关系，她家里人就她哥李才知道，她爸妈还不知道我们俩的事儿呢。”周茉莉不解：“为什么呀？”尚晋有些无奈：“她爸妈不愿意找外地人，我这才考了这个调解员，想把户口落下再登门。”周茉莉说：“明白了。组织替你撑腰，你现在正经是北京人了——你四处转转吧，我还有事。”

周茉莉转身就走。尚晋急忙问：“周主任，我得转到什么时候才能撤？”周茉莉微微一笑：“跟着感觉走，紧抓住直觉的手，觉得你熟悉这公园了就行了！”

李才的讲座还在继续。李貌在楼上回想着刚才斗笠青年砸场子的那一幕，下意识地拿起 iPad，打开绘画软件，凭着记忆画起了斗笠青年的素描像。

苏洁端了一杯热水走了过来，把杯子放到李貌办公桌上：“貌姐，水，加蜂蜜了。”李貌说了句谢谢，一抬头见苏洁脸上带着神秘的笑容，立马觉得不对：“苏洁，你笑什么呢？”苏洁瞬间敛住笑容：“我眉开眼笑了吗？”李貌盯着苏洁：“你一笑心里就有鬼。什么事儿？”苏洁嘿嘿笑着，从口袋里掏出一张纸放到李貌跟前：“貌姐，我准备解甲归田，这是我的辞职信。”李貌眉头一皱：“人事不归我管，找你毛毛姐去。”苏洁笑着说：“毛毛姐现在日理万机忙婚事，人事顾不上了，她让我把辞职信给你——你就辞了我吧！”李貌说：“辞了你总得有理由吧？给我个理由。”苏洁说：“我懒。”李貌白了一眼：“没指望你勤快。”“我馋。”“人之天性。”“我工作能力低。”“认识到就好。我们不嫌弃。像你这样的，出去就得碰壁！”“我就是颗钉子，天生就爱碰壁。”“你才不是钉子呢，最多也就是个钉子户——在这儿当钉子户至少饿不着你。”“工作太多，我干不过来。”“不就是秘书前台的活儿吗？”“可不是，是你俩不干的我都得干！”“一共仨人，我俩不干的，你可不得干吗？同理，你跟毛毛不干的，也都得我干啊；我跟你不干的，毛毛都得干。这是个加减法问题，都不涉及乘除次方。不复杂。”苏洁急了：“无论如何，我就是心意已决地想走！”李貌追问：“去哪儿？”“哪儿也不去。一心一意写剧本。我的理想是成为莎士比亚，再不济也是这个时代富甲一方的编剧。关键问题是，我根本也不是干秘书前台助理杂工的料啊。大材小用啊。”李貌叹了口气：“在这儿你已辞职两次，又吃回头草两次；也就是说，两次想当编剧都当成了悲剧。失败率百分百，回头率百分百。我可不希望你凤凰三回头。”苏洁忙纠正道：“那叫三点头——事不过三。所以这次我郑重其事。”李貌无奈：“批准了。”苏洁开心：“哦！”李貌又说：“但不立即执行，要缓期一段时间。”苏洁一愣：“为什么？”李貌抬起头认真地说道：“要等你毛毛姐结婚完事以后你再走。”不等苏洁开口继续道：“就这么定了！”

正好手机响了。李貌赶紧接起手机走开。

电话里是一个男声。彬彬有礼但无比做作：“请问是李貌李设计师吗？”李貌回应：“是我，哪位？”“我叫罗永恒，是一名证据学专家，大学讲师，但马上要评为副教授了。您耳闻过我了吧？”李貌正烦着呢，不想啰嗦：“对不起，没耳闻过。您找我有事吗？”

“令堂没给你一张我的纸条吗？我是从家母这里拿到你的联系纸条的。她们是在幸福里社区公园上周日的家长相亲会上认识并接洽的，我于本周三拿到了关于你的全套资料，我本着负责任的态度考虑了三天三夜，于本周日即今天给你打电话。来龙去脉你明白了吗？”

李貌明白了，没好气：“您想干吗？”“综合种种迹象和现有资料，我认为我们可以，而且应该见一面。”“罗先生，我现在不想跟人相亲。”“你如果不想跟人相亲，令堂不应该把你的信息纸条给家母呀！”李貌快速思忖了一下：“罗先生，这样行不行，你就跟你妈说咱们见过了，你对我不满意。”“可我没有见过你呀。”“你可以假装见过。”“对不起，我不假，也不装。我是搞证据学的，不骗别人，也不自骗。我必须得见过你，才能跟我妈说见过你，以及对你是否满意。”“那你可以说，我对你不满意。”“你没见过我，你也没证据对我不满意。良言一句三冬暖，恶语伤人六月寒。你要这么说，会很伤我自尊的。”

李貌有些无可奈何：“那怎么才能不伤您自尊又让您满意？”罗永恒一本正经地说：“你得见过我，才能表达对我满意不满意。这是基本常识。李设计师，婚姻大事，何必伤害别人又欺骗自己，欺骗自己就是对自己不负责任……”李貌截住话头：“好，罗证据，我告诉你个有力证据，我有男朋友。”罗永恒却不肯罢休：“哎呀，我知道现在很多女性都不愿意见父母给相来的纸条男，都拿这个当借口，我理解。我还是想见你一面。”李貌忍无可忍：“好吧。罗证据，那你到幸福里社区理想胡同咖啡馆来找证据吧！”说完没好气地挂断了电话。

万山红正在公园里溜达着，忽然听见前边传来了广播女声朗诵，伴以柔和的钢琴曲："……他，典雅，高贵，阳光；他，真诚，质朴，善良；他，车房在握；他，智勇双全……"

万山红循声走去，看见一个摊位前挤着一堆人。万山红挤进人群，只见摊位正中，是一个三十岁左右的青年的全身像，类似于影院里的明星海报，全身像的空白处写着：车房在握，智勇双全。在青年全身像一边，是一张空白的但勾勒出婀娜身姿的女性人体剪影的海报，上边写着：蓦然抬头，她在哪里？

摊主是一个跟万山红差不多年纪的中年女人。中年女人正招呼大家："大家听见没，朗诵声是我的，但这背景里的钢琴曲不是理查德·克莱德曼弹的，也不是莫扎特弹的，是我们家儿子弹的！"

"……他心目中的爱人，有品位，有理想，有礼貌，有教养；既传统，又开朗；既大方，又端庄；上得厅堂，下得厨房；琴棋书画，样样在行；海拔一米七以上，肤色要白里透着亮儿……"

一对母女挤进人群。母亲对中年女人说："上次你不是说照片不可信吗，今天我把我闺女给你领来了。让你看真人！"说着把自己闺女往前一拉。闺女有些不情愿。

中年女人上下打量了一下女孩："我能近距离看看吗？"母亲有些诧异："还能怎么近？"

却见中年女人从桌子上抄起一个手电筒，啪地打开，从侧面照了一下女孩的鼻子，女孩没反应过来。

中年女人很满意："鼻子不是垫的。难得。"说着又弯腰从桌子底下端上一个脸盆，脸盆里盛满了清水，对母女俩说："诚意可嘉。来，请令爱洗把脸。"母亲更诧异了："干吗啊这又是？"中年女人解释："这叫金盆洗脸，以证明自己敢素面朝天。"母亲看了闺女一眼，小心翼翼地问："咱洗吗？"中年女人鼓动："有没有实力就看敢不敢素颜！"

周围人等纷纷议论："——这新鲜嘿！""——你说她敢不敢洗啊？"

万山红在一边撇嘴冷眼看着，从心里瞧不上中年女人这损招儿。

女孩有点下不来台，这时中年女人又将手机的相机功能打开，对准女孩。

"你金盆洗了脸，我给你拍张素颜照，拿回去给我儿子瞅瞅！这样对双方都好。"

女孩一下子火了："有病吧你！"转身挤出人群走了。母亲急忙跟出去。人群哄笑。

中年女人说道："笑什么，正常！这盆水到现在还没有哪个女孩敢挑战！"正说着忽然注意到万山红夹着的资料集："女士您好，走过路过不要错过，错过就是对儿女的罪过，感兴趣可以留下资料。"

万山红警惕道："我们家闺女条件不够，不过就是个设计师而已，没那么多乱七八糟的才艺。"中年女人微笑着说："别太自卑，这事也要看缘分，你可以把资料留下，让我们家儿子选选。有百分之一的机会，你就应该做百分之百的努力啊！"万山红仍是拒绝："还是不留了。我们家闺女虽然漂亮，但她是不会挑战你这金盆和手电筒的。你这哪是选儿媳妇啊，你这是选妃子。"

中年女人倒没生气："女士，你倒挺有眼力的，说出了我的心里话！我就这么一个儿子，我不得给他好好选选啊。不万里挑一，也得千里挑一吧！"

万山红突然眼睛一亮："我们家闺女不够格儿，但我知道真有一位现成的，准符合你们家条件。"中年女人来了兴趣："谁啊？""嫦娥——不过嫦娥也不一定愿意挑战你这叫金盆的塑料盆儿！"中年女人被噎住："你！你！你强词夺理！难道那些金盆洗手的黑社会他们用的就是金盆吗?!"万山红笑着说："至少不是塑料盆儿！"说着转身挤出了这个摊位。

身后有人起哄："对对对，不管什么盆儿，嫦娥够格来洗！可以托咱们的宇航员给嫦娥带个话儿！"

中年女人反而被激发起了斗志："你们还别跟我来劲，就嫦娥我们家儿子也配得上！就她跟吴刚那个黏糊劲儿，我们家儿子还不一定乐意呢！"

众人轰然笑了。

罗永恒和李貌坐在咖啡馆一角，另一端隐约传来李才的讲座声。

罗永恒双手往李貌面前一递，李貌以为是名片，刚要接，低头却见递过来的是一张身份证。

"罗先生，您拿错了，这不是名片，是身份证。"

"没错。名片在当前社会已经失去诚信度了，我第一次跟人见面都是递身份证，这代表诚意。我希望全社会都兴起递身份证的风潮。"罗永恒见李貌不接，又道："没事，你看，看完了再还给我。或者你可以拍张照片。"

李貌无奈地说："您收回去吧。我不用看——您喝点什么？"

"哦，我太失礼了，这话应该我问您，我本来想在你看身份证的时候看他们的茶水单，没想到你不看，打乱了我的计划——您喝点什么？"

李貌懒得跟他啰嗦："咖啡吧。我请你。"

罗永恒坚持："不，我请！我从不让第一次跟我见面的女士买单！你一定别客气。"

李貌有些不耐烦了："好吧。我不客气。"转头朝吧台喊："两杯当日咖啡！"

一会儿咖啡送来了。两人喝着咖啡聊着。李貌心不在焉，只想赶紧把这人打发走。

罗永恒看着李貌说："我听说您是一个非常著名的设计师。"李貌冷笑一声："全世界就我妈这么认为。"罗永恒又问："谦虚。听说您有自己的工作室，多大规模？"李貌朝楼上一努嘴："就仨人。我，一闺密，一前台——罗先生，我不想耽误您多少时间，您也见过我了，可以回去交差了。"罗永恒微笑着说："我目前对你还比较满意。"李貌无语道："我确实有男朋友。"罗永恒不解："您对父母相亲这么抵触？"李貌说："我不抵触，我热爱婚姻，从小最喜欢的服装就是婚纱。"罗永恒一听："那你应该试着了解我啊。"李貌解释道："如果我没有男朋友，也许我会。但我有。"罗永恒仍不甘心："我能理解你这么说。我喜欢有个性的女孩。"李貌听不下去了，直截了当地说："我男朋友一会儿也会到这里来找我。您要还不信，可以等着看他来当证据。"

罗永恒看了李貌一会儿，见李貌不像在说谎，有些恼怒了。

"你说的是真的？""真真儿的。""你有男朋友，那你把我叫来干什么?!""我没叫你。我在电话里就跟你说了，但你不信，是你自己要来取见我的证据好跟你妈交差。""你不觉得你这么做很不尊重我这样一个真诚的大龄有志未婚男青年吗？""我也是真诚的，是你不肯相信我电话里说的劝告。""我必须告诉你，我很愤怒。我愤怒的证据是——你有男朋友，那令堂不应该再去蛊惑家母呀？""我妈不知道我有男朋友。""为什么？""抱歉。个人隐私，无法奉告。"罗永恒气愤地站起身："我感到我被愚弄了！这是我漫长的个人相亲史上最沉痛的一天！"

那边李才的讲座进入到尾声："……好，关于困难，今天就讲到这里，下面进入提问环节。"

一位听众举手："李才老师，如果你被踢败了，你还会在理想胡同开讲座吗？"

李才反问："你愿意听失败者的讲座吗？"听众说："不愿意。"李才点头："所以我不能失败。"听众追问："那你会赢吗？"李才又反问："我说我一定会赢你信吗？"听众倒也实诚："不信。"李才笑道："所以我只能说我不想输。"听众继续问："那你什么时候举办下一场讲座？"李才回应说："我会尽快。到时候会在我微博和理想胡同的微信公众号上提前发布。"另一位听众发问："李才老师，你会以什么招数反击？"李才一脸自信："兵来将挡，水来土掩。好，今儿咱们就散座了！下次再会！"听众们按惯例齐声喊：李才，李才，推开心灵雾霾！李才，李才，推开心灵雾霾！

罗永恒在吧台边准备买单，一看单子，皱起了眉头。

"怎么这么贵？"

吧台服务员小白说："我们一直是这个价格。从开业以来到开业中期，到现在，从来没变过。但以后不敢说，也许随着咖啡豆的涨价我们也会涨价——""打住！你们一直是这个价格不代表你们就对，同样的饮品，你们比别的咖啡馆高出四元，凭什么？"小白说："我们的咖啡豆好。我们的咖啡豆来自遥远的欧洲——"罗永恒打断问道："你有什么证据？"小白顿了一下，说："懂咖啡的都能喝出来。我们这儿来过多少喝咖啡的高手了，都觉得我们的咖啡物有所值，名不虚传！"罗永恒一脸不悦："你说我不懂咖啡?!"

这时李才从演讲区出来，经过吧台走到李貌身边。

李貌抬头问："讲完了？"李才"嗯"了一声，左右看看："尚晋来了吗？"李貌说："还没呢，他临时有任务，过会儿来。"李才心里有事："咱们里头聊去，我有事跟你商量。"

李貌和李才进了咖啡馆深处的办公室。

罗永恒看见两人，有些疑惑，看看自己手里的钱包，缓和了语气，问小白："刚才这俩人什么关系？""兄妹。""那这兄妹跟这咖啡馆什么关系？""我们老板啊。"罗永恒情不自禁脱口而出："托儿啊！"小白没听懂："你什么意思？"罗永恒定了定神："没什么意思。给我开张发票。"

罗永恒出了咖啡馆的门，立马给母亲拨电话："妈，你在哪儿？"

罗永恒母亲这会儿也正在公园相亲会上溜达，说："我在公园里呢。今天又踅摸了几个顺眼的。你跟那个女设计师见面没有？"罗永恒说："见了。"罗永恒母亲追问："怎么样？"罗永恒有些失落："不怎么样，咱们遇到咖啡托儿了。"罗永恒母亲吃惊："咖啡托儿？"罗永恒说："跟酒托儿一样。就是不断跟人相亲，让人掏钱买酒买咖啡的那种。"罗永恒母亲半天才回过神来："嘿，我找托儿她娘算账去！"

咖啡馆的办公室里摆着两张办公桌和一张沙发。李貌坐在沙发上，李才来回踱着步，有些焦灼："来者不善！善者不来！此事处理不当，就会成为文艺界的丑闻啊。"

李貌不以为然："哥，谦虚点儿，你还没那么重要。赶紧想想你得罪谁了吧，至少得知道是谁在找你麻烦才好想办法啊。"李才一头雾水："我一直淡泊名利，与世无争，能得罪谁？"李貌皱眉："你好好想想。"李才忽有所悟："难道是马得路得罪人了？咖啡馆是我跟他合伙开的，踢我也就是踢他啊?!"李貌惊讶道："他最近和毛毛不正忙着装修房子结婚嘛，哪有时间得罪人！"李才说："也许是往日恩怨浮出水面呢？得找他来开会！"

李才赶紧掏出手机给马得路打电话。

马得路和毛毛正在婚纱店里挑选婚纱。马得路问："什么情况？"李才说："咖啡馆出了大事，需要马上召开董事会紧急会议！"马得路不信："别虚张声势，一咖啡馆能出什么大事！再说了，咖啡馆的事儿不全权交给你处理吗！"李才又说："这事儿太大。你赶紧来。"马得路有些不耐烦："我跟毛毛在挑婚纱款式呢。准备定制。"李才语气坚决地说："婚纱哪天不能挑？我告儿你啊，这事涉及理想胡同咖啡馆的未来！来不来你看着办！"

第二章

尚晋在公园相亲区巡视，看见一个北京大妈正在训斥一个外地大爷。

北京大妈说："你怎么那么多事儿啊，我儿子矮是矮了点儿，但不就比你家姑娘的标准矮了一厘米吗？一厘米它能叫个距离吗？"外地大爷摇头："高考差一分都不行！我闺女说了，她定的标准跟高考一样严格。"北京大妈不服气："这是高考吗？这是找对象。你们能找个北京的就不错了，还挑什么啊！"外地大爷反问道："不挑还叫找对象吗？"北京大妈拉下脸："嘿，你还较上劲了，我告儿你，你闺女不是北京户口，很多事儿都不方便，嫁了我儿子就是嫁给了北京。说实话，我儿子都不愿意找外地的，找个北京的是好上加好，找个外地的很多事都得拉扯。"外地大爷不屑地说："别老说北京北京的，有本事你把身份证给我看看。"

北京大妈麻利地掏出身份证递给外地大爷："你还当我诈骗呢？你看看！我是不是北京人！"

外地大爷瞥了一眼，撇嘴："你是京户，不是京籍！身份证110开头的才是真正的北京人！你蒙不了我！"北京大妈激动起来："谁蒙你了？什么京籍京户的，无论京籍京户，待遇都是一样的！我们京户找京籍就是锦上添花！"外地大爷声音也越来越大："那你京户找京籍去吧。反正差一厘米，我家闺女决不会同意。"北京大妈哼了一声："没见识！"外地大爷恼了："你说谁没见识呢？"北京大妈没好气地说："我没说你，我说你家闺女！"外地大爷喊道："说我家闺女也不行！"

尚晋赶紧上前亮出证件："大妈，大爷，我是幸福里社区调解员尚晋，我看你们吵起来了，你们需要我给你俩调解一下吗？”

北京大妈一愣，随即说道：“什么就叫吵起来了？谁吵起来了？我们这是切磋呢！”

外地大爷也不想惹麻烦：“对，我们切磋呢。没吵。”

尚晋只好悻悻然离开，继续向前走，突然又看见一胖一瘦两个大妈在争吵。

胖大妈说：“你闺女属羊你为什么不早说？早说我就不跟你这儿浪费时间了！”瘦大妈眉毛一扬：“属羊怎么了？不光我姑娘属羊，我也属羊！管得着吗！”胖大妈撇撇嘴：“我管不着，你看看咱们这相亲区，哪家布告上没写着不找属羊女？这是相亲区的共识。你不知道属羊的女性命不好吗？你就不该那一年生孩子！”瘦大妈大怒：“我呸！我就属羊，我命就很好！我姑娘命更好！光天化日你搞封建迷信，我找地儿告你去！”胖大妈不甘示弱：“告啊。你告啊！我看有哪个操闲心的部门接你这个事儿。”

尚晋走上前：“我接。”

两个大妈都一愣。

胖大妈问：“你谁啊？”

尚晋亮出证件，笑容可掬地说：“我是社区调解员尚晋。看见你们正在切磋，所以给你们调解一下。”

胖大妈瞪着眼睛：“什么切磋？我这是在怼她呢！”

瘦大妈也一脸不悦：“谁怼谁啊？瞧把你能的！你公开歧视属羊的女性，我们属羊的跟你过不去！”

尚晋朝胖大妈笑着说：“大妈您好，您的广告牌上写着拒绝跟属羊的女性谈，那么说您歧视属羊的女性，对吧？”

胖大妈眼一翻：“你管得着吗？”

尚晋点点头：“我管得着。你是否承认歧视属羊的女性？”

胖大妈往旁边一指：“不光我，你看看这边相亲的摊位，哪个摊位上不写着拒谈属羊的女性？”

尚晋追问：“我目前只问您，您是否歧视属羊的女性？”

胖大妈见绕不过，便说道：“我不是歧视，我就是不跟属羊的女性谈。你看我这牌子上写着呢，我不否认。”

尚晋一脸严肃地说：“你违犯了广告法，我现在提醒您立即收起或删除对属羊的女性的歧视内容，否则我将提请广告管理部门将您清出场。”

瘦大妈鼓掌：“好！小伙子干得好！”

胖大妈愣了一下，回过神儿来：“你怎么不清他们啊？你欺负我一个人啊！”

尚晋从摊位上抓过一个喇叭，大声喊：“相亲区的各位朋友，相亲区的各位朋友，请你们立即收起或删除对属羊的女性的歧视性用词，否则从明天起，我将提请广告管理部门对有歧视女性字样的相亲摊主做拒绝入场的处罚。”

有人辩解：“我们不是收费广告，广告部门管不了！”

尚晋继续喊道：“公益广告也不行！而且你们也不是公益广告！我们是文明社会，这样对一个属相的女性公然歧视是非常不文明的行为！你们摆摊宣传就是广告，必须符合广告法！再说了，你们到这儿来摆摊推销你们的儿子，这样的命又好到哪儿去了吗？你们有什么优越感歧视女性？作为社区调解员，我绝对不能容忍这样的不文明行为！请那些有歧视女性行为的摊主好自为之！”

尚晋说着放下喇叭，又对瘦大妈说：“大妈，凡是歧视女性的家庭，都是火坑，别往里跳。”

尚晋转身潇洒地离开了，两个大妈愣在原地。尚晋往前走出相亲区，从背包里取出一瓶水刚要喝，就忽然听见前方有声音传来。

一个男声：“您走不走？您不走我就报警了啊！”

尚晋急忙上前，见是一个老年人保健品推销活动现场，一群老头老太太排着长队领促销产品花生油，活动负责人正在跟队伍前头的一个老太太掰扯。

老太太理直气壮地说：“凭什么让我走？凭什么不让我领？”活动负责人说：“你已经领五六回了！”老太太挺着脖子：“胡说！我领七回了！我记得清清楚楚！”活动负责人说：“对啊。七回了！您回回都来！不能再领了！您赶紧回去吧。”老太太摇头：“不回！”

尚晋上前朝老太太鞠了个躬：“奶奶您好。”又对工作人员亮了一下证件：“您好。我是社区调解员，请问怎么回事儿？”

活动负责人无奈地说：“我们办老年人身体保健促销活动，这老太太见天儿地来领免费礼品，都领七回了。”

老太太态度坚决：“你们发，我就领！”

尚晋问活动负责人：“你们有领多少回之后不准再领的规定吗？”活动负责人愣了下：“那倒没有。”尚晋又问：“那这老太太排了队，为什么不能领？”

老太太赶紧接话："对！为什么不能领？"

活动负责人苦着脸："她都领七回了，也不买我们的保健仪！"

尚晋继续问："你们有不买保健仪就不让免费领礼品的规定吗？"

老太太又接茬："对！你们有这规定吗？"

活动负责人语塞，支吾着答道："没有。"

尚晋说："没有就得发给人家。"

老太太见有人撑腰更加理直气壮了："我看你发不发！"

活动负责人摇了摇头，说："她明知自己不买，领个一两回我们也不计较！但这么多次来领我们礼品，是不是恶意领取？是不是欺负人？我们的礼品是赠送给我们潜在客户的。"

尚晋四下看了看："你们在显眼处写了礼品是赠送给潜在客户的了吗？"

活动负责人又语塞了："没写。"

尚晋看着活动负责人："没写理论上人家就可以领，或者你们以后规定可以领几次。没明确规定，消费者就可以领。"

老太太赞许地点头："这小伙子讲理！"

活动负责人争辩道："调解员，我们不发的原因是她欺诈我们。她给我们留的电话号码、家庭地址全是她胡诌的。"

尚晋看了看老太太。

老太太显得很得意："是我胡诌的！电视里说老年人要有自我保护意识啊！我一个人住，可不得处处小心——他们也没说不留真实地址就不给发东西啊！"

尚晋又说："从理论上来说是这样的。做活动，规则要写在明处。"

活动负责人无可奈何，取过一桶油递给老太太："好！我给还不行嘛！您拎得动吗？"

老太太喜滋滋地接过去："两桶我都拎得动！——小伙子，谢啦！打抱不平！你是个好人！"

尚晋笑着说："不客气。奶奶您赶紧回家吧。"

尚晋一扭头看见地上摆着的保健仪，眉头一皱，朝活动负责人说："等等！你们这保健仪上周已经被消费者协会曝光质量有问题了，你们怎么还在推销？谁批准你们在这儿做活动的？"

活动负责人有些慌："没有啊。我们是质量信得过产品！"

尚晋打开手机拍照："我给你们拍下来，你到消费者协会和工商局去解释吧。"

活动负责人见势不妙，对其他工作人员一使眼色，其他工作人员急忙开始往边上的卡车装车。

活动负责人朝排队的队伍喊："活动到此结束！下回再见！"

尚晋拍了几张照片，转身就走，被老太太拉住了。

老太太低声说："我早就知道他们那东西不是好东西了！"又晃了晃那桶花生油："小伙子，他们那仪器是假的，送的这油呢？"

尚晋伸手接过老太太的油，举到眼前晃了晃："油是真的。"

老太太大喜："那就好！他们要再敢来，我还领。"

老太太转身喜滋滋走了。

尚晋也继续向前走去，边走边打开微信给周茉莉发语音信息汇报战果："周主任，周主任，我刚刚成功处理了一起歧视女性事件、一起老太太领油事件以及假冒伪劣老年保健仪欺骗事件，都处理得非常成功圆满！"

而此时在相亲区，万山红正跟一个家长在交换着情况，忽然，一个妇女上来揪住了万山红，此人正是罗永恒的母亲。

"骗子！托儿！跟我到派出所！"

万山红愣住："你认错人了吧？"

"错不了！上周咱俩换过纸条！你是女设计师她妈，你叫万山红，我是证据学讲师他娘！"

万山红慢慢回过神儿来："证据学讲师他娘？哦，想起来了，你特事儿，我不换你非死乞白赖要跟我换！你凭什么说我是骗子?!"

这时人都围上来。

"我有证据，咱们派出所说吧。"

罗永恒母亲拉扯着万山红，万山红摆脱不掉一下急了，一个单手扭方向盘的动作，将罗永恒母亲扭倒在地。

万山红拍拍手："跟开大公共的卖胳膊肘儿，我看你是想报废！"

罗永恒母亲顺势抱住万山红的腿不放，嘴里直嚷嚷："报废？我报警！——报警啊！好心人快报警啊！"正嚷嚷着，突然眼皮一翻，昏了过去，手还紧紧抱着万山红的腿。

万山红想抖开腿："装！你再装！"

旁边有人提醒："她好像不是装！"

万山红有些不知所措了。有人反应快，抓起旁边摊上一个电喇叭喊："大家注意！大家注意！附近有会急救的没有？有会急救的没有？"

尚晋刚好就在附近，听到喇叭声赶紧一溜小跑了过来，挤进人群，潇洒地亮出证件："我是人民调解员尚晋，此事由我接管！"万山红这时也有点慌了："她昏过去了！赶紧叫救护车！"尚晋看了看罗永恒母亲，摇头："来不及了。"万山红大惊失色："啊？她这就完了？"尚晋说："完不了。有我。"

尚晋摘下背包，蹲下身去，调整了一下罗永恒母亲的躺姿，开始给罗永恒母亲按压心脏，看得出手法非常专业。众人在旁边围观着。没一会儿，罗永恒母亲果然醒了，又伸手要抱万山红的腿。

"托儿！骗子！"

万山红连忙闪到一边："你才骗子呢！"

尚晋安抚罗永恒母亲："您别激动。我是调解员尚晋，有话跟我说。"

罗永恒母亲指着万山红："她打人！想把我报废！我已经受了重伤，下半辈子我就吃她了！"正说着忽然发现自己的手掌有些小划伤："看，我的手都被严重划伤了，很容易破伤风！"

尚晋伸手进包，迅速取出一瓶红药水，一张创可贴，在罗永恒母亲还没回过神来的时候，已经擦了红药水，将创可贴贴到了伤口上。

尚晋四下看了看，见人越聚越多，一时说不清楚。

"两位阿姨，咱们到我办公室谈吧。"

罗永恒母亲说："我动换不了。"

尚晋微笑着说："我背您。"

罗永恒母亲撇撇嘴："我不习惯让人背。我身上有重伤！"

尚晋发现这大妈比较难缠，只好改变战略："要不我叫救护车来，让医生给您检查一下。"

罗永恒母亲一听："好，检查！从头发丝儿到脚指甲盖儿，查它个严严实实！"

尚晋又说："但要是查出您没有受伤，救护车的费用得您自己出。"

万山红在一旁说道："要查我也得查。"赶紧揉自己的肩："我刚才这左肩膀被她给扭伤了！也是重伤，得彻底治治。"

罗永恒母亲想了想，还是自己爬了起来。

万山红白了一眼："哟，重伤恢复得够快的呀！谁是骗子？我看你才是！"

罗永恒母亲正要开口反击，手机响了。罗永恒母亲掏出手机接电话："儿子，我已擒到骗子万山红，快带着你的证据到幸福里居委会来！"

尚晋一听"万山红"三个字，很是吃惊，看着万山红："万阿姨？你是万阿姨？"

万山红奇怪："你认识我？"

尚晋忽然想到李貌爸妈还不知道自己这号人物呢，赶紧摇头："不认识。素昧平生。走，两位阿姨，去我办公室吧。"

尚晋领着万山红和罗永恒母亲回到了居委会，罗永恒已经先到了，等在门口。三人一碰面又开始掰扯，尚晋偷偷溜出来给李貌打电话。

李貌问："你在哪儿？"尚晋说："我跟你妈在一块呢。"李貌噌一下站起身来："啊？怎么回事？"

尚晋把大致情况说了一下，李貌哭笑不得："他们还真认定我是咖啡托儿了？真够可以的！我去找他们！"尚晋连忙阻止："别呀，你来不更乱了嘛！我就是问问你，这种情况下，我该怎么办啊？认不认丈母娘啊？"李貌想了想："别认。这场合能认吗！——别挂电话，你等会儿，我问问李才。"

李才自己一击掌，对李貌慷慨陈词："今天跟尚晋见面不就是要商议怎么见爸妈嘛，他们这么提前遇到了虽然是坏事，但可以变成好事。"李貌催促道："说重点，怎么变？"李才说："让尚晋偏向咱妈，给她留下好感啊！"李貌对着手机说："你要给我妈留下好感！留下深刻印象！"尚晋回应："懂了。我努力。"李貌嘱咐："不是努力，是必须。我妈小心眼儿，记仇！她一个人就是一支复仇者联盟。"

尚晋挂了电话赶忙进入办公室。

罗永恒母亲还在和万山红争执。

罗永恒母亲不依不饶："我从小到大，就知道别人给我报销，不知道被别人报废。托儿他娘，你给我解释解释，什么叫报废？"

万山红不屑地说："查词典去。我又不是你幼儿园老师。"

罗永恒母亲气得说不出话："你——你——"

罗永恒在一旁劝说："妈，不跟她斗嘴，咱们以证据服人！"

罗永恒掏出发票："你们看，这是发票。你们看，同样的一杯咖啡，比别的地方贵四块钱。两杯就是八块。如果一百杯就是四百，一千杯就是四千！一万杯呢？积累下来，数额惊人！”罗永恒母亲皱眉：“黑！真黑啊！调解员，你说这事怎么办！”

尚晋想了想：“罗先生，这个逻辑不通，你要说一亿杯那还是四亿呢！假设的结果不能当作证据。”

万山红接话道：“就是。喝不起别点啊。”罗永恒母亲不甘心：“我儿子倒是不想喝，可你闺女把他约去的！谁知道是个陷阱！”尚晋连忙安抚道：“阿姨，这还不能说是个陷阱，光靠目前证据，还不能证明罗先生被骗了。”罗永恒又说：“我还有证据，约我到店里的李貌和店老板之一李才是兄妹关系。”万山红转过头问：“兄妹关系怎么了！我闺女是著名设计师，犯得着骗他这八块破钱吗？”罗永恒一本正经地说：“万女士，我提示你不要歧视小额人民币，八亿人民币和八块人民币拥有同样的尊严。”尚晋忙打断：“罗先生，即使是兄妹关系也不能证明是托儿。您还有别的证据吗？”“有！我有录音！”

罗永恒居然录下了刚才在咖啡馆里跟李貌见面时的谈话。这会儿掏出手机来把录音一播，万山红听得目瞪口呆。

罗永恒关掉录音，不免有些得意：“都听清楚了吧？女儿有男朋友了，当妈的还四处张罗相亲见面，一见面还要齁贵齁贵的咖啡让对方买单！这不是诈骗是什么？这不是托儿是什么？谁能告诉我，这是为什么？”

万山红愣了一会儿，突然站起来就走。

罗永恒母亲伸手想拦：“别走！”万山红一瞪眼：“谁敢拦我，我把谁当大公共开！”罗永恒母亲身子一哆嗦，想起了刚才被摔倒的事情，赶紧缩回了手，嘴里却不服软：“我文明人，不跟你卖胳膊肘儿！”

万山红“哼”了一声，大踏步出门了。

罗永恒母亲朝尚晋问：“哎，调解员，她就这么走了？”尚晋笑了笑：“阿姨，罗先生，别着急，矛盾不宜激化，这事本就是个误会。”罗永恒母亲不服：“这不是误会，这就是个骗局！她们就是合着伙儿骗人。我每次家长相亲会都能看到这女的！”罗永恒说：“妈，你别急——调解员，你为什么说是误会？你有什么证据？”尚晋说：“因为我就是李貌的男朋友。刚才这女的就是我未来的丈母娘，但她确实也还不认识我。”

罗永恒和母亲面面相觑，都有点转不过弯来。

罗永恒母亲叹气道：“这里头的水很深呐！这是个圈套，咱们认栽，走吧。”

罗永恒顿了一下，说："那咱被黑的咖啡钱呢？不能这么就放过骗子，实在不行我告到他上级那儿去！"尚晋一乐："甭麻烦我上级了。五十六块是不是？我先替李貌还给你们。"罗永恒一脸认真："我不吃亏，也不占人便宜。AA 制，你给二十八块。"

尚晋赶紧掏出钱包。罗永恒却道："我不跟现金打交道，我只用 VIP 卡，麻烦你打到我银行账号里。账号我手机发给你！"

好不容易送走了罗永恒母子，尚晋赶紧又给李貌打电话。尚晋说那个罗永恒把你俩的谈话录下来了，你妈现在知道你有男朋友了，她可能去找你了！

李貌问："你表现怎么样，给她留下深刻印象了吗？"尚晋说："我没来得及表现她就走了。"李貌又问："事儿处理完了吗？"尚晋舒了一口气："解决了。我答应还给罗永恒二十八块钱，他要求打到账号上，一会儿我就通过手机银行转给他。"李貌恨恨地说："跟太事儿的人不能客气，你给他打二十九！"尚晋没明白："什么意思？"李貌笑着："给他打二十九，然后甭理他。他肯定郁闷半天，为表示身份，还得再给咱打回来！——他跟我来劲，我纠结死他！"

万山红气冲冲地走进咖啡馆，却见李貌在门口笑脸相迎。

"欢迎万师傅！"

万山红板着脸："别跟我嬉皮笑脸——到你办公室单练！"

两人上二楼到了李貌工作室。

"找我什么事啊万师傅？"

万山红也懒得绕弯子了："你有男朋友这事是真是假？"

李貌点头："真的。"

万山红没想到李貌承认得这么痛快，倒一下子愣住了："真的？谁啊？"李貌嘿嘿笑着说："晚上我再跟您和我爸坦白从宽。行吗？""这儿不能说？""这么大的事还是在家说比较好。我这边还有事呢。""人家说你是咖啡馆的托儿，说我是骗子，已经闹到居委会了！"李貌假装不知道："啊？处理得怎么样？""还不是靠我气势压住了！"李貌明知故问："居委会谁给处理的？""一调解员。新来的。""他怎么样啊？""什么怎么样？""人怎么样啊？""气糊涂了……没印象。就知道是个男的。哦，这人会急救，证据学教授他娘已经昏过去了，又让他给鼓捣活了。"

李貌见问不出什么来："妈你先回家吧。我哥这边还有事，我们商量商量。"万山红看着李貌："我等你晚上老实交代！"又忍不住问："到底真假啊？有照片吗？你先给我看看照片也行！"李貌继续卖着关子："真有。但没照片。晚上你就知道啦！"

送走万山红不久，马得路和毛毛回来了。几个人凑到一起开会。李才把斗笠青年踢馆的过程详细描述了一番，问马得路："你是不是得罪什么人了？"

马得路说："我没得罪人，你还是从你自己身上找原因吧。"李才一脸茫然："我与世无争啊。怎么会惹上这么个麻烦？"李貌撇嘴说道："你还与世无争？成天在微博上批评这个批评那个的。你不是与世无争，你是与时俱进。"马得路想了想："貌貌，你说的那都不算什么，我觉得李才最有争议的是公寓里收留落难女孩……"马得路忽然意识到什么："哎你最近收留没收留叛逆少女落榜考生文艺女青年什么的？"李才有些心虚："这公益活动我不一直都在做着嘛。"马得路说："那就从你这公益活动上头找吧——那人长什么样啊？"李才努力回忆着："墨镜，斗笠，风衣……脸没看清。"毛毛一听乐了："听着像蜘蛛侠。"李貌忽然想起来了："对了，我把他画下来了！"李才问："哪儿呢？"李貌掏出 iPad："刚画了一半，还没画完。"李才说："赶紧，把他给还原出来！"马得路狐疑："这能还原出来吗？"毛毛在一旁笑道："初中的时候看侦探小说，常有画影图形追捕大盗的情节，那时候我跟李貌在一个美术特长班里，无聊的时候常干这事儿。"马得路站起身："那你们还原。李才，咱俩到外面还谈点别的。"

马得路拉着李才出了办公室，找了张桌子坐下。

马得路低声问："我就要和毛毛结婚了，貌貌应该很伤感吧？"

李才冷笑一声："歇菜吧，你就别自作多情了，你跟李貌都是烟消云散的往昔了！"

马得路叹气："往事并不如烟啊。"

李才又说："我跟你说，尚晋已经考上调解员，调到咱们幸福里来了，今天都上班了！"马得路惊讶："那哲学青年他真调来了？以前吃饭的时候以为他随口说说呢。"李才点点头："他马上就要浮出水面，拜见我爸我妈，我正策划着呢。他一会儿也来。"马得路兴奋起来："那我得给他接风祝贺啊！能追上我追不上的姑娘，不容易！"李才悻悻地说："改天吧。今儿事儿多。先处理我的事，冷不丁冒出个叫板的，不美！"马得路回到正题："我早就提醒你了，家里老住着好几个女孩不是什么好事！你当你贾宝玉啊！你就是贾宝玉，你有大观园吗你！"李才辩解道："我不是心慈手软嘛。"马得路说："那也得看是对谁！"李才嘟囔着："刚毕业找不到工作的，和男朋友怄气离家出走的，一时吃不上饭的，都是我粉丝，找到我，我能撒手不管吗？"马得路无奈地看着李才："关键是你管出麻烦来了我的总顾问！"李才摇摇头："我一介书生，没跟人斗过狠啊。今天要不是李貌，我当场就挂了！确实不美。"马得路拍拍李才的肩膀："你以后别老显摆自己是推手！"李才苦笑："我那推手不是功夫，是幕后策划的意思。你还不知道！"马得路说："我知道别人不知道啊！我看最好的办法就是报警！"李才一愣："有这么严重吗？"马得路一脸认真："你当这是古代呢，说约架就约架，说踢馆就踢馆，这都是封建社会的糟粕。有困难，让警察叔叔处理得了。"李才犹豫道："那传出去，我岂不丢了面子？"马得路说："你又要面子，又要安全，哪有这样的好事！"

李才想了想："不妥。报警不妥。还是应该想一个万全之策。"

马得路叹气："要不，就把理想胡同关了，咱也不接那蜘蛛侠的招儿了。"

李才转过头："你怎么老出馊主意啊！理想胡同是我花心血经营起来的，已经成为首都咖啡馆中一道亮丽的风景线。"马得路看着李才："那账面上可一直亏着呢，很亮丽地在亏损啊李推手！要不是二层租给了貌貌和毛毛，咱还撑得住吗?!"李才说道："马总啊，做人要耐心一点。你的理想你还记得吗？""谈账面的时候咱们别谈理想。两回事儿。""不，一回事儿。你的理想是成为中国的商业巨子，商业巨子会亏这么点钱就肉疼吗？""李才，你别老拿话套我。我现在还不是商业巨子，充其量算是个商业孙子，一分一厘还得拿捏着花。""拿捏我理解，你现在是扭捏！""咱以前有言在先，咖啡馆八个月账面得盈利，但现在十个月了，还是柳暗花不明。我可是不再往里砸了。""亏不了你一分钱！即使赔个底儿掉，也都算我李才的。""你银行卡从没超过五千块钱的时候，我比你还了解你自己。""幸福里九号迟早要拆，一拆也能把我拆到富人堆里去。就这点儿钱，毛毛雨而已。""我不撤资，但我也不再投了，我得留点钱生钱啊。"李才叹气："不美！不美啊！外忧内患，天欲灭李才乎?!"

两人回到办公室，李貌已经把斗笠青年的素描像画出来了。

李才端详了一番："不认识——得路，是不是你的冤家对头？"马得路干笑："敢找我茬儿的冤家对头还没出生呢。我觉着你把画像拿回去让你那里的寄居姑娘们看看，没准儿线索就来了。"李才一时也没主意："得，李貌，你一会儿把图片发给我，我再找找别的线索。"

这时有人敲门，尚晋推门进来。

“同志们好！”

马得路立刻兴奋起来：“哟嗬，官腔这就打上了。哲学家，恭喜啊！给我们幸福里社区排忧解难来了！”

毛毛连忙问：“哎，李貌，哲学家见过你们家李掌柜和万师傅了吗？”

李貌回应：“还没呢。李推手正策划他怎么上门。”

马得路笑着说：“那我们先走了，你们商量吧。尚晋，改天我给你接风！”

尚晋问：“哪天？”

马得路本来随口一说，被问愣了：“嗯，那什么，你定吧。”

尚晋一乐：“好的。忘了我会提醒你的。”

送走马得路和毛毛，尚晋、李貌和李才上到二楼李貌办公室商量。

尚晋说：“两点之间，直线距离最短。咱就定个时间，我登门拜访。”

李才摇摇头：“尚晋，你不明白我们家特殊情况，多少热血男儿怀揣你这想法，最后都铩羽而归。”尚晋笑了：“我不是热血男儿，我是有理有礼有节之理性青年！独一份儿！”李才回忆道：“当年马得路比你现在还牛气！他追李貌，我爸不同意，马得路仗着练过点截拳道，跟我爸叫板，一上手就被我爸撂了个大马趴！”尚晋点点头：“他那气质确实有点欠揍。”李才又说：“我爸，五行推手的掌门人，别的事都谦让，唯独李貌的婚姻大事，他是咬定青山不放松——任谁都瞧不上！”尚晋满脸自信：“再怎么说，父母总是父母，不是怪兽。我总能找到破掉他们的逻辑。”李才感慨道：“父母在平时，都是好父母，一遇到子女的婚姻大事，就全变成了怪兽——哎呀，我又蹦出了一句格言！我得发朋友圈里去。”

李才说着掏出手机来发朋友圈。

李貌提醒：“你别忘了屏蔽爸妈——今天晚上，我跟李掌柜和万师傅摊牌。”说着转向尚晋：“除你这人不能换之外，别的都好商量。”

尚晋嘿嘿笑着：“我倒真想会会李掌柜和万师傅。不就是嫁闺女嘛，又不是往火坑里推。”李才提醒道：“真要往火坑里推他们倒不怕，形势不好拽回来就是。他们怕的是不知道前边是火坑、火炕还是火星。”尚晋有些不解：“火坑、火炕我明白。火星什么意思？”李才解释说：“远啊。太远不行。”尚晋明白了：“这倒没事。我跟李貌结了婚又不回青岛。”李才干笑道：“青岛？按照我妈的距离概念换算，青岛就是银河系之外了，丰台我妈都觉得远。”尚晋想了想：“等我和李貌结婚以后，得给他们灌输生活新观念。遇见我之前，他们基本就是白活了啊！”

李貌赶紧警告尚晋：“你要见了他们还这么二着说话，事儿就秃噜了。”

李才放下手机：“准妹夫，你做好严格的考核准备吧！”

尚晋苦笑着说：“从小我考试就次次考第一，从没紧张过，这次倒让你们弄得我有点犯嘀咕。”李貌说：“这次不是要考第一，是要考唯一！”

李才忽然想到什么：“提醒你看一篇文章，台湾作家余光中的《我的四个假想敌》。余光中有四个女儿，老害怕被四个男的抢走，我爸跟余光中的心理一样，患得患失，心惊胆战，李貌的男朋友就是他的假想敌！当然，他的真实想法是想给李貌挑一个好男人，你要想办法展示给他，你，就是最好的！”

尚晋有些迟疑：“李貌选择了我，不就说明我是最好的吗？”

李才说：“但我爸妈直觉会认为李貌选错了。以前李貌谈过几次男朋友，我爸妈都是这么认为的，否则也不会百般阻挠。”

尚晋恍然大悟：“佩服！我佩服李掌柜和万师傅。”

李才和李貌一愣。

“他们是慧眼啊！李貌以前谈过的肯定都是选错了，否则我怎么会坐在这儿？貌貌，对不对？”

李貌无奈地摇摇头：“自我感觉良好！——得，就这么着吧，我现在找李掌柜去，得提前跟他打个招呼。”

李才嘱咐着：“也别忘了说说我的麻烦事儿，下次讲座少不了得让他来镇场子！”

李才回到住处，窝在卧室里，看着手机上李貌发过来的斗笠青年的素描像，心神不定。他想来想去，怎么也想不出自己怎么会跟这个人有过节。李才不由自主地又想起马得路的话，会不会真的跟自己收留的人有关？

李才在网上有不少粉丝，而且女粉丝居多。李才也乐于通过微博微信等跟粉丝们互动。有一次，一个外地粉丝慕名来北京投奔李才，说要近距离向李才学习讨教。李才一个人住一套三居室，有一间空着，就让粉丝住了进来。这之后陆续又有一些粉丝前来投奔，李才基本来者不拒，一来二去就落下了名声，数年来那间客房迎来送往了多少人李才自己都记不清了，现如今正有四个女孩住在里面。那个斗笠青年会不会跟这四个女孩有关？

李才犹豫再三，还是决定找四个女孩问一下比较妥当。李才敲开了客房的门，把斗笠青年的画像拿给四个女孩看，问她们是否认识这个人。

其中一个叫郭纯希的女孩惊叫一声：“啊！怎么是他！他在哪儿？”

李才没想到居然被马得路说中了，问题真出在自己收留的人当中，连忙问：“他是谁？”郭纯希显得有些害怕，左顾右盼：“他不在附近吧？”“不在。”郭纯希这才放下心来：“他是我的一个疯狂追求者，叫刘克弱。”

郭纯希说，这个刘克弱是霸王龙搏击俱乐部的总教练，她跟他是在一次演出的时候认识的，郭纯希唱歌，刘克弱做特技表演。演出结束后，刘克弱找郭纯希要了电话和微信，郭纯希起初也没多想，谁知道之后刘克弱就开始疯狂地追求她，被拒绝了还不死心，甚至自动以郭纯希的男友自居。刘克弱脾气暴躁，发现有别的男性和郭纯希接近就找人家的茬儿，有时候还动手打人。郭纯希不得已到处躲刘克弱，躲到哪儿他找到哪儿，谁帮她他就揍谁，最后就躲到李才这儿来了！

李才心里颇为惊惧，但看见郭纯希委屈可怜的模样，同情心顿起，安慰郭纯希说：“别怕，在我这儿，你不会有危险。”郭纯希说：“他功夫很高。亚洲搏击大赛的第一名。”李才硬着头皮说：“他功夫高，我的就低吗？我决不能容忍男人欺负女人！”

屋里另外三个女孩欢呼起来：“李才，我们没白当你的粉丝！李才李才，推开心灵雾霾！”

郭纯希真诚地说：“李才老师，谢谢你了！”

回到自己卧室，李才立马打开电脑搜索刘克弱的信息。网上有不少刘克弱参加搏击比赛的视频，视频中的刘克弱拳脚凌厉势不可挡，看得李才心惊肉跳。

半晌，李才关掉视频，打开自己的微博。顿时有无数私信和询问涌出来：“下次讲座什么时候讲？”“你会应战吗？”“你会告饶吗？”

李才气得关掉了电脑，愣了片刻，又愁眉苦脸起来。

李氏蹄花店是一个很小的门脸儿，只一间房。窗口两边镌刻着对联：

上联：早来买不到；

下联：晚来吃不着。

横批：李氏蹄花。

紧闭的卷帘窗上写着：营业时间：下午 5 点—6 点　每人限购两只 不论斤两每只三十。

五点还差一刻钟，朝街的窗口前已经排起了一条长长的队伍。

狭小的店里，李貌帮着李双全把煮好的蹄花从锅里捞出装入两个大盆中。

李貌献殷勤：“爸你歇着，我来。”

李双全笑眯眯地看着女儿：“如此勤快，必有阴谋！”

李貌嬉笑着：“李掌柜，聪明！我今天来，是向您承认错误的。您可别生气。”李双全说：“那也得看什么错误，说说我听听。”李貌有些不好意思：“我找了个男朋友，一直瞒着您和我妈。”李双全一愣：“嗯？找男朋友是正经事儿，我们也都着急，没必要瞒着我们呐！”李貌小心地回应：“你们不是条件高嘛，外地的不行，没正式工作的不行，没房没车的不行，人品不好的不行，长得裂巴的不行……他不符合条件，就一直没跟你们说。”李双全有些担心：“他长得裂巴啊？”李貌连忙说：“哎呀不是！不裂巴，跟您年轻时一样帅。”

李双全看已经到五点了：“待会儿再说吧。”

李双全哗地拉开了李氏蹄花店的卷帘窗。队伍立刻沸腾了，绷成一根线。

冒尖的两大盆蹄花摆到了窗口上。李双全利索地招呼大家。

一位女顾客提了要求：“李师傅，我家今天来客，能不能给匀四只啊？”

李双全微笑地回应：“不好意思，老规矩咱不能改。一只切四瓣，两只切八段，也够让客人尝的了。”

女顾客有些失望：“不过瘾啊！”

李双全笑着说：“好东西也别一次吃多了！”

李双全给女顾客包好两只蹄花，又抄起一把汤勺舀了两勺汤。

“蹄花不能多给，送你两勺汤以表歉意。回去给客人浇米饭吃。开胃。”

女顾客交钱：“谢李师傅了！”

不到一个小时，两大盆蹄花就已经卖空了，队伍还有一半。

李双全满脸歉意：“不好意思啊，卖完了，明天请赶早！”

队伍沮丧地散了。

李双全和李貌收拾好东西，锁好门离开了蹄花店。没走多远，只见立即有三辆三轮车驶至门前。车上都各装着一两盆蹄花，三轮车主人都是李双全打扮。三个山寨李双全下了车都赶紧占位吆喝。这三个人，一个真的姓李，另外俩一个姓赵，一个姓孟。

李山寨吆喝着："绝对正宗的李氏蹄花！全是前蹄儿，往家扒钱，买个吉祥，吃个吉利！早来买不到，晚来吃不着啊！"

赵山寨也吆喝道："男人吃了蹄花有钱花，女人吃了蹄花儿脸赛牡丹花儿！"

孟山寨不甘示弱："每人限购二十只——爱谁谁！我的蹄花我做主，我的蹄花最干净！不用地沟油，不撒一滴香！"

李山寨一听不高兴了："我的蹄花，没这个那个啊。"

赵山寨也一脸不悦："不带这样的啊，我们的蹄花就有这个那个了？咱们别自相残杀好不好？"

李山寨又道："什么自相残杀，咱们这叫自由竞争好不好？来来来，早来买不到，晚来吃不着啊！"

李貌转头看见几个山寨李双全又好气又好笑。

"李掌柜，盗版你的越来越多了，你不管管啊？"李双全笑了笑："算了，都为吃口饭，不容易。""我担心他们砸了您牌子。""百年老字号，砸不了。从你爷爷的爷爷那辈儿起，这条街上就有冒充李氏蹄花的蹄花。他敢冒充李氏蹄花，也必是下了功夫，虽是赝品但也定是高仿。这些我都尝过，不赖。买不着李氏蹄花的也可买了尝尝。""爸您真没想过扩大经营啊？""想过。没干。""您可真不爱钱。""话不能这么说。钱我是喜欢的。但世上不光有钱，还有别的。两盆儿蹄花，半天儿工夫，还有半天儿我得留给自己。谁爱挣大钱谁挣去，我挣的是舒坦。"

李貌感慨："李掌柜，你这是典型的北京大爷活法，不冤不乐。不过要是从我爷爷的爷爷那会儿起，李氏蹄花就开始扩大经营，像麦当劳一样开遍全球，我现在……嗯，富人榜上前三名，我的物质理想已实现。"李双全警惕地问："你什么物质理想？""保密！可惜你们没扩大经营，所以这物质理想只好靠我自己来实现了。""早来买不到，晚来吃不着。李氏蹄花的牌子立就立在这里——说说你的事吧，你那个男朋友叫啥？干什么的？"

父女俩一路走一路聊。末了李貌说："爸，尚晋的事儿我可都跟您交代了，什么时候您过过眼？"李双全却不肯表态："先听听你妈的意见。"

回到家，趁着吃晚饭的当口，李貌又把自己跟尚晋交往的经历向万山红汇报了一番。万山红说："你们俩是大学校友，那大学时候你们怎么没谈？"李貌说："你们不允许我在大学里谈恋爱啊。"万山红连忙推卸责任："没有我，是你爸不允许。”李双全认真地说：“我也没有不允许。我是说慎重。即便是现在，也要慎重。”万山红点点头：“对。要慎重。我觉得这小伙儿不通情理啊。今天给我处理纠纷的时候，他也没明显偏向我啊？既然当时他都知道我是谁了，为什么不拉个偏架？为什么还要秉公处理？”李双全说：“秉公处理就对了。”

万山红又问：“你们谈多长时间了？”李貌回答：“三百多天了。”万山红有些生气：“瞒得我好苦！我东跑西颠儿地给你相亲你不知道啊?!”李貌嬉笑：“遛遛腿不挺好嘛，不相亲的时候你不也去公园遛弯儿嘛。”李双全问：“瞒着我们到底是为什么啊？”李貌一乐：“是想给你们一个惊喜！尚晋刚跟我谈那会儿，还是北漂。从今天开始已经是北京人啦！”

万山红说：“光有户口还不行，在我这儿，车、房、户口、存款，必须都齐活儿。”李貌连忙说：“尚晋人品好。”万山红眉毛一扬：“人品不归我管，你爸负责。反正硬件必须到位，我的闺女不能在这上头受了委屈。”李貌看着二老：“委屈不了，只要你们点头，房啊车的不是问题。”万山红问：“尚晋跟你说的？”“我们的共识。”万山红干笑：“说得轻巧！李掌柜，你什么意见？”李双全轻声道：“百闻不如一见。”李貌点头：“对，爸，妈，让尚晋登门见见你们，考核通过我们就去领证。”李双全一愣：“这么急？”李貌说：“毛毛马上要办事，我也不能落后！”

李双全望向万山红：“万师傅，你觉得呢？”

万山红一脸郑重：“从毛毛要结婚这个角度来看，一刻也不能耽误！就明儿晚上吧！”

李貌暗自偷笑，一说到毛毛，老妈果然就不淡定了。不为别的，就因为毛毛是万山红的死对头常有丽的女儿。其实年轻那会儿万山红和常有丽就跟现在的李貌和毛毛一样，是一对闺密。

两人闹掰的原因就是当年刚离异不久的李双全。至于个中缘由，万山红和常有丽则各有各的版本。常有丽的说法是，当年李双全先看上了她，暗中对她示好，示好的方式就是每次她去买蹄花时，李双全都会刻意多给她一二两。这在今天不算个事，可在三十年前，这就算是很大的人情了。一来二去，常有丽就喜欢上李双全了，但自己不好意思说，就托万山红去给李双全带话。万万没想到，万山红竟然跟李双全好上了。常有丽认定是万山红抄了自己的后路“截胡”了李双全，奈何发现的时候木已成舟，从此跟万山红反目成仇，事事不对付。用常有丽的话说，“仇人抄了我的后路我认，闺密、姐们抄了后路，我不甘心！”

李貌很早就从毛毛口中听过常有丽的控诉，也暗地里旁敲侧击问过万山红，但万山红却是另一种说法。万山红说，当初常有丽纯属自作多情，其实李双全卖蹄花是出了名的厚道，不光是对常有丽，给谁都会多个一两二两。常有丽托她给李双全带话，她把话带到了，谁曾想，李双全当场就一口回绝了！至于李双全看中万山红，也是万山红意料之外的事，一开始万山红没想过要嫁李双全，毕竟自己那会儿还是个黄花闺女，而李双全不仅离过婚还带着个拖油瓶。但后来万山红还是被李双全的真情实意打动了，嫁给了李双全。从此常有丽就恨上万山红了，一恨就是三十年。即便后来两家成了对门邻居，关系也丝毫不见好转。

这会儿常有丽正在家练习自编的广场舞。这是常有丽每天晚上的例行功课。毛毛搂着自家小狗呼噜在旁边看着，跟常有丽聊着天。

“毛毛，我正在寻思，你和马得路结婚之后，住通州还是住我这边。”“他爸的意思是住通州那边去，说反正家里也有车。”“别听马吃草的！那多不方便呀！你工作室还在这边呢，每天跑来跑去多累。堵车，还费汽油，也不环保！”“结了婚再说吧。结个婚累个半死。”

毛毛忽又想起什么：“妈你知道吗，李貌那男朋友尚晋调咱们幸福里来了。”常有丽顿时停住舞步：“调来干什么？”“社区专职调解员。”“那以后我跟万山红吵架她就有撑腰儿的了？”毛毛无奈道：“您能不能别惦记跟万姨较劲啊。你们和好得了。”“我们吵了半辈子，停不下来——哎对了，毛毛，你发现万山红她脸歪了没有？”“没发现。”“我怎么发现她左半边儿脸歪了呢，你打开她朋友圈我看看。”“不行。我和李貌早就商量好了，在你们两人之间，我们是中立国。”“我就看看她朋友圈怎么了？你让我看看。”“万姨不像你，不爱发自拍。”“没自拍我也看看。快点快点。我拉扯你这么大容易嘛。有事也不向着我。”

毛毛无奈拿出手机，打开万山红的朋友圈，递给常有丽。

常有丽看了看，万山红的朋友圈全是各种转发的信息，诸如“不转不是中国人：十大垃圾食品不能吃”“全体女性都在看：如何才能守住婚姻的阵地”“不转不是老司机：司机常见病劳损防治措施。”

常有丽不屑：“瞧瞧，她都转的什么玩意儿，没文化没思想。”

毛毛伸手夺回手机：“别看了。你这是偷窥。”

常有丽不甘心：“你已经是帮凶了。咱俩一伙儿的。下次她发自拍的话你给我看看啊。她要不发，你就瞅空儿给她拍一张，我仔细研究一下。”

第三章

尚晋上门的事定了，李貌略微松了口气。吃完晚饭，收拾停当，李貌赶紧微信通知尚晋：明儿晚上拜见李掌柜万师傅，拿出你的智慧和勇气！

尚晋刚洗完澡从卫生间出来，看见李貌的微信不禁喜上眉梢，赶紧回复：为这一天我已忍了很久。放心！

万山红一个人盘腿坐在沙发上舒舒服服地嗑瓜子看电视。电视里正在播放一档名叫《调解三人组》的节目。

主持人安心："世上无难事，人间有安心。观众朋友们，晚上好。新的一期《调解三人组》又跟你们见面了。我是主持人安心。这位是我们都熟悉的金牌调解大师史航先生，这位是策划人谭飞先生。今天晚上我们要调解的是一起房产纠纷。让我们先请出这起纠纷的当事人——"

李貌从房间里出来，一看到电视屏幕上的安心，不自觉就皱起了眉，走上前二话不说拿起遥控器换了台。

"以后别看这个庸俗节目！"

万山红问："怎么庸俗了？我就爱看这个！"说着拿起遥控器又换了回来："这仨人可逗了，什么事儿他们都能摆平！尤其是这主持人，长得好，嘴皮子也溜！哎对了，这安心是你们学校毕业的，你认不认识她啊？"李貌面无表情地答道："太认识了！"万山红惊讶："真的假的？那你能给我要个签名吗？"李貌不耐烦："无不无聊啊你！"万山红一脸欢喜："这么多电视台的主持人，我就瞅她顺眼。哎我告诉你啊，人家这姑娘，特别优秀，普通人家的孩子，从小学开始就是学霸！一直霸到了电视台！到现在，自立自强，谁也不靠，还是单身呢！”李貌无奈地问：“你都哪儿听来的啊？”万山红认真地说：“我关注她微博了。我是她粉丝，就爱听她说话。她在微博说过自己找对象的标准，说钱、模样都是次要的，主要是得有才华。你说她能不能瞧上李才？李才不也是文艺界的吗？般配啊！”李貌哭笑不得：“万师傅，你还真敢想。”万山红转过头：“想想怎么了！等忙完你的事儿我就得考虑李才的事儿了。”

李貌懒得听母亲啰嗦下去，换了话题：“我已经跟尚晋约好了啊，明天晚上来家里。别看这个节目了，没质量！”

李貌抢过遥控器又换了台，转身回了房间。万山红有些悻悻然：这节目挺好的，怎么就没质量了。矫情！等李貌进了房间，又把台换了回来，把声音调小了一点。

李貌不是矫情。这个主持人安心，正是尚晋的前女友。

此时尚晋在房间里看电视，恰好也转到了《调解三人组》节目。尚晋下意识地换了个台，想了想又调了回来。尚晋看着屏幕上的安心，顺手打开微信，给安心写了一条微信：你瘦了。尚晋犹豫了一会儿，最终还是手指一点发了出去。

没一会儿安心的回复就来了：按比例瘦的，瘦了两斤半，我现在是标准体重。

尚晋怔怔地看着回复，片刻后删掉了对话。

另一头，安心的住处，安心正跟现男友刘一手坐在沙发上看节目。安心也悄悄地删掉了跟尚晋的微信对话。

刘一手漫不经心地问：“谁的微信呀？”安心回应：“我们的调解员史航发来的。他觉得这期节目还不错，表扬我的主持越来越好了。”刘一手笑了笑：“他表扬你？你不是制片人吗？这节目组到底谁说了算？”安心说：“按道理是我说了算，但史航现在是节目组的定海神针，观众都很喜欢他，其他一些调解类节目也都在挖他，所以他的分量很重。”刘一手提醒道：“靠山山会倒，靠海海会干。要把自己的分量加重。”安心淡淡地说：“知道了。”刘一手问：“最近都是按照营养师的指导吃饭吗？”安心点点头：“是。体重都完全符合标准了。一手，谢谢你对我的照顾。”刘一手微笑着说：“不是对你的照顾，是对你的打造。一个人如果控制不了自己的体重，他还能干什么？在认识我之前，你是控制不了自己体重的。”安心嘟嘟嘴：“人家是吃货嘛。”刘一手嘱咐：“你现在是名媛了。接下来一段时间，我安排了一些重要晚宴，你要跟我一起参加。”安心问：“这些晚宴上的饭，我能吃吗？”刘一手皱了皱眉头：“尽量少吃吧。名媛在晚宴上，都是尽量不动筷子的。”

清晨的公园里，各处都是晨练的人群。一块空地上，常有丽带着一群人在跳广场舞。十几米外一块土地上，李貌和李双全在练习推手，边练边聊着。

“爸，你能把地面砖一脚跺碎吗？”“地面砖分好多种。质量不一样。”“就说质量好的。”“不能。”“差一点的呢？”“也不能。碎砖靠的是寸劲。咱们推手要诀在柔，是金木水火土相生相克的转化。绵绵若存，用之不勤。”“那你能打败把地面砖一脚跺碎的人吗？”李双全似乎感觉到了什么，看看李貌：“谁把地面砖一脚跺碎了？”李貌迟疑了一下：“没谁，我就随便问问。”“随便问问我就没必要说了。”李貌只好说实话：“爸，是李才的事儿。有人找他茬儿，一脚把地面砖跺碎了，说下次李才咖啡馆讲座的时候上门挑战。”李双全问道：“对方为什么要找茬儿？”“还没弄明白。”“那就让他自己弄明白。五行相生相克，金木水火土此消彼长，这不光是说推手，也是说做人，人家要克他，不会没来由吧？”“管他什么来由，到时候您不能不管。”李双全幽幽地说：“推手不是用来打架的，他自己闯的祸，得他自己化解。他不是已经翅膀硬了吗，我让他来接手我的蹄花铺子，他非但不应，还一直躲着我。”

李貌笑道：“李掌柜，让李才弄蹄花也确实不对路子。他现在是文艺界和娱乐圈的嘉宾策划。他当不了掌柜的！你不也在电视上见过他做嘉宾抛头露面嘛！”“我看了，明星酒驾，股票浮动，电视选秀，神州上天，反正一有什么社会大事，他就去分析评点。”“李才知识丰富。”李双全不屑地说：“他几斤几两我还不清楚?!他哪懂那么多！他当策划，你知道给我丢了多大的人！”李貌不解：“怎么给你丢人了？”“有天我这儿晨练呢，常有丽路过，跟我说昨天晚上又看见你们李公策在电视上掰乎中东局势了……我问他什么公厕，他说李才被人称为著名公共策划专家，简称公策。多损的名儿啊！”李貌撇嘴：“我常姨就爱挑事儿。”

李双全忽然有些心虚，朝常有丽跳舞的地方看了看，低声说：“常有丽跟我搭腔这事你可别跟你妈说。”李貌心领神会：“放心。这事我还不知轻重？公策这事我也知道，我哥为避免以讹传讹，已经正式通知他出席的所有场合，全都打推手李才的名儿。”“推手得靠手，不能靠嘴，胡喷不行！”“我哥博览群书，一目十行，过目不忘。”“他就爱现学现卖！小时候我教他推手，他刚学了仨花架子，就到街道上去找小孩打架，想揍人家。结果被人揍得鼻青脸肿，回来找我去给他报仇。从那时候起，我就不再教他推手了。”“以前的事都过去了，这次事很大，到时候您得去帮着照应一下。那人跟我搭了一下手，我觉得他身上功夫很硬。再说了，人是冲你来的。”李双全一愣：“冲我？”李貌继续扇风：“那人说了，听说李氏五行推手有名，想试试。”李双全叹了口气：“李氏蹄花比李氏五行推手有名，他不该上手试推手，该上嘴试蹄花。”李貌看出点苗头：“您答应出头了？”李双全不置可否：“这事我知道了。”

晨练结束，父女俩到附近早点铺吃早点。

“爸，尚晋人很好。晚上您别不给人面儿。”“他很好，我为什么不给他面儿？”“以前我带回来的男的，您不都瞧不上嘛。”“你前后带回来过四个男朋友，我都没应，你现在回头想想，我眼力见儿如何。”李貌想了想：“一个结了婚又离了——因为小三；一个挪用公款，折进去了；一个有家暴倾向，妇联正找他呢——爸，你眼光给力啊，没让我落到这些男人手里。”李双全有些得意：“会武术的人多，身怀绝技的人少；男人多，但好男人比身怀绝技的人还要少。”

李貌又问：“但还有一个马得路，您怎么也瞧不上眼呢？”李双全埋头吃着：“不说也罢。”李貌不甘心：“解密吧。人家美国五角大楼还该解密解密呢。”李双全放下筷子：“马得路，幸福里这一片儿我看着长大的孩子。”“对啊。”“他十三岁的时候偷过我五个蹄花儿。”“为一巴掌蹄花儿？”“五个蹄花不是一次偷的。是他发现了我一个破绽，能趁我一个空当儿捞走一个。”“孩子馋呗。”“他要只偷一次，我就认为是孩子嘴馋，再偷一次，我就认为是孩子顽劣，但连偷五次，我就认为这孩子心机太重。”“这有什么重的？这不还是馋吗？”“他偷到第五次被我发现的时候，我忽然明白了，我那破绽不是他无意发现的，而是他长时间瞅出来的。你说李才能有他这心机吗？”“我哥有这心机也没这胆儿。就因为这事，所以你瞧不上马得路？”“对。”李貌笑了：“马得路，一巴掌蹄花改变命运啊！”

马得路和毛毛早早到了理想胡同咖啡馆，喝着咖啡闲聊着。“毛毛，你们这工作室挣钱吗？”“挣啊。我拉业务，李貌设计，好着呢。不挣的话怎么付你的房租？从没耽误过吧。”“当时我和李才租下这两层开咖啡馆想挣大钱，没想到亏损至今，幸亏劈了一半给你们，要不我们就撑不住了。”“那你们就关了呗。我们正好租下来做样板间。”“李才不让。”“他不让就不关啊？不是你说了算吗？老赔钱谁赔得起！”“我说了算归我说了算，但也不能一点面子不给他。得着眼于以后。”“什么意思？”“你想，幸福里除了你们九号，全拆了，九号也是非拆不可。”“嗯。要不是我妈，当时就跟你们一块拆了。不过就是个时间问题，早晚得拆。”“李才家一套三居，还有他奶奶住着的一套两居，这得拆出多少钱啊！”“拆出多少钱跟现在那咖啡馆有关系吗？”“我的个亲毛毛啊，李才他就是个未来的富翁啊！以后他绝对比我拽！我得罪一未来的大款干吗？”

毛毛瞪着马得路不说话。马得路有些发毛：“干吗这么看我啊？”毛毛说：“我也在九号！”“对啊，你也在九号。”“你追李貌未遂，后追我得手，是不是也考虑着我能成为富婆啊？你不会是为钱追的我吧？”马得路扑哧笑了。毛毛问：“你笑什么？我家九号也有两套房啊！”“毛毛，别说我没这想法，就算我有这想法，也早把它掐死在萌芽里了。”“不信！”“就你妈那样的，没占着便宜就觉得吃了亏！你们家就是亿万富翁我也捞不着一毛钱！”

常有丽这会儿正在家门口收拾废旧物品，用破纸箱子装着预备扔到楼下去。小狗呼噜想跟着常有丽下楼，被她喝止住了：“呼噜，蹲这儿等着。我一会儿就上来。”小狗呼噜听话地蹲下。

常有丽抱起一个装着垃圾的纸箱子下楼去了。过了一会儿，万山红拉着一个买菜的小推车从屋里出来了，看见对门门口堆放的一堆破烂儿，不自觉皱起了眉头。小狗呼噜见有人来，立马摆出一副警惕的姿势，低吠了几声，瞪着万山红。

万山红来气：“嘿你个小破狗，看我干啥？想咬我？你敢！”

话虽如此，万山红还是不由自主地贴着墙根走。经过那一堆破纸箱子，小狗呼噜又朝万山红吠叫。万山红恼火：“叫啥？还怕我偷你的破纸箱子不成？狗仗人势！”万山红没好气地踢了离自己最近的破纸箱子一下。

这下坏了，小狗呼噜狂吠一声猛地蹿上来咬住了万山红的裤脚。万山红吓了一大跳，猛地抖搂了几下都没抖搂开。

万山红大喊：“快来人啊！恶狗咬人了！”

常有丽正沿着楼梯往上走，猛然听到了万山红的喊声，心知不妙，赶紧加快步子往上跑。跑上楼一看，呼噜正咬着万山红的裤管使劲拉扯，万山红则一个劲地大喊：“救命啊！救命！”

常有丽赶紧喊：“呼噜！住嘴！过来！”呼噜听到主人的声音，立刻松开了万山红，跑到常有丽身边蹲下。

万山红挽起裤管一看，右腿小腿上被咬了一口，痕迹清晰，不禁腿一软，坐到了楼梯上。

常有丽问道："唷，咬着没有？"说着想上前扶万山红，被万山红一把推开："血都出了！你看这牙印子！"常有丽连忙解释："我这狗倒是打疫苗了……"万山红火了："打了疫苗就可以咬人啊?！打了疫苗，狗就不是狗了？"常有丽一听不高兴了："哎！万山红你说话别这么呛啊！我就是好心提醒你，我们家呼噜是健康的。至于是狗咬人，还是人……还是人那什么狗……"万山红愤怒地喊："人那什么狗？你把那什么说响亮点！"常有丽脱口而出："还是人欺负狗……还没弄清楚呢。"

万山红气得爬起身："你还要怎么清楚？你们家的恶狗，咬了我的好腿！这不明明白白吗？这不真真儿的吗？你还想要赖啊？垃圾你见天儿地占着大家伙的楼道，弄只狗也搁楼道里，你家东西多搁不下你买大房子去呀！"常有丽嘴硬："还真让你说着了，正考虑买呢。还就要买一大的！""好啊，故宫大，你买去啊！你要买了我招呼街坊邻居们给你暖房。但我告儿你，今天我这条腿要是废了，下半辈子就吃你了！""万山红你甭威胁我，是我们家呼噜的责任我全负，不是，你得自己兜着！——你赶紧去医院打疫苗吧，别说我没提醒你！"万山红哼了一声："放心，医药费我给你留着。精神损失费回头再通知你！"

李貌刚到工作室，立刻被毛毛拉住了。

"李貌，我们定了家酒店，想拉你去看看。""拉我去干吗啊？""给我们做婚礼的现场美术设计啊。""这不都婚庆公司干的事吗。"马得路在一旁说："俗。婚庆公司太俗。这次哥们我要玩一独特的，我不请婚庆公司，婚礼环境设计就是你，司仪让李才干。咱们自己玩。"李貌有些犹豫："一辈子就一次的事儿，别给你们弄砸了。"马得路一拍胸脯："砸了我负责！"毛毛说："李貌你就别拿糖了，婚庆公司我去问了，价格离谱儿，比咱们还黑呢！"李貌点点头："那的确是太黑了。成。省一分是一分。我给你们设计。"马得路站起身："那走吧，先去看看环境。"

这时李貌的手机响了。李貌一听，脸色变了："我马上过去！"

李貌挂了电话冲马得路和毛毛说："今天去不了了，改天吧。"马得路愣住："怎么了？"李貌急忙回应："我妈被狗咬了，我得送她去医院。"毛毛一惊："啊？谁家的狗啊这么没教养。"李貌说："你家的。"毛毛顿时语塞："我，这，嗨……我们开车送你去吧。"李貌摇摇头："别了，我妈气头上呢。"

李貌匆匆离去，马得路和毛毛面面相觑。

李貌回到家，叫了辆出租车，拉着万山红直奔医院而去。司机似乎是个新手，车开得很慢。李貌有些着急："师傅麻烦你开快点。赶上人家医院中午下班，我们就得等下午了。"司机说："不慢啊，这不嗖嗖的嘛！"李貌担心地问："妈，您腿疼不疼？"万山红说："别跟我说话，一说话血流得快，嗖嗖的！万一常有丽那狂犬有狂犬病，我怕气血攻了心。"司机一惊："让狗咬了？"李貌说："对，所以师傅你快点。"司机不紧不慢地说道："快我也得照章行驶啊——欸，让狗咬了可得小心点，去年我们院儿有个老头让狗啃了一口，没在意，你们猜怎么着？"万山红听着有些心惊胆战："怎么着啊？""三个月之后歇菜了！"万山红问："跟狗有关系吗？"司机表情夸张："关系大了去了，狂犬病啊。见水就哆嗦，见光就发抖，最后冲人汪汪叫！"

万山红手一哆嗦，抓住了李貌的手："你还没结婚呐！我不能歇菜啊！"李貌忙安慰着："妈别听他掰乎！打了疫苗什么事都没有——哎师傅你别嘚啵了，开你的车吧。"司机说："我没嘚啵啊，千真万确，晚报上都登过。你网上一搜准能搜出来！"李貌有些急了："你开车这么肉说话怎么这么二啊！能把车开快点吗？能把本职工作干好吗？"司机火了："想找快的你该打 120 啊。我再快我也得照章行驶！这么多摄像头超速罚款算谁的？"李貌说："算我的！"万山红劝道："李貌，别跟他磨嘴皮了，现在的司机不是我们那会儿了，多是二把刀。你就是让他开高铁他也是这么肉。你看他握那方向盘的姿势都不对，人车不能合一。他就不是那块料。"

司机更不乐意听了："你们娘儿俩拿我逗闷子呢？嫌慢你们就换辆车吧！"说着竟一脚刹车，把车停到了路边。

李貌不得已忍着怒气："师傅你赶紧开吧，我们急着赶时间呢。"

司机气呼呼地说："我人车不能合一，不是这块料，握方向盘姿势不对，别给你们拉出事儿来。钱我也不要了，请二位换车！"说着竟然拉开车门下车了。

万山红嚷嚷道："哎！你这司机，要什么幺蛾子呢?! 说你不会开怎么了？全北京开车的没我数落不着的，我开四挂大公交都比你这小车开得快！"

李貌也冲车外喊："师傅！赶紧送我们去医院，要不别怪我投诉你！"

司机不搭理。李貌抬眼看到司机没拔车钥匙，咬咬牙，一俯身一抬腿，灵巧地钻过前后排缝隙，将身子落进了驾驶座，随即熟练地放下手刹，落车窗，踩油门，趁车启动的时候往窗外喊了一声：“到第三防疫医院停车场来拿车！”

李貌一脚油门，车蹿了出去。司机傻了，愣了片刻才回过神来，边追边喊：“抢劫啊！有人抢车！”

李貌开车疾驶。万山红有些忐忑：“他会不会告咱抢劫啊？”李貌问：“咱这是抢劫吗？”万山红摇头：“不是。”“那怕他做甚。现在没什么比给我老妈打疫苗更重要！”

万山红感叹：“被狗啃这一口也值了！验出了你对我的忠诚度。”李貌一乐：“万师傅，我人车合一了吗？”万山红赞许地点头：“合了合了——没想到，开车的技术也能遗传啊。开得仅次于我！”

李貌把万山红送到医院，趁万山红打疫苗的当口，自己站在医院外车旁等着。没多久一辆警用摩托车闪着警灯载着刚才那个司机过来了。

李貌有些意外也有些忐忑，没想到司机真报警了。摩托车驶至跟前停下，司机跳下车指着李貌：“就是她！就她！抢了我的车！”

警察一脸严肃：“你好，姑娘，有人举报你抢车，怎么回事？”

李貌笑着说：“警察同志，误会了，我不是抢车，我是助人为乐。我送一个被狂犬咬伤了的人来打疫苗，事情紧急，这位司机师傅开得太慢，我不得已而为之——呐，车子还你。”

李貌把车钥匙还给司机。

司机说：“警察同志，她送的是她妈，不能叫助人为乐！”李貌辩解道：“我妈不是人啊？只要是人，只要是人助人，就叫助人为乐。对不对，警察同志？”警察皱眉：“救妈心切可以理解，但你也不能抢人车开啊？”李貌笑着保证：“以后绝对不抢了。”警察又说：“把你驾驶证给我看看。”

李貌从包里取出驾驶证，打开给警察看：“看，我是A本，什么车都能开！”

警察警告道：“把车费给人家。下不为例。”

李貌点头：“哎！”连忙从包里取钱包找钱。

司机有些不满：“警察同志，不处罚她啊？”

警察转过头：“要抢救不及时狂犬病发作，你负得起责任吗？”司机一愣：“……负不起。”警察说道：“和谐社会，以人为本，救妈心切，其过可免。”

李貌趁势把钱递给司机：“师傅，刚才事儿太急，不好意思了，多给您五十压惊。”

司机有些释然了："看您说的，都是中国人还这么见外！那我就收下了，要是不收下您也过意不去不是。不过我倒是真惊着了，你说我这么一破车，您怎么给开出跑车的感觉来了呢？"

李貌笑着说："要人车合一！"

送走警察和司机，李貌松了口气，想了想，拿出手机给李双全拨电话："李掌柜，你干吗呢？"

李双全正在店里卤蹄花："在店里呢。""万师傅让狗咬了。""啊？""你放心，我正陪她打疫苗呢。"李双全有些担心地问："不是常有丽的狗吧？""麻烦就在这儿，正是。""你妈什么反应？""比较平静。""她只要不唠叨，麻烦就大了。多开导开导她，她这些年让常有丽欺负得不轻。晚上怎么办？尚晋还来吗？""来。计划不变。"

毛毛赶回了家询问情况。常有丽怜爱地抱着呼噜："真是个乖宝贝儿。想当年万山红咬了我一口，今天你咬了她一口，真是三十年河东三十年河西……"

毛毛哭笑不得："哪跟哪呀！妈，狗咬人就说狗咬人的事儿，您是拔棵萝卜恨不能带出太平洋的泥。呼噜咬了人，咱跟万姨道个歉，不就结了嘛！"常有丽眉毛一扬："道歉？当年她怎么不跟我道歉？当年她要道了歉我们俩何至于到今天！"毛毛劝道："都多少年了你还放不下！"常有丽心有不甘："多少年也不能放下！就因为万山红当年横插一杠子，直接导致我走入了错误的婚姻，一错再错错到今天。""你走入了错误的婚姻，但是不有了个正确的女儿嘛！照这么说，我还得感激万姨呢，要没万姨，就没我了。""你个傻孩子！要不是她，你现在就是和李貌的结合体！那得是全世界女人里头拔尖的！"毛毛耐心相劝："妈，我觉得这事你得跟万姨道个歉，也借这机会把过节儿消除了拉倒。否则对门对面的，多别扭啊。"

常有丽忽然听到声音，连忙起身，低声地："别说话——万山红回来了！"蹑手蹑脚向大门口走去，不自觉地使了她自己经常练习的街舞的动作，毛毛想笑，赶紧抓起沙发上一个靠垫摁住嘴巴。常有丽走到门边从猫眼里朝外看，果然是李貌和万山红回来了。

万山红扫了常有丽家的门一眼，轻蔑地"哼"了一声，和李貌进屋去了。

常有丽也哼了一声，走回到沙发处坐下。毛毛问："万姨回来了？"常有丽点点头："她上楼，顿了一步，看了一眼楼道，然后发出了'哼'的一声，接下来，又这么轻蔑地扫视了我一眼——"毛毛说："妈，万姨不知道你在门后，她怎么能轻蔑地扫视你一眼？”常有丽冷笑一声：“她轻蔑地扫视了我的门，那不就是扫视我吗？你上学的时候没学过拟人啊？刚才她看我门的时候，就是把那门拟人化了！”毛毛无奈：“呼噜咬了她，她有点情绪也是可以理解的。”常有丽想了想：“你说呼噜为什么要咬她？”“我又不会狗语，我哪知道啊。”“呼噜以前咬过人没有？”“没有。”“呼噜像咬人的狗吗？”“不像。”“什么情况下，呼噜会咬人？”毛毛想了想：“除非有人揍它。”“正确。所以我怀疑万山红先是揍了呼噜，呼噜才正当反击的。”毛毛摇头：“万姨不会跟只狗过不去。”“她会跟扇门过不去吗？她不还是轻蔑地扫视了我的门一眼吗？因为她把门拟人了，我明白了，她肯定也把呼噜拟人了！她踢的不是狗，是我啊！”毛毛听不下去了：“妈，你要老这么纠结，更年期会一直伴随你到天长地久！现在万姨回来了，你到底怎么想的，去不去道歉？”常有丽说：“我得先瞭瞭她！别让她蹬鼻子上脸！”

李貌给万山红端来一杯水。万山红喝下一口水，长出一口气。

“蹬鼻子上脸！常有丽这是蹬鼻子上脸啊！”李貌劝慰道：“妈，狗又不懂事，跟人没关系。”“貌貌，人为什么爱养狗？”“也有爱养猫的。”“别打岔。问的是人为什么爱养狗。”“好玩呗。”“不对。因为狗忠诚！狗最懂主人的心思。常有丽怎么对我，她的狗才会怎么对我。”“哪儿跟哪儿啊。呼噜咬你的时候，常姨不是也不在嘛。”“不在就是在！故意的。”“那你的意思就是常姨在楼下遥控这只狗咬你？呼噜又不是只电子狗。”“所以，我怀疑——我严重怀疑常有丽使了手段。”“什么手段？”“你听说过没有，有一些人把对头的画像扎成小人，训练自己的狗去咬。等狗一见真人，张口就啃！”李貌笑了：“算了吧万师傅，你跟常姨有矛盾，但毕竟曾经铁磁过，再矛盾也不会到纵狗咬你这份上。”“她什么事干不出来！”“妈，过去的事就过去了，这次狗咬人的事儿还是就事论事。”万山红咬咬牙：“这次得算算总账。她别老以为我欠着她的！”

那边，毛毛还在劝常有丽：“妈，您要抹不开面儿，我就先去替您道个歉，把药费先给了。”常有丽想了想：“药费可以先给一半，歉不能道。还不知道谁是谁非呢。”“呼噜咬了人，当然是咱担责任。万姨那边没动静，不就是等着咱上门道歉嘛。”常有丽皱眉思索着：“不像。我了解这万山红，这次她像是要憋大的。她怎么不来找我？”“妈，没您想得那么复杂。今天她新女婿上门吃晚饭，哪有时间跟你置气。我送药费去。”“你去探探风也好，要注意观察，看看万山红想出什么幺蛾子！另外，能给我拍张她腮帮子的照片吗？”毛毛没好气答：“不能！”

李貌开门把毛毛迎进屋，两人默契地吐了吐舌头。

毛毛一进来就奔到万山红身边：“万姨。”万山红对毛毛很和善：“毛毛，好几天没见你啦！婚礼准备得怎么样了？”毛毛说：“紧锣密鼓。您的伤怎么样了？我看看。”

毛毛掀起万山红的裤管看。万山红赶紧说：“不碍事。血都止了。”

毛毛拿出钱包，掏出一沓钱搁到茶几上：“万姨，我妈让我代表她来向您道歉。这打疫苗的费用也是她让我转交给您的。她改天等您消气了再来看您。”万山红笑了笑：“毛毛，你万姨是个开明人儿，和你妈的事儿就是和你妈的事儿，跟你没关系。打李貌和你要好，我没管过她，当然，你妈也没管过你。我们在这点上，还都不糊涂。但今天你妈的狗咬了我，得你妈来解决。”毛毛说：“万姨，您和我妈不还有些历史遗留问题嘛。”“我没要求解决历史问题，现在说的就是狗咬人的事儿。”万山红说着看着茶几上的钱：“毛毛，这是多少钱啊？”毛毛：“打疫苗全部的钱。绝对够。我妈说一次性全付了，以表诚意。”“毛毛，别跟你万姨说谎。地球上我最了解你妈，即使她要付，也只会先付一半。”

毛毛愣住，无奈地看了李貌一眼，等于是默认了。

万山红说：“看，我说对了吧？”李貌好笑：“你们真不愧是冤家对头！”毛毛问：“万姨，那你怎么想的？”万山红说：“你回去告诉你妈，让她好好想想，我也好好想想，问题到底该怎么解决。”

李才正指挥工人把地面上断成两半的地面砖取出来换上新的。一抬头，看见李双全走进来。李才忙迎上前：“爸，您怎么来了？”

李双全看看正忙碌着的工人又看看李才：“换下的砖在哪里？”李才指指墙角。李双全走到墙角，弯腰将两半地面砖拿起来，用手试了地面砖的厚度，端详着。李才凑近，低声问：“爸，这功夫您对付得了吗？对付不了我就告饶了。”李双全微微点头：“好功夫！——怎么惹的事儿？”李才嘿嘿笑着：“助人为乐惹出的麻烦。爸，这麻烦您到底能不能解决？”李双全问：“知道这人谁了吗？”“知道。我有他的比赛录像。”“给我找来看看。”“好嘞！”

李双全问李才：“那尚晋你见过了吧？”“见过了。”“咱李貌能配得上人家吗？”“配得上。绰绰有余。要说配不上也是尚晋配不上咱李貌。”李双全一听：“嗯？这话怎么讲？”

李才忽然明白过来了:“李掌柜,您说话也忒绕了,想问尚晋行不行,反过来问李貌行不行,我告诉您,行!俩人好着呢。好得跟一锅粥一样。”李双全皱眉:“一锅粥?这样是不是有点过啊?”李才连忙解释:“比喻。我就是打个比喻。”李双全思索片刻,自言自语:“得,晚上见了就知道了。”

尚晋一整天满脑子想的都是晚上上门的事。打从下决心考调解员那天开始,到现在快两百天了,这么长时间的努力为的就是今天晚上这一刻,千万不能搞砸了!

快下班时来了一胖一瘦两名男子,说是家庭矛盾要求调解。两人说着说着就吵起来了,尚晋耐心在旁调解。

胖男说:“……告儿你,甭跟我要哩格儿愣!分家都分多少年了,你现在想吃回头草?那拆迁款你就甭想了,镚子儿没你的份儿!”瘦男说:“哥,花开两朵,也都是一枝儿出来的不是?!我要不是掰不开决不求到你门上!——尚调解,你看我们俩的身板就知道我们各自的日子过得怎么样?你看我瘦得!”

尚晋细细打量着瘦男。胖男说:“他从小吃什么都不胖!”瘦男伸出胳膊跟胖男的胖胳膊比较。胖男气得抱起了自己的胳膊。瘦男对尚晋说:“尚调解,你看看,你说哥俩对比这么大谁不笑话!”尚晋摇摇头:“同志,你这不是瘦。”

瘦男和胖男都一愣。瘦男问:“什么意思?我这不是瘦难道是胖?你什么眼神儿啊!”尚晋解释道:“你的肌肉已经形成集团军形状了,俗称肌肉群,一块是一块,一块还连着另一块,这要不是常年进健身房练不出这块儿来!”胖男很激动:“尚调解,您火眼金睛啊!”说完转向瘦男:“歇了吧!我强健的好弟弟!原来你天天进健身房,你有这么多闲钱你拉巴一下你哥我啊!”

瘦男有些恼火,朝尚晋问道:“哥们,你是调解员呢,还是挑事员呢?我健身跟我家那房产分配有一毛钱关系吗!”尚晋回应:“一分钱关系也没有。”瘦男又问:“那你提我健身干吗?”尚晋认真地回答:“同志,是你先提的,你刚才让我看你的身板儿,又让我瞧你的胳膊,我只是如实表达了我的意见。”胖男连连点头:“有一说一!不和稀泥!真是人民的好调解员,我要给你送锦旗!”

尚晋继续对瘦男说:“同志,刚才我们达成了共识,身体强弱和房产没关系,这就是一个进步;这样一步步深入下去,什么事情都能弄明白,咱们慢慢来,好不好?”

瘦男有些恼羞成怒,站起身踢了办公桌一脚,还不解气,又随手抄起尚晋喝水的杯子。尚晋慌忙起身阻拦："那是我女朋友送的！别摔！"

没等尚晋说完，瘦男已经狠狠地把杯子摔到了地上，碎片四溅。

"你自己慢慢来吧！"瘦男说完气冲冲出门走了。

尚晋一脸无奈。胖男小心翼翼地问："尚调解，多少钱？要不我赔您？"尚晋站起身，叹了口气："杯子不用你赔。刚才你说那锦旗是真送还是假送？"胖男愣了愣："我……真送，真送。""好。一言为定。希望你尽快送来。"

胖男没想到锦旗还有主动要的，有些拧巴，也不好说什么，只好打着哈哈告辞出门去了。尚晋看着地上的杯子碎片唉声叹气，弯下腰去捡拾。

尚晋正在调解胖瘦兄弟俩的时候，罗永恒气冲冲来到了居委会，找到周茉莉，要投诉尚晋。周茉莉一问原因，说是本来说好了，尚晋把二十八块咖啡钱打到他账户，结果尚晋故意给他打了二十九块，多了一块钱。

罗永恒情绪激动地挥着胳膊："……这件事情，不光对我伤害很大，还说明尚晋不是一名合格的调解员，因此我代表我以及我母亲和幸福里社区的居民，要投诉他！"周茉莉想息事宁人："罗先生，不就是一块钱的事儿吗？中国有很多优良的传统美德，其中有一种美德就是能忍能让真君子，能屈能伸大丈夫。这不光是一种美德，这还是一种男人的风度。从这个意义上来说，我希望您能海阔天空地退一步。"罗永恒问："怎么退？我已经退无可退。"周茉莉解释："我想尚晋应该是打错了。您退给他就可以。"罗永恒摇头："不，这个尚晋思维缜密，绝不会无意打错，一定是主观行为。调解员的本职工作是大事化小，小事化了。他这是小事化大。违背了职业道德。"周茉莉无奈："罗先生，那您有什么诉求？"罗永恒一本正经地说道："一，当面向我口头道歉；二，写一份书面保证书，保证不再以这样的手段调戏当事人。否则，我将越级上访！"周茉莉只好点头："把您的联系方式留给我，我回头跟您联系。"罗永恒义正词严："麻烦你转告一下尚调解员：我是证据学教授，惹了我就是惹了马蜂窝了！"

好不容易送走罗永恒，周茉莉去找尚晋，一进门见尚晋正蹲在地上捡拾杯子碎片。周茉莉早已见怪不怪了："杯子被人摔了？怪我，忘跟你说了，你屋里的杯子最好换一次性的，要不一周碎上一两个不稀奇。"尚晋苦笑："周主任，一次性的也不解决根本问题，得设减压室。"周茉莉没明白："减压室？什么减压室？"尚晋站起身："一两句话说不清。我尽快给您一个书面资料和申请——您找我有事？"

周茉莉把罗永恒投诉的情况简单说了一通，问尚晋："你为什么多给罗永恒打了一块钱？是不是故意的？”

尚晋不好意思地点了点头。周茉莉皱眉：“幼稚！他是证据学教授，人家抓住这一点了，让你口头道歉、书面检查。”尚晋问道：“您的意思呢？”周茉莉叹了口气：“有一个叫约翰·斯顿的美国人曾经说过，促使你成功的最大向导，就是从你自己的错误中所得来教训。因此，这个教训对你是非常有意义的。”尚晋一脸惊讶：“周主任，我记得有一次王尔德的名言您都记不住，这次怎么就记住了呢？这个人名比王尔德偏僻多了。”周茉莉回应：“哦，这就是我上次跟你说名人名言的时候没记住名字之后得出来的一个教训。现在我不管跟谁用名人名言的时候，我一定先记住他的名字，否则没有权威性。”尚晋笑着说：“您真是好学啊——那除了我记住这个教训以外，我到底该怎么办呢？”周茉莉说道：“两点，一、可以口头道歉；二、不做书面检查。你刚参加工作，别顶头就是一个污点。”尚晋心里充满感激：“谢谢周主任。给您添麻烦了。这一块钱确实不应该打。我愿意道歉。”周茉莉赞许地点点头：“道歉是中华民族一个优良的传统美德——就这么定，回头我去做一下这个罗永恒的工作。”

第四章

下了班，尚晋拎着准备好的礼物，直奔幸福里九号楼。之前尚晋通过居委会内部系统找到了李貌家的登记门牌号，一单元一零二室。尚晋也没打电话跟李貌核实直接就去了。到了门口敲门，里边传出来一个老太太的声音。

“谁啊？”尚晋问道：“请问这是李貌家吗？”老太太的声音：“我先问的你——你是谁啊，你得回答了我，我才能跟你说这是不是我孙女儿李貌的家。”尚晋笑了，心说李貌的奶奶还挺幽默：“奶奶，我叫尚晋，李貌的男朋友，今天晚上到您家来做客。”老太太警惕地问：“貌貌没跟我说她有男朋友。你是不是骗子啊？”尚晋回应：“奶奶，我不是骗子，没别人在家吗？”老太太仍不放心：“你回答我一个问题，答对了就说明你是貌貌的男朋友。我们家貌儿的生日是哪天？”“四月二十一。”“不对！她的生日是三月十五。”尚晋愣了下反应过来了：“奶奶，您那是阴历，我说的是阳历。”老太太说：“我算算——还真是。算你蒙对了。”

老太太总算打开了门。两人四目相对都一愣。原来李貌奶奶正是之前尚晋在公园见过的那位领了七桶食用油的老太太。

“是你？”尚晋笑了：“真巧！奶奶！”奶奶也高兴了：“哟，嗨，嘀，咱们一家人啊，很酷！快进来。”尚晋一乐：“您还会用酷这个词儿？”奶奶得意地说：“我天天看电视。想让我啊雾特（out），没门儿！”说着奶奶在尚晋胸口用大拇指按了一下：“进来吧。”

尚晋进了门，四下打量了一下。这是一套两居室，拾掇得很整洁。客厅里的电视还开着，奶奶在看新闻频道。电视画面的制式被调成了满屏，画面上的人看起来都臃肿不堪。客厅里林林总总堆了好多日用品，看样子全是奶奶去各种理财推销、保健讲座等活动现场领回来的。

尚晋问："奶奶，您刚才点我是什么意思？"奶奶笑着说："点赞啊！你们用手机点赞，我用手，这叫手动点赞！小伙子，坐呀。喝水不？""奶奶，我不喝水。别人都不在家吗？"奶奶没接话茬："小伙子，你刚才说你叫什么来？""我叫尚晋。""上进？上进好！我当年给我儿子起名叫李上进，他不听我话，非要起名叫李双全，说想文武双全，你看看，这个好名让你给抢去了！你叫什么上进啊？""我就叫尚晋，我姓尚，和尚的尚，晋国的晋，尚晋——奶奶，家里人呢？""他们都住六楼呢。"

尚晋这才明白过来："哦，找错了，我按登记本上的地址找来的。奶奶，六楼那房子在几单元？""一单元。六零一。""奶奶，那您晚上过不过去？""过去呀！我孙女找对象我不过去能像话吗！走！"

尚晋和奶奶起身出门，尚晋看到电视画面觉得有点别扭，以为奶奶可能不会调，顺手拿起茶几上的遥控器给调整成了标准格式。

"奶奶，您的电视画面有点不太对，我给您调过来了。"奶奶没在意，追问尚晋："小伙子，你哪里人啊？""山东。""山东最近这些年经济发展还是很快的！"

尚晋搀扶着奶奶慢慢上楼梯："累吗奶奶？累咱就歇会儿！""不累。唉，好多年没上过楼喽。"尚晋不解："为什么？""他们不让。""啊？不让？""他们说我身体不行，我就不信我不行！"尚晋有点不安，赶紧搀紧了奶奶："您肯定行。您慢点儿……"

好不容易上到了六楼，按响六零一房的门铃。李貌开的门，看见奶奶大吃一惊。

"奶奶，您怎么来了？""尚晋请我来的！哎小伙子你是叫李尚晋吧？"尚晋忙说："奶奶，我叫尚晋。不姓李。"奶奶又问："是你请我来的吧？"尚晋连忙点头："是。"

李双全和万山红迎上前来，也很吃惊。李双全问："妈，您没事吧？"奶奶说："我没事！我好着呢！"

李貌扶奶奶坐到沙发上。李才悄声问尚晋："你怎么把奶奶弄上来了？"尚晋说："我按照居委会登记表上的地址找的，不知道奶奶和你们换了房子。"李才又轻声说："奶奶高血压，身体不好，我们都三年没敢让她爬高了！"

尚晋后怕地看了看奶奶，奶奶冲尚晋得意地一笑。

李貌说："尚晋，我给你介绍一下。这是我爸，李双全李掌柜。"尚晋连忙鞠躬行礼："叔叔您好。"

李双全审视了一眼尚晋，微微点了点头，轻描淡写地招呼："坐。"

众人围着沙发坐下。尚晋将一瓶茅台酒搁到茶几上："叔叔，听说您爱喝两盅，我给您带了一瓶酒。"李双全瞥了一眼茅台，意味深长地说："现在茅台赝品多啊。"尚晋笑着说："正路子来的。假不了。"

李貌又介绍万山红："我妈，万山红万师傅。"尚晋从包里掏出一个小盒子，恭敬地递给万山红："阿姨好。送您一只如意金箍镯。祝您万事如意。"

万山红打开一看是个金镯子："貌貌，头次见面我收人礼合适吗？"李貌点头："合适。合适。"万山红打量着镯子："这镯子多少钱啊？"尚晋一愣，没想到有人会直接问礼物价格，迟疑着："哦，这个——""我没别的意思啊，我的意思是太贵我不能收。""哦，不贵，899元。"万山红脱口而出："这么便宜啊？这是金货吗？"尚晋有些尴尬："这也是我在正规商场买的……打折的。"

李貌赶紧打圆场："吃饭啦，咱们边吃边聊。"

尚晋问道："奶奶，叔叔，阿姨，吃饭之前能不能耽误你们一点时间？"万山红说："不耽误，你说。""我想先做个自我介绍。"万山红一乐："边吃边介绍不就得了。""我这个自我介绍比较特殊。貌貌，你帮我。"李貌有点意外："干吗？"尚晋故作神秘："世界上最有效的女婿拜见岳父岳母的个人指南。"

尚晋从包里掏出了笔记本电脑，在李貌帮助下，用数据线把电脑跟客厅的电视机连接上。李双全、万山红和奶奶坐在沙发上面面相觑。

万山红问李才："他们这是要干吗啊？"李才一笑："马上您就知道了。"

电脑连接好了。尚晋拉过一把椅子，把笔记本电脑抱在怀里："奶奶，叔叔，阿姨，才哥，貌貌，我的自我介绍现在开始！"

尚晋一点电脑，电视上出现了尚晋做的PPT画面。

首先是尚晋的几张照片依次出现在电视上，并伴有提前录进去的画外音。

画外音：尚晋，男，山东人，北京客，刚刚拥有了北京户口——

画面上出现了尚晋北京身份证的特写。

画外音：身高1米82，没有抽烟、喝酒等不良嗜好，毕业于北方大学哲学系，李貌的校友。

画面上出现了尚晋的毕业证等相关画面，又出现了大学辩论赛的照片。

画外音：我和李貌相识于大学里的一场辩论赛，论题是中国武术是否有技击作用，我的观点是没有，李貌的观点是有。结果我赢了。

李貌看到李双全眉头一皱脸色有点难看，急忙补充："爸，后来我找尚晋比试了一次，把他打趴下了。"李双全又舒展开来了。

奶奶忽然举手。尚晋按了暂停："奶奶，您有什么问题吗？"奶奶说："我刚想起个事儿，别人都有礼物，为什么没我的？"李才笑了："奶奶，我也没有。"奶奶对李才说："你跟他是平辈儿，没有就对了！"尚晋一看老太太有点儿夹杂不清，急中生智："奶奶，您也有。"奶奶喜上眉梢："哪儿呢？"尚晋指了指自己："我。我呀。我就是您的礼物。"奶奶一乐："以后你听我使唤？"尚晋点头："对。"奶奶又说："可不能像李才似的露一面儿就跑。"尚晋忙说："不跑。"奶奶开心了："那敢情好。你脑瓜子灵，好使！你记住了，你得每周五给我打一个电话，听见没？"

尚晋一头雾水，不明白什么意思，用眼神询问李貌。李貌笑吟吟地说："你答应就行。"

万山红插话："妈，还没到时候呢，先别麻烦外人。"奶奶转过头："他不是外人。他是貌貌的对象，我的孙女婿。"万山红说："还没确定关系。"奶奶一听："那就赶紧确定啊。这小伙子我打眼就看上了。我看上的人错不了！"万山红脸色不高兴："是。您眼神多好啊！"

李双全赶紧转移话题，问尚晋："你这片子下边儿还有吗？""有。""有就赶紧放！"尚晋"哎"了一声，继续播放。

画面上出现了尚晋的父亲尚得志。开车照、练功照等照片。

画外音：这是我的父亲尚得志，前区政府司机班班长。

李双全朝万山红说："跟你同行儿啊。"

画外音：现风雷十二掌掌门。

万山红回应了李双全一句："跟你也是同道啊。"

画面上出现了尚晋的母亲管红花。工作照、理论演讲照、写作照等照片。

画外音：这是我的母亲管红花，前区政府宣传部理论科副科长，现退休在家，正着手写自传。

万山红问道："一区里的副科长，自传有什么好写的啊？"李貌在旁边伸手戳了万山红一下。万山红："戳我我也这么个看法。"尚晋笑着说："阿姨你说得跟我爸说的一样，我爸也这么说妈。"李才也忍不住问："干到退休干了个副科长，在政坛倒也是个悲剧。这悲剧的原因是什么呢？"尚晋解释道："用我妈的话说，她能力超群，但没有群众基础。"万山红恍然："明白了，就是人缘儿差呗。"尚晋点头："我也是这么认为的。"万山红转头问道："你人缘儿咋样呢？受没受你妈影响？"尚晋嘿嘿一笑："我人缘儿非常好。"万山红又问："女人缘儿呢？"尚晋一愣，有些为难："这个嘛——"李貌赶紧接话："一般。很一般。"万山红瞪了李貌一眼："让人自己说。"尚晋实话实说："男女感受可能不一样。我女人缘儿其实不差。"万山红警惕起来："跟李貌之前，谈过几次恋爱啊？""一次。"万山红有些不信："人缘和女人缘都不差才谈过一次？""我眼光高。"万山红追问："这么说你情况倒不复杂。什么样的人啊？为什么吹的？"尚晋有些不知所措："一言难尽啊。"万山红却不依不饶："没事啊。有的是时间。"

李貌打断："妈，您就别那么八卦了。"万山红说："这怎么叫八卦呢？我是关心你啊！他的这个前女友情况你了解不了解？"李貌无奈："了解一点。但不如你了解。"万山红一脸不解："什么意思啊你？"李貌白了一眼："尚晋前女友就是电视台那个主持人安心。你的偶像。"万山红说："别瞎掰！我跟你说正经的呢！""没瞎掰。不信你问尚晋。"

万山红望向尚晋。尚晋点头默认。

万山红吃惊："这怎么可能？这怎么可能？那不一著名主持人吗？"李貌一脸不悦："万师傅，你说话能不能别那么势利！怎么叫不可能？"万山红顾不上搭理李貌："没问你。我跟人尚晋说话呢。"尚晋老老实实回答："阿姨，我认识她的时候，她还不是主持人，是我师姐，我们在学生会认识的。"万山红继续追问："为什么分的啊？"尚晋有些尴尬："这个，也一言难尽。"万山红干脆地问："这样，谁先提的分手吧？""她。"万山红一拍大腿："这我就明白了。明摆着的嘛！"尚晋暗暗苦笑。

饭菜上桌，尚晋和李貌一家人围坐在一起吃着喝着。原本李双全和万山红是打算吃饭的时候好好盘问一下尚晋，把他的底摸清。没想到刚才尚晋通过PPT把自己和家里的情况交代了一个底儿掉，恨不得连上小学时得过什么奖状、受过什么处分都交代得一清二楚，结果到了吃饭的时候，李双全和万山红忽然发现没啥可问的了，半天没开口。他俩不开口，尚晋、李貌也心里忐忑不敢随便开口，气氛一时显得有些沉闷尴尬。

李双全没话找话："你爸他是……哦，刚才你那片子里有，司机班班长。来，喝酒。"

李双全郁闷地喝了一个，尚晋和李才赶紧端起杯子跟着干了。

万山红问："你这个儿有……"李才打断："刚才 PPT 里不都说了嘛，1 米 82。"万山红又找话说："那你跟李貌在大学里是……嗨，那片儿里也说了。"

尚晋也意识到尴尬，赶紧举杯敬酒。

"叔叔，我敬您一杯！"一口将杯中酒喝掉，又给自己倒上一杯，举杯朝万山红："阿姨，我也敬您一杯。"又一口干了。

李貌赶紧找话题："爸，尚晋说，他父亲一直认为他是练武奇才，想培养他做掌门人呢。"李双全惊讶："是吗？"朝尚晋问道："那就是说你父亲那——"尚晋忙说："风雷十二掌！""风雷十二掌是有师派传承的门派了？"

尚晋不胜酒力，几杯下肚酒劲已经上来了，说话也渐渐忘了分寸："什么师派传承，就我爸吹牛！不过我倒确实是个练武奇才，但我喜欢的是西方技击，不喜欢中国武术的花架子。"

李貌赶紧在桌子底下扯扯尚晋。

尚晋赶紧找补："哦，李掌柜，您不是花架子，我爸那是花架子！来，李掌柜叔叔，我敬您一杯！"说着又一口干掉。

李双全只好举起杯子跟着干掉。万山红瞪了李双全一眼："你少喝点！"

尚晋笑嘻嘻朝李才示意："才哥，你陪一个！"

等李才喝完，尚晋抓起酒瓶站起来给李双全和李才倒酒。

"李掌柜叔叔，我要表扬你，你立了一功。"李双全莫名其妙："我立什么功了？""我听说了，你把之前追求李貌的男的都打跑了，打得好啊！武术在这中间应该起了关键作用，因此，您不是花架子！"

尚晋说着自顾自端起酒杯又是一口干，李貌没拦住。

奶奶夸赞道："好酒量！喝酒就得这么喝！我看上的人，没错！孙女婿，你怎么不敬我一杯！"

尚晋连忙回应："敬！貌貌，给奶奶拿个杯子来！我敬奶奶一杯！"

奶奶期待地望向李貌。李貌拍拍奶奶的手背："奶奶，别闹。"朝尚晋怪罪了一句："喝你的酒吧！奶奶从不喝酒！"

尚晋兴致已经上来了，又朝李双全说：“李掌门，告诉你个秘密，我爸是花架子，他除了打我，不敢打别人！您是条汉子，不打自己人，靠谱儿！”

尚晋还想给自己倒酒，被李貌拦住：“好啦。饭都凉了。你也别喝了！”尚晋说道：“李貌同学，我要批评你，我跟李掌门交流一下武术界的情况，你不要插手！哎李掌门叔叔，您喝呀！”李双全推辞：“尚晋，我酒量不高。”尚晋仍不放过：“我新女婿头次登门，这杯我敬奶奶，奶奶从不喝酒，您就替奶奶喝吧！”奶奶开心地说：“好！替我喝一个！”

李双全无奈又喝了一杯。尚晋又要给李双全倒酒，被万山红一把撤掉了李双全的酒杯。

万山红对尚晋说：“李掌柜就不喝了！”尚晋又说：“万师傅阿姨，我也要批评您。我们男人喝点酒，您百般阻挠，不符合家庭主妇的做派啊！”万山红沉下脸：“请问，家庭主妇该什么做派啊？”“万师傅，在我们山东，按老规矩，女人都是不上桌的！”奶奶在一旁插话：“山东以前倒确实有这规矩。”万山红冷笑：“得亏这是北京。得亏这是新社会啊。”

李貌赶紧圆场：“妈，尚晋喝多了！甭跟他计较——尚晋同学，别胡言乱语！”万山红不阴不阳地回了句：“酒后吐真言。胡言乱语都是真心肺腑。”尚晋举起酒杯：“万师娘，我真心肺腑地敬您一杯！”李才提醒：“尚晋，叫错了，是万阿姨。”尚晋已经醉了：“不，就是师娘！我刚刚做出了人生中一个美好的决定，我要拜李掌门为师！才哥，你不争气，得不了李掌门的推手真传，我作为一个女婿，有必要勇挑重担！师父，徒弟先干为敬！”

尚晋又是一口闷，放下酒杯，站起身，后退两步，向李双全一抱拳：“师父，酒后无戏言，我是真心拜师，要行大礼！师父，弟子这厢有礼啦！”

众人还没反应过来，尚晋纳头便拜，谁知身子已经不听使唤，一头扎到桌子底下去了！一家人面面相觑。

李貌赶紧起身过去扶尚晋：“搞什么！赶紧起来！”

奶奶赞许地点头：“这个实心眼孩子哟！跟貌貌爷爷当年有一拼！我看上的人，错不了！这孩子，在公园里帮我智取花生油，心肠好！这孙女婿，我认定啦！”

万山红恼火地将筷子一顿：“这饭，就先吃到这儿吧！”

尚晋喝得酩酊大醉，李才李貌俩人合力费了好大劲才把尚晋抬到沙发上躺下。李才率先告辞，顺便先把奶奶送回了家。等万山红收拾完厨房出来一看，尚晋还在呼呼大睡。

万山红板着脸问李貌：“他平时就这样吗？”李貌脸上感觉有些挂不住：“平时他滴酒不沾……他今天见到你们太高兴了。”万山红没好气地说：“看出高兴了，差点把我撵下桌去！”李双全劝说道：“好了，就让他在这儿睡吧。明天再说。”

李貌无奈，找了床被子给尚晋盖上，回屋睡觉去了。

李双全和万山红准备上床休息。万山红靠坐在床头心事重重。

李双全对万山红说：“这个尚晋呢脑子不笨，人不坏，心眼不多。”万山红有些不满：“那个主持人安心能看上尚晋，说明他肯定有些过人之处。不过缺心眼总归是个大问题，这不行吧？”李双全淡淡地说：“一块手表，能让你知道时间，两块手表，时间就不准了。懂吗？”“不懂。有话直说。”“夫妻过日子，有一个有心眼的就行了。俩要都有心眼，要么过不长，要么过不好。”“我明白了。原来你是一直想给李貌找个比她心眼少的。这样家里李貌就能做主。”“话不要说得太直白。自己明白就行了。李貌从小温室里长大，没吃过亏，对人不设防，所以她成家我是希望她成为一家之主。”

万山红满意了：“那要照你这么说，这个尚晋还算贴谱儿。”忽然又想到了什么：“原来当年你看上我是因为我没心眼，你能成为一家之主，是不是？”李双全不置可否：“是或者不是，都已经没有实际意义。”万山红逼问：“那到底是还是不是？”李双全打马虎眼：“当时怎么想的，我已经忘了。”万山红说道：“你就是这么想的！”

李双全不说话，盘腿闭目打起坐来。万山红又问：“哎，你跟徐子雯谁心眼多？”“你曾经答应过，在我打坐的时候不打扰我。”“我明白了，你跟徐子雯心眼都多，但你没徐子雯心眼多，不是一家之主，后来就离了，到我这儿找一家之主的感觉来了！”

李双全调匀呼吸，继续打坐。

“哎！你说这徐子雯就不回来看看啊？对李才她就大撒把了？这么狠心啊？我都能看出李才对她有意见。我倒不是说我不管李才啊，我的意思是她作为亲妈，我对李才大包大揽合适吗？”

李双全打定主意不再接话，如同入定一般。

万山红撇了撇嘴，悻悻地钻进被窝里，头刚沾上枕头，没过三秒钟，就发出了轻微的鼾声。李双全睁眼看了看，悄悄舒了口气。

次日清晨天刚放亮，尚晋终于醒了，睁开眼，迷糊了好一会儿，才明白过来自己是睡在了李貌家客厅的沙发上。尚晋拍着脑袋想了半天，想起来自己向李双全敬酒拜师的情节，之后的事情就完全没有记忆了。尚晋既羞愧又自责，第一次上门就喝得烂醉，实在是丢人现眼。估摸着李貌爸妈也快起床了，尚晋赶紧起身，拿着自己的电脑包，蹑手蹑脚出了门。

尚晋刚出门，刚好遇上常有丽。常有丽一只手牵着狗、一只手拎着一袋垃圾，正准备下楼去晨练顺带遛狗。尚晋一看见垃圾，昨天夜里喝的酒开始反胃，一个劲地往上涌。尚晋极力控制，赶紧迈步往楼下走，谁知身体一动再也控制不住，“哇”的一口，全吐到了常有丽身上。

常有丽呆若木鸡。尚晋也吓傻了，扔下一连串的“对不起、对不起”，落荒而逃。等常有丽回过神来，尚晋已经走得没影了。常有丽气上心来，走到李家门口就要敲门，转念一想又停住了，掏出手机，对着自己身上的污秽咔咔一通拍，转身回自己家清洗去了。

李貌起床发现尚晋已经离开了，不知道什么情况，有些担心，连忙打电话问，尚晋说已经到办公室了，李貌这才放下心来。尚晋问昨天到底发生什么事了？我怎么醉成那样？李貌因为跟毛毛、马得路约好了上午去看婚礼场地，没工夫跟尚晋细说，说中午再说吧！

李貌到了工作室，和毛毛、马得路、李才会合，一同驱车去看场地。

马得路一路说着：“李貌，我跟毛毛这婚礼不能俗，要有范儿，最好设计出一种国际感、时尚感，当然，最重要的是网感——”李貌不解地问：“什么叫网感？”马得路一时语塞：“网感嘛，它就是，就是——李才，你跟李貌说说什么叫网感。”李才回应：“这个嘛，网感其实是我发明的，由我最早在互联网提出来，它实际上就是我们在从现实社交转向互联网社交后发生的一些变化。有人能感觉到，叫网感，有人感觉不到，叫无感。”李貌干笑道：“我无感。设计不出来。”毛毛说：“甭听他俩瞎掰乎！一婚礼要什么国际感网感时尚感啊，我认为还是民族化风格好一点。”马得路又说道：“说是一婚礼，其实已经不是一婚礼了。”毛毛一听：“不是婚礼是什么？”李才解释：“我给马总设计了一下，他也会邀请一些潜在的商业合作伙伴来参加，这是一个摆脱掉马得路胡同串子形象的绝佳良机。”马得路警告李才：“以后不准说我是胡同串子！但你前半句说得对，如果婚礼仅仅是一个婚礼，我是不会办的。”毛毛不放心：“你不办我妈不干！她眼巴巴盼这婚礼多少年了。”

马得路苦笑："她这么想把你嫁出去啊？"毛毛说："嫁我第二，收钱第一，她是想收回往年撒出去的份子钱。"马得路挠头："喜钱不是得给你妈吧？"毛毛眉头一扬："不给我妈给谁？"马得路说："也有我们家的呢。你妈把喜钱卷了，我爸也不干啊！我爸也眼巴巴盼着这一天的到来呢！"毛毛白了一眼："急什么，我妈说了，只要她自己那份。"

李貌详细查看完场地："真大，同时办俩婚礼都够！"毛毛一笑："是啊，要是你跟我们一起结婚就好了！"李貌转过头："毛毛，你真这么想？"毛毛看着李貌："瞧你说的，在距离咱们非常近的少女时代不就许下过诺言吗，不求同年同月同日生，但求同年同月同日结！"李貌又转头问马得路："马得路，你什么意见？"马得路回应："我以千手观音的姿势表示热烈欢迎！"李貌一拍手："那好，咱们拼个婚礼，能省不少钱，怎么样？"

毛毛愣愣看着李貌，马得路还没反应过来，依然说大话："见外！要是你真跟我们一起办，费用我包圆儿了！可惜你不给我这机会啊！"

毛毛扯扯马得路的袖子，马得路醒悟过来，看着李貌："貌貌，你开玩笑吧？"李貌笑道："婚姻大事，岂能玩笑！"马得路和毛毛面面相觑。

马得路有些犹豫："这，确实太突然了，容我们回家研究研究。"李貌倒是干脆："行，抓紧研究。"又转向李才，笑道："哥，我要结你前头了。"李才不屑地说："你先。哥一向让着你。我不急。"李貌追问："你是不急还是不敢？"李才油嘴滑舌："因为不敢，所以不急。"

毛毛和马得路回去以后立马跟常有丽商量合办婚礼的事。没想到常有丽一口赞同："当面锣，对面鼓。人生就是硬碰硬。我同意一块办。"毛毛皱眉："一办就免不了比较，都得对俩新娘子评头论足，我跟李貌谁把谁比下去都不合适啊。"常有丽问："得路，你觉得毛毛和李貌谁漂亮？"马得路一愣："啊这……当然是毛毛漂亮！"常有丽乐了："这不就得了。毛毛，只要马得路觉得你金贵，你管别人干吗！人生，活就活个轰轰烈烈，什么叫轰轰烈烈，就是自我感觉要良好！像在我们舞蹈界，要没良好的自我感觉，浑身动换不了。"马得路附和："毛毛，从性价比来讲，能省一半场地费，我拥护阿姨的意见。"

毛毛心里还有些疙瘩："你以前追过李貌，是不是还念想着跟李貌出现在同一个婚礼上啊？"马得路赶紧说道："毛毛，你别总抽冷子扎我一刀——阿姨，您得说句公道话。"常有丽一本正经地说："阿姨不能说，妈可以说。从今儿起，就叫妈吧。”马得路当即改了口:“妈!”常有丽一乐:“嘿,你倒是一点磕绊没有。毛毛,在你、得路、李貌这三角关系中,你是胜利者。胜利者得有高姿态。”毛毛无奈:“什么呀!李貌当时根本没看上他。”马得路不服气:“根本不是,是李掌柜从中阻挠。”毛毛问道:“要不阻挠呢?”

马得路被噎住,不知道怎么接。常有丽在一旁说道:“阻挠不阻挠,现在结果摆这儿呢。万山红当年插了我一杠子,今天你把这口气争回来了。”马得路回到主题:“阿姨,不,妈,咱们还是说眼前的事儿。”常有丽想了想:“眼前的事儿简单,咱们民主投票。”说着举起手来:“我同意。”马得路也举手:“我同意。”毛毛犹豫了半天没表态,常有丽不耐烦了:“二比一。这就算通过了。”毛毛仍有些迟疑:“得路,还有你爸呢?用不用征求一下他的意见?”常有丽干脆地回应:“不用。他爸我了解,属貔貅的,只进不出,凡是省钱的事儿他绝对同意。”马得路赔笑:“妈,还是你眼毒,看得准。”常有丽一脸得意:“那是。我不眼毒我能挑你做女婿吗?”马得路有些含糊:“您这话什么意思啊妈?”常有丽说:“什么意思?你爸守得住财啊!就那点拆迁款,这二年你看幸福里败了家的有多少?你爸守得住,这是你能成为我女婿的一个重要指标。”毛毛撇撇嘴有些不屑:“你这都说天边儿去了!我跟马得路是爱情关系,让你这么一说给弄庸俗了。”常有丽也觉得刚才那么说有些不妥,找补了一句:“当然,得路自身的优秀品质也起到了决定性作用。毛毛,现在是三比一,你表个态吧。”

毛毛撇撇嘴:“你们仨都同意,那我也就不反对了。”想想又说:“不过,省下的场地费得拿出一部分补贴我。”马得路一愣:“干吗?”毛毛说:“用到我的造型和化妆上呀。我虽然不愿意把李貌比下去,但也不能让李貌把我比下去呀。”马得路连连点头:“当然。化妆和造型的预算随时都可提高。人生之婚礼,绝不能失礼。”常有丽也动了心思:“那什么,得路啊,省下的场地费是不是也得分一点预算给我?”毛毛打断:“妈你就别凑热闹了。”常有丽白了一眼:“嘿!你这孩子!得路,婚礼我作为你们家长得上去讲话吧?”马得路连忙点头:“那是。那是。我爸不讲,您讲。”常有丽又问:“万山红也得上去吧?”马得路说:“他们家应该是李掌柜吧?”常有丽接着说:“即便是李掌柜,那万山红她肯定出席吧?”马得路回应:“那是。”常有丽终于说到了正题:“我被万山红比下去,也不大合适吧?”

毛毛琢磨出味来:“你是想着婚礼上把万姨比下去啊妈?”常有丽气势磅礴地说:“不把她比下去,我就不叫常有丽——更辜负了常有理这个外号!”

马得路和毛毛面面相觑。

常有丽滔滔不绝："服装是气质的源头，化妆是体面的保证。我不光代表我，我还代表你爸，我不光代表你爸，我还代表你那已经去世的妈。当然，我还代表在那里头的毛毛她爸。得路，你到底同不同意分一点小小的预算给我？不同意就算了，那我就不代表这些人了。"马得路被说崩溃了："同意同意同意。那咱们就全线出击！"毛毛皱眉："什么全线出击？难道你也要加预算？"马得路嘿嘿一笑："主要是想跟你匹配嘛！"常有丽提议道："我觉得，要不就让我受累来管预算吧。我做过出纳，管钱是我强项。"马得路赶紧推辞："别别别，太操心，这就不麻烦您了！"常有丽仍不甘心："一家人怎么还说两家话，不要怕麻烦我！我就是给你们解决麻烦的！"马得路一看形势不对："万万使不得！使不得！那什么，时候不早了，我先撤了。"

尚晋一上午在办公室里如坐针毡，好不容易等到中午，李貌过来了。

尚晋想起吐了常有丽一身的事，有些忐忑，也不好意思跟李貌说，只含糊地问："我不辞而别，没发生什么事儿吧？"李貌随口答道："没有啊。"尚晋略微放下心来，检讨自己："失误！失误啊！我不该弄个 PPT 做自我介绍！"李貌说："你是不该那么灌酒！李掌柜喝的都是高度酒，你当矿泉水呢！"尚晋解释："我就是想活跃一下尴尬的气氛……后来喝断片儿了，我没说什么过头话吧？"李貌白了尚晋一眼："你说呢？"尚晋倒吸一口冷气："……那都什么评价啊对我？"李貌叹了口气："李掌柜认为你聪明反被聪明误。""准确。准确。万师傅呢？"李貌摇摇头："搬起石头砸自己脚。""生动。生动。奶奶对我评价还可以吧？"

李貌刚要回答，手机响了，一看是奶奶打来的电话："说奶奶，奶奶到。"连忙接起电话。

奶奶这会儿正在家看电视，因为昨天电视被尚晋调成了标准图像，人不那么臃肿了。"貌貌啊，出大事了。""您别着急奶奶，慢慢儿说。""我电视里的人儿都从圆脸儿变成瓜子儿脸了，人都变瘦了，不喜庆了！""你是不是乱动遥控器了？""没啊。我想看圆脸儿。"李貌想了想："谁来过你这儿吗？""就昨天我那实心眼儿孙女婿来过。"

李貌捂住话筒，问尚晋："昨天你在奶奶家动过她遥控器吗？""动过。我给她调了调画面，她那电视画面都不标准。""聪明反被聪明误！"李貌松开话筒："奶奶，你先看着瓜子脸儿，我一会儿就回去给你调圆脸儿。好不好？”“行。别让我等太长时间啊，看着这些瓜子脸儿的孩儿我就心疼，个个都是没吃饱的样儿！”

李貌挂了电话，尚晋继续追问：“那最后他们是个什么意见呢？”李貌说：“给你打分了，60分。”尚晋失望：“这么低？”李貌苦笑：“这就很高了。他们基本同意啦！”

李貌抱住了尚晋。尚晋飞快亲了一下李貌，推开李貌：“不能抱。办公场所——我酒后表现很出色吗？”李貌看着尚晋：“你是因祸得福。李掌柜和万师傅开了会，得出一个结论。”“什么结论？”“你心眼少。”“是说我缺心眼吗？”“差不多吧。大概意思就是跟着你，我能当一家之主，受不了委屈。至少心眼上吃不了亏。”“你可千万别说漏嘴，我在智商上一直碾压你。”“我今天总算明白了，他们不是想找多优秀的，是想找我吃不了亏的！而且主要万师傅觉得那个破主持人能看上你，你肯定有过人之处，就这么同意了。”“这事够拧巴的。不过通过了总是好事儿。”

李貌话锋一转：“你跟那个安心还有联系不？”尚晋有些心虚：“没有。”“真没有？”“绝对没有！”“我相信你。你可别辜负了我的信任——这周末我跟你回青岛一趟。”尚晋有些意外：“这么急着见公婆？”“我是急着跟毛毛、马得路他们一块儿结婚。”尚晋一惊：“闪电战啊？至于这么风驰电掣吗？”“早晚都得结。持久战没意义。”“你这念头哪儿来的？”“昨天夜里做了个梦，梦见跟毛毛同天结婚。上午一查我十八岁时候写下的心愿清单，果然，其中一项就是我跟毛毛同年同月同日结婚。这是很重要的心愿，差点把它漏了！”尚晋觉得不妥：“貌貌，人家都筹备小半年了，再俩月就办事了，咱们还两手空空呢，场地都订不上。”“跟他们拼一个婚礼啊，场地费还能省一半呢！”“拼车拼房简单，这么短时间拼婚礼得拼命才行。”李貌索性问道：“你就说同意不同意吧。”尚晋立刻表态：“我巴不得。不过万一我爸妈要对你不满意呢？”

李貌从没想过这个问题，愣了一下又笑起来。

尚晋问：“你笑什么？”李貌笑着说：“一见我我就秒杀他们了，怎么会不满意？你笑死我算了！就这么说了啊，周末回青岛！”“对了，你爸妈对我有什么要求啊？”“去之前，你师娘会跟你谈话。”尚晋不解：“我师娘，谁是我师娘？”“你昨天酒后，已经拜李掌柜为师了，头都磕了，师娘叫得比山响。”“酒后戏言，他们不会当真吧？”“你自己看着办吧，反正李掌柜踅摸推手传人好多年了。”

尚晋不自觉地挠头。

李貌提醒道："还有，每到周五可要给奶奶打电话。"尚晋问："为什么呀？""奶奶安排的，周一我，周二李才，周三李掌柜，周四万师傅，周五我。现在她把周五安排给你了。她希望每天都有人给她打电话。""周六周日呢？""周六周日她得见活的。周六我，周日李才。不过李才神出鬼没的，一般我就替他了。"

一台电脑屏幕上闪烁着股票数字。书桌上搁着书稿，手写着一行大字：坎坷人生路。下边一个破折号、一行小字：管红花自传。

管红花在书房里来回溜达，一边溜达一边吟诗，推敲："坎坷人生路，崎岖过我心，展翅虽不得，壮志犹凌云。犹凌云？必凌云？犹？必？"

尚得志开门进来："老管，老管。"管红花埋怨道："你回来得真不是时候。"尚得志一愣："怎么了？我的家我还不能随时回来了？这是什么买卖？"管红花说："我正构思我自传的主题诗呢。你看人家曹雪芹的《红楼梦》就有一个主题诗，满纸荒唐言，一把辛酸泪。都云作者痴，谁解其中味？我也写了一个，我朗诵一下你听听。"尚得志摆摆手："别别别，我这有正事。我刚才在公园练拳，组织部把我叫去了。"管红花一惊："要返聘你？""不是要返聘我，是让我回家劝说你赶紧把办公室腾出来。你都已经退了，就给人家把办公室让出来吧。"管红花有些挂不住了："得志同志，这不符合组织程序啊。谈我退办公室的事儿，应该直接找我，找你是什么意思？"尚得志苦笑道："老管，人家都已经找你谈过三次了，让你三退茅庐你都不退。这不人家才找上我嘛。你为什么不退啊？"管红花一本正经地打着官腔："我不多讲，只讲三点，一、我对我工作过的地方有很深的感情；二、有些工作，我怕新来的同志不熟悉，我有时候还需要回去给他们传授一下经验；三、我在想，我这么年富力强，经验深，视野广，组织会不会返聘我，让我发挥一下余热呢？有这三点，我不敢退，怕辜负了组织的需要。"尚得志不耐烦了："不会返聘你了。你就赶紧腾办公室吧。"管红花问道："你这是代表组织谈话？"尚得志回应："对。今天组织跟我明说了，现在都是一刀切，退了就退了，没返聘这一说。"管红花叹了口气："好。既然组织上不需要我了，那我会配合组织要求的。今天我写的这首主题诗真是一诗成谶啊。你听听——"于是管红花开始有感情地朗诵："坎坷人生路，崎岖过我心，展翅虽不得，壮志犹凌云。得志同志，你说，这诗最后一句，是犹凌云好，还是必凌云好？咱们推敲一下。"尚得志一头雾水："我不懂诗。你看着办。我饿了，你赶紧弄点吃的吧。”管红花不屑地说：“我正在创作，没时间做饭。你自己到街上喝羊肉汤去吧。不准喝酒。”尚得志又问：“我给你弄点什么吃的回来？”管红花淡淡地说：“我创作的时候是废寝忘食的，吃不下。”尚得志无可奈何：“这是什么买卖！”

尚得志刚出门没一会儿，管红花手机响了，一看是儿子尚晋打来的，赶紧接起来。

“妈，这周末我回家。”“作为母亲，我非常欢迎你回来，但这周回来不大好吧？你不刚到新单位吗，应该给领导留下一个好印象，干一行，爱一行，要在自己的工作岗位上先扎下根。于公于己都有利。”“回家有好事。我带你儿媳妇回去给你瞅瞅。”“哦，婚姻大事啊。那我不多说，我说三点：一、这是大事儿，也是好事儿。二、但好事儿归好事儿，称呼还是要严谨，目前还是叫女朋友比较贴切。三、跟之前的那个安心同志关系处理妥当了吗？”“早处理妥当了。放心吧。这事以后就别再提了。你把家里收拾收拾，让我爸别抽烟，李貌对烟味儿过敏。”“信息收到。你只管你那边就行，这边的接待工作由我负责。对了，你把她名字、照片和个人简介都给我先传过来。”“到时候见真人不就行了！”“我和你爸对你的婚姻大事非常重视，工作必须滴水不漏，知己知彼方能百战不殆……”“好好好，我传。妈，还有一事，就是如果你们对这准儿媳满意，我们准备尽快结婚。”“这我没有意见。需要我跟你爸做什么呢？要钱出钱，要力出力。”“力不需要你们出，钱需要一点。我们现在需要一套房子的首付。就算我们借你们的。一定好借好还。”“这是什么话！你结婚，我跟你爸能连个房子的首付都不出？回来妥妥地给你们准备好！”“谢了老妈！”“你妈还不老！请不要加老字。”“谢了，妈。”“不客气。这是我应该做的。”

挂了电话，管红花立即给尚得志打电话，叫他喝完羊肉汤赶紧回来，商量儿子的终身大事。等尚得志到家，尚晋也把李貌的照片简历发过来了。两人对着电脑屏幕认真看着。

管红花微微点头：“眉眼儿不错。”尚得志皱眉：“太瘦。干什么的？”“自己开公司，照以前说法叫个体户。现在叫自由职业者。她是学室外环境设计的，但现在主要是搞室内环境设计。有点儿错位。”尚得志叹气：“给他找了一大把公务员姑娘他不要，自己去找了个个体户女孩。不带劲！这是什么买卖！”管红花说：“这事你不要再粗暴干预了。大学那会儿尚晋谈的那个安心你百般阻挠，你知道人家现在干什么吗？”“知道啊。听说是一电视台主持人。”“说得不准确，是一电视台著名主持人。虽然目前网络发展势头迅猛，但电视台依然是最好的工作单位之一。体面、风光。用你的话说就是——带劲！”尚得志疑惑起来：“她跟尚晋是我阻挠不成的？”管红花沉吟了片刻：“那倒也不全是。我也起到了很小的一部分作用。但主要是他们俩自己的性格问题。这都是往事了，不要再提。眼下是李貌这位姑娘周末和儿子一块回来，咱们得做一下准备。”尚得志对管红花说：“老规矩，你说我干。”管红花认真地说：“我刚才规划了一个接待方案。不多，就三点，一、你不能抽烟了，这姑娘对烟味儿过敏。”“啊呀啊呀，够娇气的。娇气不好。不带劲。”“不是谁都有毅力像我一样抽你的二手烟——二、咱们楼道里满是小广告，影响市容、楼容、家容，需要清理。归你负责。”“撕了人家就再贴上去了。没用。”“撕掉小广告之后，贴上警示纸条，落款写上‘风雷十二掌掌门人尚得志以及前区委宣传部理论科副科长管红花’。对贴小广告的会有点震慑力，保持两天的清洁是可能的。副科长后边加个括弧，写上‘实际主持工作’六个字。”尚得志迟疑道：“是不是有点高射炮打蚊子？”管红花语气镇定：“退休了就是低射了。主要也是要给北京这姑娘看看，咱们毕竟是政坛出身——三、也是最重要的，尚晋说了，需要我们给他们帮着出一点房子的首付。”尚得志点头：“出啊！攒钱不就是给他娶媳妇嘛！咱那股票咋样？”

说到股票管红花有些绷不住了，笑开了花：“涨疯了！涨停了！”尚得志大喜：“那赶紧出手吧！把钱腾出来！”管红花控制住情绪：“得志同志，慌什么？急什么？根据我的预估，还会有三个涨停！咱们等周五下午再出手，至少能多赚这个数！”

管红花伸出了五个指头。

尚得志说：“我不懂股票。别跟我说这个。你说了算。别耽误用钱就行。”管红花信心十足：“耽误不了！一切尽在掌握中！”

理想胡同咖啡馆里，一场小型创投会正在进行。李才和马得路如评委般坐在桌后，七八位创业者坐在李才、马得路对面的椅子上。旁边挂着一个投影幕布，播放着 PPT。一个三十多岁的创业者此刻正在演讲。

“请看这个矿，最初的勘探、开采都是由我主导的，现在这个矿的估值在十五亿以上。请再注意这一片海滩，这是我填的。现在这片海滩已建成亚洲最大的海参养殖基地，未来的利润不可想象——”

李才打断：“您过往的辉煌历史不需要再介绍了。我们更重视未来。对吧马总？”马得路点了点头：“那么，你的梦想是什么？”创业者说：“我的梦想是——养殖带鱼！”马得路问道：“养殖业已经这么广泛了，养殖带鱼还有什么空间？”

另外几位创业者都忍不住偷笑。

马得路转头问李才：“他们笑什么？”李才低声回答：“马总，带鱼在深海活动，没法儿养。”

马得路作恍然状，朝台上的创业者问：“带鱼是深海生物，没法儿养。这你难道没做过调研吗？”创业者回答：“带鱼不能养，这是全人类的共识。但我这个项目的价值就在于把不能养殖的带鱼养殖出来。我要在浅海建一个深海区，模拟深海环境，使带鱼鱼苗能够先期生长，然后逐渐减轻压力，使带鱼继续进化，最终使它进化为我们唾手可得的鱼类，以后光靠这个浅海地带深海环境之知识版权就可以是数百亿的利润——”

李才正想开口，忽见上次那位斗笠青年进来了，坐到了创业者中间，直盯着李才。李才不自觉有些紧张起来，低声朝马得路说：“马总，我离开一下。”马得路皱眉：“别走啊，带鱼这个领域我不懂。”

李才略一思索，站起身做了个停止的手势，打断了带鱼创业者的演讲：“不好意思，打断您一下，您这个项目确实天马行空，也有非凡的价值。但是你刚才PPT里填的那片海滩是我们马总填的。创业者好大喜功的心情我能理解，但对抄袭与欺骗不能谅解。谢谢。”

带鱼创业者有些目瞪口呆，羞愧下台。

李才喊着：“下一位。”说完迅速起身离开了。

李才走到咖啡馆大厅另外一角，回头一看，斗笠青年果然跟了过来。

李才稳住心神：“刘兄克弱老师，请坐。”刘克弱一愣：“知道我谁了？”李才一副成竹在胸意味深长的架势：“我虽不是火眼金睛，但在地面上也能眼观六路。克弱兄之来龙去脉，我已一清二楚。”刘克弱鼓了几下掌：“哦，好，好，本来今天我就是来给你透底儿的，既然你都偷摸搞清楚了，就省我大事了。看来你没有轻敌。很好。那咱们就开门见山了。”李才有些懊悔自己的托大：“我倒也想听听克弱兄的自我透底。”

刘克弱呼地打出一记直拳，李才下意识朝后一仰，眼见刘克弱的拳头已经到了面门，无论如何是躲不过去了，不料拳头紧贴着李才的鼻尖稳稳停住了。

刘克弱说："无论场上，还是场下，我喜欢打直拳。直来直去，不绕弯子。你都已知道的事情，还啰嗦什么？"李才看着拳头有些打怵："好。不啰嗦。克弱兄请讲。"刘克弱收回拳头："两条路，一、接受我的挑战。条件不变。二、允许你投降。"李才问道："克弱兄，你说的投降莫非是议和的意思？"刘克弱挑衅地说："反正就是你满足我一个条件，我就不再踢你馆了。你觉得是议和就议和，我觉得有点像投降。不过议和这个名分可以给你。"李才好奇："我想听听克弱兄的条件。"刘克弱说道："想听条件先听题。第一题，郭纯希是你现在的女朋友吗？""不是。""第二题，你现在有女朋友吗？""没有。""第三题，郭纯希会成为你未来的女朋友吗？""应该不会。""第五题，应该不会还是绝对不会？""是第四题。是应该不会。因为世界上没有绝对的事物。我要说绝对不会我就违背了宇宙规律，我不能自欺欺人。"

刘克弱看了李才一会儿，点点头："所以，我的条件就是你把郭纯希交给我。咱们这事就了了。"李才笑了笑："我没有权力把她交给你。""但她住你那儿。""很多女孩子都住我那儿。""我知道。这也是我没有动你的原因。如果只有郭纯希一个女孩子住你那儿，我早把你胳膊卸了。"李才下意识左右看了一下自己的胳膊。刘克弱又说："不交给我也可以，你别让她住你那儿就可以了。这是你的权力和权利吧？"李才看着刘克弱："克弱兄，一、我是个善良的人，做不了狠心的事儿。二、我是个正直的人，做不了违心的事儿。三、因此，这我做不到。"刘克弱脸色暗下来："那你就是逼着我对你狠心了。那你就要等着应战了，李推手。"李才笑道："克弱兄，解决一个问题，不要只用一个办法。"刘克弱不屑地说："我就一个办法，克弱。起这个名字，就是为了把所谓世界上强的东西变弱。"

李才问刘克弱："这就是您今天要透的底儿？""这能叫底儿？这叫面儿。""那底儿是什么？""你不开讲座，我就没法踢你的馆，所以在你下次开讲座之前，我先去踢别人的馆。我早就认为传统武术，根本不具备实战技能。我要一个一个挑战武林门派，看看他们到底有多少绝活儿。我将在武林界，掀起狂波巨澜。最后我来证明：你，李推手，以及你背后的李氏推手，都是不折不扣的骗子。这就是我今天的底。"刘克弱一抱拳："再会！"

第五章

一名打扮新潮考究的男子走进了尚晋办公室。尚晋起身招呼："您好。"男子盯着尚晋："天行健，君子当自强不息。但我确实不是很好。所以无法回答你'您好'。到你这儿来的人我估计都不会很好，所以，你打招呼的方式应该改变一下，比如说：您来了，请坐。"

尚晋只好改口："您来了，请坐。"

男子在尚晋办公桌前的椅子上坐下："有道而正焉，可谓好学也已。你反应很敏捷。我很满意——新来的？""是的。""很好。我有事情要调解。"

尚晋拿出调解接待表格："您的姓名。""在下梅然光。梅花的梅，然而的然，光秃秃的光。""您什么职业呢？""无业。""您来是要调解什么事情？""我想请你调解一下我跟我内心的关系。"尚晋一愣："您跟您的内心出现纠纷了？""正是。""那是什么纠纷呢？""我不想活了。我刚在楼顶站了四十分钟五十六秒，想跳下去。后来怕砸到别人，没跳。现在人群密度太高，砸到人的概率比较大。"

尚晋打量了一下梅然光，见他不像是开玩笑，呼地一下站起来，上前握住梅然光的手。

"感谢您的爱心。感谢您拯救了一名路人甲，或者路人乙。您要好好活下去，有什么困难就跟我说。"梅然光拍拍尚晋的肩膀："别激动，请坐。我过了刚才那个劲儿了，现在不是想死了，是想怎么能活。"

尚晋坐下："您破产了？""我在北京有十六套房子，幸福里就三套，账上还趴着六个亿。除非我破罐子破摔，否则我破不了产。”尚晋有点迷糊了：“那您的具体情况是？”“先不急谈我的情况，先谈一下我想解决的问题。其实也不多，就三个问题：一、我是谁；二、我从哪里来；三、我要到哪里去。这仨问题，你能解决吗？”尚晋笑了：“您碰对人了，我是学哲学的，主要研究这三个问题。”“好。同行。”“您也是研究哲学的？”“最近这几年研究了一点。我报了人大的哲学班，北大的国学班，说大成有些骄傲，说小有心得其实稍嫌谦虚。”

梅然光说着掏出手机：“来，冒昧加您个微信。”尚晋掏出手机，两人互相加微信。尚晋问道：“您是想微信探讨？”“否。我这三个问题，微信解决不了。要彻底解决这仨问题，你首先得了解我。咱俩加上微信，我先把我的资料传给你，你先研究一下我的过去，看一下有没有信心来跟我坐而论道。”尚晋点头：“好。我有信心。我保证能解决您这仨问题。”“小伙子，别说大话，北京的心理医生和心理学专家已经被我谈废二十来位了。其中一位，跟我谈了半年，把自己谈崩溃了，我又好不容易把他给谈回来，给他做了心理建设。之后，我就不怎么敢再找心理医生了。误己可以，害人不行。”尚晋好奇：“那您有没有想着给自己做一下心理建设？”梅然光摇摇头：“医不自治，巫不自卜。盲目自信，必入歧途。难也。你确实有信心与我坐而论道吗？我真怕害了你。”“您只要保证咱们坐而论道之前您不再想不开，我保证解决你这仨问题。”“好。驷马难追，一言为定！”

送走了梅然光，尚晋接到一个电话，是幸福里社区一家花店店主打来的，说是有纠纷，急需调解。尚晋挂了电话赶紧背着包就去了。

花店店主叫杨樱。此时她正跟一名男子在掰扯。有几个围观群众。

男子说：“你拆散我的家庭，就想这么简单打发我？不可能！”杨樱无奈地回应：“我只能给你这么多。”男子：“我告诉你，你必须为此负责，我的家庭——”杨樱打断：“您消停会儿吧，调解员马上就到，不如省点力气讲给调解员听。否则一会儿你还要说一遍。”

男子一想也是，不说话了。杨樱端起一盘糖块分给围观的人：“来，吃糖。刚开业，大家多多关照。”又把托盘递到男子跟前：“您也来一块吧。”男子拒绝：“不吃！”杨樱劝道：“建议您吃一块巧克力，补充一下体力。照您这脾气，一会儿还得折腾呢。”男子一听不乐意了：“你说我折腾？谁折腾了？是你折腾我！”杨樱点头：“哦，好，不是折腾，是申诉。一会儿你得向调解员申诉吧？放心吃。吃了你该怎么索赔还索赔。”

男子想了想，气呼呼拿起一块巧克力，撕开包装扔嘴里吃。

杨樱笑了："挺好。一码归一码。你这性格挺好的。我喜欢。"

男子哼了一声没说话。尚晋这时候赶到了，一看众人都在嘻嘻哈哈地吃糖，倒愣了："这儿是有什么纠纷吗？我是调解员尚晋。"杨樱回应："有。"指了指男子："他有纠纷。"男子解释："不是我有纠纷，是我跟你有纠纷。"杨樱承认："对。是跟我有纠纷。你跟调解员阐述一下吧。"

男子说道："调解员，是这样的——"杨樱打断："等会儿。"朝尚晋问："你的证件呢？我得看看证件。现在骗子太多了。"

尚晋掏出证件，杨樱看了看："是个真调解员。"朝男子说："你说吧。"

男子继续："今天是我跟我老婆结婚一周年纪念日，我看这儿开了家花店，就给我老婆订了一束花，想给她个惊喜，但是她把名字写错了，我老婆姓郭，她给写成了王女士。我老婆质问我王女士是不是我的小三。现在要跟我离婚。我这好事变成了坏事。你说，该怎么办？"

尚晋朝杨樱问："情况属实吗？"杨樱点头承认："属实。是我的错误，因为刚开业，我一个人忙不过来，就写错了。我愿意赔偿他一束花，并向他道歉。对不起！"男子激动地说："一束花能解决吗？道歉能解决吗？我的家庭被破坏了！"杨樱问男子："你有小三吗？""我没有！我当然没有！""既然你没有，怎么能被破坏了？""因为你送错了！我老婆怀疑我有！"

尚晋明白了怎么回事："这位同志，别着急，这个事情听下来我觉得不难解决，就是写错了名字，你如果解释不清楚，可以让你爱人来花店，让这位店主解释一下。您爱人在哪儿呢？她可以来这儿吗？"杨樱也说："让她打车来。我付打车费用。"男子摇头："不用付打车费用，你付我的精神损失费就行了，我买你这花的十倍。"尚晋问杨樱："他买了多少钱的花儿？"杨樱回答："三百二。"男子说："你付我三千二，这事就了了。"杨樱无奈："我不能付。开了这先例，我以后怎么开店？我是个马大哈，经常写错，这么赔，几天就把我赔光了。但我以后会尽量注意的。"男子不依不饶："你知道自己是马大哈，你雇人来干啊！"杨樱情绪低落："以后会雇的。现在还雇不起。谢谢你的主意。"

尚晋想了想，问杨樱："你愿意赔他多少？"杨樱说："再赔他三百二十块钱的花儿。"尚晋朝男子说："这位同志，她刚开业，业务上可能还不熟练。您买花也是图个好心情，就别在这件小事儿上纠结了，三百二十块钱的花儿，您挑了回去跟您太太过周年纪念日吧。”男子拒不接受：“已经没什么好心情了。她必须付我的精神损失费。三千二，一分都不能少。这事你要是调解不了，那就派出所见。到哪儿我都占理！”尚晋劝说道：“理你是占的，错确实是这位——”“杨樱。”“错是杨女士的——”杨樱打断：“叫我杨樱就行。我还没结婚，叫女士叫老了，叫小姐又不好听。”“好的。错确实是杨樱的。但你的理要是越了界，就是讹诈。对也变成了错。您要十倍赔偿，是不合理的。”男子问道：“哪儿不合理了？你拿出依据我就服你！拿不出来，赔钱！”尚晋一脸从容：“2014 年 3 月 15 日我们国家实施了《新消费者权益保护法》，其中第 55 条规定，消费者有权获得经营者的赔偿为三倍赔偿。十倍赔偿也有，在第 96 条，但那是针对食品的。鲜花不属于食品，因此你能获得的最高赔偿是 960 元人民币。你可以打开手机，上网查看法律原文。”男子：“那我就要最高的三倍赔偿！双倍不行！我也不要花儿，我要钱！”

杨樱拿出钱包，点出十张人民币，递给男子：“一千。不用找了。有法律依据就行。多少我都给。”

男子接过钱，又拿出手机，打开视频，对准杨樱。

“你现在向我太太解释一下，给她道个歉。”杨樱点头：“可以。”

杨樱对着手机，正要开口又想起什么：“你视频加柔光没有？否则会拍得我不好看。”男子没好气地回答：“没加。”杨樱说：“我给你调整一下。”

杨樱自顾自拿过男子的手机，调整了一下，将手机还给男子：“行了，这样拍出来才好看。”

男子把手机对着杨樱。

杨樱又问：“您太太姓什么？”“郭。”杨樱对着手机镜头说道：“郭女士您好，我是鲜花朵朵鲜花店的老板，在给您送花的时候写错了名字，是我的责任，在此我向您真诚地道歉。希望您生活愉快，万事如意。谢谢！可以了吗？”

男子收起手机：“就这样吧。”转身走了。

杨樱朝围观的人说：“不买花的话，都散了吧。谢谢大家围观啊。围观也是一种支持。”

围观的人都散了。杨樱对尚晋说：“今天谢谢你啊。”尚晋微笑：“这是我应该做的。”杨樱拿出手机：“咱们加个微信。以后有了麻烦事儿少不了麻烦你。”

尚晋掏出手机，两人互加微信。

杨樱问：“不买束花给你爱人？”“我还没结婚呢。”“女朋友更应该买啊。算了，别买了，我送。”“不不不，我们不能拿群众一针一线。”“还挺讲原则。行，我尊重你当一名清廉干部的理想，不送你花了。”尚晋想了想：“这样吧，我买一束玫瑰。”

尚晋捧着玫瑰去了李貌的工作室。李貌有些意外又惊喜，认识这么长时间，尚晋还是第一次给她送花。转念一想，大概是因为通过了上门考核，两人的关系算是落听了的缘故吧。一问，尚晋老老实实回答：“刚才去给一家新开的花店调解，顺便买一束花照顾照顾花店生意。”李貌有些失望：“就这啊？我还以为有什么特殊意义呢。”一旁的苏洁也帮腔：“就是。尚晋哥也太不浪漫了，哪怕说句假话哄哄貌姐呢。”李貌说：“哄你个鬼！在不浪漫和撒谎之间，我情愿接受不浪漫。”苏洁做了个鬼脸：“得，两头不讨好，我还是躲远点吧。”

正好到中午饭点了，李貌叫了外卖，和尚晋一块儿边吃边聊。李貌询问尚晋的工作情况，尚晋想起了梅然光，随口就聊了起来。

“我遇到一个棘手的调解对象。我正考虑怎么解决。”李貌说：“你不是没调解不了的事儿吗，怎么工作不久就遇见棘手的了。”“这个人叫梅然光，是个煤老板，他的名字就是煤烧没了怎么办的意思。现在煤炭业萧条，他已经不经营煤矿了。超大富豪，精神空虚。现在可以说除了钱一无所有，学过国学、哲学、心理学，有很强的调解和反调解能力。”李貌惊讶：“他还有调解能力？”“是的。他学了很多心理学和哲学知识，能说服别人，但说服不了自己。”“够拧巴的啊。那就让他到你这儿来给你当助手啊。你忙的时候让他来给别人调解事情，调节心理。调着调着别人，他就把拧巴的自己给拧巴回来了。负负得正，否定之否定。”

尚晋豁然开朗，两眼放光，站起身来：“貌儿，亲爱的貌儿啊！”李貌吓一跳：“干吗啊你？怪瘆人的！”

尚晋上前一步，捧住李貌的脸，在李貌额头上亲了一口：“我用嘴唇给你点个赞。一语惊醒梦中人啊！我就这么办！”李貌没明白：“怎么办？”“让那个梅然光给我当助手！”李貌好笑：“我随口胡说的啊。你可别偏听偏信。”“不，你金声玉韵蕙质兰心，随口这么一说，就是真知灼见。这个建议我采纳了！我马上回去给这煤老板做个调解方案！”

隔日尚晋就给梅然光打电话，约他下午过来面谈。之前尚晋建议的减压室刚建好，就在尚晋办公室的里层房间，里面摆了五个假人，每个假人都有各自的主题，比如“家暴”“财产”“怄气”之类。另外准备了各种稀奇古怪的减压工具。

尚晋很满意，趁着休息的当口自个儿先在减压室里把各种工具试用了一番。

万山红恰在这时来找尚晋，进了门就听见里层传来噼里啪啦的声音，吓一跳，壮着胆子走到里层门口一看，尚晋正发狂似的猛揍一个假人。万山红看傻了忘了说话。还好尚晋一扭头看见了万山红，急忙停了手："阿姨好！"

万山红小心翼翼地问："你干吗呢？"尚晋笑眯眯地招呼："阿姨您请进，好玩着呢。"

万山红进了减压室，四下看看，迷惑不解。

尚晋随手拿起一个苹果递给万山红："阿姨，您使劲摔。有多大劲使多大劲。"万山红犹豫着："这算不算毁坏公物啊？"尚晋笑："您要能毁了它我服您。您没那么大手劲。"

万山红不服气地往地上一摔。只见苹果碎在地上。万山红自豪地说："我可是开大公共的！"尚晋说："阿姨您再看。"

万山红低头一看，惊讶地发现苹果又慢慢地恢复了原状。

尚晋笑着拾起苹果："这是减压苹果。"又逐一介绍其他的物品："这是减压仿真人。这是减压沙袋。这么说吧，这里边东西都是用来减压的。"万山红将信将疑："摔苹果打假人儿就能减压？"尚晋解释："不能除根儿，但能应急。来这边调解的，有些暴脾气，一时用话压不住，就让他们打一阵摔一阵，明火消了再灭暗火。"万山红又问："免费打？""免费。哎，您打几下试试，手感很好。"万山红伸手摸了摸一个假人："我打合适吗？""合适。您对谁有火，在打的时候就可以把它想象成谁。很过瘾。"

万山红心里想试，但不好意思。尚晋善解人意："阿姨，我出去，你自己试。"尚晋出了减压室，就听见里边传出了砰砰拍打的声音，倒吓了尚晋一跳。

万山红对着假人咬牙切齿痛痛快快地打了一顿饱拳，果然感觉痛快多了。从减压室出来，万山红这才说明来意：家里包了饺子，特意给尚晋送来一盒尝尝。

尚晋显得有些受宠若惊，正好还没吃午饭，于是打开万山红带来的饭盒津津有味地吃起来，边吃边夸："就爱吃韭菜鸡蛋馅儿，香！"万山红看着尚晋问道："你们家也常包饺子吗？""逢年过节包。平时吃不到。""不爱吃？""不是。我爸妈那会儿忙，吃饭就凑合。就是逢年过节，也包不到您这么好吃。我妈不爱做饭，吃饭纯粹只为生理需要，我爸就没见进过厨房。""那你遭罪了！不过这饺子也不是我包的，是李掌柜的手艺。当然，我包的话也不比他的差。"

尚晋一盒饺子吃了大半，看万山红有些心不在焉，明白了："阿姨您光给我送饺子，还是有别的事？”万山红笑了笑：“主要是送饺子，也有一点小事。”“您请讲。”“吃。你边吃边听。”尚晋“哎”一声继续吃饺子。

万山红说道：“你和李貌不是想回山东吗，有几句掏心窝子的话掏给你。我一般是不掏的。”尚晋边吃边回应：“您掏。我一定接住。”“谈恋爱是谈，用嘴就行；过日子是过，光靠嘴过不去。对不对？”“对。”“一个窝儿、四个轮子是过日子的基本条件。我和李掌柜商量了，你们家也是普通家庭，车和房都买太累。房，你爸妈他们买；车，算我和李掌柜陪送的。”“我爸妈一直想给我买房。我从记事起，他们就常说，攒钱给我盖房娶媳妇儿。放心吧。”“尚晋，我在很严肃地掏心窝子。”“我也很严肃。阿姨，要别人这么说，可能是句戏言，但我爸妈不是，他们过日子像开会，没有戏言，说给我攒钱肯定给我攒着。”万山红明显松了口气：“那我就踏实了。你爸妈付个首付，我们给你们买辆车，日子就转起来了。”“阿姨，付了首付，也不能那么快拿到房，我们可能还是得先租房子。”“那也甭租。先住我们那儿。多会儿拿到房了，多会儿搬出去。”尚晋赞赏道：“阿姨，别看你文化水平不高，但你真是个明白人啊！你们那儿空着也空着，我们不住也白不住。很好，就这么办。”万山红一脸拧巴。

下午，梅然光准时过来了。尚晋把梅然光领进减压室。

“梅老板——”“叫我梅先生。”“梅先生，这是我们的减压室，在谈话之前，用一下减压工具减一下压很有用，这五个主题的假人是我们给被调解者减压的主要途径。您要不要试试？”

梅然光轻轻摇摇头：“彼之蜜糖，吾之砒霜。这玩意儿对一般的调解者有用。对我，无效。你知道当年跟我一块经营煤炭业的那些同行现在都打什么吗？”尚晋点头：“知道。”梅然光一愣：“你知道？”“我从您给我的资料入手，了解了一下你们煤老板这个群体的现状。其中有一个煤老板小团体，主要去非洲狩猎。我了解到一个叫刘大伟的煤老板，一次性就打了四头大象，六只长颈鹿，五只斑马。”“对。那次他花了五百多万。我也在。”“你也在？你打了没有？”“下不去手啊。我毕竟在人大和北大读了书的。人有了文化，想法就跟以前不一样了。那次我本来想打只野鸡过过瘾，后来一想，这不还是欺负弱者吗？野鸡也就不打了。现在他们也不喊我了。文化，使人独立，也使人孤立啊。”尚晋又问：“您确定不打一下这些假人吗？”梅然光摇摇头：“不打了。”“梅先生，咱们到外边聊吧。”

两人来到尚晋的办公室坐下。“梅先生，您最近都做了些什么事？”“路漫漫其修远兮，吾将上下而求索。我最近一直在自己的精神世界里漫游，还是在想那三个哲学问题：我是谁，我从哪里来，我要到哪里去。”“您这三个问题实际上是一个问题，就是接下来干点什么让你觉得有意义。”“就这么简单？”“就这么简单。你是谁？你是梅然光。梅然光这个名字对你是有隐喻的，一个是往坏处想，煤在你生命中燃光了，你就完了。”“我是这么想的。这个名字起得不吉利。”“还有一个往好处想的理解，就是煤在你生命中燃没了，你继续发光。”“这叫自欺欺人。”

尚晋转变了话题：“好，梅先生，咱们先不说问题，先说你的焦虑。”“焦虑太多了。我捋了一下，主要这么两种焦虑：一、我的智力发展速度跟不上我财富增长的速度。我的钱来得太快了。挖煤挖了几十个亿，煤没得挖了，到北京来啥也不会干，我就买房子，买了小二十套房子，呼呼呼又增值了几个亿。这些钱，对我来说是烫手山芋。我越学哲学与国学，我越发现我的智力驾驭不了这些财力。德不配位，必有灾殃；财不配位，一样一样的啊。尚晋老弟，你觉得呢？”尚晋笑道：“你思考得很深入。”“二、我们煤老板原来就会一件事，请客送礼。离开煤炭业，两眼一抹黑，啥也不会，但就是有钱，因此我遇见很多骗子，冲我钱来的，设了很多套儿，也损失了个几千万，反正不伤筋动骨，我也没追究，但以后怎么办？房子已经买不了了，限购了。国家做得对，我们这些有钱人买卖房子就更富有了。这不就是不劳而获吗？所以我最大的焦虑就是，怎么人一旦有了钱，就越来越有钱了呢？真烦哪！真让人痛苦哪！要照这么下去，社会就严重贫富分化了。家国大事，不能不想，我经常为此失眠啊！”“梅先生，您想得有点多了。社会的事情您先放在一边，有我们中央领导和各级政府在想，您就想想您自己能不能找到点有意义的工作来干。”梅然光叹气：“找了。找不到。”“我给你找了一份工作。”梅然光一愣：“什么工作？”

尚晋从桌上拿起一个张表格递给梅然光，微笑着：“我代表幸福里社区居委会，聘请你为幸福里社区调解办公室的志愿者。你把这表填了，就可以了。”梅然光顿了一下，问道：“都干什么？”“我不在的时候，你帮我值一下班，接待和调解一下来访人员。”“有钱吗？”“志愿者，没有钱。”“那就好。只要没钱的事儿，我就爱干。我要干砸了呢？罚钱不？”“不罚。”“罚一点吧。不罚我没动力。我接待的，我没能调解成功，一例罚五千！”“不可以。这个无法入账。你如果坚持，我们无法聘请你为志愿者。”梅然光一拍桌子：“好！纪律严明！我喜欢！我当这个志愿者！”尚晋朝梅然光伸出手去：“那咱们就说定了。明天你就过来上班！”

送走梅然光，尚晋又去了杨樱的鲜花店，想做一下回访：“我来做一下调解回访。调解后，那位同志没有再回来找你麻烦吧？”杨樱微笑着说：“没有。钱都给了，他还找什么麻烦？”尚晋有些担心：“这就好。那天我的工作出现了一个疏漏，没有让那位同志留下一个调解字据就走了。我怕他反悔。”杨樱说：“没问题。我这店里都有监控。不怕他反悔。”

尚晋把表格填好，递给杨樱：“你在下边签个字儿就行。”

杨樱接过表格，刚要签字，又停住：“你们这是要存档吧？”“对啊。”“我能不签吗？”“一般来说，调解当事人是要签字的。您为什么不能签？”“我怕泄露隐私。”“我们这都是内部存档。别人调取不了。”“那好。我相信你。我签。”

杨樱签了字，将表格还给尚晋。

尚晋接过表格：“谢谢。”杨樱问道：“尚晋，我这店算在你的辖区对吧？”“对。”“如果有人找到居委会，打听我，你就说没这人。可以吗？”

尚晋有些疑惑地打量着杨樱。

“你放心。我不是逃犯。”尚晋想了想：“这个我不能答应你。要看什么事情，什么性质。”“这样，改天我请你喝茶，我把事情原原本本告诉你，你再决定帮不帮我，怎么样？哦，对了，你不拿群众一针一线，肯定也不能吃群众一茶一饭，咱俩AA制可以吗？”“可以。”“一言为定！”

梅然光果真到居委会上班来了，这会儿正在接电话。

梅然光对着手机说：“不去，不去。老方，以后打牌打麻将的事儿都不要找我了，我最近入职了。”老方显然有些惊讶：“你入职了？入什么职了？”“在政府一个部门，任点小职。”“什么部门啊？你是不是又被人骗了？现在冒充政府部门骗人的不少。”“不可能。我就坐这儿呢。你们打吧，我要工作了。”“到底什么工作啊？”“保密。”“保密部门？你指定被骗了！”“不要嫉妒我。再见。”

刚挂断手机，就从门外进来一对纠缠在一起的年轻男女，两人几乎是打着进了调解室。男的比较矮，女的比较高。男的脸上挂了彩，看上去是被女方挠的。男方抱着女方的胳膊把女方推进了调解室。

年轻男子边走边说：“我就不信没个讲理的地方了！”抬眼看见梅然光：“你就是调解员吧？你给我们讲讲理！你这儿讲不了，我们就去派出所，去公安局！”年轻女子不甘示弱：“有本事咱们去妇联！”年轻男子喊道：“妇联我也不怕！走！”

梅然光来了精神：“走什么？到我这儿来，就算到头了。什么事儿，跟我先叙述叙述。”年轻男子开始述说：“我们今天要去民政局领证。”梅然光点头：“好事。继续。”年轻男子继续：“但我在去找她的时候，忽然发现她卧室里还有一双高跟鞋。这让我火冒三丈！”梅然光不解地问：“高跟鞋是女人的标配嘛。为什么火冒三丈？哦，是不是别的男人给她买的？”年轻女子说：“我自己买的。”梅然光一脸茫然：“那就没什么问题啊——你为什么火冒三丈啊？”年轻男子站在女子身旁：“你看看她这个儿，快冒顶了！你再看看我这个儿，是不是不够高？”梅然光一乐：“你这个儿确实很谦虚。”年轻男子说：“对啊。她穿什么高跟鞋？她这一出生就自带高跟鞋了，还穿什么高跟鞋？”

梅然光听明白了：“小伙子，这个观点我觉得咱们可以商讨一下，女人再高，也有穿高跟鞋的权力。你也可以穿增高鞋嘛。”年轻男子无奈地说：“我已经穿了！”梅然光同情地：“哎呀！哎呀！很有上进心嘛。没想到你们的高低差距确实还是有一点。但无论如何，我们不能限制世界上任何一位女性不穿高跟鞋！”年轻男子气呼呼地说：“我们有协议，她这辈子不再穿高跟鞋！她说她把所有高跟鞋都送人了，我才决定跟她去领证。但谁知道，她还藏着一双！她这安的什么心？”年轻女子解释：“我就是想收藏一双不行吗？”年轻男子问：“世界上有收藏高跟鞋的吗？”

梅然光打断：“不要吵。让我说几句——姑娘，你是答应他把所有高跟鞋都不要了吗？”年轻女子回应：“我答应他以后不再穿高跟鞋了，并没有说高跟鞋都不要了。”年轻男子追问：“你都不穿了，你为什么还要？”梅然光劝解道：“小伙子，在这里，我提醒一下你，要一双搁家里，并不代表穿。”年轻男子反问：“这说明她心里还想穿。对不对？”年轻女子看着男子说：“对。我心里还想穿。但我为了你，我答应不穿。”年轻男子仍无法接受：“你不穿你为什么还想穿？你就是想用身高来压制我。”年轻女子火了：“我跟你没法说，这证儿咱别领了！”年轻男子朝梅然光说：“你看看，你看看，她屋里搁一双高跟鞋为的就是不跟我去领证。她就是嫌我个儿矮！还把我脸抓破了！”年轻女子愤怒地说：“我没嫌你个儿矮，是你没事儿找事儿。”年轻男子又问道：“我让你扔你为什么不扔？”年轻女子激动地说：“我就不扔。我只答应你不穿。”

梅然光忽然问道：“姑娘，这双鞋有什么故事吗？”年轻女子神情黯淡了下来：“我妈送我的。十年前她过世了。实际上，这双鞋我早穿不进去了。我就是留个念想。”梅然光恍然大悟：“哎呀，你看看，这事弄得，不带劲。”年轻男子愣了：“你早说啊，早说我就不让你扔了。”年轻女子咬着牙：“我偏不说。不是我妈留给我的念想我就不能留一双高跟鞋了？你这哪来的道理？”梅然光不住点头：“说得好，说得好。”年轻男子不高兴，朝向梅然光：“你什么意思？你这不是成心拆散我们俩吗？”梅然光耐心说道：“小伙子，不是我拆散你们俩，是你自己要拆散你们俩。她留双鞋怎么就不行了？不要这么自卑。”年轻男子争辩道：“我不自卑，我通过这双鞋，觉得她不爱我。爱我就该不要高跟鞋。”梅然光继续说：“那你爱她也应该让她留双高跟鞋啊。爱，不分高低，只分真假。如果我是你，我不但允许她穿高跟鞋，而且一定要她穿高跟鞋，你们之间高矮的差距是你的骄傲，不是你的自卑。”

年轻男子愣了一会儿，若有所思：“好像有道理。我怎么没这么想？”梅然光笑了：“那是你没遇见我。”年轻男子问：“我现在应该怎么办？”梅然光示意道：“一个优秀的男人，首先要学会道歉。”

年轻男子迟疑了一下，朝年轻女子道歉：“对不起。咱们继续领证去吧。”年轻女子沉着脸：“不接受。”年轻男子又说：“你把那些高跟鞋都收回来吧。你爱怎么穿就怎么穿？”年轻女子顿了一下：“真的？”年轻男子点头：“真的。”

年轻女子扑哧笑了：“我回家穿高跟鞋去。”说着转身就走。年轻男子连忙追了出去：“等等！我陪你去！”

梅然光舒了一口气，不由自主地面露自得之色：“完美。相当完美！”

尚晋回到办公室，梅然光正伏案写调解报告。

“梅先生，有收获吗？”“收获很大。拯救了一对即将破裂的恋人。我正写调解报告呢。”尚晋饶有兴致地问：“大概什么情况？”“我给你看报告。”“不，你用嘴说出来，这样可以锻炼你的思维。”“哦，这是考验我呢？好，我用嘴汇报。就是一个男的比较矮，不，也不是这个男的比较矮，是这个男的跟他的女朋友比起来比较矮，这个女的非常高，于是男的很自卑，不让女的穿高跟鞋，为此两人在领证的时候发生了纠纷，最后经过我调解，他让女的穿高跟鞋了，于是两人领证去了。完美吧？”

尚晋摇头：“不算完美。”梅然光愣了愣：“什么意思？”“这种情况下，你得单独跟女方谈一次，看看这个男的是不是有心理问题或者精神问题，如果有问题，要考虑劝这个女的三思而后行。”梅然光迟疑道：“这，宁拆一座庙，不拆一门婚哪。”

尚晋指了指墙上的一张写着“辨法析理，胜败皆服”八个大字的条幅：“看见这条幅没有？辨法析理，胜败皆服。什么意思呢？就是说，调解工作不一定是以当事人暂时的和解为圆满，而是要让他们认识到事件当中的原因和危机，使他们从根上解决问题。”梅然光恍然大悟：“哎呀，明白了，明白了，我还是把调解工作当成劝架了。不够深刻，不够深刻啊。”尚晋笑着：“调解工作没那么简单，你慢慢体会——我中午想吃泡面，你要不要吃？”“吃。必须吃啊。我就爱吃人家嘴里说的垃圾食品，还有路边摊儿。以前秘书、司机都不让。现在秘书、司机都没了，想吃啥吃啥。尚晋老弟，你是不知道，做个有钱人，太麻烦了。哦，我不是刺激你啊。我就是有一说一，肚里存不住话。”尚晋一乐：“没事，你多刺激一下我，让我多了解一下有钱人是怎么想的。为我以后调解那些被钱憋出毛病的有钱人打下坚实的基础。哦，我不是说您被钱憋出毛病了啊。”梅然光笑了：“没事儿，我就是被钱憋出毛病了。我买泡面去。”“不用买，我包里有。”

尚晋打开他那个啥都有的双肩包，掏出几包方便面来。

梅然光赞叹：“你这包真是啥都有啊！”

时间一晃就到了周五。尚晋买好了回青岛的高铁车票，计划第二天一大早跟李貌一同奔赴青岛。尚晋打电话把车次时间告知了母亲管红花，嘱咐母亲做好接待工作。管红花说你放心回来吧，都安排好了！

挂了电话，管红花想起来这几天光顾着准备迎接准儿媳，没顾上看股票，眼看快闭市了，赶紧打开电脑看一眼。这一看不要紧，管红花顿时面无血色呆若木鸡，良久才缓过神来，赶紧拿起电话哆哆嗦嗦地拨打尚得志的手机。

尚得志正在公园打拳，接起电话，还没问什么事，电话那头管红花就一连声地：“完了完了完了！崩了崩了崩了！”“什么完了？什么崩了？”“跌停了！崩盘了！股市事故啦！”“这是什么买卖？这是什么买卖？”“得志同志，你快回来，我心口窝儿有些闷！”

尚得志赶紧往家跑。到家一看，管红花正捂着胸口，看着电脑屏幕上一片惨绿的股市行情发着呆。

尚得志问：“咋样？”管红花呆呆地：“钱没了。”“我问你心脏咋样了？”管红花指了指跌停的曲线：“跟那曲线一样一样的。”“心脏也跌停了？那赶紧得上医院啊！走！”“不用不用。心脏还没跌停。”“那就没事。不就跌停嘛，有跌有涨嘛！咱涨了那么多回，还怕它跌一回？”“得志同志，你不懂股票，这不是一般的跌停。这是崩盘式跌停。”“不一切都在你掌握吗？”“我小看股市了。它竟然比我想象的还要复杂。”“有多少就收多少。赶紧退出来啊！”“退不出来了。我玩的是杠杆炒股。能不倒贴就不错了！”

尚得志终于意识到了问题的严重性，呆看着管红花：“你的意思是咱家没钱了？”管红花无力地点点头：“我犯了路线性错误。”尚得志一跺脚：“你个败家娘们啊！”管红花满脸悔恨：“得志同志，我向你严重道歉！我杠杆炒股，不该不通知你！”“当时炒股我就不同意。你老嚷嚷理财是一个家庭的经济命脉，把自己财理别人兜里去了，给别人续命去了！”“炒股的决定，最后你还是同意了的。这个事实，你不能否认。”尚得志懊恼：“这是什么买卖！”“囤里无粮，心里发慌。我现在四肢不勤，六神无主。”尚得志有些担心地盯着管红花：“老管，我看新闻，说有赔了跳楼的。你跟我说句实话，你会不会跳楼？”“得志同志，我是一名身经百战的干部，受党教育这么多年，怎么会走那条路？”“好。你没这想法就行了。”“看来你还是关心我的。我很欣慰。”“我可不是那意思。我的意思是，你只要保证不寻短见，我就得继续批你了！”“我同意你继续批我。只要你能出气你就批！但咱们必须深刻反思。我在自传里准备单辟一章，主要写咱俩理财方面的反思，题目叫漫漫人生路、理财走麦城。你觉得怎么样？”尚得志苦笑：“我觉得叫偷鸡不成蚀把米更好。”管红花还自顾自地说着：“自传我还是想用书面语，比较符合我的政坛生涯背景。你这句显得没文化。”尚得志无奈：“你有文化。你想想明天怎么面对你的儿媳妇吧。”管红花说道：“车到山前必有路。总会有办法的。”

次日一早，尚晋和李貌踏上了赴青岛的高铁。尚晋简略说了一下前天和万山红谈话的内容。

李貌说：“你不该答应万师傅让你爸妈买房的要求。”尚晋看着李貌：“这要求很合理啊，为什么不答应？钱现在贬值，不如买成房产。”“万一你爸妈没钱呢？”“不可能。他们至少有五十万。”李貌诧异：“你怎么知道？”“这还不简单，公务员工资都是公开的，加上他们的工作年限，减去日常花销，一算就算出来了。误差不会超过五万。”李貌这才放心了：“等咱以后有钱了就还给他们！”

尚得志和管红花这会儿却在家中为接站的事情争执。

尚得志说道：“这是什么买卖！我不能一个人去！我没脸一个人去！”管红花对尚得志说：“我不能跟你去。”“为啥？”“会显得太隆重。”“我去就不隆重？”“接人要注意分寸。不接，礼数不周；接，又不能过于隆重。第一次接，就是给这次会面定调子，调门儿低了可以升；高了，就降不下来了。”尚得志听得迷茫：“我不管你那一套。要接，咱俩一起去；要不，就让他们打车回来。”“得志同志，你怎么就不听指挥呢。”“管红花同志，你是我老婆，不是我上级。”管红花追问：“那你跟我说说，你为什么不愿意去？”“我跟尚晋一直就别扭，弄个首都姑娘我更不自在。而且现在兜里没钱，你慌，我更慌！你让我单独跟他们一块儿，是要憋死我呀，还是要憋死我呀！”管红花不屑地说：“这就是说你撑不了场面？”

尚得志一听有门儿，赶紧奉承管红花：“老管，咱家撑场面不都是你嘛！不是我不想去，是我根本就应付不来。”“那就是说让你自己去，可能没气场，让人姑娘小瞧了？”“正是。”管红花长舒一口气：“那我就亲自走一趟！”

看看时间差不多了，两人一起驱车去往火车站，买了站台票到站台迎接尚晋和李貌。列车准点到了。车厢门一开，尚晋和李貌就率先走了出来。

尚晋向尚得志和管红花介绍：“爸，妈。这是李貌。”李貌很自然地叫出来：“爸，妈。你们好。”

尚得志和管红花一愣，没想到李貌头次上门居然就改口叫爸妈，一时不知道怎么回应。管红花憋出一句：“青岛欢迎你。”尚得志也急忙憋出一句：“欢迎欢迎，热烈欢迎。”

一行人去了停车场，上了车。尚得志驾车，尚晋坐副驾驶，管红花和李貌坐后排。尚得志驾车娴熟地行驶在车流里。

李貌夸奖道：“爸，你车开得真好。”尚得志得意地说：“那是，退了休我一直想去赛车挣钱，人家说没有老年赛车比赛。我想跟青年一块比，人家又不让。很不带劲！”李貌一听：“您可得教我两手。”尚得志脱口而出：“你都拿本儿四年了，基本技术都掌握了吧？没基本技术我没法教你！”

李貌一愣，管红花咳嗽了一声，提示尚得志话说多了。

尚晋赶紧打圆场：“爸妈很关心你，专门向我深入了解了你的情况。”李貌倒不在乎：“挺好，这样省了很多麻烦。你没给我做个 PPT 文件？”“来不及，只发了份你的个人详历。”“妈，你还有什么深入问题就随便问，我好多事没准尚晋不清楚呢。”

管红花不知道李貌是真心话还是反话，只好说：“没什么深入的问题。”又朝向尚得志：“得志同志啊，你把你那开车诀窍跟李貌说说。”

尚得志一说到车话就多了：“开车重要的是感觉，我能把五万的车踩出十万的感觉，十万的车轰出三十万的感觉！”李貌好奇地问：“什么窍门啊这得？”尚得志说道：“一要快，二要稳，三不管什么车，一律都当成破车——别心疼它！”管红花严肃地：“得志同志，咱们家这车以后你就少开吧。”

李貌忍不住笑了。

尚得志也笑了：“唉，这是什么买卖！”

到了家，尚得志陪着尚晋、李貌有一搭没一搭闲聊，管红花则担任大厨在厨房忙活，终于一桌菜齐了，四个人团团坐下。尚晋开了一瓶酒，给几个人分别斟满。李貌一看桌子上的菜有些发愣。

尚得志兴致勃勃地逐一介绍：“猪头肉、猪蹄子、猪心、猪肝、猪尾巴、猪肠、猪皮冻！”李貌笑道：“合起来就是一头猪啊！”尚得志点头：“对头！除了猪肺，别的啥都有！其实我最爱吃猪肺了，咬起来有口感。放心吃，这是绿色猪，吃粮食长大，我到乡下抓的！就是有次我去市场买猪肺给我气着了！”李貌问：“怎么了？”尚得志说：“卖猪肺那人问我，你这是买回去喂狗啊？以后再不买他的猪肺了！”

李貌抿嘴笑。管红花见李貌光说不动筷子，有些疑惑：“李貌，你不吃荤？”李貌笑着说：“倒不是。就是有点儿晕。”管红花关心地问：“用不用吃片儿晕车药？”李貌回应：“不是，我没晕车，我晕肉。”尚得志禁不住哈哈笑了起来：“还有晕肉的？怪不得你这么瘦！要当老尚家媳妇没一百斤以上可不中。”

管红花白了尚得志一眼：“少说两句——我就跟你说，别上这么多肉！”尚得志解释：“全社会不都在申遗，提倡继承文化传统吗？女方第一次见公公婆婆在咱们老尚家，就得全猪宴！气派！厚实！地道！”尚晋乐了：“爸，我没听说青岛有这风俗啊？”尚得志说道：“不学无术！全猪宴不是青岛的风俗，是咱们尚家的家宴，用今天的说法，就是尚府私房菜。这是我爸传给我的。现在这家风传给你了。”

尚晋笑笑端起酒杯：“爸，我陪您喝一杯。”“我不用你陪——哎，你怎么学会喝酒了？年纪轻轻不学好！从小就教育你，烟酒不能沾！在外边你是不是早就开始喝酒了？嗯？”

尚晋难为情地看了李貌一眼：“没，没喝。”

李貌忽然道：“爸，我想喝一杯。”尚得志一愣：“啊？……你是客，你可以喝，香槟还是啤酒？”李貌指指白酒：“就这个！”

李貌说着端起酒杯："爸，妈，感谢你们对尚晋的培养！"仰头一饮而尽。尚得志只好也干了一杯。李貌又给尚得志和自己满上。

尚得志挠头："这是什么买卖！这是什么买卖！还喝不喝？"

李貌说："喝呀。爸，听说您规矩多，敬酒要敬几杯来着？"

尚得志回应："三三不断，三杯起步。"

李貌又端起酒杯："那咱们喝个六六大顺！敬您！"

这顿饭四个人喝了两瓶半白酒，李貌少说喝了也有七八两，醉得迷迷糊糊，还不肯去休息，搬了个小马扎坐在电视机前看电视。

电视里在演一部婆媳剧。婆婆和媳妇正在争吵。

李貌指点着电视里的婆婆："不是我说你，你这个观点是非常老旧的。你需要接受一点新思想。脑筋不更新就跟电脑一样，被淘汰啦！"又指点着电视里的媳妇："你也是，多大点事儿啊，跟她这儿瞎掰扯什么呢！不知道屁股决定脑袋吗？不知道世上的女人做了婆婆都一个德性吗？争吵能解决什么问题？"

尚得志和管红花坐在沙发上，面面相觑。

尚晋端来一杯茶，递给李貌："来，喝杯茶。"李貌推开："不喝，等我劝完她俩再喝！"尚晋说："别劝了，你去睡会儿。"李貌摇头："不行，这个婆婆太不讲理了，今天我必须打抱不平！"

李貌又对着电视机指指点点："长大后，女孩就成了女人，女人就成了婆婆，毕竟你还是个女人啊，毕竟你还曾经是个女孩啊，怎么做的事情都是非女人的呢？我要是你儿媳妇，绝对不接受你这样欺负人。我要兵来将挡，水来土掩。我弄死你！尚晋，你妈不会是这样的吧？"

尚晋连忙说："当然不。她通情达理。"李貌醉醺醺地说："我觉得还有待观察。你爸那人比你妈好，朴实，正直。你妈那人啊，城府很深，心术很多。"

尚晋看管红花脸色都变了，赶紧一把抱起李貌就往房间走。

"干啥？放我下来！""别闹，你喝多了，赶紧睡一觉去！"

尚晋把李貌抱进房间，赶紧关上了门。

管红花低哼了一声："酒后吐真言啊。听见没，人家要观察我。"尚得志劝慰道："这姑娘主要是说电视里的人呢。她喝多啦！"管红花很失落："不管怎么说，她对婆婆这个职务还是有一定看法的！她对我还是有一定看法的！"尚得志倒是一脸得意："她对我的看法倒是很准。"管红花没好气地白了尚得志一眼。

李貌一觉睡得昏天黑地，醒来时已经是深夜。尚晋一直守在床边，见李貌醒了，赶紧递过一杯水。

李貌咕咚咕咚一口气喝完杯中水，稍微缓过点劲来："我醉了？"尚晋叹气："我到你家醉了，你到我家醉了，算是打成了平手。"李貌担心地问："我没干什么不靠谱的事儿吧？"尚晋苦笑："没。就是批评了我爸大男子主义、不懂跟年轻人沟通。"李貌一惊："你爸怒了吧？""还没开始怒，你就醉了。""然后呢？""然后咱们四个一块看电视剧，你劝电视剧里一对吵架的婆媳劝了半个多小时。"李貌崩溃地捂住脸："啊？丢人丢大发了！你怎么不把我拉开？""拉不开啊！""我都说什么了？""你说屁股决定脑袋，世上的女人做了婆婆都一个德性。""罪过，罪过。你妈不会觉得我是说她吧？""当然觉得是在说她。""这怎么办？""有些话说就说了。你就是没说对方也一定会这么想。再说了，我妈她经历过残酷的办公室政治，什么事都忍得住装得下。"

李貌懊恼地拍打着自己的脑门子："咱们的事你跟他们说了吗？""跟我妈说了。他俩晚上开会，明天给答复。你饿了没有？""肚子早就起义了！""起来吧，我带你吃宵夜。"

两人去了某处海鲜大排档。尚晋点了一桌子的蛤蜊、螃蟹、皮皮虾、大虾，两人大快朵颐。李貌拿着手机给一只大螃蟹拍照："奶奶最爱吃螃蟹了。"尚晋说："找时间把她接到青岛来，让她好好吃几天。这么大年纪了，不吃白不吃。"李貌点点头："嗯。咱们得赶紧攒钱。钱是实现愿望的基础。"

李貌手机响了，一看是毛毛发来的微信，只有俩字：拼了。

李貌开心地说："毛毛他们同意拼婚礼了。"尚晋想了想："接下来必须紧锣密鼓才能步步走到点儿上。不过，我妈今天有点不太对。"李貌抬头问道："怎么了？"尚晋分析说："她眼神有六十度角的游移，没对焦。不敢跟我直视。""这说明什么？""说明她心里没底。我妈是属胶州大白菜的。""好吃？""不，心儿卷得深！她要心里有底，眼睛能喷火苗儿！"

尚得志和管红花这会儿正在卧室里严肃地讨论。

管红花无可奈何地说："面对尚晋和李貌，我浑身出汗，眼都没地方搁。幸亏后来这姑娘喝醉了跟电视机较上劲了。"尚得志叹气："要不就说先缓缓？这事还是得咱们做主！""得志同志，胳膊扭不过大腿。""谁是胳膊，谁是大腿？""他俩是大腿，咱俩是胳膊。""说反了吧？""没反。你以为尚晋还是当年你抓过来就揍的孩子啊？”“我现在揍他他也得受着。”“你没认清形势！中午你不让尚晋喝酒，那姑娘就单刀直入护上了，你一手遮天的时代过去了。”“不服。我不服。这是什么买卖！”“尚晋落了北京户口，根儿就扎首都了，要再由着你的地雷脾气，不是把他往外推吗？”尚得志底气不足了：“我都是为他好。”“儿子结婚，让咱帮个首付，不过分吧？”“我没说过分。攒钱就是给他娶媳妇的。”“尚晋说了，算借咱们的。”尚得志皱眉：“要有就痛快给他了，还说啥借！关键是让你的杠杆撬走了，拿不出来啊！”

管红花努力镇定下来：“三条路。一、大路。开诚布公，说没钱。”尚得志不能接受：“不带劲！那面子不掉坑里去了？臭了肉咱也不能跌价儿。”“二、要面子那就走小路。借。”尚得志头疼：“一辈子没向谁张过口，怎么借呀？三五万好鼓捣，三五十万到哪儿划拉啊！第三条路呢？”“夜路。”尚得志不解：“怎么个夜法儿？”“用话儿拿住首都姑娘，先渡过眼前难关。”尚得志一脸茫然：“用话拿人，怎么拿呀？”管红花高深莫测地一笑：“这是我的强项。”

次日中午，尚得志、管红花召来了大姑、二姨、大舅、大表哥等一大桌亲戚，在某海鲜大酒楼举办盛大家宴。李貌被安排在管红花右手位置，她注意到，在家里，坐上首位置的是尚得志，但到了外边场合，主位上坐的是管红花。尚得志坐在靠门的位置，这个位置俗称副主陪。菜以海鲜为主，很丰盛。

管红花往李貌面前拿海鲜，忽然想起什么：“李貌，海鲜你不晕吧？要晕的话你就少吃点儿。”李貌赶紧回答：“海鲜我不晕，我能吃。”尚晋大姑说：“别硬撑着啊。这儿也有别的菜。”尚晋笑着说：“没事儿，李貌就爱吃海鲜。”

尚晋大姑看着李貌说道：“李貌，大姑向你赔个不是，我听说昨天得志照我们老尚家的老规矩，给你整上去一头猪，把你给整晕过去了。今天让我好一顿说！”

众人笑。尚得志辩解：“这是什么买卖！她那是喝醉了。”

尚晋大姑冷不丁问道：“李貌，你一个月多少工资啊？”李貌一愣，没想到对方会问这个问题，含糊其词：“哦，不固定，有时多有时少。我们是自由工作者。”尚晋大姑不解：“自由工作者？这是个什么工作？”尚晋解释说：“就是个体户的意思。”尚晋大姑明白了继续追问着：“哦，我明白了。那个体户能挣不少啊。你最多挣多少？最少挣多少？”

李貌不好回答，看了一眼尚晋。

尚晋笑着说：“大姑，这是隐私。”尚晋大姑白了一眼：“你这孩子！这还用嘱咐，现在社会上人人都注意保护隐私，我们不会出去乱说的。”朝向众人嘱咐道：“李貌哪儿说哪儿了啊，你们谁都别出去说啊。这是隐私！”又热切地看着李貌：“多少？多少？”

众人都看着李貌。

李貌笑笑：“我的收入，我爸我妈都没问过。”尚晋大姑同情：“哎呀，哎呀，这，李貌，你爸妈对你太不关心了。以后这里也是你一个家。常来常往啊。”李貌说：“大姑，我爸妈很关心我，但他们不关心我的收入。”尚晋大姑疑惑地问：“这不还是一个意思吗？——管科长，是不是这么个意思？”管红花谨慎回答：“北京是国际化都市，可能跟咱们这边的风俗习惯不一样。”尚晋大姑眉头一皱：“能有什么不一样？青岛不也是国际化都市吗？哦，我明白了，我明白了，人李貌真严谨，收入目前不稳定，人就不说。那什么，李貌，我听说你还有个哥哥，怎么没一起来看看？我们青岛还是有些景儿可看的。八大关、栈桥、海滩，都是享誉海内外的风景胜地。”

李貌赶紧顺着大姑的话转移话题：“尚晋，你怎么没邀请我哥来啊？他就爱看风景胜地。”尚晋不知道怎么回答，只好说：“下次，下次。”尚晋大姑又问：“李貌，我听说你跟你哥是，是，是那什么，对吧？”李貌明白大姑的意思，大大方方回答：“是同父异母。”尚晋大姑接着问：“那你没受你哥欺负吧？”李貌尴尬一笑：“我一直欺负他。”

李貌感觉再被问下去会很被动，站起身举起酒杯：“我给各位长辈敬一杯酒——”

管红花将李貌拉着坐下：“李貌，别着急，还没轮到你呢。”

尚晋大表哥举起酒杯：“该我了，我这第一杯酒，敬在座各位长辈各位同辈春风得意、意气风发、发家致富、富可敌国、国泰民安、安居乐业！”

众人一起干杯。

尚晋低声对李貌说：“大表哥是教语文的，喜欢拽词儿。”

大表哥敬完酒，看着李貌的杯子说：“弟妹，不要养鱼。”

李貌一愣，不明所以。

尚晋解释：“一杯酒没喝完，我们这边叫留着养鱼，意思是让你全喝了。”

李貌这才注意到自己杯子里还留有一小口酒，于是端起杯子喝干。

尚晋大姑称赞：“干净利落！——哎，李貌，你们家几套房啊？”李貌随口答道："两套。"

尚晋二姨正跟尚晋碰杯，低声说："祝贺！以后至少也有你们一套。"

尚晋冷汗直出，心虚地看了眼李貌，李貌横了尚晋一眼，眼神如刀，尚晋赶紧转移了视线。

管红花轻轻拍了拍手："酒过三巡，菜过五味了，我插几句。"

众人都静了下来看着管红花。

"我不多说，就说三点。一、我和得志同志，对尚晋和李貌的事儿，很满意。尤其是李貌，让我们很感动。对吧得志？"尚得志连连点头："很感动啊，很感动。""大家都知道，最近几年，我国经济形势飞速发展，标志之一就是房价坐上了火箭。"大表哥插话道："嗖嗖的！""二、我和得志同志，一生为人清廉、两袖清风，李貌明知我们无力购房，却毅然下嫁，这样的好姑娘，这样的好姑娘，那什么——"大表哥又补充道："打着灯笼也难找！""对！打着灯笼也难找！"

众人热烈地鼓起掌来，啧啧称赞。李貌心里有些吃惊，面上还保持着微笑。尚晋也很吃惊，望向管红花，管红花却始终不跟尚晋的视线接触。

大表哥又举起杯："这第二杯我敬弟妹，弟妹超凡脱俗、高风亮节、花容月貌、心地善良。"

尚晋大姑满脸笑容："这就应了那句话，不是一家人，不进一家门。李貌这样的好姑娘，就是为咱们这样善良厚道的人家准备的！"

酒桌上又掀起了一片赞同声。李貌在众人的赞同声中又横了尚晋一眼。尚晋如坐针毡尴尬不已。

一回到家，尚晋立马把管红花拉进书房里询问情况："电话里你不还说有钱吗？怎么又说没钱了？你把钱花哪儿去了？"管红花回应："个人隐私。"尚晋哭笑不得："又跟我来外交辞令是吧？我是担心你们被人骗。"管红花嘴硬："儿子，你也太看不起你妈了吧，我一国家干部，搞理论出身的，能被骗吗？"尚晋追问道："那钱呢？"

管红花迟疑了一会儿还是交了底："儿子，我跟你坦率交代吧。我们炒股，被套了，现在一贫如洗，中午那顿饭钱还是你大姑掏的。"

尚晋半天说不出话来："妈，没钱不要紧，你得提前跟我说，我来跟李貌解释，再想其他办法。"管红花顿了顿："让你说，不是让你为难嘛！我话里话外轻描淡写地这么一说，既夸奖了对方，还让你下了台，让我们也不难看，这就是一种家庭外交辞令。”尚晋感到无奈：“妈，家庭无外交！你不能把你的工作作风带到家庭生活中来。你这样让我没法跟李貌解释。”管红花不解地问：“我饭桌上不都解释了吗？你还解释什么？”“你那是添乱。”“尚晋，要是咱们买不起房她就不跟咱，那这样的姑娘也不能娶。”“不是房的事儿，也不是钱的事儿，是你不该绕着弯子说话。”“我不绕怎么办？我倒想直接开诚布公，但你爸好面子，醉死不认那壶酒钱。”

这时只听见外边传来尚得志一声大叫——“嗨！”两人吃了一惊，忙不迭出了书房，到客厅一看，松了一口气。原来是尚得志在给李貌表演风雷十二掌。李貌笑吟吟地在旁观看，丝毫没有什么不快。

尚得志一是想露一手，二也是因为没钱给尚晋、李貌买房子而心生愧疚，想补偿一下李貌，一套掌法打得山呼海啸地动山摇。

管红花低声对尚晋说：“看，你多心了，人李貌没生气。”

尚晋看着笑吟吟的李貌却有点惴惴不安。

尚得志双掌纷飞，突然一个定式，收住拳脚，竟打了个满头大汗。李貌适时地递上一条毛巾：“爸您歇会儿。”尚得志接过毛巾擦汗：“带劲不？”李貌伸出大拇指：“带劲。”尚得志得意地问：“看出来历了吗？”李貌说：“生龙活虎。像是从动物身上化出来的掌法。”尚得志一笑：“眼力见儿不错！风雷十二掌厉害就厉害在有文化底蕴，这就是十二生肖啊！狗蹿、虎跳、猴纵、马跃……”

尚得志说着不由自主又比画起来，忽然想起什么：“哎，你说我这掌法跟你爸的推手比起来，哪个更带劲？”李貌想了想：“拳种门派不一样，没法比。各有千秋。”“那要是我跟你爸比画比画，谁厉害？”“说实话？”“实话带劲！”“二十年前，你厉害；现在，我爸厉害。”“为啥？”“您的掌法是外功，青年时最强，拳怕少壮；我爸的推手是内功，越老越带劲，细水长流。”“我以后得找你爸比画比画。行家一伸手，才知有没有。这个境界你可能不懂。”“我懂。”尚得志一愣。李貌一脸得意：“我跟人动过好几次手。前些日子还跟一个亚洲搏击大赛的冠军交过手呢。”

尚得志有些难以置信地看着李貌：“难道你也是个练家子？”李貌笑道：“不信你问尚晋。哎，对了，尚晋也跟我交过手。”

尚晋拼命朝李貌使眼色示意李貌别说下去，李貌没看见。

尚得志有些担心：“我倒也教过尚晋几招，他没怎么伤着你吧？”李貌一乐：“没。我把他伤了。把他扔地上磕断了鼻梁骨。我们俩都背了个处分。”管红花想起来了："哦，上大学那会儿，跟尚晋打架的那个学生就是你啊？""对对对，就是我。辩论赛我输给尚晋，实战尚晋输给我，算是打了个平手。"尚晋讪讪笑着："我们是不打不相识。"尚得志气呼呼地瞪了尚晋一眼："还好意思说，给我丢人！"

李貌偷笑。尚晋一脸无辜。

管红花说："得志同志，从发展的眼光和事实的结果来观察，尚晋输就是赢，因此输得还是比较正确的。"尚得志恍然大悟："哦，故意输的。"李貌连忙说道："绝不是故意！我们就是硬碰硬！尚晋，你说！"尚晋忙点头承认："硬碰硬！硬碰硬！"尚得志失望地说："这是什么买卖！"

第六章

毛毛和马得路趁周末悄悄驱车去了河北某地的监狱探望毛毛的父亲毛百搭。进了会见室，等了半天，一名管教干部进来了。

“他还是不见，你们回吧。”

毛毛一脸无奈。马得路掏出一个装钱的信封。管教干部摆手：“免了吧，哪次他也没收过，别费这劲了。”马得路只好把钱收起来。

毛毛关心地问：“他身体怎么样？”“很好。”马得路问：“他表现怎么样？”“正常。”马得路又问：“有减刑的可能吗？”“没有。”毛毛犹豫了一下，对管教干部说：“麻烦您跟他说一声，我就要结婚了。多谢了！”马得路也嘱咐道：“告诉他，是跟我。我叫马得路。他认识我。我不是以前的胡同串子了，我现在是一名天使投资人。受累受累！”

两人告辞离开。返程路上，毛毛情绪不高。马得路安慰毛毛：“别难过。你爸再有一年多就能出来了，快得很。”毛毛叹了口气说：“别跟我妈说咱们来看他了。”马得路点头：“放心，我不会没事找事的。”

李才下班回家，一进门吓一跳，除郭纯希之外的三个借居女孩拎着大包小包正在客厅等他，说要搬出去，向李才告辞。

李才不解：“我有对不住你们的地方？”三个姑娘摇头。李才问：“那你们为何都要匆匆离去？”大姑娘说：“李才老师，我其实不想走。”二姑娘说：“其实我也想留。”三姑娘叹气：“奈何人不胜天，不得不走。”

李才更迷惑了："到底发生了什么情况？"大姑娘反问："李才老师，你没发现郭纯希这个人有点怪异吗？"李才摇头。二姑娘神秘兮兮地说："她不是一般人。"李才激灵了一下："你们别吓我，我最怕鬼故事。"大姑娘忙说："李才老师别害怕，我们就是想告诉你，郭纯希是个倒霉蛋儿。"二姑娘补充："也叫丧门星。"三姑娘解释得到位："我们老家管这叫方人。谁跟她在一块谁倒霉。"

李才松了口气："都什么时代了，还讲封建迷信！"大姑娘一脸严肃："李才老师，我是个唯物主义者，但我第一次跟她出门，丢了手机。第二次跟她出门，丢了钱包。你说她丧不丧？"二姑娘接着说："我跟她去看电影，演一半不出影儿了；一起溜冰，冰鞋咔嚓断成两截！你说她丧不丧？"三姑娘补充道："楼下麻辣烫，我见天儿吃，没事儿，跟她吃了一次，跑了一天一夜的肚子！你说她方不方？你说她丧不丧？"李才笑了："偶然现象，不足为信。"大姑娘问："那您呢？"李才愣住："我？""对啊，您现在是文艺界正冉冉上升的一颗明星，顺风顺水，她一住进来，怎么样，马上有人找您麻烦了吧！你说她丧不丧？"二姑娘又说："李才老师，您想，住您这儿不花钱，能蹭吃蹭喝蹭洗澡，我们要是不怕她，搬出去岂不是缺心眼儿！我们是缺心眼儿的人吗？"李才回应："显然不是。你们虽然心眼都不多，但确实不缺心眼。"

李才又劝了几句，但三个女孩去意已决，最终还是毅然离开了，李才也无可奈何。没多久郭纯希回来了，捧着一包青豆津津有味吃着。李才告诉郭纯希另外三个女孩都走了，郭纯希疑惑地问为什么。李才也不好明说，就说她们找到工作，奔向新生活了。郭纯希也不以为意，又跟李才闲聊了几句，把手里的青豆递给李才："老师您吃青豆。"

李才捏了几个青豆，随手扔一个到嘴里一咬，立即捂住了半边脸。

郭纯希看着李才："怎么了老师？"

李才看着郭纯希，艰难挤出仨字："崩牙了！"

周日晚，李貌和尚晋踏上了返程的列车。送走二人，尚得志和管红花心里还是很有些不安。尚得志来回踱着步，不时叹气："不带劲！不带劲！你说咱俩老皮老脸的，糊弄人家姑娘合适吗？"管红花故作镇定："怎么糊弄人家了？""用话把人姑娘架起来，底下冷不丁捣一拳，武学上这叫黑虎掏心。"管红花也有些内疚："当时不也是你同意的嘛。总得度过眼前难关吧？""难关是度过去了，但我觉得怎么更喘不过气来了呢？”“得志同志，人穷志短。要人民币老实地蹲在咱们账户上，我用得着对人一姑娘黑虎掏心吗？”

尚得志思忖了片刻：“老管，其实咱们还有第四条路。我私心太重，没说。”管红花一愣：“不会是卖咱们这房子吧？”

尚得志摇头，返身进了书房，过一会儿又出来了，手里拿着一个纸包，走到管红花跟前，打开纸包，里面是一块晶莹剔透的和田玉把件——这是尚得志风雷十二掌的掌门大印。

管红花愕然地看着尚得志：“这不是你的掌门大印吗？跟命根子似的！你舍得卖了？”“不舍得。”“那你拿出来干吗！”“不舍得也得舍得！李貌这么个好姑娘，咱不能亏待了人家。”“哦，看你练了一趟拳，叫了几个好，就把你收买了？”“行家一伸手，就知有没有。这姑娘大气，错不了。除了瘦点，别的我都满意。”管红花警告道：“那你想好了，你把你这掌门大印看得跟和氏璧似的，要卖了再反悔可别赖我身上，我可不想再被人说成黑虎掏心饿狼扑食野马分鬃什么的。”尚得志纠正说：“我这叫壮士断腕！”管红花问：“卖给谁？”“琴岛茶楼那老孔，打十年前看过一眼这印，就一直贼心不死。唉，没想到真让他给惦记上了。”管红花还是犹豫：“真卖？”尚得志毅然决然地：“卖！等有了钱再买回来。”

列车上，李貌一直沉着脸不吭声。尚晋心里忐忑，憋了半天还是小心翼翼地开了口。

“貌貌，你……什么看法？”李貌反问：“什么什么看法？”“对……对整个青岛之旅的看法呗。”“这是个人品问题！”尚晋赔笑：“不至于吧。”“就凭你大姑二姨那两张嘴，我就应该立即打消嫁给你的念头。”“你是嫁给我，不是嫁给她们。”“但她们是你的人生背景墙啊。想想以后还要遇见她们我也是够够的了。咱们先说好，我以后不见你这些奇葩亲戚。我实在回答不了他们的人品问题。”“我爸妈呢？他们可没问你这些。”“人品问题说的就是他俩。你学哲学的，比我更懂逻辑。没钱借给咱们，如果直说，就是个生活问题。拐着弯儿说，我也能理解，但拐着弯儿还捎带脚地把我捧到了一个道德制高点上去，夸了我，还说了事儿，一箭双雕，两全其美，你妈不定觉得自己这事做得有多得体多得意呢。”

后边几句话声音稍有点大了，引得过道另一边的人转头看，尚晋连忙拉拉李貌示意她小点声。

尚晋低声说：“降三度音下来——我妈这事做得确实欠妥，我替她道歉。”李貌也压低了声音:“你们叫欠妥，北京话叫鸡贼。我不在乎吃亏，但智力上不能被人欺负。”“我不也在智力上常欺负你嘛！你就是崇拜我的智力才喜欢上我的人啊！”“你是你，你妈是你妈。下次她要再笑里藏刀，我可也有口蜜腹剑！”“别刀光剑影的！以后不会了。本来他俩也都不是动心眼的人，这次也是被钱逼得！一文钱难倒英雄好汉。何况他俩还不是好汉。”“他们钱呢？”“股市不崩盘了嘛。炒股把自己炒糊了。”“倒真大胆儿啊他们。现在这股市已经成无底洞了。”尚晋叹气:“小心谨慎了一辈子，就贪了这一把，折了！”“明跟咱俩说不就得了？”“山东有两句俗语，臭了肉不跌价儿、醉死不认那壶酒钱，这两句话就是我爸我妈人生的缩影。”“就是死要面子活受罪的意思呗？”“差不多。有一年家里来客，我妈切了一盘香肠端上来，其实那是生的，得蒸了再吃，但我爸一看端上来了，碍于面子，非说这是熟的，客人一块没动，我爸将一盘香肠吃了个精光。”李貌诧异地问:“没吃出事儿呀？”“仗着习过武，身强力壮，顶过去了。你就是今天问他，他也还是咬死了说那是熟的，理由就是他吃了没闹肚子。不过从那以后，不管什么香肠，他再不吃了。”

李貌忍不住笑了:“犟头啊你爸这是。”转而又担忧起来:“回家怎么跟李掌柜和万师傅交代呢？”“车到山前必有路！”

尚晋说着握住了李貌的手。李貌甩开，尚晋又紧紧握住不撒手。

李貌忽然警觉地问:“大学那次比武你没有让我吧？”“没让。硬碰硬！”“真的？”“可不是嘛。”“骗我可不行。”“瞧你说得！”李貌莞尔一笑没再说话，把肩膀靠到了尚晋身上。

两人到北京时已是半夜。李貌回到家倒头就睡。次日一早起床准备出门上班，被万山红拦住了。万山红问李貌青岛之行情况如何，李貌含糊其词说尚晋爸妈很热情、青岛海鲜特好吃，等等。万山红单刀直入直奔重点:“钱给了？”

李貌硬着头皮:“给了。”万山红追问:“多少？”李貌说得很顺溜:“五十二万五。”万山红嘀咕着:“给五十五万得了，怎么还冒出个零头儿。”李貌解释道:“他们存款总共也就五十三万，只留了五千。”“哦，那要这样，你们拿五十个数就对了。”“盛情难却。尚晋他爸妈热情着呢。”“看来尚晋他们家还真是知书达礼，我很满意。”

李貌干笑:“满意就好。我上班去了。”说完想赶紧出门，万山红却又拦住:“那什么，钱到了，别捂手里，得赶紧去把定金交了。”李貌敷衍:“哪有那么快，看房选房网签过户且麻烦着呢。”万山红不无得意地说：“貌儿，感谢你妈我吧，我都给你们看好了！”李貌大吃一惊：“看好了？”“对啊，你们走的这两天我把幸福里的空房看了个遍，终于让我踅摸着一套中意的。今天我再去看一遍，要没什么差错，我就带你们去看。”李貌强颜欢笑：“好的。我跟尚晋说一下这事儿。”

李貌匆忙出门，赶紧给尚晋打电话，约尚晋在附近早点铺见面商量这事。尚晋一听也忧心忡忡：“还是别去看房了。以免骑虎难下。”李貌说：“必须得去看。不看这事就瞒不下去了。”“貌貌，要不我还是投降吧，向李掌柜和万师傅交代事情真相。”“不能交代，必须一瞒到底。否则俩月后咱俩结不了婚。”“要露了馅儿，我在你爸妈那儿，不也成了人品问题？”“你只要在我这儿没人品问题，万事就大吉了。”尚晋挠头：“那看房的时候咱们怎么说？”李貌转了转眼珠子：“不管是故宫，白宫，还是克里姆林宫，它总有建筑上的缺陷对吧？”“你的意思是不管什么房，咱们横竖看不上？”“正是！鸡蛋里挑骨头，这是你强项！”“别，吹毛求疵我真比不了你！”李貌想了想，笑了：“那倒也是——记住了，就这么办！”

常有丽和一帮中老年妇女在社区公园跳广场舞，远远瞥见晨练结束往回走的李双全，立即脱离广场舞队伍追了上去。

“双全，早啊。”李双全看见常有丽有些不自在：“早。”常有丽问：“我跟老万那件事您知道了吧？”李双全不好说不知道：“知道。”“你是什么看法？”“我没有看法。”“那就是中立？”“没看法，我就是没看法。”常有丽一本正经地说道：“没看法就是中立。但我这人呢，你非常了解，一是一二是二，不管怎么说，是我的狗咬了万山红。所以我要向老万道歉。但你也知道，老万对我有成见，现在不爱理我。所以我请您给我向老万带个话：我及我的狗呼噜向她及她的腿表示歉意及慰问。”

李双全不想答应带这个话，怕引火烧身，但又不好拒绝，只好含糊地点了点头，又摆了摆手：“回见！回见啊！”常有丽：“谢谢你带话啊！谢谢啦！”李双全不敢再多说，加快脚步一会儿就走没影了。

杨樱发微信约尚晋喝茶。尚晋想想上次答应了她的，不好推辞，就去了。

杨樱对尚晋说：“我的家在一个四线城市，目前还不能告诉你是哪儿。你不介意吧？”尚晋回应：“不介意。你想说什么就说什么，不想说什么就不说什么。”杨樱一笑：“你是个明白人，我喜欢。”

杨樱滔滔不绝讲述她的经历：她在上海读的大学，学的经济贸易，毕业后就留在了上海，到了一家外企工作。工作很顺利，该升职升职，该加薪加薪。毕业两年买了车，四年就买了房。最大的问题是找不到男朋友，结不了婚。杨樱爸妈着急，从老家跑到上海，住到杨樱那儿，天天去相亲角给她找对象。相亲角没解决问题，杨樱母亲就四处印传单散发，找邻居聊天，甚至去超市也不忘踅摸合适的小伙子，最后弄得小区里的邻居都知道她身高多少腰围多少胸围多少收入多少奖金多少。

杨樱愤愤然道："走在我那小区里，我就是个透明人儿。人人都朝我笑，我也搞不明白是微笑还是嘲笑。跟我妈吵闹都没有用。她就坚定了一个信念，必须尽快把我嫁出去。"尚晋有些好奇，忍不住问："你条件这么好，怎么会找不到男朋友呢？"杨樱淡淡地说："我不是找不到男朋友，是找不到合适的男朋友。"尚晋又问："然后呢？"

"然后我就有点抑郁了，在上海待得心烦气躁。那个环境待不下去了。有一年春节回家，遇见了一个高中时候的同学。他就追求我，然后给我灌输了一个逃离北上广的概念。你知道逃离北上广吧？"尚晋点点头："知道。就是说北京上海这些一线城市生活压力大，都纷纷到三四线城市安放自己的青春，寻找生活的价值。"杨樱继续说道："这个高中同学还给我搞了些数据，北上广每年猝死多少白领，医疗教育资源争夺多么激烈，等等。又跟我说四线城市多么安逸，面朝大海，春暖花开，食物安全，精神放松——我竟然就信了。"尚晋问："你回老家了？"杨樱悻悻地说："回了。我这人有个优点，现在看来是个缺点，就是不管什么事儿，想到就干。我就把上海的房子卖了，卖了四百多万，回老家了。现在我那房子已经涨到八百多万了。所以这次我逃回北上广我坚决不再去上海了，一想到我卖掉的房子涨了一倍我就失眠。"

尚晋有些疑惑："你是说，你又从老家逃出来了？""是的。当时回到老家，带着四百多万巨款，确实生活得很安逸，精神也放松了。跟我那高中同学也在筹备结婚。但过了半年，我就觉得不对劲儿，想去喝杯咖啡吧，没什么咖啡馆，想看场电影吧，电影院里人人都在打手机大声喧哗，想吃重庆火锅吧，没有，想吃黄焖鸡米饭，没有。想看话剧，做梦。想看展览，白日梦。那种热气腾腾的生活没有了，每天晚上九点，你再给谁打电话人家就认为这已经是深夜了。可是在上海，就是十二点了，我再招呼人吃饭也招呼得到啊。而且所有人都是一样的精神状态，每个人的工作态度都是'就这样吧'，或者'还能怎样'，在那儿，不管干什么，都要找关系。最让我不能容忍的是，买东西一不留神买到的就是山寨货，漂柔洗发水，漂白粉的漂啊，美地电风扇，大地的地。我发现，这样的生活不叫安逸，叫死亡。所以，我要离开。在婚礼前夕，我下定了决心，逃了。”

尚晋惊讶：“这么说你是逃婚？”“对。一是逃婚，二是逃回北上广。我选择了北京。我把手机号换了微信换了。谁也找不到我。我从小喜欢花儿，就开了这家花店。现在我家里人和我那高中同学一直在满世界找我。我给他们留了字条，我不会出事的。别找我，过几年我会回家的。也许那时候我在北京又有了房子，也许那时候我已经结婚了。谁知道呢。”

尚晋听得也颇为感慨，一时不知道怎么劝导杨樱。

“我的事儿就是这些。我怕他们找过来。你愿意帮我吗？”尚晋有些顾虑：“我愿意帮你，但我觉得这不是解决问题的办法。”“那你觉得什么是解决问题的办法？”尚晋略一思忖：“你应该直接面对。逃只能逃一时。”“逃一时就够了。我得先在北京这大城市喘喘气儿。吃吃我爱吃的火锅，吃吃黄焖鸡米饭，买买不是山寨的东西。我最喜欢两句诗，唯有王城最堪隐，万人如海一身藏。谁写的你知道吗？”“苏轼。”杨樱笑了：“有文化。我喜欢。谢谢你帮我！”

咖啡店里客人不多。李貌把青岛之行的全过程竹筒倒豆子一般都告诉了李才，还给李才演示了一番尚得志的风雷十二掌。末了问李才：“怎么样？”

李才评价道：“刚劲有力，光明磊落。但听你刚才这么说，尚晋他父母行事跟他们这拳路可不符，用苏洁的成语风格来说，就是上屋抽梯，老奸巨猾啊。”李貌想了想：“算不上老奸巨猾，但能看出来爱动心眼，智力上有一定的优越感，可能跟当过多年副科长有关。”李才表示不解：“够拧巴的呀，动心眼才动上个副科长？”李貌无奈地笑了：“所以她正在家写自传，反思自己的一生，题目就叫《坎坷人生路》。”李才转头问：“这事爸妈一点儿都不知道？”李貌嘱咐：“嗯。你可别露出口风去。”李才一拍胸脯：“放心。我绝对守口如瓶。”

李貌转而问道：“那刘克弱还没找你麻烦吧？”“暂时没有。不过——”李才欲言又止。李貌追问：“别吞吞吐吐。”

李才犹豫了一下，终于还是决定跟李貌说说。

“李貌，我发现了一个神秘现象。如果证实，将是科学界一大发现。”李貌干笑：“你不是决心混文艺界吗，怎么又跑科学界去了？”“告诉我，你是无神论还是有神论？”“我相信有外星人。”“你相信有丧门星人吗？”李貌一愣。李才又补充道：“也有俗话，叫倒霉蛋儿。”“你遇见丧门星了？”李才郑重其事地点头：“不但遇见了，而且就在身边呀！”李貌长出一口气：“你终于开窍了，我早就让你离马得路远一点。”李才愕然地看着李貌：“你说马得路是丧门星？”“不是他还能是谁？”“不是他，是郭纯希。”“郭纯希谁啊？”“刘克弱的前女友，跑我这儿，给我带来了踢馆风波；住我这儿，把另外三个女孩全克走了。前天，我吃她给的一把青豆，崩了牙；昨天，我跟她走在马路牙子上，一脚踩空，你猜怎么着，地面硬生生陷下去一块，水管子裂了，飞流直上三千尺，要不是闪得利索，那水能把我滋车流里去。”李貌一脸诧异：“这就是你的科学新发现？”“是的。我怀疑她身上有一种异动磁场，否则解释不了这些神秘现象。”

李貌严肃地说：“哥，提醒你，你既然跟郭纯希磁场不对，就应该少接触。”李才摇头：“不！我要拿她做研究呢。如果通过郭纯希证实人体有磁场，证实人体磁场和运气、未来有着不可分割的关系，那么我将打通科学与文艺的通道，使一切神秘的命运都找到明明白白的注解。”李貌提醒道：“跟倒霉蛋儿时间长了，你也会变成倒霉蛋儿。”“这个现象我为什么关注呢，其实跟你也有关系。”

李貌不解：“跟我？”“你是幸福果儿呀！你跟郭纯希是反义词。你也有磁场能量。只不过你是美好的正能量，郭纯希是暗黑的负能量。”李貌不自觉有些得意：“你说的关于我的这些倒是很贴谱儿。”“贴得死死的！你想啊，小学中学大学你都是刚到及格线，轻轻松松进校门。毛毛是学霸，学习累吐血，每次都超好几十分，但总是跟你进一个学校，又被气吐血！”“是把毛毛气够呛。不过我大学没到分数线。”“对啊。本来你没到，但几天后录取线又低了几分正好降到你那分上。又是刚到及格线。”“这么说来，我确实不是很平凡啊。我也一直这么自己感觉。但尚晋说这就是凑巧。”“尚晋是个唯物主义者，他的话不要全信。有这么凑巧的事儿吗？你总能赶上最后一趟车，总能吃上一口热乎饭，跟你开车出门，从来不用担心没停车位，去餐馆吃饭从来不用等位子，这都是凑巧吗？这就是磁场。还记得不，幸福果儿这外号谁给你起的？”“对啊。谁给我起的？我都忘了。我得谢谢他。”李才指着自己：“我呀！谢就不用了，你最多能请我吃个早点。我的妹啊，你对哥不能这么抠门！”李貌笑道：“我得攒钱——你继续说倒霉蛋儿。”

“这次啊，算天赐良机，让我遇见这么一倒霉蛋儿，我不研究谁研究？我想哪天把倒霉蛋儿领来给你这个幸福果儿看看。”李貌赶紧拒绝：“你可千万别！你敢领来方我我跟你急！我这人迷信着呢！别让她把我幸福果儿的好运给方走了。”“行，那我领她到谁那儿试试呢？”李才皱眉思索着。李貌警告道：“不准领尚晋那儿去啊。”李才一拍手：“那就马得路了。我先看看灵不灵。”李貌干脆地回应：“行。试完别忘了把结果告诉我。”李才点头：“那必须！”

万山红催着李貌和尚晋跟自己一块去看房。万山红说：“不能再拖了，房主可着劲儿地催，人这房子分分钟都能出手，看我人好才给咱留着呢。”李貌不得已，叫上尚晋，跟着万山红去看房。

万山红看中的房子就在幸福里社区。房主侃侃而谈：“……南北通透，布局合理，买楼讲究七上八下，此楼为七，不靠马路，远离噪音，十全十美，如意称心。”

尚晋和李貌看得很仔细，不时问这问那，看上去是对这房子很感兴趣，其实是在绞尽脑汁想挑这房子的毛病。

万山红都有些不耐烦了：“这套房我替你们看了好几遍了，里边挑不出毛病。尚晋从这儿上班步行到居委会是八分半钟，你从这儿到工作室那儿，六分钟！”李貌问：“你试过了？”万山红说：“各走了三趟，掐表试的——尚晋，你对这房满意吧？”尚晋含糊着点头：“嗯……不错。”万山红追问：“不错还是满意？给个准话儿。”

尚晋想了想：“还有几个问题——消防电梯开通了吗？”房主回答：“早就开通了。咱们这儿的业主委员会有懂消防的，早就要求开通了。”尚晋又问：“消防栓里有水吗？演练过没有？”“每半年做一次消防演练。”“隔音行不行？”“你要不放心买串爆仗回来，到隔壁放，这边听着就跟蚊子哼哼一样。”尚晋无话可说了。

房主也有些不耐烦了：“我是投资性买房，全国各地少说我也经手了几百套房子了，所以我号下的房子，最大的缺点，就是没缺点。就这楼，我买了六套，剩这最后一套了。过了这村没这店儿，买房不能像小商贩儿。”

万山红盯着尚晋问道：“问题都解决了，满意不满意？”尚晋无奈：“……满意。”万山红迫不及待：“满意就好！满意就交上定金，赶紧办过户。”

尚晋和李貌都快冒汗了。李貌无意中瞥见窗外半空中有一组电缆线，急中生智，立即走到窗前，目测了一下距离，又拿出 iPad 煞有介事地画了一个简单的素描关系图。

房主、尚晋和万山红都不明所以。

房主问："您这是要干吗啊？"万山红也问道："貌貌，你这是画装修图吗？"

李貌煞有介事地把画的图给几人看："从我目测和画的比例图来看，那组电缆线离这儿是二百二十米左右。尚晋，电流辐射范围是多大？"尚晋明白了李貌的意思，接过话来："三百五十米以内都不能说是安全距离。"

房主不高兴了："不是安全距离，开发商敢在这儿起楼吗？我敢一次性在这儿囤六套房吗？"万山红也觉得有道理："对啊。盖楼这么大的买卖它肯定是有标准的。"李貌收起 iPad："这个我得回去好好查查资料再定。"

房主看出来李貌是存心挑刺，有些恼火，索性把话挑明了："鸡蛋里挑骨头也不带这么挑的啊。你们就是再挑，原来咱们说好的价儿也是雷打不动。还有，今儿你们要是不定，我就脱手了。我上海那边也有两套房子得去谈呢。"

万山红着急了："你俩倒是赶紧拿主意！"

尚晋忽然道："其实，这点电流辐射对成年人倒也没什么损害。"万山红立刻高兴起来："就是嘛！那就把定金今天交了吧。"李貌有些诧异，暗暗朝尚晋使眼色："你确定？""但是——阿姨，对小孩，尤其是婴儿，影响不好说。"

万山红愣了。

房主彻底失去耐心了："我看啊，你们就没想买这房！咱们买卖不成仁义在吧，你们别给我挑毛病了。有不怕电流辐射的——你们请回吧！"

房主不客气地把万山红和李貌尚晋赶出了门。三人都显得有些失望，只不过万山红是真的，李貌、尚晋是装的。

三人进了电梯，里面已经有一对母子。孩子在母亲怀里咯咯乐着，活泼可爱。

万山红看着孩子："嘿，瞧他笑得，这叫一个甜！几岁了？"母亲说："两岁半。"万山红又问："住几年了您在这儿？"母亲回应："四年。"

万山红下意识地望向尚晋和李貌。两人都有些不自在，装作若无其事地望着别处，躲着万山红的眼神。万山红明白了：这俩肯定有事瞒着我们！

尚得志下定决心把那块和田玉的掌门印给卖了。约好绰号老鹰的买主，尚得志开着车拉着管红花一块去老鹰开的茶楼洽谈。

管红花心里还是有些不踏实："把这印卖了，以后你可不要怪罪到我头上。这是你自愿的。"尚得志一听不高兴了："你这不是埋汰我吗？我一大男人，什么时候冤枉过你？”“不饮酒不会。饮了酒难说。”管红花顿了下又问：“得志同志，当初进军股市，谁先动的意？”尚得志脱口而出：“我不会那么蠢。”管红花看着尚得志：“你的意思是我很蠢？这显然不会是事实。”“反正半辈子攒下的钱没了。”“前事不忘，后事之师。所以要找出罪魁祸首，防微杜渐。”尚得志长叹一声：“除了零花钱，家里的钱我没管过。你就想想谁是罪魁祸首吧！”

管红花沉吟了一下：“痛心！痛心啊！得志同志，不管怎么说，我都要负主要领导责任！你说，我对得起谁？嗯？我对得起谁？”尚得志被问住了：“你对得起谁？这事你不该问我！”“我这不是问你，我是在反问我自己！这一段我必须要在自传里大写特写，给读者以心灵的启迪，人生的领悟！这是多么痛的领悟啊！”尚得志一脸不屑：“这是什么买卖！”

到了约定的茶楼，跟老鹰寒暄了几句，尚得志就把那块和田玉把件掏了出来。老鹰饶有兴致地仔细把玩了半天，开了口：“没毛病。这东西我以前是看上了，最近我兴趣不大了，不过你既然要出手，我还是愿意接。谁让咱们是老朋友呢。”尚得志知道老鹰是欲擒故纵：“老鹰，你要是没兴趣，那我就不跟你谈了。咱们是老朋友，不能勉强。”

尚得志起身作势要走，老鹰赶忙拉住。

“老尚，你坐下。我说兴趣不大，没说没兴趣啊。兴趣我还是有的。你出个价吧！咱俩什么交情啊！”管红花开口要价：“谈买卖不谈交情。一百万！”

老鹰一愣，将把件搁到桌上：“管科长，你当我是个棒槌啊！我玩玉二十多年了，没见您这么喊价的。你要谈买卖不谈交情，那咱们就散买卖不散交情吧。没毛病！”尚得志说道：“老鹰，这是什么买卖！不管论不论交情，咱们也互相都知根知底，就别耍什么心眼子了，你出个价。”“四十万，我收了。多一分我都不加！我这人看货就一眼货，回价就一口价！”尚得志开口：“五十万。”老鹰猛地一把捂住把件：“成交！没毛病！”

尚得志和管红花面面相觑，知道喊低了。管红花白了尚得志一眼。

管红花连忙找补：“老鹰同志，这个税得你交。”老鹰同意：“我交！”尚得志又说：“老鹰，五十万就五十万。但我还有其他条件。”老鹰示意：“你说。”

尚得志掏出一纸合同，合同一式两份，一份递给老鹰，一份自己拿着念。

尚得志：“咱们捋一遍。第一条，风雷十二掌掌门大印——括弧，和田玉把件——由风雷十二掌掌门尚得志同志出售给琴岛茶楼掌门英令石先生。”老鹰纠正道："我是老板，不是掌门。"尚得志继续："老板就是掌门！——英令石只能用于收藏和欣赏，不得再次出售。"老鹰皱眉："有毛病！凭什么啊？"尚得志只管念下去："第二条，一旦尚得志同志钱凑足了，可以随时随地买回该大印，但须加钱，加钱金额为五千元人民币整。"

老鹰松开了手里的和田玉把件，又气又笑地看着尚得志。

尚得志问："这么瞅我干吗？"老鹰笑着问："尚得志，我在你眼里是不是很傻？""什么话！你沾上毛就是孙猴子，拿上蒲扇就是诸葛亮，谁敢说你傻？""我是想买你这玩意，不是想挣你五千块钱利息。""对啊，这不卖给你了吗？""我买了不能卖，你想买回去就买回去，那这玩意算是你的还是算是我的？""老鹰，条件就是这么个条件，你买就买不买拉倒。""拉倒就拉倒。我不能五十万买个空欢喜！有毛病，不买！"

买卖没谈成，尚得志和管红花垂头丧气地出了茶楼。

管红花埋怨："就你这条件，全球没人会买。"尚得志嘴硬："有人卖就有人买。"管红花说道："你这不是卖东西，你这是抵押借款。"

尚得志见管红花走得比较慢，胳膊肘拐了她一下："走快点，像我一样，大步流星走如风，走出个正科级领导干部的气势来。"说着自己甩开手臂大摇大摆往前走。

管红花不自觉地加快步子跟上："走那么快干吗？"尚得志轻声说："老鹰那鬼心眼子肯定在茶楼窗户上看咱俩，别让他看出咱们心里想啥。"

管红花忍不住想回头看，被尚得志一把搂住，用手掌挡住了管红花头部扭动的路线，引得路人行注目礼。

管红花连忙挣脱："松开，成何体统。"尚得志自信满满："你大胆往前走！我打赌，咱们走到前边岔路口的时候，老鹰就熬不住了，肯定给我打电话。"

尚得志猜得没错，老鹰果然趴在茶楼窗户上看着尚得志和管红花的身影。两人走到岔路口拐了个弯，已经走出了老鹰的视线。

老鹰自言自语："转头，回来——嘿，还真走啊？"

尚得志和管红花躲在拐角里查看手机。管红花问："没打吧？"尚得志悻悻然："他倒真沉得住气啊。""怎么办？"尚得志有些泄气："还能怎么办，回去找他呗。"两人正要往回走，手机响了，赶紧又缩回拐角处。尚得志掏出手机一看，果然是老鹰打来的。

管红花激动："是鬼心眼子吗？""不是他又能是谁！跟我斗，他差远了！"尚得志接电话，装作满不在乎："老鹰，啥事啊？""得志老弟，考虑到咱们的交情，有些事还可以斟酌斟酌。""那你是答应了那俩条件了吗？""得志老弟，天这么热，回来喝着茶斟酌多好。没毛病。"

尚得志和管红花胸有成竹地又回到了茶楼。

尚得志问："老鹰，你有啥斟酌啊？"老鹰说道："两个条件我答应。本来我就是玩玉的，我又不是贩玉的，我自己玩儿着看，看着玩儿。"尚得志点头："痛快。签字拿钱收玉，咱们别啰嗦。""但有个微调。把五千改为五万。"管红花忙说道："老鹰，你这是投机倒把啊。"老鹰哼了一声："我已经忍辱负重了，要不是喜欢这玉，我才不跟你们玩儿这过家家呢。五千块太不严肃了，五万至少听上去还像是个贸易。你们要不接受，咱们真就拉倒了。"

尚得志猛一拍桌子，吓了老鹰一哆嗦。

老鹰赔笑："得志老弟，你不卖就不卖，可别上你的暴脾气。"

尚得志说："成交！"老鹰咧嘴乐了："没毛病！"

万山红回去后跟李双全把今儿看房的情况说了说。李双全不以为然："你老疑神疑鬼，买房这么大的事儿，李貌不会跟咱撒谎。"万山红满心疑惑："闺女大了胳膊肘儿就往外拐。"李双全无奈："等李貌回来我问问她。""问她没用，她肯定不说。得问李才。""退一万步说，就是这事有谎，李才也未必知道啊。""打小李才就是李貌的狗头军师，他肯定门儿清。我必须得搞清楚，搞不清楚我都没心思去跟常有丽掰扯狗咬人的事儿。"

李双全想起常有丽托他带话道歉的事："那什么，你是不是等着她给你道歉啊？"万山红一听："道歉？这事道歉能解决吗？必须先口头道歉，书面道歉，再公开道歉，最后实打实赔钱。"李双全本想说常有丽托他带话道歉，一听万山红这口气，生生把话又憋了回去。

万山红决定夜访李才。李双全想给李才打电话说一声，被万山红阻止了。万山红说："必须突然袭击，要不弄不出个子丑寅卯！"

吃过晚饭，郭纯希在客厅里练习绣十字绣，李才在旁边跟郭纯希聊天。

"你打住到我这儿，已经换五六份工作了，怎么又绣起十字绣来了？""晚报上说，有个下岗工人绣了一幅八骏图，挣了三万块钱。"李才打量着郭纯希手里的十字绣："你绣的这是？""清明上河图。"李才感叹道："气吞万里如虎啊，上来就玩大的。""我就是想尽快脱贫致富，不能老寄人篱下看人眼色啊。"李才听着有点拧巴："住在我这儿，也不能算寄人篱下吧，我还是很平易近人的。""可我觉得对不起别人。"李才一愣："对不起谁？""走的那几个女孩啊。""你知道她们走的原因了？""要想人不知，除非己莫为……李才老师，也许我不该这么说。""郭姑娘，不怪你。""我知道不怪我，但事情毕竟因我而起，我不能不自责。"

李才顿了顿："既然话说到这儿了，我就想把话说开一点，因为我想多了解一下你。""说吧，有些话总是要说开的。您坦白了，我也会坦白我的想法。""郭姑娘，你什么时候发现自己有这种特异功能的？""少女时代我就发现了。""能否举一两个例子。""比比皆是啊。初一的时候，就有男孩给我递纸条；每到一个新地方，总会有追求者扑上来，而且都很疯狂。这次躲您这儿来，以为到了世外桃源，没想到您也……我也不明白为什么我是万人迷，我其实不想要这种特异功能，我就是说您就是想追我……也不该撵那三个女孩走啊。"

李才听得瞠目结舌，敢情郭纯希是误会了。正要解释，有人敲门。

郭纯希抬起头："李才老师，如果是她们三个，请不要拒绝她们回来。追我我不反对，当然我也还没有答应。但我不想您为了我伤害其他人。"

李才心里叫苦不迭，顾不上解释，走到门口去开门，从猫眼里往外一看，竟然是万山红和李双全。李才顿时慌了。

郭纯希看着李才："谁呀你这么慌？"李才说："我爸妈！"郭纯希又误会了："天哪，李才老师，你也太疯狂了，咱们连恋爱关系都没确定，你怎么能让你父母来见?!""你快到屋里去。别出来。""你是想让我进去换衣服吗？我没同意见你父母啊！"李才急了："郭纯希，你别耽误时间，我来不及跟你掰扯，进屋老实待着去！"

李才连拉带推把郭纯希推进了房间，赶紧过去开门。

万山红和李双全都等得不耐烦了。李双全语气有些抱怨："怎么敲半天不开门？"李才堆起笑容："刚在上厕所。爸，妈，你们怎么来了？"万山红四处张望："就你自己？"李才含糊地点点头："客厅太乱，到我卧室里坐吧。"

三人进了卧室，李才端来一盘水果，万山红拿起一个苹果削着皮，边削边把心中的疑虑说了出来。李才惴惴不安听着，一只手假装把玩手机，偷偷给李貌发微信。

万山红把削好的苹果递给李才。

李才笑着说："妈您吃吧。我不吃。"万山红叹气："我倒是想吃，就是没心思，心里空落落的。"李才打起了马虎眼："爸，妈，他们别的事儿我掌握，钱的事儿不摸底。"

李才说着已经写完了微信，正准备按发送，李双全眼疾手快一把将手机抢了过去。李才急了："父亲，您侵犯我隐私！我抗议！"

李才伸手想夺回手机，李双全随手一推，李才踉跄着跌坐到床上。李双全看了看手机，没说话，直接递给了万山红。万山红边看边念："爸妈登门，威逼利诱，请速回复，统一口径——你想统一什么口径？"

李才吭哧着说不出话。李双全语重心长地劝道："李才啊，作为李貌的哥哥，希望你能对李貌负责，也对咱们这个家负责。"万山红看着李才："不跟我们说，你还能跟谁说？一家人不该有两条心啊！"李才解释道："两条心不美。但我没什么说的。"万山红不满地看了看李才，又瞥了眼李双全："还是你们爷俩掰扯吧。我毕竟是个外人。"

李双全语气也硬起来了："李才，你要不说也行，一、你踢馆风波我不插手了。"李才赔笑："爸，您就是不插手我也不能当叛徒啊。我行走江湖，靠的就是人格的力量。"李双全拱手："佩服！二、把这房子退了，回家住。""回家哪有地儿住啊！""住你奶奶那儿。""别价呀。奶奶还不得把我唠叨死。""那就坦白从宽。"李才苦着脸："爸呀，别把我往墙旮旯儿逼呀。我都三十而立的人了！"李双全哼了一声："你就是四十不惑我也能大嘴巴抽你！"万山红忙打住："别那么横。能动口决不要动手。李才，我也五十冒尖了——五十是怎么说的来着？"李才说："知天命。"万山红继续："天的命我没兴趣，我现在就是想知道李貌是个什么命。"

李才低下头不吭声，一副死猪不怕开水烫的样子。

李双全有些急躁了，站起身来："你说还是不说啊?!"

万山红按住李双全，和颜悦色朝李才说："李才啊，我虽是个后妈，但对你还不赖吧？""不赖。""我有需要检讨的地方没有？""没有。""还是有的。在个人问题上，我对李貌的关心就比你多一点。我在此向你打包票儿，从明儿一早开始，我一门心思脚不落地地开始给你找对象，一天保证让你相上一个，一直到给你踅摸到合适的。"李才慌不迭地拒绝："别价呀妈，您还是把宝贵的时间留给自己和家里其他人吧。""不！我虽是你后妈，但决不能有后妈的行为，我对你和李貌的母爱分毫不差。”“妈，您这不叫母爱，叫母恨啊。”“我是母恨，恨铁不成钢的恨。不让你相到合适的对象我对不起你，光那常有理就得背后嚼舌根子。你就放心吧，我以后要忙活的事儿就是你了！”

李才本打算死扛到底，被万山红这番话击溃了防线，举手作投降状：“妈，我招，我全招。”万山红得意地看了李双全一眼：“看，还是我对这孩子关心少了！”李才苦笑：“不是呀妈，我招是招，但有个条件。”万山红得意地说：“说吧，啥样的姑娘我都能给你提溜来。”“我的条件是，我招，但您不能给我相亲去！”万山红一愣：“信不过我？”“个人问题个人解决。爸，妈，请相信我，我在这方面的能力富余着呢。”李双全不信：“富余怎么还光棍一条？”李才笑着：“对象好找，知音难求啊！”

李双全和万山红互相看看，点点头。李双全示意：“从实招来吧。”

郭纯希在自己房间里也有些坐立不安，想来想去，下定决心般地拿出一个巨大的行李箱，开始挑选里边的衣服，不断跑到镜子前比对。

那边，李才把实情一股脑说了出来，听得万山红和李双全目瞪口呆。

万山红一拍床帮：“迷魂汤啊！李貌个糊涂孩子！让他们这老两口儿给骗了！”李才劝慰道：“爸，妈，我觉得李貌是识大体、顾大局才没跟你们说。”万山红激动地说：“什么识大体顾大局，就是这孩子耳朵根子软，听不得别人说好话！”李双全叹气：“李貌随你，吃软不吃硬。”万山红站起身：“别往我身上扯，我是软硬不吃——李掌柜，虽说孩子大了不由娘，但这次你必须站好队，跟我拧成一股绳，咱吃亏也得吃在明处。走，回家跟李貌谈话。”

万山红说着起身气呼呼地往外走。

李才连忙嘱咐：“爸，妈，你们可千万别说是我告诉你们的！”

万山红拉开李才卧室的门，刚踏出一步，就尖叫一声，往后一倒，昏厥在李双全怀里。李才大吃一惊，冲向客厅一看，只见郭纯希身穿一身演出的盛装哆哆嗦嗦地站在客厅正中，似乎也被吓着了。

李才顾不上责问郭纯希，赶紧又回到卧室。李双全已经把万山红放到床上躺着，揉万山红的太阳穴、拍她的脸。万山红哼哼了两声，醒了过来。李才和李双全同时松了一口气。

万山红还有些愣怔：“我看见女鬼了！绝不是幻觉！”李双全朝李才吼：“你个混账东西！不知道你妈不能受惊吓吗，快跟你妈解释一下。”李才连忙解释道：

“妈，那不是女鬼，是住在我这里的一个朋友。”万山红声音还有些颤抖：“我们进来的时候，你不是说屋里没人吗？”李才有些尴尬：“……怕你们误会，就没跟你们说。”万山红心有余悸：“她那穿的什么衣裳啊？不像是人穿的。”李双全嘱咐着：“让你那朋友进屋，别再吓着你妈。”

李才赶紧又走到卧室门口往外看，客厅里没人，郭纯希已经回房间了。

“爸，妈，放心走，她已经进屋了。”

李双全扶着万山红起身下床往外走。万山红嘟囔着：“哎哟喂，多少年没这么倒霉了。”

李才听到“倒霉”二字，心里又是一激灵。

第七章

送走万山红和李双全，李才砰砰砰去敲郭纯希的门。郭纯希躲在里边不敢开门。李才吼："再不开我可就踹了！"郭纯希害怕地回应："你别踹，踹坏了我没钱赔！"李才怒气冲天："那就把门打开！我数一个数，你要不开我就踹！1——"

话音未落，郭纯希迅速把门打开了。这会儿她已经换上了家常的衣服，一副楚楚可怜的样儿。李才板着脸："别装可怜，我软硬不吃！你那身鬼服呢？""那不是鬼服，是演出服。""深更半夜的，你穿身演出服站客厅里算干吗的？你差点把我妈吓死知道吗？"郭纯希嘟着嘴："我想给你露个脸，谁想你妈这么胆小。""我妈不是胆小，她早年唐山大地震那会儿被埋废墟里，受过惊吓，落下了后遗症——哎你说给我露脸什么意思？"郭纯希有些忸怩："还能是什么意思，那身衣服是我唯一能拿得出手的了。"

李才忽然明白了："你真以为我把我爸妈找来相看你啊？""难道不是吗？"李才有些哭笑不得："自恋！郭纯希，你太自恋了！""李才老师，我不是自恋，你跟我素昧平生，我不过就是你的一个粉丝，一向你诉苦，说流浪街头，你就让我住到你家里来。""我经常救助我的粉丝，不光你。""一住进来，你嘘寒问暖。""那是我心肠好。""还跟我谈心，谈人生，谈理想。""我那是鼓励你。""还了解我的过去我的往事甚至我的心事。"

李才有点语塞了："……我，我好打听事儿不行啊！""好。就算你刚才解释得都对，但我住进来后，你就把另外三个女孩儿撵走了，这我还不明白吗？这不就是一种明明白白你的心的暗示吗？我一饱读诗书历经沧桑的女孩，对男人的心思了如指掌。”“我没有撵那三个女孩走。是她们自己要走。”“李才老师，你不要骗我了，那天她们走的时候，我在楼道里遇见她们，都对我一脸不满，我以一种女人天生的敏感意识到，她们是因我而走的！”“是。她们是因你而走的。”“你终于坦白了！我就喜欢直率的人。”“我还必须直率地向你承认，她们因你而走，但跟我无关。”“那跟谁有关？”“这世上有的人晕车，有的人晕船，你知道她们晕什么吗？”“晕什么？”“晕你。”“晕我？为什么？”“因为她们觉得你是个倒霉蛋儿！”

话一出口李才就有些后悔，这话太伤人了。

郭纯希愣在那里，有些惶恐的神情，呆呆地看着李才。

李才有些不忍：“郭姑娘，我跟你开玩笑的，其实就是她们找到工作了，你别往心里去。”郭纯希却道：“你不是第一个说这话的人。”李才一愣：“以前就有人说过？”郭纯希默默点头。李才问：“还有谁说过？”

郭纯希沉默不语，过了片刻才开口：“替我向你妈道歉。”李才语气缓和下来：“大难不死必有后福。我妈不会介意的。”郭纯希轻声说：“我累了，想睡觉，可以吗？”

李才本想追问到底还有谁说过郭纯希是倒霉蛋儿，话到嘴边还是咽回去了：“你的房间，你做主。”转身退了出去。

万山红和李双全回到家，把李貌叫到客厅，劈头盖脸一顿训斥。万山红痛心疾首：“背叛！这是女儿对娘的背叛！”李貌怯怯地问：“你们怎么知道的？”李双全看着李貌：“怎么知道的不重要，重要的是这是不是事实？”李貌不吭声。万山红气不打一处来：“五十二万五，怕我不信还余出个零头——谁出的馊主意？”“我自己。”李双全劝说道：“李貌，要实话实说，我们才好帮你作判断。”“尚晋不想骗你们。就是我的主意。”李双全追问：“为什么要骗我们？”“怕你们不痛快。”李双全又问：“现在我们就痛快了？”“爸，妈，你们都不是那么市侩的人，为套房子至于吗？”李双全摇了摇头：“不是为套房子，是你不该骗我们。”万山红在一旁回应：“你爸说得对！”李双全又说：“也不是为你不该骗我们，是你想骗我们，尚晋不应该不阻止。”万山红点头：“你说得对！”“也不是为尚晋不阻止，是尚晋父母不应该对你表面客气底下使绊子。”“对。”“也不是为他们底下使绊子，是他们底下使绊子就说明他们人品有问题！”万山红惊讶地看着李双全：“李掌柜，没想到你竟然这么深刻！一针见血！对，就是他们人品有问题！”

李貌嘟囔着："不至于吧。你们太苛刻了。"万山红痛心："你是被人卖了还帮人数钱！你被那尚晋给拿住了！"李貌不以为然地说："事儿都过去了，就让它过去吧。"万山红咬着牙根："事儿过去了，我过不去。房子买不上，婚不能结。"李貌说道："我都跟毛毛商量好了，拼着办婚礼，既热闹又省钱。"万山红摇头："咱不省那块儿八毛的钱。"李貌无奈朝李双全撒娇："爸，您说句公道话。"李双全想了想："结婚这事不能急，我觉得需要再从长计议。"

李貌不高兴了："我没对象的时候你们火烧眉毛，有了对象想结婚你们又龟兔赛跑，到底怎样你们才能满意啊？"万山红语重心长地说："我们必须给你把关。我把房子关，你爸把人品关。这都是底线，要求不高。就跟我开大公共一样，要让那铁皮盒子跑起来，得有四个轮子一箱油。现在四个轮子没有，油也掺了水，你们这日子能打着火吗?!"李貌争辩道："我不能让套房子影响我生命的进程，婚礼必须按时办，房子我自己挣钱也能买。本来我就不想要尚晋父母的钱，即使要，我也只是暂借。"万山红难过地看着李貌："你……你倒真大方啊你！你上学买衣服吃饭花我们那钱你也算是借吗？他们做父母的儿子结婚出钱不是应当的吗？"

万山红气得忽然哆嗦起来，说不出话。

李貌看着不对劲，连忙问道："怎么了妈？"李双全说："你妈刚才在李才那儿受惊吓了！"

李貌明白了，消息是李才透出去的。但也顾不上多问了，赶紧抱住万山红："妈没事，有我和我爸呢。"万山红忽然一把握住李貌的手："李貌，双全，我忽然明白了！"李貌抬起头："明白什么了妈？"万山红说："我这不是受了惊吓！是狂犬病犯了！"李貌安慰道："别胡思乱想。打了疫苗狂犬病就不会犯。"万山红带着哭腔："疫苗也有过期的。我看新闻说还有假疫苗。"李貌分析道："狂犬病潜伏期不会这么短，就是犯也不会这么快。"

李双全皱着眉头没说话，端起茶几上一杯水递给万山红："来，喝口水。"

万山红刚要接杯子，忽然意识到什么："不，狂犬病怕水。我怎么对这水有点儿害怕呀。快端走。"

李双全突然上前一步，一手托住万山红的下巴向上一捏，另一手将水杯里的水迅速向万山红被捏开的嘴里倒了两口，待万山红咽下去，迅速松开。万山红被呛得连连咳嗽，李貌忙给万山红捶背。

万山红又气又急："李双全，你要干吗？""证明你不是狂犬病。水都喝下去了，放心了吧？”李貌也说：“对啊妈，不这样证明不了你不是狂犬病。”万山红一想也是：“嗯，看来暂时无生命之忧了。”忽然又伤心起来：“李双全，二十年前，你不会这么野蛮对我。”李双全有些拧巴：“现在别讨论我，讨论李貌。”“一回事儿。貌貌，我就想给你找一个二十年后对你的态度还跟二十年前对你的态度一样的男人。”李貌撇撇嘴：“这是人品问题，我爸负责。”万山红态度坚决：“你爸自己都做不到。我现在要对你全面负责。你跟尚晋的事儿，要暂缓。”

李貌无可奈何：“好。暂缓暂缓。我举手投降。咱们改日再议。”

老鹰把五十万如期打到了尚得志的账户。尚得志本想第一时间打电话告诉尚晋，被管红花拦住了。管红花说：“既然都谈婚论嫁了，双方家长总该见个面，咱们干脆亲自去趟北京，把钱给他们送过去！”

尚得志表示赞同。两人一合计，此事宜早不宜迟，当即买好了动车票，第二天一早就登上了去往北京的列车。尚得志说：“是不是通知一下尚晋来接个站？”管红花回应：“不用，先住下再说。”尚得志有些顾虑：“人熟为宝。咱俩北京地头儿不熟啊。”管红花一脸从容：“得志同志，此次北京之行我已有周密的计划，你不用带脑子来，一切行动听指挥就行。”尚得志嘟囔：“早知道这样你一个人来就中了。”管红花看着尚得志说：“我的确这么考虑过。这样能省一千多块钱。但此次出行，是一次重要的家庭外交活动，关系到尚晋的未来以及我们整个家庭的战略格局。所以不带上你是不合适的。我做事你又不是不知道，向来有理有节，有里有面儿。”

尚得志心里还是不踏实：“你那什么计划是不是得跟我说一声啊？我心里好有个数。”“计划的详细内容你就不用知道了。你在执行层面落实就可以了。不是说了嘛，你不用带脑子。”管红花说着从包里拿出一支笔和一个笔记本：“不过得志同志，趁这个旅行时间正好跟你求证一个细节，我的回忆录中有一处是这样的，有一年我得到了上级嘉奖，因为我深夜第一个听到了邓小平同志去世的消息，立即报告了上级。但那天夜里我为什么那么晚睡不着我记不住了。你还记得吗？”尚得志头往后一靠，眯上了眼睛：“哎呀，管红花同志，我没带脑子，记不住啊！”

李貌把李才叫到尚晋办公室，说：“钱的事儿露馅儿了。”尚晋吃惊不小：“你露的？”李才不好意思：“我。”尚晋一脸茫然：“结果？”李貌无奈地说：“李掌柜万师傅认为你们家人品有问题。我答应他们，结婚的事儿暂缓。”尚晋追问：“缓兵之计还是真的暂缓？”李才说道：“当然是缓兵之计。今天李貌和我来就是希望能策划出个办法。”李貌气呼呼地看着李才：“事是你惹的，你得拿主意。”

李才满脸歉意地说：“尚晋，貌貌，这事儿我先道个歉。但话说回来，我当时确实是忠孝不能两全。我就选了孝道了。你们能理解我吧？”尚晋点点头：“非常理解。貌貌，其实我觉得早就应该把真相告诉李掌柜和万师傅。你这一瞒，瞒出事来了。”李貌瞪眼：“合着这事怪我？”尚晋语气坦诚：“透过现象看本质，这个麻烦的源头的确在你这儿。当然，我说源头是你，不是让你对此负责，而是希望你能举一反三，以后避免再犯同类错误。”李貌怒了：“尚晋同学，真要透过现象看本质，我认为这个麻烦的源头在你爸妈那儿。如果他们不跟我耍心眼儿使绊子，会有今天这麻烦吗?!”

三人说了一通也没主意。李貌心里有火，跑到减压室里，对着假人一通猛揍，假人被打得东倒西歪。李才在旁边有些发毛：“你是不是把这假人当成我了？我其实也不是告密，就是觉得真的猛士，要敢于直面曲折而烦恼的人生。”李貌不吭声。尚晋说：“我还以为这假人能抵挡一阵子呢，看来光你们娘儿俩就能把它给砸散架。”李才惊讶：“万师傅来打了？”尚晋干笑：“上次给我送饺子的时候猛揍了一阵。看上去肝火很旺。”李才叹了口气：“被常有丽给气得。常有丽你见过没？就是毛毛她妈。”尚晋想起了那天早晨吐常有丽一身的事情，不禁一激灵，连忙摇头否认：“有所耳闻。没见过活的。”李才提醒道：“她爱跟人斗。人见人怕。以后你少不了给她调解。”

尚晋劝李貌：“貌貌，行了行了，别打了。要打坏了周主任非责怪我毁坏公物不可。”

李貌停了手。尚晋递过一瓶矿泉水，李貌却不接。尚晋有些尴尬。

李才打圆场：“行了，既往不咎。往事不要再提。现在我们要着眼于当下。”李貌说：“问题就是当下该怎么办！”李才思忖了一会儿：“我深思熟虑了一下，有上中下三策。不知你们想先听哪一策？”尚晋想了一下：“先上后中再下。请讲。”李貌气呼呼地插话：“先下后中再上。快说。”尚晋赔着：“才哥，我跟貌貌意见一致的时候听我的，意见不一致的时候听貌貌的。下、中、上。”

李才对尚晋竖了竖大拇指：“先说下策，针尖对麦芒，硬碰硬。”李貌面无表情：“不作死就不会死。”尚晋想了想：“不妥。太愚蠢。这像是马得路干的事儿。”

李才又说：“中策。尚晋，你借一笔钱，或者咱们仨共同借一笔钱，就说是你爸妈幡然悔悟，去借了一笔钱送过来了。”李貌皱眉：“打肿脸充胖子？”李才笑着说：“准确地说，打肿我们的脸，让尚晋爸妈充胖子。”李貌有些迟疑：“可行。但我朋友圈里没人有借我几十万的实力。”李才眼睛一亮：“我朋友圈中倒是有一人具备这实力。”李貌问：“谁？”李才说：“马得路。如有必要，我愿出马。”李貌摇头：“他的钱不能借。”尚晋不解地看着李貌：“他若有闲钱，为何不能借？”李貌淡淡地回应：“他以前死追过我。”尚晋连忙说：“那绝对不能借——上策呢？”李才继续说：“上策就是说服你爸妈，让他们真把脸打肿充胖子，借一笔钱送过来，消除两家的误会，婚礼照办，皆大欢喜。”李貌无奈道：“你这什么上策啊，终点又回到起点。”李才拍拍胸脯：“如有需要，我愿出马，以三寸不烂之舌出师青岛，说服二老。”尚晋长出一口气：“我妈没人能说服她。你去的结果最大的可能是被她策反了。其实，还有一上上策。”

李貌和李才望向尚晋。

尚晋说：“咱们出师幸福里九号，以三寸不烂之舌去说服李掌柜和万师傅。”李才马上打住：“你得把那个‘们’去了。我跟李貌没这本事。”尚晋一乐：“你俩一旁观战就行。李掌柜最大的爱好是什么？喝酒吗？”李貌说：“高度酒。”尚晋又问：“万师傅呢？”李才回应：“万师傅喜欢凑热闹。”李貌捅了一下李才：“你是咱们家人吗？唐山大地震之后，万师傅总是心慌，吃巧克力才能平静下来。”尚晋了解清楚了：“欧了——你们就看我的吧！”

李双全在厨房里榨苹果汁。李双全家的厨房如德国厨房般严谨，各种烹饪工具分门别类，配套齐全。李双全比较注重健身和保养，立志要活到一百五十岁。万山红在旁边拿着一个苹果啃着，把皮吐掉，再吃果肉。

李双全提醒：“营养都在皮儿里。”万山红说：“黑心小贩爱打蜡。你以为就你注重养生，我也是很讲究的。”李双全抬头看了一眼：“我都已经处理过了。绝不可能有蜡。”万山红嘟囔道：“不早说！”

万山红不吐皮了，直接大口啃了起来。

李双全指了指果汁：“给你来一杯？”万山红摇头：“喝不惯。还是直接吃痛快。”

李双全给自己倒果汁喝，注意着杯子上的容量刻度。

万山红忽然说道：“有件事得跟你商量一下。万一我因为这狂犬病不幸歇菜了，你可要照顾好李貌。”李双全刚喝进口里的果汁差点吐出来：“你逗什么闷子呢！”万山红一脸严肃：“被恶狗咬了以后我心里老不踏实。你得答应我！你答不答应？”李双全不想纠缠这个话题：“好。我答应你。”万山红一听又紧张了：“看看看，你也觉得我狂犬病会发作！一试就让我试出来了！”

李双全苦笑：“你发作的不是狂犬病，是疑心病。狗咬人，能有多大点事儿。”万山红瞪了一眼李双全：“嘿，你不安慰我，还替对面那人说话！”“我替谁说话了？我的意思是狂犬病疫苗发明这么多年了，非常安全。你要相信现代医学。我告诉你——你没事。别没事找事。”“猛一看是狗咬人，细一琢磨不简单，是人咬人！人若犯我，我必犯人。我怀疑这次她是故意撮弄她的狗咬我。这一次我要好好治治这常有丽！让她在我跟前儿再也翻不了身！让她再不敢一见面就直勾勾瞪我！”

正说得起劲，门铃响了。万山红和李双全到客厅开门一看，是李貌、李才、尚晋。尚晋怀中抱着一箱茅台，茅台箱子上搁着一盒巧克力。

万山红愣了愣：“李貌，这是哪出儿啊？”李貌干笑：“尚晋要来看看你们。”说着一使眼色，尚晋赶紧进屋，把茅台和巧克力箱子放下。

尚晋笑容满面：“一点小意思，不成敬意。”万山红语气冷淡：“不年不节的，您弄这点小意思是什么意思呀？”尚晋笑着说：“师父，师娘，今日登门，有事相商。来，坐，坐，请坐。坐呀。”

李双全和万山红只好拧巴着坐下。李貌一屁股坐到万山红旁边，讨好地给万山红揉捏肩膀。

尚晋刚开口：“师父，师娘——”李双全一抬手：“不敢当。没有正式拜师，我们并无师徒名分。”尚晋笑着：“先上车，再买票。对吧师娘，这您懂。”万山红说：“懂啊。公交车可以，坐飞机你试试？我们家比飞机还严格，有票也不行，还得过安检。这是我们家家规。”李貌笑着：“咱家还有家规？我怎么不知道？”万山红白了一眼：“严肃点。你不知道的多了，咱家还有家法呢。”李双全认真地说：“没有规矩，不成方圆。没有师徒名分你叫我师父，如果我答应了，就是我占你的便宜；如果我拒绝了，你还叫，就是你占我的便宜了。”

尚晋赔笑：“好。听您的。李掌柜，万师傅，你们本来答应了我和貌貌跟毛毛马得路他们拼婚礼的事儿，但现在我听说你们又有不同意见。所以我来听听你们内心深处的想法，开导一下你们。”

李双全和万山红既好气又好笑。

李双全看着尚晋，问道："你确定你开导得了我们吗？""没问题。我在调解员受训期间，做过很多类似的调解实战演习。而且你们二位都是明白人，不是榆木疙瘩，保证一点就通。"万山红有些不悦："敢情我们如果不一点就通就成榆木疙瘩了？"尚晋赶紧解释："这话可以正说，但不能反推。你们不是榆木疙瘩是事实。即使不一点就通也不说明你们是榆木疙瘩，只能说明我调解技巧还不够。"

李貌打断："什么调解不调解的呀。当这是单位呢。妈，其实尚晋是来解释的。"万山红瞪眼："你少插话。胳膊肘应该搁哪儿最好自己清楚。"李貌用胳膊肘拐了拐万山红的胳膊肘："这不搁您这儿嘛。"尚晋对李貌说："貌貌，虽然我跟李掌柜、万师傅关系特殊，是女婿与岳父岳母的关系，但说白了也是一种调解。当然，说是解释我也不反对。"又转向李双全和万山红："你们二老觉得哪种说法容易接受就是哪种说法。万师傅，要不您先说说为什么不同意？"万山红冷冷地回应："你问错人了。应该回家问你爸妈去。"尚晋又看向李双全："我会问他们的。那李掌柜呢？"李双全也不愿意多说："这事我跟你说不着。"尚晋微微点头："好。你们的答案我知道了。接下来那我就说说我的看法。"

李才怕尚晋说过头，趁起身给尚晋倒水的时候迅速伏到尚晋耳边小声提醒："悠着点儿。"

尚晋端起杯子一气喝下半杯水，起身走动着，拉开演讲的架势。

"两点之间，直线距离最短。我就不绕弯子了。李掌柜，万师傅，从跟李貌交往以后，李貌迟迟不敢领我回家见你们。于是我对你们产生了浓厚的兴趣，便给您二位做了一个全面的人物心理性格分析，以便应对各种情况。"

万山红对李双全低声说："这是早就惦记上咱们了。"李双全没言语。

"今天我简要汇报一下报告中的部分内容，主要用于解决当前问题。以后遇到其他问题再援引分析报告的其他部分。先说万师傅。万师傅，女——"万山红插话："这不废话嘛。""籍贯河北唐山。"万山红打断："我地道老北京。"尚晋解释道："您家是爷爷辈儿那会儿从河北唐山迁到北京来的。我们所说的籍贯至少得从爷爷辈儿开始算。您是北京人，但籍贯是河北。"

万山红一脸不服。

尚晋接着道："B 型血——"万山红一愣："等会儿！我 B 型血你怎么知道的？"李貌抿嘴偷笑，万山红一扭头看见了，明白是李貌说的，板着脸把李貌正在按摩的手从肩膀上扒拉了下去。

尚晋继续分析："星座为天蝎座。也就是说您是B型天蝎。"万山红不屑地说："别想晃点我，我不迷信。""您在少女时代于1976年7月回唐山探亲，被埋在废墟里一天一夜，从此有了幽闭恐惧症和强迫症，极度缺乏安全感，翻译成北京话就是没着没落儿。"

万山红愣了一下，没再接话。

"您聪明，脑瓜子好使，但也任性倔强不服软，尤其是嘴上不愿意吃亏，于是实际生活中吃了不少亏。"

李双全不自觉地微微点了一下头，万山红注意到了，横了李双全一眼。李双全回过神来，急忙干咳了一声，正襟危坐。

尚晋继续侃侃而谈："不上高中，选择了技校汽修专业是你一生命运的转折点。你本是坐车的，因为自己的选择成了开车的。否则你现在应该是知识阶层或领导阶层妇女。可惜人生是条单行道，于是你把因为任性倔强吃下的亏化作了人生经验准备一股脑使到李貌身上。"李貌怕万山红生气，讨好道："这是我妈爱我的表现。妈我理解你。"尚晋接着说："表现恰当就是爱，表现不当就是溺爱。万师傅，请务必正面回答：您是不是已经认可了我和李貌的恋爱关系？"万山红措了一下辞："暂时还没有彻底反对。""所以，您并非否定我跟李貌的关系，而是否定了尽快结婚这个时间点。直接原因是什么呢？是五十万元人民币。""不能这么说。不是钱的事儿。""所有说不是钱的事儿的事儿，其实都是钱的事儿。万师傅，貌貌不是商品，不能因为区区五十万耽误她的幸福。"

万山红急了，霍地站起身来："区区五十万？区区五十万你们家拿不出来？拿不出来就拿不出来，为什么还要把李貌架起来往火上烤？你说是钱的事儿那咱们就把它算成钱的事儿。话我撂这儿了，拿不出房子的首付，这婚还就不能结！咱就拿钱说话吧！你也甭说李貌是不是商品，你说她是她也不是，你说她不是她还就不是。"

见万山红真急了，尚晋倒愣住了。李貌赶紧打圆场，端起一杯水："妈您消消气儿。来，喝杯水。"

万山红不客气地挡回了李貌递过来的杯子："我消不了气！尚晋，请务必正面回答：你有什么资格跑到我家来分析我的心理我的性格？"尚晋语气微弱："我没拿自己当外人。"李才也劝说道："妈，尚晋实在，拿咱们当亲人了。"万山红转头看向李才："亲人也不能分析我！你敢分析我吗？"李才忙赔笑："不敢不敢。来，您吃块巧克力。"

一看巧克力，万山红又来了气："这巧克力你走的时候带走。"想想又摘下手腕上的如意镯啪地搁到茶几上："这镯子你也带走。这酒——"转头对李双全说："这酒你自己拒绝！别忘了，上次还有一瓶。现在搁厨房里呢。"

李双全冷眼旁观了半天心里基本有底了："我会处理好的。尚晋，你对万师傅的分析结束了吗？"尚晋额头已经冒出了汗："结束了，结束了。"李双全和蔼地说："那么，轮到我了吧？我洗耳恭听。"李貌赶紧打断："爸，今天就到这儿结束吧。"李双全意犹未尽："别呀。既来之，则安之。还从没有人分析过我，我也很想认识一下自己呀。怎么，要半途而废？"

尚晋见事已至此已无退路，只能背水一战，抹了把汗："李掌柜说得对，既来之，则安之。我去趟洗手间，回来再继续分析。"

尚晋走向洗手间。

李才起身想溜："我还有事，先撤了。"李双全厉声道："坐下。"李才慌忙又坐下。李双全训斥李才："世上的人一般都是登门请教，人家今天来是登门指教。你应该坐在这里认真听取教诲。"李才连连点头："尚晋不是分析您嘛，为长者讳，我刚才觉得应该回避。您若不介意，那我就围观一下。"李貌心情有些沉重："爸，按照生物钟，您该去店里煲蹄花了，别耽误了时间。"李双全不以为然地说："时间就是用来耽误的。"

尚晋从洗手间出来，回到李双全等人面前。这次他没有再像刚才那样走动着演讲，而是坐到了一把椅子上。李才同情地看着他。

"李掌柜，男，祖籍北京，O型血，金牛座。自小学文习武，文武双全，既有老派文化人之风范，又守昔日江湖人之规矩。心明眼亮，刚正不阿，天资聪慧，触类旁通。三百六十行，行行皆可入，皆可有所成。"

千穿万穿马屁不穿。李双全脸上不禁浮现出了得意之色，却又努力克制。

万山红却听得有些不怎么舒服，揶揄道："哟，这就拍上了？要照这评价李掌柜不该是个卖蹄花的呀！"李双全淡淡地说："不要有职业歧视。卖蹄花也没什么不好。"万山红又说："我没说卖蹄花不好。我是说照尚调解员刚才对你那评价，你应该在人尖儿里混啊。"李才开始和稀泥："万师傅，我倒觉得尚晋说的有些贴谱儿。我们也是人尖儿啊。您是北京公交车司机里的尖子，李貌是设计师里边的尖子，我是文艺界里边的尖子，尚晋是调解员里边的尖子。就连我奶，也是老太太里边的尖子。咱们是一家尖子户啊！”万山红一脸不屑：“切！照你这么说，李掌柜那是因为一家都是尖子了，也就没必要出去混了？”李才语塞。

李貌发话：“别打岔！让尚晋接着说。”

李双全期待地看着尚晋。

“世界上只有一条道走的人，就只能一条道走到黑；走到黑也不怕，再走一段天也就见亮了。世界上每条路都能走的人，若是斩钉截铁之辈，必成行业翘楚或群雄领袖；若是优柔寡断之徒，却往往无路可走，因为他瞻前顾后，左顾右盼，错失良机，碌碌无为，只能独守一隅，靠小聪明过活。”李双全双眼如鹰瞪住尚晋：“你说我是优柔寡断之徒？”“关键时候您是这样的。比如，您在对李貌的婚姻一事上，就是优柔寡断，患得患失。这里边有深刻原因，不知李掌柜还有没有兴趣听？”李双全有些恼怒，为了掩饰端起一个玻璃杯喝水：“说呀。你最好知无不言，言无不尽。”

李貌一个劲地对尚晋使眼色想阻止他，尚晋却不看她。

万山红在一旁对李貌说道：“别甩你那小眼神儿了。我早发现了，他关键时候不听你的！”尚晋转头问道：“万师傅，这还不是关键时候。才哥，我可以知无不言、言无不尽吗？”李才不明白尚晋问自己的用意：“你有言论自由，我无所谓。”尚晋继续：“李掌柜，你对李貌过度重视最大的一个原因是——你对李才过度失望。”

李才没想到自己躺着中枪了，叫了起来：“怎么扯我这儿来了？不带这样的！”“才哥，你刚说了你无所谓。李掌柜，才哥继承和遗传了您身上的优秀基因，心聪目明，智慧过人，样样都通，也因此样样稀松——不好意思啊才哥，我只能有一说一。”

万山红幸灾乐祸地望了一眼李才。李才一脸拧巴。

尚晋又望向李双全：“您在李才的身上看到了自己失败的影子——”李双全打断道：“我没觉得自己失败。”“失败不是感觉，是客观事实。您最初曾想出国游历，却最终功亏一篑；您不想选择蹄花，但蹄花选择了您。失败与成功的分界线不是职务与财富的大小多少，而是一个人所做的是不是他想做的以及他能做的。换句话说，即便是美国总统，他如果理想不是想做总统但却当了总统，在我看来也是失败的。您害怕李才重蹈您的覆辙，但因为才哥性格已形成，难以管束，您无可奈何——这是另外一个话题，今天不展开叙述。总而言之您把精力放到了李貌身上。而李貌又非常优秀，德智体美劳全面发展，您的关心无处安放，于是您把对李貌的注意放到了她的婚姻大事上——因为这不是李貌一个人的事情，还牵扯到另外一个男人，您要对这个人把关。”

众人都听得目瞪口呆。李双全面色平静，手里却紧紧攥着那个玻璃杯。

尚晋索性放开了：“我认为您给李貌制定了一个未来丈夫的标准。与这个标准不符的您都不予考虑。”李双全听得迷茫了：“哦？我还有标准？什么标准？我自己怎么不知道？”“您的标准是您自己。您非常欣赏您自己，潜意识里便将自己定为一种最低标准。标准并不在于高低，在于人的不同。如果一个人将自己作为尺子去量别人，别人永远是不准确的。这也是为什么李貌找对象以来您一个都没看上的原因。”李双全脸色铁青：“我没有将自己定为标准。”“我说的是您的潜意识。”“我不相信你能潜进我的潜意识。”“事实上您将所有追求李貌的人都当作了假想敌。以各种借口或理由拒绝了他们。这次的五十万也是您的一个借口。”

李双全再也按捺不住怒火，握着玻璃杯的手不自觉一使劲，砰地把玻璃杯捏碎了。众人吓了一跳，都看向李双全。李双全的手指被碎玻璃划出了血。

李貌大惊：“爸，您伤着手了！我找创可贴去！”尚晋也慌了：“我包里有！”李貌拉了尚晋一把：“我这儿有现成的！”示意尚晋跟自己进房间。

万山红起身找簸箕笤帚打扫碎玻璃。

李才看着李双全，有些尴尬，不知说什么好，讪讪地夸赞：“爸，好俊的功夫！”李双全沉着脸没搭理。

李貌打开房间里一个抽屉，翻找创可贴棉纱和红药水。

尚晋有些忐忑：“捏碎杯子，难道是对我不满？”李貌没好气地回应：“你说呢！”尚晋皱眉：“接下来我该怎么办呢？”李貌叹了口气：“你先回去！我爸正在气头上，不能再惹他！”“哎！都是些暴脾气啊。”李貌无奈而又恼火：“就你那套说辞，多蔫儿的人也能让你给说暴了！——出去你就赶紧溜！”

李貌拿着创可贴棉纱红药水和尚晋回到了客厅，一边给李双全处理伤口，一边说道：“尚晋单位找他有急事——尚晋，你赶紧回吧，别耽误工作。”

尚晋“哎”了一声转身要走。

万山红叫住：“把东西带走！”

李貌示意尚晋听万山红的话。尚晋只好上前收起如意镯，拿起巧克力盒子，犹豫着搬不搬酒。

万山红又问李双全:“李掌柜，这酒你是不收呢还是拒收呢?”李双全心不在焉:“你看着处理吧。”万山红对尚晋说:“请带走。”又对李才说:“去把厨房里那瓶茅台也给尚调解员拿过来。”

李才不敢耽误，赶紧起身去厨房把酒拿了过来，说:“我送送尚晋。”

李双全叫住李才:“坐下。我找你还有事。”李才只好坐下。

尚晋抱着茅台和巧克力盒子灰溜溜地出了门，刚下楼，迎面遇上常有丽。

常有丽牵着呼噜，看样子是刚遛完狗回来。尚晋认出了常有丽，有些尴尬，头一低，想错身过去，却被常有丽叫住。

“尚调解员，别来无恙啊。”尚晋只好站住，假装刚认出常有丽来:“哟，常阿姨，刚才没看见您。”常有丽忽然喝了一声:“坐下!”尚晋吓了一跳，浑身一趔趄，差点坐倒。尚晋愣怔了一下:“什么意思?”常有丽赶紧解释:“没事。指挥我家呼噜呢。”

尚晋低头一看，小狗呼噜果然已经乖乖地坐在地上。

尚晋夸了句:“真听话。”常有丽得意地说:“那可是。我的呼噜是全北京最乖的狗，轻易不会伤人的。”说话间常有丽注意到尚晋抱着的茅台酒，下意识往后退了一步:“你今儿没喝多吧?”“没有没有。常阿姨，上次那事非常抱歉!”

尚晋灵机一动，放下箱子，拿起那盒巧克力:“常阿姨，弄脏了您衣服，这盒巧克力算是小小的歉意!”“这可不行，我常有丽一生清白，从不收礼。”

尚晋尴尬地想收回去，常有丽却又改了主意，伸手接过了巧克力盒子。

“不过对年轻人是例外的。你弄脏了我衣服，我要是不收，你心里会过意不去。”尚晋如释重负:“对对对。谢谢常阿姨!”常有丽对呼噜招呼:“起立!齐步走!”呼噜站起来，跟在常有丽身后进了楼道。

尚晋松了口气，看看地上的茅台酒，想了想，有了主意，搬起箱子径直去了奶奶家。

奶奶见到尚晋很是欢喜:“孙女婿!想我了?快进来!”尚晋满脸笑容:“对。想您了。”“来就来，还带什么礼物。是什么呀?”尚晋将箱子放到地上:“一箱酒。”“酒?”“是。奶奶，我还有事，先走了!”“你这就走啊?坐会儿。”“改天吧。奶奶再见。”

奶奶拉住尚晋:“好孩子，你给我酒这事还有谁知道?”“没有人知道。”“貌貌也不知道？”“不知道。”“那你答应奶奶，可不要告诉别人！”“我不告诉。”“貌貌也不要告诉！”尚晋有些奇怪，但还是应承着：“好！我谁也不告诉！”奶奶开心地拍拍尚晋的肩膀：“真是我的好孙女婿！忙你的去吧。不，等会儿。”

奶奶从自己免费领的各种物品中挑了两样儿，递给尚晋：“拿着！”尚晋推辞：“您留着自己用吧。”奶奶笑着：“我再去领！”

尚晋只好接过礼物出了门。

奶奶欢天喜地地围着茅台酒箱子转圈，自言自语：“好孩子！孝顺！绝对孝顺！我就说了我没看走眼！”

奶奶乐滋滋地取出老花镜戴上，先是警惕地侧耳听了听外边的动静，又走到门口检查了一下大门是否锁好，这才转身找出一把剪刀开箱子。奶奶的手微微颤抖，有些激动。

尚晋从李貌家出来的时候，尚得志和管红花乘坐的列车也到达了北京。下了车出了站，两人坐上一辆出租车。管红花对司机说：“四季酒店。”

尚得志心里有些打鼓：“咱住四季酒店？死贵！”

出租车司机忍不住轻笑了一下。

管红花一副不以为然的样子：“单位报销。领导说了，你的也给报了。”尚得志惊讶。

司机一脸敬佩：“大姐，您什么单位啊？反腐动静这么大还能连家属也给报销？”管红花淡淡地说：“保密！”司机追问：“保密单位啊？”管红花有些不悦：“是单位保密！”司机悻悻然不吭声了。

到了四季酒店，两人直奔前台。管红花微笑着问：“请问你们这里还有空房吗？”前台服务员回应：“我们有标准间、商务房、行政房、总统套房。请问您想住哪一种？”管红花问：“标准间有吗？”“有。”“商务房呢？”“有。”“行政房呢？”“行政房订满了。总统套房还有。”管红花遗憾地叹气：“哎呀真不巧。我们这次的计划就是行政房。”

尚得志听管红花的口气是没真打算在这儿住，暗暗松了口气，但随即又有些迷惑，不知道管红花葫芦里卖的什么药。

管红花又问：“我能用一下你们这儿的电话吗？我的手机没电了。”服务员微笑：“没问题，请用。”

管红花抓起前台的座机拨打尚晋的手机。尚晋这会儿正在减压室里对着假人拳打脚踢，手机放在外面的办公桌上，没听见。管红花打了半天没人接，想了想，找出了李貌的电话号码，给李貌打。

李双全和万山红正在批评李貌和李才。

李双全瞪着他俩：“你们一个吹笛、一个按眼，吹吹打打把他送到家里来深刻地胡乱分析我。”万山红插话：“还有我！”李才赶紧说道：“也胡乱分析我了！”李双全气呼呼地说：“那也是以打击我为主！要放到国家的高度来说，你们就是叛国！”万山红在一旁添油加醋：“严重叛国！多少绝密情报啊！”李貌嘟囔着：“爸，别上纲上线，咱们只是一个家！”李双全抬头问：“一个家只是一个家，十个家呢？”万山红回应：“那就是一个单元！”李双全又问：“一百个家呢？”万山红接着回应：“一个社区。”“一千个家一万个家呢？”“那就是一座城！”李双全激动起来：“千万个家加起来，就是一个国。咱家那些事儿谁跟他说的？他都还知道些什么？”

这时李貌手机响了，李貌看了眼是个北京本地的座机号码，随手接起来。电话里传来管红花的声音：“貌貌，我是管红花。”李貌有些意外：“哦——阿姨，您这是在北京？”管红花说：“对啊。我们到达首都北京了。尚晋父亲也来了。我们现在在四季酒店。”李貌一惊：“啊？尚晋怎么没跟我说啊。”“他还不知道。我刚才打他手机没打通，就给你拨了。”“阿姨，那我马上联系尚晋，然后去找你们。”“不用。你们就别过来了。我的计划是，我跟尚晋他父亲安顿一下，五点钟到你们家登门拜访。六点半请你们一家人到山东人家吃山东菜。山东人家离你们家不远。晚上见！”

打完电话，尚得志和管红花出了四季酒店。尚得志问：“现在哪儿去啊？”管红花径直走着：“跟我来。旁边胡同里有家家庭旅馆，又干净又便宜，我已经提前订好了。”尚得志忍不住了：“脱裤子放屁！你这唱的哪出戏啊！”管红花停下脚步：“得志同志，在首都说话请注意文明用语。你要是给家里挣下家财万贯，我用得着这么处心积虑吗？在家千日好，出门万事难！咱们这次来北京，不光是送钱来了！”尚得志一愣：“那还有什么？”管红花看着尚得志：“穷家富路，在外看住。得给儿子挣下面子！”尚得志不言语了。

万山红和李双全听说管红花要登门拜访，激烈反对。万山红斩钉截铁道：“不行！他们想来就来啊！提前预约了吗？”李双全也一脸不悦：“三日为请，两日为叫，当天叫提溜。不合礼数！”

李才劝：“爸，妈，礼数归礼数，但还有这么一句老话：不知者不怪。尚晋父母作为外地基层工作的同志，对首都北京的礼节不会太了解。而且，也能看出来，他们登门拜访的心愿很迫切，没准是好事呢。”万山红眉毛一扬：“好事？什么好事？”李才嘿嘿笑着：“不请而至，登门拜访，非胸有成竹者不能有此自信也。也许是来送首付款的呢？伸手不打笑脸人嘛。”万山红板着脸：“这已经不是钱的事儿了！”李貌着急去跟尚晋商量，站起身来：“见不见你们自己决定吧。我得走了。”万山红忙问道：“你干吗去？”李貌不耐烦地回应：“一堆事儿呢！”说着拎包出门了。万山红看着李貌的背影：“哎，这孩子！”朝李双全说：“都是你惯的！”李双全鼻子一哼：“谁惯的谁清楚！”

李才也想出门，看了看李双全又没敢动：“爸，您刚才说找我有事儿，是什么事儿啊？”李双全问道：“你屋里那姑娘是怎么回事啊？”李才解释：“哦，在我那儿避难的。”李双全皱眉：“避难？你那儿是避难所？”“就是我的一些粉丝，遇到困难的时候，可以到我那儿住一阵。也算我的一个公益项目。”“你跟她没有关系？”“没有任何关系。”“你的避难所住着几个人啊？”“就一个。”“我可听说不止一个。七八个？十来个？”“就一个。原来是有四五个，都走了。这一个外号倒霉蛋儿，把另外几个给克走了。”万山红恍然大悟：“怪不得呢！我这么命硬的人都被她克了！你可不能再让我见到她了啊！”李才回应：“绝对保证！”万山红又问：“你那避难所接收男粉丝吗？”李才说：“只要女的。”李双全不解：“为什么？”“爸，我没别的想法，就是一来男的不好管理，二来我还是觉得女性比男性更需要帮助，所以就只接收女性了。”“你还是先把自己管理好吧。”“必须的！爸，还有别的事吗？”“你等会儿。今儿蹄花店开不了张了，我写个告示，你帮我贴到蹄花店窗户上，免得人家等。”

李双全起身，从客厅里的多宝格上取下自己的毛笔书法工具，从宣纸上裁下一张长条，拿起毛笔蘸墨，写下了一行字：歉。今日停售。

李双全把长纸条交给李才。李才出门前又说：“爸，妈，咱们作为一个首都之家，也是一座城的形象窗口，还是要有大国风范，我觉得应该会见一下尚晋父母。”李双全打发道：“这事我们自有主张。”

李才悻悻地出门了。李双全铺宣纸、蘸墨，继续写字。

万山红犹豫：“到底见不见他们呢？”李双全一脸淡然：“到目前为止，他们还没给出见他们的必要理由。”

万山红探头看了看李双全写的四个字，是：莫生闲气。

“你真不生气？”“不是不生气，是不生闲气！”“对。生气催人老，你想活得长——哎，李掌柜，你想活那么长干吗啊？”“人各有志。”

李貌从家里出来径直去居委会找尚晋。尚晋一听也很吃惊：“他们来怎么也不提前告诉我一声？我这就给我妈打电话！”李貌忙叫停：“别着急。想好了再打。你妈她想晚上请李掌柜万师傅吃饭。可李掌柜和万师傅还没答应呢。”尚晋掏出手机：“答应不答应我都得给我妈打个电话。得知道他们来干吗。”

尚晋拨通管红花的手机。管红花说：“尚晋，刚才我给你打电话你怎么不接呀！李貌跟你说了吧，一会儿我跟你爸先去找你会合，然后到李貌家登门拜访，晚上我在山东人家宴请他们。”尚晋问：“妈，你先说你们来北京干吗啊？”“还能干吗，给你们送款呀。我们筹到钱啦！”尚晋怔住了。“行了。一会儿见。地址我们知道，到时候我们打车过去！”

尚晋挂了电话。李貌急切地问：“他们干什么来了？”“给咱们送钱。”李貌诧异地问：“他们哪儿弄的钱啊？”“电话里没说。你先问问李才，李掌柜和万师傅那边什么情况，看能不能先把今天晚上的事儿对付过去。”

李貌赶紧给李才打电话。李才正在路上，说：“我刚从家里出来，李掌柜今日停售蹄花了，我来蹄花店给他张贴个告示。”李貌有些担心：“停售了？生气生大发了？”“不是。我觉得他是给晚上的会面留了个活口儿。你想，尚晋他爸妈五点半到，以往这当儿正是他卖蹄花的时候，今天不卖了，这不明摆着留出档期了嘛！反正有门儿，你再攻一攻！”“你替我攻了没有？”“我攻了。但攻得不美。没攻破。李掌柜他不待见我你又不是不知道！当然，万师傅也不待见我！”“知道了。随时联系。拜拜。”

尚晋看着李貌放下电话：“蹄花都不卖了？李掌柜气性这么大？”李貌说：“李才分析，这是李掌柜给咱们留了一个活口。”尚晋又问：“李掌柜都什么情况下会停售？”李貌想了想：“周六他要休息，不售。周日机动，看心情。然后还要每年在正常销售的日子故意停售四次。春夏秋冬各一次。”“故意停售？为什么？”“我爷爷传下来的规矩。其实是反向营销，给大家加深印象。用北京老话来说，鸡贼。”尚晋笑了：“不是鸡贼，是智慧。佩服！这么来看，李才的分析还是对的。李掌柜等咱们递招呢。”李貌拿起手机：“我打电话跟他商量一下。”尚晋拦住：“不要打电话，给他微信；也不要商量，就是给他们下一个通知。”“我可不敢信你了。你自己说能说服他们，结果呢？别说下通知了，就是商量都不一定能商量得通呢。”“骏马也有失前蹄的时候。这次你要相信我。咱们以我爸妈的名义给李掌柜和万师傅下通知。”李貌将信将疑：“行吗？”“绝对行。来，我口述，你记一下。你就这么写——李双全同志、万山红同志：尚晋父亲尚得志、母亲管红花携犬子尚晋及婚房首付款及上次接待令爱李貌不周之歉意于今日傍晚五点半登门拜访。恳请一见。”

尚晋边说李貌边在手机上快速打字记录。

李貌打完问道：“发给李掌柜还是万师傅？”尚晋反问：“他们两人到底谁说了算？”李貌思索了片刻：“那还是李掌柜。”尚晋点头：“那就发给李掌柜。”李貌有些担心：“他要说不行呢？”“他不会说不行。当然，李掌柜这么矫情，也不会痛快说行。他不说不行，就是行。”李貌迟疑着：“那我发了啊。”尚晋干脆地回应：“发射。”

李貌把刚才那段话微信发送给了李双全，想了想，又发了一条语音微信：“李掌柜，万师傅，这是尚晋爸妈给你们的邀请信，他们没你们的手机号，就托我转发了。”

两人有些紧张地等着回复。过了几分钟，手机终于响了。李貌急忙查看。

尚晋问：“发的什么？”李貌一脸茫然：“他什么也没说，只转发过来一条新闻，古玩市场赝品多，入行须谨慎。你看。”

李貌把手机递给尚晋看。尚晋略一思索：“齐活了。他这就是同意了！”李貌仍不放心：“不会遇闭门羹？”尚晋摇头：“不会。他给你回，就是告诉你他收到这微信了。直接说同意不符合他的性格，就转给你这么一条不痛不痒的新闻。”李貌感觉没那么简单：“我怎么感觉李掌柜转发这条新闻有言外之意画外之音呢？”尚晋笑了笑：“无非就是让你谨慎对待我们家呗。不过，李掌柜搞收藏吗？”“不搞。”“奇怪。他老爱拿古玩术语打比方。”“随口一说呗。”尚晋沉吟了一会儿：“事情里边有事情，眼睛背后有眼睛，语言深处有语言。任何随口一说，都是蛛丝马迹。”李貌追问：“什么蛛丝马迹？你到底想说什么？”尚晋长舒了一口气：“没什么。我就是随口一说——打起精神，迎接晚上的鸿门宴吧！”

第八章

李才匆忙到了蹄花店外，这才发现忘了带店里的钥匙，进不去，只好找隔壁小卖部借了个透明胶带，把李双全写的那张告示贴到了窗户玻璃上。

李才刚走，李山寨蹬着三轮车来了。看到玻璃上的告示，李山寨眼睛一亮，见左右无人，敏捷地上前把告示给揭下来了。

尚得志和管红花站在路边等车。尚得志脚边放着一个箱子，里边装有给李双全一家人的礼物。两人都换过了一身衣裳，看得出是经过了一番精心打扮。尚得志似乎很不适应身上的西装，时不时用手上下左右拽拽。

“我就不适合穿西服！”管红花嘱咐道：“牛仔裤也是西方传来的。站有站相，坐有坐相。到了人家里可别这么多小动作！”

一辆出租车驶来。尚得志问：“是这辆吗？”管红花看了看：“不是。我预约的车没有出租标志。”尚得志惊讶：“黑车？”管红花解释：“我能打黑车吗？专车！比出租车高端。”尚得志担心道：“价钱也比出租车高端吧？”管红花无奈地看着尚得志：“得志同志，不要卖水的过河眼里全是钱。”尚得志苦笑：“你这矫情劲儿快赶得上我伺候过的那些一把手了！”管红花语气从容：“别发牢骚。我在家里不就是一把手吗？你听指挥就行。”

等了一会儿，管红花叫的专车来了。两人上了车，往幸福里社区驶去。

司机热情周到：“先生，女士，前排椅背的挂袋中有矿泉水、湿巾、纸巾——”尚得志打断：“我们不渴。”司机继续介绍：“车内还有充电设备。都全程免费，欢迎使用。”尚得志瞥了一眼矿泉水：“这矿泉水多少钱一瓶啊？”“六块。”尚得志一惊：“好家伙！想喝多少喝多少？”

管红花对尚得志的问话非常不屑，又不好打断，眯起了眼睛。

司机微笑着说：“对，不限量。就是可以敞开了喝。车上不够我后备厢还有，都备着呢。您喝吗？”尚得志推辞：“我不喝。你遇到老喝的人没有？”司机来了兴致：“遇到过啊。想占便宜的人多了。有一哥们，打我这车，听说矿泉水免费，一路灌了六瓶多。”尚得志笑道：“六瓶也没多少。”司机接着说：“问题是堵在长安街上了。长安街路边没厕所。”尚得志追问：“结果呢？”司机叹气：“这哥们怕我笑话他，硬憋着，最后我直接给拉医院去了，膀胱破裂。”

管红花不禁睁开了眼睛，感叹道：“人民群众爱贪小便宜的还是不少，看来还是得限量。”尚得志不住地摇头：“嗬！这是什么买卖！”司机笑着说：“先生，您放心喝。您去的那幸福里社区从来不堵车。一路畅通。”尚得志谨慎回答：“我不渴。”

像往常一样，还不到五点，蹄花店门口就排起了长长的队伍。常有丽牵着呼噜也在排队。队伍旁边，三个山寨李双全站在自己的三轮车前，眼巴巴看着长长的队伍，又羡慕又嫉妒又不忿。这其中只有李山寨知道怎么回事，卖力地吆喝：“来来来，买买买，早来买不到，晚来吃不着啊。我这全是前蹄儿，往家扒钱，买个吉祥，吃个吉利！”

眼看到五点了李双全还没露面，队伍开始躁动起来，议论纷纷。

常有丽嘀咕着：“怎么还不开呀！”林姐也纳闷：“对啊，李掌柜他都是准时候来啊！”旁边一顾客有些着急了：“家里来客了，点名要吃李氏蹄花。酒都斟上了！急等着呢！”李山寨不失时机地插话：“急等着可以买我们的呀。买个吉利，吃个吉祥。”另外两个山寨李双全急忙附和：“对对对。买我们的。买我们的。”李山寨抢着吆喝：“我们的不比李掌柜的差！尤其是我的，没这个那个啊。”

常有丽听到这话不服了：“嗬，好大的口气。有这本事自己也去立个牌子啊，在人家的屋檐下蹭卖算怎么回事！”李山寨争辩道：“李氏蹄花的牌子也是三代人立起来的！我爸爸和我爷爷要是早年打下一片屋檐，我现在就能打下一片江山！我就是正宗的富一代！”常有丽不屑地说：“这话你回家跟你爸爸爷爷说去，跟我们说不着。我们就是想吃李氏蹄花。”李山寨仍吆喝道：“别怪我没提醒你们。都这点儿了，李掌柜还没来，兴许今天不出摊了呢。”常有丽白了一眼：“你甭想晃点我们，李掌柜不出摊都会写一个告示，贴在那玻璃窗里头。”

队伍里有几个和常有丽相熟的顾客。有人就说：“常姐，你不是认识李掌柜吗？”常有丽回应：“认识啊。”那人说：“你打个电话问问嘛。”常有丽随口应道：“没问题啊。”

常有丽掏出手机，又觉得别扭：“要不咱们再等等？”旁边的顾客急忙央求：“常姐，帮我们问问吧。大伙儿这么干等下去也不是办法啊。”其余人也纷纷附和：“常姐，帮问问吧，就看您的了！”常有丽尴尬地笑着：“那就给你们问问。”

常有丽拨打李双全的手机，竟不自觉有些紧张。李双全此时正在厨房里忙活，没听见客厅里的手机响。倒是万山红听见了从房间里出来，拿起李双全的手机一看号码，认出是常有丽的，愣住了，本想直接挂断，转念一想还是接了起来，“喂”了一声。

常有丽一听是万山红的声音顿时有些慌乱，没说话迅速挂断了电话，对周围的人说：“没接。再等等吧。”队伍发出一片失望的叹息声。

万山红拿着李双全的手机想去找李双全质问，走到厨房门口又改了主意，拿出自己的手机把李双全手机屏幕上显示的常有丽的来电拍了下来，然后把李双全的手机放回了原处。

李山寨看出常有丽在这群人里边有点号召力，动了个心眼，掏出一个塑料袋，装了俩猪蹄进去，走到常有丽跟前一递。

李山寨讨好道：“大姐，看出你不是糊涂人，送你俩猪蹄带回家尝尝。看看我是不是吹牛。全是前蹄儿！”常有丽心里还在为刚才的电话七上八下，很不耐烦：“怎么这么没眼力见儿啊！有你这么做买卖的吗？强买强卖啊！”李山寨赔笑解释：“你们是强买，非要买李氏蹄花；我可不是强卖，我是免费出血大赠送——白给！”常有丽一脸抗拒：“你白给我就要白吃啊？我从不买盗版产品，包括你们的盗版蹄花！”

李山寨面子上有些挂不住，嘟囔着：“有眼不识金镶玉！”常有丽一听来气了：“你说谁有眼无珠呢？”李山寨回应道：“我没说有眼无珠，我说有眼不识金镶玉。”常有丽不由得激动起来：“有眼不识金镶玉不就是有眼无珠吗？你说谁有眼无珠呢？你卖不出去猪蹄怨我们呢？你得想想为什么自己蹄花做得烂！”

一听说自己蹄花做得烂，李山寨不干了，嚷道：“我做得不烂！是你有眼无珠！”常有丽逮住了话头：“看，刚才还不承认，现在又说我有眼无珠！大家伙听听！听听！买谁蹄花不买谁蹄花是我们的自由！他倒骂上人了！”

排队的人都附和常有丽，纷纷谴责李山寨：“——怎么能这么说话呢！”“——你凭什么骂我们有眼无珠啊？”李山寨辩解：“她凭什么说我做的蹄花烂啊？她吃过吗她就说我做得烂？”常有丽争辩道：“我没吃过我见过，我一眼看上去就觉得你做得烂！我打保票你卖不出去！”李山寨急了：“那我就说你有眼无珠，我还说你狗眼看人低呢！”常有丽怒了：“嘿你还跟我杠上了！”

常有丽火冒三丈，一脚朝李山寨的三轮车踹过去，不过不自觉使用了街舞动作，脚踢高了越过了三轮车的车沿，鞋子飞了出去，好巧不巧掉进了李山寨的蹄花桶里。

众皆哗然。常有丽也愣住了。

李山寨气急败坏，上前猛一把揪住常有丽：“我的猪蹄呀！”常有丽“哎哟”大叫：“打人了！有人打人了！”

小狗呼噜见主人受了欺负，狂吠着扑上去要咬李山寨，李山寨狠狠一脚，呼噜被踢飞了出去，哀嚎不已。常有丽红了眼，朝李山寨扑了过去：“敢踢我儿子！我跟你拼了！你今儿甭想走出幸福里！”蹄花店外顿时乱成一团。

这时尚得志和管红花乘坐的专车已经驶到了幸福里社区大门口，结果被堵住了。管红花说：“司机同志，你不是说这儿从来不堵吗？”司机也奇怪：“以前它是不堵的。今儿它怎么就堵了呢？估计有突发情况。要不您现在就下，溜达过去。”尚得志巴不得赶紧下车：“我觉得可以，咱们就溜达过去吧。”

管红花打了这辆专车就是想摆摆谱儿，不舍得下去，想了想说：“还不知道有多远呢。等我打个电话。”

管红花拨通了尚晋的电话。尚晋问：“妈，到哪儿了你们？”管红花说：“我们刚进幸福里社区大门就被堵住了。我想问一下离你那儿还有多远。我原想到你那儿拉上你，再到李貌他们家去。”“不远。你们就那儿下吧。我正好下班了，现在过去接你们。”

尚晋挂了电话正要往外走，周茉莉却又打来电话，说李氏蹄花店门口出事儿了，你马上过去。现在正是晚高峰，麻利点！

尚晋一听，赶紧给李貌打电话：“李氏蹄花店门口出了点儿事，你爸没去出摊吧？”李貌说：“没去呢。跟李掌柜肯定没关系。出什么事儿了？”尚晋稍稍松口气：“不知道。我现在得过去处理。我妈我爸已经到社区大门了，你过去接他们一下。”

尚晋匆匆赶到李氏蹄花店，只见看热闹的人、等着买蹄花的人，把路给堵得严严实实的。尚晋拼命往前挤，喊着：“让让！让让！借光！借光！”

人群中央的常有丽和李山寨还在互不相让地争吵。

常有丽的声音：“我告儿你，我这鞋是我女婿从国外给我购买的。世界名牌！不光是值钱，还有一种纪念意义！”

尚晋终于挤了过来：“怎么回事？”

常有丽看见尚晋立刻底气足了：“尚晋，你来得正好！你给断断这案子！”李山寨瞪眼看着尚晋：“凭什么让他断啊？他谁啊他？”尚晋自我介绍：“我是幸福里社区的调解员尚晋，这是我证件。”

尚晋掏出证件在二人面前一晃。

李山寨看了看，说：“好！那您就给说道说道。”

尚晋见围观的人还在增多，必须抓紧疏通，于是对常有丽和李山寨说：“人群已经造成了道路拥堵，不管谁对谁错，我想请二位到我办公室调解。”常有丽气呼呼地说：“可以。但得让他先给我当众道个歉！这么多街坊邻居都瞧着呢。我个人面子不要紧，不能给幸福里跌了份儿。打我记事起，就没外人能在幸福里撒野！撒野我就让他跌进痛苦里！”李山寨向尚晋辩解道：“调解员同志，您瞅瞅，现在她的鞋还在我这蹄花桶里。我要给她道歉，这一桶猪蹄子会答应吗?！我对得起我的猪蹄子吗？”常有丽冲李山寨嚷嚷：“你脑子听猪蹄子的啊？”李山寨毫不示弱：“我脑子就是猪蹄子也甭想让我道歉！我不能丧权辱国！”

李貌匆匆赶到社区大门口，刚好看到尚得志和管红花正踮脚张望。

“阿姨，叔叔。”管红花回头意外地说：“貌貌，你怎么来了？让尚晋来就行。”“尚晋工作上临时有点急事，我就先过来接上你们。”“刚才他还跟我说下班了呢，什么急事啊？”李貌一指前方拥堵处：“事就在那里。”尚得志皱眉：“这是什么买卖！”管红花往拥堵处走去：“哦。走，咱们过去看看。”

李貌伸手要帮着提行李，尚得志已经一把拎起大步朝前走去。

管红花笑着对李貌说：“让他拎。风雷十二掌不是白练的，他一身力气没地儿扔！”

前方两百米开外就是李氏蹄花店所在。李貌、尚得志和管红花三人走至近前，就听见人群里传出常有丽的叫嚷声：“甭跟我要横使愣，你在幸福里这片儿打听打听我常有丽的名字你就知道该不该道歉了！”

李山寨不屑道：“你就是叫常有理你也大不过理去！”

他无意中说出了常有丽的外号，人群轰地笑了。

尚晋见围观的人越来越多，一急之下站到了李山寨的三轮车车座上，对众人喊着：“各位朋友，大家好，我是幸福里社区调解员尚晋，现在正是晚高峰时期，为了道路的畅通，大家散了吧。”有人喊：“我们还等着买蹄花呢。”尚晋解释：“感谢大家对李氏蹄花的支持，今日停售。”一位老主顾喊：“你别忽悠我们！李掌柜以前停售都有告示啊！”尚晋又解释道：“我以李掌柜女婿、李氏蹄花传承人的身份通知大家：今天蹄花停售一日！大家散了吧！”

这时李貌、尚得志、万山红也挤到了中间。有人认出了李貌，喊：“李掌柜闺女在这儿呢！”

众人齐刷刷把目光投向李貌。

李貌只好高声喊：“今天蹄花的确停售了！谢谢大家！明儿再来吧！”林姐问：“李掌柜今儿怎么不贴告示啊？”李貌也不明白怎么回事：“抱歉！抱歉！失误！失误！”林姐有些失望：“这事弄的！不卖言语声儿啊！”众人附和：“对啊！真是的！”

尚晋见人群还不肯散去，忽然开口：“我宣布，为表歉意，明儿李氏蹄花全场六折销售！拜托了，大家明天再来吧！”

李貌一怔。人群发出一片哄笑声。一人喊：“女婿当家啦！”另一人：“忽悠我们呢吧？”尚晋喊道：“君子一言，驷马难追！”

众人眼见今儿是肯定买不着李氏蹄花了，只好不情愿地散去。围观的人见没啥热闹可看了，也纷纷散去，道路终于畅通了起来。

尚晋从三轮车上跳下来，抹抹脑门子上的汗，走到李貌和爸妈跟前。

“爸，妈。我这现场办公呢。貌貌，你先带爸妈回家。我还得回办公室处理一下这事。”

李貌应了一声，一眼看见常有丽只穿着一只鞋有些狼狈：“常姨，我让毛毛给你送双鞋来。”“不用！”常有丽索性将剩下的那只鞋脱下来，拎在手里，笑道：“一般高了！”

李貌见常有丽好奇地打量管红花和尚得志，便介绍：“尚晋爸爸，尚晋妈妈。”常有丽忙问好：“哦，你们好。”李貌又对管红花和尚得志介绍：“这就是我闺密毛毛她妈，常阿姨。”管红花微微点了一下头：“您好！”常有丽：“欢迎你们！今天不巧，我这边正忙着给大家讲理，改天再聊啊！”

常有丽转头招呼李山寨：“走吧，找个清静地儿说理去。”又召唤小狗：“呼噜！呼噜！走啦！疼不疼啊？一会儿我给你出气！”

常有丽牵着小狗赤着脚向前走去。李山寨推上三轮车跟了上去。

尚晋嘱咐道：“你们先回家。我完事就过去。”赶紧也跟了上去。

管红花打量着李氏蹄花的门脸：“貌貌，刚才那些不明真相的群众都是来买你家猪蹄的？”李貌点点头：“嗯。每天都排队。”管红花又不解地问：“今天为什么停售呢？”李貌一笑：“为了迎接你们嘛。”

管红花对这个回答显然很满意，矜持地微笑点头。尚得志也有些感动：“哎呀！哎呀！这是什么买卖！这是什么买卖！”李貌笑着：“走，回家！”

李貌领着管红花和尚得志往家的方向走，路上顺便给毛毛发了个微信，叫她赶紧去居委会尚晋办公室给常有丽送鞋去。

三人到了幸福里九号，进入单元楼门，经过奶奶家，李貌轻声介绍：“我奶奶住这儿。”管红花一听：“那得去拜访一下啊。”李貌：“嘘！改天，改天。”示意尚得志和管红花跟自己轻手轻脚往上走。

奶奶的屋里没有开灯。奶奶一个人坐在桌前，打开了一瓶茅台，拿着个小酒盅，没就菜，一小口一小口地啜饮着。听到楼道里传来的动静，奶奶警觉地捏着小酒盅起身轻手轻脚走到门后，似乎生怕有人进来。直到外边的脚步声消失了，奶奶才松了口气。

李貌一边领着尚得志、管红花上楼，一边解释：“我奶就喜欢热闹，一听说你们来，非得跟上来不可。”管红花说：“那就让老人上来啊。我们本来也是要拜访她老人家的。”李貌面露难色：“我奶高血压，不敢让她高兴过头。跟她说一件好事，就得立即跟她说一件能压住这件好事的坏事。今天这么大的事，怕压不住。年纪大了，安全要紧。”尚得志说：“我也高血压。每天一趟拳，血压就正常。一天不练，血压上蹿！要不让你奶奶跟我练风雷十二掌。”管红花转头白了一眼：“你有点谱没有！你那风啊雷的人老人家能练吗?!”尚得志笑了：“老少皆宜，童叟无欺！”李貌扑哧笑了。

万山红穿着宽松舒适的简单家居服在拖地。李双全从厨房出来，看看万山红：“你不捯饬一下啊？”万山红一脸不屑：“捯饬什么，又不是见外宾。就是想捯饬我拿什么捯饬呢？多会儿都没添件衣裳了！再捯饬也比不得那些桃红柳绿蹦来蹦去的。”

万山红话里有话，李双全也没在意，拿起手机看了看，没发现刚才常有丽的来电，随手把手机又放下了。

万山红说着话偷偷注意着李双全的反应：“哎！你怎么不捯饬捯饬呢？”李双全一愣：“我？犯得着吗我！”万山红找着了话柄：“合着你是说我不体面需要捯饬？”李双全无奈地说：“我不是那意思，我是说我一会儿还得下厨呢！”

门铃响了。万山红放下拖把过去开门。

门一开，看见李貌：“万师傅，李掌柜，客人到啦！”

万山红眼光扫了一下尚得志和管红花，见对方都穿得比较正式，不禁有些懊悔自己没捯饬一下。万山红赶紧把身子一让：“请进。”

李貌领着尚得志和管红花进屋，李双全也迎了上来。

李貌向尚得志和管红花介绍：“我爸，李掌柜。”管红花问候道：“李双全同志，您好。”

李双全刚要伸手跟尚得志握手，尚得志却将手里拎的箱子往地上一搁，双手一抱拳，行了一个武林中的抱拳礼，刚劲有力地说：“李掌门，幸会！”李双全也只好回了一个抱拳礼：“幸会。”

李貌又介绍：“我妈，万山红。”管红花微笑点头：“山红同志，您好。”

万山红没绷住扑哧一下笑了。自觉失礼，却笑得止不下来。管红花尴尬在当地，尚得志也莫名其妙。李双全赶紧抬手一指点在万山红的肋骨处，万山红疼得嘴一咧，这才止住了笑。

万山红一连声道歉：“不好意思不好意思。来，这边先坐。”

几人在沙发区落座。

万山红问：“住下了吗？”管红花淡淡地回答：“来之前就预订好了，住四季酒店。”万山红皱眉：“四季酒店？没听说过。条件怎么样？能洗热水澡吧。”李貌差点笑出来，赶紧忍住：“能洗，能洗，当然能洗。”管红花不紧不慢地说：“条件还可以，毕竟是个五星级。”

李双全引开话题，指指茶几上的工夫茶具：“咱们来点茶？”尚得志点头：“中。”管红花回应：“客随主便。”

李双全摆弄茶具泡茶。

万山红一边揉着肋骨被点处一边继续解释："尚师傅，管师傅——"管红花打断："叫我管科长也可以。别人都这么叫。"万山红忙改口："哦，管科长，刚才我为什么笑呢，是因为从小到大没听人叫过我同志，觉得很好玩。这你们能理解吧？"管红花微笑："能理解。因为从小到大也没人称呼过我师傅。师傅是工人阶级的称呼，我不大习惯，我一直在政坛。"万山红赔笑道："能理解就好。这我就放心了。"尚得志不解地问："亲家母啊，能理解是能理解，但有一点我不明白。为什么一点你的肋骨你就不笑了呢？难道这是亲家公的点穴手？"万山红回应："叫我万师傅就好——这你得问李掌柜。"尚得志看着李双全："我们风雷十二掌倒没有点穴功夫。"李双全淡淡地答道："雕虫小技，不足挂齿。"

尚得志没喝过工夫茶，见李双全把洗茶的水泼了，有些奇怪，脱口而出："这是什么买卖！怎么泼了？"管红花眉头一皱："别大惊小怪，这叫洗茶。我在家洗茶的时候你没看见过吗？"尚得志倒很老实："我都没注意你喝茶。茶还需要洗我倒第一次知道。"李双全介绍说："茶其实不需要洗。洗茶是民间的一个误会，以为是把茶叶的灰尘洗去，工序完整的茶叶不会有污垢灰尘的，实际上这道工序应该叫醒茶，用水把茶叶唤醒，然后再泡出它的滋味。"

管红花有些尴尬。尚得志朝管红花说："看看！亲家公多有学问！"李双全看向尚得志："叫我李掌柜就可以。"管红花有些悻悻然："跟着李掌柜又学了一点知识。看来，李貌的优秀，跟李掌柜的博学多才和人文素养是分不开的。"

李双全将茶倒到小瓷杯里，李貌将杯子分别递到尚得志和管红花手里。

尚得志一口喝下："好茶！这茶我喝过，经泡耐喝！我用当兵那会儿发的大茶缸子抓一把进去，一喝喝一天，一喝喝一天！你这小盅太小，不带劲！"管红花面子有些挂不住："得志同志，在李掌柜这样懂茶的同志跟前，我建议你还是少说几句吧！"李双全微微笑了笑："要不给您换大杯？"尚得志嘿嘿笑道："那倒不用，我入乡随俗。"李双全提壶又给尚得志倒了一杯："好喝就再来一杯。"尚得志端起茶杯朝李双全一举："干杯！"李双全无奈也只好举起茶杯跟尚得志碰了一下。

李貌想起蹄花店歇业告示的事，悄悄给李才发微信询问。

李才跟苏洁坐在咖啡馆靠窗的位置。苏洁看着面前笔记本电脑上的一个星盘，煞有介事地观察着："……这星盘谁的啊？"李才说："一叫郭纯希的女孩的。"苏洁问李才："郭纯希谁啊？""甭管谁的。你有一说一。""这人跟你不合！""没问我跟她合不合。你就给我分析一下这人的命运。"苏洁干脆地说："命是苦命。运是霉运。”

李才愣住。这时李貌的微信来了，李才一看，倒吸了一口冷气。

苏洁皱起眉头：“这郭纯希的星盘很麻烦，我给你详细分析分析……”李才打断：“改天吧。我现在有个比这个麻烦更大的麻烦。”说着拔腿就走。

苏洁喊道：“才哥，我还得提醒你，那人的星盘跟你不合，你可别招惹她！”李才头也不回：“不是所有男女关系都是男女关系！你脑子里就不能有点别的吗？”“我在适婚年龄，脑子里主要就是这个。你懂的。”“我不懂。回见。”

李才匆忙出门去了。苏洁小声嘟囔：“装！再装！”服务员小白凑了过来：“苏洁，苏洁，有门儿吗？有门儿吗？”“什么有门吗？”“你追才哥的事儿啊！这世界上还有谁不知道啊——”“胡说什么呢！我追他了吗？”“这应该问您自己啊！这事您不问自己问不出答案啊——”“去！追不追关你什么事儿啊！”“关系大了去了！要是成了你不就是我老板娘了嘛！你是我老板娘了我就得好好讨好你啊对不对——”苏洁露出了一丝狡黠的笑容：“有备无患。你最好现在就讨好我，先去给我弄杯苏打水来，加柠檬。柠檬片要双数。”小白一脸不解的神情：“什么？为什么？为什么——”苏洁看着小白：“好事成双！因为所以！Ok？Ok？Ok？Ok？”小白心领神会：“Ok！”

李才匆忙去了蹄花店门口一看，窗户玻璃上根本不见歇业告示的踪影，心里暗暗叫苦。

尚晋领着常有丽和李山寨进了居委会办公室，径直去了减压室，打开灯。常有丽和李山寨诧异地看着屋里的假人和各种减压工具。常有丽问：“尚晋，这什么意思啊？赶紧让他赔我鞋钱，给我道歉，我好回家啊！”扭头朝向李山寨说：“这事说简单也简单，赔我一双鞋，给我道个歉，就了了！”李山寨一脸不服：“我就问你，我那一桶猪蹄子谁赔？”常有丽轻描淡写道：“责任自负。”李山寨生气地吼道：“我负不了！一家老小就靠我每天这一桶猪蹄子呢！”

尚晋赶紧劝解：“消消气儿！二位先消消气儿！”又问李山寨：“您贵姓？”“我姓李。”常有丽扑哧笑了：“连姓都盗人家的！”李山寨瞪眼：“我就姓李！”说着掏出身份证递向常有丽：“你看！你看！”常有丽转过脸去：“不看！你爱姓什么姓什么！”

尚晋接过身份证看了一眼：“是姓李——李先生，常女士，现在你们都在气头上，话儿赶话儿容易把事儿闹大！这是一个出气的地方，你们先出出气，休息一下。”

尚晋说着飞起一脚踢在假人身上，又抓起一个苹果摔在地上。常有丽和山寨李双全吓了一跳。假人像不倒翁一样。苹果在地上复原了。

尚晋说：“你们先把火出一出，憋在心里容易憋出毛病来。请便。”

尚晋坐到了一张音乐沙发椅上。

常有丽一笑：“有点意思！”也坐到了旁边一把沙发椅上。

李山寨飞起一脚踹在假人身上，接着就是一顿暴打。

常有丽看得心惊肉跳，又从沙发椅上站了起来：“他这什么意思啊？他这是挑衅啊！”尚晋轻声安慰着：“打的是假人！”常有丽心有不甘：“那假人象征我啊！”尚晋笑着说：“你也可以打！”

常有丽咬咬牙，走上前对着另一个假人也是一顿暴打。两人边打边不甘示弱地互相瞪视着对方，直打得气喘吁吁，都不肯先停手。到最后还是常有丽顶不住了，大喊了一声：“停！”两人这才停手，瘫坐到旁边的椅子上，喘着气说不出话来。

尚晋赶紧拿纸杯倒了两杯水递给两人：“喝口水。”

两人大口喝着水。

尚晋看着两人：“气儿消了吧？”

两人相互看看，又别过脸去，不说话。

尚晋开口说道：“先说物质损失。常有丽女士损失了一双鞋。”李山寨纠正：“是一只。”常有丽气呼呼地说：“鞋一只能穿吗？你们家买鞋买一只啊？”尚晋想了想：“一只不成双，没法儿穿。常女士这个概念是准确的。”

常有丽得意地哼了一声。

尚晋又对李山寨说：“您损失了一桶猪蹄。”李山寨争辩道：“要照你们刚才那么说的话，也不能说是一桶猪蹄，应该说是一百一十只猪蹄。”常有丽打断：“别夸张，是五十五对！”李山寨怒气冲天：“猪脚跟人脚不一样，能分开！单只我也是卖的！”

尚晋转头问道：“常女士，您这双鞋是多少钱还记得吗？”常有丽微笑地看着尚晋：“叫我阿姨就行。记得啊，三千八！”李山寨惊讶：“三千八？就是全胶原蛋白做的也不值三千八啊！蒙谁呢你！”常有丽说：“哎，它还就是三千八！我女婿出国时给买的。”又朝尚晋看去：“我跟毛毛一人一双。他要不信我可以出示发票！”

尚晋又问李山寨：“您这一桶猪蹄能卖多少钱？”李山寨脱口而出：“一只三十，一百一十只就是三千三百元。”常有丽直咂嘴：“嗬，真敢要啊！”李山寨冷哼一声：“李双全就是这价格！”常有丽嘟囔着：“盗版跟正版能一个价儿吗?!”

尚晋微笑地说：“常女士，您的鞋是没法儿穿了。”常有丽叹气：“绝对没法儿穿了。”尚晋又说：“李老板，您的猪蹄是没法儿卖了。”李山寨板着脸：“明摆着没法儿卖了！卖了亏良心！”尚晋点头：“这件事从法理来说，应该是常女士赔偿李老板的损失。”常有丽惊诧地转头看着尚晋：“什么？尚晋，你讲不讲理？”尚晋安慰道：“您别急。我讲的就是理。我刚才在李氏蹄花店门前的时候，大概观察了一下，那儿至少有五个摄像头，实际可能更多，能够全方位拍摄下当时发生的情况。您把鞋踢进那桶里去是一个事实，肯定被拍下来了。”常有丽一脸委屈：“他不侮辱我我能踢吗？”尚晋继续说：“即便有侮辱性话语，摄像头是录不下来的。”常有丽说：“我有人证。”尚晋分析道：“这里的街坊四邻你都认识，照法理来说，人证不会被采信。”常有丽一时难以接受：“嘿，我还遇见拉偏架的了！尚晋，你对我有成见啊！是不是你丈母娘跟你说什么了？”

尚晋哭笑不得：“常女士，你这弯拐得太大。这事拐不到我丈母娘那儿。我的意思是，您把鞋踢进桶里去，造成了这一桶猪蹄没法卖了，是一个事实。”常有丽不服：“他侮辱我狗眼看人低，我才踢的。”李山寨也争辩道：“我说的是有眼不识金镶玉。而且我在说有眼不识金镶玉之前我还给你送猪蹄子了呢！”常有丽冲着李山寨喊：“不稀罕！”

尚晋继续劝解：“二位都别急，刚才我说的是法理，还有一个情理。从情理来讲，李老板，你得自己承担这个损失。”李山寨急了：“哎，这是个圈套啊，刚才你还说应该她赔偿呢，怎么一眨眼就我自己承担了？对了，你们刚才说什么丈母娘丈母爹的，看来你们之间早就有瓜葛！这里边有猫腻，我不接受这个调解！我承担不了这个损失。”尚晋笑着问：“李老板，你还想不想以后在李氏蹄花店门口卖蹄花？”李山寨一愣：“想啊。”尚晋又问：“常女士从小在这一片儿长大，根基深，人脉广，你要让她不舒服了，你在这儿还吃得开吗？”常有丽撇撇嘴：“强龙不压地头蛇。这句话他可能没听说过。”李山寨一听又来气了：“你是地头蛇？我打小就不怕蛇！——你们威胁我？”尚晋忙打住：“是提醒你。冤家路必窄，和气能生财。我的意思是，此事你们都有责任，损失就自理吧。常女士损失得更大些，所以我建议李老板你对常女士道个歉，这事就算过去了。”

李山寨霍地站起来，抬脚踢了一下假人：“好！我忍！我认！”常有丽却摆手道：“别价！别价！不合理。我不同意。”尚晋顿了一下：“常女士，您还有什么想法？”常有丽说：“尚晋，他这一桶猪蹄，即便卖能卖三千多，但成本可没这么多！猪蹄我也不是没买过，一个猪蹄十块钱左右，一百来个撑死了也就一千块！这一千块，我赔了！”李山寨颇感意外：“大姐，你认识到自己的错误了？”常有丽语气缓和下来：“我的确认识到自己的错误了。刚才人家调解员也说了，咱们两个人都互有责任，我觉得调解员说得对，我的责任我来扛！我给你造成的损失我来扛！你这成本是多少？我赔！”

李山寨被常有丽的态度转变给弄蒙了，脑子没拐过弯来，一时有些疑惑：“大姐，真的吗？”常有丽认真地回应：“真的啊！我一口唾沫一个钉！”李山寨感动了，诚恳地说道：“大姐，你真是个顶天立地的人！不简单！我实话告诉你，我刚才说这桶里一百多猪蹄是夸张了，其实就八十只，成本六百来块钱。您就给六百就行！”常有丽连连摆手：“不，该多少多少，不六百多嘛，就照七百算！”李山寨竟有些热泪盈眶：“这，大姐，您太高风亮节了！我刚才答应道歉是想敷衍您，现在我是真心想道歉！”常有丽问：“真心？”李山寨连忙道歉：“真心真意！大姐，对不起！”常有丽说：“等会儿！等会儿！别着急！”

常有丽掏出手机，调到录像模式，把手机递向尚晋：“尚晋，给我们录下这感人的一刻！”

尚晋接过手机。常有丽嘱咐：“把我录得好看一点啊！脚上没穿鞋，录半身就行。”李山寨有些惴惴不安：“还录像啊？这不是直播吧？”常有丽一乐：“往哪儿直播啊？你当你是名人呐？”李山寨越发不解：“那为啥要录像啊？”“为啥？为了你呗！”“大姐，你这人有点像迷宫，我怎么有些迷瞪了呢，录像是为了我？”“幸福里这一片人头我都熟，来买猪蹄的这一拨人我就更熟了，都是吃友。今天都知道我跟你闹了矛盾，你说他们以后还能买你的猪蹄吗？我把你的道歉录下来，见到这些吃友就放给他们看看，他们也就原谅你了！以后在买不到李双全的猪蹄的情况下，还是会考虑你的猪蹄的。明白了吗？”李山寨感动不已：“明白了大姐，谢谢您！”常有丽示意：“尚晋，录吧。我们开始了。”朝李山寨说：“我问，你答。”李山寨点头：“哎。”

尚晋拿着常有丽的手机找了个角度拍摄录像。

常有丽问："你是自愿道歉的吗？""自愿。""你愿意有感情道歉吗？""什么叫有感情道歉？""有感情朗读你知道吗？不会没上过小学吧？""明白了。就是声音得有高有低，关键时刻得流眼泪那种。我会！""有人强迫你吗？""没有。绝对没有。""好。请有感情道歉。"

李山寨清了清嗓子："大姐——"常有丽打断："我姓常。"李山寨声情并茂地："常大姐，您好。今天傍晚，我在卖猪蹄的时候嘴里嘟嘟囔囔冒犯了您，在此我向您有感情道歉，请您原谅。也希望我以后再来李氏蹄花店门口卖蹄花的时候，您能不捣乱，给我一个活命的机会。总而言之，您是一个高风亮节的人，不跟我一个小贩计较，我对您感恩戴德！——怎么样，大姐，可以吧？"常有丽点点头："凑合吧——录好了吧？"尚晋回应："录好了。"

尚晋将手机递还给常有丽。

李山寨仍感激不已："大姐，真的谢谢您啊！没想到您敢作敢当！"常有丽收起笑容，一本正经地说道："甭客气。责任面前，我最容不得㞞人！好，咱们现在捋一下。我这鞋是三千八，减去我应当付的你这七百，是三千一，抹去个零头，三千！我穿了半年多，再折旧掉一千，还有两千。这两千是你该负的责任。"李山寨听得目瞪口呆："你，你是这么个算法啊？""对啊。谁的责任谁来负嘛！我这人一向将心比心，我知道你一卖猪蹄的如果没挣着钱还倒贴出两千块钱去，心理会不平衡，我虽然不怕你报复我，但我怕你因此报复社会去，所以我再给你打个对折，你赔我一千块钱就成——尚晋，我这算仁至义尽了吧？"

尚晋也没想到常有丽后边藏着这么一手，一时不知道如何应对，只好含糊地回答："是不是仁至义尽不是我说了算，李老板觉得呢？"

李山寨知道自己上了常有丽的套，也清楚自己不是常有丽的对手，心一横："歉我也道了，猪蹄我也认了，你再要钱就是要我命！我命在这儿，你拿去吧！"

李山寨往地上一蹲。

常有丽对尚晋说："哎，哎，他这算怎么回事？自绝于人民？"

尚晋轻声说："常女士，咱俩外头说几句。"

尚晋把常有丽叫到办公室外："常阿姨——"常有丽摆手："别价，刚才不还一口一个常女士嘛。叫常女士挺好。"尚晋赔笑着："阿姨，叫常女士是个策略。我如果叫您阿姨，会让对方以为是咱们一伙儿的，影响对方的情绪，不好调解。"常有丽一脸严肃："我不这么看，你如果刚才让他明白咱们是一伙儿的，他早吓尿了！"尚晋劝解道："吓尿他，也解决不了问题。阿姨您也应该能看出来，他小本生意，不可能赔您这一千块钱！"常有丽眉毛一扬："他不赔，你让他赔啊！你的工作不就是主持正义吗？"尚晋义正词严地说："我认为你们双方责任各半，他不应该赔您这一千块钱。"常有丽不甘心："我这鞋就白扔了？"尚晋语气坚决："他那猪蹄也白扔了。"常有丽仍不松口："我咽不下这口气！必须得让他赔我一千块钱！不赔这事不能算完！"

尚晋见常有丽软硬不吃油盐不进，也很无奈，一时也不知道如何是好。恰在这时毛毛和马得路来了。毛毛拎着一双鞋。

常有丽诧异："你们怎么来了？"毛毛说："我们不来，你光脚回家啊？"

毛毛蹲下身给常有丽穿鞋。马得路问："妈，怎么回事？"常有丽朝尚晋努努嘴："问尚调解员。"

尚晋把常有丽和李山寨冲突的情况说了一下。马得路一乐："就这事儿啊？虾米级别！妈您别往心里去！赶明儿我再给您买三双！今儿就到这吧！"常有丽固执起来："这不成！一百双咱也买得起！但没这个道理。"

李貌发来微信催着尚晋赶紧过去。

常有丽还喋喋不休："尚晋，知道今天你爸妈来了，但我不是无理取闹啊，我就是希望你能主持正义。"毛毛劝母亲："妈，不管有理没理，说破大天就是一双鞋的事儿！就这样吧，回家！"常有丽不干："你说得轻巧！这是一双鞋的事儿？这是三千八百八十八块钱的事儿！"毛毛劝说道："行了妈，你那双鞋不是这价儿！"常有丽一愣："不是？那是多少？"

马得路朝毛毛使眼色不让她说，毛毛却还是说了出来："两百来块吧。"常有丽有些蒙，看着马得路："得路，你骗我们娘儿俩？拿两百来块钱的东西糊弄我们？"马得路朝毛毛埋怨："咳！你提这茬儿干吗！"毛毛无奈地解释着："马得路没骗咱们，当时他确实是想买两双鞋，咱俩一人一双，但因为买的东西太多，过不了关，就把您这双精简了，回国以后，觉得对不住您，就去一尾货店给您买了双一模一样的。"常有丽顿感失落："就是说，你那双是真的，我这双是假的？"毛毛皱眉："也不是假的。就是尾货。同一厂家出的！"常有丽忍不住心中的怒火："尾货不就是假的吗？同一厂家为什么差价这么大？毛毛，得路，这不是一双鞋的事儿，这事儿大了，咱们有必要掰扯一下！我在家里等你们！呼噜，咱们走。"

常有丽扭头领着呼噜气呼呼地走了。

马得路埋怨毛毛："你妈的人性你不知道啊？什么话都说！惹火上身！"毛毛不以为然："给她补一双就行了，怕什么！"马得路头疼："你是不怕，这火上的是我的身啊！"

这时李山寨也从屋子里出来了，四下看看："那老娘们儿走了？"毛毛瞪眼问道："有事吗？我是那老娘们儿的闺女。"李山寨讪讪回答："没有。没有。走了好。走了好。"尚晋赶紧圆场："时候不早了，您也赶紧走吧。"

李山寨推起三轮车往外走。尚晋想了想又叫道："李老板，等等。"

李山寨停下，转身看着尚晋。

尚晋上前，从口袋里掏出钱包，点出一千，递给李山寨。

"这些猪蹄儿我买下了。"李山寨有些愕然："为啥呀？"尚晋笑笑："这您就甭问了。出门东边有个垃圾处理点，咱们一块送过去。"

李山寨有些明白过来了，没接尚晋递过来的钱："你是怕我继续去卖？"尚晋承认了："是的。我不相信你舍得扔了它。"李山寨看看猪蹄桶："我还真舍不得。"

马得路走过来了："这事简单。交给我。"马得路掏出名片夹，给了李山寨一张名片："拿着。你把猪蹄儿送到名片上这个地址。我一会儿就给他们打电话，你送到后我会让他们给你一千块。"又对尚晋说："我不是养了十来条藏獒嘛，送给它们吃得了。不糟践！"

李山寨收起名片，高高兴兴地走了。毛毛对尚晋说："你赶紧回吧。估计李貌他们早等急了。"尚晋舒了口气："谢了。咱们各回各家，各找各妈吧！"

尚晋匆匆赶到李貌家单元门口，李才正翘首以待。尚晋问："才哥，你怎么不上去？""等你呢嘛！""有事？""今天点儿背，我去贴了停业告示，谁知道不见了！""你贴了吗？""我真贴了！""没贴结实？""不能够啊！胶带挺结实的呀！""没事。别内疚了，事儿我已经处理完了。""什么处理完了？要李掌柜知道我吃不了也兜不走！""你的意思是？""在李掌柜面前给我兜着点儿！最好能瞒过去！"尚晋想了想："绝对瞒不过去。我已经承诺明天的李氏蹄花全场六折。这事必须得通知李掌柜啊！"李才愣了一下："你承诺李掌柜的蹄花六折？李掌柜不知道？""对啊。来不及请示。"李才无奈："行了，上去吧。有你顶在前边，我就放心了。你的事儿比我大多了！"尚晋干笑："那四折的钱我补上不就行了。"李才摇头："不美。这根本就不是钱的事儿。"两人进了楼门。

几个人还围坐在沙发处喝茶。管红花手机响了。管红花接起来："喂，您好。"电话那头一名年轻女子的声音："管女士您好，我是山东人家，请问您今天晚上还过来吗？""过来过来。稍晚一点到。""好的。管女士，欢迎光临。"

管红花挂断电话朝众人："要不咱们去饭馆等？让尚晋和李才去饭馆找咱们。离这儿不远。"李貌说："尚晋和李才马上就到了。"管红花回应："哦。那就先集合再出发。"

万山红看了李双全一眼。李双全抿了一口茶："饭馆就不去了。在家吃吧。"管红花愣住："在家吃？不是说好的去饭馆吃吗？我都已经订好了啊！刚才人家还打电话来问呢！"李貌忙解围："哦，忙晕了忙晕了，我没通知到。怪我！阿姨，就在家吃吧。李掌柜的手艺全北京数得着！"尚得志说："咱们明天再吃李掌柜的手艺吧。毕竟今天是咱们亲家双方第一次见面，照我们山东的规矩，应该由我们男方来请。"万山红听着别扭："北京没这规矩。哪儿方便哪儿吃。"李双全语气虽淡却不容置疑："就家里吃了。"

管红花和尚得志对视了一眼，都有些窝火。这时有人拍门，连续四五下。李貌赶紧去开门，尚晋和李才进来了。

尚得志劈头盖脸冲尚晋吼："你敲的门？"尚晋没细想："我敲的。""敲的那叫什么门？你那叫敲门吗？"

尚晋愣在那里，不知道尚得志哪来的邪火。其他人也都面面相觑。"敲门的规矩是什么？小时候我教过你！"管红花想阻止："得志同志！""红花同志，这是我们男人之间的交流！尚晋你说，规矩是什么？"尚晋无奈地回答："先敲一下，再敲两下，不急不缓，不高不低。""用哪儿敲？""右手中指第二指节。""刚才为什么不那么敲？""来晚了，有些着急。""急也不能坏规矩。规矩啥时候都不能坏。去，出去再敲一次。"

尚晋有些尴尬，站着没动。尚得志瞪眼："我让你去你听见没有？"尚晋控制着情绪："请您注意一下，这是在别人家，不是在你的地盘。""五湖四海，到什么地盘我也是你爹！天南地北，到哪儿规矩都是规矩！你那么敲门就不是敲门，在老规矩里那叫什么？那叫报丧！那是失礼的！不吉利的！要是你不满十八岁，我非揍你一顿不可！"尚晋忍不住怒火："你揍我揍得还少吗？你在别人家里教训我就不失礼了？"尚得志仍大声吼道："还真不失礼！你爹我就不是个失礼的人！人前教子，背后教妻！这都是有讲儿的！这儿都是你长辈，让你还个礼怎么了？”

李貌知道尚得志是借题发挥，生怕事情闹大，赶紧上前拉着尚晋的手走到门外，示意尚晋重新敲门。

尚晋也老大不高兴，不肯敲：“不能老惯着他！”

李貌无奈，自己按照刚才尚晋说的规矩敲了门。李才开门把两人迎进来。

李双全刚才一直冷眼旁观没作声，这时站起身：“我下厨了。”说着去了厨房。

尚得志还想说点什么，李才抢先一步上前向尚得志伸出手：“尚掌门，久仰，幸会！”尚得志有些惊喜地握住李才的手：“你知道我是掌门？”李才笑道：“岂止知道！风雷十二掌，掌掌有风雷！”

李才退后几步，突然起式，打了几掌，果然是风雷十二掌。

尚得志更加惊喜了：“你从哪儿知道的风雷十二掌？”李才信口开河：“风雷十二掌很早我就听江湖人士说起过，后来听尚晋给我详细讲解过。”尚得志不屑地看了眼尚晋：“他哪讲得了，我让他学他根本不学！”李才又说：“尚晋虽然没学过，但是经过您的耳濡目染，还是了解一些。上次李貌从您那儿回来以后，给我演练了一遍，我已经看出了风雷十二掌的巨大威力。”尚得志来了兴致：“你是听哪位江湖人士说起过？”李才随口说道：“哦，是中原的一位武术名家，叫什么来着，对不起，时间久远，我有些记不大清了。”尚得志笑着说：“你年纪轻轻，记性可不大好啊。这是什么买卖！等你记起来，一定跟我说一声。我们是个小拳种，知道的人不多，凡是知道的，都可能跟我们风雷十二掌沾亲带故。”李才点点头：“好的。等我记起来，我一定向您通报。”尚得志又问：“需要我给你练一趟吗？”

万山红赶紧阻拦：“尚师傅，虽然我们家不大讲规矩，但这房子太老了，您别一跺脚给我们跺塌了。”尚得志遗憾地说道：“这还真有可能！”一眼瞅见管红花还坐在那儿：“你怎么不去厨房帮忙？”管红花尴尬地起身：“我去厨房看看。”万山红连忙又阻拦：“不用。要说我们家不讲规矩是真不讲规矩，但也确实有一条规矩，就是李掌柜做饭的时候，不用人帮忙。”

尚得志好奇地朝厨房方向张望一下，问万山红：“你不做饭？”万山红表面哀怨实则得意，叹气：“结婚以前做，结婚以后，唉，想做也没机会啊。”管红花听着心里满不是滋味儿，嘴上却还是在恭维：“有福气啊。得志同志到今天也不知道我们家厨房什么样儿！”尚得志回应：“我就没有下厨房的习惯。我不光不知道咱们家的。别人家的我也不知道——我去看看李掌门怎么做饭。”

尚得志向厨房走去。

李才这一打岔，刚才的不快似乎也烟消云散了，李貌大大松了口气，暗中朝李才竖了竖大拇指。

尚得志走到厨房门口刚要推门，忽然想起自己刚才的规矩，便曲起右手，用中指第二指节敲了三下。听到李双全在里面喊了“请进”，这才推门进入厨房，一探头吓一跳，只见李双全戴着个防毒面具，正在烧鱼。

“李掌门，您这咋了？”李双全介绍说：“防油烟和 PM2.5 的。”尚得志明白了：“我可以进来吗？”“没问题。进来把门关上，别让油烟飘出去。”

尚得志赶紧关上厨房门，好奇地四下打量，见这厨房里井井有条、各种厨房用具琳琅满目，情不自禁啧啧称赞。

“哟，这大海碗，带劲！呀，刀真多！还有叉子！刀枪剑戟斧钺钩叉，十八般兵器呀！嗬，锅更多！这小丁点锅能干啥呀？”李双全看了一眼：“那是小奶锅。煮牛奶用的。”尚得志边看边问：“我从不喝那玩意儿！膻！啊呀，大勺、小勺，漏勺、不漏的勺，全乎儿啊！你用得过来吗？”“勉强够用。”“哪天你教教我内人！”

尚得志的目光落在厨房北墙上，北墙凹进去一块四方形空间，摆着一个神龛，没有神像，但烧着三炷香，香灰满炉，显然是经常祭拜。

尚得志问：“这供的什么啊？”李双全答道：“五味神。”“五味神？哪路神仙这是？”“掌管人间五味的五位大神。尊称五味神。”“酸甜苦辣咸？”“是酸、甘、苦、辛、咸。”尚得志掐手指头念了一遍：“酸、甘、苦、辛、咸。这不就是酸甜苦辣咸吗？”李双全皱了皱眉头：“你这么说也可以。”“这神我没听说过啊。”“五味神的化身原供奉在景山，后来被八国联军给抢了，运法国去了。还没请回来。”“这是什么买卖！不像话！太不像话了！怪不得法国菜敢叫法国大餐呢！”“从烹饪中找财路的老板，从饮食中找乐子的吃客，大都供奉这五位神仙。人间滋味，源自五味。五味入心，方生百感万象。”“哦，那也就是说，有这五味神保佑，做饭好吃呗？”李双全有些拧巴：“你要这么理解也可以。”尚得志有些敬畏地问道：“我能拜一下这五位大神吗？”

李双全正将鱼出锅，心里不想让他拜，转移话题：“你也好烹饪这口儿？”“在吃上我是君子，动口不动手。”“那你所拜为何？没必要啊。”“很有必要啊。我给我们家那口子拜。她做饭太难吃了，我能熬到今天不容易，我对不起我的胃。她也就是能把生的给弄成熟的。你这有五味，她只有一种味儿——不好吃的味儿。”

李双全无奈："天下之神，人人可拜。请便。"

尚得志庄重上前，从神龛边抽出三支香引燃，插入香炉，又后退一步，拜了三拜，立定。

尚得志低声祷告："酸甜苦辣咸五位大神，山东人尚得志及内人管红花这厢有礼，望保佑我们家饭菜可口，五味俱全。我们现居青岛金鸡湖畔起舞苑 301 号楼 3 单元 303 号房，欢迎五位大神光临寒舍。"想了想，又拜了一下："我口重，最喜欢吃咸，望咸神多多照顾！"

李双全这时正在爆炒肉片，听到尚得志的最后一句祷告词再也忍不住笑出了声，为了掩饰，赶紧一个大翻勺，火苗腾起，嘶嘶有声，菜体一百八十度翻转，准确落回原位。尚得志本来转头看李双全为何发笑，却被他的颠勺功夫震撼，击掌而赞："嗬！你是正经八百训练有素的厨子啊！"李双全感慨："五味生百味，盐为百味祖。尚师傅，你喜欢吃咸，算是吃到家了！"尚得志嘿嘿一乐："那是！"

尚得志想了想，从口袋里掏出一张一百块钱的人民币放到神龛前："五位神仙，拜托了！"李双全赶紧劝阻："这可不行，钱收回去。"尚得志说："又不是给你的。这钱我就是孝敬他们五位神仙打个平伙。这年头，没个孝敬，谁帮谁啊！"

李双全一脸无奈。

第九章

李双全忙活了一个多小时，一桌菜终于齐活了。众人落座开席。李才给大家斟酒，斟到李貌的时候，李貌拒绝了：“哥，我今天就不喝了。”尚得志劝道：“这是什么买卖！在我家你喝得很带劲啊！”管红花忙打住：“姑娘家不喝挺好。你别瞎劝！”

酒都斟上了，李双全举杯：“欢迎尚师傅和管科长来到北京。薄酒小菜陋室，不成敬意。”说着抿了一口。其他人也都浅浅抿了一口，唯独尚得志一仰头吱溜一声干了。

尚得志朝李双全一亮杯子，才发现李双全没干，有些诧异：“不干呀？”李双全淡淡地解释：“我每天只喝一杯，要是现在干了，就陪不了大家了。咱们各随其便吧。”尚得志不解：“你酒量不行？”李双全说：“我酒量倒是还可以。”尚得志追问：“多少？”李双全想了想：“五十度以上的白酒，喝过一斤半。”尚得志惊讶：“醉了没？”李双全：“就是有些口渴，但店铺照开，倒也没算错账。”尚得志倒吸一口冷气，又生出疑问：“这么能喝为什么不喝？难道你让着我？”李双全招呼大家：“来，大家吃菜。边吃边聊——尚师傅，这么说吧，我每天这么一盅酒，是个科学规矩。最新的科学研究结果是，人每天喝酒不可超过一两。”尚得志叹息道：“不带劲！不带劲！”

李才说道：“尚掌门，我爸习惯成自然了，今儿我陪您喝！”说完端起杯子一饮而尽。尚得志高兴：“豪爽！带劲！我看好你！”

管红花吃了几口菜，觉得有必要夸奖一下，朝万山红说：“万师傅，你真是人生赢家啊！”万山红正咽一口菜，差点被噎着：“我怎么就成人生赢家了？”管红花高深一笑：“我的政坛生涯开始于二十三岁，曾经是全省最年轻的副股级干部。”万山红一脸茫然：“这么说你是人生赢家才对啊！”管红花放下筷子：“请听我娓娓道来——我是在宣传口儿，最重要的一项工作就是吃喝。”

尚得志插了一句：“什么吃喝，是吃吃喝喝。来，喝一个！”跟李才碰了一下杯，干了。李才又给尚得志续酒。

管红花继续：“这么说吧，没有我没吃过的菜系，没有我没尝过的风味。但是，我敢说，今天我吃到的这几道菜是最好吃的。李掌柜的手艺，首屈一指。”说着如领袖般带头鼓了鼓掌。众人也都只好跟着鼓掌。

万山红笑了笑：“管师傅，不，管科长，这么说起来，李掌柜是人生赢家啊！不是我。”管红花解释道：“李掌柜是人生能手。人生能手进了谁的家，谁就是人生赢家。李掌柜做得一手好菜，谁吃呢？不还是你吃嘛。你不是人生赢家谁是人生赢家？”万山红乐了：“那是李才。我们家最能吃的是李才。”李才嘿嘿笑：“这我还真就不谦虚了。”管红花又说：“还不光是个吃，还在个做。不说远的，就说我，我外要应对政坛事务，内要拾掇一日三餐。得志同志，咱们家厨房什么样你是真不知道吧？”尚得志笑着说：“这还有假！我从不干预你的工作！”

管红花又朝万山红说：“我如果像你这样清闲，级别肯定还能再往上鼓涌一下——”万山红一愣：“鼓涌？什么意思？”管红花解释：“哦，我们那儿的方言，就是说级别再往上蹿一蹿——我说你是人生赢家，就是你有口福，享清福。”万山红心中有些不悦：“合着我是游手好闲啊?! 管科长，你刚才说级别，你是什么级别退下来的啊？”“区委宣传部理论科副科长。但我虽是副科长，却是主持工作。科里并没有科长。”“管副科长，这是为什么呢？”“我的业务能力在我市宣传系统首屈一指，就跟李掌柜的厨艺一样。我说第二，没人敢说第一。所以科长的位置就一直空着。由我主持工作。”“那为什么不让你做科长？”管红花幽怨地说着：“你是工人阶层，很难理解官场规则和潜规则。官场斗争是很复杂的。有时候不以个人意志为转移。”万山红不屑地说：“一样。我们公交车也不以个人意志为转移。路线都是提前定好的。”管红花微微点头：“这倒也是。你有级别吗？”“有啊。”“什么级别？”“正司机。”管红花疑惑地问：“还有副司机？”“有。售票员嘛。”

众人都笑了。管红花感觉自己被调侃了，略微有些不快。

李双全目光望向尚晋：“尚晋，刚才处理什么事了？”李才手哆嗦了一下，夹着的一块鱼掉在了桌子上，赶紧又飞速夹起扔进了嘴里。李双全疑惑地看了李才一眼，又朝尚晋说：“当然，如果跟我有关就说，无关就不要说了。我不是要询问你的工作。因为李貌给我打电话跟我说蹄花店门口可能有事儿。”尚得志插话：“不是有事，事很大啊。我们都瞧见了！”管红花忙打住：“吃你的鱼吧。”

尚晋看了一眼李才，李才眼中有恳求之意。尚晋鼓起勇气：“才哥，两点之间直线距离最短，咱们还是实话实说吧。”说完又转向李双全：“叔叔，据我了解和梳理，事件轴线是这样的：我离开这里以后，您决定今日停售，将一张停售告示交给了李才，李才去贴到了蹄花店的玻璃上，中间不知为何不翼而飞，不明真相热爱蹄花的群众继续排队来买，到了时间点您却没有按时出现，这时三个山寨您的小贩便开始兜售，其中一个小贩在兜售过程中惹恼了顾客常有丽——”

一听常有丽，万山红来了劲头：“常有理又惹事了？”尚晋回应：“是的。阿姨——常有丽跟小贩互不相让。小贩骂常有丽狗眼看人低——”万山红脱口而出：“很准确啊。”尚晋继续：“常有丽将一只鞋踢进了小贩的蹄花桶。”万山红一乐：“这都是练跳舞练的。该！”“因此事态扩大，造成了马路拥堵，我赶到现场，采取了一项非常措施，及时疏通了路况。然后赶来这儿跟大家集合。”

李双全目光如炬射向李才。李才赶紧辩解：“我真贴了！不知为什么没了！”李双全板着脸问：“贴哪儿了？”李才声音微弱：“贴窗外边了。”李双全又问：“以前都贴哪儿？”李才支支吾吾：“里边——这次忘带钥匙了。”李双全追问：“为什么忘带钥匙？”李才汗都下来了：“爸，我错了。”

李双全没再就此事追问，举杯对尚得志和管红花说：“来，再喝一杯。多吃菜。”

尚晋趁机说道：“叔叔，我想跟您汇报一下我采取的那一项非常措施。”李双全并不感兴趣：“大可不必。这是你单位领导应该听的。”尚晋微笑：“跟你有关。”李双全疑惑地看向尚晋：“跟我有关？”尚晋点点头：“叔叔，为了疏散群众，我承诺他们，明天的李氏蹄花一律打六折。”

此语一出，目光都集中到了李双全的身上。这一着倒真出乎李双全的意料了，他惊讶地看着尚晋，竟一下没回过神来。李貌怕李双全急，赶紧往自己头上揽：“是我给他出的主意。”尚晋有些不安：“当然了，叔叔，另外四折的钱我出。这是为了疏散群众缓解交通压力的无奈之举。下不为例！下不为例！”

李双全平复了一下情绪，目光投向李貌："这主意真是你出的？"尚晋抢先回答："不是。是我临场发挥。"李双全意味深长地看了李貌一眼，转向尚晋："你的发挥是你的发挥，我的蹄花是我的蹄花。我不能打六折。"

尚得志替尚晋着急，脱口而出："孩子都答应人家啦！"

李双全沉吟了片刻："尚掌门，我们家里的生活没什么规矩，没大没小，他们叫我李掌柜也可，叫我老李也可，当然，叫爸爸也可。但我那蹄花店倒确实有两条规矩不能破。"尚得志问："哪两条？""这是李氏蹄花的不传之秘。今天话说到这个份上，我不说的话解释不了为什么我不能降价，我就给你们透露一下。但出了门，这话就得给我留在这屋里。"管红花赶忙表态："我跟得志都是久经考验的同志。知道保密纪律。"李双全开口说道："李氏蹄花，脍炙人口，百年招牌。除了蹄花本身味道过硬，还有两条铁律：一、永远不开分店，知足常乐，小富即安。二、一口价。不促销，不降价。爱吃不吃，不冤不乐。促销无硬货，降价势必衰。这规矩，我不能破，更不敢破。"

管红花觉得自己应该发言了，清了清嗓子："李掌柜，我不多说，只说三点。一、坚持自我，坚持走有李氏特色的蹄花经营路线，这都是值得提倡的，也是小手工业经营者的一个方向。二、同时我们也不能不看到，社会在发展，经济在转型。令祖令宗在制订最早的经营方案的时候，交通不便，生产力落后，社会还处于自给自足的商业状态，我想他们不会考虑到今天这样蓬勃发展的商业大潮。三、潮平两岸阔，风正一帆悬。所以，我觉得您是不是也应该与时俱进，重新审视一下这两条规矩？"

李双全回答得干脆利索："不想。"

管红花被噎了一下，还想迂回："李双全同志，你这是以书为御，以古制今。"李双全没听懂："什么意思？"李才在一旁解释："爸，这句话出自《战国策》。以书为御者，不尽于马之情；以古制今者，不达于事之变。"说完朝管红花称赞道："行啊，阿姨，出口成章。"管红花矜持地回应："我是搞宣传的，书还是读了一些！"又朝李双全："这句话的意思就是，人不能食古不化，做事应随机应变。当然，我不是让您改规矩，是我们可以重新解释规矩，灵活执行。"

李双全看向尚得志："我还是欣赏尚师傅对规矩的看法。敲门就是敲门，用哪个指节就是用哪个指节。改不得。您说呢，尚师傅？"尚得志脑子一时没拐过弯来："改不得，改不得。"想想，又挠头："不过，为了孩子，是不是可以改一下呢？就改明天这一天！”李双全说：“你刚才也没为孩子改啊。”尚得志有些语塞：“我这规矩，它是死的啊。我没权力改。你这规矩你可以改。”李双全摇头：“我也没权力改。接手这铺子的时候，我答应过我父亲。”

气氛一时僵住了。李貌灵机一动，掏出了手机，找出之前在蹄花店门前拍摄的视频，打开，举到李双全跟前：“爸，您看一下现场情况，就知道尚晋为什么这么做了。”

众人都伸长脖子去看。视频是尚晋站在三轮车上劝导围观人群的场景。

视频播完，李貌收起手机。管红花鼓了鼓掌：“急中生智！急中生智啊！尚晋，你的领导如果有领导水平，应该对你提出表扬。貌貌，你能把这段视频转发给我吗？”李貌笑道：“一会儿就发给您——爸，你看到当时情形了吧，尚晋不那么处理能行吗？您打个六折，就当为人民群众做点贡献呗。”李双全脾气有些上来了：“话不能这么说。贡献我可以做，明天一天的营业收入我都可以捐出去，但是，折，不能打！”李貌有些着急了：“爸，明儿您的蹄花我包圆儿了。”尚得志一听：“万万使不得。闺女，哪能让你出！李掌门，明天你的那些猪蹄子的钱包我身上！说出去的话，泼出去的水，那不能收回来啊！咱不能只考虑自己，得考虑孩子们的脸面，还有工作！”

万山红也劝：“双全，要不明天破个例？”

李双全目光忽地凛然射向李才：“都表态了。那你是不是也觉得我得打折呢？”李才一激灵，犹豫了片刻，还是壮起胆子：“李氏蹄花，百年声誉，打一次折倒不了！我们要有道路自信和文化自信。”

李双全见自己已然被孤立了，有些懊恼，却依旧不肯改变主意：“折，我就不打了。汤，还没有上。我给大家去端汤。”

李双全将杯中酒一饮而尽，起身去了厨房。众人面面相觑。尚得志感叹：“这是什么买卖！这是什么买卖！亲家是个驴脾气啊！”管红花冲尚得志说：“少说几句吧你！”

一会儿李双全端着一盆汤回来了，将汤搁到桌子中间。李貌给大家盛汤。

尚得志看了看管红花。管红花会意，清了清嗓子开了口：“李掌柜，万师傅，我们这次首都之行呢，一是登门拜访，互相认识一下；二来呢，婚姻是大喜之事，众人拾柴火焰高，作为男方长辈，我们不能不有所表示。”

管红花从口袋里取出一张银行卡：“这张卡里呢，有五十万元人民币。卡的前三位密码是尚晋手机号的后三位数，卡的后三位密码是李貌手机号的后三位数。这是我们的一点心意。”

管红花将卡递向李貌。李貌犹豫着看了一眼尚晋，又望向李双全和万山红。万山红也看李双全。李双全轻轻摇了摇头。万山红会意：“这钱，还是尚晋收着合适吧。”

尚晋怕大家尴尬，伸手想替李貌接过去：“好。先搁我这儿。”管红花手却往旁边一闪：“你大手大脚的，放你这儿哪行啊！”尚得志最烦这种腻歪的情况，一把从管红花手中夺过银行卡，道了一声：“姑娘，收着！”

尚得志手腕一抖，银行卡竟被投进了李貌的裙兜里。李才禁不住喝了一声彩：“好功夫！”李双全眼中也掠过一丝佩服的神色。

尚得志朝管红花问道：“该派送礼物了吧？”管红花点点头。尚得志起身去拖过带来的箱子，打开，手一拎，竟先拎出一棵大白菜，抱在怀里。众人都有些诧异。

管红花微笑着介绍：“李掌柜，万师傅，这是一棵大白菜。”万山红回应：“认识。”管红花又继续介绍：“但这又不是一棵一般的大白菜，这是胶州大白菜。是我们乡下的亲戚自己种的！鲁迅先生曾写过的“胶菜”，即胶州大白菜。1949 年，斯大林七十大寿时，毛主席亲自指定送胶州大白菜五千斤作为寿礼；1957 年，毛主席赠送胶州大白菜给宋庆龄女士，宋女士十分感动，专门写信感谢了毛主席；1958 年，山东胶州北三里河小学又送给宋庆龄一棵 40 斤重的胶州大白菜——得志同志怀里这一棵大白菜，就更不一般了，喝过牛奶，听过音乐，是大白菜中的佼佼者。特送给李掌柜和万师傅品尝。”

尚得志将大白菜往李双全面前一递。李双全接过，用鼻子闻了闻。

“这是一棵母白菜！确是上品！”

李双全把白菜往旁边一举。李貌赶紧上前接过，送去厨房。

尚得志疑惑：“什么叫母白菜？”李双全没有直接回答：“以后再解释，你不还有东西嘛，先拿出来吧。”

尚得志又从箱子里拎出一个大信封，从大信封里摸出一张宣纸，抖开，是一幅行书书法。

管红花看向李才：“李才，听说您是我国文艺界著名人士，我在网上搜了一下，发现您喜欢书法，正好我书法是童子功，这么多年一直没搁笔。所以就斗胆献个丑，给你写了一幅行书——中国梦！管红花题。”

李才赶紧道谢，伸手接过书法。尚得志却又从信封里摸出五百元钱，递给李才。李才有些愕然。

管红花解释：“送人玫瑰，手有余香。如果我只送你这书法，礼物只能算送了一半。我本想在山东给你裱好以后带来，但确实携带不便。因此，这五百元人民币整是这条幅的装裱费。多不退，少补。请笑纳。”李才略一犹豫接了过来：“那就却之不恭了。谢谢管科长，谢谢尚掌门。”

尚得志又俯身从箱子里托出一块石头，形似蟠桃。

管红花继续：“这块蟠桃形的泰山石，出自天然。我跟得志同志想把它献给令堂，蟠桃祝寿，祝她老人家寿比南山、福如东海。”李双全站起身：“我替家母谢谢二位了。改天我转交给她。”

李双全接过泰山石，转手递给了万山红。

万山红打量着：“你们去捡的？”管红花回答：“请的——也就是买来的意思。”万山红忍不住问：“贵吗？”管红花义正词严地说：“国家反腐倡廉以来，泰山石价格降幅比较大。不贵。这要感谢政府。”万山红松了口气：“不贵我们还可以收。太贵不合适。一千块以上我们就不收了。”管红花有些尴尬：“我想还是在你们可收的范围之内吧——李掌柜，万师傅，我跟得志同志还有一个不情之请。就是我们大老远来一趟，希望能当面拜访一下令堂，表表我们的心意。”

尚得志插话：“李貌她奶奶不就住楼下嘛，还是让我们拜访一下吧，给她老人家请个安。”李双全不好拒绝：“我给她打个电话看看她睡了没。”

李双全拿起手机拨打电话，电话通了但没人接。李双全挂断手机：“没接。估计睡了。不好意思。”管红花有些遗憾：“哦，那就算了。”李貌看了看表，有些疑惑：“不能啊。今天有她爱看的一个动画片，应该还没播完。她不会睡的。我再拨一遍。”说着用自己的手机又拨了出去，依然没有人接。

李双全说：“应该是睡了。”

李貌挂断手机，略一思忖：“不行。我得下去看看。”

李貌抓起自己的包就要往外走。万山红忙叫住：“你就别去吵醒她了！”李貌不听：“那节目她逮住就不放。这点儿她肯定没睡。”尚晋跟着起身：“我跟你一块儿下去。”李双全也紧张起来，背后嘱咐了一句：“有事儿赶紧言语一声。”

李貌和尚晋匆匆下楼到了奶奶家门口，按了半天门铃，没人应。李貌赶紧掏出钥匙开了门，一进门就发现不对："怎么这么大酒味！"打开灯，顿时大吃一惊。只见奶奶趴在地上，旁边躺着个空的茅台酒瓶。

李貌和尚晋赶紧上前，将奶奶翻过身子来。奶奶嘴角歪着，浑身抽搐，已醉得不省人事。李貌觉得事态严重："得赶紧送医院！"说着迅速掏出手机拨通李才的电话："哥，奶奶喝酒了，情况严重，你们马上下来，带上你的车钥匙。咱们得去医院。"

挂断电话，李貌这才注意到放在墙角的那箱茅台酒，吃惊地问："你把酒送奶奶这儿的？"尚晋点了点头："嗯。"李貌懊恼道："你惹大祸了！快把酒搬外边扔了去！"尚晋刚要去搬，楼道里已传来嘈杂的脚步声。李貌一听："来不及了！算了！"

话音刚落，李双全、万山红、李才、尚得志、管红花就依次冲了进来。

李双全急忙问道："怎么了？"李貌掩饰着："爸，奶奶喝酒了，先去医院吧。其他的事以后再说。"

李双全扫了一眼屋内，也看到了那箱茅台酒，目光锐利地瞥了尚晋一眼。

李双全转头叫道："李才，送奶奶上车！"众人手忙脚乱地把奶奶背到李才的车上，李貌开车，李双全、万山红、李才陪同一起将奶奶送往医院。尚晋另外叫了辆出租车，和管红花、尚得志随后也赶到了医院。

毛毛和马得路在居委会和常有丽分开后就没敢回家，开着车满北京转，寻找常有丽之前穿的那款鞋的正品。常有丽在家等着跟俩人算账呢，左等右等俩人还不回来，常有丽给毛毛发了条语音微信："毛毛，跟妈玩儿消失呢？"

微信发出去以后一直没动静。常有丽索性拨打毛毛的手机。

毛毛和马得路这会儿终于在某个高档商场找到了那款鞋，正准备结账。毛毛见常有丽打来电话，不理睬。马得路说："你接呀。"毛毛仍不理："不能接。接就挨骂！"马得路皱眉："一会儿不更得挨骂呀！"毛毛一笑："有双鞋顶前头，骂不狠！"

常有丽打不通电话，悻悻然又给毛毛发语音微信："躲了初一躲不了十五。赶紧回来吧我的好闺女。"

毛毛和马得路回到常有丽家，呈上那双鞋。

马得路说："这次绝对是真的。"常有丽单刀直入："上次为什么买假的？"马得路解释：“上次最早也不是假的。我东西买太多了，过不了关，得退点，就把您那双退了。”常有丽没好气地问：“鞋买了几双呀？”马得路数着：“毛毛一双，我爸一双，您一双，我自己一双。”常有丽嘴一撇：“退一双，就把我的退了？这从道理上讲不通啊。你爸是长辈，不能退，这我理解；毛毛是你女朋友，得宠着，不能退，这我也理解。可我也是长辈，按说也不能退啊？要说退，也得退你那双吧？你说是不是这个道理？”

马得路被问住了。

毛毛打圆场：“妈，我让退你那双的。不怪得路。”常有丽目光由毛毛扫向马得路：“她让退，你就退。挺实在呀得路，以前没发现你这优点。”马得路讪笑：“人都是在不断进步的。”毛毛又解释说：“这鞋，其实国内也能买到。就是贵点。当时就想回国给你买一双就行了。”常有丽哼了一声：“那怎么后来买了双假的呢？蒙我呢吧？”

说到这儿常有丽不由自主心头一酸，眼圈一红竟然泛起了泪花，情不自禁地抱起了小狗呼噜爱抚着。

毛毛叹气：“行了，没这么悲情！就是当时没找着正品，又不愿让你失望，就凑合着买了这么一双尾货。”常有丽伤心道：“穿着正品才能正步走向生活。你们这是成心把我变成尾货。”毛毛无奈：“你是幸福里响当当的名牌！”常有丽看着他俩问：“别捧杀我！买尾货谁的主意？”毛毛、马得路异口同声：“我！”常有丽顿了一下：“哟，还挺齐心！行，既然你们这么齐心，那这事我也没法追究了。就这样了。退朝吧。”

毛毛举着鞋盒：“您试试鞋啊，看合不合脚。”常有丽不屑地推开：“不要。这点小便宜我还就不占了！”毛毛瞪大眼睛：“这事您真不追究了？”常有丽调整了下情绪：“我没法追究了。但通过一双鞋，看清了两个人，我也不亏。”马得路有些迟疑：“您说的是我跟毛毛？”常有丽一乐：“切！毛毛我还用看？打生下来她在我跟前儿就是透明的！”马得路忐忑地问：“那您说的是谁？”常有丽脱口而出：“你跟你爸啊！”马得路一脸茫然：“这跟我爸丁点儿关系都没有啊！”常有丽看着马得路：“有其父必有其子。他知不知道你把我的鞋退了？”马得路嗫嚅着：“……退的时候不知道。后来知道了。”常有丽突然又激动起来：“知道了为什么不登门道歉？不亡羊补牢？不负荆请罪？我要重新考虑我们两家的关系。说实话，万山红都没这么伤我，这双鞋踩到我脸上来了。”毛毛听不下去了：“没劲了啊妈，一双鞋不值当生这么大气。”常有丽怒气冲天：“人活一口气。我现在正式宣布：你们的婚事暂时搁置。”

常有丽说着自顾自抱着小狗进房间去了。马得路和毛毛面面相觑。

马得路气呼呼地从常有丽家出来，毛毛跟在后面。

马得路愤愤然：“跟我拿什么糖啊！我待她比亲娘还亲！还想怎样？”毛毛说：“能实事求是一点吗，你都没见过你妈。”马得路已经忍无可忍：“所以我才拿她当亲娘待嘛！三天两头敲打我，三天两头敲打我，当我是棒槌啊，再敲打我可就不客气了！”毛毛问：“怎么个不客气？”马得路鼻子一哼：“不是搁置吗？搁置就搁置。反正我越搁越值钱。”毛毛停下脚步：“你的意思是我越搁越掉价？马得路，我娘不讲理，你也跟着她犯浑啊？”马得路看毛毛生气了，立刻㞞了下来：“我没说。这是你自己说的。”毛毛无可奈何地看着马得路：“没一个省心的！我回家搞定她就行了。你就别再小心眼了！”

奶奶在手术室抢救。众人在外面焦急等待。等了将近两小时，手术室的门终于开了，一名穿着手术服的大夫走了出来。众人连忙起身围上去。

大夫问：“谁是家属？”李双全连忙举手：“我！病人怎么样了？”大夫说道：“病人暂时安全了。知道她有遗传性酒瘾，怎么还让她喝这么多酒？”

万山红偷瞄了管红花一眼，被管红花敏锐地捕捉到了。

李双全松了口气：“偷着喝的，我们没发现。对不起！失职！严重失职！给你们添麻烦了！”大夫嘱咐道：“酒精中毒，引起高血压并发。以后必须看住，她可经不起再折腾这么一回了。”李双全连连点头：“哎！哎！”大夫说了句：“快去办理住院手续吧。”

听说奶奶没大碍，众人都松了口气。眼见时间不早了，李貌和尚晋开车送管红花和尚得志先回酒店休息。

管红花一上车就悄悄打开手机百度，搜索“家族遗传性酒瘾”的信息。

李貌边开车边说：“爸，妈，我跟尚晋先把你们送回四季。”管红花慌忙说：“别别别。我们不回四季。”李貌一愣：“那你们要去哪儿？”尚得志也看向管红花：“对啊，去哪儿？”管红花反应很快：“去哪儿？还能去哪儿？去儿子住的地方看看呀！”尚得志也马上附和：“对对对。尚晋，我们去你住的地方看看。”尚晋一头雾水：“我住的地方没什么可看的。”管红花说：“金窝银窝，不如自己的狗窝。我们去看看。”

李貌瞥了尚晋一眼。尚晋无奈：“那就去我那儿吧。”

车子开到了一家酒店门口。尚晋和管红花、尚得志下了车。

李貌说：“爸，妈，我不上去了。我得回医院看看。”管红花关切地嘱咐：“哎。你赶紧回去。有事儿言语一声。”

李貌上车走了。管红花和尚得志这才注意到酒店的牌子。

管红花问：“尚晋，咱们到这儿来干吗？”尚晋笑着说：“我就住这儿。”

管红花和尚得志都很吃惊。尚得志皱起眉头：“这费多少钱啊？这是什么买卖！这是什么买卖！”尚晋语气轻松：“我早就算过了，这比租房子便宜。”管红花摇摇头：“还不是钱的问题，住酒店，这哪像过日子啊。”

尚晋领着爸妈到了自己租住的酒店房间：“你们先坐会儿，我给你们烧水。”管红花叫住：“别烧了。坐下。有事问你。”尚晋只好坐下。

管红花问尚晋：“李貌家的遗传性酒瘾是怎么回事？”“我不知道。”“真不知道？”“真不知道。”“那就是他们瞒着你。你得尽快问清楚。在这之前，我们给你们的那钱得收回来，婚事得暂停。”尚晋愣住：“怎么了？”“万一这酒瘾遗传到了李貌身上怎么办？”尚得志插话：“一点酒瘾算什么。我就有酒瘾。”管红花转头瞪着尚得志：“你能在你不懂的领域不发言吗？”尚得志嘟囔着：“酒我懂啊。”管红花厉声问道：“酒瘾你懂吗？酒瘾症你懂吗？家族遗传性酒瘾症你懂吗？”尚得志有些不解：“我不懂，你也不懂啊。”管红花理直气壮：“我是不懂，但我问度娘了。”尚得志没听清：“谁他娘？”“百度他娘。”尚晋解释：“就是网络搜索。”管红花一脸严肃：“我网上查了一下，家族遗传性酒瘾还是非常要提前注意和预防的——尚晋，你要尽快弄清楚李貌她家的这个情况。有这么几个要点：一、李貌对你是故意隐瞒还是无意隐瞒？二、李貌现在有没有酗酒的这个倾向？上次在青岛我看她还是有的。”尚晋只好点头答应：“好，我了解一下。”

管红花拿起手机看了看时间：“行，我跟你爸该回了。”尚晋问：“你们住几天啊？”管红花站起身：“看情况。”尚晋抓起背包：“我送你们回去。”管红花摁住：“送什么送，你赶紧睡吧。明天还得上班呢。”

奶奶住院手续办好了，从手术室转移到了病房，躺在床上打点滴，李双全、万山红陪在旁边。旁边病床上躺着一个胖老太太。胖老太太睡着了，床边坐着一个跟万山红年纪差不多大的中年女人。李才找了个护工，刚好李貌也回来了，几个人一商量，今晚上李貌留在医院值班，照看奶奶，其余人各自回家休息。

李才回到家，见客厅没人，灯却亮着。李才喊："郭纯希，又不关灯。浪费。再不记得关灯收你电费！"没人应。李才有些疑惑，走到郭纯希房间门口，发现门没关，推门一开，里面空空如也，郭纯希的铺盖和行李都不见了。

李才有些吃惊，在屋子里四处查看，不见郭纯希的人影。愣了会儿神，忽然发现茶几上有一封折叠的信。李才拿起来打开，竟是一首歌的吉他歌谱。歌谱上有涂抹的痕迹，似乎刚写完不久。信纸顶端写着一行字：李才老师：我走了，给您添麻烦了。

李才定了定神，仔细看那首歌。歌的名字叫《箱子姑娘》：

回望天空　夕阳像打翻的橙汁
突然想起　多年前你离开的样子
黑夜深处　生长着万千故事
单数的我　跟随着双数的影子
抬起头　你的家是一盏灯火
点亮心中柔软的位置
低下头　我的家是一只箱子
盛满手掌不甘的坚持
无论我睡在哪里　都是睡在夜里
枕着梦的行李
无论我走向哪里　都是在走向你
带着我唯一的箱子……

李才拨郭纯希的手机。关机。李才呆站在空荡荡的屋子里，一脸失落。

一大早，常有丽就在客厅里轻手轻脚试穿昨天晚上那双鞋，一脸喜悦，爱不释手。毛毛从房间里惺忪着双眼打着哈欠出来，常有丽急忙把鞋脱下塞回鞋盒。毛毛早已瞧见了也不说破，一屁股坐到常有丽身边。

"气儿消了没？"常有丽又故作姿态："那得看对谁。""对我。""对你没气。"毛毛嘟嘴："你别老欺负马得路，物极必反。"常有丽又讲起了道理："男人是婚后必反。我现在要替你拿他，婚前不拿，婚后必被拿。"毛毛不解："拿他就是不让我们结婚啊？"常有丽脸上露出狡黠的笑容："那是虚晃一枪。我真正的目的不是这个。"毛毛问："是什么？"常有丽卖起关子："现在你们婚礼谁说了算？""马得路啊。当然，有时候他也跟他爸商量。"常有丽不屑地笑了笑："我要夺权。婚礼得我说了算。"毛毛看向常有丽："谁出钱谁说了算啊。你又不出钱。"常有丽底气十足："我出了你。这不就是最大的本钱吗？"

毛毛无奈："妈，你就别掺和这事了。"常有丽感慨道："傻孩子！这是考验马得路的最后一个关口了。他心里有没有你，就看他把权放不放给我。"毛毛又皱起眉头："这都什么逻辑啊！"常有丽道理特别多："这是女性逻辑。你去告诉马得路，婚礼总指挥权要交给我，我就把鞋收下。既往不咎。"毛毛问："他要不同意呢？"常有丽盯着毛毛："他同不同意，取决于你坚不坚决。一个优秀的女人，要擅于让男人同意她想做的一切事情。我再跟你说一遍，这是最后的考验。"毛毛仍是迟疑："这事太小了吧？"常有丽得意地说："考验大人物用大事，考验小人物用小事。马得路是小人物，小事如果他都不让你，大事就更甭指望了。"毛毛随口一问："那你当年为什么没考验我爸？"

常有丽叹了口气："这就是我最大的教训。当年我要是在婚前多考验你爸几次，何至于落到他手里？当然，有了你这么一个闺女，我还是很满意的。不幸中之万幸吧。"毛毛犹豫了一下，问："我结婚这事儿得去告诉我爸一声儿吧？"常有丽不置可否："这事还不着急。当前最要紧的是你去替我夺权。"

常有丽握紧拳头用力一挥，很是坚决。毛毛无可奈何。

李双全一大早打电话把李才叫了过来，让李才开车陪同他和万山红去登门拜访管红花、尚得志。

李才问："不用提前打个电话吗？"李双全摆摆手："不用。"李才有些迟疑："他们家规矩好像不少，直接登门合适吗？"李双全解释："这不是登门，是登酒店。"万山红也发表看法："正因为他们太事儿才不打。你看那个管红花矫情的！咱们进去搁下水果说几句话就走。我可受不了她那官腔儿！哦不，是受不了她那副官腔儿！"

三人在楼下水果摊买了一大袋水果。李才开车带着李双全和万山红直奔四季酒店。一进大堂，万山红就被酒店的豪华高大上给惊着了，啧啧赞叹，低声问李才：“这儿贵吧？”李才点点头：“死贵。”万山红狐疑：“她一副科长，住这儿合适吗？”李才一笑：“谁都可以住。只要有钱。”万山红不服气：“我就不信她这么有钱！”李双全在一旁说道：“你不信，人家不也住这儿吗？”万山红被噎住了。

三人到前台。李才询问：“请问，能给我们查一下管红花女士住哪一个房间吗？管闲事的管，小红花的红花。”

前台小姐快速在电脑上操作查询：“对不起先生，没有一位这样的女士入住。”李才顿了一下，又问：“那尚得志先生呢？和尚的尚，不得志的得志。”前台小姐又查了一下：“对不起，也没有。”

李双全和万山红有些狐疑地互相看了看。李双全问：“北京只这一家四季吗？”李才觉得奇怪：“别无分店。我给他们打电话。我留他们电话了。”说着掏出手机拨打管红花的电话。

管红花和尚得志正在小旅馆旁边的小吃部里吃早点。管红花一看是李才的电话，接起来：“喂。”李才说：“阿姨，您和叔叔在哪儿呢？”管红花派头十足：“四季酒店啊。”李才问：“您在房间里还是哪儿？”管红花随口说道：“没有。在大堂吧喝咖啡呢。”李才有些奇怪，拿着手机朝大堂吧张望了一番：“没看见你们呀。我们就在大堂吧边上。”管红花一听蒙了：“什么？谁在大堂吧边上？”李才一字一句地说：“我跟李掌柜、万师傅，我们在四季酒店大堂。我们来拜访一下你们。”

管红花脸色变了，一把捂住手机，低声冲尚得志说：“得志，完了！他们去四季找咱们了！”尚得志脸色也变了：“就说不在。”管红花声音都变得颤抖：“我刚才还说我们在。”尚得志急中生智：“信号不好！你先说信号不好！”

管红花赶紧松开话筒：“喂，喂，李才，我怎么听不见你说的话呀，怎么首都也会信号不好呢。”

管红花说着迅速挂断了电话。尚得志提醒：“快调飞行模式！要不那小子又打过来了！”管红花手忙脚乱调到了飞行模式，愁眉苦脸地看着尚得志：“得志，丢人丢大发了！咋办呀？”尚得志有些恼火：“咋办？牛是你吹的，你办！”管红花无助地看着尚得志：“得志同志，关键时候，我们要风雨同舟，共渡难关。臭了肉也不能跌价儿！”尚得志嘟囔着：“你不是不认同我这个活法儿吗？”管红花愁容满面：“内心深处我还是认同的。”

尚得志皱眉想了想，对附近的一个服务员招了招手：“小伙子，过来。”

服务员跑过来。

尚得志问："你们附近还有比四季酒店更好的酒店吗？""没有。""差不多一个水平的，越近越好。""凯宾斯基。就在四季边上。不到一百米。还有个昆仑，也很好，过了西边那燕莎桥就是。"

管红花下意识念叨着："凯宾斯基？昆仑？四季，斯基……"忽然有了主意："去凯宾斯基！"

四季酒店里，李才拿着手机重新拨打管红花的电话，死活打不通。

万山红问："怎么回事？"李才放下手机："刚才说在大堂，突然信号就断了，再拨就不通了。"万山红又扫了一眼大堂："影儿都没有。"李双全张望："会不会是没看清楚？"万山红脱口而出："不可能。这俩土货要在我一眼就能瞧见。"李双全瞪了万山红一眼："让人听见！"万山红皱眉："找都找不见，哪儿听去啊！"

万山红忽然想到什么："是不是他们根本不住这儿啊？我明白了，给咱摆谱呢！"李双全也想到了这一点："咱们走吧。别让人太尴尬。"万山红来了劲："那不成。到了首都，还想给自己拔份儿！我就要瞧瞧他们怎么圆这个谎。李才，继续给他们打！"李才无奈："好。我再试试。"

那边管红花和尚得志快速回到家庭旅馆，收拾行李结完账，打车直奔凯宾斯基酒店。

管红花对尚得志说："你去大堂吧要两杯咖啡。上档次的。我去开房。"尚得志吃惊："真开呀？"管红花叹气："那万山红不是省油的灯！"尚得志无可奈何，一迭声念叨："什么买卖！这是什么买卖！"

管红花到酒店前台开房，前台服务员说，酒店今天接待了来自全世界各地的马拉松比赛运动员，房间都住满了，只有总统套房了。管红花有些傻眼，但事已至此无路可退了，只好咬咬牙："给我来一套！"

管红花开好房间，立即到大堂吧和尚得志会合，关掉手机的飞行模式，给李才拨电话。

李才和李双全都在劝万山红回去算了，万山红死活不依："不行，今儿不见着他们我就不回去！"正说着管红花电话进来了，李才赶紧接起来。

管红花说："喂，李才，哟，终于通了，你说这首都的信号竟然也会断。你刚才说什么你们在大堂里，我在大堂里没看见你们啊。"李才纳闷："阿姨，我们现在还在大堂里呀，就在前台这边。""你们在哪个大堂里？我都找你们好几趟了。"

“四季啊。”“我就在斯基啊。”“是燕莎桥东边这个四季吗？”“对啊，就是燕莎桥东边这个斯基。一过燕莎桥就是。”管红花说到“斯基”两个字时刻意加重语气。

李才果然听出不对来了：“斯基，还是四季？”管红花：“斯基啊。全称叫凯宾斯基。过了桥就是。——哎，你们是不是把斯基听成四季了？”李才脱口而出：“我了个去！这误会闹得！不美！阿姨，你跟叔叔稍等，我们一会儿就到。”

李才挂断手机。万山红纳闷：“怎么了？什么司机、四季的？”李才说：“他们不在四季，在凯宾斯基。就边上。走吧，几步路就到。”万山红狐疑地问：“她不是说四季吗？”李才说：“管阿姨说我把斯基听成四季了。”万山红问李才：“你耳朵没毛病吧？”李才摇头：“没毛病。”万山红若有所思：“有事儿。这里边有事儿！”

三人迅速赶往凯宾斯基酒店，一进大堂，管红花迎了上来。

“哟，李掌柜，万师傅，你们大忙忙的怎么来了？”万山红听得迷茫了：“大忙忙？”管红花忙解释：“哦，我们那儿的土话，就是很忙的意思。来来，我们去大堂吧坐。”

管红花领着三人到了大堂吧。尚得志冲李双全又是一拱手：“李掌门，久违了！”李双全哭笑不得：“久违，久违。”

管红花扬手招呼服务员：“服务生，饮品单给我一份！”服务生走过来，将饮品单递给管红花。管红花递向万山红：“喝点什么？”

万山红不知道怎么点，又把饮品单递给李才：“李才，你看着点吧。”

李才看了看：“咖啡怎么样？”李双全说：“我不喝咖啡。来杯巴黎水。”服务员点头：“好的。”万山红犹豫了一下：“我也要巴黎水。”李才最后说：“一杯拿铁。”

服务员转身走了。

管红花一脸歉意：“真不好意思。我这口音让你们跑错了门儿。斯基、四季，没分清楚。看来国家全面推广普通话还是很有必要的。”万山红挤出一丝笑容：“你口音很标准呀！”管红花笑着说：“标准吗？您可别笑话我，肯定不标准。方言土语能标准到哪儿去。我刚才说大忙忙你不就听不懂嘛。书面语我掌握得还不错，口语这一点我还需要努力。”

尚得志关心地问道：“李掌门，万师傅，李貌他奶奶情况咋样？”李双全回应：“一早就跟李貌通过话了，情况很好。我们这就去替李貌，中途顺便过来看看你们。昨天晚上中途罢席，招待不周，非常抱歉。”尚得志一摆手：“一家人，不见外！”

过会儿服务生把饮品送上来了。几个人喝着饮品闲聊了一会儿。万山红心里疑虑未消，旁敲侧击了一会儿，管红花滴水不漏。

李双全觉得时候差不多了，起身告辞："我们走了，去医院看看。"

万山红故意说："李才，把水果帮你阿姨拎房间去。"管红花连忙说："别呀，拎去给貌貌她奶奶吃吧。"万山红满脸笑意："买了双份，车里还有。让李才给你们拎过去，年轻人腿脚利索，不使唤白不使唤。"

管红花不再坚持："也好。"从钱包里掏出一张房卡递给李才："6888 总统套。你送过去。我们在这儿再陪你爸妈说几句。"

李才应了一声，拿上房卡拎起水果离开了。

一听是总统套，万山红心里暗自吃惊，有些难以置信。管红花注意到了，喝了一口咖啡，故作轻描淡写地说："万师傅，你跟李掌柜什么时候有空？我跟得志同志还是要补上那一顿山东菜。或者你们来这儿尝尝德国菜。"

管红花本是想乘胜追击摆摆谱，没想到万山红一口答应："那就德国菜吧。中国菜没人能做过李掌柜，就甭尝了。"管红花暗自心惊肉跳。幸好李双全开了口："这次来不及了，得照顾家母，等你们下次来，再品贵省佳肴。"管红花暗暗松了口气。

送走李双全三人，管红花赶紧飞奔回大堂前台，掏出房卡往柜台上一放："不好意思，我临时有个紧急会议，要退房。才不到一个小时，房费可以全退吧？"

前台小姐在电脑上查了一下："管女士您好，非常抱歉，不能全退，要收一点手续费。"管红花如释重负："那当然，该收该收。"前台小姐："您稍等。"

前台小姐开始办理退房手续。

尚得志脑子还没转过弯来："咱们这是要回家了？"管红花说："回什么家啊，事儿还没办利索呢。"尚得志担心道："他们要再登门拜访咋办？"管红花想了想："就说尚晋特别想咱们，坚持让咱们到他那个酒店去住，咱们盛情难却，所以就搬他那儿去了。明白了吗？"尚得志迟疑地点点头："明白。但尚晋没盛情邀请咱们呀。"管红花转过身看着尚得志："他嘴上没说，但心里肯定是这么想的。儿子想妈眼巴巴，全世界都是这么个逻辑性儿。"尚得志想想也对："还真是这么个买卖！"管红花暗自得意："理论握在手，地球任你走！"

第十章

双人间病房阳光明媚。奶奶正在跟邻床的老太太自来熟地聊天。李貌坐在床边给奶奶削一个苹果。对方那个陪床的中年女人给老太太剪着指甲。

奶奶得意地问：“你怎么不请个护工啊？我孙子给我请了一个最好的！”老太太笑着看了中年女人一眼：“我倒是要请，这不，人家不让。什么活儿全包啦！”奶奶笑着说：“你这闺女可够孝顺的！”老太太满脸幸福的神情：“不是闺女，我儿媳妇。”奶奶愣了一下：“儿媳妇？儿媳妇还这么孝顺？”老太太得意地回应：“可不。”

奶奶不说话了，羡慕地看着邻床正在剪指甲的老太太和儿媳妇，想了想，朝李貌说：“貌儿，咱把我那护工辞了吧？”李貌劝说：“有些事咱不懂，得护工来。不能辞。”奶奶看着邻床：“人家就没用护工，就什么都懂？”李貌解释：“病情不一样。”奶奶语气有些酸溜溜的：“我看是人不一样。”

李貌没接奶奶的话头，把削好的苹果递给奶奶：“来，吃个苹果，又甜又脆。”奶奶赌气别过脸去：“我想吃酸的！我心酸。”李貌无奈：“我搁这儿吧，待会儿您想吃再吃。我去洗把脸。”

李貌把苹果搁到床头柜上的碗里，起身向外走，自言自语：“这苹果合五块钱一个呢。”

李貌出了病房。奶奶打量了邻床一眼，见对方没注意，又打量那个苹果，终于还是忍不住拿起苹果吃起来。

过一会儿李才和李双全、万山红来了。李双全让李才、李貌回去休息，他和万山红在医院照看奶奶。

之前请的女护工向李双全、万山红汇报情况："……阿姨情况很好，能吃能喝，还倍儿能聊，你们放心就行，有事你们就去忙。"

邻床的儿媳妇扶着老太太出门上厕所去了。奶奶对女护工说："小王，他们来了，你去歇会儿吧。"女护工说："哎。我就在门口，有事喊我。"奶奶指指床头桌上的水果袋："哎，拿个苹果吃去。"女护工推辞："阿姨，谢了。我不爱吃水果。"万山红抓起一个苹果塞女护工手里："哪有不爱吃水果的！补补维生素。"女护工连忙说："谢谢大姐！"

女护工出去了，顺手把门也带上了。

奶奶问李双全："门关了吗？""关了。"奶奶叹了口气："这女护工，我不用了。"李双全惊讶："为什么呀？您对她不满意？""满意满意。小王是个好人，过得也挺苦，听她说想把孩子接到北京上学，找不着学校接收。你有这方面的关系吗？"李双全皱眉："妈，您可别给我揽事儿，我没这本事。既然她挺好，您为什么不用她了？""费钱呀。"万山红一听赶紧说道："钱你不用担心，我们出。"奶奶坚持："你们的钱就不是钱了?! 辞了，不用了，省一分是一分。"

万山红不好说太多，瞥了李双全一眼。李双全赔笑："妈，不能辞。我们都没护理经验，人家护工什么都懂，有个什么事也好能照应。"奶奶不高兴了："护工生下来就是护工？我也不劳驾你们，我自个儿能照顾好我自个儿。辞了辞了！"

李双全无奈地看了万山红一眼。

万山红憋不住了："妈，您要是能照顾好自个儿会躺这医院里头吗？咱们到这儿来不就是图个安全吗？"

这时候邻床儿媳妇扶着老太太回来了。奶奶见儿媳妇和婆婆的亲热劲心里更堵得慌，不理万山红，朝李双全："我说的话你听见了吗？"李双全一愣："哪句呀？"奶奶激动起来："把护工辞了。现在就辞！"

李双全面露难色，犹豫着。

奶奶忽然捂住头，往后一仰，靠在了枕头上："哎哟，哎哟……"李双全慌忙起身："怎么了妈？""……晕……天旋地转……"李双全喊道："快叫护工，不，护士。"万山红赶紧按了一下床头的呼叫按钮："护士同志您好，268 号床有情况，麻烦您来一下。"

李双全看了万山红一眼，小声地说："你外边歇会儿去吧。"

万山红一脸不忿地往外走去，听见李双全在背后安慰奶奶："妈，别急，我现在就辞。立马辞。"

万山红出了病房，走到走廊角落里给李貌打电话。

"貌貌，老妖婆怎么又出幺蛾子啊！"李貌正坐在李才的车上："怎么了？""她跟你商量过没？要把护工辞了。""商量过。我没同意。""母子连心，她儿子李双全同意了。她为什么辞你知不知道？平时她爱摆谱儿，不摆谱就是想摆谁一道，她是想摆我呢吧？"李貌想和稀泥："我奶心疼钱。""哼！你也跟我玩迷魂阵呢?！她除了心疼她自己，她就没心疼过别人！""我奶挺心疼我的。""那是你们的事儿，我不管。我就在猜她到底什么心思。哎呀，想得我脑仁儿有些疼。""那就别想了。我奶就是天真烂漫，看见邻床没有护工，她也想没有。"万山红恍然："这样啊。我知道了。"又觉得有些不对劲："邻床那是女儿还是儿媳妇啊？""儿媳妇。"万山红这下算是彻底明白了："这还是冲着我来的呀！不能让她辞呀！我得找她儿子谈谈！"李貌觉得没必要："谈什么呀，辞就辞了吧。我问医生了，一两天就出院了。"万山红有些担心："我可伺候不了她。一天都伺候不了。"李貌安慰道："甭你去。轮班我替你。"万山红顿时踏实下来："母女连心。好！没给我丢脸。就这么说定了啊。""嗯。你就放心吧。"

李貌挂了电话。李才说："你不应该大包大揽，应该让她俩有交流的机会。"李貌说："她俩交流不了，只会交锋。"李才感慨道："你说这李掌柜当年怎么就看上了万师傅？毕竟也不是没见识过好风景啊。"一扭脸看见李貌正瞪他，急忙嬉皮笑脸地说："当然，结果是相当令人满意的，因为我拥有了这么一个优秀的妹妹！"

万山红走回到病房门口，看见李双全正将几百块钱递给护工。

"真不好意思。谢谢您对家母的照顾。"护工有些疑惑："我干得不好？有啥意见可以提啊。""您干得很好。主要是我们马上就要出院了，就不再麻烦您了。""哦。那老太太答应我的事儿她还给办不办了？""什么事儿啊？""给我儿子找个北京的学校啊。""不瞒您说，我妈她人很热心，但有时候有些糊涂。她哪有这本事啊。""哦。那大哥、大姐再见。"护工转身走了。

万山红悻悻然自语："真是个人尖子啊。人家有的她要有，人家没有的她也要没有。"李双全没吭声。

毛毛早早到了工作室，等了半天，马得路来了。毛毛把马得路叫到里面办公室，把常有丽的意思说了一下。马得路一听就急了：“绝对不行！”

苏洁正在外面的办公室里对着笔记本电脑查看星座今日运程，被马得路的吼声吓了一跳，紧接着又听见毛毛的声音：“你嚷嚷什么！不怕叫人听见？这是工作场合，请勿大声喧哗！”

苏洁本想起身去劝架，想了想，多一事不如少一事，索性抱着笔记本电脑蹑手蹑脚下楼去了。

马得路兀自大声吼：“不行就是不行！”毛毛冷着脸抱起胳膊：“你可劲儿吼吧。吼完了咱们讲道理。”马得路问道：“我刚才吼了吗？”毛毛无奈：“你没吼，难道是狮子吼？”马得路控制不住激动的情绪：“狮子吼也震不醒你妈！但我不是针对你，我是针对你妈！你妈这不是欺负人吗？这是侵犯我跟我爸的家庭主权！我们家办喜事，凭什么你妈做主啊？”毛毛眉毛一横：“哦，是你们家办喜事。那这事你们自己办，婚你一人儿结吧！”

毛毛扭头就走，马得路赶紧拉住，语气不由自主软了：“别挑我话把儿，我刚才落了出钱俩字儿，是我们家出钱办喜事，凭什么你妈做主？你妈不讲理，你得讲理啊，你得考虑考虑我的感受啊，得考虑考虑我爸的感受啊，我爸抠门了一辈子你们又不是不清楚，把钱拿给你妈管，我怎么去跟他开这个口？”毛毛转过身：“婚礼这点钱，搁谁手里都得花，我妈为什么想拿过来管，就是闲得慌！憋得慌！闷得慌！憋出病来不还得咱们花钱吗？”马得路争辩道：“我爸就不闲了？就不憋了？就不闷了？你妈还有广场舞，还有条懂事的狗，还天天跟人茬架找乐子；我爸就有张存折，精神生活非常贫困。而且我爸他……”

马得路顿住，不往下说了。

毛毛问：“你爸怎么了？”马得路心情低落下来：“……我爸他不会同意！好容易我结婚，他算是找到事干了，摩拳擦掌，准备大干一场。这当口我让他大撒把，他撒得了吗？”毛毛说：“这你不用操心。只要我说服了你撒，我妈就能说服你爸撒。”马得路摇头：“你说服不了我。”毛毛两手一摊：“那就不结了呗。”

马得路无奈地说：“毛毛，你能严肃一点吗？为这么一点小事你就不结了？”毛毛看着马得路：“你自己都说是小事，为什么不能让我一下？”“我让你让得还少吗？”“不少。非常多。你从来都让着我。我想说的就是这个意思，你说你跋山涉水陡壁悬崖都过来了，还差这一哆嗦吗?!”“你是上过大学的现代女性啊毛毛同学！你这都什么逻辑啊！”“这是非常典型的女性逻辑。跟教育背景关系不大。有点绕，但希望你能理解。”“我理解不了。这婚，要结就结，这事，不让！”“马得路，你要对你的话负责。”“我负责到底。”

手机响了。马得路接起来：“喂，是我。定啊。定下了。一会儿我就去交订金。”马得路挂断电话朝毛毛说：“我走了，去把婚礼场地的订金给交了。”毛毛正在气头上：“哎，我还不一定跟你结呢。”“你跟不跟我结，我这婚都结定了。”“你跟谁结啊你还结定了！”“就我这条件，找个结婚对象分分钟的事儿。当然，我不希望出现这结果。”

马得路拿起公文包出门去了。毛毛愣了会儿，又气又恼。

马得路从二楼下来，看见苏洁坐在咖啡馆一角在看笔记本电脑。马得路扭头朝二楼张望了一下，快步走到苏洁跟前。

马得路低声道：“苏洁，再给我当一次细作。”苏洁没兴趣：“不当了。有损我光辉形象，也伤害我的心理健康。”马得路痛快地说：“给你免俩月单。”苏洁眼睛一亮：“探谁？毛毛姐？”马得路点点头：“不探她我还能探谁？我走了以后你注意观察她的一言一行，随时向我汇报。”苏洁做了一个 OK 的手势：“这是真正最后一次了啊！”马得路转身走了：“得了吧。江湖永无回头路。”

毛毛憋了一肚子邪火，把苏洁叫到办公室，一通训斥。

“……公司给你创造了多少机会？你永远都没有做好准备。迟到早退，一上班就往楼下跑，到底谁给你发工资？”苏洁面无表情：“您。感谢毛毛姐！感谢‘家是一座城’工作室。”“没让你回答，让你反思。你是要坚持一生都一事无成吗？我真是很痛心！一个靠谱儿的都没有！”“您别痛心，毛毛姐，您应该开除我！真的！”“我不是没想过，但我不是无情的人。毕竟培养过你。”苏洁恳求道：“别再让我浪费公司的资源！开除我吧。”

毛毛看看苏洁，忽然笑了：“想走是吧？”“貌姐都答应了。说要等您结婚以后。”“她说了不算。人事归我管。你要走也可以，先把欠公司的钱还了。”苏洁吓了一跳：“我还欠公司钱？”“欠啊。房租。你住我家那房子交过房租吗？”“那不是免费给我住的吗？”“我说过免费没有？”苏洁使劲想了想，惊恐摇头。毛毛严肃地说：“你是现代公民，应该明白，不说免费，就得收费。公司新规：公司提供的员工住房，若员工主动辞职，则须收房租，若员工被辞退，免费。”苏洁泄气了：“那我还是等着被辞退吧。”

苏洁扭头想走，又被毛毛叫住。

毛毛问："我跟马得路刚才商量事儿，你听见没？"苏洁装傻："我什么也没听见，我在楼下写剧本呢。""写什么剧本！我还不知道你，不是网购，就是看星座运程——哎，我跟马得路的星座到底合不合啊？""合。给你们算过好几次了！""你再算算。""公司纪律第三条规定：上班时间不准搞迷信活动。""作废了这条。算。"

苏洁只好打开笔记本电脑，查看星盘："毛毛姐，你准备怎么对付马得路？"毛毛瞪眼："我对付他干吗？——你刚才是什么也没听见吗？""我是什么也没听见。""那你就给我算算，我们俩到底谁克谁。"

李貌刚好回来了，进了办公室："又在算咱俩谁克谁？"毛毛调侃道："咱俩你克我。早算明白了——奶奶怎么样了？"李貌长舒一口气："虚惊一场。没事了——你要克谁？""马得路。今天他气着我了！""怎么了？""我妈想当婚礼总指挥，管钱。马得路别马腿，不让。""不让就不让呗。一操心的活儿！我这边都发愁交给谁呢。""我妈就爱操心！她干了半辈子出纳，就想当当会计的瘾！就是你这边的事儿让她张罗她也巴不得！""我倒是想。就是万师傅指定不乐意。得路呢？""交婚礼场地订金去了。刚跟我戗起来，说没我他也结。一姓马的跟我顶牛，我倒要看看他跟谁结——"

说到这儿毛毛忽然又有些担心："你说他外边会不会真有个人儿啊？"李貌乐了："得了吧你！疑神疑鬼地！马得路就是有贼心也没贼胆儿！"毛毛一听更慌了："看，你都说他有贼心！"李貌解释："我没说他有贼心，我的意思是说他即便有贼心，也没贼胆儿。""不，听话听音，你就是说他有贼心。你是他第一任女友，你比我了解他。"李貌无奈地说："毛毛，你别乱扣帽子，我跟得路没开始就结束了。"毛毛仍是不放心："我得查查他。清君侧！"

苏洁插话："那婚礼总指挥的事儿呢？"毛毛随口回应："让我妈自己搞定——哎，苏洁，今儿你怎么老关心我跟得路的事儿啊？"苏洁掩饰地指指笔记本电脑："我在给你看星盘呢。根据星盘显示，你妈在你的婚礼上是总指挥。所以我问你。"毛毛诧异："星盘连这个都能看出来？"苏洁得意地说："什么都能看。但也要看谁看。像我，灵性满满，道行又深，就看得比较清楚。"毛毛皱眉："我妈命中注定是总指挥，我就不用再努力了呗？"苏洁点点头："从宿命论角度来看，是这样的。"毛毛松了口气："这就成了。让她跟着命运走。我专心对付马得路！"

李貌说到正题："咱俩碰一下婚礼的事儿。一是分工，二是预算。你们原本预算是多少？”毛毛说：“各方面精打细算，最后合了个十六万出来。”苏洁惊讶地张大嘴巴：“一场婚礼，顶我三年薪水。当然，也不是你们婚礼铺张，现在这数正常。主要是我薪水太低，经不起换算。”李貌有些意外：“十六万还精打细算？”毛毛却一脸轻松：“可不。照马得路原来那想法，俩十六都不止。现在好了，咱们这么一拼，对半劈，各八万。我跟你说，自从这事定了，我就没再失眠。原来一宿一宿睡不着。”李貌叹气：“该轮到我睡不着了。十六万太多了。”毛毛说：“你别想十六万。你就光想你们出的那八万就行。”李貌眉头紧锁：“八万一想也头沉。”毛毛转过头问：“你什么意思？不同意？”李貌说：“我得跟尚晋商量一下——你回头把你们的预算发我一下。”

尚晋这会儿正在减压室里跟马得路在一起。

马得路气喘吁吁地打着那个主题为“家暴”的假人。

尚晋有些惊讶：“得路，你被家暴了？”“嗯哪。”“毛毛还有这不为人知的一面？”“是毛毛她妈家暴我。她凭什么常有理啊？她叫常有丽她就常有理，我叫马得路我怎么没得着什么出路啊！”“她动手了？没见你挂彩啊？暗伤啊？”“心伤。她没动手，语言暴力，她要暂缓我跟毛毛的婚事！这种暴力是最大的暴力。”

尚晋一把拦住马得路的拳头：“你这不算家暴，不要打这个了。这个家暴已经被打得伤痕累累了！”马得路一愣：“我这不算家暴算啥？”尚晋指着旁边那个：“你这算怄气。打怄气那个去。”

马得路走到怄气主题的假人跟前，继续拳打脚踢，打了几下又停住：“确实是不收费的吧？”“不收。”“那你出去吧，我再打会儿。我得好好消消气儿。”“好。你悠着点儿哈。”

尚晋刚要出去，又被马得路叫住：“尚晋，你这儿得再添个挨揍的。主题不够。”尚晋问：“添什么？”“创业。你添个创业主题。我跟李才有时候需要发泄一下。”尚晋一乐：“得路，那你赞助一个吧。”马得路赶紧摇头：“我创业阶段，花钱不能大手大脚。赞助不了，董事会也过不了。”尚晋听着没意思：“那你创业的气儿就先憋一会儿吧。”

尚晋出了减压室，突然接到杨樱的电话，说有事请他过去商量一下。尚晋赶紧骑着车就去了。

杨樱说：“我可能有麻烦了。”尚晋问：“你们家里人找来了？”“不是。”“那是怎么回事？”“我又把地址搞错了。”“对方找上门了？”“还没有。越没有，我越心慌。”“那你主动打电话解释一下吧。”“尚晋，我故意弄错的。”尚晋不解：“故意弄错？为什么？”

杨樱解释了一番。原来，刚才店里来了个土大款模样的男子，订了两个一模一样的花篮，还指定要店里最贵的那种，让杨樱分别送到两个地址。杨樱多嘴问了一句送的什么人，土大款毫不避讳，洋洋得意说一个送老婆一个送情人。杨樱一时气愤，就把两人名字对调了一下。把两个花篮送出去之后，杨樱想想心里又不踏实，所以找尚晋来商量。

尚晋有些哭笑不得：“你就是气愤也不该这样做啊。”杨樱低着头：“可我已经这样做了。”尚晋问：“对方没有反应？”“到现在还没有。”尚晋想了想说：“最近你上下班要小心。不要走夜路。打烊时间早一点。”杨樱点头：“好。”“以后可不能再这么干了！记住，有事儿赶紧报警。”杨樱抬起头问：“不是先给你打电话吗？”尚晋嘱咐道：“有危险得先报警！”

马得路一个人在减压室内发泄，把所有主题的假人挨个打一遍。正打着“财产”主题的假人，梅然光进来了。

梅然光见马得路咬牙切齿的样子，感叹：“看来为钱愁得不轻啊。”马得路随口回应：“嗯哪。”梅然光问：“缺多少钱哪？”

马得路停了手，看看梅然光：“你说我缺钱？”梅然光指着“财产”假人：“你不缺钱，你打这玩意儿干吗？”马得路眉毛一扬：“我打这玩意儿我就不能是钱多得花不出去，不知道怎么花吗？”梅然光一听：“失敬，失敬。您哪位啊？”“天使投资人、理想胡同咖啡馆董事长马得路。未来中国商业格局三马之一，马云、马化腾、马得路。”梅然光有些茫然：“前两位都听说过。”“我很快你就听说了。现在你不就听说了吗？”“倒也是。您多少钱花不出去呢？我也正在为这个烦恼，咱俩研讨研讨。”“这是商业秘密。”“约数也不能说啊？”“算了，告诉你吧，别吓着你啊。小一个亿吧。投不出去。正烦着呢。”“美金哪？”“说什么呢，人民币。我在中国土地上说话，我不用美金换算我的财富。哎你刚才说什么呢？你也花不出去？你多少钱呢？”“我说出来合适吗？”“你要觉得寒碜，或者你觉得是商业机密你就不说。”“我倒也不觉得寒碜，也不算什么商业机密。”“那你就大方地说。”“几十个亿吧。没怎么具体算。”

马得路吃惊：“我去。卢布啊？还是什么？”梅然光一本正经地说：“在中国的土地上，我也不用其他币种来换算我的财富。就是人民币。”马得路立刻转变了语气：“失敬。失敬。梅老板——”“叫我梅先生。”“梅先生，您那钱投不出去，投我啊。”“你自己不就是天使投资人吗？”“这投资圈，就是大鱼投小鱼，小鱼投虾米。我其实，嗐，就是个虾米，你投我吧。”“你的意思——我是条小鱼？”“您是条大鱼啊。”“你刚才说的是小鱼投虾米。”马得路赔笑：“没想到你说话逻辑很严谨啊。”梅然光得意地说：“跟我的领导尚晋学的。”马得路套近乎：“尚晋我哥们儿，你投我吧。有钱投不出去多烦恼啊。咱俩钱不一样，烦恼不是一样一样的嘛。”

梅然光摇头：“我不能投你。”马得路努力推销自己：“你可以对我做个尽职调查。我潜力无限，三马格局在我身上肯定实现。”梅然光说：“从你的名字来看，实现不了。”马得路顿了下：“我名字怎么了？马得到了道路，那就一马当先万马奔腾呗。”梅然光意味深长地说：“你看，马云，云是不是往上走，马化腾，化腾是不是往上走？你是马在路上，往前走，马往前走，只有一种情况，就是被人骑着，当垫背的，或者驮着东西，给人运输。马在空中，天马行空，马在路上，必然有物在背上。”马得路悻悻然：“你是我竞争对手派来打击我信心的吧？”梅然光微微一笑：“世界上除了尚晋，没人能派动我了。你继续打吧。消消气儿。好好消消气儿。”

梅然光扭头又出去了。

马得路心里有些憋气，待了会儿，走到怄气主题的假人跟前，又是一通猛烈的拳打脚踢。

吃过中午饭，李双全和万山红坐在床边陪奶奶聊天。奶奶说起给护工儿子找学校的事，李双全说办不了。

奶奶不高兴了：“你不是没能力办，你是不想给我办！”李双全耐心解释：“妈，我要能办我就去办了，还惹您发火干什么！但我一卖蹄花的，真不认识教育界的人。”奶奶说：“让李才去办！他是名人！”李双全皱眉：“他是半吊子名人，吹牛一溜够，办事不靠谱。”奶奶埋怨道：“都你教育得不好！孩子打小就是个好孩子，怎么就让你教育成了个半吊子？”

邻床老太太和儿媳妇听得忍不住抿嘴笑。

李双全有些窘，但面对老母亲依然很有耐心：“倒不是半吊子，在名人里算半吊子。”奶奶一脸不悦：“这不还是半吊子吗！丢人都丢到名人堆里去了！”忽然意识到不对："哎，咱刚才怎么就说到李才了？"李双全想蒙混过去："说李才是名人的事儿。"奶奶敲着自己太阳穴使劲想："不对。不对。之前还有个事儿，哦，说的是给人办上学的事儿。甭想蒙我！"

李双全倒有些高兴，欣慰地转头对坐在旁边的万山红："妈脑子还挺好使。"万山红心里哼了一声："是，好使着呢。"

奶奶兀自气咻咻地："得，你们不给我办，我自己也能办。你给我拨通四号楼你茂元叔的电话，他以前是教育局的老街坊，他能办这事。"李双全说："妈，茂元叔去年过世了。"奶奶一愣："过世了？都是老街坊，怎么没人儿通知我啊？"李双全回应："拆迁后，茂元叔一家搬燕郊去了，在那儿办的后事。"奶奶又问："燕郊这名字听着生。哪儿？""河北。"奶奶茫然了："河北？他怎么搬河北去了？那一号楼你芳姨呢？她是个好校长。"李双全有些担心地看着奶奶："妈，芳姨两年前就过世了呀。当时我替您送了一个花圈、一千元人情账。我跟你说过。你不记得了？"奶奶经提醒才想起来，却不肯承认自己忘了："我怎么会不记得！我记得牢着呢——那就找你林阿姨。她是大官儿，老资格了。"李双全无奈地看着奶奶："她全家搬美国去了。早都联系不上了。"

奶奶也有些泄气了："唉，都散了，都散了。"又感慨："要李才他妈在就好了！"万山红下意识地回应："我在啊。"

万山红忽然意识到奶奶说的不是自己，有些尴尬，呵呵了几声。

李双全见时候不早了，自己还得回去忙活蹄花店那一摊子事，对奶奶说："妈，我先走一会儿。山红在这儿陪你。我忙完就回来。"万山红一听慌了："你要走？哪儿去啊你？"李双全说："到店里去。"万山红紧张了："停一天吧。"李双全站起身："昨天已经停出事了，今儿不能再停了。"

奶奶不高兴："走吧走吧。卖猪蹄儿是正事。你早就想走了。"李双全赔笑解释："店里的规矩您比我清楚。没这规矩到不了今天。"奶奶摆摆手："赶紧走吧。我累了。要走你们都走。我这儿不需要人。"

万山红跟着李双全从病房里出来，拉住李双全："你不能把我一人撂这儿！我伺候不了她。要不把李才叫来。"李双全已经憋了一肚子气，还是忍着："李才起过什么正面作用啊你叫他来？这儿主要得有个女的。"万山红说："护工是女的，被赶走了啊！"李双全脸色一沉："万师傅，我必须提醒你，你也是女的。"万山红一听也不高兴了："李掌柜，那我也提醒你，你最清楚我跟你妈的关系，留我俩在这儿你就不怕冒出火星子啊？你没听刚才还那儿念叨呢——”万山红学着奶奶的口吻：“要李才他妈在就好了——哎你说要不要给李才他妈打个电话啊？”

李双全懒得搭理：“妈刚才说李才他妈指的不是这事儿，是给人办学那事儿。你别没事找事儿。”万山红来气了：“我没事找事？就刚才那句话，谁听了心里舒服？要换作别人，当场就毛了！”李双全不想再纠缠下去：“这里不是说事的地方。你就顶这小半天儿，下午忙完我就过来，晚上让李貌值班。”万山红不乐意：“还熬她啊？熬大鹰呢！昨儿已经熬了一宿了。你心疼你妈我还心疼我闺女呢。”李双全窝住火：“羊毛出在羊身上。不是李貌就是你。难不成让我跟李才过来？”万山红看着李双全：“得有护工啊。”“护工已经辞了，不可能再请了。万师傅，于情于理，你都有照顾她的责任和义务。”“于理有。”“那就于理！”

李双全懒得再啰嗦，匆匆离开了。

万山红一肚子委屈，不得已还是回到了病房。

管红花一想到李貌奶奶的酒瘾症心里就不踏实。想来想去，决定去找李才侧面了解一下情况。尚得志嫌管红花多事，不想去，被管红花硬拉着去了。

两人坐公交车到了幸福里社区，寻摸到了理想胡同咖啡馆。

一进门，服务员小红上前招呼：“二位好，请这边坐。”管红花问：“你们老板李才在吗？”“不在。”“那现在这儿谁负责？”“您请坐，稍等。我给您叫。”

管红花和尚得志坐下，一会儿小白彬彬有礼手握酒水单过来。

“二位好，鄙人小白。小鸟依人的小，白云朵朵的白。请问有什么能为您服务的？只要合情合理的在本店服务范围以内的，一定让您满意。”管红花回应：“我们在这儿等一下，等你们李老板。”“好的。没问题。你们随便等。干等口干舌燥，不如来点饮料。请点单。”小白说着将酒水单一递。

尚得志摆摆手：“等你们李老板来了我们再点。”小白却继续说道：“我不知道您说的等李老板来了再点是什么含义，我想告诉您的是，我们理想胡同咖啡馆引进了现代管理模式，除了我们的马得路马总以外，任何人都没有免单权，李才老板虽然举足轻重，但同样没有，只有八折饮料优惠权，还不含酒。这一点我也可以做到。您还是先点吧。”管红花有点蒙：“同志，你刚才说你姓小？”“不，免贵姓白。小是一种昵称。我们咖啡馆里的同事都互称小什么，那是小黄，那是小红——”管红花做了个暂停的手势：“暂停，暂停。我没问你贵姓，别加免贵。小白同志，你是觉得我们想等你们老板来给我们打折或者免单？”“没这个意思。我是怕你们渴着。根据科学研究，口渴很容易伤害身体——”管红花又打断：“你话里多多少少有这么一点意思。你觉得我们像占人便宜的人吗？”小白打量了一下两人：“不像。确实不像。”尚得志语气不悦：“不是不像。我们就不是。”小白收起酒水单：“对。你们不是。那你们就等李老板来了再点吧。早点早喝晚点晚喝，反正道理就是这么个道理。”

小白转身要走，又被管红花叫住。

“小白同志，我们点单。”

小白将酒水单递向管红花。

管红花摆了摆手：“一杯柠檬水。”小白又开始了：“我们店的特色是咖啡。我们有多种咖啡——”管红花一脸不耐烦：“谢谢。咖啡一早我在四季酒店喝过了。我一天只喝一杯咖啡。”小白点头微笑：“好的。先生，那也给您来一杯柠檬水？柠檬水对身体也是非常好，因为人的身体里有酸性和碱性两种成分——”尚得志本来是想要柠檬水，被小白说得起了逆反心理：“咖啡。要你们这儿最好的。”

过一会儿小白送来一杯柠檬水和一杯咖啡。尚得志抬眼看到旁边一名外国男子在用吸管优雅地喝着一杯咖啡。

“给我也来根管儿。”小白抿嘴窃笑：“热饮哦这是，你确定？你真的确定热饮要用吸管？你真的确定吗？”尚得志白了一眼：“我确定。我确定。给我拿去。”

小白转身取来一根吸管：“先生，热饮跟吸管是天敌，您一定要慎重；如果不慎重，则会烫伤喉咙；烫伤喉咙是非常危险的，您是成年人，这一点其实不用我跟您强调；如果您必须要用这根吸管，那么我建议您等这杯咖啡凉了以后再用——”

尚得志感觉面子上有些挂不住，没搭理小白，把吸管插进咖啡里吱溜吸了一大口。小白吃惊地看着尚得志。尚得志咖啡入口顿时心知不妙，但见周围人都在看着自己，一咬牙脖子一仰，竟将一口热咖啡咽了下去。滚烫的咖啡烫心烧肺，尚得志痛得抬脚跺了一下地面。

管红花觉出事情不好：“烫着没？”尚得志脸上若无其事，其实话都快说不出来了，艰难地挤出俩字：“没有。”管红花冲小白：“快倒杯凉水来！”

小白赶忙去倒凉水。这时李才回来了，看见管红花和尚得志，有些意外。

李才赶紧上前招呼：“稀客！稀客！阿姨，叔叔，来怎么不提前打个招呼，我去接你们呀。”

小白端了一杯凉水回来，递向尚得志。尚得志却不接，强撑着："我喝咖啡呢，不喝凉水。"管红花紧张地问："用不用去医院？"尚得志不屑地说："大惊小怪，去啥医院！啥事没有！"李才疑惑："阿姨，怎么了？"管红花指指桌上的咖啡杯："这么喝会不会出事？"尚得志说："我没事！都坐呀，别围观了。还有外国友人在边上呢！"

小白突然"哇"的一声尖叫，把众人吓了一跳。

李才回头："干吗呢你？"

小白直勾勾盯着地面。李才、管红花顺着小白的眼神看去，只见尚得志脚下的一块地面砖已经裂成了两半。

管红花担心地问："这砖多少钱啊？贵不贵啊？"李才激动了："钱不是问题！高手！高手！不，高脚啊！"

李才突然一抱拳，对尚得志深深一揖："尚掌门，在下有一事相求！不知尚掌门能否出手相助？"尚得志有些蒙，加上嗓子还疼，说话不利索："啥事啊？不是求我喝这杯凉水吧？"李才左右瞅瞅，一弯腰一伸手："尚掌门，借一步说话！"

李才领着尚得志和管红花去了办公室，把两块被跺断的地板砖并排摆在桌上，又把刘克弱上门挑战的事大致说了一遍。

尚得志仔细审视着刘克弱跺断的那块地面砖，良久才开了口："他这功力比我还是差远了。你这事儿我能摆平！"李才既惊喜又有些担心："人都说拳怕少壮啊。"尚得志点头："对。是这么回事。"李才疑惑道："那您还能摆平？"尚得志一笑："他是少，我是壮。少不怕壮，壮不怕少。再过十年，我成江湖一老，那时才怕少壮。"李才松了口气："是这么个意思啊。那这事就有劳您了。"

管红花插话："得志同志，你虽然不是干部，但也是党多年培养出来的人，可不能打架斗殴制造社会矛盾啊。"又转向李才，歉然地说："李才，我不是反对老尚帮你，我是觉得要找合适的解决问题的方式。我可以去跟这个刘克弱同志谈谈，以外交手段来解决你们这个纠纷。"尚得志并不认同："外交手段不好使。江湖事江湖了。兵来将挡水来土掩。卤水点豆腐，一物降一物。"李才嘿嘿笑着："阿姨，我们不是打架斗殴，是传统武学与现代搏击的切磋。"管红花索性问道："动不动手吧？"李才回应："动手。"管红花皱眉："那不还是打架斗殴嘛！我作为一名干部，不同意！"尚得志笑呵呵地说："管科长，我向你保证，我点到为止，决不打伤他，更不会废了他。"管红花仍不放心："老尚，你说话算不算话？"尚得志一拍胸脯："一言九鼎。我说不伤他就不伤他。"管红花有些生气："那行。以前你写过保证书，保证不再跟人动手。这话也一言九鼎吧？"尚得志尴尬地挠头："猴年马月的事了提它干吗——我写过吗？"

管红花掏出手机，打开照片，翻到了一张保证书的照片，递给尚得志看。

"白纸黑字。早给你照下来了。感谢手机，功能越来越多了。"尚得志悻悻然。

管红花又把手机递给李才看："李才，你看看。那一年他见义勇为，把人打成重伤，给我写的保证书。"李才看了一眼，对尚得志拱手："尚掌门，失敬，失敬啊！没想到您德艺双馨。"尚得志不好意思地笑着："小意思。路见不平手痒痒。"管红花没好气地说："就他这手痒痒，历年来，我跟在他屁股后边赔付的医药费，总计六万五千四百八！"尚得志挠头："有这么多吗？"管红花举着手机："打人赔款台账也在我手机里存着，你要看吗？"尚得志连忙摆手："不看不看。你存这干吗！这是什么买卖！"管红花说："得志同志，从咱俩结婚到今天为止，你这风雷十二掌打进去了一辆家用小轿车。你说这是什么买卖？在老家，他打了人，我们毕竟地头熟，我又算是个有级别的干部，还能应付下来。首都我的人不多，人脉更少，这拳不能助。抱歉——李才，虽然说世界上没有不能通融的事情，但这件事情的确很难通融。你能理解吗？"李才感觉管红花似乎话里有话，一时不明其意，只好点头："理解，理解。"

三人又回到咖啡馆大堂。管红花去上洗手间。

李才低声朝尚得志说道："尚掌门，尊夫人话里有话呀。先说不行，但最后这句又好像有点其他意思。我就别猜了，您直接告我得了。"尚得志微微一笑："算你小子有点道行。我是在跟她结婚十年以后，才发现她总是话里有话，又十年以后，才能悟出她话里的话是什么话。就刚才这句，她的重点在没有不能通融的事情上，就看你怎么通融。"李才有些迷茫："怎么通融，还请尚掌门赐教。"尚得志："一会儿她回来，我去洗手间，你单独求她帮助。让她觉得我给你助拳这件事情是她批准决定实施的。这就有门儿了。"李才恍然大悟："明白了。权力控。我非常尊重这样的强势女性。怎么求好呢？请求？恳求？跪求？哀求？这些不同程度的表达我都得心应手。"尚得志看着李才，一脸佩服的表情："你真是让我刮目相看啊。求到什么程度呢，求到让她觉得你是她的人，你受她保护了。"李才点点头："哦。这是恳求。难度不大。"

过会儿等管红花回来了，尚得志借故上洗手间走开了，李才赶紧趁机恳求管红花。

“管科长，您若不出手相助，此事无解。我就会成为首都文艺界的一个笑话。这太不美了。要传到贵省贵市贵区，于您也脸上无光啊。您毕竟也是有身份有地位的人。不，还不是人，是有身份有地位的干部。”管红花看着李才：“你现在影响力有这么大吗？”李才有些得意：“大小我算个全国的文化名人。您可以在网上搜一下我。我的知名度不是吹的。”管红花淡淡地说：“我搜过。”李才心虚：“您真搜过？”管红花一脸认真：“叫李才的有副市长、副主任、副教授，还有个动作导演李才，这也算副的吧？”李才干笑：“算。哎哟，我这名字跟副的沾边啊，这倒霉催的！”

管红花提醒道：“李才同志，我也是副的。”李才赶紧找补：“哦哦哦，副的跟副的不一样。您是实际主持工作的。没您不行。”管红花有些惊喜：“这你都完全了解了？”李才赔笑：“知己知彼，受人爱戴嘛。您第一次进京我就了解到这个事实了——管科长，您说就我这么一被很多人爱戴的名人，被这刘克弱给逼成了一种缩头动物。您不主持正义谁主持正义？”管红花问：“李掌柜怎么不主持？”李才叹气：“他？从我寂寞的童年时光，到坎坷的青春时期，一直到现在波澜壮阔的青年时代，他数十年如一日，从不护犊子。”管红花轻描淡写地说：“我倒是很护犊子的。当然，也要看具体情况。”李才继续说道：“管科长，您不是北京没人吗，只要您这次护了犊子，不，主持了正义，我就是您的人了。请相信李才的人品，您滴水之恩，我必喷泉相报！”管红花心中颇为欣喜，表面却保持平静：“你倒是识大体。”突然语锋一转：“李才啊，你奶这身体是怎么回事啊？”李才愣了愣：“我奶？哦，怎么说到我奶了？”管红花随口说道：“我关心一下。”李才有些为难：“我奶这事儿，咱们不说这事儿行吗？”管红花看了看李才：“不说也可以。那咱们今天就先到这儿吧。”李才连忙说：“别呀，嗨，实际上我奶她是酒瘾症。李掌柜很忌讳提这事儿。我奶她不喝酒，慈眉善目一老太太，一喝酒就成水泊梁山好汉了。”

管红花倒是有些好奇：“怎么染上的这毛病啊？”李才说：“不是染上的。家族遗传。奇怪的是隔辈儿传。我奶这辈儿传到了我奶身上，一辈子被酒拿住了，过了多半辈子熬人的日子，就前些年才在全家人的帮助下把酒戒了。”管红花又问：“你爱喝酒吗？”李才摆摆手：“我？我不爱喝那玩意儿——阿姨，您是想打听我有没有酒瘾？”管红花微微一笑：“你可以这么理解。”李才笑着说：“阿姨您放心，您就尽情帮助我吧。我没什么恶习，也不可能有酒瘾。我从小就不爱喝酒，而且我一向很注重自己的形象。”

管红花却面露忧色，语气也沉重起来了：“那就是李貌了。”

李才这才明白管红花其实是担心李貌的状况，赶紧解释：“阿姨，李貌也没有！”管红花说：“不是你就是李貌。你说了不是你，那么还能是谁？这逻辑还是不难搞懂的。”李才额头冒汗：“管阿姨，我刚才是信口开河。第一，隔辈儿传这个事儿并不科学，只是一个口口相传——”管红花打断道：“那到你奶奶为止，目前是不是这么一个规律？”李才语塞：“……这倒是。”管红花面色凝重：“好。你说第二吧。”李才继续：“第二，即便这个规律是真的，遗传的肯定也是我。”管红花问：“何以见得？”李才随口说道：“我从小就爱偷酒喝，后来只是以意志掩盖了欲望。”管红花质问道：“可你刚才说你从小就不爱喝酒。这怎么说？”李才极力解释：“为了赢得您的好感，我说谎了。您不会觉得我人品有问题吧？”管红花叹了口气，语气缓和下来：“不，我觉得很感人。你对李貌，尽到了哥哥的责任。我明白了。今天这个谈话就到这里吧。”

李才不放心：“阿姨，您明白什么了？”管红花说道：“没什么——关于你跟刘克弱同志之间的事情，我决定插手。我最见不得以力服人的人。具体事情，你跟尚掌门商议。不过咱们有言在先，如果把对方打伤，医药费你出。这可以吗？”李才顿了一下：“可以。”“如果不幸致残，你负主要责任，老尚负连带责任，我也会负一点教唆责任。这可以吗？”李才硬着头皮：“……可以。”“若万一致死，咱们就听法律的。到那时提前串供也没用了，所以咱们也就不统一口径了。不过，这一点出现的概率极小，老尚下手虽不知轻重，但死活还是能控制的。”李才听得有些心惊肉跳：“尚掌门的致残率高吗？”“不高。就致残过俩。一个调戏妇女的流氓，被他撅断一根中指，接上以后不好使，筋儿断了；还一个在逃杀人犯，警察没追上，他上去一个飞踢，给人把脾脏踢成了杂碎，到枪毙都还没好利索。”李才不由得紧张起来：“尚掌门不主要是用掌吗？”管红花说：“用掌当场就拍死了。他哪敢呀。”

李才有些想退缩了，犹豫了一下：“要不我还是去求李掌柜——”

尚得志这时回来了，不耐烦道：“磨叽完没？不就是个助拳的小事嘛！”管红花轻松一笑：“我已经表示同意。下边的事由你俩接洽。”李才竟有些不知所措了：“尚掌门，我想——”尚得志一摆手：“你就甭想了，我都给你想好了。你得拜我为师，我好师出有名，因为人家找的是你和你爸，不是我，我要是你师父，这事就顶我这儿了！”

尚得志指了指自己的胸口。

李才有些无奈，想敷衍过去：“好。改天我就拜——”尚得志打断：“改什么天啊，我听李貌说了，你们北京人一说改天就是猴年马月的意思，择日不如撞日，就今天啦！”

尚得志说着一掌拍在桌子上，桌子的一角哗啦塌掉了。李才目瞪口呆。

第十一章

尚晋接到李貌电话，叫他到幸福里九号会合。尚晋匆匆赶到，李貌正在单元门口等他。李貌本是叫尚晋来商量婚礼的事，忽然想起让奶奶住院的罪魁祸首——尚晋送的那箱酒还在奶奶家，于是拉着尚晋先去了奶奶家。

两人一进门立刻闻到一股刺鼻的酒味儿。茅台酒瓶子和箱子还胡乱放在地上。

李貌皱眉抬手在鼻子前拂了几拂："酒味儿到现在没散。李掌柜还没来得及搬呢，赶紧搬走。"

尚晋收拾好酒瓶，抱起箱子出门。李貌跟了出来，却见尚晋要往上走。

李貌诧异地叫住尚晋："干吗去？""送楼上去。""来就是要转移物证，干吗送楼上去？这不成心惹我爸生气嘛！""事是我惹的。责任我担。这箱酒就是把它变没了，它也堵李掌柜胸口那儿。我是调解员，不害怕一切人际关系。"

李貌只好跟着尚晋上楼。刚上到六楼，迎面遇见常有丽。常有丽似乎经过了一番用心打扮，虽然是素色系，却比较隆重，胳膊上还挎着一个名牌包，也没牵着小狗呼噜。

常有丽一看见尚晋："嗬！新女婿又来送酒？"尚晋讪讪一笑，避在一边。

李貌连忙转移话题："真漂亮！有演出啊常姨？""没演出。看你奶去。"李貌一愣："哦。明后天就回了，甭麻烦跑一趟了。""那不行。你奶她跟我关系怎样你还不知道！就是今儿回，我也得去看望她一下。走了。回见。"

常有丽脚步轻快地下楼去了。

李貌下意识地掏出手机:“她这就是演出去了呀。我得告诉万师傅一声。”尚晋赶紧打住:“不妥。”李貌问:“为什么?”尚晋快速思索了一下:“逻辑是这样的:你告诉了万师傅她会去,万师傅就会不安,再告诉她常有丽是有备而去,她更会纠结,必然肝肠寸断,心神不宁。因为她面临两个选择:一、避开;二、不避。要避开吧,显得她怕了,所以她肯定不会避,对不对?”李貌觉得有道理:“对。万师傅好面子。”尚晋继续分析:“要不避呢,还是面临两个选择:一、装作不知道对方来;二、装作早知道对方来。装作不知道,显然不自然,她浑身别扭;装作早知道,横眉冷对,还是横刀立马?那是医院,也不允许横刀立马啊?所以,一和二都没法选择。”李貌一脸茫然:“那会怎样?”尚晋想了想:“会出现第三种情况——失态!”

李貌犹豫:“可我要不说,万师傅会措手不及啊。”尚晋说:“措手不及最自然。而且你把万师傅想得太简单了。凡是成年人,都有一套自我应急的人际处理系统。万师傅在突然遭遇战中,会选择最适合自己的反应。这样以后她才不会纠结懊恼。另外,李掌柜还在现场,有他缓冲,两人没准还就此打破友谊坚冰了呢。”李貌一想也是,收起了手机:“嗯。有李掌柜在,应该不会出什么事儿。”两人边说边开门进了屋。

送走管红花和尚得志,李才立刻找到苏洁,让她帮忙看看自己的星盘。

苏洁对着笔记本电脑煞有介事地看了半天,说:“从星盘来看,你命里是有这么一个师父。”李才问:“他克我吗?”苏洁摇摇头:“他克不着你。但你上次找我看的那个星盘,那郭纯希能克着你。她星盘太怪咖了。”李才说:“先不说那人——你再瞅瞅,我师娘能克着我吗?”苏洁转过头说:“李才老师,从你的星盘里,只能看见跟你有关系的人。师娘跟你还拐着弯呢,信息过不来。要看得拿你师娘的星盘。当然,八字也行,五行也可,属相也凑合。”李才感叹:“看来在玄学方面,你已经学贯中西,融会贯通了啊。”苏洁没听出李才语气里的揶揄之意,有些自得:“我自己也这么认为。反正有个抓挠我就能看清你命运的雾霾。但如果没你师娘的具体信息,我找不到信号。”

李才点点头:“好。那就先不说师娘,只说师父。我本来是想拜尚晋他爸为师——”苏洁惊讶:“你想进军武林界?不混文艺界了?”李才一笑:“我这笨胳膊笨腿的进什么武林界啊。我本来是想找个由头,让尚晋他爸帮我挡一下砸场子的那个刘克弱。但我看尚晋他爸把这事给弄隆重了，要摆宴布席，要磕头奉茶，逢年过节还要上礼。为解决一个麻烦，引来一辈子的麻烦，得不偿失啊。不美。那我还不如直接找刘克弱认㞞呢。一了百了。”苏洁嘟囔着：“刘克弱倒是不用找。”李才一愣：“为什么？”苏洁嘴向李才身后一努：“因为他已经来了。”

李才大吃一惊，转身看过去，刘克弱正朝李才这边走过来。

刘克弱皮笑肉不笑地打招呼：“李推手，别来无恙啊。”李才笑道：“无恙，非常无恙。请坐。”

李才拉开一把椅子，刘克弱也没客气，大咧咧地坐下。

刘克弱问李才：“郭纯希在哪儿？”“她自己走了。去向不明。”“她若出了事儿，就是你的原因。我跟警方都不会放过你——你为什么放她走？”“我若不放她走，警方才不会放过我。她是成年人，想去哪儿去哪儿，想跟谁在一块儿就跟谁在一块儿——克弱兄，我们都是成年人。”“对啊。亏你还记得这一点，既然我们都是成年人，说话要算话，那你为什么还不开讲座应战？”“信息社会，瞬息万变，讲座好讲，选题难选啊。”

刘克弱盯了李才一会儿，忽然笑了：“是怕了我吧？”李才干笑：“克弱兄真会开玩笑啊。我虽善良，但无所畏惧。真的猛士，敢于直面惨淡的人生，敢于正视淋漓的鲜血。”刘克弱突然收住了笑，眼神凌厉起来：“猛士，你若再不应战，我可就不挑日子了。”

一旁的苏洁有些看不过眼了，朝刘克弱瞪眼：“你属藏獒的啊，咬住人就不放。别欺人太甚啊。”刘克弱有些诧异地望向苏洁：“你怎么看出我属狗的？”李才赶紧介绍道：“哦，这位是江湖上人称星座小巫女的苏洁。眼观六路，耳听八方，知天文地理，通古今之变——当然了，她也是我的粉丝。”刘克弱担心地朝苏洁：“你可别被他骗了。”苏洁故意气刘克弱：“我是李才老师的脑残粉儿，不存在骗不骗的问题。”说着竟深情地唱了起来：“你骗我越深，我爱得就越真……”

刘克弱一脸认真：“嗯。确实是脑残了。”转向李才，严肃地说：“本来咱俩只是个人恩怨，你抢走了我女朋友，我对你打击报复，但从这位能看出我属狗的小巫女智商感人的表现来看，你骗了太多中国单纯女性了。所以我必须把你打垮，让全世界看清你的真面目。”李才无奈道：“克弱兄，我没抢你女朋友。”“那我女朋友为什么在你房间里？”“没在我房间里。在我家里——现在也不在我家里了。”“事情越来越严重了。李猛士，李推手，现在我给你下最后通牒，下周六你必须在这儿搞一期讲座。我踢馆，你应战。”“没选题，主要没选题啊。”“选题是你的事儿。选择踢你是我的事儿。下周六见！”

刘克弱站起身大步离开了。

李才沉吟良久，猛地一拍桌子：“欺人太甚！欺名人更甚！是可忍孰不可忍！”苏洁在一旁问道：“李才老师，你要应战？”李才义正词严地说：“作为一个男人，决不能让另一个男人风光太久。这种猖狂之徒、嚣张之辈欠的就是收拾。”苏洁崇拜地看着李才：“汉子！爷们！Man！大处女座威武！”李才不自觉也豪情万丈起来：“哼哼，这师麻烦再大我也拜定了！不就点医药费嘛！”

厨房里，榨汁机正在自动榨汁。尚晋和李貌拥抱在一起热吻着。

尚晋还想进一步动作：“……到你房间吧。”李貌强忍着意乱情迷把尚晋推开：“别惹事。不清楚这是哪儿吗？李掌柜地盘！不要轻举妄动。我有心理阴影。”尚晋认真严肃地一把捧住李貌的脸：“貌貌，你要突破自我，化蛹为蝶，摆脱掉李掌柜给你的束缚。”李貌挣脱开：“别洗我脑。在家里决不能做。是束缚我也认了。李掌柜打人你是没见过！”尚晋一脸不屑：“我是被打大的！不可能有比我爸打人还厉害的！貌貌，我问你，咱们结婚这么仓促，房子还没买，婚后住哪儿？”李貌一愣：“总不能住你那酒店里吧？”尚晋故意露出愁容：“我倒是同意。李掌柜能同意吗？”李貌摇头：“要不咱们借住常姨隔壁那房子？现在苏洁住着。”尚晋撇撇嘴：“万师傅不会同意——我告诉你，很大的可能，就是先暂住这儿。所以，现在突破你的心理阴影很有必要。”李貌想了想，似乎被说动了：“还真是。”

尚晋忽然一把抱起李貌就往外走。

李貌赶紧挣扎：“哎我的意思是说咱们很有可能暂住这儿，不是你想的这个意思。”尚晋笑着：“都一回事儿！”

奶奶躺在病床上打点滴，万山红坐在床边昏昏欲睡。旁边床铺的儿媳妇正在跟她婆婆凑一块拿着一个 iPad 看一个相声节目，两人咯咯低声直乐。

奶奶拍拍万山红，低声道：“我要小便。”万山红打起精神来：“哦，好。走，我扶你去。”

奶奶指了指吊瓶，才刚到三分之一。

万山红小心地问：“能再憋一会儿吗？”奶奶为难地嘟囔着：“我刚才已经憋了

一大会儿了。”万山红没经验：“那应该怎么办啊？”奶奶有些为难地提醒万山红：“盆儿在床下。”“盆？什么盆儿？”

万山红忽然明白了奶奶说的是尿盆，顿时有些崩溃：“尿盆啊？我笨手笨脚的哪会这个呀！这我干不了！”

两人都僵住了。万山红忽然想到一个辙：“我找护士去！让她先把点滴摘下来！”

万山红起身正要往外走，常有丽一手拿着一束鲜花一手提着一兜水果迎面进了病房。万山红一愣停住了。

奶奶催促道：“快点去吧，我快憋不住了。”常有丽快步上前：“怎么了？”奶奶说：“我要小便。”常有丽看了看正在打的点滴：“有盆儿没有？”旁边床铺的儿媳妇接了一句：“床底下。”

常有丽二话不说，放下手里的东西，从床底下掏出尿盆，起身观察了一下，哗地将隔帘拉开，转头吩咐万山红：“山红，去打盆清水来。”万山红还愣着，奶奶却催了：“去呀。”

万山红回过神来，逃也似的抄起地上一个脸盆出了病房。来到水房，万山红一边接水一边掏出手机给李貌打电话，想向李貌求救，李貌却没接。

万山红无奈，打好水端着脸盆走回病房。

万山红收起手机，往自己脸上拍了点水，将手在衣服上擦了擦，端起脸盆往回走。刚走到病房门口，就听见里面几个人在说话。

临床的儿媳妇正问奶奶：“阿姨，这是您儿媳妇还是您闺女啊？”奶奶说道：“我哪有这福气啊。不是儿媳妇，也不是闺女。我们是街坊。”常有丽道：“不是您没福气，是我没福气。”奶奶和常有丽默契地笑了。

万山红很是尴尬，进也不是，退更不行，一咬牙还是进了屋。奶奶一见万山红就停了笑，别过了脸去。万山红尴尬在那儿，端着一盆水不知如何是好。常有丽主动上前接过脸盆，端到床边。

“阿姨，我给您洗洗手。”

常有丽拿起奶奶没打点滴的那只手洗，眼睛故意往地上的尿盆瞅了瞅。万山红顺她视线看见了地上的尿盆，又是一咬牙，拎起尿盆去了水房刷洗。刷着刷着，心中越发觉得既无助又委屈，忍不住掉下泪来。

尚晋和李貌在房间里一通云雨，心满意足地躺在被窝里聊着婚礼的事。

尚晋分析着："为什么拼婚？一是环保，二为省钱。八万绝对不行，太浪费，不哲学。"李貌转过脸："你算了吗？就说绝对不行？一场婚礼下来，针头线脑的事多了。"尚晋颇有自信："这不用细算，推算就行。马得路和毛毛，劈头盖脸大手大脚下来，预算 16 万，咱俩深思熟虑精打细算加入，不省个三分之一那绝对是智商有问题啊。"李貌有些疑惑："毛毛挺抠门的一人，她这预算可不是大手大脚。"尚晋一乐："那得看什么事儿。遇到婚礼，一般女人都搂不住。除非是你这种有头脑的优秀女性。"李貌警觉道："你爸妈那一套你也学会了？别拿话抬我！"尚晋立刻澄清："我是那种人吗？你还不了解我？我一向实话实说！"李貌白了一眼："切！以前你可没用优秀和有头脑描述过我。"尚晋笑着："那是对你认识得还不够深入。"

两人又搂抱到一起嬉笑着。就在这时，李双全回家了。李双全一进客厅，猛然听到一个男人的笑声，吓了一跳，本能地摆出了一个太极拳的姿势。再一听，笑声似乎来自李貌的房间。李双全不及多想，一个箭步上前，"砰"的一脚踹开了房门，和尚晋、李貌一打照面，三人都呆住了。

李双全血脉偾张，浑身颤抖，嘴唇嗫嚅了几下，竟发不出声。

李貌先反应过来，尖叫："爸，你先出去！"

李双全咬着牙，颤抖着手一指尚晋："你，起来！"

尚晋还愣着。李貌在被窝里用胳膊肘儿拐了拐尚晋，意思让他听指挥。

尚晋连忙道："起，我起！麻烦您先出去一下！"

李双全虎着脸盯着尚晋。

尚晋有些尴尬："……我可没穿衣服！"

李双全脸上怒气更盛，一扭头转身出去了。

尚晋迅速从床上弹起身，下地穿衣服。

李貌赶紧叮嘱："示弱！示弱！"尚晋极力控制着紧张情绪："放心！我临危不惧！"

尚晋穿好衣服，深呼吸了几下，赶紧出门去，还不忘把门带好。李貌也急忙起身穿衣服，刚把衣服穿好，就听见外边咕咚一声，伴着尚晋一声闷哼。

李貌赶紧冲到门外，只见尚晋右手捂着左肩膀，半躺半倚窝在客厅把角，一脸痛苦。

李双全站在离尚晋四五步远的地方，瞪视着尚晋。

李貌叫道：“李掌柜，你又打人！”赶紧上前去扶尚晋：“有事没？”尚晋咬牙忍着痛：“没事。我自己摔的。”李貌转头朝李双全瞪眼：“李掌柜，你要对这事负责！”李双全哼了一声：“不是我要负责，是他要负责！还有你，写一份检讨给我！”

李双全气冲冲地摔门出去了。

李貌赶紧扶起尚晋：“感觉怎么样？”尚晋扶着肩膀皱眉咧嘴：“脱臼了。疼。”李貌起身：“我找李掌柜去！”尚晋一把拉住：“干吗？”李貌着急道：“让他给你复位啊。”尚晋摆摆手：“别！他现在浑身冒火星子，一点就着，不要自取其辱。我有办法。”李貌有些不知所措：“去医院？”尚晋忍着疼：“尚掌门不还在北京嘛，找他就行。”李貌问：“他会正骨？”尚晋说：“何止会，跌打损伤他都是专家。你给我妈打电话吧，问问他们在哪儿。”

李貌赶紧摸出手机来，一看有个未接来电：“哎呀，万师傅给我打过电话。”

李貌本想拨回去，但看了看尚晋疼得直咧嘴，又改了主意，调出了管红花的手机号拨打起来。

管红花和尚得志正在一个自动取款机前取款。

管红花念着取款机边上的温馨提示：“在取款之前请注意观察四周有无可疑人物……”左右看了看，自语：“没有。首都的治安还是令人放心的。”尚得志催促道：“别磨叽，赶紧的吧。有也不怕！我就不怕事大。”

这时候管红花手机响了。管红花接起来：“貌貌。”“阿姨，哪儿呢你们？”“我们在街上浏览首都的风景，想感受一下首都的文化气息。”“离我家近吗？尚晋胳膊脱臼了，想让叔叔给接上。”管红花脸色变了：“我们马上过去！”

尚得志和管红花迅速赶往李貌家，见尚晋兀自疼得龇牙咧嘴，也顾不上询问详情，赶紧帮尚晋接肩膀。

“放松！彻底放松！这是什么买卖，怎么放松不下来？”尚晋疼得直抽冷气：“我已经放松了。”“还不够！肌肉都还疙疙瘩瘩团着呢！再放松，必须彻底放松。”管红花在一旁看着心疼：“行了，你赶紧弄吧。孩子受着罪呢！你又不是不知道，这孩子在谁面前都放松，就你跟前放松不下来。他彻底不了。你要弄不了咱们就还是送医院吧。”尚得志说管红花：“你别瞎掺和，肌肉不放松就复位容易挫伤！”又朝尚晋说：“你尽管放松，我早就管不了你了，以后我也不操你的心了。”尚晋一听:“真的?”尚得志叹气道:“真的!”

尚晋神奇地放松下来了。

尚得志赶紧抓紧时间慢慢将尚晋上臂外旋，内收，使肘部沿胸壁接近了中线，再内旋上臂，一声脆响，脱臼的部位接上了。

尚得志松了一口气，放下手:“好了!这是什么买卖!被人打了?”尚晋揉着肩膀:“对。”管红花气愤地说:“我刚刚还表扬了首都的治安，怎么转眼就有人打人。怎么回事?”

李貌有些紧张地看着尚晋。尚晋没敢说实话，含糊道:“嗐，处理一对父子纠纷，打起来了，我上前拉架，被推了一把，脚下一出溜，就这样了。”管红花朝尚得志埋怨:“都怪你!”尚得志一头雾水:“怪我?这是什么买卖!为啥怪我?”管红花说:“他小时候你把他打脱臼了两次，都脱滑轮了!”

管红花忽然想起什么:“这算工伤吧?”尚晋搪塞道:“工作失误，算不上工伤。”管红花说:“这是不可抗力。我要找你们领导反映。这得列入工伤条款——哎你在单位受了伤，怎么跑这儿来了?”尚晋继续圆话:“李貌陪我来找李掌柜正骨，但李掌柜不在家，才又想起你们在北京。”管红花心疼地看着尚晋:“你不是很讲逻辑性嘛。也不知道提前打电话问问。还疼吗?”尚晋转了几圈胳膊:“好了。没事了。”管红花又问:“还能坚持工作吗?”尚晋轻松一笑:“必须。”

管红花松了口气:“能坚持就坚持。刚开始工作，不要给领导留下松松垮垮的印象。对了，正好通知你俩，下了班到山东人家吃李才的拜师宴。”李貌一愣:“拜师宴?尚掌门，李才拜您为师了?他不是学武的料儿啊。”尚得志得意地说:“你哥虽然学武的资质平平，但他心很诚，那真是苦苦哀求啊，我心一软就应了。”李貌抿嘴一笑:“成。我哥有靠山了。”

尚晋又想起一件事，拿过自己的随身挎包，从里边取出一摞钱，递给管红花。

“妈，帮个忙，五点钟蹄花店开门的时候你去把折扣钱退给群众。”管红花没接，从自己包里取出更厚的一摞钱:“早备好了!下午我跟你爸去办!”李貌有些担心:“我觉得不去更好。”管红花一脸认真:“说出去的话，泼出去的水。不能让尚晋刚工作就丢了威信。”李貌又说:“李掌柜不会让尚晋难堪的。”管红花看着李貌:“可他明确表示不打折啊。”李貌解释道:“他好面子。不会口头上认的。”尚得志点头:“是爷们。像我。”李貌继续劝说:“根据我对我爸的了解，这事咱们最好不管不问。”

管红花转向尚晋:“尚晋，你觉得呢?”尚晋下意识地揉了揉自己脱臼的肩膀:“要不，听李貌的?”管红花沉吟了一下:“不行。万一李双全同志固执己见，不肯打折，我们的工作就无法挽回，因为没法一一找到买猪蹄的群众。我在政界屹立这么多年，一直强调，工作有三头儿:记在心头，做在前头，落在脚头。所以要主动，不要被动。五点钟，我和得志同志，准时出动!”

五点差五分，蹄花店门口如往常一样排着长队，三个山寨李双全也早早地各自推着三轮车远远地守在一旁。

尚得志和管红花不知道从哪儿借来一张小桌子，摆在队伍旁边。桌子上放着一块临时写就的纸板，上书“折扣退款处”五个字。管红花坐在桌前，尚得志笔直站在管红花身边。

队伍窃窃私语:“真退呀?”“看这架势不是走嘴儿。”“这俩人儿谁啊?”“李掌柜雇的伙计?”“不会吧，李掌柜从来不雇伙计!”

李双全正在店里做开售的最后准备，听到外面的嘈杂声，从窗缝里向外看，看到了尚得志和管红花以及桌上的纸板。

李双全有些吃惊，想了一会儿，下定了决心，哗地拉开了窗板。队伍立刻唰地绷紧，往窗前凑过去。

排在首位的顾客:“李掌柜，来一对!”

李双全熟练地将一只猪蹄装进塑料袋，又舀了一小勺汤，递向首位顾客，随即大声地喊:“李氏蹄花，百年店庆，为谢主顾，今儿免费。一人一只，多不赠送。谢了!”

首位顾客惊喜不已，拿着蹄花转身大叫:“免费免费!今儿免费!”

队伍群情振奋，顾客们纷纷鼓掌欢呼。

旁边三个山寨李双全也不禁站直了身子看着，都有些发蒙。

李山寨心虚地说:“李掌柜这是要火并咱们啊!难道这是冲我来的?”赵山寨气不过:“冲咱们仨来的!火并就火并，他成本比咱们高，他还有房租呢。”孟山寨咬牙道:“我不信他能天天白送，咱跟他耗!”李山寨叹气:“看来也只能打持久战了!”

尚得志和管红花有些惊愕地看着队伍和店里的李双全。

尚得志一迭声地感叹:“这是什么买卖!这是什么买卖!”管红花不由得说道:“得志同志，这李掌柜不简单啊。这一举措知道叫什么吗，叫壮士断腕。”尚得志点头:“当然。好歹也是一派掌门，用你的官场术语来讲，他跟我平着级呢，都是正掌门级。”管红花白了一眼尚得志:“你们是江湖人士，不要胡乱模仿我们体制内的级别划分——目前这个结果，对于我们的双边关系来说，是双赢。我很满意。当然，也都在我预料之中。”尚得志看不惯管红花的吹牛做派:“你都预料到了还费这么大劲干吗?”管红花嘴硬:“我虽然一向高瞻远瞩，但也不能不防患于未然。”尚得志:“现在咋办?”管红花手一挥:“转移战场!”

病房里，奶奶、常有丽跟邻床的老太太和儿媳妇相聊甚欢，万山红反倒如外人一般被冷落在一旁，很是尴尬。

常有丽正说着跳广场舞的趣事:“……来砸场子斗舞的多了，都让我给撵跑了。”邻床儿媳妇颇有兴致:“我也想去跳，就是怪不好意思。”常有丽说:“跳舞啊，就是跳头一回不好意思，跳第二回有点意思，跳了三回，再不跳，人生没有意思。你来，我教你!”奶奶插话:“我也能跳吗?”常有丽笑着说:“能!广场人人都可以来，广场舞人人都可以跳。你看，它动作是很简单的。”

常有丽起身，演示了几个简单动作。

奶奶开心地笑着:“不过瘾，有丽，你给我们跳一回看看!”邻床儿媳妇说:“这得有音乐。”常有丽一拍手:“简单!”

常有丽掏出手机，打开里面存放的音乐，把手机搁到窗台上。

手机播放着 TFBOYS 的《青春修炼手册》:“左手，右手，一个慢动作……”

常有丽跟着音乐跳起广场舞步来。万山红冷眼看着，暗自撇嘴。常有丽瞧在眼里，却跳得更起劲了。奶奶和临床婆媳俩也拍掌叫好，万山红越发憋屈。

一曲跳完又说笑了一会儿，常有丽看时间差不多了，起身告辞。

“阿姨，我走了。得空儿我再来看您。”奶奶突然问道:“你那驾照学出来没?”常有丽说:“没呢。屡败屡战。一定会学出来的。”奶奶又问:“学了有年头了吧?”常有丽笑着说:“没几年，才学了不到五年。”奶奶摇了摇头:“老听电视里说现在的教学质量在降低，没想到连驾校的教学质量都这么不着调了。”

万山红忍不住扑哧笑了，一笑就停不下来，赶紧竖起二指禅，朝自己的肋骨狠戳了两下，这才止住笑声。邻床婆媳看得有些诧异。

奶奶跟常有丽有些依依不舍:“再来提前言语一声儿，我让李才去接你。”常有丽摆摆手:“不用。公交车方便着呢。”又跟邻床打了个招呼:“回见。有空去公园找我。”奶奶看了万山红一眼，语气礼貌而客气却透着冷淡：“麻烦替我送送客人。”

万山红只好起身送常有丽出门。常有丽知道万山红跟在后边，一晃一扭地显得很得意。万山红窝着火跟着，忍不住抬脚虚拟着踢了常有丽两下。

走了一段常有丽站定：“送君千里，终有一别。就到这儿吧。”万山红若无其事的样子：“我是出来喘口气儿。”常有丽一副胜利者姿态：“狂犬疫苗没耽误打吧？”万山红眉毛一扬：“你说呢？狗跟我过不去，我不能跟我自己的宝贵生命过不去。”常有丽说：“没耽误打就好。先保命。一定要先把命保住。别的都能解决。”万山红听着别扭：“放心。我福大命大，唐山大地震都没把我怎么样，小小一只狂犬还能把我咬死？有些账还没算呢，我会把命保好的。”常有丽纠正道：“呼噜倒不是狂犬——请问，我的道歉你收到了吗？”万山红一愣：“什么？”常有丽说：“我让双全替我捎个道歉的口信儿给你，不知他捎到没有？”

万山红有些出乎意外，一脸茫然。

常有丽明白了：“看来双全还没跟你说。那这事咱们回头再聊。回见了——哦，另外，山红，我觉得你身体可不如以前了，刚才你在走廊里高抬腿，为什么抬不高知道吗，筋儿抽抽了，抻不直了！老话儿说得好，筋长一寸，寿延十年。你瞧，我这浑身的筋儿可全都抻巴着。舒坦！你得加强锻炼了。到我地盘来吧，我教你跳我独家的广场舞。免费哟。”

常有丽笑着摇摇晃晃地走了。

万山红一肚子气，掏出手机给李双全打电话，想质问他怎么回事，李双全却没接。万山红悻悻然又回到病房。

天已经黑了，邻床那对婆媳正在吃饭。饭香飘过来，奶奶直咽唾沫。

见还没有人来接班，万山红有些坐立不安，给李貌打电话。李貌说正在路上。

万山红催促道：“你让师傅开快点啊。是不是又遇见了肉司机？你来开！”李貌觉得奇怪：“妈，司机不肉，晚高峰，堵死了。我奶饿了？你先到医院门口小摊给她买俩茶叶蛋垫补一下。”

万山红无奈挂断电话，朝奶奶问道：“饿了吧？想吃什么我买去。给你买俩茶叶蛋？”奶奶淡淡地说：“不饿。貌貌什么时候到？”万山红回应：“不好说。路上堵着呢——您真不饿？”“我真不饿。”“好。不饿那就等等貌貌。饿了我就去买。”

奶奶其实饿了，却不愿意明说。见万山红果真不去买茶叶蛋就这么等着，有些生气，闭眼休息。

万山红正等得着急，突然尚得志和管红花来了，手里还拎着一个打包袋。

管红花热情地打招呼："他奶，我们来看您了！"

奶奶微笑而狐疑地看着管红花、尚得志。

万山红连忙介绍："这是尚晋他爸，这是尚晋他妈。"奶奶脸上立刻乐开了花："你们从山东来？坐，快坐。终于有个人说说话了，可把我憋坏了！"

万山红的脸色又是一沉。

尚得志把折叠小饭桌打开摆到床上，管红花打开打包袋，先取出里边一个小碗，又递给奶奶一把小勺："来，他奶，先吃这个。"奶奶惊喜道："鸡蛋羹，好，好。你怎么知道我爱吃这个？"管红花笑着说："我这人做工作都是想在前头，落到实处，不打无准备之仗。来之前我问了一下尚晋您爱吃啥。"奶奶开心地笑着："哦，尚晋是个好孩子，我一眼就相中了。以后你也要常来北京走动。我代表北京欢迎你。我听电视里说，山东发展很快啊。"管红花点点头："很快，欣欣向荣。这跟国家整体的发展是分不开的。您赶紧吃。"

奶奶喜滋滋地吃起来。

管红花对万山红说："山红同志，值这一天班累了吧？"万山红竟不知如何回答好："哦，累吗？还行——李貌一会儿就到，你俩盯一会儿，我身体有点不舒服，先告退。"管红花关心地说："山红同志，不舒服你可不能走，这儿就是医院啊，就是治不舒服的地方。哪儿不舒服你？让得志同志去挂个号。"万山红想赶紧脱身："老毛病。医生瞧不了。我回家躺会儿就好。"尚得志连忙说道："万师傅，晚上我徒弟李才设拜师宴，你得出席啊。"

万山红摆了摆手，出门了。

管红花在伺候奶奶吃鸡蛋羹，注意着措辞："他奶，你什么时候好上这一口儿的？"奶奶边吃边说："打小就好啊。就稀罕这口儿！那会儿，鸡蛋比现在稀罕，哪像现在见天儿吃。国家的发展速度真是很快很快的。我很满意。"管红花继续试探道："我也很满意——他奶，我不是说鸡蛋。"奶奶问："不是说鸡蛋？那你说什么？"管红花索性直说了："我是说您喝酒那习惯。"

管红花的话戳到了奶奶的痛处。奶奶叹了口气，停止了吃鸡蛋羹，陷入了自责中，一下无话了。

管红花看着奶奶："您吃啊。"奶奶兴致全无："饱了。"管红花顿了一下："哦，那我就收了。这东西凉了没法吃。这里边还有您爱吃的豆腐、萨琪玛。饿了随时吃——老尚，你这儿招呼着，我把这东西倒外头去。”

管红花出了病房扔完垃圾，没回病房，却转头去了医生办公室。

李貌这时刚刚到达医院，见时间不早了，医生马上下班了，想先去问一下医生奶奶的病情，于是也去了医生办公室。刚走到门口，突然听到里面传出管红花的声音，李貌吃了一惊，停住了脚，凝神倾听。

管红花正在向医生询问酒瘾症的问题：“……酒瘾症的危害，我是很清楚的。我会带领我的家人齐心协力把老太太管理好，使她不再接触任何酒精性饮料。但出于对家人的负责，我还想知道，我们家老太太这酒瘾症还有继续遗传的可能没有？”

医生说：“可能是有的。”管红花追问：“肯定吗？”医生解释：“肯定有可能遗传，不是肯定遗传。这两者还是有区别的。”管红花表示担心：“今天我上网搜了一下，发现德克萨斯大学有个最新研究，说酗酒有遗传性，跟家族基因有关系。我们家这老太太是隔辈传。现在我们全家上下都很担心啊。”医生说：“根据临床来看，外部环境相当重要。没有诱因，即使有酗酒基因也并不会一定变成酗酒者。关键是创造一个无酒的生活环境。”管红花点点头：“明白了，首都的医生就是不一般。谢谢您的解答，耽误您下班了，抱歉。”医生微笑道：“不客气。有事您再来。再见。”

李貌赶紧离开门口躲到一边的角落里去。不一会儿就见管红花从医生办公室里出来向病房走去。李貌发了会愣，想了想，也去了医生办公室。

邻床的婆媳出门散步去了。奶奶这会儿酒瘾症犯了，蜷缩在床上喘着粗气，头冒虚汗，牙关紧咬，双手止不住颤抖。管红花赶忙叫来值班护士。护士给奶奶量完血压，又拨开奶奶的眼皮看了看。

护士说：“还好。没事儿。旁边别断人，有事再叫我。”管红花连忙叫住：“哎，护士同志，您不给想想办法啊，战胜病痛不能光靠我们家老太太的坚强意志啊。”护士摇头：“没办法。我们只能观察。”

护士出去了。

尚得志叹气：“这是什么买卖！这是什么买卖！”管红花嘀咕：“这要出了事儿咱俩可担不起啊。”

李貌这时进来了。

管红花赶紧说：“貌貌，你可来了。你看看奶奶这情况。刚才护士来过了，量了血压，看了看眼球，说没事儿。”

李貌奔到床前，熟练地拨开眼皮看了看奶奶的眼睛，放下心来，握住奶奶颤抖的手：“奶奶，貌儿来了。”奶奶艰难睁开眼睛，勉力绽出笑容：“貌儿，你怎么才来。”

李貌从包里取出一颗大白兔奶糖，剥开塞到奶奶嘴里。奶奶闭上眼睛，舒服了一些。

李貌朝管红花问道：“我妈呢？”管红花说：“有些不舒服，先回去了。”李貌紧张地问：“嗯？不舒服？”管红花安慰说：“别担心。我看没什么事儿。当然，也不是没什么事儿，是不会有什么大事儿。”李貌松了口气：“明白了。阿姨，叔叔，你俩忙去吧。晚上不还有饭局嘛。这儿有我就行了。”管红花随口问道：“什么时候出院啊？”李貌道：“我刚去问医生了。医生让明天就出。”

管红花一听李貌见过医生了，有些担心，试探着问：“医生还说什么了吗？”“没说什么。”管红花略微松了口气：“哦。奶奶这症状不还很明显吗？出院不合适吧？”李貌低声地：“这儿治不了。”尚得志问：“那得转院？”李貌回道：“回家就行。以前也犯过。我有经验。”管红花嘱咐道：“那你告诉李掌门一声，一会儿到山东人家，李才拜师，得志掌门邀请李掌门做见证人。地址我发你微信上。”“成。我跟他说。不过不知道他去不去。”尚得志立即说：“不来不行。不来不光是显得我没面子，主要是显得李掌门太没风度了。武林中的事情，武林中人必须捧场啊。这话你转告李掌门啊。”李貌笑道：“好。我转告他。”

万山红刚走到单元楼门口，常有丽刚好牵着小狗呼噜出来了。呼噜一看见就汪汪叫着往前蹿。

常有丽大喝一声：“坐下！”

万山红原本就一肚子心事有些魂不守舍，忽然听到狗叫，抬眼见狗朝自己奔来，已惊慌不已，被常有丽一声大喝，心头一哆嗦，腿一软脚一趔趄，竟跌坐在地，跟呼噜坐了个对脸。

常有丽颇感滑稽，差点笑出声来，赶紧忍住，向万山红伸手：“我让呼噜坐呢，你这么客气干吗。快起来，地上脏。”

万山红没理常有丽，自己一骨碌爬起身来。呼噜立即身子后坐，喉咙里又发出低吼。万山红再也憋不住火，突然飞起一脚，将呼噜踢飞了出去。

常有丽大吃一惊，心疼地上前抱起哀鸣不已的呼噜：“啊，你！万山红，你疯了！呼噜有个三长两短我跟你没完，不，没个三长两短我也跟你没完。我要向小动物保护协会投诉你！我要到你女婿那儿去告你！”

万山红一天来心头的气恼不快都发泄在这脚头上了，心里舒坦了不少：“别光走嘴儿，赶紧告去。你要能告到中央我就在这楼门口给你挂锦旗戴小红花评先进。”万山红径直往楼里走。常有丽在身后喊着：“会有这一天的。我先去给我们家呼噜做 CT。一切后果你就担着吧！”

李双全忙完蹄花店的事也赶到了医院。奶奶睡着了。李貌和李双全坐在走廊长椅上，都有些尴尬。

还是李貌先开了口：“爸，您这年纪，不能再打人了。”李双全仰脸看着走廊的天花板：“我也想问自己，我都这年纪了，为什么还打人？”李貌低头看着脚下：“我把人往家里带不对。更不该在家里做出格的事儿。这以前你规过定我保过证。我道歉。但是你能保护我一辈子？再说了您这是保护吗？您这是保卫！从小我就被您保卫得密不透风水泼不进针插不进。谈恋爱满打满算就这一回，还跟做贼似的。其余的八字没一撇儿你就给撅了。除了尚晋，我没跟其他男孩拉过手。我现在情商是欠费的您知道吗？我根本不知道怎么谈恋爱怎么跟男生相处。您这爱像蜂蜜稠点是稠点我也打小喝到现在，可这回都快结婚了你再打人算怎么回事？我不是你的私人财产。”

李双全没说话。

李貌继续说道：“爸，您这爱很伟大，无微不至，无处不在。可我就要有自己的家庭了。尚晋是我选择的，实际上我也没得选择，我只谈过这一个！你们也都同意了。您不能再排斥他。”

李双全还是沉默。

李貌也沉默了一会儿，转了话头：“来的时候我去问了，医生让明天出院。今天晚上我在这儿就行。晚上我哥在山东人家拜尚晋他爸为师，他们邀请你过去见证。”

李貌转头看了李双全一眼，犹豫了一下：“尚晋在路上，一会儿就到。晚上他在这儿陪我。”

李双全鼻子里不自觉地“哼”了一声。手机响了。李双全见来电显示是“青岛管副科长”，没接。手机很快又响了，这回是李才打来的，李双全依然不接。片刻之后又收到一条微信，是万山红发来的：“李双全，你什么时候回家？我得跟你谈谈。”李双全皱了皱眉头，也没回复，把手机揣进兜里，站起身走了。

尚得志、管红花在山东人家饭店订了一个大包间，一大桌子菜。李才叫来了马得路和苏洁作陪。酒早就斟满了，大家都没动筷子，等着李双全和万山红到来。包间靠墙的位置摆着一个小茶几，茶几上放着两杯茶，茶几两边各摆一张太师椅。苏洁手里端着一个单反相机，准备拍摄李才拜师的历史性时刻。

众人左等右等，李双全和万山红还没露面。

李才尴尬地说：“甭等了，李掌柜绝对不会来。万师傅更不会来。咱们就开始吧。”尚得志埋怨：“这是什么买卖！这么大的事情，他们不该不来啊。”马得路回应：“同行是冤家。你收徒，收的又是人家儿子，李掌柜能不嫉妒吗？我也认为他不会来。他不来，万师傅也不会来。”管红花追问：“李才，你为什么这么有把握说你爸不来？”马得路脱口而出：“不受待见呗。”李才本想反驳，想了想又说：“你说得也对，是这样。”

管红花转向尚得志：“尚掌门，以不受待见这个理由来看，李掌门确实是不会来。咱们开始吧。”尚得志扫了一眼屋里的人，遗憾道：“人有点少啊。不气派，不气派。”管红花：“中央常委才几位？七位嘛。咱们现场人数多少？一，二，三，哦，五位，当然，除了一位工作人员，还有四位。”管红花是把苏洁算入工作人员了。

马得路点点头：“尚掌门，关键是质量，在座的都是有身份的人。”苏洁对管红花的话有些情绪：“除了我。我只是有身份证的人。”

尚得志悻悻说：“那就开始吧。”

尚得志起身坐到了太师椅上。管红花坐到了另一把太师椅上。

尚得志对李才：“按照风雷十二掌收徒仪轨，本应找一位你的师叔来做主礼人，但咱们是急事急办，就破个例，由你师娘主礼。”

管红花微微点头。

李才：“师父，我还有师叔？”尚得志：“风雷十二掌虽然不是什么大门派，但师叔你还是有几个的。到时候我会把名单和联系方式给你，凡到了你师叔的地盘上，吃住行都由师叔安排，大小麻烦也都由师叔摆平。这是本门规矩。”李才大喜：“这规矩好。这规矩好——师娘，事不宜迟，菜都凉了。”

管红花起立，侧身一站，朗声说：“中国著名策划人、文化人、网络红人、理想胡同有限公司总裁李才拜中国武术名家、山东省连续五届见义勇为先进模范获得者、风雷十二掌掌门尚得志为师仪式正式开始。”

李才站到太师椅前，不自觉挺直了身子。苏洁则开始拍照。

管红花一本正经：“仪式见证者：中国著名投资人、理想胡同有限公司董事长马得路先生。”马得路学江湖人士抱拳作揖：“共襄盛举，荣幸之至。在此我携理想胡同全体员工向尚得志掌门及李才高徒表示热烈祝贺。李才先生作为理想胡同高管，做出了不可磨灭的贡献，今日——”管红花打断：“马总，抱歉，一会儿吃饭时还有自由发言。现在咱们先进行主体拜师程序，好吧？”马得路悻悻地朝苏洁：“我刚才发言的照片拍了吗？”苏洁：“拍了。”马得路这才朝管红花：“好吧。您请。”

管红花继续：“风雷十二掌，掌掌都带响儿。仪式第一项，李才礼拜师父尚得志先生、师母管红花女士。”

管红花说完又坐回到椅子上。

李才有点蒙：“怎么拜？”尚得志说：“这都不知道？磕头啊。”管红花说：“三叩首。”

李才跪下，刚一叩首，门开了，服务员引着李双全进来了。

李才有些窘迫：“爸，您怎么来了？”

李才想要站起来，尚得志连忙阻止：“哎，别动，拜师不可中断。还差俩头呢。”

管红花惊喜道：“李掌门，感谢您出席拜师仪式，马总，请给李掌门搬一把椅子。”

马得路连忙搬来一把椅子放到太师椅边上。

马得路小心地问：“我能搬把椅子坐吗？”管红花：“你级别不够。——请坐，李掌门。”

李双全不吭声，坐下，抱起双臂冷眼看着。

李才硬着头皮继续磕了俩头，想要站起来时又被管红花止住。

“勿动。奉茶。”

李才拿起茶盏想递给管红花。

管红花立即制止：“先给师父。同时要说：请师父喝茶。”

李才将茶盏递给尚得志：“请师父喝茶。”又取起另一盏递给管红花：“请师母喝茶。”

管红花放下茶，又起立，站到一边充当主礼人角色。

“风雷十二掌，掌掌都带响儿。仪式第二项，由风雷十二掌掌门尚得志先生宣布门规。”

尚得志一脸庄重：“李才。”“在。”“本门门规不啰嗦，实实在在，就两条。一、国法不可犯；二、师命不可违。”“国法我肯定不犯。要是违了师命呢？”“轻者由师父出手训诫，重者逐出师门。”李才应道：“好的。”

管红花继续主持：“风雷十二掌，掌掌都带响儿。仪式第三项，由新入门弟子向师父敬奉心意。”

李才从口袋里掏出早已准备好的红包，双手递给尚得志。尚得志接过又递给管红花。管红花接的时候顺便捏了捏厚薄，略皱眉头，放进了一边的包里。

“风雷十二掌，掌掌都带响儿。仪式第四项，由师母管红花女士向新入门弟子训示。”尚得志一愣：“有这项吗？”管红花眉毛一挑：“我新加的。以后就有这项了——同志们，朋友们，晚上好。今天晚上，我们在这里举行尚得志先生收李才先生为徒的仪式，我作为师母兼训示人感到非常荣幸，我不多讲，只讲三点。一、当前，世界局势虽冲突不断，但整体趋于稳定；个别恐怖组织在局部地区制造了一些不安定因素，但终究会被埋葬在和平的海洋。二、具体到国内局势，不是小好，是大好。社会稳定，经济繁荣，当然，也有一些不足之处，比如股市就很让人费解，大起大落的，很不好。希望国家有关部门能处理好。”

尚得志听得云山雾罩：“这是什么买卖！这跟收徒有啥关系。”管红花：“关系大了。得志同志，不要打断我讲话——三、人类习武原为防身，最早防猛兽，后来防强人，现在世界和平，社会稳定，为什么还要习武呢？无他，强身健体而已。所以，李才，入师门以后，不要以强凌弱，不要斗狠好胜，不要意气用事，要加强文化知识学习，以理服人，以德服人，以才服人。一日为师，终身为父，希望你跟你师父尚得志和谐相处，教学相长。再次感谢各位同志出席拜师仪式——李才，你可以起来了。”

李才身子一动，却没能站起来：“得路，扶我一下。腿麻了。”

马得路上前扶着李才慢慢站起来。

尚得志：“身子骨这么弱？底子太差！从明天开始，你要开始晨练，不许偷懒！”朝管红花：“看来我那信物买对了。”

管红花接着主持："风雷十二掌，掌掌都带响儿。仪式第五项，由师父尚得志先生赠予徒弟信物。"

尚得志从随身携带的皮包里取出一根跳绳递给李才。

"时间紧，来不及准备复杂的。送你这根跳绳，每天先跳两千下。跳上俩月，你这腿就不麻了。"李才哭笑不得，只好接下："谢谢师父。"

"风雷十二掌，掌掌都带响儿。仪式第六项，开席！"马得路连忙站起身："管科长，这就开席了？我还有些话想讲，能加一项吗？"管红花一脸严肃："马总，武术界各门派拜师都有严格仪轨，随意增减非常不严肃。你跟李才天天在一块，有什么话私聊吧。"马得路悻悻然。

众人再次落座。尚得志坐主位，李双全坐在尚得志右手边。简单寒暄几句后，众人纷纷举杯相互敬酒。一会儿工夫尚得志就已经红光满面了，心情看起来很舒畅。

尚得志语重心长地说："李才，人活这一辈子，师恩可报，唯独这父恩难报。为师命你敬你父亲一杯。"

李才只好朝李双全举杯："李掌柜——"尚得志批评道："今天大日子，叫爸。"李才马上改口："爸，感谢你——"尚得志不满："得说您。"李才赔笑点头："爸，感谢您今天来参加我的拜师仪式，我敬您一杯！"

李双全却没举杯："甭敬。我来不是为了参加你拜师仪式的。"管红花听出话里有话："您来还有其他任务？""有——来道个歉。"

众皆愣住。李才举着杯尴尬在那儿。

尚得志朝向李才："李才，你先坐下。"

李才仰脖把酒喝了，闷闷坐下。

管红花不解："双全同志，您说的道歉是什么情况呢？""不管你们是不是已经知道了，这事我还是得说，白天尚晋那胳膊是我给弄脱臼的。我作为长辈，先动手打人，是不对的。我必须向你们二位道歉，不该打孩子。"

众人又是一愣。

管红花："为什么打他呀双全同志？"李双全："这我就不方便说了。你问尚晋吧。"尚得志忽然一拍桌子："好！打得好！"

李双全看了尚得志一眼，以为他说反话，尚得志却一脸真诚："好孩子就是打出来的。不能太娇惯。"管红花皱眉："尚晋他不是孩子了。"尚得志一脸严肃："怎么不是？在长辈面前，他永远是孩子。李掌门，我敬你一杯。感谢你替我教育尚晋。”

尚得志举杯，李双全也只好举杯。

马得路也举杯凑热闹：“我加个磅！我也被李掌柜揍过，不，教育过。干！”

李双全把杯中酒一饮而尽，放下杯子站起身。

“各位抱歉。我还有事，先撤了。”尚得志满脸疑惑：“这是什么买卖！再喝几盅啊。”李双全无心纠缠，一拱手：“再见。”

李双全约莫十点来钟才到家。进门客厅黑着，李双全一开灯吓了一跳，万山红坐在沙发上直勾勾地盯着他。

“怎么还没睡？”万山红板着脸：“心没那么大，睡不着。”

李双全“哦”了一声，径直向厨房走去。

万山红气愤地说：“站住！我要跟你谈谈！”“等会儿。”“我等不了！”

万山红起身追进了厨房，正待发作，却愣住了。

李双全正从包里取出一个打包袋放到餐台上，从里面取出三个打包盒，一个盒里是老汤，一个盒里是七八块老豆腐，一个盒里是两个芝麻火烧，火烧边上还有一小撮咸菜丝儿。

李双全打着灶火，坐上一口小锅，把汤倒进锅里。又拿刀将火烧割开小口，塞了几根咸菜丝进去，递给万山红。万山红下意识接过就吃，咬了一口不禁停住“牛街的？”

李双全点点头。这时老汤已滚开，李双全将老豆腐倒进汤里，稍一加热即连汤带豆腐倒进碗里，又从旁边拈来一棵香菜，也不切，直接用手对撕成数截撒在老豆腐上，然后放上一把汤勺。

李双全问：“哪儿吃？”

万山红没说话，拿着火烧扭头出了厨房。李双全端着碗跟了出去。两人走到沙发处坐下，李双全把碗放到万山红跟前。万山红早就饿得不行了，也不说话，大口吃起来，一会儿工夫就把两个火烧和一大碗老豆腐汤吃得干干净净。

万山红抹了抹嘴：“你去牛街就为给我买这一口堵我嘴呢吧？”李双全：“散个步，捎带手儿买的。”万山红撇嘴：“散步能散到十几里地外？告儿你，吃了你这火烧我这火也还一直烧，我不吃这一套。我还得跟你谈。”

李双全情知躲不过：“那你想谈什么就谈，我听着。”万山红逼视着李双全：

“你跟常有丽私下来往，为什么瞒着我？”“我跟她没来往。私下没有，公开也没有。”“没有？”“没有。”万山红追问：“那她为什么给你打电话？”李双全辩解：“我不知道她给我打电话，也没接到过。”“你是没接到，我接的。我一开口她就挂了。她有什么事啊非跟你说？你把通话记录打开，这你抵不了赖。”李双全一脸无辜：“我干吗要抵赖？万师傅，手机是隐私。请你尊重别人。”万山红不依不饶：“我是好心替你接，无意中接到的。通话记录不打开是吧？你肯定删了，我拍下来了。你要不要看看？”

万山红拿起自己的手机晃了晃。李双全起身想走：“无聊。”“还有更无聊的呢，常有丽让你给我捎句话儿，你怎么不给人捎啊？”李双全愣住，又坐下：“你俩聊过了？”“我跟她聊?！她有那么大脸吗！今儿她嘚瑟到医院去给我道歉，说先让你打了前站捎了话儿。有这事没？”李双全无奈承认：“有。”“你不是跟她没来往吗？”万山红学着李双全腔调，“我跟她没来往。私下没有，公开也没有——刚才嘴还巴巴硬呀。有也没什么，怎么还蒙席盖井地蒙我呀？这算不算无聊啊？”

李双全只好解释：“有一天晨练，公园里碰到了，她突然凑上来说了这么一嘴。我并没答应。”“那你告诉她你不答应了吗？”“也没有。”“那不还是答应了吗？”李双全无奈道：“不，我没答应。我怕她纠缠，摆摆手就走了。”“答应不答应回来都应该告我一声啊？”李双全解释：“怕给你添堵。”万山红嘟着嘴：“我现在就堵得够呛。”“你的人生是围绕她展开吗？”“是她的人生围绕我展开。她展得开，我躲不开。只能看谁别得过谁了。”李双全不想再掰扯下去，看了看时间：“到我睡觉点儿了。我睡了。”

万山红赶紧说：“还有一事儿。”李双全挺不耐烦：“说。”“今天你在我梦里训斥我。鼻子不是鼻子，脸不是脸。这什么意思？”李双全诧异道：“你的梦跟我有什么关系？你要梦见谁杀人你还派出所报警去？万山红，你脑子是不是出问题了？”“要么脑子出了问题，要么生活出了问题。我告儿你，李双全，今儿我被你们弄蒙圈了！”李双全站起身：“洗洗睡吧。没过不去的火焰山。”“我还没跟你谈完呢，我还要谈谈你妈和我的关系。你不觉得你妈对我太礼貌了吗？”“那你想让她对你不礼貌？你知道我的作息时间雷打不动的。天大的事儿也得明儿再谈了。”万山红嘟囔着：“按时睡觉就能长寿了？你就真活一百多岁有意思吗？”

李双全没搭腔，径自回房间了。

万山红像是说给李双全，更像是说给自己：“我看咱们就是两条心！”

第十二章

尚晋陪着李貌在医院看护奶奶，困了就轮流在折叠床上眯一会儿。好不容易挨到天亮，尚晋去外面给奶奶和李貌买来早点，这才匆匆赶回去上班。刚到幸福里社区大门口，忽然接到杨樱电话，说鲜花店出事了。尚晋赶紧赶过去，到了鲜花店一看，只见满地都是被踩烂的鲜花，一地狼藉。杨樱正在打扫。

尚晋问怎么回事，杨樱也不清楚，说早上一过来就发现店门大开，店被人砸了。两人一合计，肯定是那个土大款派人干的好事。

尚晋忙问："报警了吗？""没有。不报了。我出了我的气，他出了他的气。扯平了。"尚晋想了想："其实，这是好事儿。"杨樱不解："怎么就叫好事了？"尚晋解释道："他砸你的店，表明他不会再砸你的人。这我就放心了。经济损失总是可以补回来的。"杨樱一听有道理，心里也踏实多了。

尚晋回到居委会办公室，刚坐下喝了口水，常有丽抱着小狗呼噜气冲冲找上门来了。

常有丽"啪"地把一份宠物医院的诊断书拍到了尚晋面前："这事儿，你必须秉公处理！"

尚晋看看趴在常有丽脚下的小狗："常阿姨，按规定，宠物不能进办公室。让呼噜外边等会儿怎么样？"

"不行。它是当事人，也是受害人，跟我一块来报案，有权坐这儿听听。别瞧不起呼噜，好赖话它都能听懂，好坏人也能分清。在它眼里，你是个好人。在我跟呼噜共同生活的这些年里，你是它认可度最高的好人。罕见。”

尚晋连连点头，由衷地赞美：“太准了！它是怎么辨别的？”常有丽一脸得意：“一系列指标，磁场形体眼神儿什么的，没法儿细说，必须人狗合一才能感觉到它的感觉。我跟我的呼噜早就人狗合一了。”尚晋笑道：“好。让它屋里待着吧。这狗挺灵，罕见。”

尚晋拿出调解登记表填写：“常阿姨，那您的调解愿望是什么？”常有丽想了想：“首先，我想知道，呼噜因不明原因自卫性接触你丈母娘事件，和你丈母娘泄愤性怒踢呼噜事件，这俩案子是一块断吗？”尚晋道：“我们不叫断案，叫调解。按照一事一议原则，分开调解，这样不容易乱。”常有丽又问：“一码归一码也好。狗咬人事件你丈母娘的调解愿望是什么？”尚晋抬起头，笑着说：“当事人的调解愿望都是保密的。这不能提前告诉您。”常有丽撇撇嘴：“不告诉拉倒，也不能逼着你背叛你丈母娘。不过狗咬人那事儿你丈母娘什么愿望，人踢狗这事儿我就什么愿望。”尚晋点头回应：“好。可以。常阿姨，登记完了，您回吧，我会及时调解。”

常有丽不乐意：“尚晋，你这工作不是很积极啊，狗咬人那事儿怎么还不调解？是不是因为牵扯到你丈母娘，里边有猫腻还是狗腻？”尚晋忙解释：“万师傅疫苗还没打完，心理不稳定，老疑心自己会得狂犬病，不想在疫苗打完前调解。这事过了气头儿，反而容易调解。要说有猫腻狗腻，也是对您有利。”

常有丽摇头叹息：“唉，山红太脆弱了。”说着又摸出一张化验单，递给尚晋：“把这化验单给她，我给呼噜做了个全面检查，一切正常，不携带狂犬病毒，也不携带世界上任何一种病毒。让她撒着欢儿活吧，我还等着她跟我死磕呢！哦，还有，这个检查是为了消除你丈母娘的疑心病，我自己付费。”一指尚晋面前那张诊断书：“这张，是在调解里边的——呼噜，走了。”

常有丽起身牵着小狗离开了。尚晋舒了一口气，困意上来，忍不住打了个大大的哈欠。

李双全和万山红、李才也早早赶到医院，和李貌会合，准备接奶奶出院。很快办好了出院手续，收拾好东西，一行人搀扶着奶奶出了住院楼，走到李才车旁，奶奶才反应过来，警觉地问：“去哪儿这是？”

李貌开心地说：“回家啊奶奶。”奶奶回头看了一眼住院楼：“我想再住几天。”

奶奶说着就往回走，李貌赶紧拉住："已经办完出院手续了，没咱们地儿了。"

奶奶望向李双全，严厉道："谁让你办出院的？我说要出院了吗？"突然捂住胸口："哎哟，哎哟，我心口窝儿疼，气儿上不来了。"

奶奶身子一软想瘫坐到地上，被李貌托住了。众人都看惯了奶奶的这种表演，没人惊慌。

李貌搀扶着奶奶："上车，奶奶。上车坐会儿就好了。"奶奶还想装："貌儿，快安排抢救吧，我憋得慌。我闷啊我。"

李才笑着走了过来，一把将奶奶抱起，轻轻搁到了车后座上，又招呼李貌、李双全、万山红："上车。"

李貌学奶奶的样子在李才肩膀上点了一个赞，被奶奶看见了。奶奶叫："不准学我点赞！"

一行人上了车，李才驾车往回走。李貌和李双全一左一右护着奶奶坐在后座。奶奶手捂在胸口依然假装不舒服："闷，我还是闷。小才，我要出了事儿，你担得起吗，白疼你了。要不是奶奶，你小时候得多挨多少打啊。"

李双全："妈，要不要喝口水？""不喝！"李才解释道："奶奶，我是不愿意你待那里头，没病也憋出病来了，你看外边这天儿多蓝，你一出院雾霾我都让它们散了，又敞亮又自在。你看看这乌泱乌泱的人，又热闹又喜庆。哟，那不是咱幸福里张大爷吗，旁边那大妈谁啊，不会又续了一个吧，嗬，你再瞅瞅那外国老太太，精神矍铄，奶奶，人跟你一个岁数，背双肩包瞎溜达呢。"

奶奶被李貌说得禁不住往车外看。

"哪儿呢？张大爷呢？他续的那弦呢？外国老太太呢？"李才一笑："车太快，甩后边去了。"奶奶不依："那你掉头回去，我跟你张大爷多会儿没见了，照面都打了不能不招呼一下啊。"李才忙说："前边不让掉头。警察盯着呢，咱们要做首都好市民。"奶奶点点头："是。咱不能给警察同志添麻烦。那咱们去趟老地方再回家，走吧。"

李才瞥了一眼万山红，又从后视镜里看了一眼李双全。

李双全问："什么老地方？"

万山红本来一直眯眼养神，这时也疑惑地转头看着李才。

李才却道："李貌，还是你说吧。""奶奶想去琉璃厂。"李双全莫名有些紧张："去那儿干吗？那儿怎么成老地方了？嗯？你们去过几次了？"

万山红明白了奶奶的意思，脸色一沉，从后视镜里注意观察着坐自己后边的李双全。

李貌只能实话实说："就最近半年的事儿，我带奶奶去过两次。"李才跟腔："我也是两次。"奶奶看着李双全："怎么？你不让去？不让去就把我送回医院！"李双全忙解释："你不是闷吗，喘不动气吗，你现在应该回家躺着！"奶奶不开心地说："躺够了，我要站站，走走，溜达溜达！"万山红突然插话："双全，妈这要求很合理啊。散散心对身体好。李才，拉奶奶到老地方。什么老地方新地方的，我也跟着开开眼。"

李双全不自觉地叹了口气，不吭声了。

车子开到了琉璃厂附近停车场，众人都下了车，李双全却坐在车里没动。

李貌试探着："不来，李掌柜？""夜里没睡好。车里眯会儿。"万山红话里有话："来都来了，不去看看你的老地方啊？"李双全不悦："逗什么闷子！"

李貌等人搀扶着奶奶走远了。李双全朝车外打量着，神情颇有些不安。

李貌、李才、万山红和奶奶拐进了一条胡同里。奶奶这时兴致和精神头儿都上来了，一路走一路介绍。

"这儿原是个早点铺，油条炸得好。炸油条的师傅姓周，胖墩墩的，爱笑，脸上有个痦子。小才，还记得吧？""油条我记得。痦子没印象了。"奶奶兴致很高："就知道吃——这儿，原先是个澡堂子，一到晚上往外冒热气。貌儿，现在那仨字我看不太清，是什么？""棋牌室。奶奶，上次我跟您说过，您忘了？"奶奶不承认："没忘。忘不了。棋牌室嘛。我就是看看又换了别的没。"

四人走到一座四合院门口站住了。

李貌看了万山红一眼，迟疑了一下，朝向奶奶："奶奶，前边那院里有棵白果树，三百多年高寿了，走，今儿我带你去看看。"奶奶拒绝："不看。我就想进这院儿瞅瞅。"

奶奶说着拔腿就往里走，李貌等人只好跟上。

这是个三进四合院。说是四合院，其实已变成生活气息浓厚的大杂院。奶奶领头，四人径直走到第二进三间紧锁的正房前。

万山红这时已经明白了，这儿是原先李双全和前妻以及奶奶的住处，心中虽有不快，但因为第一次来到这里，好奇心还是占了上风，四下打量着。

奶奶指着靠西一间，对李貌："貌儿，我就住这间。冬暖夏凉。好好的房子，怎么没人住啊。糟践了，糟践了。”万山红问李才：“你住哪间？”“我哪间都住过。这儿得保护好，以后就是李才故居啊。待我财务自由以后，把它买下来。整个院儿我都给收了——万师傅，到时候想住哪间你随便挑。”万山红感觉好笑：“那我真谢你了！”

西厢房走出一个中年妇女，一口河南口音：“找谁啊你们？”李貌赔上笑脸：“您好，我们不找人，就参观参观。打扰了。”奶奶指着正房，问中年妇女：“请问，这房就这么空着？”中年妇女回应：“空着。没人住。”奶奶又看了看西厢房：“这房原住着康医生，他卖你了？”中年妇女：“我哪买得起，租还咬牙跺脚的呢。康医生搬三亚去了，我们租的他家房。”“我在这北房住过几年。最近老梦见这儿，梦见这儿的人，真真儿的，这不，回来看看。”“哦，那您看吧。不过那屋玻璃都上了色儿，啥也看不见。”

中年妇女又回屋去了。李貌扶着奶奶往院子里四处溜达。

李才趴在窗户前找各种角度往里瞅，什么都看不见。

万山红也忍不住上前打量：“这房子现在得值多少钱啊？”李才一脸神气：“钱？这都不是钱的事儿！这地段，这风水，这底蕴，有钱你买得着吗？我告你万师傅，这房子有讲儿。”“什么讲儿？”

李才在正中房间门口站定，面北背南，以手掌作尺，从鼻梁处向前直刺出去：“它，屹立在北京城的中轴线上，俗称龙脉，从这儿一条直线下去，毫厘不差就是故宫，就是皇上龙椅的位置。甭说别的，我在这屋里做的梦说出来就能吓死人。谁我都不敢说。”万山红：“说出来吓吓我吧。唐山大地震我都死过一回了，不那么容易被吓死。”李才左右看看，压低声音：“我在这屋里，只要做梦，就是登基。”万山红瞪大眼睛：“什么登基？谁登基？”“我啊。只要做梦，就是我当了皇上，正在登基大典上发布施政纲领，周围妃子站得浩浩荡荡，一望无边。”

万山红实在憋不住，扑哧笑了，一笑就不可收拾，弯着腰捧着肚子笑得停不下来。

李才觉得不对，忙招呼李貌：“李貌，李貌，万师傅好像老毛病犯了。”

李貌快步过来，略一观察，学李双全伸出二指禅，在万山红腋下点了两下，没奏效，万山红还是笑个不停。

李貌对李才：“你劲大，你来点穴。”李才无奈：“爸没教我这绝招，我不会点穴！”李貌在万山红腋下比画了一下：“就这儿。你点就行，用点力。”

李才抬指运力点到万山红腋下，万山红疼得哼了一声，蹲到了地上，但依然没有止住笑声。

李双全坐在车里心事重重，左等右等不见李貌他们回来，有些焦虑，摸出手机，熟练地滑了几下，点开一个隐藏的软件，手机屏幕上赫然出现了那个四合院正房前的视频监控画面。李双全惊讶地看到万山红正蹲在地上笑，李貌李才在一旁束手无策。

院子里万山红蹲在地上已经笑出了眼泪，却怎么都止不住。奶奶注意到院子里其他房间中有人探头出来察看，觉得有些丢人，叹了口气。

李貌想拉万山红起来。

万山红摆手，艰难地："岔气了，起不来，叫你爸来吧。"李貌对李才："给李掌柜打电话。"

李才刚掏出手机还没拨打，忽见一个戴墨镜的男子大踏步走到万山红身旁，一指点在了她腋下，笑声戛然而止。

李才、李貌这才发现男子正是李双全，有些惊讶。

李双全："扶万师傅上车。"说完扭头又匆匆走了。

奶奶没认出来："谁啊，谁啊，这谁啊？"李貌："我爸。"李才："你儿子。"

一行人重新上了车往家驶去。

奶奶有些扫兴："还没看上几眼呢。下次我一人儿来。"

没人接话。李貌悄悄握住奶奶的手。

"貌儿，奶奶跟你说，这儿才是北京。出了四九城，那不叫北京。"

李双全悄悄把墨镜摘下来搁进包里。万山红一边揉着被点的腋下肋骨一边从后视镜里观察着他。

李才调侃："李掌柜，没想到你戴墨镜很酷啊。以前没见你戴过——哎怎么又摘了？"李双全一脸严肃："路况复杂，好好开你的车吧。"

临近中午，管红花给尚晋打电话，叫他过去一块吃午饭，顺便开个会。

尚晋到点赶到了儒生酒店，一家三口就在附近找了家小饭馆，点了几个菜。尚得志要了瓶啤酒喝着。

尚得志对尚晋："想喝你也来一杯。"尚晋回应："下午还要上班。"管红花跟腔："不要把劝酒风气带到首都。趁午饭时间，咱们召开一个家庭会议。"

管红花打开一个记事本。

尚晋指指菜："一会儿菜都凉了。先吃饭。"管红花一本正经地说道："开会重要，不用管我。我不多讲，只讲三点。第一，我跟你爸这次进京，主要为解决房款问题而来，但又发现了新问题。有问题不重要，重要的是解决。第二，这新问题就是李貌家族的酒瘾症遗传，根据我目前的调研走访及先前证据，李貌遗传酒瘾症的可能性近乎百分之百。第三，那么，怎么办？"尚晋一副不以为然的样子："你这是杞人忧天。"管红花继续："李貌奶奶的主治医生我也问过了，他也跟我持同样的态度。"尚晋解释："我没发现李貌有酒瘾。""你现在能看见你耳朵吗？""看不见。""看不见，但耳朵它真实存在。""那你什么意思？"管红花很诚恳地说："李貌是个好姑娘——"尚得志点点头："好姑娘。好姑娘。"管红花继续道："我们不能因为这么一点小隐患就退婚，这不符合我们家的主流价值观。但我们也不能不防患于未然。因此，我跟你爸想了一个方案，就是让李貌写一个不喝酒的保证书。"

尚晋瞪大了眼睛："这就是你们的主流价值观？"管红花质疑："你好像有不同意见。""你们没有权力让别人写保证书。"管红花解释道："还是三点：一、李貌不是别人，是我们儿媳妇，是晚辈，是要跟你携手走一生的人；二、我们不光为你负责，还要为你们以后的孩子负责，必须去除一切酒瘾症可能；三、我们也要为李貌负责，这并不是限制李貌，这是为李貌好。"尚晋抵制道："这是不可能的。李貌不可能接受你们的无理要求。""李貌的工作我来做。""我反对。"管红花义正词严："家庭议事原则，少数服从多数。"

管红花举起了手，转头看尚得志，尚得志也举起了手。

管红花宣布："议案通过。反对无效。"

尚晋无奈地看着爸妈："你们什么时候回去？""什么时候事情办妥什么时候回去。"尚得志也说："这你不用操心。我们不会撇下你不管的。""在这次进京事务清单上还有两项次要事务。一项是联系出版界的人，谈谈我的自传出版问题。这我已责成李才去办。另一项需要你来办。"尚晋问："什么事儿？""你联系一下安心，我跟你爸想去《调解三人组》的录制现场看看。"尚晋一听有点急："那有什么可看的！"管红花辩解："我们常看这节目，很想看看是怎么生产出来的。退休了，我们要开阔一下眼界。"尚得志帮腔："那吵架是真吵吗？有时还你撕我打的，不知道真假。想过去看看。"尚晋挺无奈："都是真的。"尚得志兴致不减："那更得看看了。”尚晋一脸不悦：“这事我办不了。我跟安心早就没信儿了。”管红花一脸疑惑：“失联了？”“我答应过李貌，不再跟安心联系。”管红花想了想：“这我倒能理解。那就算了。”尚晋长出了一口气：“李貌保证书那事也算了吧，别节外生枝。”管红花坚决道：“那事，不能算。”

尚得志忽然双手一拍：“老管，不对，不对。”管红花以为尚得志也要反对她：“得志同志，要识大体，顾大局，跟对人——什么不对？”尚得志：“你那进京事务清单上全是你的事儿啊。那我跟着来干啥？这是什么买卖！”管红花松了一口气：“也可以酌情给你加一项。”尚得志平淡地说：“我想看看北京的夜生活。”管红花一拍桌子：“批准了。”

中午时分，幸福里社区公园里人不多。常有丽和毛毛坐在一条长椅上，像是在等人。

毛毛嘟囔道：“照我说，就该再晾他几天！不理他！敢跟我冷战，我冻死他。”常有丽：“没理他。理的是他爹。”“那不一样嘛。”“毛毛，咱们又不是真不打算跟他结婚，这就是互相掰手腕。掰手腕不能靠蛮力，得有手腕儿。根据你添油加醋的转述，我觉得问题出在他爸身上。所以今天约了老马，咱们会会他。能说服老马，小马不在话下。”“要说不服呢？”常有丽一副神气的样子：“老马这样的人我要都说不服，能被人尊称为常有理？”

毛毛：“马叔是哪样的人？”“胆小如鼠，鼠目寸光。倒是个好人。好得像是个窝囊废，三脚踹不出屁来。他跟我和万山红前后脚招的工，他在维修班，有次集团淘汰旧电器，他弄了台电视回家，本来没人知道，但他胆儿小，第二天想送回去，被保卫科逮住了。换别人就送派出所了，保卫科长一看是他，嘱咐他千万别声张，就把电视扣下，把人放了。”毛毛点点头：“这科长倒还不错。”常有丽一撇嘴：“什么不错，势利眼儿，不是什么好东西，专挖公家墙脚，只为自己谋利。那电视他转手就送人了！”毛毛一脸疑惑：“又送人了？送领导了？”常有丽：“哦，那什么，他送给我了。你小时候看的电视就是那台。”毛毛愕然：“为什么送你？”常有丽得意扬扬：“我是出纳啊，报销都得经我的手。单位里里外外上上下下，谁不贴乎我？小时候你的零食玩具，都是我这位置换来的。万山红跟我做闺密，那叫高攀。那会儿我红火着呢，她苦司机一个。姥姥不疼，舅舅不爱，同事不理。哼。”毛毛一噘嘴：“什么事你都能扯上万姨。也是醉了。”

毛毛打开手机看了看时间，四下张望：“马叔怎么还没到。”常有丽倒有耐心：“再等等。从郊区过来一趟不容易。”“妈，想跟您商量个事儿。您别生气。”“商量呀。我是个民主妈，除了我反对的，什么都能商量。”毛毛小心试探：“要是马叔和马得路咬死不同意的话，管钱这事就算了吧。”常有丽警觉地问：“你被马得路策反了？”“你别把生活搞得跟间谍片儿一样。我是觉得，毕竟婚礼是他们出钱，咱们侵略人家主权不合适。”常有丽一脸不悦：“谁侵略谁？他们已经把你从我这儿掳走了知道吗？再说了，什么事我不是以理服人，更何况牵扯到钱的事儿，我更是要清清白白。你说，你、得路、老马、我，咱们四个谁最会管钱？不是抠门啊，要论抠门那肯定是老马。就说管钱，管理钱的才能。是不是我？”毛毛点点头：“这倒是。”

常有丽得意地道：“我最会管，那就说明应该我管。在你俩跟李貌他们拼婚之前我提过这事没有？别说提，我想都不想。为什么？因为无论花多少钱，都是羊毛出在羊身上最后又花在了羊脑袋上，花多花少都是花，肥水不流外人田。拼婚那就不一样了，那是双方的钱往一块花。听上去是双方，实际上牵扯到四个家庭。这针头线脑千头万绪的，没个明白人儿行吗？”

毛毛将信将疑：“这么说，你真不是为了自己？我原以为你就是想掌握财权跟万姨斗，另外也图个花钱方便。”常有丽心思被点破，稍微语塞了一下，马上找词儿为自己辩驳：“你这么说，真伤了为娘的心。我干这么多年出纳，分分厘厘都清清楚楚。本想发挥余热，给你们做点贡献，被马得路误解，被老马误解，我都认，没想到自己闺女还认为我有私心。我能有什么私心？办婚礼要的是个细，这事男人靠不上。得路他妈去世得早，我不操心谁操心？这操心事谁爱干啊！我天天跳舞遛狗多自在啊。要连你也这么看，老马我也不见了，我还真不管了！”

长椅底下忽传出一声大喝：“我不同意！”

常有丽和毛毛吓得跳起身来，低头看过去，只见长椅下面爬出一个人来，身上穿着跟公园草皮一样颜色的迷彩服，帽檐低垂，戴着墨镜。

毛毛掏出手机：“我得报警！”常有丽用手一拦：“别！”辨认了一下：“是你吗，老马？”

“是我。是我。”老马爬起身来，摘下了帽子，往下拉了一下墨镜，又迅速推上去。

常有丽转向毛毛：“你还说我把生活搞得跟间谍片儿一样，是我搞的吗？卧底就在咱眼下，你发现了吗？话没掉地上就被人耳朵收了！”毛毛吃了一惊：“马叔，您怎么在这里？”“你妈约的我啊。”“我说的是您怎么在椅子底下。”老马神秘一笑：“害人之心不可有，防人之心不可无。”

常有丽和毛毛对望一眼，均觉得老马不正常。

常有丽脱口而出：“老马，防谁？防我跟毛毛？”老马一脸得意：“毛毛我不防。主要是防你。”常有丽被噎住：“嘿，你个老马，出息了，明着踩乎人啊！”

老马诚恳地问常有丽：“你们刚才的谈话非常好。你的心里话我也都听见了。你找我来就是想管婚礼花钱的事儿，对吧？”常有丽一口回应：“对。”老马爽快地表示：“我同意了。还有别的事吗？”“没了。”“那我走了。再见。”

常有丽赶紧叫住：“哎，口说无凭啊。”老马质疑道：“不信我？”常有丽解释道：“是尊重你。有你的授权我才好管事儿。”“这还要授权？怎么授？”

常有丽早有准备，从口袋里掏出一张纸，展开，是一份打印的授权书。又掏出一支碳素笔，连同授权书一起递给老马。

老马边看边念：“兹授权常有丽女士全权掌管毛毛、马得路婚礼费用之使用。授权人横杠。”常有丽指着授权书说：“授权人就是你。你在这横杠上头签个字就可以了。”老马狐疑道：“这都准备好了？这好像是个陷阱啊。你俩是不是早就发现我在椅子底下，故意说那一套话儿给我听，让我上当？我肯定早就暴露了！”常有丽诚恳地说：“你潜伏得很好。我们没发现。”“我不信你——毛毛，你俩到底发现我没？”“要是早发现了您，我妈不会说您是窝囊废。”老马点点头：“这倒是。看来不是阴谋。”

老马又看了一眼授权书：“常有丽，毛毛和马得路婚礼这一句不对吧？”常有丽不解：“怎么不对？”“男在先女在后才对啊。”常有丽退让一步：“那就男在先女在后。”

常有丽从老马手中拿回来纸笔，在毛毛和马得路的名字上画了一个对调号：“行了，调过来了。”

老马又看了看，提笔签上自己的名字：马吃草。

老马边签边念叨：“马吃草，吃草的命，我一辈子就毁这名儿上了。”

老马将授权书递给常有丽：“得嘞！钱你花，账我查。想骗我，没门儿。”

老马拉低帽檐，做了个再见的手势，转身警惕着四周往前走，几步后却又转回来，绕着常有丽转了两圈，前后上下打量了一下，嘿嘿笑着。嘴里嘟囔着：“原来如此，原来如此。”常有丽被看得有些发毛：“搞什么鬼呢老马！什么原来如此？”老马一副神秘的样子：“保密！”

老马快步走了。常有丽和毛毛茫然看着老马的背影。

常有丽问：“你最近见过他吗？”毛毛想了想：“没怎么见过。马叔这是怎么了？”“谁知道他怎么了，我被他看得浑身发麻。看上去像是脑子挂了——这得问马得路去啊！这太吓人了！”

苏洁正在工作室里打扫卫生。有人敲门。

苏洁喊：“进来。”

楼下咖啡馆的店员小红和小黄进来了。

苏洁问：“你俩怎么上来了？”小黄笑道：“你是小巫女，找你有点事儿。”苏洁示意：“好。你们坐下说。”小黄四处张望着说：“这里没监控吧？”苏洁一乐：“这得问我们毛毛总。我不了解。我心里坦坦荡荡。我无所谓。”小红说：“我们也无所谓。就是有点不好意思。”苏洁有些好奇：“什么情况？直接说吧。”小黄清了清嗓子：“马得路马总一直不给我们涨工资，我们俩很苦恼。”苏洁问：“是只不给你们俩涨还是都不涨？”小黄气愤地回应：“都不涨。小白、小胡他们也不给涨。”苏洁又问：“你俩是想给你俩涨还是一块涨？”小黄嘿嘿一笑：“我们俩能涨就行。”

小红看看苏洁忍不住问：“苏洁，我听说，你的工资也没给涨，你是不是也没招啊？”苏洁眉毛一横：“我会没招儿吗？我有的是。”小红问：“什么招儿？”苏洁露出一丝狡黠的笑容：“敲山震虎。”小黄：“什么意思？”苏洁：“你先甭管什么意思，这得把小白和小胡拉进来。”小红：“小白不行，最近他身体不舒服。不参与我们的提高工资行动。”苏洁：“那就把小胡拉进来。你俩先去跟小胡谈谈。”小黄：“好。”苏洁：“要试探着谈。以防对方提前透露给马得路。”

苏洁把所谓敲山震虎的计划跟小红、小黄说了，两人都觉得有戏，当即兴冲冲下楼去找小胡谈谈。小胡问：“什么事儿啊？”小红神秘地说：“想跟你谈谈涨工资的事儿。”小胡一脸茫然：“涨工资了？谁涨工资了？”小黄解释道：“没有谁涨工资。咱们的工资一直不涨，这事儿你怎么看？”小胡有些迟疑：“我没什么看法。我尊重马总的决定。”小红一听：“哦那就算了。”小胡转了转眼珠子：“你们什么意思啊？难道你们想涨工资？”小黄乐了：“涨工资谁不想。当然，你是不想。”小胡连忙解释：“我不是不想，我是没机会啊。”小红白了一眼：“那你刚才还说尊重马总的决定。”小胡挠了挠头：“我不是不知道你们什么意思嘛。”

小红、小黄对视一眼。

小黄压低声音：“我们有个计划，你加入不？”小胡点点头：“我加入！”

小红、小黄又把苏洁的主意跟小黄说了一遍。原来，苏洁的敲山震虎计划其实就是想当着马得路的面演一出《半夜鸡叫》，借周扒皮来控诉马得路对三人的剥削行径。

小胡听了连连点头：“好主意！”

事不宜迟，三人当即又去找苏洁，开始排练《半夜鸡叫》。小红、小黄是长工，小胡演周扒皮。

小胡借口上厕所，偷偷溜进了马得路的办公室。

“马总，我有事情要汇报。”马得路头也不抬：“什么事儿？”小胡说：“小黄、小红要谋反！”

告完密，小胡赶紧回到咖啡馆大堂，在苏洁指导下，跟小红、小黄一块排练。

苏洁嘱咐道：“一会儿马总进来的时候，你们要卖力地演。”小胡打起精神：“好！”

这时小红远远瞥见马得路从办公室出来，赶紧示意：“来了来了！”

几个人开始夸张地表演《半夜鸡叫》，把小胡扮演的周扒皮摁在地上一顿揍。

马得路慢悠悠走了过来：“你们干吗呢？”小红回答：“我们在苏洁的指导下排练《半夜鸡叫》呢，控诉黑心的剥削人民的周扒皮。”马得路不解地问：“排练这个干吗？”小黄说：“年会的时候演。”马得路一听：“离过年还早呢。”小红连忙接话：“有备无患嘛。”苏洁一本正经地汇报：“马总好，小胡演周扒皮不够投入，因为他不是这个阶级的。要不您来演这个周扒皮？”马得路哭笑不得：“你是想让我本色出演吗？”

苏洁一愣。

马得路沉下脸：“甭给我演戏了。想敲山震虎吗？还是想涨工资？”

苏洁、小红、小黄都愣住了，下意识都看向小胡。

小胡此地无银三百两：“我没告密。”

马得路叫道：“小红、小黄。”“在。”“这个月你们的奖金没有了。小胡。”“在。”“这个月奖金加倍！”小胡一脸惊讶：“谢谢马总！”

苏洁一看情势不妙：“散了吧。”转身就走。

马得路在后面喊："苏洁，以后不要干涉我公司事务。""我是打抱不平。""再干涉我就告诉你毛毛姐了。"

苏洁回头吐了下舌头做了个鬼脸，一溜烟跑了。

李才开车带着尚得志和管红花去了一家著名的出版社，面见著名出版人金女士。

管红花热情地说："金同志，您出版的书来之前我临时在网上调研了一下，质量高，社会反响强烈。好多名人都爱在你这儿出书，说明你们公司兵强马壮，当然，这跟您个人的勤奋、执着和独到的经营策略也是分不开的。我在一些采访您的文章中发现你身上有很多优秀品质，我是非常欣赏的，比如您的果敢——"

金女士客气地打断："管女士，感谢您的欣赏。今天不是谈我，主要是谈您的书。请您介绍一下您的书。"李才提醒："师娘，机会难得，谈书，主要是谈书。金老师特别忙，我跟金老师谈话，都没超过十分钟的时候。"金女士纠正道："不，是五分钟。"

李才尴尬一笑。

管红花从容说道："看来您对时间很重视，您这一点我很欣赏。书是我们今天会见的主题，是必须要谈的。我不多谈，只谈三点。第一点，我为什么要写这本书。这本书的名字叫《坎坷人生路》。顾名思义，就是写人生旅途中遇到的各种坎坷。试想，漫漫人生路，谁能不坎坷？但凡有正常心理感受能力的人看到我这个书名都会心潮澎湃。一个好书名非常重要。对吧，金同志？"金女士点头回应："对。"管红花继续："第二点，我在政坛摸爬滚打多年，对官场有深刻体会——"金女士打断："这倒是个点。请问您官至何位？"管红花回答："区委宣传部理论科副科长，但是我是主持工作的副科长，我们科长年没设正科长，我就是一把手。"金女士又问："您在地级市还是省会城市？"管红花说："排名非常靠前的地级市。"金女士礼貌地笑了笑："明白了。您继续。"

"我把我在官场的深刻体会倾情总结出来，对中国官场中人将是震撼启示，而且我展示的是正能量，对中国官场价值观也是一次积极的推动。根据我的观察，写官场的书一般都卖得非常好。一个好题材非常重要。对吧？"金女士回应："对。""第三点，也是最重要的一点。人不能钻在钱眼里，我准备把我的稿酬献给国家。如果数额巨大，也可以成立一个教育基金。但为了避嫌，我不参与管理，交给公正廉明的人来办。这一点，我爱人尚得志同志也是支持的。”尚得志在一旁说道：“必须支持！”

金女士耐心听完管红花的长篇大论：“管女士，李才是我朋友，我也就不绕弯子了，您这书我们出不了。很抱歉。”管红花一愣：“为什么呀？”金女士解释道：“图书市场不景气，我们调整了战略，以后只出名人书籍。”尚得志连声道：“这是什么买卖，这是什么买卖。”

管红花有些懊恼：“金同志，虽然我们初次相识，但是我也要直言不讳，目前文化市场乱象丛生，跟你们这种没有文化担当的行为是有关的。名人不也都是从无名开始的吗？不是名人难道就不能出书了？我个人的书不重要，但是你们这种只给名人出书的想法是需要警惕和反思的。”金女士笑笑：“谢谢管女士的提醒——我还有个会，失陪，抱歉。”

三人灰溜溜地走出出版社，李才开车送管红花和尚得志回酒店。

李才心里满是歉意：“怪我，怪我。我不知道他们调整为只对我这样的名人出书了。他们以前也为普通人出书的。”管红花叹气：“首都出版界真让我失望啊。”尚得志劝慰着：“这是什么买卖。你才见了一家就失望了？李才，你继续帮着找找，你是名人，有面子。我们是两眼一抹黑儿。”管红花也说道：“正是。我是宣传口儿的，对出版口儿不熟悉。这事就托付给你了。正如你师父所说，你是名人，好办事。而且作为一个名人，我觉得你也应该承担起更大的社会责任。”

李才苦笑：“哎，好。我尽力——师父，您什么时候走？”尚得志转头问管红花：“咱什么时候走？”管红花看向李才：“你有事儿？”李才道：“就还是刘克弱踢馆那事儿。再躲就不像话了。想趁师父在的时候，灭了丫的。”尚得志不解：“丫的？”李才解释道：“丫就是他的意思。”尚得志立刻懂了：“灭！灭丫的！”

李才迅速拿起手机，给苏洁发了一条语音微信：“苏洁，苏洁，周日下午两点，在理想胡同举办李才第 29 场讲座，主题是传统武术到底行不行。你在微博、微信尽快把通知发出去，刘克弱踢馆的消息要放在醒目位置。事儿搞得越大越好。”

管红花在一旁提醒：“李才，我们待不到周日。”李才愣住：“这，师父，师娘，我的讲座都是固定周日开。而且讲座需要通知，得给大家报名时间。”尚得志转过头：“管科长，这事我已答应李才，必须得帮啊。”管红花犹豫了一下，说道：“李才，咱们是自家人了，我也不瞒你，目前我跟你师父的经济情况处在低谷，这次来京的预算撑不到周日。”李才一听倒放心了：“哦，师娘你早说啊，这不是问题。

从今儿起到你们走，衣食住行我包了——本来这就是我分内的事儿，徒弟不能白当啊。”

管红花点点头：“这倒是。从风雷十二掌的门规来说，是这样的。不过衣食不用你管，你就负责住行吧。以后来北京，都按这个规矩。”李才倒吸一口冷气：“哎。没问题。师父，师娘，以后你们要常来北京玩啊。”尚得志乐呵呵道：“这还用说。以后肯定是常来常往了。”李才暗暗叫苦。管红花一本正经地说：“得志同志，话不能这么说。虽说现在有动车高铁，速度快了，但毕竟还是上千公里的距离，怎么可能常来常往。你当这是串门呢？”李才赶忙附和：“还是师娘说得对。跨省走动还是比较麻烦。我可以到青岛去看你们。”管红花说：“那倒也不用。我的想法是，移民北京。”

李才浑身一哆嗦，车竟然熄火了，赶紧重新发动。

尚得志也颇感意外：“这是什么买卖。搬北京来干什么？”管红花叹了口气：“事关重大，三言两语说不清楚。回头开一个家庭会议深入讨论。”李才忙问：“师娘，现在送你们去哪儿？”“回宾馆。我跟你师父休息一下，倒一下时差。”李才诧异道：“倒什么时差？我国虽然地大物博，但也没听说青岛和北京还有时差呀。”管红花看着车窗外：“你师父一生循规蹈矩，没见识到什么灯红酒绿、绚丽多彩的生活，所以想看一看北京的夜生活。”尚得志点着头：“好好睡一觉。得好好睡一觉。起来看夜生活。”李才差点乐出来：“我师父不是给领导开过车吗，光景不少看啊。”管红花说：“是领导没少看。你师父那时候只能看路。”李才笑道：“师父受委屈了。晚上让您老人家体验一下夜生活。”尚得志不服气：“我还不老。”

尚晋和李貌坐在咖啡馆里喝着咖啡聊着。尚晋把中午家庭会议时管红花的话大致复述了一遍。

李貌惊讶道：“你妈真要这么干？她不知道这是侵犯人权吗？我不会让步的。”尚晋一脸无奈的表情：“我也坚决反对我妈的这种无理行径。但她一定会这么干，你我要做好心理准备。”李貌心有不悦：“我不用准备，就俩字：休想！需要准备的是你，你应该去阻止她。不能让我们两人短兵相接。”尚晋一脸沮丧：“我阻止不了。”李貌看着尚晋，有些生气：“怎么蔫了？你不老教育我世界上没有解决不了的事情吗？ ”尚晋回应道：“没有解决不了的事情，但有解决不了的人。我妈我爸就是我解决不了的人，其余世界上的人我倒是都能摆平。”

李貌一撇嘴："你想摆平我？"尚晋被说中了心思，稍一犹豫便索性承认："是的。"李貌气乐了："好，你跟管副科长倒是一致对外。""家庭内部矛盾，只有深浅，没有内外。""摆吧。我倒想看看你怎么摆平我。""我是这么想的，家庭关系中，婆媳之间最敏感，要避免发生直接冲突，所以这件事情最好避实就虚，咱们来个明修栈道，暗度陈仓。""你能说得明白一点吗？""就是你先写一个保证书糊弄一下他们，他们走了，咱们还一切照旧。"

李貌盯着尚晋没说话。

尚晋有些发毛："他们要的无非就是一个安全感。"李貌冷冷地说："我也需要安全感。"尚晋赔笑道："你有我嘛。我就是你的安全感。""尚晋同学，请注意，你现在跟你妈持同样的反动立场。我感觉现在嫁给你很没有安全感，你们是一个腐朽的封建迷信家庭。""一纸空文。又不是真让你不喝酒。""我根本就不爱喝酒。我没有酒瘾。""所以根本构不成对你的约束。""但是构成了对我人生主权的伤害，严重的伤害。我爱不爱喝是一回事，禁止我喝是另一回事。""你的心理要强大。国家总统会跟一个村干部较劲吗？你跟我妈的差距就是国家总统跟村干部的差距。她伤害不了你。""别偷换概念。你妈敢让国家总统写保证书吗？这保证书我绝对不会写。""你一向很有智慧啊。""激将法？让你失望了，其实我只是很有志气。""我先替我妈道歉。"李貌一愣："苦肉计？"尚晋摇摇头："行了，别风声鹤唳的。你真以为我有三十六计呢。好吧，我放弃摆平你了。我提前道歉就是想让你拒绝我妈的时候别太狠。她好面子。但凡能低头，也不至于一辈子只当个副科长。"

毛毛和常有丽从外边走进来，李貌连忙起身迎上去。

"常姨，来喝咖啡？"常有丽笑道："我哪有这闲工夫，来找马得路说点事儿。"毛毛问小白："小白，马得路在不在？"小白回应道："马总上午九点就来到了这里，九点半的时候又出去了，十二点半的时候又回来了。根据我的观察，后来马总一直没出去。因此，现在马总应该在这里。"常有丽皱起眉头："哎哟我的妈呀！小白你能改掉你这啰里啰嗦的毛病吗？"小白立正站好："报告无所不能的常有理阿姨，不能。我的个人说话风格在幼儿园小班期间就确定了。"毛毛对李貌说："我们先去找马得路说点事儿。回头聊。"李貌点头："去吧。"

毛毛和常有丽正要往马得路办公室走，被小白叫住："且慢。毛毛姐，马总不在他和李才老师又安静舒适又宽敞明亮的办公室里，他在——你们那儿。"

小白指了指楼上。

毛毛疑惑地望了一眼楼上，和常有丽匆匆上楼去了。

楼上工作室里，马得路正跟苏洁聊着。

“……总而言之一句话：男女关系一把锯，她咋来，你咋去。”马得路不解地问：“谁知道她咋来啊？”

门一下被推开，毛毛和常有丽进来了。

苏洁赶紧站起身：“毛毛姐，你来了。常姨，您也亲自来了。”毛毛疑惑地看着两人：“你俩在这密谋什么呢？”马得路赶紧解释道：“我来问一下我今天的星盘。”毛毛训斥苏洁：“不是说了上班时间不准搞封建迷信吗？扣工资五十。”苏洁说：“哎你已经把这条废了。”毛毛想起来了：“哦，我那说的是工作室内部可以做学术性预测交流，仅限于我、你、李貌三人。对外不能废——马总，进来一趟，有话问你。”

毛毛、常有丽和马得路进了里面的办公室。毛毛顺手把门关上，又拎了把椅子往空地上一放，对马得路说：“坐那儿。”

马得路只好坐上去。毛毛、常有丽坐到对面桌子后，如同审讯般。毛毛对常有丽说：“开始吧！妈。”马得路一头雾水：“什么情况啊？”常有丽说：“得路，问你几个问题，别紧张，你有一说一就行。”马得路一听反倒紧张起来了：“我不紧张。我没什么可紧张的。”常有丽对毛毛说：“看见没，人家是真没把咱俩放在眼里。”毛毛哼了一声。

常有丽问道：“得路，你有没有什么瞒着我们？”马得路苦笑：“我袜子上破个洞毛毛都知道，你说我还有什么能瞒住？”常有丽又对毛毛说：“以后不要给得路洗袜子，包括其他内衣。一点家务都不做的男人难成大事。这也是为得路着想。”毛毛点头：“哎。”马得路一脸拧巴。

常有丽继续：“得路，以后内衣你自己洗。另外，你再想想，有没有什么瞒着我和毛毛的事儿，这事你说比较好。”马得路歪着脑袋又想了一下：“我银行卡密码、手机密码、微博密码、微信密码……这么说吧，除了QQ密码，我一切密码毛毛都知道。你说我还有什么可瞒的？还有什么可值得瞒的？”常有丽问毛毛：“QQ密码为什么不知道？”毛毛说：“我的他也不知道。我们第一次上床那天互相交换了密码，到最后商量了一下，说还是要给彼此留一点空间，就都保留了QQ密码。”

常有丽转过头："哦。得路，既然你想不起来，那我可直接问了。"马得路点头："随便问。""你爸他最近好吧？"马得路一愣："……好啊。挺好。腿脚利索着呢。""脑子呢？利索不？"马得路明白了点什么："你们见过我爸了？"

毛毛取出马吃草签过字的授权书，递给马得路："我们刚见完他。"

马得路看完授权书，有些不高兴，质问毛毛："见我爸为什么不提前跟我打个招呼？"常有丽忙解释道："不怪毛毛。我约的你爸。我们是老同事、老街坊，你没出生前就认识，我约你爸不用还得你同意吧？毛毛，把授权书收回来。"

毛毛上前把授权书拿了回来。

常有丽又问："婚礼总指挥现在就是我了。这你没有异议吧？"马得路有些茫然："我爸现在脑子有些不太……灵光，你们是不是上了什么手段？"常有丽得意道："恰恰相反。你爸给我们上了手段，穿迷彩服，装土行孙，窃听我们的谈话，听到了我俩对你们家的一片丹心，这才心悦诚服地签了这授权书。"马得路微微点头："嗯。倒像我爸现在的行事风格。"常有丽说："好。总指挥的事就这么定了。现在说说你爸，他到底怎么了？"

马得路叹了口气："刚拿到拆迁款那会儿，多疑，失眠。这还算正常。但后来我就发现他老爱打听咱们幸福里那些不好的事儿，天天在家琢磨研究。"常有丽问："什么不好的事儿啊？"马得路想了想："比如，原来三号楼那金胖子，拆迁款到手变成了赌徒，赔了个精光又欠下几百万，一根绳子吊死了。"常有丽突然想起："老金还欠我两百多块呢。他人挺好，就是好赌，把自己作死了。"马得路无奈地说："不，我爸不这么认为。经过深入研究分析，还实地勘测了，我爸认为，金胖子不是自杀，是他杀，是被债主害死的。他要报警，几次被我拦住了。"

毛毛一听精神了，拉了张椅子坐到马得路跟前。

"没准你爸真看出了疑点呢？一般来说，不正常的人看不正常的事儿能看出不正常来。"马得路干笑："他能看出什么疑点？他那分析报告我看了，瞎掰——阿姨，你也是嫌疑人，排第二十几名。"常有丽点头说道："哦，对。我也是债主。你爸倒是挺严谨。"说着居然有些失望，"我排得很靠后啊。"毛毛很兴奋："挺靠前了！"常有丽打住："别瞎掺和。让得路继续讲。"

马得路接着说："一号楼大飞吸毒，吸到贩毒。这知道吧？"常有丽回应："知道。判了个无期。"毛毛一脸惊讶："你爸也认为不正常？""对。我爸认为大飞是被人下了套儿。而且下套的这个团伙还没有被一网打尽。为此他还去探过大飞的监。大飞说没人害他，就是他自己空虚好奇。我爸不信，觉得大飞不敢说实话，怕外边的犯罪团伙害他家人。他到现在还在一直调查。”

马得路说着说着不自觉站了起来，在房间里转悠着：“反正这么说吧，调查来调查去，他觉得现在也老有人要害他。”毛毛说道：“被迫害妄想症！”马得路转身看着毛毛：“对。医生也是这么说的。最早的时候，他只是疑神疑鬼，但后来就出现了幻觉，邻居装了个大锅收卫星电视，他就觉得人家是在用电波辐射他。而且他还能看出人的原形——我在他眼里竟然是一条龙。”

马得路话里竟还有些得意。毛毛迫不及待地问：“我呢我呢？”马得路犹豫了一下：“我不知道这属不属于天机。”“少废话！快说！”“你是一头牛。”“我不属牛啊？”“这跟属相没关系。原形，他幻觉中看到的是原形。”“李貌呢，她是什么？”“我爸失常以后再没见过李貌。我平时不让他出门，尤其不准再回幸福里这片儿。”

常有丽恍然大悟：“怪不得老瞅我呢——这么大事儿，你怎么不告诉我跟毛毛呢？”马得路解释道：“一、我爸偶尔不犯病的时候，跟我说家丑不可外扬，不让告诉别人，尤其是不愿让幸福里的老街坊知道。当然，他也不愿意进精神病医院治疗。二、李才给我出谋划策，说最好谁也不告诉，否则影响我在天使投资领域的名声和地位。三、我觉得告诉你们也没用，白担心。”

毛毛说：“马得路，这事我跟我妈有知情权，一是可以帮你想办法，二是被迫害妄想症发展到最后会有攻击性的，咱们结婚以后我有潜在危险。”常有丽也说道：“所以过门不过身。你们结婚以后住我那儿。得路，你就算上门女婿。你爸精神失常这事儿我们得重视起来，我认为他现在已经很严重了。这事我负责到底，必须把他掰过来。”马得路看着常有丽：“阿姨，医生都没什么招儿。”常有丽自信地说：“那是因为他不懂广场舞。偏头痛偏瘫我都治了好几个。这事交给我了。”马得路很感动：“阿姨，不，妈，局气！我没白娶您闺女！谢谢您！”常有丽叹气道：“别谢我，谢我闺女你媳妇吧。我主要还是为了毛毛。摊上这么一个公爹，算她命里一劫。我要不把你爸治好，最后疯了是谁的麻烦？”

常有丽说着忽然想起什么：“哎！你说我在你爸眼里是什么？”马得路讨好地说：“那肯定得是大型吉祥类动物。晚上回家我问问他。”“不。我要亲自跟他谈。从现在起我就是他的主治导师。”

尚得志回到酒店倒头就睡，鼾声如雷。管红花睡不着，躺在床上想了会儿心事，轻轻起身出去了。

管红花走到旁边尚晋房间门口，敲了敲门确认屋里没人，这才掏出房卡开门进屋，关好门，掏出手机，调出一个电话号码，想了想，拨了出去。

这个号码的主人正是尚晋的前女友、著名主持人安心。安心正在开车，接通了车载电话："喂。""喂。您好，安心。""您好。哪位？""我管红花，尚晋之母。还记得我吗？"

安心有些诧异："哦，管阿姨啊，您好。当然记得。您找我有事？""抱歉打扰。我跟尚晋之父尚得志同志都爱看你的节目，不知能否现场观摩一下？"安心没有直接回答："您跟叔叔在北京？""对。我们在北京。""您来北京公干？""没有公干。我们都退休了。来是为了尚晋的婚事。"安心来了兴趣："哦，阿姨您刚才说是想看节目录制对吧？""对对。""明天上午我们就录一场。您跟叔叔来吧。咱们互加一下微信，我把时间地点发您。""哎，好的，谢谢你安心。"

管红花挂了电话，舒了口气，又四下看看，屋子里有些凌乱。管红花撸了撸袖子，动手收拾起来。

第十三章

傍晚，李才、李貌、尚晋、马得路、毛毛以及小白、苏洁等人聚集到咖啡馆楼顶平台上举行烧烤趴。

小白担任了烧烤师傅，屁股兜里塞了一瓶啤酒，时不时抽出来喝一口，烤好的东西也先尝一下。其余众人分坐在一张长条桌两旁，吃着喝着。

尚晋问："李才，你对养狗的人有什么研究没有？"李才回应："非常有研究。这是我经常观察的一个社会领域。你问这个干吗？""我不正调解你妈万师傅和毛毛她妈常女士的狗咬人纠纷嘛，我想了解一下养狗的人，都是什么心理。"李才笑道："这你问对了！"

李才拍了拍手："大家都静一静，我发表一下我对世界的一个看法，本来这是我某一期讲座的内容。但因为最近一直被人叫板，没时间讲，正好尚晋又在请求我给他传道授业解惑，那么我就先给你们讲一讲，过过嘴瘾。"

大家都看着李才。

小白问："李才哥，那菩提树还给你搬后头吗？"李才摆摆手："自己人，就不要故弄玄虚了——这世界上呢，一共分四种人：养狗的人，养猫的人，既养狗又养猫的人，不养狗也不养猫的人。养猫的人，以别人为中心，习惯察言观色，这种人，往往是服务型人格。养狗的人呢，习惯发号施令，这种人，往往是主宰型人格。"李貌自言自语道："怪不得我不喜欢养猫，看来我是主宰型人格。"毛毛一乐："你也没养狗啊。"李貌说："我倒是想养一条。万师傅不让。"

李才接着说：“不要打断我——既养狗又养猫的人，是双重性人格，这种人，比较难打交道。不养狗也不养猫的人呢，我们很难用猫和狗的指标来考察他们。”尚晋笑出声来：“你这等于没说啊。”“没说我也不能胡说。我只说我能说清楚的，说不清楚的，我将交给沉默。接下来，我说说狗和猫。我认为，狗喜欢人，对人忠诚，但大部分人配不上狗的忠诚。猫不怎么爱搭理人，人上赶着喜欢猫，这是一个恰如其分的态度。我希望我能活成一只猫，傲娇地生活在这世界上——尚晋你呢？想活成猫还是狗？”尚晋乐呵呵地看着李才：“我还是活成我自己吧。”

李才继续：“按照上述理论，毛毛她妈是主宰型人格，我妈虽然有时候轴一点，但她是服务型人格。两种互补式人格的纠纷，调解起来应该是不难的。你就围绕我的这个世界观去找方法论，别说你了，就是最笨的调解员，只要有我这套理论，这事儿必然迎刃而解。解不了那就太蠢了。是不是尚晋？”尚晋端起酒杯：“是和不是你都说了。喝酒吧。”

李才又朝马得路说道：“得路啊，你别说，我也有不熟悉的领域，我想向你咨询一下夜店儿的事儿。这你拿手。”毛毛看向马得路：“你经常泡夜店？”马得路立刻澄清道：“哪有！李才胡说！现在夜店门儿朝哪儿开我都不知道。我从跟你确认恋爱关系那天起，就告别夜生活了。”毛毛眉毛一挑：“你这话什么意思？我阻挡了你的夜生活？”马得路慌忙解释：“不不不，你开启了我的新生活。”

李才喝了口酒，又说：“经常被粉丝认出以后，夜店我也不常去了。但是今天我一直在思考一个问题，什么叫夜生活？我师父师娘想要看的夜生活是否就是夜店？”马得路说：“我认为，夜生活就是夜店。你就带他们去夜店逛逛。”毛毛并不认同：“狭隘。我认为北京的夜生活指的是音乐会、话剧、演唱会、球赛什么的。这是全国其他城市少有的资源。你应该带他们去看场话剧。”

李才转过头：“苏洁，别光知道吃，说说你的意见。”苏洁边吃边说：“我没有意见，只有建议。现在你师父师娘正在补觉，为了晚上的夜生活。这说明什么，说明他们认为的夜生活不是七八点钟，是更晚，那时候话剧演唱会肯定是结束了，因此，他们希望体验的夜生活不是演唱会、球赛、话剧、音乐会。建议完毕。”毛毛瞪眼：“跟我唱对台戏呀。”

苏洁做了个鬼脸，举瓶喝啤酒。

李才看着苏洁：“我想听具体建议。比如，你平时都怎么过夜生活？”苏洁说：“睡觉。我的夜生活就是睡觉。也去过迪厅，女孩免费的那种，收费的我不去，别想赚我一分钱。”马得路觉得没劲：“逮个男朋友宰啊，现在遍地都是富二代，像你也不能说一丝机会都没有。”苏洁一脸不屑：“啥意思啊，好像我条件多差似的。告诉你马总，追我的富二代、拆二代、官二代、海龟、土豪、洋大款多了去了，论堆儿撮。”毛毛听不下去了：“我说苏洁啊，马得路、李才他们是男的，吹吹牛给嘴过过年也就算了，咱们姑娘家家的嘴里可不能跑高铁。”苏洁放下筷子：“毛毛姐，您爱信不信，反正我是有一说一。本姑娘好歹是戏剧文学出身，有良好的人文素养，不重钱财，不看颜值。除了李才老师，还没我瞧得上的男人。”李才一乐：“崇拜。你只是崇拜我——李貌，你什么意见？”李貌说：“这事你根本连想都不用想，你师娘必有主张，你负责带路就行。”

李才看向尚晋。“李貌说得对，你就甭操心了，我妈会在网上看攻略——哎，你一会儿要开车的话现在可不能喝酒。”李才急忙把啤酒搁下：“还真是。”马得路说：“喝。吃烤串不喝啤酒能叫吃烤串吗？一会儿我把小胡叫来，让他开。喝你的。”李才巴不得：“得嘞！”毛毛有些无奈：“小胡你就辞了吧，一年用不了几回。平时你不都自己开嘛。”马得路摆手道：“后宫不要参政议政。对于投资人来说，司机、秘书都是标准配置，我现在就配了个司机，需要秘书的时候还得让苏洁临时客串，多寒碜啊。”苏洁不高兴了：“你说我寒碜？再让我穿超短裙我可不去了啊。”毛毛警觉道：“什么情况？”马得路赶忙解释：“嗐，上次跟个土老板谈合作，想用苏洁的腿镇他一下。”

几个人不约而同看向苏洁的腿。苏洁很不自在。

尚晋不由自主地评价：“客观来说，苏洁这腿——这腿啊，它比较理性——镇住了吗？”马得路摇头：“反正最后谈崩了。”李才：“我一直强调，谈好谈坏不谈崩。他俩出去，次次雪崩。”毛毛对苏洁说：“以后在外兼职需提前报备。不报备立即开除。”

李貌在桌子底下踢了踢毛毛。毛毛这才想起苏洁盼着被开除，连忙改口：“哦，不，不开除，我跟李貌都是人道主义者，永远不开除员工，否则罚款五百。”

李貌想到婚礼场地的事，问马得路：“得路，场地费交了吗？”“交了。十月四号，全天使用，雷打不动。”李才插话：“天地合也挡不住你们的天作之合了。”尚晋说道：“咱们找时间商议一下进度和流程吧。”毛毛问：“你们这边谁负责？我们这边是我妈张罗。”

李貌与尚晋对视了一下，说道：“回头我们商量一下吧。”

客厅里播放着广场舞音乐。常有丽在房间里一边打电话一边随着音乐轻轻摇摆。房间床头桌上摆着一台电脑，屏幕上是一个搜索页面，搜索关键词是：北京最厉害的婚庆公司。下边是一系列婚庆公司的介绍和联系方式。

“把你们的报价、流程和之前的成功作品，都发我电子信箱一份。不，你现在别给我介绍，我记不住。我要看你们的文字资料和视频资料。我的信箱就是我的这个手机号，126后缀。谢谢。看完回头我联系你们。”

常有丽挂断手机，扭头看了一下屏幕，又拨打下一家婚庆公司的电话。

隔壁万山红家，晚上拿着一个纸筒贴在墙上偷听常有丽家的动静，只听到隐约传来的节奏感很强的广场舞音乐声。万山红收起纸筒，笨拙地做了几个广场舞动作，又哼了一声，不知是对谁表达不满。

手机响了。万山红打开，是李双全的微信语音：“饭做好了。下来吃还是一会儿我给你带上去？”万山红回了一条：“不饿。”

李双全正在奶奶家陪奶奶吃饭。

奶奶忽然停下来问：“不等一下李貌她妈？”李双全说：“我刚不跟您说了吗，她有事不下来吃了。妈您又不记得了？”奶奶掩饰道：“哦，哦。刚走神儿了。”伸筷子给李双全夹了块豆腐：“来，吃，豆腐最补人。你十一岁那一年，练轻功把腿摔折了，就是我用豆腐和鸡蛋羹给你补回来的。”李双全努力回忆着：“我练过轻功？”奶奶笑道：“练了好一阵呢。那会儿你就不爱练你爸的太极，天天想着飞檐走壁。把隔壁四奶奶家的房檐踩塌了——还说我记性不好呢，你记性比我还差！”

奶奶不禁有些得意地笑了起来。

李双全看着奶奶说：“妈，给您找个保姆吧？”“不要！”“那我们搬下来跟您一块住吧。”奶奶斩钉截铁地说：“不行。你真以为我记性不好了？咱们为什么分开？分开那会儿我怎么说的？”“山红那会儿脾气直，性子急，现在变了。事儿都过去了。”“事儿是过去了。但我说那话管一辈子，一口唾沫一个钉。我怎么说的你还记得不？你是不是以为我忘了？”“没忘。”“没忘你说说。”

李双全没说，叹了一口气，埋头吃饭。

“我说的是：到老不再跟你们一块住。”李双全又抬起头来：“你已经老了。”“我那个老和你这个老不是一个意思。我自己住舒坦着呢。谁也别来。”李双全只好说：“好。那您自己住。但酒绝对不能再喝了。您要是再喝我就只能把您送戒酒中心了。”

奶奶夹了一块豆腐，慢慢嚼着，有些出神：“这辈子，喝了那么多酒，没一次喝舒服过，要么，就是喝少了，不过瘾，要么，就是喝多了，很难受。”李双全劝说：“所以酒不该喝。”奶奶长叹一声：“我也不想喝，很多事它不由人呀。”

墙上的老式挂钟响了，闷闷地开始报时，北京时间晚上七点钟。

奶奶看了一眼挂钟，忽然想起什么：“我旁边床上那个大姐，她家里没挂钟，她使手机。”

李双全明白奶奶的意思，没接话。

“那大姐比我大，还使手机呢，使得还倍儿好。人还问我呢——哎，大妹妹，你怎么不使手机？你指定能使——哼，我当然能使，还用她说。”李双全转移话题：“妈，快吃鸡蛋，再不吃就凉了。”

奶奶见李双全不接话茬儿，赌气地说：“我就喜欢吃凉的。”把筷子一放，“等凉了我再吃。”李双全自己念叨：“唉，现在鸡蛋又贵了，涨了两毛三。恐怕还得涨。涨到什么时候是个头儿啊。”

奶奶一听这话，犹豫着又提起筷子夹了一大块鸡蛋。

尚晋、李貌等人吃完烧烤从楼顶回到了咖啡馆大厅。

李才问苏洁：“讲座报名截止了吗？”“早截了。想看热闹的人太多，我挑的都是你的脑残粉儿。要真有个三长两短，也有粉丝护主。”“我脑残粉儿不都是女的吗，有护主能力吗？”“也有少量附庸风雅的男士，我挑了几个来。”“好。看来男粉儿也还是有维护的必要。你维护几个身强体壮、头脑简单的。”

苏洁忽然捅了捅李才：“你看。”

李才抬眼看去，愣住。咖啡馆大堂里，刘克弱带着两名学员正在李才平常举办讲座的空地勘察地形。两名学员都是散打装扮，后背印着“霸王龙俱乐部”字样，正扯着米尺测量长宽。

一个学员报告：“教练，宽三米八，长六米六。”

刘克弱点点头，突然前冲，连续正踢侧踢，收腿，以脚蹭地，测试滑度。又双脚发力，一个后翻，空中看见了李才，轻蔑一笑，稳稳落地。

李才心里有底，不再惧怕，走上前去。尚晋等人也跟着凑了过去。

“刘教练，这就是传说中的备战吧？”刘克弱不屑道：“错。这不是传说中的备战，这是现实中的备战。”李才不甘示弱：“看到你对这次比武如此重视，我很欣慰。原先我还怕你轻敌。”刘克弱看了眼李才：“对你我当然是轻敌的。但在我眼里，比武只有输赢。不论大小，我都会同样准备。”李才竖起大拇指：“专业化！高境界！佩服！礼貌性预祝您取胜，虽然这是不可能的。”刘克弱笑了笑：“那就走着瞧吧李推手。”又朝尚晋、李貌等人说：“到时你们都来啊。一个人失败的时候最需要朋友。”

刘克弱说完一挥手，带着俩学员往外走。

李才又问：“哎，你找到郭纯希了吗？”刘克弱回身看着李才：“我相信周日她会出现在这里。只有打倒你这种专门欺骗文艺女青年的伪君子，才能找到受骗上当的文艺女青年。我是为民除害。”

刘克弱等人出门去了。

尚晋问李才：“你信我爸能降得了他？”李才一愣：“信啊。你有不同意见？”尚晋转头问其他人：“刚才这人的身手你们都看见了吧？”马得路点头：“看见了，身轻如燕，鹞子翻身。”尚晋又问：“你们相信我爸能打得过他？”毛毛：“悬。”马得路：“悬乎。”苏洁：“很悬乎。”

小白在一旁说道：“不，我不这么认为。我见识过尚掌门的神功，那真是世界级水平，脚碎地砖，比这刘克弱碎得还干脆，而且他老人家能口吞滚烫咖啡，常人非残即伤肯定医院呼吸道科伺候了，但尚掌门以内功化解，最后吗事没有，真是令人瞠目结舌，这是非同一般的高手——”

马得路打断：“再啰唆罚钱。一句话，你感觉打不打得过？”

“打得过押五十，你们谁押，我豁出去了！”

没人理他。

李貌摇了摇头，说道：“我跟刘克弱交过手。尚叔叔打不过他。”李才沮丧道：“早说呀，我这不白拜了吗！这是要抓瞎呀！李掌柜，不，李掌门要出手呢？”李貌叹气：“一样的结果。传统武术套路以强身健体为主，不讲实战性。而且尚叔叔、李掌门都上年纪了，对付不了刘克弱这样的搏击高手。”李才慌了：“这，这——唉！天要灭李才乎？”李貌劝慰道：“哥，你不读了好些书吗，怎么人慌无智啊。北京茬架的，从老辈儿到小辈儿，有哪个真打起来的？”马得路也说：“还真是。都是找个中间人说合一下就和为贵了——毛毛，你爸要在就好了。他就是吃这碗饭的。毛叔一句话，万事都能化。”毛毛没好气：“一边儿去！”

李才挠头:“急手现抓,找谁调停?”马得路:“明儿打起来前我找人报警!警察叔叔管。”李才:“绝对不可以!即便赢不了,我也得输得起!”李貌:“原来幸福里的话事人的确是毛叔。时代变了,现在另有其人。”尚晋:“谁啊?”李貌:“你。尚调解员,这是你的辖区。”尚晋:“我了个去。我的事儿啊这是?”

李才手机响了,一看是管红花打来的,赶紧接起来:“师娘。”管红花:“来接我们吧。夜生活该开始了。”

李才挂断电话望向众人:“今朝有酒今朝醉吧——夜生活开始了。”

小胡开车载着李才、尚晋赶往儒生酒店。

尚得志和管红花早已精神抖擞地等在楼下。

李才下了车,招呼着:“师父、师娘,上车。”管红花看看车上的司机小胡:“这谁啊?”李才介绍:“我的司机小胡。”小胡微微撇嘴。管红花又问:“可靠吗?”李才道:“忠心耿耿。”

尚得志、管红花上车。尚晋也要跟着上。

管红花对尚晋说:“你别上了,回去休息吧。年轻人不要熬夜。赶紧回去休息。明天还上班呢。”尚晋回应:“没事。我不累。”尚得志摆摆手:“回去。你在车上,我们累。”

李才偷笑。

小胡从车里探出头来,朝尚晋喊:“尚晋哥,我还有事求你帮忙呢,明天上班我找你去哈。”

尚晋做了个 OK 的手势,目送车子远去。

李才从副驾驶座回过头来问:“师娘,第一站去哪儿?”“你觉得呢?”“我觉得师娘胸有成竹,就不乱出主意了,按您的指示来。”管红花果然早有准备:“第一站,三里屯。”“小胡,三里屯。”小胡:“听见了。”

尚得志听到小胡这么回答,不禁看了小胡一眼。

李才小心翼翼地说:“师父,周日的比武我还是有点儿担心。”尚得志不屑道:“不就担心我把他打伤嘛,把心塞肚子里去,我点到为止。”李才又道:“师父,说句话您别生气,万一咱们输了呢?我是说万一。毕竟骏马也有失前蹄的时候。”尚得志有些不悦:“这是什么买卖!还没打就想着输。”李才转向管红花:“师娘,您觉得呢?”管红花说:“李才,人生在世,输赢皆有可能,这就是坎坷人生路。如果你总想着赢,你就有可能赢,如果你想着输,那你一定是输——哦,“坎坷人生路’也是我自传的名字。其实这个书名非常有卖点。当然，我相信你师父是能赢的。”李才问：“为什么呀？”管红花看向尚得志：“因为他是我丈夫。”李才郁闷地不再说话了。

一行人到了三里屯，去了一家迪吧。一进门，音乐的节奏和人群的热浪扑面而来，管红花和尚得志都很不适应。

尚得志拉住李才，吼着：“这什么买卖！这没法说话呀！”李才也吼着：“这儿不说话，这是跳舞的地方。”李才说着做了几个跳舞的动作。

管红花和尚得志向四周看去，灯光闪烁中，激烈音乐节奏里，是一张张亢奋的面孔，一具具摇摆的身体。

李才大声问：“你们喝什么？我买去。”管红花摆摆手，捂住自己的胸膛：“喝多少都得吐。不喝了。堕落。在这儿很容易堕落啊。”李才吼着：“来来来，跳起来！”

李才跟着音乐摇摆起来。尚得志也跟着跳，他的动作很像风雷十二掌的武术动作，也像尴舞，看得管红花直皱眉头。

管红花有些不适应：“老尚，跳几下就得了。”尚得志听不清：“你说什么？”管红花吼：“这不是咱们共产党员应该来的地方，尤其是像我这样级别的干部。咱们不能再深入体验了。”

管红花拉起尚得志就往外走。李才只好跟上。

从迪吧出来，门一关上，音乐就被挡住了。

管红花深吸了几口气：“这哪是人待的地方啊，他们就这么跳一晚上？”李才笑道：“跳一晚上的有，跳一会儿的也有，不跳就出来的，就咱仨。”管红花担心地问：“这些人老摇头晃脑，不是吃了摇头丸吧？我要去举报他们。”李才乐了：“摇头丸吃了一定摇头，但摇头的不一定是吃了摇头丸。所以您就别操心了。”管红花仍不放心：“不操心哪行啊？不能眼睁睁看着一代青年堕落啊。”李才忙劝说道：“师娘，我可告诉您，如果举报了，没查出摇头丸来，人家可以反告您诬陷。那可够您好好喝一壶。没证据，不举报。”管红花严肃地说：“嗯。很有道理。我的身份也不允许我轻举妄动。”

三人边说边往停车的地方走。

尚得志忽然对李才说：“你那司机，最好换一个。”李才一愣：“为什么？”尚得志低声问道：“你刚才跟他说去三里屯，他说的是什么？”李才想了一下：“他说听见了。”尚得志说：“作为一名司机，他应该说好的。这个时候，如果不说好的，这人就有问题。我给领导当了多年司机，别的没学会，看人是一看一个准。看司机更准。”李才一脸惊讶：“你的意思是他不适合干司机？”尚得志笃定地说：“从这人的语气来看，此人心术不正。不光是干司机不行，干啥都不行。”管红花忍不住提醒道：“不要干涉别人内政。”尚得志说：“他是我徒弟，不能眼睁睁看他吃亏。李才，记住一句话：仨事定一人，仨人看一事。为师先不教你武艺，先教你这句话。这句话，能保你五谷丰登、人畜平安。”李才点点头：“我琢磨琢磨。”

一行人驱车前往下一站。

李才想着刚才尚得志的话，忍不住老看小胡。

小胡问：“才哥，我脸上有东西？”李才随口回应：“有个大米粒儿。”

小胡刚要看后视镜，李才机敏地在小胡腮上抹了一把，往车外一甩。

小胡疑惑道：“晚上我也没吃米饭啊。”李才笑了笑：“你女朋友叫什么来着？”“小梅。”“你是不是刚跟小梅见面了？”“饭后见了一面。”“她吃米饭了。她爱吃米饭吧？”

管红花在后座为李才的机敏赞许地点了点头。

小胡嘿嘿笑了：“那倒是。她安徽人嘛，就着臭鳜鱼她能吃三碗米饭。才哥你爱吃臭鳜鱼不？我让小梅给你从安徽弄批真的来。多少钱你都买不到。”李才摆手：“别客气。臭鳜鱼也有假的？”小胡说：“跟茅台一样，真的少假的多。”

管红花插话：“小胡，你是哪里人？”小胡看了眼后视镜：“阿姨，我生在东北，祖籍山东，跟您老公也就是尚伯伯是老乡。”李才猜道：“也是闯关东去的。”小胡乐呵呵地说：“对。才哥，我们那儿有松子榛蘑，爱吃不？我给你弄点真的来，多少钱你都买不到。”李才连连摆手：“谢了兄弟。不用。不用。”小胡仍热情地说：“真的。多少钱都买不到。”

一行人又去了后海一家很文艺范儿的酒吧。酒吧里有个小舞台，一名歌手正在唱流行歌。

尚得志感觉不错：“这买卖好！刚才那是什么买卖！”

尚得志嗓门大，吸引了不少目光。

三人找座位坐下。服务生走了过来：“您好。请问喝点什么？”

李才回应：“一瓶福佳白啤。师父，师娘，你们喝点什么？”管红花说：“一杯凉白开。”服务生问：“加柠檬吗？”管红花：“加。”尚得志问道：“有白酒吗？小瓶二锅头有不？”服务生微笑道：“对不起，我们这儿没白酒，有洋酒。”尚得志皱眉：“不喝那玩意儿。给我也来个那什么白啤。”服务生点头：“好的。稍等。”转身走了。

管红花环顾四周：“我在网上看了攻略，说这酒吧特有名儿，好多歌手都是从这儿走出去的，有些还走到了中央电视台春节联欢晚会的舞台上去。很了不起。李才你以前来过吗？”“没来过。”管红花：“好好体会一下这儿的文艺氛围。”

服务生送来了啤酒和柠檬水。这时台上的歌手唱完下去了。众人鼓掌。

酒吧主持拿着麦克风上了台：“各位朋友，晚上好。大家都知道，我们这儿除了驻唱的歌手以外，也会定期推荐一些新人歌手。如果歌手表现出色，就将拥有在这里驻唱的机会。按照惯例，出色的标准掌握在大家手里，歌手演唱过程中，如果您希望以后还在这儿听到他唱歌，那么请将您餐桌中央的蜡烛点燃。蜡烛边上有火柴，也可请我们的服务生帮忙。点亮的蜡烛过半，代表他将成为我们的驻唱歌手。谢谢大家的参与。今天晚上我们推荐的是一位女歌手，若驻唱成功，我们将公布她的名字。有请。”

一名女歌手抱着一把吉他上了台。李才瞪大了眼睛，险些将口中的啤酒喷出——女歌手正是失踪多日的郭纯希。

管红花问：“你认识她？”“岂止认识。她是我脑残粉儿。周日的踢馆比武正是因她而起。”管红花也瞪大了眼睛看：“她呀?!”尚得志淡定地瞥了一眼：“也没狐狸精的样儿啊，怎么还捅这么大娄子？”管红花提醒道：“注意你的言语，得志同志。”

郭纯希走到麦克风前，坐到椅子上开始弹唱。唱的是冯言作词作曲的《芬芳之旅》：

我会穿过田野穿过村庄，穿过开满鲜花的山岗，我会遇见你在人海茫茫——

周围没什么人听，都在喝酒聊天，没人点蜡烛。

李才擦亮火柴，点蜡烛。

管红花评价道：“没高音，爆发力不行。”尚得志也摇头：“唱歌像说话。不带劲。”李才却很享受：“这叫民谣，它就得这么唱。”管红花有些不屑：“民谣我也不是没听过，北京有个老狼同志，唱得很感人，声音贴着地皮儿走，但到高潮时声音也往上拔。”尚得志附和道：“对对对。不管啥歌，到后边都号两嗓子。她一点都不号，这不就是说话嘛。唱歌跟拉呱儿一样。这是什么买卖。”管红花突然转题：“解铃还须系铃人。周日如果她能来，应该是一个极大的转机。”

郭纯希唱完了。酒吧主持上台，往台下一看，零星只有几桌亮着蜡烛。

酒吧主持对郭纯希说：“很遗憾。根据工作人员统计，只有五桌朋友给您点了蜡烛，未过半数。希望您下次再来挑战驻唱歌手的位置。现在您是不是向这几桌朋友表示一下感谢？”

郭纯希礼貌一笑，站起来向台下点蜡烛的几桌客人鞠躬，突然看见了李才，脸色一变，匆匆鞠完躬，转身从侧台走出。李才起身追了上去。

李才追到后台。郭纯希正往箱子里装吉他。

“郭姑娘，别来无恙？”郭纯希没回答，也没抬头。“郭姑娘，你现在住哪儿？要不，你还是回我那儿住吧。”郭纯希没回答。“你手机号没换吧？我给你打电话一直打不通。”

郭纯希已收拾好箱子，背起往外走。

李才掏出钱包，将现金全部抓出来，上前想塞给郭纯希。

“现金不多，你先拿着应急。有任何需要立即给我打电话，我手机二十四小时开机，号码一生不换。”郭纯希没接：“李才老师，您是好人。感谢您曾收留我。我已经给您惹太多麻烦了。我有霉运，是倒霉蛋儿，不想再连累您。”“不连累。都网络信息社会了，别那么迷信。”“这不是迷信，这是事实，也是我的人生未解之谜。谢谢您，李才老师。”

郭纯希朝李才鞠了一个躬，转身要走。

李才又叫住她：“郭姑娘，我想周日的事儿你肯定知道了。你不要来。我已有安排，万无一失。”

郭纯希没说话，默默沿着通道向酒吧后门走去。她原本还希望李才会追上她、叫她回去，可李才却站在那儿没动。郭纯希一脸的失望。

从酒吧出来，一行人乘车又去往下一站。

管红花满脸惬意：“最后一站，簋街。这条街饭馆都是24小时营业，午夜12点之后才迎来它最热闹的时候。”尚得志不住地点头：“好买卖！好买卖！”管红花问：“李才，你跟小郭姑娘谈了没有，她周日来吗？”李才：“来不了。”管红花叹气:“可惜。可惜。”尚得志不以为然地说:“要我说，不来更利索，三拳两脚解决了拉倒。”

管红花转过头认真地说:“得志同志，处理事情要有大局观，你始终没改变你的司机思维，只看眼前一条路。”忽觉得不妥，忙对小胡解释:“小胡，抱歉，我不是歧视司机，我是在批评我们家老尚的思维。他退休前就是司机。”小胡一脸不在乎:“瞧您说的。不用在乎我，歧视也没事儿。我就瞧不上司机这活儿。开一年少一年，年年不剩钱，开一岁少一岁，岁岁白受累。我不会当一辈子司机的！我一定要改变命运！”

小胡情不自禁地拍了一下方向盘。

“注意安全。”李才提醒道。忽然想到郭纯希，心中一凛，回头对管红花和尚得志说:“师父，师娘，你们把安全带系上。”尚得志不解:“后座系什么安全带。”李才说:“系上系上。听我的。根据我以前的经验，接下来有可能会发生点奇怪的事情。”

管红花和尚得志不明所以，但还是把安全带系上了。

管红花追问:“什么奇怪的事情？”

李才还没回答，几人就听见“砰”的一声，随即车子一歪，摇摆不定。

管红花一急说出了尚得志的口头禅:“什么买卖！这是什么买卖！”尚得志却很沉着:“爆胎了。别慌。小胡，抓紧方向盘，松油门，往边上靠。好，慢慢停下来。”

吉普车停靠到了路边。几个人面面相觑。

尚得志是老司机，经验丰富，很快就换好了备胎。

李才问管红花:“师娘，咱们还继续体验夜生活吗？”管红花摇摇头:“不体验了。你的预感太可怕了。当然，作为一名党员，一个唯物主义者，我并不迷信。我认为这只是一个巧合。不继续体验的原因并非是害怕，而是因为明天还有事儿。”李才点头:“明白。师娘，师父，请上车。”管红花提醒道:“李才，尊重我非常好，但以后要先说师父，再说师娘，次序不能乱。”李才回应:“得嘞。”

几人上了车，车子很快便融入夜晚北京街道的灯光之中。

次日一早，尚晋陪着爸妈在酒店餐厅吃自助早餐。尚得志弄了一盘鸡肉肠、猪肉肠、培根，吃得不亦乐乎。

尚晋关心地说："爸，肉制品不宜多吃，你搭配点蔬菜。"尚得志回应道："不吃肉眼珠子转不动。"管红花对尚晋说："我现在有点理解你为什么住酒店了，就说这早餐，免费，方便，丰富。"尚晋说："嗯——妈，以后你不要收拾我房间。"管红花叹了口气："你那房间不收拾行吗？你自己不收拾，又不让服务员收拾，正好我在北京，我不收拾谁收拾？"尚晋有点尴尬："没什么可收拾的。"管红花继续道："你知道昨天我给你清理了多少破烂，压缩饼干快过期了，八宝粥、麦片已经过期了，还有，你床底下一大桶矿泉水忘喝了都不知道。"尚晋急了："妈，我那是应急物资。你没见旁边还搁着应急包嘛。"管红花说："那包我没扔，为防止有隐私，我没打开看——应什么急？"尚晋应付道："主要是地震。"尚得志猛地抬头道："要地震？国家发预报了？"尚晋一脸无奈："没有。我是怕有可能地震。有备无患。"

管红花感慨地说："你看看，你看看，老尚，尚晋多没有安全感，你不惭愧吗？"尚得志迷茫地回道："我惭愧啥呀？""惭愧于你的拳头教育给孩子带来了成长的心理阴影，至今没有安全感。这一点你是要反思的。"尚晋受不了了："妈，地震应急物资这事跟我爸没关系。应急物资实际是现代家庭必备品，在遇到地震等灾难时，能极大地提高生存率。"

尚得志得意地说："看，跟我没关系吧。"尚晋又赶紧找补："但我妈说得也没错，你的拳头教育的确给我留下了一点心理阴影。"尚得志有点生气："一点打骂记一辈子，这样你能有啥出息？我小时候挨了多少打？说出来那是眼泪泡着心。我撂爪儿就忘了。"

说话间尚得志已经吃完了盘子里的东西，气呼呼端着盘子站起身又去拿东西了。

尚晋问道："妈，你不是要找李貌谈话吗？"管红花说："不着急。人生贵在从容。""马得路、毛毛他们提议大家商量一下婚礼的事儿，分派一下任务，你跟我爸参不参加？"管红花一听有会开就兴奋："这么重要的会，我不参加行吗?!"

吃完早餐，李才开车过来了。尚得志头天晚上就说了要借他的车用一下，至于去哪儿却不肯说。李才也只好随他们去。

尚得志驾着车，和管红花直奔《调解三人组》在郊区的节目录制现场而去。

"你啥时候找李貌啊？"尚得志问管红花。"怎么？你也沉不住气了？""老管，我是在想，找李貌写保证书是不是确实有点儿不妥？"管红花望向尚得志问道：

“尚晋策反你了？”“他只会反我，决不会来策反我。”“不妥是有点儿不妥，但事儿必须那么办。你不要退缩，不要动摇。”“总像欺负人家姑娘。”“这是爱护她。要说欺负，李双全打你儿子才叫欺负。”“男孩子打打皮实——哎，你不会是为这事报复吧？”“我对你很失望。咱俩的差距，就是领导和司机的差距，无法对话。我应该坐到你后边那个位置。”

管红花说着闭上了眼睛假寐。

尚得志一肚子闷气：“我跟你是有差距，闹不明白你到底怎么想的。说要找李貌写保证书，嚷嚷都嚷嚷出去了，又不去找。我就喜欢趁热打铁。”“老尚，趁热打铁是对的，但铁烧红以后是不是要在水里冷却一下？”尚得志想了想：“这倒是。”管红花接着说：“不冷却一下，就是白费功夫。我要在李貌火头上去找她谈这事儿，我就被打铁了！你当李貌是善茬儿？她柔韧着呢，心里有十八般兵刃——我告诉你，他们家，没一个好惹的。李双全很深，深不可测，万山红又很浅，文化程度低，一根直肠子，喜怒形于色，我们体制内最怕这种人，你都没法跟她迂回。他们家也就你徒弟李才心眼实点儿，好对付。这不，已经拿下了。”

尚得志听得不耐烦了：“你成天琢磨这个琢磨那个，我都替你累得慌。”管红花笑道：“不琢磨，我身心疲惫。一琢磨，精神百倍。”尚得志叹了口气：“这是什么买卖！”

两人到了《调解三人组》节目录制现场，安心正忙着准备工作，顾不上说太多，简单打了个招呼，让工作人员把尚得志、管红花安排到观众席就座。

过会儿节目录制开始了。舞台左边坐着金牌调解师史航和策划人谭飞，右边坐着一对年轻的恋人，男的叫小王，女的叫小张。作为主持人的安心自始至终都是站立着，来回走动。

小王一上来就态度强硬地说：“你不要以为我来是想求着跟你复合，我是觉得你欠我父母一个道歉。”小张立即反驳道：“那你就不该来。我谁都不欠，我道什么歉？”小王嚷嚷道：“那你来干什么？难道是想让我向你道歉吗？可笑！”

小张气恼地从高脚转椅下来，想走。

安心上前拦住：“冷静！冷静！张小姐，今天既然来了，都是想解决问题的。坐下，您先坐下。”又转身对小王说：“王先生，作为一名女性，我想提醒您一下，先不说对错，就说态度，您是不是把态度先放平缓一些？尊重女性是一种风度。”

小王沉默不语。

安心转向史航、谭飞："史航老师，谭飞老师，现在他俩处在僵持阶段，您二位有什么话要对他们说吗？"

史航是那种做了很多期电视节目的老油子，浑身上下透着松弛和傲慢。这节目实际上是以他为中心，所以他一开口就有指点江山、舍我其谁的味道。

"史航认为，态度不重要，是非最重要。要解决他们俩之间的问题，首先要厘清是非。他们矛盾的核心是什么？一顿饭。再准确点儿说，是一顿没吃成的饭。张小姐，请您实话实说，您为什么要掀翻那桌饭？"小张气呼呼地回应道："侮辱。"史航追问："当时是怎么样的场景？""你们不是都知道了吗？""史航老师想听到你亲口描述，再作判断。请平静一下。事儿到了史航老师这儿，就没有什么不能解决的。"

小张平复了一下心情："我是天津人，他是山东人，我们在北京同一家公司工作，算是白领。后来就谈恋爱了，今年春节，我跟他到他家过年，一个小山村，高铁、汽车、拖拉机，换了三次才到，除夕夜，我下厨做了一桌菜——"小王突然打断："我插一句，她平时就爱做菜。如果她不做，我父母也会做。"谭飞说道："王先生，您太大男子主义，请不要打断张小姐讲话，一会儿有您的发言时间。"

小张继续讲述："临上桌吃饭时，他们家一堆男的什么叔叔大爷呼呼啦啦就坐满了，开始喝酒，让我等他们喝完再吃，说他们的风俗是女人不上桌。我就把桌子掀了。"

有观众大喝了一声："掀得好！"台下立刻掌声雷动。尚得志下意识地要鼓掌，被管红花按住。

小王有些惶恐。

小张则不停地朝台下鞠躬："谢谢！谢谢大家！"

史航问道："张小姐，史航老师现在将时间定格，请说一下，掀桌子之前您想的是什么？"小张回答："我想的是我妈。"说到这里小张突然崩溃了，眼泪夺眶而出，起立向台下鞠躬："妈，我错了，我错了，我对不起您！我不该不听您的话！"

主持人安心面向观众说道："今天张小姐的妈妈也来到了现场，有请张妈妈上台。"

小张妈妈抹着眼泪上台。

安心问道："张妈妈，去山东前您跟您女儿说的什么？"

张妈妈一口天津口音："我说不能去。没过门，去人家家里过什么年。我跟他爸就这么一个闺女，平时也见不着，也就是过年回家住个三五天。我什么活儿都没让她干过。说实话，到现在我都不信她到山东去给人家做了一桌菜。”

史航开始发表看法：“史航老师认为，这就是问题所在，本可以在家当公主，到人家当了公仆，当了公仆张小姐也是乐意的，但没想到，基本待遇都保证不了。我想张小姐掀那张桌子的时候，最大的愤怒并不是针对男方，而是针对自己。史航老师说得对吗？”小张点点头：“是的。”

史航继续道：“王先生，你对女人不上桌这事怎么看？”小王回答：“我认为不公平，男女平等。”史航追问：“那你为什么不制止？”小王有点儿无奈：“在那个环境里，我制止不了。而且即便她上了桌，也没有家族里的其他女性过去陪她，我觉得对她来说更尴尬，所以并没有制止。但我没想到她会把桌子掀了。到今天，我父母在村里都还抬不起头来。她完全可以采用其他的方式抗议，但她选择了最羞辱我家人的一种。”

史航并不认同：“王先生，你不觉得不让张小姐上桌首先羞辱了张小姐吗？谭飞先生，如果你是张小姐，当时你会怎么选择？”谭飞回应：“我这人㞞，或许不会选择跟张小姐同样的行为，但愤怒的程度绝对是一样的。”

小王沉默。

安心接着主持：“好，双方现在都冷静下来，开始直面这件事情了，咱们现在听听现场观众的意见。那位先生，我注意到您刚才叫掀得好，您说说为什么掀得好。”

工作人员把话筒递给一位男观众。

男观众说：“我很震惊，都什么年代了，竟然还有对女性这么歧视的地方。我认为张小姐这一掀，掀出了女性尊严，掀出了城市文明对封建糟粕的碾压式态度。我认为，王先生应该对张小姐道歉！不道歉，就一刀两断。”

观众鼓掌。管红花和尚得志没有动。

安心向观众发问：“好。这是一种声音，有支持王先生的吗？”

台下静默。

安心突然看向管红花和尚得志，手掌一示意：“您好，我注意到您二位在其他人鼓掌的时候并没有鼓掌，是不是有不同意见？工作人员，请把话筒递过去。”

尚得志有些慌张，低声说：“这是什么买卖！可不能乱说！”管红花忙对他说：“镇定。镇定。”

工作人员把话筒递到了管红花手中。

管红花端正坐姿，头头是道地说了起来："主持人好，各位嘉宾好，现场观众和电视机前的观众朋友们，大家——咱们节目什么时候播？"安心答道："晚上。""大家晚上好。"

现场观众笑了起来。

管红花继续说："我不多说，只说三点。一、吃饭不让女性上桌，这是一种陋习，一种不好的民风习俗，我对此表示坚决反对。二、我不支持张小姐掀翻桌子。过年图什么？图个团圆，图个吉利。王先生一家不让张小姐上桌，客观造成了对张小姐心理的伤害，但在主观上，我相信王先生一家绝没有侮辱张小姐的意思。而张小姐掀翻桌子，则掀翻了一家人过年的心情，掀翻了王先生一家在乡村社会中的体面。三、总结上述两点，我认为，王先生一家的问题是古板、顽固，未婚妻上门，必须给予相当的尊重，陈规陋习该破得破。张小姐的问题呢，是一个教养问题——"

台上的张妈妈怒了："吗呢？你说吗呢？谁是教养问题？"管红花忙说道："您别急——"

张妈妈却起身噌噌大步下了舞台，走到管红花这一排观众席中间，气愤地盯着管红花。观众席一片轻微的哗然。

张妈妈冲管红花嚷嚷道："你说谁没教养？你是不是他们那一家请来的托儿？""女士，息怒，咱俩体格儿差不多，一定要动口不动手。我们可以深入讨论。""讨论什么讨论？你吃饭不上桌吗？""是的。"

张妈妈愣住。全场也静了下来。

管红花看了一眼尚得志："旁边这位就是我丈夫。他老家在青岛乡下，我们目前住在青岛，回老家不多，但至今回他们家时，女人不上桌吃饭，要么单开一桌，要么等他们男人吃完我们再吃。你说我丈夫不尊重我吗？还是我丈夫家里亲戚不尊重我？"尚得志慌张地说道："家里事儿都她说了算。"

观众都笑了起来。

管红花继续说道："无非就是个风俗。这风俗合理不合理？不合理。能不能改变？肯定能改变。但非得在大年夜掀翻桌子吗？我觉得可斟酌。什么是教养？我理解就是克制，就是给对方留一定余地。为什么我们常说入乡随俗？其实就是那个俗可能让你不舒服、不习惯，先随了再说。随了不代表认同。但改变也绝非一朝一夕。改革，是需要时间的。”

安心打算转移话题：“好。那么我们现在听听——”

管红花打断道：“主持人，我还有最后一句重要的话，请让我讲完。大家想一想，张小姐这么漂亮，这么端庄，这么为了爱情跑去农村过年，王先生他们一家得是什么样的低智商才会想要侮辱她？根据我对山东农村老辈人心理和习惯的揣摩，除了那桌年夜饭，王先生他母亲应该会给张小姐单做了几样好吃的偷偷搁在其他地方。”

小王一下子哭了：“这位阿姨，您就是观世音菩萨啊！”管红花回应：“哪里哪里，我只是一名共产党员，一位国家干部。”“我娘就是单做了几样菜给她留在锅里偷偷温着，还没来得及告诉她，她就把桌子掀了！”

小王泣不成声。小张也低头抽泣。

安心说道：“现在我们的嘉宾都过于激动，我们的金牌调解师史航老师和策划人谭飞老师将到调解室去给他们做心理辅导。我们稍事休息，一会儿回来。”

史航起身的时候俯身对谭飞耳语。

“你不觉得主持人话多了一点吗？”谭飞频频点头：“多！多——哎，您什么意思？”史航说：“时间就这么点时间，她说得多，咱俩就说得少啊。”谭飞使劲想了想：“还真是这么回事儿。我都没怎么捞着说。以后我们是不是得多抢点儿话？”“抢，代表你还没有地位。”“那该怎么办？”“史航老师认为，一个字：拿。”

趁着中场休息的时间，安心把管红花和尚得志也请到了化妆室，一边补妆一边和两人聊着。

管红花向安心问道：“我说的那段儿能播出来吗？”“能啊。你说得很好。”管红花有点儿得意：“是吗？大家都这么认为吗？”安心回应：“是啊。我们在录这期节目前一直找您这样的观众，全北京打着灯笼都没找着，都觉得男方那边不对。您代表了传统文化的一种顽固态度，没有这种态度，我们这期节目是不完整的。”管红花有些尴尬：“哦，这样啊。我其实倒不顽固，我很开明的。”

安心转移话题道：“尚晋什么时候结婚来着？”“十一。”“哟，就比我早二十来天呀。”“金秋时节，好——您爱人做什么工作？”安心轻描淡写地回应：“做点小生意。”管红花面露同情：“哦。小不怕，慢慢来做大。其实只要感情基础好就行，物质方面可以双方共同努力。”

化妆师没忍住，扑哧笑了。

管红花觉得有蹊跷："我是不是理解错了？"化妆师笑着说："安姐那刘先生连续五年都在福布斯富豪榜上呢。"尚得志惊讶道："这是什么买卖！"化妆师不知道这是尚得志的口头禅，还以为真在询问："钢筋王子刘一手您知道吧？日不落集团的老总。"尚得志摇摇头："不知道。"

管红花说道："我在报纸上看到过刘一手同志的慈善报道。"她惊讶地看着安心："您要嫁的是他？"安心点点头："对我的生活不会有什么改变的啦，也就是吃饭更方便了。改天送您张日不落的打折卡。"管红花百感交集："好，很好，恭喜。他不是卖钢筋的吗？怎么又改卖饭了？"安心一脸得意："日不落现在已经是一个综合集团，涉足很多领域和行业。"化妆师接了一句："太阳照到的地方，都有刘一手的产业。"管红花明白了："哦，怪不得叫日不落呢——卡就不要了。"

管红花一时竟不知再说什么。

安心转头问："阿姨，尚晋女朋友叫什么名字？干什么的啊？"管红花回应："叫李貌。开了个工作室，搞装修。"安心惊讶："搞装修？一女孩子干得了这个吗？"管红花解释道："哦，情况是这样的。她大学里学的是室外环境设计专业，没找到对口工作，就改给人做室内设计了，从设计到装修，一条龙服务——一点小生意。"

安心笑笑："李貌水平怎么样？水平OK的话，我的别墅可以由她来接单啊。"管红花稍感意外："您不介意？"安心一愣："为什么要介意？"瞬间又明白了管红花的意思："哦，阿姨，过去的事情都过去了，跟过去过不去，就是跟未来过不去。现在我跟尚晋不都很好吗？"管红花点点头："对对。都过去了。但尚晋当年放弃您还是他没眼光，他那时候还是莽撞。"安心惊讶地问："他说他放弃我？"管红花有点迟疑："难道不是吗？"安心笑笑："哦。是。但也不能说他没眼光，年轻时我们都不懂爱情。"

现场导演匆匆进来了："安姐，该上场了。"安心不慌不忙地回应："就来。"现场导演有些为难地说："安姐，史航老师让我带句话给您。""说。""史航老师说，下半场您只负责穿针引线就行，有关调解的事情交给他和谭飞老师，节奏由他来把握，现在嘉宾情绪已经平静了，但他还要把矛盾再激化一次，然后再化解，这样才能把收视率顶上去。他说——"

现场导演欲言又止。

安心看了他一眼："说原话。跟你没关系。"现场导演："他说他要一波三折，您把控不了这个节奏，希望您别添乱。”安心淡淡地说：“知道了。现在上场。”

安心站起身来问道：“阿姨、叔叔，下半场你们还看吗？”

管红花笑了笑：“安心，我们还有事，不看了。”

安心微微点头，往外走去。

管红花忙站起身来：“安心，保重。”安心回头一笑：“阿姨、叔叔，常联系。我们会再见的。”

管红花和尚得志从节目录制现场出来，走到停车场，刚要上车，三名男子快步走了过来。三人皆西装西裤，打头的三十来岁，戴着墨镜，后边俩跟班二十多岁。

打头的说道：“尚先生、管女士，请留步。”

管红花、尚得志停住。三人走至近前，很自然地呈包围状。

“打扰二位，有几个问题想咨询一下。”尚得志打断打头的话，问道：“谁啊你们？怎么知道我们姓啥？”打头的说：“尚先生，看了你们的观众登记表，故知道二位贵姓。鄙人老郎。”管红花惊喜地问：“同桌的你？唱歌那老狼？”老郎摇头笑道：“本人干力气活儿的，不唱歌。请问二位，你们跟安小姐什么关系？”管红花回应：“我们跟安小姐什么关系这事儿跟你有什么关系？”老郎说：“不瞒您二位，我为日不落集团的刘一手先生工作，负责安保。安小姐是我们安保工作的一部分。我们需要了解跟她接触的社会各路人马，以保证她的安全。”尚得志不耐烦地说：“你说啥我们就信啥？谁知道你们什么人！”管红花也说：“对。老郎同志，在你证明你身份之前，我们不会告诉你什么的。”尚得志催促说：“上车。”

尚得志伸手去拉车门。老郎身后一个小伙一步上前，按住尚得志的手。

“大爷，还没问完话呢。”尚得志冲小伙喊道：“问得着我话吗你？起开！”

尚得志手一甩想把小伙甩开，没想到小伙也是练过功夫的，顺势一个擒拿动作。这下彻底惹恼了尚得志，他右臂回带，左手一掌推在小伙的下巴上，小伙仰面朝天摔倒在地。另一小伙“哎！”了一声，一个箭步上前伸手去锁尚得志的喉咙，尚得志手架来臂，抬膝顶在小伙的腹部，小伙抱腹倒地。老郎警惕地后退一步。

管红花问尚得志：“要不要报警？”“报啥警。我一人就拾掇他们了。”尚得志对老郎说：“怎么样，跟我走还是我把你也打倒一块儿送派出所？”

老郎赔笑：“尚先生，误会了。我们不是坏人。”说着掏出名片递给管红花：

“这是我名片。”管红花转脸过去：“不看。名片你想印什么都可以。把你身份证拿出来。”

老郎听话地从身上掏出钱夹，取出身份证，递给管红花。

管红花接过来，用手机拍了张照，把身份证还给老郎，对尚得志说：“走吧。”

这时俩小伙已经爬起身来了，都虎视眈眈地看着尚得志。

尚得志怒吼道：“是不是还想趴下？想站着就别瞪眼珠子！”

俩小伙有些畏惧地转移了目光。

尚得志拉开车门上车。

管红花正要上车，老郎又道：“管女士，有一事相求。”

管红花看着老郎。

“今天停车场的事儿希望您别跟安小姐说，也别跟任何人说。万一传出去我们被尚先生击败，我们就失业了。”管红花答应道：“尚先生是中华武林名宿，跟他交过手是你们的荣幸。不过我承诺，此事封口。”

老郎鞠了一个躬，趁管红花和尚得志上车的时候，偷偷拿出手机拍下了车牌号。

尚得志驾车驶离了停车场。

尚得志问管红花：“咋不送派出所？”管红花回应道：“不是坏人。我判断得出来，他们就是安心她那对象派来的。”尚得志又问：“这得告诉安心吧？”管红花说：“不干涉别人家内政是我们基本家策之一。但今天来收获巨大。”尚得志笑笑说：“我也是。没想到吵是真吵闹是真闹，开眼了！”

管红花若有所思：“不是这个，这我早就知道。我说的是，今天现场观摩让我感悟出一个道理，就是有些敏感关系不宜直面交锋。比如，婆媳关系。我跟李貌就不宜直面交锋。”尚得志长出了一口气：“你终于想通了。我就觉得你不该去跟李貌说那保证书的事儿。”管红花转过头：“所以，得志同志，这事应该你去。”尚得志一惊：“啥?!”

尚得志一打方向盘，把车子停到了路边的紧急停车道，转头看着管红花：“你说啥？”管红花认真地说：“你去谈，比我去谈好。公媳关系，不是敏感关系。”“不是敏感关系我也不去！”“你是一家之主，关键时刻你得站出来。”“拉倒吧管红花同志，关键时刻还是稀松时刻，我都不是一家之主。这从结婚那天起，我就认清了形势。”“你这不是很会认形势吗？当年尚晋跟安心分手，我们就没有把握好形势。

你看人家安心现在！如果有安心这么一个儿媳妇，我出书会是问题吗？”“这是一回事儿吗？怎么扯到你书上了？这是什么买卖？”“我刚才有点激动，跑偏了。但跟李貌谈，必须你打头阵。”“我去了也谈不成。”“谈不成，我再出面。这是个双打配合。总而言之，为了儿子未来的家庭幸福，我们都要做到三点：与时俱进、突破自我、锐意进取。”“这是什么买卖。”“这不是买卖！上路——我现在就给李貌发微信约她。”

李貌和毛毛在工作室里聊天，说起管红花想让她写保证书的事。

毛毛一拍桌子：“岂有此理！我要是你，我就当面撅她！你撅她没有？”“她还没找我谈呢。”“哦，对，还没找你谈，尚晋先给你透的风儿。尚晋什么意思？”“他反对他妈。”“那他怎么不把他妈拿下？他不挺能的嘛！”“他家是一个封建专制家庭。尚晋能从青岛考上大学投奔自由生活贸易区，已经很不容易了，不能指望他再捣碎旧世界。”

毛毛笑了：“听着像解放前。还没进门就让你写保证书，这是要给你个下马威啊。你可得撅她啊！她以为他们家是豪门啊。”“豪门也不写。”“对。豪门也不写。等咱们‘家是一座城’工作室上市了，咱们自己就是豪门。”“咱们还能上市？”“马得路跟我说，不管大小，只要是个公司，有个门头，会运作就能上市。但是得有点业绩。咱们目前这业绩差点意思。”

李貌想了想：“毛毛，我觉得咱们的定位错了。”“错了？面向最有装修欲望最有实力买单的中产阶层，这不是咱们再三考察斟酌才定下的伟大策略吗？”“我绕个弯儿跟你说。你在等出租车回家或出门，路很堵，一辆也没有，于是你继续等——”“我没那么傻，我让马得路来接。”“假设马得路掉链子来不了。”“他敢！”“假设他敢——然后，突然同时来了十辆出租车，你能坐几辆？”毛毛突然有点儿蒙：“不是脑筋急转弯吧？”“不是。”“一辆啊。”“对，你看，无论有多少车，我们只能坐其中的一辆去目的地。这很像咱们现在，规模太小，只有仨人，无论迎来多少客户，都不能量化生产，只能一家一家干。”毛毛恍然大悟：“明白了！宰就宰大的！”“对的。所以我们要调整战略，走高端路线，赚有钱人的钱。”“欧了。就这么战略大转移。也省得我地毯式轰炸了，弄堆各类富豪榜挨个骚扰他们就行。”

毛毛说着立即抓起手机，拨通了苏洁的号码：“苏洁，你现在忙吗？”苏洁回应：“忙。”“忙？忙什么呢你！我跟李貌都没让你干什么，你忙什么？”“我来图书馆给李才老师找一点民国时期的武术资料，讲座要用。”“干私活，罚款五百——你现在给我把全国富豪名单统计出来，重点统计北京富豪以及在北京有房产关系的富豪。”

毛毛挂断了电话。

李貌提醒道：“对苏洁好点。她已经想走了。”“对她还不够好？仁至义尽了。她老觉得咱这儿委屈了她，觉得自己应该成为莎士比亚。”“是委屈她了。人中戏学编剧出身，给咱打杂跑腿，专业也不对口啊。等忙过这一阵，她想走就走吧。钱就别真罚她了。”毛毛笑了笑：“我吓唬她呢。”

李貌深吸一口气：“你说，尚晋他妈怎么还不找我呢？没顾上？”毛毛略一思忖：“不是，我认为这是她的心理战。你看，她先去跟尚晋交底，尚晋的态度她知道，而且她也知道尚晋会告诉你，而你会是什么反应，她在等你的激烈情绪过去，等你冷静下来再跟你谈。你现在是不是比尚晋刚告诉你的时候冷静了？”李貌：“是。”“是不是不像刚听到那样愤怒了？”李貌点点头：“嗯。的确。我一早还在想，是不是这个保证书没我想得那么严重。”毛毛叹口气：“看，你上当了。有句名言你一定要记住：作为女人，永远不要低估另一个女人。”“谁的名言呀？”“我妈。”

这时李貌手机响了，一看，是管红花发来的微信。

“她约我了！”“约哪儿？”“下午三点半。幸福西里的震云咖啡一楼。”“她怎么说的？”“就说喝咖啡聊聊天。”“藏得很深啊。你把她约到咱理想胡同。这是咱主场。”“幸福西里就不是咱们主场了？全北京都是咱主场。不跟她挑这个。”“哟，正宗北京姑娘的范儿出来了。不愧是我的好闺密。要不要我去补刀？”“不用。人多显怯。你赶紧忙活正事儿去吧。”

管红花很快收到了李貌的微信回复，说会准点到。“好。约好了。幸福西里有家震云咖啡，我已探好地形，你在一楼见她，我在二楼给你坐镇。”尚得志问道：“你说是我见她了吗？”“没有。以我名义约的。”“有点心虚啊我。不带劲。不带劲。”“一代武林名宿，这么窝囊。”尚得志一笑：“其实我只是个司机。”

第十四章

周茉莉找尚晋谈话。

“有群众反映，你上班时间跑去跟女朋友喝咖啡，有这事吗？”尚晋无奈道：“群众的眼睛是贼亮的。服了。我确实在上班时间去咖啡馆跟我女朋友李貌喝咖啡了。但这位可爱的群众不知道，我是在尽职尽责地工作。”周茉莉皱眉：“什么工作？”尚晋解释：“当时我是在调解我女朋友跟我妈之间的一个矛盾。10月4号，我将跟李貌结婚。但我妈提出了一个无理要求，很可能会造成重大冲突。我立即着手调解。”周茉莉不满：“这是你的家事，应该业余时间解决。”尚晋满脸委屈：“周主任，李貌的家就在我的辖区啊。也就是说调解我们家的矛盾不光是我的家务事，同时也是我的分内工作。一个连自己家庭矛盾都调解不好的调解员不是一个合格的调解员。”周茉莉想了想：“要这么说，倒也说得过去。但是咱们的调解事项都是要登记备案的，不是你口头说是工作就是工作。”

尚晋从桌上抽出一张表格递给周茉莉：“我妈和李貌的婆媳矛盾我已备案。”周茉莉颇感意外，看了看登记表，赞许地说：“行啊，滴水不漏。”尚晋连忙谦虚道：“严谨。您用严谨表扬我会显得更严谨。滴水不漏有点像是说掩盖得好。其实我是想多做案例，为调解工作提供范本。”

周茉莉点头：“这个想法很好。还有一事儿，理想胡同咖啡馆有人周日约架，你知道吧？”尚晋惊讶地看向周茉莉：“这您都知道？”“不光我知道，上级有关部门都注意到了。让我们把这事解决好。”“说起来也是我们家的事儿，一方是李貌她哥李才，找了我爸助拳，一方是霸王龙俱乐部总教练刘克弱，亚洲搏击大赛冠军。起因是情感纠纷。”“想好怎么调解了吗？”“还没。我原来还想看热闹呢。没意识到严重性。后来我女朋友李貌说这事归我管，我才回过味儿来——主任，您有招儿吗？”“我也没调解过约架这种事儿。没招儿。但有关部门下了指示。”尚晋警惕道：“什么指示？”

周茉莉说道：“李才大小是个名人，而且是个网络大V，一旦约架约成了，不管结果怎样，都将造成很坏的影响，还会有人效仿。所以决不能让双方真动起手来。”尚晋回应道：“这好办。直接通知派出所，让警察出面阻止，这样双方就都消了这念头，面子上也都过得去。”周茉莉谨慎地说：“是个办法，但不可行。他们这儿约架不成，保不齐不到别的地方约，这麻烦并没有真正解决掉。我们调解员不是要把事儿推出去，而是要大事化小，小事化了。还有，调解员能解决掉的，决不可以麻烦其他社会职能部门。这你以前应该学过。对吧？”尚晋连忙点头：“学过。”“那就学以致用。你把婆媳矛盾的家事当工作干，干得很好。那么这事呢，牵扯到你爸、你大舅子，需要你再把调解约架的工作当家事干，希望你也能干好。我相信应该比较容易解决。我等你的好消息。”

周茉莉起身出去了。尚晋摇头苦笑。

过一会儿，小胡带着女朋友小梅进来了。小胡手里拎着一个袋子。小梅穿着小区里的保安制服。

“尚晋哥。”小胡礼貌地叫了一声，转头对小梅说：“这是尚晋哥。快叫。”“尚晋哥。”“请坐。找我什么事？”

小胡将手中的袋子往尚晋面前一搁：“哥，这是我从老家带来的无污染无化学加工非转基因大米，你尝尝。”尚晋摆手：“小胡，我是国家公务人员，不能收礼。”“不多，上秤两斤都不高。土特产不算贪污。主要是多少钱你都买不到。”“小胡，别害我。收了你这两斤大米，就堵了我当国家总理的路。”小梅惊讶道：“妈呀，你能当国家总理？”“有可能，只是有可能。我这个序列，最高职位是国家总理。收了这礼，连可能性都没有了。所以，请你们收回去——找我什么事？”小胡有些不好意思：“尚晋哥，找你是想解决一下我们俩异地恋的问题。”尚晋一脸严肃：“你俩谁要回老家？”“那倒不是。不混出个名堂，我不回东北她不回安徽。小梅，你跟哥说说。哥不会不帮咱们的。”

小梅委屈地说道：“哥，是这么回事，我原来当保姆当得很好，但主家很苛刻，一月只给一天假，跟小胡长时间见不着，为了爱情，我毅然来到幸福里社区当保安，被安排在东门。小胡给马总当司机，在理想胡同咖啡馆随时待命，咖啡馆靠西门近。我跟小胡见面还是很不方便。我跟小区物业主管说了，想调到西门来，主管死活不让。”小胡连忙恳求：“哥，你要给我们做主啊！”尚晋一脸疑惑：“咱这幸福里，从东门走到西门，也就十来分钟吧？”小胡摆手：“我掐表走过，十八分钟多呢，四舍五入就是小二十分钟。”小梅也赶紧接话：“我走是二十一分钟半。”尚晋笑了：“咱们就往大了说，就算半小时，也不算异地恋吧？”小胡一听：“哥你啥意思，不帮我们这些弱势群体呗？”尚晋调侃道：“不是不帮你们，你们这根本不算异地恋啊，溜溜达达二十分钟就照了面了，这不挺好嘛，又不堵车。”“堵心啊。小梅要调到西门，咔咔咔，我们几步就见了面了。半小时省下来干啥不好？非遛我俩？”

小梅又接过话：“尚晋哥，这里边还有一个气人的地方。我在东门当保安，和在西门当保安，是不是都是当保安？”“是。”“那为什么我不能到西门当保安？”“理论上来说，东门能当保安，西门应该也可以。但具体情况具体分析。”

尚晋抽出一张调解登记表放到桌上：“如果你们同意把大米带回去，这个表你们就填一下，这事儿就算受理了，我调查走访一下，看怎么解决。”小胡伸出大拇指：“哥，你不贪，祝你早日当上国家总理，谢谢！小梅，快谢谢哥呀！哥指定会帮咱们解决！哥不会让弱势群体吃亏的！”小梅立马鞠躬：“谢谢哥！谢谢哥！”

两人高高兴兴地拎着那袋子大米走了。

尚晋正填着调解登记表，一抬头看见奶奶进来了。

尚晋连忙起身迎过去：“奶奶，您怎么来了？”“我不能来？”“不是，我是说有什么事儿给我打个电话，我到您那儿去就行了。”奶奶找着了话头：“我打电话哪有你们那么方便！你们什么时候都能打！”“您电话坏了？”“我的固定电话机没坏。那玩意儿我能随身带着吗？我刚遛弯儿，想你了，想叫你到我家里去吃我刚领的新疆保健大枣。我没法通知你，就得来一趟。你们多方便呀，呼风唤雨的。”

尚晋明白奶奶的意思了：“奶奶，我一直想送您个礼物，怕您不要。”“什么礼物啊？”“我想送您一个手机。怕您不要，我就没敢送。”奶奶一听立马来了精神：“哦，那你是买了还是没买啊。要是已经买了，我不要就浪费了，要是没买那就别买了，太费钱。”“已经买了。在我住的那地儿呢。我抽空给您送过去。”奶奶满脸笑容：“好。我倒不稀罕手机，我稀罕跟你们说话儿。这样我到哪儿都能找你们。”

“对。奶奶，您先回去。我尽快给您送过去。”“这么快就撵我走？好像我来是跟你要手机似的。我得参观一下你的办公室。”“来来来，我带您参观一下。”

尚晋领着奶奶进了减压室，给奶奶介绍那些假人和减压物品。

“哎呀你这儿好玩，我能每天来玩一会儿吗？”尚晋微笑：“奶奶，这是办公场所。”“明白，明白，我不给你添乱。”

尚得志和管红花回到了儒生酒店，李才早早在楼下等候。

“师父，师娘，辛苦了。”管红花笑着说：“我们不辛苦。辛苦你的车了。没车还真逛不了那么远。”“师娘，都逛哪儿了你们？”“我让你师父拉着我，从二环转到五环，看了看首都新貌。以前也来过，都是零碎地看，不系统。这次系统看下来，变化真大啊。”“师娘格局就是大，心系首都。”

尚得志转到新换的备胎边上，用脚踩住，双手压腿试了试气压。

李才忙问道：“有问题，师父？”“备胎不能常用，气压也不统一，赶紧换了它。我以前给领导开车时，规定是备胎不能用超过二十四小时。当然，领导都惜命，跟咱们不一样。”李才干笑：“我也惜命。我今儿就去换。”

李才和尚得志管红花告别，开着车直奔4S店，补轮胎顺便做个保养。等候的过程中，李才用手机连着行车记录仪的内存卡查看并清除以前的行车记录。看到尚得志驾着车并不是在城里转而是去了郊外，李才有些疑惑，不自觉就认真查看起两人的行车记录，听着两人在车内的谈话。终于听完了，李才一看时间已经三点一刻了，略一思忖，赶紧给李貌打电话。

李貌此时正步行前往约定的幸福西里震云咖啡，一接起电话，就听见李才急切地询问：“你在哪儿呢貌貌？”李貌不想让李才知道管红花约自己的事，随口道：“逛街呢，买点零碎。”“别胡说。是不是快到震云咖啡了？”李貌一惊，四下扫了一眼：“你怎么知道？”“长话短说。我在行车记录仪里发现了我师父师娘的阴谋。”“光天化日的，什么阴谋？”“针对你的。我现在压缩一下，把音频传到你微信上，你务必听一下再去赴约。拜。”

李貌有些莫名其妙，想了想，还是坐到路边一张长条椅上等候。过了几分钟李才微信发来一个音频文件，李貌打开听着，起初有些诧异，听到最后不禁有些恼火，心想谈事就谈事，还玩这么多花样。李貌准备扭头回家不去赴约了，转念一想，又有了主意。

李貌去了路边一家小服装店，买了一床鸳鸯被单，赶往震云咖啡。到了门口附近，李貌把被单展开如同披风一样裹住身子，又掏出墨镜戴上，这才迈步进入咖啡馆。

尚得志老早就坐在一楼靠窗位置有些忐忑地等着李貌，眼睛死死盯着门口进出位置，生怕错过李貌。眼看已经到三点半了，尚得志越发焦灼。这时，裹着被单戴着墨镜的李貌进来了，一眼就瞧见了尚得志，赶紧别过脸去低头匆匆走向二楼。上了二楼，李貌迅速扯下被单，摘下墨镜，偷偷往楼下一看，尚得志还坐在那儿盯着咖啡馆门口，显然刚才并没有认出她来。李貌暗暗得意，捂嘴偷笑了一会儿，赶紧去搜寻管红花。

管红花坐在最隐蔽的角落里正闭目养神，忽然感觉到了什么，一睁眼，见李貌笑吟吟地站在自己跟前。管红花一时恍惚，以为是梦，摇摇头，见李貌还在。管红花大惊，站起身来："这，这——"

李貌笑着说道："坐啊阿姨。一楼没看见您，我就上二楼来找了。您果然在。是不是您来的时候一楼没地儿了？"

李貌自顾自地坐到管红花对面。管红花也讪讪地坐下，还没搞明白到底发生了什么。

"啊那什么，人挺多的。貌貌，你喝点什么？"管红花强自镇定，说着按了桌台上的呼叫器。

很快服务员拿着茶单过来，对李貌问道："您喝点什么？"

李貌见管红花面前一杯白开水，便道："白开水。"服务员一愣："你俩点的都是白开水。你们不消费？"管红花连忙圆场："给我们来一壶铁观音吧。"服务员点头："好的。"转身走了。

"貌貌，我去趟洗手间。""好的。"

管红花没敢下楼，径直去了二楼的洗手间，前后左右看看，掏出手机拨通尚得志电话。

管红花压低声音："老尚，你把人给看漏了！李貌到我这儿了。"

楼下的尚得志一惊，左顾右盼："啥？我眼珠子都快瞪出来了。肯定有另一个门儿！""不用辩解，我现在不是追责，是通知你立即离开这儿。我也只能硬碰硬了。"尚得志如获大赦："好！好！我立马就走。"管红花提醒道："别忘了结账，否则会露馅儿。"

管红花回到卡座，铁观音茶已经上来了。李貌给管红花倒茶。

“阿姨，您找我有事？”

管红花端杯喝茶，心念一转，还是开门见山得了，把茶杯一放，淡淡地说道：“有件事儿。”

气氛霎时紧张起来。

李貌微笑：“您请讲。”管红花继续说道：“奶奶的酒瘾是遗传性的，这你应该知道。”“知道。”“你想过会遗传到你身上没有？”“没有。”“那你认为会传给李才？”“也不会。”“这是什么情况？”“酒瘾症的确有遗传因素，但并不代表会一定发生，它需要很多诱因。比如，人生遭遇重大挫折，比如，天天郁闷生气。我跟李才都属于乐天派，不会染上酒瘾的。”管红花轻轻哼了一声：“精神可贵，但人生在前进的道路上难免会遇到各种拦路虎，所以这件事情还是要重视起来，得有预案。”“什么预案？”“我没多准备，只准备了三个预案，你看看哪个更合适，好吧？”

李貌倒没想到管红花还有预案，只好点了点头。

管红花语气平缓下来：“一、我们陪同你到相关机构检查一下，看有没有酒瘾风险，如果有，应该怎么注意，咱们全家上下一齐努力。当然，如果李才的风险更大，我们也同样帮助李才。他现在也是得志同志的徒弟。二、若你觉得检查没必要，而对自己又格外自信的话，我觉得可以把这种自信体现为书面文字，就是写一个决心书，虽然这个决心书并不是万能仙丹，但我觉得也有助于更大程度上鼓舞你的精神。这决心书你自己保存，但我们是不是可以复印一份作为纪念呢？三、如果你对上述两个预案都不满意，你可以提一个，咱们共同商讨改进。”

李貌一脸无奈：“阿姨，您想得可真周到啊。”管红花心里却有些失落：“兢兢业业工作这么多年，得到的最大教训就是做事情要到边到棱，不能有死角。否则，我不会在副科长的位置退下来。从任何一个角度来看，我都应该是正科长，甚至会是一个局级干部；但从死角的角度来看，我却只能止步于副科长。”李貌好奇地问：“您的死角是什么？”管红花端起茶杯又放下：“嘴。我太正直，太无私，说话不绕弯子，有一说一有二说二，遇到心胸豁达、头脑智慧的人倒没什么，也许还能惺惺相惜交个朋友。但世上多是小心眼的人，经常因为三言两语就对我有了意见。良药苦口，忠言逆耳。这简简单单的八字箴言多少人不能真正领悟啊。哦，不说我了，貌貌，我刚才说的这三个预案你倾向于哪一个？哎，喝茶，边喝边说。”

李貌听到最后，突然明白管红花这番话是怕她发火，先用话套住她。

李貌一笑，喝了一杯茶："我倾向于第三个。"管红花一愣："那你是什么预案呢？还是你需要时间再想想？"李貌一脸轻松地回应："我已经想好了。"管红花有些意外："哦，说来听听。""没有诱因就不会引发酒瘾症，对吧阿姨？""这是共识。""我从小至今，一直活得很阳光，无拘无束，无忧无虑，家庭温暖，生活如意，至今没染酒瘾，偶尔喝一杯，也只当助兴。对吧？""是的，我很欣慰。""这也就说明，除非遭遇重大改变，这改变又带来重大生活压力，我才会有引发遗传性酒瘾的可能。对吧？""很有道理。所以这需要有预案。""在我可预期的生活中，唯一的重大事件就是结婚，它将改变我原来的生活结构，这有可能给我带来重大生活压力。比如，家暴；比如，家庭失和；比如，经济压力；比如，婚后抑郁；比如，产后抑郁——"管红花打断道："貌貌，凡事要往好处想。结婚的确是重大改变，但我想会变得越来越好。""不，阿姨，我认为您说得对，人生还是要有预案。就跟您提醒的一样，我们的家族酒瘾基因有可能遗传，也有可能不遗传，但还是要往有可能遗传的方向想。所以，我的预案就是你们作为我婚姻的另一方，应该出一个保证书。"

管红花诧异道："我们？我们出什么保证书？"李貌微笑着说："保证在结婚后不对我的生活造成负面影响，不能有违背我生活意志的行为，不能把封建家长式作风带到家庭中来，等等。虽然这个保证书并没有法律效应，但对我们双方建设美好家庭都有一个良好的激励，而且，最重要的是，可以保证我的生活环境里没有诱发我酒瘾症的元素。这是您所希望的。这个保证书留存在您那儿，我是不是可以拍个照片留个纪念什么的呢？这就是我的唯一预案，也就是您的第三个预案。"

管红花看着李貌，瞬间有些茫然："哦，哦。你是这么个预案啊。"李貌端壶给她倒了杯茶："对的。您是不是要回去想想？"

管红花慢慢啜饮一杯茶，快速思考了一会儿，忽然将茶杯放下："这个预案，我同意。"

李貌倒愣了，看着管红花。

"这个预案非常棒。我原来只是打算从你个人生活习惯入手预防，这是不够的。一个人的行为举止，乃至思想品性，跟他周围的环境是分不开的。貌貌，你年纪轻轻，但看问题的角度比阿姨准，深度比阿姨深，广度比阿姨广。你要从政，至少是正局级干部水准。”

李貌一时摸不清管红花说的是正话还是反话，只能见招拆招：“我人生愿望清单上倒是有一个从政的心愿，当国务院新闻发言人。这是什么级别？”“一般来说，国务院新闻发言人是副部级。志向不低啊。为什么不去实现这个理想？”“我的愿望清单每年修改一次。有些不靠谱的，第二年就擦掉了。这个愿望我记得只保留了一年。”

管红花不由自主地叹息了一声：“要是保留下来该多好啊。当然，现在也很好——好了，今天的会，不，今天的聊天就到这儿吧，不耽误你时间了，我也赶紧回去起草保证书——服务员，买单！

天朗气清。阳台上摆着各种花花草草，五颜六色，长势喜人。万山红一手拿着浇水壶，一手举着一张化验单对着阳光仔细看——正是常有丽给尚晋的那张呼噜的化验单。

尚晋站在一边：“您看着，我给您浇。”

尚晋接过万山红手中的浇水壶，正要浇水，万山红忽然想起什么：“慢着！你什么命？”尚晋一愣：“什么意思？”“金木水火土。你属什么？懂不？”“哦。我学哲学的，这我门儿清。我乃火命，天生热情。”

万山红连忙劈手夺过浇水壶：“怪不得呢，罪魁祸首原来是你。”尚晋莫名其妙：“什么意思？”“我大溪水命，跟花草有缘，养什么旺什么。但从你上门以后，已经死了一棵仙人掌、一盆太阳花了。高人告诉我，是被火命人克死的。原来是你！”尚晋苦笑：“什么高人啊？阿姨，我告诉您，现在有好多骗子，以看风水、批八字、分析星座为名，专门骗文化程度不高、生活不如意的中老年妇女，您要注意。”

万山红愠怒道：“你说我文化程度不高，生活不如意？”但一转念，又无所谓地说：“你说得也对。这两样我还真占了。”尚晋仍不放心：“您是不是被骗子盯上了？”

万山红没回答，往毗临的阳台瞅了瞅——那是苏洁住所的阳台。两家阳台相连。

“我给你把骗子喊过来。”

万山红说完探头朝隔壁阳台喊：“苏洁——苏洁——苏洁——”

说来也巧，这会儿常有丽刚遛狗回来，边走边给马吃草打电话，但马吃草老不接。常有丽正扫兴，隐约听到楼上有人喊，抬头望去，看见万山红和尚晋站在阳台上。常有丽下意识地抱起呼噜隐到墙角，想了想，快步进楼往家走。

万山红叫了半天没人应。

“懒丫头上班去了——骗子不在家。”尚晋笑着问道：“苏洁呀？她收你钱没有？”“收了。”“多少？吃窝边草，这太过分了！”“两百来块吧。”“她收费还不低呀。”“不高啊。一次一块。苏洁说算命不要钱，人会折寿。所以每次让我给一块钱。我一共给了两百来块了。”尚晋看着万山红有些无语。

常有丽抱着呼噜上了六楼，放轻脚步，先进了自己家门，很快又拿了一把钥匙出来了，径直走到隔壁 103 房门口，迅速开门进屋。

这间房也是常有丽家的，原先一直空着，后来被李貌和毛毛拿来做成了“家是一座城”设计工作室的样板间兼苏洁的宿舍。

常有丽进了门径直穿过客厅向阳台走去。阳台上还堆放着一些家居装饰的工具材料。常有丽怕被隔壁的万山红看见，索性爬着进了阳台，借助各种家居材料的掩护，爬到了靠近万山红阳台的这一侧，万山红和尚晋的对话声清晰传来。常有丽竖起耳朵仔细听着。

万山红把化验单还给尚晋。

尚晋没接：“存您这儿吧。”“存我这儿干吗啊，又不是我的狗。是常有理让你给我的？”“对。”“于是你就给了我？”“对啊。”“你怎么这么听她的话呢？她让你给我你就给我？你这不遂了她的愿了吗？”“我主要是为您着想，消除您的心病是当务之急。有这张单子，您就不用再怕光怕水的。”“这张单子会不会是假的？”“我网上查过了，真的。”“哦。那这意思就是说我还剩最后那针疫苗就不用打了呗？”“那打还是要打。”“看，露馅儿了吧！这不还是说这单子不保险吗？”“单子也保险，疫苗也保险。双保险。”

万山红想了想，像是问自己：“她为什么黄鼠狼给鸡拜年呢？”尚晋回应：“我认为，常阿姨这么做是向您释放出一种和解的善意。”万山红警觉道：“你给她当说客来了？”尚晋立马摆清立场：“不，阿姨，我是调解员，这是我的工作。我不是她的说客，我是中立的。”万山红心有不满：“也不偏向我呗？”“理论上是这样。”“事实上呢？”“事实正在发生，还不好说。我希望能够做到中立。”“明白了，就是六亲不认呗。那就公事公办吧。我的调解目标你告诉常有理了吗？”“还没有。因为在我告诉她之前，又发生了您踢狗事件。常阿姨也来做了调解申请登记。她说，您是什么调解目标，她就是什么调解目标，希望能对等调解。”

万山红恨恨地说：“生把我往狗的档次上拉啊。你说，这是什么仇、什么恨！年轻那会儿我对她多好，为她我差点儿都丢了工作！”尚晋有些好奇：“这怎么回事？”“那会儿我刚摸方向盘不久，常有理撺掇我午夜末班车之后，拉她出去兜一圈，让她扮演一次售票员——那时候她就爱演！她的理想就是当售票员，热热闹闹，神神气气，看谁不顺眼都能呲打人两句。她就这点出息。”尚晋惊讶地问：“您答应了？”万山红叹了口气：“交友不慎啊。我脑子一热就答应了。回来存车时露了馅儿，保卫科、党委会、妇联，三堂会审，我顶住各种审查盘问，没供出她来，一人扛下了这雷，说冒着生命危险也不为过。那会儿，丢了工作就跟丢了命一样——你还是不明白事情的严重性，这么说吧，当时要是丢了工作，照我这暴脾气，要么自绝于人民，要么我就回唐山了。哼，你都得转命！”尚晋听得一脸茫然：“跟我有什么关系？”万山红：“不管自绝于人民，还是回唐山，那就不会有李貌了。你娶谁去？”

尚晋笑了：“这么个神逻辑啊。这逻辑倒也成立——阿姨，从您的讲述来看，您跟常阿姨曾有一段甜蜜期——”“不是一段，是好几段，我们经常翻脸，再和好。我瞧不上她那德性，我不能不同情她没朋友，但她竟然不理解我的善良。我这辈子毁就毁在善良和实在上。”尚晋顺着话接：“阿姨，这说明你们再次和好，也不是不可能的。所以这件事情我定了个调子，这个调子是李才的原话，可以谈好，可以谈坏，但别谈崩。”万山红一下激动起来：“崩我也不怕。常有丽一辈子常有理，我万山红就不能万山轰？她讲歪理我就轰她！”尚晋忙安抚道：“阿姨，您消消气儿。”

尚晋从包里掏出调解表看着：“您的调解目标是：一、医药费全额报销。二、精神损失费一万元。三、口头道歉兼书面道歉，其中书面道歉须在李氏蹄花店门口张贴三日。四、常有丽从此不可在幸福里九号方圆二百五十米之内无线遛狗，否则万山红有任意制裁此狗之权力。”万山红点头肯定：“对，就这四条，仁至义尽。”尚晋开始工作了：“第一条，常阿姨已同意全额报销您的医药费。您同不同意报销呼噜的伤情体检费？不包括刚才这张狂犬专用化验费。”万山红一口答应：“同意。有句老话说得好，人模狗样，人什么模，狗什么样儿。当常有理的狗，也难为它了，狗在人手，身不由己。”尚晋继续道：“好。这一条没异议了。第二条，精神损失费一万元。这能不能降一点？”

万山红想了想：“常有理虽然不着调，但我对她的评价还是得公平，她这人，一九开。一分优点，九分缺点，一分热情，九分自私，一分奉献，九分索取。念在她那一上，降一千块钱吧。当然，我不是为钱，也不是想讹她，是要给她一个教训。”尚晋顺势再问：“阿姨，既然不是为了钱，能不能再降一点？”万山红警觉道：“降多少？”尚晋伸出食指：“一块钱。”万山红疑惑道：“八千九百九十九？”尚晋把食指伸到万山门眼前，笑着说：“不，是降到一块钱。”

万山红有些恼了，放下浇水壶，转头看着尚晋：“尚晋，敢情你不是六亲不认。”“那当然……绝对不是。”“你是大义灭亲啊！常有理给了你什么甜头？”尚晋赔笑：“消消气儿阿姨，气大伤身。您听我细讲，讲完您要觉得我还是大义灭亲我就大义灭自己，抽我自己大嘴巴子。您说，九千块钱能不能让您发家致富？能不能让常阿姨伤筋动骨？”万山红压不住火：“不能。但九万能让她嗷嗷叫！我能要九万吗？”尚晋连忙摆手：“那就是讹诈了。要负法律责任。”万山红一转头：“那算了。我不要九万，但一块也不行。”尚晋继续劝说道：“阿姨，您刚才也承认了，九千块钱不能让常阿姨伤筋动骨，也不能让您自己发家致富。原本双方还有挽回的余地，但要是有这九千块钱插一杠子，这辈子你们就只能死掐到底了。再掐出抑郁症来，九十万也白搭。”

万山红犹豫了一下：“常有理是不是想跟我和好啊？”尚晋顺着话接：“就她那得理不饶人的脾气，能为了您去给狗做狂犬检查，这不是想和好难道是想和坏？为什么让您只要一块钱？这一块钱要得带响儿！这就是范儿，这就是气场！从情理，到面子，您完胜！”万山红想了想：“那这一块钱必须有个交接仪式，就跟日本鬼子当年投降一样。”尚晋心中窃喜：“可以。第三条，关于道歉，能不能只口头道歉？就不要书面道歉和张贴了。”万山红心有不甘：“可以不要口头道歉，但书面道歉必须有，张贴公告必须有。必须让幸福里的人认识到，常有理也有不占理的时候。”尚晋赔笑继续游说：“阿姨，您踢了常阿姨的狗，也同意付狗的体检费，这说明您承认自己有不对的地方，那您是不是也要向狗道个歉呢？常阿姨向您道歉，她不丢人，没准儿又树立了她能屈能伸勇于认错的光辉形象呢？但您要向狗道歉，无论多小的歉，您的形象都会有点小损失。得不偿失啊。”

万山红一时无言以对，下意识地又拿起浇水壶浇花。

尚晋趁热打铁：“而且，阿姨，接下来我跟李貌和毛毛、马得路是拼一块办婚礼，您跟常阿姨需要双双出席，幸福里老街坊肯定得有几桌，七嘴八舌，三言两语，狗咬人能传成人咬狗，人向狗道歉能传成人对狗作揖。”万山红担忧起来：“幸福里街坊倒确实有这本事。但要这样，我就被白咬了啊？”尚晋提醒道：“还有第四条啊！常有丽从此不可在幸福里九号楼方圆二百五十米之内无线遛狗，否则万山红有任意制裁此狗之权力——为什么是两百五十米？”万山红得意地笑了：“二百五嘛，我影射她！”尚晋继续：“根据数据统计，古往今来，占便宜占在嘴上的，最后都吃了大亏。常阿姨的反弹能力你也知道，你对她含沙射影，她就能对你含沙射人。”万山红犹豫起来：“那三百米？”“您现在想象一下，站在小区门口，您能看出去多少米？”万山红想了一下：“几十米吧。”“那三十米就足够了。您听我说，如果现在赋予您一个权力，美国所有餐馆您都可以随便吃。您会去吃吗？”万山红摇头：“不会。”“同理。对于常阿姨的制裁并不是越远越好，远，代表着不可控，不可知。近，代表着可控，可见，你能看到制裁被精确地执行。”万山红回过神来：“你的话都是偏向常有理，但确实也有那么点儿道理。就这样吧，三十米。三十米之内，我盯死她！”

隔壁阳台上，常有丽听得咬牙切齿，加之保持一个姿势不动，浑身僵硬快支撑不住了，正想换个姿势，手机突然响了，是一首广场舞曲。常有丽慌忙掏出手机，一看是马吃草打来的电话，连忙按掉。

万山红听到了，朝尚晋问道：“你听到了吗？苏洁阳台有人放歌。”

万山红又探身朝隔壁阳台喊：“苏洁——苏洁——”

尚晋不动声色地观察隔壁阳台：“不一定是苏洁阳台，也可能是谁家电视飘出来的声音。”

万山红有些狐疑，想了想：“你扶我，我过去看看。”说着拿张凳子放到栏杆边，准备踩着凳子爬上栏杆。

尚晋慌忙阻拦：“阿姨，太危险，我不能扶您，我承担不了这个责任。”

万山红探头往下看了看高度，也有些害怕，又从凳子上下来了。

“会不会是我幻听？狂犬病会不会幻听？”“不是幻听，我也听见了。但好像是从楼下传上来的。”“刚才那是什么歌啊？”“节奏太短，没听出来。”

万山红放下水壶：“来，帮我把这盆花挪屋里去。”

尚晋搬起花，跟着万山红进了屋，放下花盆。

“阿姨，那我走了。”万山红转过头：“我想了一下，常有理那张狗的化验单原件我不存，但我可以存个复印件。你方便时给我复印一份送过来。”

尚晋一笑，从包里取出一份复印件，递给万山红。

万山红惊讶：“你早准备好了？”“调解资料都会有备份。再见，阿姨。”

尚晋出门去了。

常有丽听到那边尚晋和万山红进了屋，长出了口气，揉了揉僵硬的腿，直起身正要往屋里走，猛然听到大门开合的声音，又慌忙缩回了阳台。

苏洁刚好这会儿回来了。她背着包，手里抱着几本书，刚进屋手机就响了，一看是毛毛打来的，赶紧把包和书扔到沙发上，接起电话：“毛毛姐。”

“你现在还在忙吗？”“不忙了。”“不忙了怎么还不回工作室？”“地铁上呢，我现在在地铁上，正往回走。有事吗毛毛姐？哎哟信号还不太好呢。”“回来找我一趟。有事找你。”“好的毛毛姐。”

苏洁挂了电话，把自己往沙发上一扔，闭上了眼睛。

常有丽悄悄从阳台探头看了看苏洁，着急又无计可施。

一会儿苏洁手机又响了，一看来电显示“老妈”，不禁皱起了眉头，犹豫了一会儿还是接了起来。

“喂，妈妈。”苏洁妈妈一口东北腔：“你干啥呢？”苏洁一手捂住话筒，假装放低声音：“开会呢妈。一个很重要的会，回头我给你打哈。”苏洁妈妈抱怨道：“开啥会呀每次给你打电话都是开会，躲过初一你能躲过十五啊？开会也给我到厕所里去接我个电话。大事！”

苏洁无奈，将手机空中转了一圈：“好。我到洗手间了，妈您说。只有三分钟，因为这个会议我做记录。”苏洁妈妈问道：“张大个子家二丫头最近结婚，请柬送来了，有你名儿，你回不回来啊？”“不回。”“她比你还小一岁呢，这就结婚了！你中学同学大英子春节前也结了，找了个对象，包了三个水库养鱼，一年挣上百万。结婚时流水席，吃了三天。大英子跟你同年，但比你小俩月。人下半辈子是不愁了。你再不结就追不上人家啦！”苏洁不耐烦了：“妈，你净说人家干啥，有事没事？没事我挂了。”苏洁妈妈忙说：“有事。妈给你物色了个对象，养殖野生人参的，一年能挣几百万，在咱们哈尔滨算上流社会了。你照片人家相过了，贼满意。你回来一趟呗。”

苏洁咬咬牙：“妈，我有对象了。”“谁啊？你不是没有吗？”“最近刚谈的。”“别忽悠我。叫啥名？干啥的？家里啥情况？你别打磕绊，给我说出来。”

苏洁一口气说出来:“叫李才，是个干名人的，家里两套房，一个套二,一个套三，有一辆吉普车。正等拆迁呢，一拆能拆出小三千万。那养殖野生海参的算啥！到时候我把你和我爸接北京来，吃香的喝辣的。”苏洁妈妈有些疑惑:“干名人是什么意思?”“你不问他是干啥的吗，他就是个干名人的，就是他是一个名人。”苏洁妈妈不放心地追问道:“名人也得干事啊?他到底干什么的?”“他什么都干，干成了名人。”“你没骗我?”“骗你我不是你闺女！你到网上去搜一下就知道了。我该开会了拜拜！”

苏洁赶紧挂断电话，有些沮丧，待了一会儿，突然抬起双手不断地拍打自己的头:“结婚结婚结婚！结你个头！”

发泄了一会儿，苏洁不情愿地起身，拎上包抱起书往外走。

阳台上的常有丽轻舒了一口气。

苏洁刚走到大门口，突然注视地板，感觉不对。她停了下来，转头扫视了一番屋子，又蹑手蹑脚走向厨房，拿起一把菜刀。

常有丽蜷缩在窗台下，听到脚步声停了，手抚胸口又紧张起来，不自觉地闭上眼睛捧着手机默默祈祷。

突然苏洁的声音响了起来:“常姨，您在这儿晒太阳呢。”

常有丽浑身一哆嗦，睁开眼，只见苏洁提着一把菜刀站在她跟前。

常有丽挤出一丝尴尬的笑容:“丫头，一言难尽，屋里聊。”

常有丽和苏洁回到客厅。常有丽一屁股坐到沙发上，揉着自己的腿。

苏洁把菜刀搁到了茶几上，站在那儿不满地看着常有丽。

“常姨，虽然我寄您篱下，但当时我住进来的时候，毛毛姐对我有承诺，未经我允许，决不随便出入。我这才没换门锁。要不我也不会住进来，要不我也不会不换门锁。”常有丽自知理亏，赶忙道歉:“苏洁，阿姨这里先向你赔个不是。我不该进来。抱歉！抱歉！”“您进来干吗呢?您翻我东西没?”

常有丽略一沉吟:“苏洁，我本来想撒谎进来看看房子住得怎么样，但我知道你是个小巫女，上知天文下知地理，我也骗不了你，所以我准备说实话，我进来不是针对你。”苏洁往窗台看了一眼，醒悟过来:“您过来窃听万姨?”常有丽不置可否:“倒也算不上窃听，就是一种关心吧。我跟万山红，产生了一些矛盾，今天尚晋到她家调解，在阳台上谈话，我比较关心我跟万山红的友情能不能恢复，我这人一向看重人间真情，就想过来听听进展。但其实我也没听见什么进展。”

苏洁有些懊恼："但我的进展你听见了。我刚才的话你都听见了吧？"常有丽承认："我不想听。但我耳朵太好使了，一字没落。你的处境我理解，逼婚是父母的责任，是儿女的痛苦。这是天然的矛盾。你放心，我听到的你的话，不管是撒谎跷班，还是想嫁给未来的拆二代李才，我一个字都不说。我这人最讨厌嚼舌头。也希望你能为我保密。今天我没遇见你，你也没遇见我。"苏洁想了想："你保证？""我保证！""好。我信你。""你也得保证！""我保证啥？""保证不跟别人说我到你的阳台上来关心万山红。""我保证。"常有丽干笑："以后咱们就是一条道儿上的人了！"

常有丽回到自己家，靠到沙发上休息了一会儿，拿起手机看了看，发现有十几个未接电话，都是马吃草打来的。常有丽这才想起刚才情急之下把手机调成静音了。刚把手机调过来，马吃草电话又来了。

常有丽接起来："老马，有你这样打电话的吗，你强迫症啊不停地打！"马吃草电话里辩解："我不是强迫症，我是受迫害妄想症，比强迫症严重。只要别人给我打电话，我没接到，我拨回去对方又不接的话，我要么打到对方接，要么就想报警，我会认为你是在对我定位。"常有丽有些无奈："你这不是很明白吗？你就不能克服自己的心理吗！""医生告诉我，古今中外，很多大人物都克服不了受迫害妄想症，我一维修工也只能认命了——常有理，你打电话找我什么事儿？""我准备对你进行治疗。""你有特效药？""有。明儿一早你到幸福里公园找我。""得嘞。你不会害我吧？""我闺女现在在你们家手里攥着呢。我害你干吗。""对对对。我有人质。你不会害我。但你老公毛百搭出狱没？他社会关系复杂。""老马，首先，我跟他离了，他早已不是我老公，其次，他还得一年多才能出来。""好。等他出来要防着他。明儿见。"

"等等。老马，我在你眼里原形是什么？"马吃草在电话里嘿嘿笑了几声，又学了几声蛐蛐叫："你是一只蛐蛐儿。"常有丽一愣："不是大型吉祥类动物啊？""挺大一只蛐蛐儿。威风着呢。""万山红是什么？""不知道。我开了天眼之后，就没再看见她。你们俩还斗着呢吗？""你就别操这心了。明儿见吧老马。"

常有丽挂断了电话。呼噜依偎上来。

常有丽抱起呼噜，忍不住嘟囔句："今儿这倒霉催的！"

李貌和毛毛坐在电脑前，一边查看婚纱款式一边聊着天。

毛毛揶揄道："你今儿把人副科长给撅了，人那么顽固的封建家庭，还能要你做儿媳妇吗？"李貌一脸得意："我没撅呀。就是以其人之道还治其人之身——这还是你教我的呢。"毛毛看着电脑若有所思："我不信她真会回去写保证书，很可能是缓兵之计。哎，你把他们俩那对话给我听听，我给你分析分析。"

李貌不想让毛毛听录音，怕她知道管红花和尚得志去见安心的事儿，便撒了个谎："那录音李才还没给我呢，他电话里跟我说的管副科长在楼上埋伏。"接着赶紧转移话题："哎我说，你这婚纱真要定做？租最划算，我还是想租。咱俩身量儿差不多，要共租一件能省不少。"毛毛有些犹豫："我本来也想租，但马得路想定做，说婚姻一生只有一次，不能草率！"李貌脱口而出："他倒真自信。"毛毛一愣："什么意思？难道你不自信？还是尚晋不自信？"

李貌淡淡地说道："没问过尚晋。但我不像最早憧憬婚姻的时候那样自信了。"一指工作室的标牌："'家是一座城'，李才给咱这工作室取名儿的时候也许没这意思，但我想家真的很像一座城，有进有出，有经营有管理，不是光靠信心就可以。"毛毛转头看着李貌："你说话越来越像尚晋了，老往人心窝子里捅，不好玩儿。跟你说，我现在就很不自信，老感觉马得路外边有人。"

李貌笑了："别胡思乱想，你们家马得路对你多好啊。以后有没有不知道，现在指定没有。"毛毛一脸认真："那天他急头白脸说有没有我他都要结婚。没我他跟谁结婚？口气这么笃定，是不是说明他外边有人呢？""自寻烦恼。这一听就是话赶话赶出来的。""是吗？反正我得盯紧点他。""搞反了，你最好把自己收拾得美美的，让他盯紧你。""你就这么对尚晋的吧？""给你支招儿，别往我身上引。我对尚晋有信心，无招胜有招儿。"

苏洁忽然气喘吁吁地推门进来，喘着气："貌姐，毛毛姐，我马不停蹄地回来了——毛毛姐，您吩咐。"

毛毛打量了一下苏洁，有些奇怪："苏洁，你今年体检没？""还没。我年龄还小，花钱体检还不如买几吨瓜子嗑嗑。""你要记住，女人最靠不住的就是年龄。""毛毛姐，我现在只有年龄，让我先靠一靠。""靠山山倒，靠水水干。你现在还是靠工作室吧，工作室出钱，赶紧去体检一下。照你这气喘吁吁的样儿，应该是大汗淋漓啊。怎么一滴汗都没出？这能憋出大问题。"

苏洁干笑："姐你火眼金睛啊，放心，我昨天晚上受了点风寒，今天透不出汗。晚上我去胡吃海塞一顿口水油火锅就把汗排出来了。火锅还报销不？"毛毛回应道：“报，找你李才哥和你得路哥报去，你给他俩干的活比给我跟李貌的多。说正事儿，你帮我个忙，给我找一找国内外最新的关于受迫害妄想症的研究资料、治疗方法和案例研究，尤其是受迫害妄想症最后会不会有攻击性，等等。”

苏洁眼前一下闪现出常有丽在阳台上闭目祈祷的样子，倒吸一口凉气，冒出一头冷汗。

苏洁：“妈呀，好险——常姨得受迫害妄想症了？”李貌兴奋地对毛毛说：“冒汗了，苏洁她冒汗了。”又关心地问毛毛：“常姨不会真得妄想症了吧？”毛毛眉毛一扬：“你们就那么想让我妈得妄想症啊？不是我妈。”李貌满脸好奇：“不是她是谁？”毛毛不想说，敷衍道：“一个朋友。这是隐私，要保密的。”

李貌和苏洁“哦”了一声，没再追问。

毛毛自己却憋不住了：“算了算了，我还是告诉你们吧。”李貌马上打断道：“既然是隐私，你还是别说了。我最不喜欢听人隐私了。”毛毛推了一把李貌：“讨厌。你就知道我憋不住。”苏洁在一旁扇风：“对啊貌姐，别给毛毛姐憋出毛病来。谁啊谁啊？”毛毛脱口而出：“马得路——”苏洁惊叫一声：“天哪！可怜的得路哥！我早就看出得路哥命里有一横祸！我都不敢告诉他，没想到是这个！”

毛毛看着苏洁，又慢悠悠吐出俩字：“——他爸。”苏洁尴在那儿，找补了一句：“不幸中的大幸啊。”毛毛朝苏洁翻了个白眼。

李貌问毛毛：“马叔妄想了？”“嗯。得路一直连我都瞒着，我也是最近才知道。”李貌心里酸酸的：“我的小板凳、小书桌都是马叔给做的。”毛毛也难过起来：“咱们那一批孩子的小板凳都是他送的。他见马得路喜欢你就又给你打了个小书桌。我们都没有。”苏洁问道：“到什么程度了？”毛毛转头：“到应该好好查一查相关资料的程度了。”苏洁回应：“明白了。我这就去查。”转身要走。毛毛叫住：“回来回来。憋我的事儿我还没告诉你们呢。”李貌讶异道：“不是马叔妄想症的事儿啊？”

毛毛神秘地地招招手。李貌苏洁凑了过来，三人围成一圈。

毛毛低声道：“知道吗，马叔开了天眼啦，现在能看出人的原形。人原来都是有原形的。他看到的马得路是一条龙。”李貌惊讶道：“你呢？”毛毛有些不好意思地说：“我嘛……马叔看到的我是一只孔雀。”苏洁一脸狐疑：“不太灵啊。”毛毛眉毛一抬：“嗯。什么意思你？”苏洁连忙解释：“我不是说你不灵。玄学我也稍懂一点，不管马叔是因病导致的幻象，还是真开了天眼，我认为，龙都不可能是原形，因为它没有实证，除非是恐龙。”

毛毛有些扫兴：“苏洁，不求真假，就图个好玩。你是不是怕马得路抢了你的风头啊？”“我怕什么，我是真才实学。”“你俩可别往外传啊。否则马得路又会制裁我的逛街次数。”说完毛毛又忽然想起什么：“哎苏洁，你刚才说你看到马得路的人生中有一横祸，你还不敢告诉他，是什么横祸？跟我说说。”苏洁忙改口：“我就是随口那么一吹。我找资料去了啊。”

苏洁出房间去了。

李貌倒来了兴致：“你抽空让马叔看看我原形是什么啊。我要看看我摇身一变变成李貌之前的模样。”毛毛笑着答应：“咱俩什么关系，你排头一个！”

一名二十来岁的男子站在物业管理处门口。他是物业管理中心经理于洋，一副少年老成的样子，腰里别着一个对讲，里边时不时传来各种对话、呼叫、请求。不时有各种物业人员骑着自行车进出管理处，经过他身旁。

于洋对着对讲机发号施令：“西门小刘注意，西门小刘注意，你今天要把岗亭擦干净，东门一直擦得比你西门干净。这两天物业总部会有人暗访。”对讲机里传出小刘的声音：“于总，于总，我们擦不过东门。东门有小梅，她以前是保姆，是擦洗小能手。”于洋训斥道：“不为失败找借口，只为成功找方法。就这样！”

于洋关了对讲，一抬眼看见尚晋背着包走过来。

于洋啪地打了个敬礼：“必须的！”尚晋一愣：“怎么就必须的了？”于洋嘿嘿笑着：“不管您怎么的，我都必须的。这是我的人生格言。尚调解员，您今儿来什么事儿啊？”“小胡和小梅的事儿，我想跟你商量一下。”“小胡把状告到你那儿去了？嘿，他也忒不地道了！”“不是告状，他们就是想调解一下。我也想知道，小梅在东门干保安，为什么不能在西门干保安？”

于洋说道：“尚调解员，说小梅，得先说小胡。小胡现在出息了，给天使投资人马得路马总当司机。马得路是——”“马得路我认识。”“哦，那我不说马得路了，我继续说小胡。小胡他在给马总当司机以前，就在西门干保安。马总经常开车从西门出入，就认识了小胡，马总一时糊涂，觉得小胡机灵懂事，就让他当了司机。这你弄清楚了吗？还是我说清楚了？”“你说清楚了，我也弄清楚了。”于洋竖起大拇指：“聪明！佩服！不愧能当尚调解员。这小梅呢，是个保姆，被主顾辞退了。小胡就来找我，说小梅想从保姆业转到保安业，我念他以前在我手底下工作过，一时糊涂，就同意了。”

尚晋有些讶异：“小梅是被辞退的？为什么？”“是被辞退的，但不知道为什么辞退的。小梅来了，我把她安排到东门，但她要求去西门，说见小胡不容易，我就把她安排到了西门。”尚晋迷惑了：“她之前在西门干过？”于洋回应：“对。她到了西门以后，不安心工作，天天跟各种住户聊天、搭讪，这我才知道，她到西门来另有目的，还是想找户人家当保姆。”尚晋有些不明白：“东门就不能找人聊天搭讪了？”于洋解释道：“咱们幸福里，东门那边安置了一些回迁户，普通房型，住的是普通家庭，西门这边是高档住宅，全是有钱人。小梅是想找个有钱人家干保姆。但她这种行为，扰乱了物业跟住户的关系，所以我就把她调回了东门。”

尚晋明白了，想了想：“于总，那把她再调回西门的可能性有没有？”于洋直嘬牙花子：“哎呀，哎呀，你不知道，这俩人，太难缠，别说西门了，东门我都想不用她了。又怕小胡激动，想不开，来闹事。”尚晋惊讶道：“小胡还闹过事？”于洋说道：“目前还没有。但话里话外，都长着刺儿。现在这社会，要没事儿，都是人模狗样，一旦有了事儿，个个都是火药桶，我年纪轻轻就能当上这物业经理，靠的不就是这能息事宁人的涵养和智慧嘛。”尚晋笑了笑：“明白了。这事我好好琢磨一下。”

一名物业人员骑着自行车经过。

尚晋好奇：“于总，咱们物业人员都配自行车了？”于洋得意地回应：“中国物业基本都还是步行办公，我们率先实行了自行车办公，这样能更快地为住户服务。”尚晋点头微笑：“有点儿意思。回见。”

于洋又啪地一个敬礼：“必须的！”

从物业管理处出来，尚晋又匆忙赶去李貌的工作室。

李貌收拾东西正准备下班，见到尚晋还有些意外：“你不要跟你爸妈吃饭吗，来这儿干吗？”“大事儿。你可不准批评我啊。”“你得先说。”

尚晋从包里掏出一部苹果手机，搁在李貌面前。

李貌看了一下自己的苹果手机：“我这手机挺新的啊，又没出新版，你花这钱干吗？瞎殷勤！”“不是送你的。”

尚晋伸手进包又取出一部苹果手机，调皮地看着李貌。

李貌惊讶：“什么情况啊你？”尚晋笑着说：“一部给奶奶。一部给李掌柜。”李貌一愣：“奶奶要什么手机？李掌柜那手机也没坏啊。你吃饱了撑的？”“长远打算，这是长远打算。”“你说明白，否则去给我退掉。”

尚晋忙解释道：“奶奶到我那儿去，说到了手机。”“奶奶跟李掌柜说了多少次了，李掌柜不让买。我也就没敢买。你就是买，也不用买苹果这么贵的啊。给她买个老年机多好，字儿还大。”“奶奶眼不花。而且，为什么买这手机呢，为什么买两部呢，你的手机是苹果的，我的也是，万师傅也是。”“万师傅那是我买给她的礼物。”“李掌柜的不是，所以给李掌柜换掉。你把咱们几个的 ID 地址给设成一样，这样以后比较方便照顾奶奶。”李貌疑惑道：“照顾奶奶？”“你没发现奶奶记忆力出现一点问题了吗？”“发现了。”“我观察了一下，奶奶属于逆行性遗忘，现在还不严重，但以后会越来越重，有这么一部手机，可以防止奶奶走丢。”李貌不解地问：“什么叫逆行性遗忘？”尚晋假装严肃：“忘了我批评你的了？凡是网络搜索能搜得到的，不准问啊！手机你送给奶奶和李掌柜吧！走啦！”

李貌拿着两部苹果手机先去了奶奶家。奶奶见到手机高兴得合不拢嘴，等李貌一走，立马找出老电话本来，喜滋滋地挨个打过去。

李貌回到家把另一部苹果手机送给李双全。不出所料，李双全坚决不要。

“我不要！我手机又没坏，不用换。”李貌劝说：“尚晋都已经买了。”“他这是没事找事！要给你奶奶买手机我还不会买啊，用得着他？”李貌问道：“爸，你为什么不愿意给奶奶买手机呢？”“你奶奶你还不清楚啊，爱占人点小便宜，十几年前被人给电话骗了一次，现在电信骗子都不打固定电话了，你要给她弄个手机，她还会上当。”“我奶奶现在不给人留电话号码了。”“那是不留固定电话了，我给她定的规矩。要给个手机你看她留不留，她会主动给人留的。”“我已经给她定好规矩了，不让她给陌生人留电话。”李双全仍然拒绝：“反正我不要。”

“我给你看个功能你就要了。”

李貌打开自己的手机，点开查找我的 iPhone 软件，给李双全看。

“你看。奶奶在家呢。她在哪儿你都能看得见。”

李双全看了看来了兴趣：“有点意思。”指了指那部新的苹果手机：“我要用这个也能看得见？”李貌忙说：“能啊。我把咱们家的 ID 都设置成同一个了，奶奶无论在哪儿你都能看得见。”

李双全想了想：“那我也换了吧。”李貌一拍手：“这就对了！”

尚晋陪着尚得志和管红花在烧烤摊吃烧烤。尚晋和尚得志手里各攥着一瓶啤酒，没用杯子，就对着瓶喝。

管红花什么也没吃，在深沉总结："我先说三点：一、虽然我步步为营，但还是低估了对手——"尚晋打断："妈，李貌是我对象，不是您对手。"管红花语气加重："尚晋，你妈我已年过半百，吃的亏比你吃的盐多。我记得我在自传中写过一句富有哲理的话，可以回答你这个关于对手的问题。在这个世界上，除了你自己的双手之外的任何手，都是你的对手。对手，指的不都是敌人，它更多指的是跟你旗鼓相当的人，你全力以赴想要争取的人——我的自传，还是很有含金量的。"

尚晋后悔自己多嘴："妈您继续说第二点吧。"管红花一脸认真地继续："我第一点还没说完呢——我低估了对手，这是我的责任。但你爸，也就是得志同志，把李貌给漏到了二楼上，也是难辞其咎。"尚得志一脸茫然："这是什么买卖。一定有个旁门左道。"管红花回应："我打听了，人家只有那一道门。"

尚得志摇着头喝啤酒。

"爸，别自己喝呀。我敬您一杯！"

尚晋拿瓶子和尚得志的酒瓶轻轻撞了一下。

尚得志见儿子主动敬酒很高兴，咕咚咕咚将剩下的小半瓶一口喝光了。

尚晋挥手喊道："老板，再来瓶啤酒。"

老板答应着，迅速送过来一瓶。

管红花继续说道："二、李貌反客为主，以我之道还治我之身，由让她写保证书，变成了我写保证书，显露了极大的智慧。作为我的儿媳妇，我感到了压力，但作为儿子的媳妇，我又替尚晋感到欣慰。三、这份保证书我要认真写，希望它能对我们的家庭建设起到重要作用。"尚晋迫不及待地举起酒瓶："爸，我妈这三点总结得太好了，我必须敬您一杯！"

两人又碰瓶喝，尚得志很兴奋。

管红花对尚得志说："你少喝点，明天不还比武嘛。"又转过头对尚晋说："别劝你爸了！不劝他都能喝大，你一劝他还不喝傻！"

尚晋放下酒瓶对尚得志说："爸，想跟您商量个事儿。""说。啥事儿？"

尚晋本想借酒劝阻尚得志不要比武，但话到嘴边又说不出口。

"爸，明天下午你有把握吗？"尚得志有些郁闷："我本来很有把握，让你们说得没把握了。不就是过个招嘛。"转身对管红花问道："上午你都看见了，我功夫不减当年吧？"尚晋一惊："上午我爸怎么了？"管红花回应："你爸练了一趟拳给我看——尚晋，你刚才想说什么？”

尚晋迟疑了一下还是说了：“爸，妈，上级有关部门已经了解到这次比武的事了，专门下了指示。”管红花问道：“什么指示？”尚晋硬着头皮回答：“决不允许动手。”尚得志才明白过来：“怪不得刚才频频给我敬酒，是想让我失信于人啊，不带劲。”

管红花劝说道：“得志同志，我们得听上级指示。”尚得志忍不住激动起来：“把李才给晾那儿？不中！我答应的事儿，我必须出头。”管红花感到有些迷茫：“你这不是为难尚晋吗——尚晋，要是动了手呢？”“上级没说动手的后果。”“尚晋，你应该跟你领导说你处理不了这事。”“妈，我就是处理这事的。我不能逃避。”尚得志不耐烦了：“你们不用操心。明天我一招制敌，让上级有关部门根本来不及反应就结束了！”

三人吃完烧烤返回儒生酒店，一进大堂，就被前台经理叫住了。

“尚先生，管女士，留步。”

三人站住。

前台经理拎起一个袋子快步走了过来。

“尚先生，管女士，有位李先生来找过你们，看你们不在，便留下了这个，还写了张纸条。”

尚晋接过袋子，打开一看，里面装着一对蹄花。

管红花接过纸条，展开，念着：“尚掌门、管女士：蹄花一对，不成敬意，冷亦可吃，热食最佳。”尚得志点头道：“看看！看看！这是什么买卖！李掌门就是讲究，知道我明天摆阵，这是给我助阵呢。事儿大了，不打是不可能了！”

尚晋暗暗皱眉。

第十五章

周日上午，李双全照例出门暴走。家里人都知道，这是李双全多年来雷打不动的习惯，每次都要走上几个小时。李双全出了小区，上了大街，走了一个多小时，拐上了琉璃厂大街。继续走了一阵子，又一拐，进了一条胡同——赫然正是上次奶奶、李貌等人去的李家老房子所在。

到了胡同里李双全就开始警惕起来，走走停停，生怕遇见熟人。到了那个四合院门口，李双全前后左右观察了一下，见没人注意，随即掏出一副大墨镜戴上，匆匆走了进去。

院子里很静，只有一名妇女在晾晒衣服。李双全没停留，走入更深一进，从另一侧再转回三间正房前的时候，妇女已不在了。李双全快步走到正房门前，掏钥匙开门进屋，随手把门关上了。

到这时李双全才放松下来，摘下墨镜，脱下外衣，在三间房内来回走了一圈，走到卧室里停下了。

阳光照在床上。李双全躺了下去，惬意地闭上了眼睛。

李双全在老房子里躺了约莫一个小时才起身，打开屋子里一个老旧的衣柜，取出一套中式练功服来。李双全换上练功服，站到镜子前，深吸一口气，打量了自己一会儿，出门去了。

刘克弱正在休息室里收拾东西准备出发，徒弟高大勇走了进来，说有人找，在训练厅等他。刘克弱有些纳闷，去了训练厅，只见一名男子正背着手在训练厅场子中央溜达。

刘克弱上前问道："您找我？"

来人转过身来，正是李双全。

"刘克弱刘教练？"刘克弱狐疑地打量着李双全："我是。您哪位？""我叫李双全——李才他父亲。"

刘克弱微微一凛："李氏五行推手掌门人？"李双全微笑："更准确的身份是李氏蹄花的老板。"刘克弱有些疑惑："那你是以老板身份来找我，还是以掌门人身份来找我？""都不是。我是以李才父亲的身份来找你。李才没学过武，你踢他馆没有道理。""但他应了战。""所以我今天替他来跟您试两手。""那我们应该下午在咖啡馆的场子里见。"李双全："在这儿，对大家都有利。"

刘克弱挑衅地看着李双全："我明白了。你怕输。"李双全倒是一脸坦然："是的。""那你要是输了呢？""我带犬子上门赔礼道歉，他答应您的，他去做。""好。那我就不让你们当众出丑了。"

刘克弱大步走到了场子中央，站到了李双全对面。学员们都围了上来。

李双全看看左右："刘教练，让你的学员也都散了吧。就留咱俩，过过手。"刘克弱冷笑："我们打比赛，没人兴奋不起来。"李双全坚持："咱们这不是比赛，就别那么兴奋了。让他们散了吧。"刘克弱想了想："好吧。您跟我父亲是一辈人，我尊重您的要求。"

刘克弱转头朝高大勇："大勇，你带他都出去，把门带上。"

学员们不情愿地都出去了。门也关上了。

李双全神情平静地对刘克弱一拱手："刘教练，咱们开始吧。"

高大勇等一众学员在门外等着，议论纷纷，都觉得不能目睹刘教练痛揍这个什么五行推手掌门人实在是人生遗憾。

过了大约十几分钟，门开了。学员们正待一拥而入，却见李双全独自走了出来。只见李双全额头微微冒汗，一手捂着下肋部，低着头，一言不发径直向外走去，步伐明显不像刚进来时那样轻松从容，显然是受了伤。

学员们赶紧拥入训练厅，却见刘克弱站在大厅中间发着愣。众人拥上前去，七嘴八舌地问："教练，什么结果啊？"刘克弱不太自然地笑了笑："当然是他输了。"众人鼓掌欢呼。高大勇说："您没下重手吧？我看那人伤得不轻，走路都瘸了。"另一人说："教练肯定手下留情了，要不然他还能自个儿走出去？"众人纷纷点头附和。刘克弱打断道："行了，这事到此为止，就别传出去了，给他一个面子吧，毕竟是一个派别的掌门。得饶人处且饶人嘛。"众人又一通夸奖。高大勇问："那下午的场子还去不去？"刘克弱想了想："你替我去一趟，告诉他们切磋取消了。"高大勇有些迟疑："他们要问原因我怎么说？"刘克弱顿了顿："你就说，和为贵。"

众学员散了。刘克弱把一名俱乐部工作人员叫到一旁，低声吩咐："小五，你去把今天训练厅里的监控录像全部删了——不许跟别人说！"

李双全从俱乐部出来，径直去了附近一家医院。看见医院大厅里乌泱乌泱的人群，摇摇头，转身又走了。李双全回到了四合院，休息了一会儿，换上来时的衣服，听了听外边没动静，迅速闪身出去锁门走了。

幸福里社区公园，广场舞神曲嘹亮欢快。常有丽领着一群中老年男女跳舞，一边跳一边张望，可马吃草却一直没有出现。常有丽心里嘀咕，寻思要不要给马吃草打个电话，问问他到底来不来。忽然间，常有丽注意到广场舞队伍后排有个人很奇怪，穿着裙装，戴着墨镜，动作笨拙别扭很不协调。

常有丽心里一动，瞬间明白了。常有丽示意前排的林姐替自己上前领舞，随即穿过队伍朝后排走去。

那个奇怪的人见常有丽过来转身想走，被常有丽一把抓住。

"老马，何苦这身打扮！来了怎么也不打招呼！"

此人果真是马吃草。马吃草有些沮丧："这你都能认出来，我的化装术太失败了！""不是你化妆术失败，是你的舞姿出卖了你。在我这地场上，没有跳得你这么难看的。来，跟着我跳。"

常有丽在马吃草旁边一招一式地示范。马吃草跟着模仿，慢慢地也变得有模有样起来。

李双全没事人似的回到家，准备午饭。万山红催着他动作快点，说早点吃完一块去咖啡馆给李才助阵。李双全却说要忙活蹄花店那摊子事，走不开。万山红倒奇怪："李才的事你一点都不关心？"李双全也不说破，淡淡地说："他不是拜了师父吗？有他师父在，用不着我操心。"

理想胡同咖啡馆门口已经挂上了李才第二十九场讲座的海报。

李才、李貌、马得路、毛毛、苏洁围坐在桌旁商量着。

李才有些沮丧："从你们的分析来看，输的可能性比较大。我很有可能成为文艺界的一个笑柄。"马得路一脸不忿："这刘克弱要真赢了，我找人打丫的。"毛毛忙打住："你还天使投资人呢，一身胡同串子的味儿。"马得路更来劲了："江湖事，江湖了。这是男人的世界。"

毛毛撇撇嘴不再理他。

苏洁觉得气氛有点凝重，想缓和一下："李才哥，输也不怕。顶多就网上热乎两天，随便哪个明星离个婚劈个腿你这事就过去了，咱们还该吃吃该喝喝。谁还能记得你输了？"李才并不领情："我自己记得啊。"

李貌一直低着头发微信没说话。

李才目光转过去："貌貌，你怎么一点都不替哥担忧啊？"李貌没抬头："我胸有成竹，你输不了。我想好了，下午不让你师父出战。"李才迟疑道："那让谁？"李貌抬起头来："我。"

李才一愣，连连摇头："那我宁愿认输。"李貌笑了笑，脸上露出从容自信的表情："我出战是一个策略，赢不了，但也不会输。刘克弱是亚洲搏击冠军，输我他丢人，赢我他更丢人。所以只要我宣布出战，他一定会不战而退。"李才一时无法接受："这太鸡贼了吧？"李貌叹了口气笑着说："这不都是为了你嘛。你惹了亚洲搏击大赛的冠军我的哥哥，全亚洲我们哪儿找赢他的人去——就这么定吧。我已经跟尚晋说了。"

尚得志和管红花早早到了尚晋办公室，在减压室里热身备战。尚得志对着一个假人不断连续出掌。假人被打得东倒西歪。尚晋在一旁站着，管红花躺在减压椅上休息。

尚得志一听李貌要替他出战当场急了："绝对不行！绝对不能让李貌出战！"说着狠狠一掌击出，假人突然被打漏气了，像是叹息一声，倒在了地上。

管红花从减压椅上坐起来："这算毁坏公物吧？"尚晋连忙回应："没事，妈，这算日常劳损。"尚得志仍控制不住激动的情绪："这是什么买卖。不经打！怎么可能让李貌出战？尚得志这辈子言出必行，说到做到——你作为我的儿子，得有点骨气。"

尚晋正待开口手机响了，一看是周茉莉，赶紧接起来："喂，周主任。"

"尚晋，你调解好了没有？如果没调解利索，我们就要动用警力了。""调解好了。保证不打。"

尚得志朝尚晋瞪眼，尚晋当没看见。

周茉莉似乎还是有些不放心：“好的。但你下午还是要去现场，把情况记录一下。”“好的。您放心。再见。”

尚晋挂断电话。

尚得志瞪着尚晋：“我可没保证不打。”尚晋突然改口：“爸，我一向不喜欢使用拳头解决问题，但这次，我支持您。”

尚得志愣住。

尚晋解释道：“我说保证不打，是因为如果我不这么说，派出所就会来强行制止。我支持您帮李才打这一场，无论输赢，只为承诺。”

尚得志突然一掌把尚晋拍了个趔趄。

“好儿子！”

时间接近下午两点，大厅演讲区人已坐满，等着李才上场。万山红、李貌、尚晋、尚得志、管红花、毛毛、马得路、苏洁等人都坐在第一排。罗永恒母子俩也坐在人群当中，他们显然是来看李才出洋相的。

常有丽领着马吃草进了咖啡馆，想进演讲区坐下，被小红拦住。马吃草此时已是正常打扮。

“常阿姨，得有报名。人坐满了。”“我们还用报名。加两把椅子。”小红转头招呼苏洁：“苏洁，苏洁。”苏洁转头看见常有丽和马吃草，赶紧捅了捅马得路和毛毛。马得路和毛毛连忙起身迎过去。万山红等人也都回头看着。常有丽和万山红目光一碰，又都闪开。

马得路惊喜地问：“爸，你怎么来了？”马吃草指指常有丽：“她把我拽来的！”毛毛对常有丽笑道：“就知道你会来看热闹——小红，加两把椅子到第一排。”

常有丽下巴一抬：“不。小红，你给我加两把椅子在那上头。”

常有丽指了指二楼栏杆。那儿居高临下，可俯瞰整个演讲区。

小红看着马得路：“马总，加哪儿？”马得路气派地指示道：“我的地盘我做主！听我丈母娘的！”

小红撇了撇嘴，招呼小黄搬椅子去了。

万山红坐在前排，忍着不回头去看常有丽，不提防一抬头，竟看见常有丽跟马吃草已经到了上头。两人的目光又碰到了一块。这次常有丽没闪开，得意地看着万山红。

万山红哼了一声，起身想走，被一旁看在眼里的李貌拉住。

“哪儿去，马上开始了。”万山红愤愤地说：“她骑我头上，我坐不下去了。”李貌劝解道：“你现在走，说明你怕她！”万山红一想也是，悻悻然又坐了回去。

李才摇着一把扇子从屏风后转出来，走上了台，一鞠躬，台下顿时掌声雷动。

苏洁振臂高喊：“李才李才，推开心灵雾霾！”

台下来的多是李才的粉丝，一齐高喊：“李才李才，推开心灵雾霾！李才李才，推开心灵雾霾！”

李才只好又鞠了一个躬，抱拳感谢。

“大家好，人生在世，要么创造自己的热闹，要么观看别人的热闹。大家今天能够来看这一个热闹，我感到非常荣幸。你们受累了！”

众人鼓掌。

“今天我们的主题是传统武术有没有实战性，大家都知道，中国武术有非常强的观赏性，或行云流水，或刚劲有力，但到底能不能打呢？这个话题已经讨论了很多年，至今尚未有定论。今天我们除了讲座，还将有一场切磋，双方分别是霸王龙俱乐部总教练刘克弱先生和我的师父、风雷十二掌掌门尚得志先生。师父，麻烦您起身跟大家打个招呼。”

尚得志站起身，转身面向众人抱拳施礼，复又坐下。

李才继续：“刘克弱先生还没到，我们就不等他了，先开始讲座——几年以前，在北方大学里边，也发生了一场关于武术的辩论赛，主题跟今天一样。当时那场辩论赛的双方主辩手也到了现场。尚晋，李貌，跟大家打个招呼。”

尚晋跟李貌起身跟大家招了招手。

李才介绍道：“这位尚晋先生，所持观点是传统武术是花架子，没有实战性，李貌是我妹妹，学过一点太极推手，她的观点是传统武术具备实战能力。辩论赛中，尚晋赢了。”

尚晋面露得意。

“但辩论赛结束以后，李貌跟尚晋约了一次实战比试。结果如何呢？大家请看大屏幕！”

李才按动手中的遥控器播放视频。

地点是一个大学操场，李貌与尚晋相对而立，有几名同学在围观。能看出是手持摄像机录制的，画面稍有些晃动。

李貌看着摄像机：“可以开始了吗？”

摄像师是毛毛的声音：“开始吧。李貌，好好收拾一下他！”

另外几名同学跟着喊：“李貌加油！尚晋泄气！”

只有一个女生在喊：“尚晋加油！”镜头摆过去，竟是安心。

台下的万山红晃了一下神儿，只觉得眼熟。

大屏幕上，李貌摆出一个起式，尚晋有点不屑地站着。

尚晋说道：“我是一男的，不会主动打你。你上手吧。”

李貌移步上前，手搭上尚晋肩膀，尚晋手一扒拉，李貌反手一推，尚晋噔噔噔后退几步，仰面朝天倒在了地上。几位同学欢呼。摄影师的手都笑得抖动不已，冲上去给了尚晋一个特写。

尚晋有点儿蒙：“我自己不小心摔倒的！”

只见尚晋又翻身站起，这次他有些小心了，重心下沉，稳住下盘，目视李貌。李貌上前，双手搭住尚晋手臂，先推后引，这次尚晋以嘴啃地的姿态趴在了地上。

尚晋恼羞成怒，撑地跃起，不便出拳击打，上前做出擒拿姿势，想扭住李貌手臂，李貌绞住尚晋右臂，一绞一送，尚晋哎哟一声躺到了地上。

摄像机镜头又跟上来。这时安心上前扒拉了一下镜头，镜头对准了安心。

安心伸手一挡：“别拍了同学！”毛毛的声音：“输了还不让拍啊！愿赌就要服输！”安心说道：“你有点人道主义好不好！得送尚晋去医院！”

台下的万山红越发疑惑，轻声自语：“这是安心吗？”

这时画面戛然而止，视频已经播放完了。大厅里掌声雷动。

尚晋如坐针毡。尚得志一脸遗憾：“这是什么买卖！”管红花依旧一脸严肃。

李才继续他的讲演：“大家刚才看到了，李貌用太极推手战胜了尚晋。如果李貌没学过推手，我想尚晋要打赢李貌是毫不费力的，这说明，这说明——”

突然间，李才看见郭纯希拖着一个箱子进来了，不禁有些心神不定。

郭纯希把箱子一放，坐了上去，安静地看着台上的李才。

李才定了定神：“咱们继续——这说明，传统武术是有实战性的。但是为什么会出现这个争议呢？这是因为，中国武术的表演性给人们留下了深刻印象——”

坐在二楼的常有丽根本无心听讲座，一直低声和马吃草嘀咕着。

“你先给我看看万山红。”

马吃草盯着万山红看。

常有丽问："看见什么了？""胖了。万山红胖了。""是不是很难看？"马吃草摇头："不难看，倒比以前瘦的时候好看了。你看那脸，多富态。"常有丽气恼道："让你看原形，你看长相干什么！"马吃草不紧不慢地说："不看长相，哪能看出原形——嘿，哟，这个呀她是。"常有丽急切地问："什么？什么？""一匹小马。"常有丽愣了愣："比我大呀——你再看看，看清楚点，你会不会把驴看成了马？""驴和马我还是能分辨出来的。她就是马。"

常有丽有些泄气："我是蛐蛐这事你谁都不准说啊。""我不说。"常有丽指指万山红旁边的管红花和尚得志："旁边那几个你都给我看看。就第一排那几个。那女的，装模作样那个。还有那男的，不可一世那个。"

讲座已到尾声，刘克弱还没露面，众人都等得有些心焦。

李才心里更是七上八下："今天的讲座就到这里，但不知为何，刘克弱先生并没来。我们再延时三分钟，如果他没来，那么我们这场比武就算以平局结束。在此我也宣布，为保障社会稳定，以后我将不会再接受任何身体接触性挑战。"

这时高大勇匆匆进来了。有人注意到高大勇穿着霸王龙俱乐部字样的衣服，叫道："来了来了！"

人群一阵骚动，纷纷扭头去看。高大勇走到台前，朝李才一拱手。李才也急忙一拱手。

高大勇气喘吁吁地说："李才老师，我代表我们刘教练来通知您，他不来了，比武取消了。"

台下一片哗然。尚得志更是连连道："这是什么买卖！这是什么买卖！"尚晋则长出了一口气。

李才抬手示意众人安静，朝高大勇问道："刘教练为什么取消呢？"高大勇解释："我们刘教练不光练搏击，业余时间也参禅。他最近悟透了一个人世间最宝贵的道理：和为贵。他还让我转告您，跟您的恩怨一笔勾销。"

台下众人议论纷纷。李才忽然看见郭纯希拖着箱子转身向外走去，赶忙高喊一声："今天的讲座到此结束！感谢各位！"说完急忙朝郭纯希追过去。

郭纯希刚走出咖啡馆大门，李才追了出来："郭姑娘，请留步。"

郭纯希站住，转身看着李才。

"郭姑娘，是不是您找了刘克弱，跟他达成了协议，他才不来的？"郭纯希摇了摇头，淡淡地说："我没有。""你不要瞒着我。否则他不会不来。""李才老师，您博学多才，请启动您智慧的大脑想想，如果我跟他达成了协议让他不来，我还来这儿干什么？”

李才正待开口，粉丝们从咖啡馆里涌了出来，围住了李才：“李才老师，想跟您合个影。”“李才老师，麻烦您给我签个名。”

李才只好一一配合。

罗永恒和母亲也从咖啡馆出来了。

李才客气道：“罗先生，抱歉！没满足您的心愿！”罗永恒义正词严地说：“我有证据证明，你们这是一次配合好的炒作。我要在网上写文章揭露你们！”李才却很平和：“谢谢。期待您的文章，欢迎您成为我们炒作的一部分。”

罗永恒母子离开了。粉丝们也纷纷散去。李才舒了一口气，抬眼张望，郭纯希已经不见踪影。李才不禁有些失落。

李才回到咖啡馆，把尚得志、管红花请到自己办公室里休息。

尚得志依旧有些不忿：“不带劲！不带劲！这不瞎耽误工夫嘛！”管红花听得不耐烦了：“得志同志，不打是好事。五十多岁的人了，老成一点。”李才怕尚得志不依不饶，只好撒谎：“师父，刚刚有知情朋友跟我说，刘克弱不来，是因为他打听了一下您的情况，没把握赢您，没敢。怪不得呢！”尚得志精神一振：“是吗？咱们是地方拳种，北京这边也能打听到风雷十二掌的威力吗？”李才装作一脸认真地说：“网络社会，什么犄角旮旯儿的事儿都能人肉出来。而且，师父，我是您徒弟了，以后掌门人不就是我嘛，以我的知名度来说，咱们这风雷十二掌已经是全国的拳种了。”尚得志眼里闪过一丝得意：“话不能这么说，你是我徒弟，有可能是掌门人，也有可能不是。自封不行——憋一下午了，去趟洗手间。”

尚得志出门上洗手间去了。

管红花看着李才：“为什么跟你师父撒谎？”“师娘看出来了？师父给我助拳，得让师父有面儿啊。”“一个谎出，十个谎扑。十个谎出，赢也是输。”李才一愣：“谁的格言？”管红花得意又低调地说道：“你师娘我。”

马得路、马吃草、万山红、毛毛、李貌、苏洁围坐在咖啡馆大厅里，喝着饮料吃着点心。众人都既好奇又期待地看着马吃草。

马吃草有些拘谨：“得路，怎么都看我呀？”马得路找个理由：“都有日子没见您了。”毛毛又要憋不住了：“马叔，其实我们都知道了。”马吃草紧张道：“都知道什么了？”毛毛笑着说：“知道您有特异功能。您就给我们看看吧。”

万山红满脸狐疑："什么特异功能？老马，你成骗子了？"马吃草越来越不解："谁说我是骗子？是不是有人跟你说什么了？"李貌忙打住："妈你别多说话，听着就行。马叔现在能看出人的原形。"

万山红惊讶地看着马吃草。

毛毛忙说道："都是自己人。"马吃草看着苏洁："这个我看着眼生。"毛毛打消他的警惕："这是我跟班。也是自己人。"苏洁撇撇嘴不以为然。

李貌迫不及待了："马叔，我们原形都是什么啊？"马吃草眯着眼睛："天机不准泄露。"李貌更好奇了："谁不准？"马吃草幽幽地说："她也不准我告诉别人不准我泄露天机的人是谁。"李貌猜到了："常姨威力无穷啊。"毛毛鼓动马吃草："马叔，别听我妈的。你该说说。"马吃草坚决摇头："做人要有信用。我答应你妈不说了，我就不说。"

万山红气愤地说道："老马，你好糊涂啊！"马吃草居然有些惊喜："是吗？我糊涂了吗？"万山红叹了口气："也就我万山红这直肠子能跟你说——你真糊涂了！"

马吃草起身握住万山红的手："老万，谢谢你！难得糊涂，难得糊涂，我一直想活出糊涂的境界，今天终于做到了！"

万山红瞠目结舌，抽出手，转头朝马得路喊道："得路，别光忙着赚钱，带你爸好好检查一下吧。"

万山红站起身，看了一眼李貌："跟我来。"把李貌拉到角落里，低声道："录像里头扶尚晋那女孩怎么跟那主持人安心长得那么像？"李貌装糊涂："长得像吗？""很像啊——是不是就是她啊？她怎么那么心疼尚晋啊？""就是她。""你得多长几个心眼！尚晋不跟她联系了吧？""不联系了。""那我先回去了。今晚有安心的节目。我再瞅瞅她。""行。你回吧。晚上我不回家吃了啊。我哥请吃海底捞。"

尚晋把常有丽请到了居委会办公室，说了一下昨天他和万山红沟通的结果。

常有丽慢条斯理地说道："我常有丽一向有理讲理，这幸福里没人儿不知道，所以人都尊称我常有理。万山红这两百五十米的限制范围对我是一种侮辱性条款——"

尚晋打断："常阿姨，从哪儿来的两百五十米？"

常有丽意识到说漏嘴了，掩饰道："你说的两百五十米！我刚才听见的。"尚晋辩解道：“从咱们谈话开始，我没说过两百五十米，我说的是三十米。”常有丽嘴硬：“你刚才录音没有？”尚晋摇摇头：“没有。录音的话我会提前征得您同意。”

常有丽一听没录音有底气了：“尚晋，你绝对记错了，我耳朵听得真真的，你说了一次两百五十米。”尚晋不想在这个问题上纠缠：“好的。咱不纠结这个，可能是我口误。”常有丽咬住不放：“你承认是你口误对吧？”尚晋：“是。”

常有丽由衷地说道：“尚晋，我打心眼里欣赏你！有错大胆承认——不管是你口误的两百五十米还是三十米，它本质都是对我自由的一种限制。”尚晋直接问道：“这一条您不同意？”“我同意——但我同意，不是怕了她，也不是万山红有理，是因为接下来咱们两家要拼婚，不能因为我跟万山红的个人恩怨影响你们的人生大事。等婚礼过去，我再继续跟她磕。”“那我就安排那一块钱的交接仪式了。”“可以。这万山红是喜欢硬币呢还是纸币呢？”“您两样儿都带吧。到时候让万阿姨自己挑。”常有丽未置可否地哈哈笑了一下：“尚调解员，辛苦你了！”尚晋客气地笑笑：“职责所在，不客气。”

李双全天擦黑了以后从蹄花店回到了家，一反常态没做饭，在外面饭馆打包了几个菜当作晚餐，吃饭的时候还破天荒喝起了黄酒。

万山红越吃越别扭：“你今天怎么想起打包外边的菜了？”李双全边吃边说：“路过这家饭馆，想起你爱吃，就进去要了这几个菜。都你爱吃的吧？”万山红将信将疑：“今天你怎么喝黄酒了？”李双全指着一道菜：“这道海蜇皮，不配黄酒，太煞风景。”

万山红又道：“你怎么也不问问李才输赢啊？”李双全一副置身事外的样子：“他自己惹的事儿，自己兜着。我早就说了，不管、不问。他不又拜了个师父嘛，好大本事！我怎好再插手插嘴？”

万山红想了想，心事重重地叹了口气，不说话了，低头扒拉米饭。

李才把尚得志和管红花请到了自己住处，叫了海底捞火锅外卖，又叫李貌、尚晋、苏洁作陪，一群人兴高采烈地吃着喝着。酒过三巡，李才有些醉了。

尚得志吃得满脸油光：“这是什么买卖！能想着把火锅送人家里头！李才，你日子很滋润啊。我虽然有你师娘做饭，可她不但比不了李掌门，也不如你这外卖！”管红花不满地瞟了他一眼没说话。

李才有些得意：“哪里啊，师父，原来这还住着几个其他女孩，根本不让往家里叫，怕火锅儿味上她们的衣服。”苏洁好奇：“走得干干净净？”李才满脸遗憾：

“一个没剩，一个没剩啊，都给我克跑了。全是人品信得过的脑残粉儿啊，多热闹啊，那时屋里多热闹啊，莺歌燕语啊。”李貌插嘴问：“哥，就下午来咖啡馆那女克星克的？”李才点点头：“就她，郭纯希，我屋内其他女孩都叫她倒霉蛋儿。这倒霉孩子，长得一点也不倒霉啊。”苏洁一脸认真的样子：“是的。我看过她星盘，有一股紊乱能量。”李才心里隐藏着一丝伤感：“喝口凉水都塞牙，在别人那里是形容词，遇见她，就是动词。我吃青豆都被崩过牙。”

尚晋忙打住：“世界上有笨蛋、浑蛋、变蛋，但没有倒霉蛋。你们都是有为青年，别迷信。”李才感慨道：“尚晋，不是我们迷信，倒霉蛋儿是郭纯希自己承认的。她是我脑残粉儿，很想靠近我，近距离感受我的人格魅力，但是怕带给我霉运，毅然远离了我。同时强大的磁场也让其他女孩子都远离了我。生生把我从贾宝玉变成了苦行僧啊。”

苏洁趁机道：“李才哥，我搬你这儿住吧！”李才拒绝：“不可。你在毛毛家他们那房子里住得不挺好吗？”苏洁不满意地说：“那是‘家是一座城’的库房好不好？睁眼就是一堆三合板。貌姐，对吧？”李貌边吃边说：“是库房不假。但从没占用你那房间和客厅吧？”苏洁撇撇嘴：“反正是寄人篱下。”李貌抬起头看着苏洁：“你那不是寄人篱下，是工作室给你提供的住房。常阿姨一直想出租挣钱，被我跟毛毛摁住的。北京你到哪儿找那么方便的宿舍去。再说了，到李才这儿你一样是寄人篱下！”苏洁心有不甘：“在寄女人篱下和寄男人篱下之间，我选男人。貌姐，我不是对你有意见啊。”李貌淡淡地回应：“知道。你对你毛毛姐有意见。”

苏洁索性放下筷子：“我对毛毛姐没有意见，只有感恩。因为跟她工作了以后，世界上就没有再扛不住的工作了。我不可能再找到比她还苛刻的人。每次吩咐我工作，先问，苏洁，你忙吗——我要说不忙，一顿剋儿，这么多工作你为什么不忙起来。我要说忙吧，又是一通呲儿，干了多点工作啊就嚷嚷忙？为什么不迅速把手头工作做完？”尚晋接话道：“不怪毛毛。怪你回答的方法不对。”苏洁一愣：“那怎么回答？”尚晋一脸诚挚的样子：“不管她问你忙还是不忙，你都回一句：毛毛姐，您有什么交代，我马上去办。”苏洁无奈：“好。我先试试，如果有用，你跟貌姐结婚的红包我多加一百块钱——其实我想换房住这事跟毛毛姐也没关系。貌姐，您可不知道——算了，不说了。”

李貌追问：“怎么了？常阿姨私下找你了？”苏洁不打算说了：“没事。水逆了。”

一直不说话的管红花忽然放下筷子，清了清嗓子：“各位，今天在座的没外人——”

大家又把目光不约而同看向苏洁。

苏洁一脸无辜：“我是貌姐跟班儿、李才哥粉丝。不拿自己当外人。”

管红花：“——我把给李貌的保证书写好了，我当众念一下，貌貌要觉得哪儿欠缺，咱们可以随时改。”

管红花从兜里取出一张纸，又掏出老花镜。

尚晋惊讶：“妈你近视了？”

管红花随口应着：“老花了。”说着举起纸来念：“保证书，李貌：你好。鉴于你的合理要求，即结婚以后，若婆家保证不给你重大压力，你便能保证不酗酒，不染酒瘾。故，我们三人向你保证，在你结婚以后，不增加你的生活负担，不改变你的生活爱好，给你提供一个和谐美满、健康阳光的生活环境。尚得志、管红花、尚晋。”

管红花放下保证书，看着李貌：“你若同意，咱们双方就签个字。”

李貌干脆地回应：“管阿姨，我没意见。但是，保证书都只是保证方签字，被保证方是不用签字的。”

管红花一愣。她写的保证书其实也暗含了李貌的保证，本想使个小花招让李貌变相地也签个保证书，却被李貌也不知有意还是无意地给堵了回去。

“哎呀，哎呀。考虑不周，考虑不周啊。不带劲。不带劲。”

管红花边说边掏出笔：“得志，尚晋，我们是个负责任的家庭。签吧。”

三个人都在保证书上签上自己的名字。

管红花把保证书递给尚晋：“尚晋，保证书搁你那儿，抽空复印一份，原件给我，复印件给貌貌。”

尚晋看了李貌一眼，李貌没言语。

李才一脸醉意：“师父，一日为师，终身为父。我再敬您一杯！”举杯一饮而尽。

李貌着急道：“慢点喝你！别喝出酒瘾症！”话一出口李貌觉得不妥，不自觉看向管红花，管红花果然脸色有些沉。

李才却兀自亢奋不已：“今儿个老百姓，今儿个真高兴！我要多喝！”

酒足饭饱，尚晋一家三口先行告别，步行回儒生酒店。

管红花说道："我现在有点放心了。"尚得志也有些微醺，对尚晋笑道："你妈前半辈子工作是看文件，就相信纸面上的白纸黑字。我就不信字儿。"

管红花又严肃起来："我不是指保证书。我放心的是，从今天晚上来看，他们这个家族酒瘾症遗传到李才身上的概率比李貌大。"说着长出了一口气："终于放下了一块心事。"

尚晋有些别扭："妈，您这心里话可千万别让人听见。有损您的形象。"

管红花仍保持着高冷的语气："尚晋，你小看了妈的境界。我不是从家庭角度看这件事，我是从女性角度来看，如果这个酒瘾症不能避免，我希望发生在男性身上。我们女性太苦了。这是一种很大很大的情怀。你长期不跟我们生活在一起，不是很了解我的精神境界。我准备跟你爸搬到北京来，这样我们就团聚了。一个家庭，最好在一座城。""妈，这事，咱们从长计议吧。""我已经想得很长了。"

李才已经醉得一塌糊涂，在客厅里声情并茂地演讲，李貌、苏洁都拦不住。

"我怕郭纯希来，郭纯希来了，我怕李掌柜不来，李掌柜就没来。郭纯希为什么来我知道，可李掌柜为什么没来我不知道。今天是我生命中的一个坎啊，他为什么不来？他是我的监护人啊。"

李貌哭笑不得："哥，你早过了十八岁了。""因此，我要隆重感谢万师傅——我先吐一会儿再回来感谢。"

李才踉跄着去洗手间了。

苏洁感叹："酒后吐真言。李才哥这么在乎父爱啊。"李貌撇撇嘴："他主要是怕尚得志打不过刘克弱。"

李双全这天早早上床睡了。万山红却睡不着，侧过头看着李双全，犹豫了一会儿，摸过手机，对着李双全的脸拍了张照。闪光灯一闪，李双全哼了一声，吓得万山红一动不敢动。好在李双全没醒，万山红悄悄下床去了客厅。

万山红坐在沙发上发了一会儿呆，不经意看到了李双全的包，下意识朝卧室方向看看，没动静，迅速拿过李双全的包，打开查看，从里面掏出一副墨镜，又掏出一串钥匙。

万山红戴上了李双全的墨镜，发着呆，有些茫然。她总觉得哪儿不对劲，又说不出所以然来。忽然心念一动，拿出自己的钥匙串，和李双全的钥匙串一把一把地对比。

万山红拿出手机，把李双全那串钥匙拍了下来，又给戴墨镜的自己来了张自拍。万山红看着手机里的自拍照发着愣。

清晨，李双全和李貌在公园里练习推手。李貌还惦记着昨天的事："李掌柜，昨天您怎么没来？""早就说了。这事我不管。""您不上心，我哥还有些伤心呢。""有他师父上手，何必我上心。"

说话间不小心牵动了肋部伤处，李双全哎哟了一声，强忍住没去按肋部。

李貌赶忙扶住："爸，您怎么了？"李双全摆摆手："没事。受凉了。今天就到这儿吧。"

一上班，尚晋就把万山红和常有丽一起请到了居委会调解办公室。两人如同武侠高手一般对峙着。

尚晋开始工作："现在，进行精神赔偿费一元人民币赔付仪式。万阿姨，您希望是硬币还是纸币？"万山红冷冷地说："硬币不严肃，纸币。"尚晋转向常有丽："纸币。"

常有丽伸手从口袋里一掏，掏出一枚硬币："哎呀，不好意思，我出门忘带纸币了。就用这硬币吧，价值是一样的。"说着把硬币递向万山红："老伙计，对不起了。"

万山红无奈地刚要接，尚晋打住："等等。"从抽屉里取出了一张崭新的一元纸币，微笑着递给常有丽："我怕您忘带，给您准备了一张。甭客气。"

万山红赞赏地看了尚晋一眼。常有丽悻悻地接过纸币，单手递向万山红。

万山红没接："老伙计，严肃点，我们这不是还钱，是道歉呢。道歉得用双手。"

常有丽双手捏住那一块钱递向万山红。

万山红这才伸手："尚晋，给我们拍张照片。"

万山红双手抓住一块钱的另一侧。尚晋举起手机拍了一张照片。拍照的一刹那，常有丽扭过了头。万山红得意地说："尚晋，给我和你常阿姨都各发一张，做个纪念——老伙计，你用微信吧？"

常有丽压不住心中的怒火："用啊。不过我一般不加人，一般人不加，所以不好意思，万山红，你的请求我拒绝了，我还不能加你！"

不等万山红答话，常有丽一扭身快步出了门。

万山红愣了下急忙追上去："哎，哎，哎，谁要加你了？"

万山红追到门口，常有丽已经没了人影。万山红恼火地回头冲尚晋嚷嚷："我说要加她了吗？我说要加她了吗？”尚晋忙打圆场：“您没说。您只问她有没有微信。”万山红懊恼：“我就不该问。我就不该问。”

中午吃过饭，尚晋约李貌一块去买自行车。两人去了附近一家自行车专卖店。尚晋看中了一辆车：“我喜欢这颜色。”李貌却指着旁边一辆：“我喜欢这个。”尚晋不假思索：“行，听你的，就要这辆。”

李貌有些意外：“不再去别的店里看看啊？”“挑自行车又不是挑人。费那事干吗。”“挑人你是货比三家了？”“别话里找话，那样幸福感会降低。”“跟你妈学的。你妈是话术高手。”“高手不也还是败给了你。”李貌听这话得意地笑了。

交完钱，尚晋骑上崭新的自行车，带着李貌往回走。

李貌从后面搂着尚晋的腰：“你做好结婚的准备了吗？”尚晋蹬着新自行车，浑身充满了力气：“从跟你谈恋爱那天起就时刻准备着！”“我们会幸福吗？”“我们会追求幸福。”李貌不满意：“你不正面回答我。”尚晋笑了：“这答案上帝才能给。你摸我右边的裤兜。”

李貌把手伸进尚晋的右边裤兜，摸出了那份保证书的复印件。

尚晋迎着风喊道：“一切保证都是愚蠢的！”

李貌将保证书复印件撕成了碎片，刚想扔到风中，尚晋叫道：“等等。”

尚晋快速蹬了几下车，停到路边一个垃圾箱旁。

尚晋手一摊：“请。”

李貌做了个鬼脸，把碎片扔进了垃圾箱。尚晋继续向前骑行。李貌把脸贴到了尚晋背上。

手机不合时宜地响了，是物业经理于洋打来的。尚晋只好又停下来接电话。

于洋在电话里喊着：“尚调解员，你赶紧过来。赶紧的！必须的！”尚晋问道：“怎么了？”“3号楼有对小夫妻打起来了！动手了！我先报你，你不管我就要报警了！”尚晋忙说：“报我就可以！不用报警了！我马上来！”

尚晋快速骑到幸福里社区，放下李貌，又风驰电掣地骑到3号楼。

于洋正在楼下等着，见到尚晋像见了救星：“你可来了！”尚晋回应：“必须的！”

尚晋停好车，跟着于洋进了楼。一进楼道就听见一户人家传来争吵声。

男子的声音：“我今天就要认清你的真面目！”女子的声音：“这就是我的真

面目！”

于洋上前拍门：“开门，开门。”

里面争吵声猛然停了。男子问：“谁啊？”“我物业经理，于洋。”“关你什么事儿啊，走开！”

尚晋靠近门口：“你们好，我是社区调解员尚晋，这是我的调解证，请你们从猫眼里看一下。”尚晋把调解证搁到猫眼前：“请你们开一下门，我了解一下情况。”

男子说道：“我们不需要调解。”女子的声音又传来了：“需要。我们需要调解。”尚晋耐心地劝说：“先生您好，如果不开门，我们就只能报警了。”门终于开了。尚晋和于洋进了屋，见一对男女在客厅里正虎视眈眈。尚晋又开始工作了：“请问你们二位为何争吵啊？”

男子一脸气愤：“你问她！”女子也怒气冲冲：“他今天一早起来，非要让我卸妆。这是什么道理？”尚晋问男子：“为什么要让您太太卸妆？”男子叹了口气：“好。那就家丑外扬吧。调解员，我跟她从认识到结婚，两年。我这几天才琢磨过味儿来，就是从认识她到现在，我就没见过她卸妆的样儿。她就连睡觉，都带妆睡。”

女子辩解：“我工作太累，来不及卸妆换妆。”男子质疑：“你每天都累？每天都来不及卸妆？我受骗了！我上当了！我今天非要看看你的真面目！我看看你到底有多丑，才会两年不卸妆！”

尚晋转头问女子：“是这样吗？”女子一脸委屈：“我不丑，也不漂亮。但化了妆还能看。见他第一面时我就化了浓妆，跟我本人有点差距，因为我很喜欢他，就没敢再卸妆。”男子态度坚决：“我并不是看颜值的人，但她这是对我的欺骗！”

尚晋继续问女子：“您现在敢卸妆面对您先生吗？”女子低下头：“不敢。我怕他失望。”男子突然摇了摇头，无奈地说：“我已经失望了。算了，我也不看你真面目了，咱们离婚吧。”女子想了想：“好。”

尚晋内心惊讶但没表露出来：“女士，您就算离婚也不愿意卸妆？”女子很坚定：“不愿意。这是我个人隐私和意愿。请你们走吧。我不需要调解了，我知道他，他不会接受我的。”男子同样坚定地说：“她说得对。你们走吧。她答应离婚，这事就好办了。”

于洋没想到是这种结局：“尚调解员，宁拆十座庙，不拆一门婚啊。你再使使劲吧。”

尚晋摇摇头，对那对男女说：“你们好好协商一下。如果还愿意调解，到居委会调解办公室找我。”

尚晋示意于洋跟自己出门。

于洋满脑子疑惑，一出门就问：“你为什么不调解了？”尚晋解释道：“调解工作不是你想象的让两人和好，而是让两人面对现实。现在这两个人已经冷静下来了，具体的事情需要他们协商。而且，卸不卸妆是这位女士的权利，我们无权干涉。”于洋有点明白了：“我还以为调解工作就是和稀泥的呢。”尚晋拍了拍于洋的肩膀：“希望你正确理解我们调解工作。”于洋立正答道：“必须的！”尚晋又轻声嘱咐：“你多观察这家住户，有什么问题再给我打电话。”于洋点头：“得嘞！”

尚晋骑上自行车走了。

傍晚，奶奶坐在沙发上看电视，看着看着睡着了。门铃一响，奶奶醒了，敏捷地下地去开门。常有丽一手牵着呼噜，一手拎着一个盒子出现在门口。

奶奶欢天喜地：“有丽，快进来、快进来。”常有丽牵着呼噜进了门，把盒子递给奶奶。奶奶一看：“面包！”“热乎乎暄腾腾。我给您抢的傍晚头一炉儿。”“哎呀，哎呀，你什么都能掐着尖！”“也有掐不着的！你们家双全那蹄花我就抢不着第一对！”“哪天想吃，我就让他给你留着！”“哎，谢阿姨。”

奶奶招呼常有丽：“坐呀，坐。”“不坐了。今天牵着呼噜不方便。”“你牵着它干吗，放开，让它自己撒欢儿去，咱俩说说话。”常有丽一本正经：“不行。我现在没有撒开的权利。咱们这九号楼内外三十米，我必须牵着遛。”奶奶不解：“国家规定？”常有丽撇撇嘴：“您儿媳妇定的。”奶奶有些糊涂了：“山红？她哪有这权力？只见你欺负她，没见她欺负你啊。”

常有丽一脸无奈的表情：“是这样。呼噜咬了您儿媳妇万山红一口，万山红告到了您孙女婿尚晋那儿，尚晋经过调解，让我三十米之内不准无线遛狗。就是没绳儿不行。唉，一朝被狗咬，十年怕狗绳。我就牵着吧。”奶奶一把夺过狗绳抛到地上：“在我这儿我说了算。”

常有丽赶紧捡起来：“阿姨，这不成。我这人您还不知道，说到做到。我走了。晚上见。”奶奶疑惑地问：“晚上你还来？”“不来呀。您不知道？咱们晚上不是开会吗？”“不知道。开什么会？”“晚上开会，讨论毛毛李貌他们结婚的事儿。”“不知道啊。在哪儿呢？”“社区得路李才那咖啡馆。八点。我走了，阿姨。”

常有丽转头出门去了，不自觉地露出了一丝幸灾乐祸的笑容。

到了晚上，尚晋一家三口、李貌一家三口加李才、毛毛常有丽母子外加马得路，一群人齐聚理想胡同咖啡馆办公室，屋子里坐得满满当当。小狗呼噜蹲在常有丽脚下。常有丽手不离绳。绳的顶头是个中国结，很醒目。

苏洁坐在桌子最边上，对着台笔记本电脑，准备充当会议记录员。

李才宣布会议开始："大家好，今天咱们凑一块说说尚晋和李貌、毛毛和马得路拼婚的事儿——"

门忽然开了，小红忽然领着奶奶走了过来。众人都一愣。

小红边走边说："奶奶说她来开会。"

众人都面面相觑。常有丽则暗自得意。

尚晋赶紧起身："奶奶，您坐我这儿。"

尚晋起身把奶奶扶到自己椅子上，小红从外边又递进一把椅子。尚晋拉过来坐下。

李双全劝说："妈，这儿没您什么事儿，点灯熬油地太累，您回去休息吧。"奶奶眉毛一扬："我不累。"李双全懊恼地问："谁通知你来参加的啊？"奶奶没好气地回应："反正不是你——没人通知我。"

万山红看常有丽。常有丽一副若无其事的样子。

李才打圆场："奶奶精神可嘉。欢迎奶奶出席会议——咱们谁先发言。"

管红花打断道："李才，会议不能这么开，得有程序。这样，我来主持吧。"

管红花掏出一本笔记本，打开，显然是有备而来。

管红花照着笔记本念着："尊敬的常秋琴女士——"

众人瞬间都有些愣怔，面面相觑。

马得路问道："谁常秋琴啊？"奶奶也愣怔道："常秋琴谁啊？耳熟。耳熟。"

管红花以为记错了，低头检查自己的日记本。

李双全有些惊恐地看着奶奶："妈，您叫常秋琴！"奶奶醒悟过来，有些不好意思，为自己辩解："我就是考考他们，看看谁知道我叫常秋琴。"

万山红、常有丽都佩服地看了管红花一眼。

管红花一脸从容地回到会议主题："咱们重新开始——尊敬的常秋琴女士，尊敬的常有丽一家，尊敬的马得路一家，尊敬的李双全一家，还有我们——即尚得志一家。以及辛苦的会议纪要人员苏洁同志。大家好。鄙人管红花，今天很荣幸受邀来主持这场跨越两城的四方会谈。我们汇集到此地是为了两对新人的婚礼。在此请让我代表四方人员向两对新人表示热烈的祝贺。”

尚晋、李貌和毛毛、马得路没想到这么正式，忙站起来鞠躬。管红花提醒：“其实此处应该有掌声。”说完便带头鼓掌。奶奶跟着鼓，李才和尚得志热烈呼应，其他人都只是意思一下拍几下巴掌。

管红花继续：“群龙不能无首，人群不可没头。咱们进行会议第一项，选出婚礼组织委员会领导班子。”万山红插话：“没说今天要选举啊。”管红花始终保持平缓严肃的语气：“不要担心，就是举手表决，不复杂——根据中央简政放权的精神，咱们婚礼组织委员会的领导机构也不宜庞大，要合理构建，咱们可以设总指挥一名、副总指挥一名、秘书长一名。其余都为工作人员。有不同意的请举手。”

没人举手。

管红花继续往下：“马得路和毛毛这一方，听说已经选出了常有丽同志作为指挥人，很好。尚晋和李貌这一方呢，我提议万山红同志作为指挥人，你俩联手作战。不知万师傅同意不？”万山红本能地拒绝：“我不跟她联手。”管红花立刻改变方案：“那我提议，李掌柜和常有丽同志联手。”万山红抢先道：“不同意！”李双全也面露难色：“不合适。”管红花一脸镇定：“那要这么看来，我只能提议我作为这一方的指挥人了。我愿意为大家服务。有不同意的请举手？”

没人举手。万山红一时都没反应过来。

管红花趁机马上进行下一项：“好。总指挥的人选出来了，是常有丽同志和管红花同志。这两位同志各自做一个演讲，然后大家举手表决。有丽同志，您先来。”

常有丽警觉道：“不，你先来。”

管红花从容应对：“好。我只说三点：第一，大家都知道，我是在宣传部门工作，官至理论科副科长，副职正干，上传下达，经验丰富，统筹有序。第二，我给我们单位的同事，给一些再婚的领导甚至三婚的领导，都曾组织过婚礼，至少在十场以上。这个经验我想在座的都不具备，有丽同志应该也不具备。第三，我希望能在总指挥这个位置上，发挥出在政坛生涯中积累的宝贵经验，为四个家庭作出我应做的贡献。谢谢大家！”

李才带头，众人鼓掌。

常有丽不甘示弱：“好。我也只说三点：第一，管副科长干了一辈子副科长，那干副手的经验绝对丰富。所以我认为管副科长干副总指挥，更能发挥她宝贵的经验。这么多年的副手经验，说实话，是罕见的。不能浪费。第二，管副科长，你们科几个人？”管红花回应：“加我是四个。”常有丽一脸得意：“减你是三个。也就是说，你只管过三个人。我在幸福里公园广场，管着多少人呢？上百中老年妇女及三十来个中老年男人。全都服服帖帖的！我左手，右手，一个慢动作，他们就得右手，左手，慢动作重播。第三，我在北京，方便呀。你在青岛，怎么总指挥。不切实际。”管红花心有不悦：“补充一点：当选后，婚礼前后，我都驻京，同时我也在准备移居北京。”常有丽咄咄逼人：“犯规了啊。说三点就是三点。那我也补充一点：当选后，我自掏腰包请大家吃烤鸭。”

管红花收住：“好。咱们开始表决。因为大家都是抬头不见低头见，打断骨头连着筋。所以，不愿意投票的，可以弃权。”

除万山红和奶奶外，其余人都唰地举起了手。奶奶本来没明白怎么回事，见其他人举手，也跟着举了起来。常有丽拼命给奶奶使眼色，奶奶没看见。

李双全悄悄按着自己的肋部：“我弃权。听大伙儿的。我先回去休息了。”李双全说着就起身往外走，又回身嘱咐李貌：“貌貌，一会儿送你奶奶回去。”李貌点头回应：“哎。您走吧。”

管红花继续：“好。现在决定权交到了万山红同志的手里。万师傅，请您表决，您选谁。”

万山红没想到自己成了胜负手，不自觉有点小激动，看着常有丽，毫不犹豫地说：“我投管副科长。”

管红花对常有丽微笑道：“恭喜你，有丽同志，恭喜你当选副总指挥。现在我任命李才为婚礼秘书长。”常有丽不甘心：“哎，不对啊，怎么什么程序都你说了算？”管红花仍是一副从容淡定的表情：“程序是我提的，但我刚才都征求过大家的意见了。程序是正义的，是合法的。”

常有丽还没回过神来，有些茫然：“稀里糊涂我怎么就成副的了？”管红花淡淡地说：“群众关系搞不好，一般就是副手的命运。我也吃过你一样的亏，退休了才想明白。”常有丽转过头：“得路，毛毛，你们对我当副的有意见没有？”

“没意见。我认为您应该当副的。”马得路说完见常有丽瞪眼赶忙找补：“因为这样您有更多时间去订礼服，做造型，把时间花自己身上。”常有丽有些失落：“我主要是为了你们，我自己倒不重要。”毛毛赶忙圆场：“那不行啊。李貌、尚晋那边，长辈人多势众，咱们这边，就您撑场了。必须漂漂亮亮的！”

常有丽心里略微舒坦了点：“哦，还真是。行吧，副的就副的，我不争名夺利。”一扭头见万山红一副胜利者的目光看着自己，又有些气不过，从口袋里掏出一块巧克力递给奶奶：“奶奶，吃块巧克力。尚晋，你还别说，你送我这巧克力还真挺好吃。”说着往自己嘴里扔了一块，又从口袋里抓出一把来撒到桌上：“谁饿了谁吃啊，别谢我，尚晋送的。谢尚晋就行。”

万山红果然脸色又沉下来。

常有丽得意地剥了块巧克力想往呼噜嘴里塞：“呼噜也来一块。”

尚晋赶紧阻拦：“停！不能给狗吃巧克力！会致死的！”常有丽赶紧缩回了手，有些后怕：“真的吗？”管红花补刀：“我一个同事的狗上个月就是吃巧克力吃死的。大型犬还好，你这样的小型犬一吃必死。”

常有丽不悦道：“管副科长，您说话最好说全乎一点，别含糊着说呀，是我这样的小型犬吗？是我养的呼噜这样的小型犬。否则让社会上那些幸灾乐祸的人听了还不得偷着乐出毛病呀。不过，尚晋，还是谢谢你救我狗命呀——啊呸，不对，我怎么自己也犯这含糊说话的毛病。”

众人暗笑。万山红强忍着没笑出声来。常有丽悻悻然。

管红花继续行使领导权利：“很好。有丽同志也很善于批评和自我批评嘛。既然大局已定，咱们现在分派具体任务。”

管红花考虑问题面面俱到，分配任务井井有条，很快一五一十地跟每个人都交代清楚了，连万山红和常有丽都不由得暗暗佩服，心说总指挥交给她，大伙儿还真都省了不少心。

九点多会议圆满结束了，众人各回各家。

管红花特意把李才拉到一边交代了几句：“李才，你拉一个婚礼筹备委员会的群，把今天晚上所有人都拉进来，按照我们既定方针去做。再拉一个咱们两家的群，便于内部交流。”李才点头答应：“哎。好。”

管红花又道：“我明天一早的头班飞机，跟你师父飞回青岛。”李才如释重负：“回去好，回去好。”“处理一下事务就尽快赶回来。”“师娘，其实也不用那么急，筹备工作我们能干好。”“在其位，谋其职。”“师娘，明天一早我来送您。”“我今天晚上提前订个滴滴专车就行了。年轻人都爱睡个懒觉，明天踏实睡你的。”“哎。师娘体贴。”

尚晋和尚得志、管红花一道回到了儒生酒店。

尚得志对今天会议的成果显然是心悦诚服："老管，你想当总指挥就能当上，这辈子我被你压着，也算是服了。"管红花语气中充满自信："掌握了选举秘诀，再利用好群众关系，选谁是谁。"不自觉又有些感慨："我要是提早明白这一点，何至于政坛不振。"

尚晋走过来："妈，明天你们什么时候走，我给你们订票。"管红花收起思绪："不是明天走，是今天夜里走。票我已订好。去咱们家现在只剩一趟慢车了——得志，上去取行李吧。"

尚得志应了一声，匆匆上楼去了。

尚晋愣了会儿才回过神来："妈，干吗这么着急，明天坐高铁走多好。"管红花："我跟你爸想在高铁时代再坐慢车感受一下生活，晃晃悠悠明天一早就到家了。"

尚晋知道母亲是想省钱，心里有些不是滋味。等尚得志取了行李，退了房，尚晋打车送爸妈去火车站，一直送到进站口。

临进站时管红花嘱咐："尚晋，赶紧把首付交了，把房子买了。房子是一天一个价儿。"

尚晋目送尚得志、管红花的背影消失在人流中，不知怎的，鼻子忽然一酸。

第十六章

李才一大早开车到了儒生酒店，准备送尚得志、管红花去机场。到了楼下一打电话，尚晋说他们已经走了。李才惊讶，怎么这么早就有航班？尚晋犹豫了一下说了实话，说他们昨天晚上就坐火车走了。李才诧异，师父师娘唱的这是哪一出？尚晋也不能明说母亲是既要面子又想省钱，只好解释说爸妈怕麻烦大伙儿，所以虚晃一枪提前离开了。李才倒是松了一口气，但想到管红花说过不久后可能长住北京，不免又有些头疼。

尚得志和管红花在火车上颠簸了一夜，次日中午终于到了青岛。回到家，顾不上休息，尚得志就直奔老鹰开的茶楼。

老鹰正一个人在办公室里喝茶哼小曲儿，见到尚得志热情地招呼："哟，老尚，来喝茶？"尚得志一摆手："不喝了，我刚从北京回来，赶紧来看看我那玉。""老尚，不是你那玉，是我那玉吧？""老鹰，合同里写着呢，我可以随时买回来，这就说明主动权在我这儿，主动权就是主权，既然主权在我这儿，这块玉就还是我的——没毛病吧？"

老鹰一急用上了尚得志的口头禅："这是什么买卖！这是什么买卖！我觉得目前至少得说这玉是我的。否则我心理上过不去。"

尚得志看老鹰真急了，忙改换语气："老鹰，这样，咱俩搁置争议，先不说是谁的玉就说这块玉——你把这块玉给我看看，行不行？"老鹰点头认可："搁置争议好。咱们这样哈，暂时搁置争议，一块玉，对外两种表述，但在咱们两人之间，就说这块玉。没毛病！”“好好好！没毛病！你赶紧拿出来给我看看。你不会是给卖了吧？”“我是那缺钱的人吗？”

老鹰起身从办公室保险柜里取出那块玉，递给尚得志。尚得志接过来仔细端详，还凑到鼻子前闻了闻。尚得志有些心疼：“上边有你的汗味儿。你手心儿爱出汗。”老鹰伸出手说：“玉，就需要汗的滋润。汗手养玉。”尚得志一脸怀疑的表情：“有这说法吗？谁说的？”老鹰得意道：“我研究出来的。看完了吧？放心了吧？”

尚得志依依不舍地把玉还给老鹰。

“老鹰，以后我再去外地的时候，你得定期拍你和玉的自拍照片给我看，得让我时刻确认它还在你手里。”“嘿，我买了你这么块玉，真是买了一堆麻烦。要不你赶紧买回去吧！”“有朝一日，我一定会买回来的。我绝不能让它明珠暗投！”“行，好。那我就期待着你让它光彩重生。”“没毛病。”“这是什么买卖！”

小胡、小梅又来找尚晋，询问调解结果。尚晋直截了当问小梅：“你想调到西门，是不是想找个好人家当保姆？”小梅有些不好意思地承认了。

尚晋说：“小梅既然身是保安、心在保姆，何不直接找一份保姆工作？”小胡解释道：“不好找啊哥！这不才曲线救国嘛！”小梅也满脸委屈：“哥，你不知道，我们底层人群，在北京混，可难可难了。”尚晋有些无奈：“不是有很多家政服务公司吗？去登个记。”小胡：“登记过。都是些低端工作。端茶倒水，拖地擦窗，给孤寡老人做做饭，给学前儿童领领路。小梅早过了那个初级阶段了，她是高端保姆。”尚晋一愣：“我不懂你们保姆界。什么叫高端保姆？”

小胡对小梅说：“把你月嫂证拿出来给哥看看！”

小梅从包里掏出一本月嫂证，递给尚晋。尚晋打开看着。

小胡凑到尚晋身后念着：“李小梅在人力资源和社会保障部中国就业培训技术指导中心举办的月嫂岗位培训班学习以后，经审核，具备相应的专业知识和技能，特发此证。中国就业培训技术指导中心——看看，这戳盖的！这大钢印！多少钱你都买不到！”

尚晋把证件还给小梅：“月嫂不是更容易找工作吗？”小胡回应：“哥，我们不是找不到工作，是找不到合适的主家。因为签有保密协议，我不能告诉您真实名字，但很多大明星、大富豪，都请小梅做过月嫂。所以小梅现在的身价很高。这就跟明星出场费一样，叫上去了就不能再降下来，除非是过气了。小梅现在正在气头上。所以我们现在不接工薪阶层和一般性中产阶层的月嫂工作。”尚晋越听越蒙:“那你们接什么样的?”小胡笑了笑,摊开手开始算计:“我跟小梅深入研究过,我们主要接这样的工作:一、富一代的梅开二度或者三度,就是富豪离了婚,又找了年轻的,这时候生孩子比较隆重,小梅可以出场,这个钱最好挣,月嫂费之外还经常有小费;二、富二代的第一胎,这月嫂费给得也比较高;三、拆二代。我们比较喜欢给拆二代做月嫂。因为这钱是拆出来的,不知道往哪儿花,打高尔夫也花不了多少,又想当贵族,就往生孩子身上招呼,给得也多。主要这三块,当然也给单身妈妈和一些中产阶层家庭干过,基本算半公益活动。”

小胡说得头头是道,尚晋不禁有些刮目相看:“你这是中国社会各阶层生活状况分析啊。”小胡一惊:“哥你怎么知道的?我日记本里这文章小梅都没看过。”尚晋一本正经地继续说道:“小胡,既然小梅有月嫂这技能,那么干保安是屈才了。我觉得还是让小梅到月子中心去报个名,在保姆行业里找保姆工作是容易的,在保安行业里找保姆工作太绕了。”

小胡仍然坚持:“哥,我在保安岗位上不就找到司机工作了吗?您还是继续给我们调解一下。我可以保证:调到西门以后,小梅绝对不再主动跟业主进行业务沟通。都说知识改变命运,对于我们这些没知识的人,就不能靠自己的努力改变命运了吗?”

尚晋只好点头:“好吧。我再试试。”

小胡、小梅连声称谢,告辞离开了。

尚晋正想出门,梅然光来了。梅然光感慨:“宝剑锋从磨砺出,梅花香自苦寒来。尚晋老弟,通过最近我对一些事件的调解和观摩,我觉得我心胸开阔了,视野宽广了。”尚晋警觉道:“你不是要辞去志愿者的职务吧?我建议你在这个位置上多贡献一点儿。”梅然光摇头:“不,我不是要辞去这个光荣的职务。我是在想,你能不能找一个比我更有钱、视野更宽广的人来指点一下我的投资格局。”尚晋头疼:“比你还有钱的人,你不认识很多吗?”梅然光一脸真诚:“我不相信我认识的那些人。你介绍的人,我相信。”

尚晋正想说我到哪儿去找这么一人,忽然灵光一动:“哎,还真有一个!哪天我给你介绍一下!”梅然光高兴了:“多谢!今天我请你吃泡面。”

尚晋出了办公室,直奔李貌的工作室,路上顺手买了两串糖葫芦。到了李貌办公室,将一串糖葫芦往李貌面前一递。

李貌挺开心:“呀,糖葫芦,好久没吃了。你也吃呀。”“这串是给毛毛买的。”“她出去了。你吃了吧。”“糖葫芦我总觉得不卫生，我从来不吃。”李貌嗔怪：“那你就给我吃啊？”尚晋笑：“你不是爱吃嘛。一年就吃个一两回，没事儿。”“就吃一两回我就一次吃两串吧。”

李貌把另一串也接了过去：“给我送糖葫芦，还是有事儿？”尚晋不好意思地笑了：“有点小事儿，想照会你一下。”李貌问：“什么事儿？”

尚晋回身把办公室的门关上。

李貌奇怪道：“干吗啊神神秘秘的？”尚晋凑近李貌，压低声音：“我知道一个消息，徐子雯回来了。”李貌一时没明白过来：“谁？徐子雯是谁？”“李掌柜前妻啊。”“哦，她回来了？你怎么知道的？”“我是社区调解员，知道的事儿比你们多好几倍。”“她什么时候回来的？”“回来好几天了。”“回来好几天了，你怎么才告诉我？”“因缘不起，烦恼不生。我本来不想告诉你的。”“为什么？”“她回来也许不想打扰李掌柜呢？我跟你说了，万一你再透露给李掌柜呢？这不就会产生一些烦恼嘛。”李貌一脸迟疑：“那你为什么又说了？”

尚晋笑着解释：“因为我想找徐子雯帮个忙，就不能不说了。我呀，准备让徐子雯跟我那边的志愿者梅然光谈个话。梅然光有钱不知道怎么花，好几十个亿。他想找个几百上千亿的掌控者谈一谈，看接下来怎么办。”李貌这才明白过来：“这种情况，不是找比他更有钱的人谈，应该找心理医生。”尚晋无奈道：“找了，他把好几个心理医生都谈崩溃了。现在没心理医生敢接了。他现在主要找我谈。”李貌担心地问：“他不会把你也谈崩溃吧？”尚晋拍拍胸脯：“我是学哲学的，崩不了。但他投资方面的事儿我解决不了，正好徐子雯回来了，我想让她谈。”李貌惊讶：“她上百亿？”尚晋低声说：“她供职的公司做文化地产的，市值上千亿。”李貌睁大眼睛：“那得赶紧让李才认亲啊。”尚晋忙打住：“别这么市侩啊。李才是文化人。”

李貌嬉笑：“文化人也是人啊，他一直苦恼兜儿比脸干净。我希望他能有个财务靠山。”尚晋提醒：“你先别跟李才说。徐子雯自己有打算。”“你跟她怎么认识的？”“她到居委会来办一个出入境手续的证明，我们就认识了。”“她知道你身份了吗？”“知道啊。调解员。”“我是说她知道我跟你的关系了吗？”“不知道。但我主动介绍了。”

李貌来了精神：“哎你能不能帮我跟毛毛联系一下，她在国内的文化地产我跟毛毛可以做设计啊。”尚晋听不下去了：“工作是工作，生活是生活。我联系不了，到时候让毛毛自己联系吧。走了。”

尚晋说着往外走。

李貌撇嘴：“理性动物。”尚晋回头：“这就是你爱我的原因——今年不准再吃糖葫芦了啊。”说完出门去了。

李貌不以为然，拿着糖葫芦自拍。

李才接受邀请，去 798 社区参加一个名为“中国当代艺术往何处去”的研讨会。类似的研讨会、论坛李才每个月总要参加几起，作为嘉宾每次都能从主办方那里拿个三五千不等的车马费。虽然李才一再强调自己身为文化名人参加此类活动是职责所在，但李貌、马得路等人却一致认定他就是冲着那几千块的车马费去的。

今天的研讨会开了一个多小时，李才照例发表了一通精彩演讲，获得掌声一片。出了门，主办方工作人员恭敬地递上一个鼓鼓囊囊的信封。李才走到没人处才打开信封看了看，里面是三千块钱。

李才把信封揣进怀里，往停车处走，忽然看到前方围了一群人，中间一名女子的身影似曾相识，连忙上前查看。

女子正是郭纯希。此时她手里拿着一把刀，和一名光着膀子的中年汉子在人群中相对而站。郭纯希脚边放着她那个随身的箱子。中年汉子脚下则有块白布，上面写着一行字：一个人的疼，就是所有人的疼。

中年汉子声情并茂地念着约翰·多恩的一首诗：“谁都不是一座孤岛 / 自成一体 / 每个人都是那广袤大陆的一部分 / 如果海浪冲刷掉一个土块 / 欧洲就少了一点 / 如果一个海角 / 如果你朋友或你自己的庄园被冲掉 / 也是如此 / 任何人的死亡使我受到损失 / 因为我包孕在人类之中 / 所以别去打听丧钟为谁而鸣 / 它为你敲响。”

郭纯希握刀的手微微颤抖，显得有些紧张。

中年汉子念完诗，看着郭纯希：“扎吧。”

围观人群顿时骚动起来，纷纷举起了手机准备拍照。郭纯希更紧张了，哆哆嗦嗦地举起刀，不敢动。中年汉子鼓励郭纯希：“扎啊！你扎啊！你往我肩膀头子上扎，扎不死我的！扎出血就行！”

郭纯希还是没动。

中年汉子着急："如果你不扎，今天我这行为艺术就失败了！我不允许失败！"

郭纯希哭丧着脸："我不扎了行不行？"中年汉子吼道："不行！不扎你就得赔我两千块！我今天必须让人类感觉到，一个人的疼，就是所有人的疼，谁都不是孤岛，谁都不能自成一体！"

郭纯希突然就崩溃了，眼角盈出泪水，刀子啪地掉到了地上："我扎不了！扎不了！"

中年汉子怒了，从地上的衣服里掏出几页纸："有协议的！不扎你就要赔我两千块！"躲在人群后的李才看不下去了，挤上前，掏出刚才那个信封，啪地扔到了地上的白布上。郭纯希和中年汉子都一愣，抬眼朝李才看过去。郭纯希愣住了，悲喜交加。李才走上前："哥们，里边是三千块。希望能赔偿你的失败感。"一手拉住郭纯希一手提起她的箱子："咱们走。"

郭纯希没有反抗，顺从地被李才拉到了他车旁。

李才拉开车门："上去。"郭纯希心怦怦直跳，却矜持着不肯上车。

李才心有不悦："干吗？非得我强行拉你上车是吗？"郭纯希被说中了心事，拉起箱子转身作势要离开。李才是真烦了，一把抱起郭纯希。郭纯希不自觉地惊呼一声，没来得及反抗，已经被扔到了车后座上。李才关上车门，又把郭纯希的箱子放进了后备厢，上车，发动。

郭纯希坐在后座上，呆看着李才，心里小鹿乱撞。

李才问郭纯希怎么回事，郭纯希迟疑了一下还是说了。原来她这些天一直居无定所，钱也快花完了。下午她无意中逛到了798，迎面遇见了那个中年汉子。中年汉子胸前的衣服上印了一行字："你想赚两千块吗？"郭纯希好奇，上前询问，中年汉子说他要进行一次行为艺术，只要拿刀在他肩上扎几下扎出血来，就能获得两千块报酬。郭纯希禁不住两千块钱的诱惑，咬咬牙就答应了，还跟中年汉子签了协议。没想到事到临头，她却怎么也下不去手，幸好李才及时出现她才脱身。

李才听得摇头叹气不止："你不能再这么漂着了！北漂也没你这样漂的啊！"郭纯希垂头不说话。李才想来想去，拉着郭纯希去了理想胡同咖啡馆。他让郭纯希在外面喝咖啡等着，自己把马得路拉进办公室里密谈。李才刚把想法一说，马得路就炸了："绝对不行！李才，你别害我！""你小点声——得路，你说！我害过你吗？""当然害过啊！不止一次两次呢！这咖啡馆不是你忽悠我能开吗？现在一分钱不挣，每天往里赔！""我这不一直在想辙呢嘛。我建议让郭纯希来驻唱就是放大招啊。”“你把一倒霉蛋儿搁店里，你是想负负得正呢，还是想以毒攻毒呢？”“你一天使投资人，社会精英，怎么也信这些小道流言呢？”

马得路指指李才的嘴：“所有流言，都是从您这嘴里来的。要么你以前说了谎，要么你现在说了谎，不管你是什么时候说了谎，反正你说了谎。郭纯希驻唱这事，绝不可能。你要说我迷信，我就迷信了。人日不落集团的刘一手比我更精英吧？迷信着呢！他绝不跟属兔的合作，这都是立在他们公司章程里的——幸亏我不属兔。”李才听得烦躁：“不讨论属相。我就问你，马总，如果王菲来驻唱，你同不同意？请正面回答。”“别想这用话儿绕我。她不是王菲。“但她是下一个王菲。”

马得路愣住，看着李才。

李才得意地笑：“没想到吧？”马得路无语：“是的。没想到你这么荒腔走板。李才，咱俩是合伙人，你口开了，我不能抹你面儿，咱老北京这点人情我还得认。郭纯希这女孩，我赞助她三万块钱，助她渡过生活难关，你让她到别的咖啡馆去唱。若她花完了这三万块还困难，你再来找我就是了。李才，你别为难我了。做生意，图的就是个吉利。”李才皱起眉头：“得路，这咖啡馆有我百分之三十的股份对吧？”马得路不明所以：“对啊。我占大股我说了算嘛。”李才一咬牙：“你让郭纯希进来驻唱，我让百分之五给你。”

马得路又愣了一会儿：“百分之十。”“百分之八。”

马得路看了李才一会儿：“世上无难事，人间有真情。我被你感动了。成交！”话音刚落，只听砰的一声，办公室的灯突然灭了。

马得路喊：“小白！小白！”

一会儿小白推门进来了：“马总，马总，千年不遇，电线短路！这可如何是好，这可如何是好。”马得路一声暴喝：“在这胡咧咧什么，修去！”

李才暗暗吸了一口冷气。

李才把郭纯希拉回了自己住处，稍事安顿，把郭纯希叫到客厅。

李才坐在沙发上，开了一罐啤酒，朝郭纯希命令道：“脱。”

郭纯希抱着双臂站在李才跟前，有些战战兢兢：“难道您要潜规则我？”

李才皱眉：“我没兴趣潜你。快脱吧。”“脱几件？”“看你的天性也不够解放，就脱到内衣吧。”

郭纯希还在犹豫。

李才放下手中的啤酒罐：“郭姑娘，你也是我粉丝，知道我的能量。我准备包装你，把你捧红。我得看看你的身材，才能决定你走什么路线。我现在看你的眼光是一种艺术眼光，不带性别。”郭纯希咬着嘴唇：“他们都是这么说的。”李才一惊：“谁？谁这么说的？”“我来北京后，遇见过好几个要开发包装我的人，都这么说。”“然后呢？”“然后他们就上来抱我。”“然后呢？”“一个被我顶断了鼻梁骨。一个刚抱住我，派出所正好进来查房，后来他被判了十二年。”李才惊讶：“就这事？”“通过这事，查出他靠给人包装这名义，祸害了不少姑娘——还有一个，扑上来抱我的时候，摔到地上，脑梗发作，偏瘫了。”

李才听得有些愣怔：“哦，这样啊——你怎么这么傻啊！他们让你脱你就脱啊？”“我以为他们的眼光是艺术眼光——还脱吗？”

李才倒有些进退两难了，想了想，看了看房门，过去把插销插上，回来坐下，猛灌一口酒：“脱。”

郭纯希开始脱衣服。脱完一层还有一层。如魔术师。李才惊讶道：“穿这么多衣服你？”郭纯希低下头：“箱子装不下的就穿身上。”

郭纯希又脱了几层，只剩下内衣站在李才跟前：“李才老师，请您以艺术眼光视察。”李才打量了郭纯希一番，皱眉摇头：“穿上吧。胸不够大，皮肤不滑润，抄不了近道了。”“什么是近道？”“性感路线。这是离走红最近的路。”“那我还能走什么路？”“除了性感路线，还有偶像路线，但你这年龄，不上不下，你这颜值，不尴不尬，也走不了。你的声线是小嗓，又走不了高亢路线。比较难。”

郭纯希穿好衣服，想了想，忍不住问：“那我就无路可走了？”“在我这儿，没有无路可走。常规路线走不了，咱们就得出大招儿。有了！我让你走苦情路线。”“从出生那天起，我就在这条线路上。”

“人类有两大心理特征，一是笑话出丑的人，二是同情受苦的人。从今儿起，你就不再叫郭纯希了，没有辨识度，得有个响亮的名字。”

李才四下扫视了一下，看到郭纯希的大箱子，眼睛一亮：“你的家就是一口箱子，你就叫箱子姑娘。箱子姑娘，箱子姑娘，答应啊。”郭纯希连忙“哎”了一声。

“从此以后，你上台演出都要拖着这口箱子。这是你的命运标志。把你吉他拿出来。”

郭纯希打开箱子拿出吉他。李才打量着吉他，指着直板：“这儿，要写上箱子姑娘四个字。”又指着琴箱：“这儿，我找我妹李貌，给你画一个拉着箱子在走啊走的苦情姑娘。长发飘逸，命运飘忽。你演出的时候不能笑，但嘴角可带一点苦笑。不管观众给多大的掌声，你就像没听见一样——”

郭纯希打断：“李才老师，这吉他是我妈给我留下的念想，不能随便往上刻字画画。”李才一脸认真：“当然不能随便，是很认真地往上刻。咱俩还要签份合同，我把你捧红了，你不能一走了之，得给我赚三年钱。因为我捧你这些招儿实际上都是准备捧我自己用的。箱子姑娘，咱俩钱怎么分？”郭纯希有些茫然：“你说了算。”

李才想了想：“你红之前，吃穿住行都算我的，你红了以后，咱们第一年五五分，第二年六四分，你六我四，第三年二八分，你八我二。第四年，咱们一别两宽，各生欢喜。”郭纯希迟疑道：“要是红不了呢？”“那我就找个人把你嫁了。你不也是父母双亡了嘛，我就当你娘家人。”“要是嫁也嫁不出去呢？”

李才一时无语，看了看郭纯希，起身转了一圈。

“箱子姑娘，我一直想破解你身上的霉运到底怎么回事，现在还没找到奥秘所在。但我组织了一段富有哲理的话，本来想在你首场演出上场前告诉你，但我想现在告诉你，希望你能醍醐灌顶。把你手机拿出来。”

郭纯希拿出手机。

“把录音功能打开。”李才说着清了清嗓子，“箱子姑娘，你永远不改变的话，你就会遇到同样的事情发生在你身上，只有当你开始学会改变，你才会有所谓的运气。只有当你很能够接受自己以后，你才会遇到另一个很接受你的人。只有你想成为想拥有的那个人的时候，你才会遇到另一个想拥有你的人——听懂了吗？”郭纯希茫然地看着李才：“不懂。”李才不以为然：“不懂是正常的，我太深奥。知道我为什么单身吗？就是因为我太深奥，因为深奥，所以孤独。这段话每天早晚，你要各听一遍。要像熟悉唐诗宋词那样熟悉它——现在把你朋友圈打开，把你名字改成箱子姑娘。”

郭纯希打开手机操作。

李才又嘱咐道：“记住，以后世界上只有箱子姑娘，不再有郭纯希。别人叫你箱子姑娘你才能答应。因为中国汉字是象形的，每个汉字都是咒语，都有加持力。”

郭纯希点着头，看着李才，满眼都是崇拜之意。

“最后，我们确定一下关系。你要明白，我并不喜欢你，我只是希望能够帮助你，就跟我帮助过的很多姑娘一样。我对你没有其他想法。”“我明白。否则刚才你就扑上来了。”“你也不要对我有其他想法。因为我感觉你对我有些暗恋，我要终止你这个苗头。”

郭纯希看着李才，摇了摇头：“你是个好心人，李才老师。但我对你只有崇拜和感激，没有暗恋。”李才故作轻松：“那太好了。你确定？”“我确定。因为，我有一个很爱很爱的人，他也曾很爱很爱我。”“甩了你的那个浑蛋搭档？”

郭纯希点点头。

“你们那个组合叫什么来着？”郭纯希脸上浮现出一丝伤感：“红嘴绿鹦哥。我是红嘴，他是绿鹦哥。离开我，他就红了，我就还一直这么惨绿。我现在想，他幸亏离开了我。”“这浑蛋到底谁啊？他真有那么红吗？”

郭纯希站起来，走到窗前，打开窗户，示意李才听。下边广场上飘来了大妈跳广场舞的强劲有力的歌曲。

“这就是他。”李才惊讶：“神曲马良？”“正是。”李才眼前一亮：“有门儿。你现在还爱他吗？”

郭纯希关上窗户，走到沙发前，打开了一罐啤酒，喝了几口。

郭纯希幽幽地说：“很爱很爱他。因此我希望他能离我很远很远的。我不想把霉运带给他。”李才点点头：“我确定你不喜欢我了。因为如果你真喜欢我，不会离我这么很近很近的。但这是个好消息。本来我就觉得只靠苦情路线还有点单薄，加上你跟神曲的奇情，妥了！”

李才拿起啤酒罐朝郭纯希一举：“来，干——”话音未落，只听“砰”的一声，沙发后边墙上的一张国画掉了下来，画框刚好砸到了李才的后背上。

李才龇牙咧嘴地从牙缝里挤出了第二个字：“——杯！”

上午时分，一辆豪车停在了理想胡同咖啡馆门口。一名墨镜女子从车上下来，竟是安心。安心打量了一下咖啡馆，往里走。车上下来两名男人想跟着，被安心摆手阻止。

小白看见安心进来，略微愣了一下，觉得面熟却一时想不起是谁，上前招呼：“您好。您几位？我们这儿几位的桌都有，单间也有——”

安心指指楼上，举步上楼。

小白疑惑地盯着安心的背影看着，终于想起来了，激动地低呼：“调解三人组！调解三人组！世上无难事，人间有安心！活的安心！”

李貌、毛毛和苏洁正在“家是一座城”工作室里用幻灯片看各种结婚照效果图，屋里没开灯，还刻意拉上了窗帘，一片昏暗。

三人边看边评点。

毛毛叫道：“这种风格我觉得可以，要不就用这个摄影师。”李貌摇头示意继续下一张：“太做作。”毛毛不服气：“我就喜欢这种柔情蜜意年华永驻的感觉。苏洁，你觉得怎样？”“你俩别折腾我了。我只负责放幻灯片，不负责评点。”“鸡贼。”“毛毛，你看这个摄影师风格，简洁流畅，怎样？”“太素。结婚照得浓烈。”

有人敲门，苏洁去开门，安心出现在门口。

“您好。灯火万家城四畔，星河一道水中央。欢迎来到‘家是一座城’。”

“我有套庭院需要设计装修。”

李貌、毛毛一听，顿时眼睛一亮，对视一眼，迅速起身溜进了里间办公室。

“请问您有预约吗？”“没有。”

苏洁回头见李貌和毛毛已经不在了，偷偷一乐。

苏洁问道：“您贵姓？”“安。”“安小姐，请进。”

苏洁领着安心往里面办公室走。

里间办公室里，李貌和毛毛已经摆好了架势。毛毛假装在看一份施工图纸，李貌则假装在跟客户通话。

苏洁敲了敲门。毛毛喊：“请进。”

苏洁将安心请进里间。苏洁：“毛总，这位安小姐想找我们谈一单业务。”

“安小姐，请坐。”毛毛起身将安心让到会客区沙发上，“喝点什么？茶，咖啡，还是牛奶？”“咖啡。”苏洁回应：“好的。”

苏洁转身出去了。毛毛歉意地说：“我们设计师正接个电话，马上就好。”

李貌这时正拿着电话侃侃而谈：“这种古罗马风格，一般家庭 hold 不住，所以我很少做这种设计……对，所以建筑的审美，不光是建筑的美，它体现的是人、心灵与空间的结合。这种古罗马风格我一般只给豪门巨富设计。我相信您的这个家居风格会成为京城大家庭的家装方向。不客气，这是我们应该做的。再见。”

李貌挂断手机，走到会客区，跟安心握手：“你好，安小姐。”

李貌忽然觉得有些异样。

安心这时才摘下墨镜，微笑着：“久违了，李貌同学，毛毛同学。”

李貌和毛毛同时认出来了，惊讶道：“安心？”

苏洁刚好端了一杯咖啡进来，惊喜地快步上前放下咖啡，掏出手机递给毛毛："毛毛姐，给我拍张合影！"

苏洁说着往安心身边一靠，安心微笑着没说话，毛毛只好拿着手机拍照。

苏洁拿回手机看了看，激动地对安心说："我妈，李貌她妈，都特喜欢你，你可招中老年妇女喜欢了。喝，使劲喝，一会儿我再给你倒。"

苏洁欢天喜地地出去了，走到办公桌前坐下，迅速编辑文字，将合影发了一条朋友圈，配的文字是：今天比较惬意，跟主持人安心姐姐的下午茶。摩卡的味道还是那么合我心意。岁月静好，安之若素。

李貌、毛毛和安心坐在沙发上，气氛有些微妙。

安心打量着工作室："你们这儿真别致。李貌，毛毛，咱们虽然不是一个系，但也算熟的啊。"李貌不咸不淡地回应："熟吗，咱们？"

毛毛问道："安同学，您这次来是——""我有一套庭院，找了很多设计师都不行。这不，找到两位同学这儿来了——你们是不是把我忘了？"

毛毛一听有活干就来劲："没忘，没忘。怎么可能把你忘了！咱俩是亲同学啊！咱还掐了一架呢记得不？你差点把我那摄像机给摔了——庭院在哪儿？户型图带了没？有照片吗？"

毛毛暗中一个劲地给李貌递眼神。李貌瞧不上毛毛的热心劲儿，起身回到了办公桌前。

安心回应："潮白河边上。户型图没带，照片手机里都有。"

毛毛朝外边喊了一嗓子："苏洁，忙吗你？"苏洁已经学乖了："我马上过来。"

苏洁拿着咖啡壶推门进来，给安心续咖啡。

毛毛迫不及待："苏洁，安小姐的手机里有些房子的照片，你给导出来，咱们放大屏幕上看看。""好嘞——安小姐，跟我来。"

安心起身跟着苏洁往外走。

苏洁一脸兴奋边走边回头："您可不知道，我一发你的朋友圈，爆棚了！点赞的超多！"

两人出了门。李貌赶紧拿起手机查看苏洁发的朋友圈，一看皱起了眉头。这时她手机响了，是万山红打来的。李貌接起电话："万师傅。"万山红显然也看到了苏洁的朋友圈，语气有些兴奋："那安心真在你屋里？"李貌皱眉："是。"万山红激动地说："真的呀？她去干吗啊？"李貌有些心乱如麻："装修房子的事儿。"万山红：“给我要个签名啊。我能去合个影吗？”李貌没好气：“不能。我还要工作，先挂了。”

毛毛凑了过来，低声道：“大单！高端！咱们得接啊！咱俩拼婚的费用绝对挣出来了！”李貌心不在焉：“她这是来示威的吧？”“李貌，说句你不高兴的话，咱们跟她不是一个阶层，她示不着威。”“她显摆？”“你就不能理解成是咱们这工作室有实力，她慕名而来？”

李貌哼了一声：“她不是慕名而来。”毛毛一愣：“你怎么知道？”“我就是知道。”“你有事瞒着我？”“一丁点儿。”

毛毛正待开口，手机响了，是马得路打来的。毛毛接起来：“喂。”马得路正在楼下咖啡馆办公室里：“我刚看到苏洁微信，主持人安心在你们那儿？”“在。”“天哪——她先生在不在？”“不在。她先生是谁啊？”马得路恨铁不成钢道：“你不知道她先生是谁？”毛毛不耐烦：“不知道，快说。”“刘一手啊！日不落集团老总，全球都有他的餐馆，我的偶像之一，跟我同龄，钱却差着三代。安心找你们干什么？”“装修她的一套别墅。”“我的天啊！肯定是他们的婚房。你们一定要接下来！我要借此机会认识一下刘一手！他正在跨界，没准我们有合作机会！我要不要上去认识一下刘太太？”毛毛也没好气：“不准！”

放下手机，毛毛又朝李貌说道：“貌貌，你多心了。人安心装修的是婚房。”李貌一听：“婚房？嫁谁啊她要？”“餐饮王子刘一手。我吃过，死贵——她不是来抢尚晋的。这下你放心了吧？咱们得接啊！”

苏洁推开门探头进来：“毛总，李貌老师，照片导出来了。”

李貌和毛毛出了办公室到了外间，在大屏幕上通过幻灯片观看照片。

安心的房子是一座河边庭院，周边环境和外观煞是美观大气，内部空间更是如城堡般宽敞雄伟。毛毛、苏洁不时地低声惊呼赞叹，李貌则不动声色。

看完照片，李貌、毛毛和安心又回到里间坐下商谈。毛毛问安心：“你的预算是多少？”“上不封顶。”“符合您的身份。风格呢？”“我听专业人士的，希望你们能拿出几个方案。”

李貌插话：“我们还没说接呢。”毛毛一听忙解释道：“我们很慎重的。李貌尤其慎重，对客户负责。”安心微笑：“我喜欢你们这样的专业态度。如果你们接，现在就可以签单。”

毛毛看着李貌，心里暗暗着急。

李貌却问："安心，这是你的婚房？"安心淡淡地说："不完全是。我先生的公司总部在上海，他常驻那儿。这边主要我住。""你什么时候结婚？""大约在深秋。""你结婚前装不完。""不赶时间。我先生北京还有几套房，我们结婚时可以住其他的房子。"

毛毛有些惊讶："你们不在上海结？"安心看着李貌："他的关系主要在北京。李貌，大学时我看过你们的毕业设计作品展，你的让我眼前一亮，至今不忘，这是我来找你的原因。"李貌并不感冒："我那是室外环境的设计作品。"安心一脸真诚地笑着说："如果你们接了，作为回报，我愿意为你们主持婚礼。"

毛毛激动了，一把握住安心的手："谢谢！谢谢！李貌，你看，咱这老同学，局气！"李貌面无表情："让我想想，然后回复您。"安心拿出手机："好的。那咱们能扫一下微信吗？"

毛毛连忙伸出手机，安心扫了一下，又看着李貌。李貌犹豫了片刻，还是伸出了自己的手机。

李貌、毛毛、苏洁送安心出门，刚下楼梯，忽然听到一阵热烈的掌声，抬眼一看，都哭笑不得。

只见马得路带领着小黄、小红、小白、小胡等人站在楼梯下列队相迎，热烈鼓掌。小白和小胡站在楼梯尽头两端，俩人抬着一卷红地毯，正准备随时展开。咖啡馆里一些顾客不知怎么回事，也都凑过来看热闹。

安心倒有些愣了。

小黄、小红齐声念道："世上无难事，人间有安心。热烈欢迎《调解三人组》节目主持人安心莅临理想胡同咖啡馆。在此，著名天使投资人、理想胡同咖啡馆董事长马得路先生携部分员工向安心老师致以美好的敬意。"

安心无奈地一笑，走下楼梯。刚走到楼梯尽头，小胡、小白将红地毯用力一滚，地毯展开。马得路恭敬地伸出手："安小姐，请。"

安心踩着红地毯朝外走。马得路跟在一边介绍自己："我是天使投资人，是这家店的老板，也在外边投资了一些其他项目。哦，我还有一个身份是毛毛的老公。"

安心停住了脚步："哦，您好。"马得路故作幽默："怎么样，毛毛眼光不错吧。"安心冷冷地说："我觉得您眼光比毛毛的眼光优秀多了。"

马得路听出了安心的揶揄之意，讪讪地接话："安小姐是主持人，口才果然厉害——安小姐，我非常欣赏刘一手先生的经商天才，希望您能转达我对他的滔滔敬意，更希望有机会结识刘先生。刘先生现在也跨界投资，高攀一句的话，我们也算是同行。”安心回应：“我会转达的。”马得路继续保持着热情和兴奋：“安小姐，能合个影吗？”

安心微笑点头。马得路一招手，小白上来拍照。

毛毛已经气得不行，等安心一出门，立刻快步下楼。

毛毛咬牙切齿道：“马得路，你是丧权辱国啊！”马得路讪笑着：“我怎么觉得是开疆拓土呢。”毛毛拉着马得路走到玻璃门前：“你看看你自己，看看你那谄媚样儿！”

“毛毛，你知道她老公刘一手的身家和地位吗？这正是我需要的资源。哎你知道不，刘一手名片是纯金的，每张就值两百美金，瑞士军刀厂定制，暗藏十八种功能。”“按一比十，两百美金两千块钱。两千块钱换个模样你就稀罕了？看你那点出息！”“你根本不懂上流社会，那名片仅仅是名片吗？人家是有编码的，不是信赖的人不发。一旦发了，就意味着交上朋友了，进入人家朋友圈了。不是两千块钱的事儿，多少钱你都买不到。”毛毛听不下去了：“多少钱都买不到这句话是小胡的口头禅。你别被你司机的价值观给带沟里去——以后像今天这种丢人的事你少干！”

李貌、毛毛回到办公室，李貌把行车记录仪里尚得志和管红花的对话放给毛毛听。

毛毛听完直撇嘴：“就这还瞒着我？咱这闺密关系越来越生分了啊。”李貌解释道：“不是为瞒你。是为了不让尚晋知道我知道。”毛毛仍是不满：“瞒尚晋怎么瞒到我这儿来了？用尚掌门的一句名言来说，这是什么买卖。”“我跟你说了，你肯定就跟你妈说了，对吧？”毛毛想了想：“有可能。”“跟你妈一说，就等于是跟全世界说了。对吧？”“那倒是。那为什么要瞒着尚晋让他不知道你知道呢？”李貌淡然地回应：“一个人的烦恼就是一个人的烦恼，说出来，就变成了两个人的烦恼。何必呢。”毛毛眉头一扬：“装什么圣女！在我面前还装！你是留着当后手呢！”

李貌被说穿了，有些不好意思：“我有那么大心计吗！”“你有，这不是坏事。我跟你说啊，你，安心，尚晋，这都是往事了，不要再提，现在是我们面临安心这单大活儿，必须啃下来。上不封顶啊我的亲闺密！”“毛毛，这么一单大活儿，为什么能找上我们？”“咱水平高啊！”“咱水平高目前只有咱俩知道。咱们还没代表作。”“她这庭院就会成为咱们的代表作。”李貌深吸一口气：“你容我想想。”毛毛无奈：“你赶紧想吧！”

尚晋把徐子雯请到了办公室。徐子雯五十出头的年纪，保养得不错。“徐女士，让您受累了。”“没事儿，但暴发户我可指点不了啊。”“这位梅先生还不算暴发户，他是煤老板。”“煤老板啊？这更难指点。”“您尽力就好。”“行。”

梅然光拎着一个纸袋进来了。尚晋连忙介绍：“徐女士，这就是我们社区调解志愿者梅然光。”梅然光礼貌地问候：“徐女士您好。”徐子雯也微笑着回应：“梅先生您好。”

尚晋起身让位：“梅先生，你坐我这儿。你俩聊着，我去办点事。”梅然光微笑着：“好，你去，放心，这儿有我呢。”

尚晋出去了。梅然光举起纸袋：“您喝什么？有咖啡，牛奶，果汁。”徐子雯指指面前一杯白开水：“我喝水就好。”“好。我尊重女性的选择。徐女士，我真没想到，您作为一个女士，竟然比我财富更多。”“我没什么财富，财富是我们集团的，我只是经手。”“那贵集团有多少财富啊？”“市值三千多亿。”“哎呀，哎呀，这，这，我跟你们比，就是牛毛啊。”“你跟普通人比，你就是牛身子。不要这么比。”

梅然光点头：“对对对，不这么比，人比人，气死人。徐女士，我就是想问一下，在当今世界格局下，像我这些有个几十亿的，应该怎么去规划自己的财富？”徐子雯淡淡地问道：“你是想去挣更多的钱，还是想不让这些钱贬值？”“这我还得跟您说实话，我还是想去挣更多的钱，为人民服务，为社会做贡献。”“先去学校回炉吧。”“我回过炉了，在人大和北大分别读了哲学和国学。修养应该说已经加深了。”“那是基础。你还是得去学正规的经济学课程。”“我怕我跟不上啊。”“你当你读中学呢，还跟上跟不上，你要跟上谁呢？你跟上你自己就可以了。”

梅然光想了想：“我能跟着你吗？”徐子雯有些不解：“跟我？你跟我干什么？”“我想跟你当你的助理，看你怎么调动上百亿上千亿，然后我再调动我这小几十亿就是小菜一碟了。”徐子雯拒绝：“我有助理了。”“助理还嫌多啊。我又不要钱。我补贴一点钱都可以。”徐子雯不耐烦了：“您这岁数，不适合当助理了。梅先生，隔行如隔山，我也给不了你太多启发，我送你九个字吧，这九个字是我的好朋友刘震云老师送给我的。”梅然光一脸兴奋：“好好，我知道他。我读过他一本书，《吃瓜时代的儿女们》。文笔很不错，思想很能绕。哪天你介绍一下，我跟他谈谈。等会儿，我录一下，别记不住。”

梅然光急忙地掏出手机，对着徐子雯开始录像：“请讲。”

徐子雯眼睛并没有看向镜头：“走正道，不旁骛，不着急。”梅然光如获至宝：“哎呀，好，好，走正道，不旁骛，不着急。字字句句都是在说我啊。”

徐子雯站起身：“好。那就这样吧，我还有事儿，先走了。”梅然光：“不留下来吃碗泡面啊。”徐子雯：“我不吃泡面，谢谢。再见。”

徐子雯出门去了。

梅然光自言自语：“看来泡面还是得少吃啊。”

尚晋从办公室出来，去找到物业经理于洋，跟他商量小梅换岗的事：“于总，小胡小梅都下了决心，以后决不骚扰业主了。再给年轻人一次机会吧。”于洋问道：“你替他们担保？”尚晋想了想：“我担保。”于洋点头：“那成。”

于洋抓起对讲机：“东门小梅、东门小梅，西门小吕、西门小吕，你俩即刻换岗，其他不变。”对讲里传来小梅的声音：“晓得！”小吕的声音：“明白！”

尚晋倒有些惊讶：“这么快？”于洋一脸得意：“我们物业的管理宗旨是：有事就干，不要扯淡！”

这时就只见小梅和小吕分别从东西两个方向骑着自行车飞奔而来，路过于洋、尚晋时两人交会，如足球运动员上下场换人伸掌相击，各自远去。

小梅还高喊了一句：“谢尚晋哥！”

于洋笑道：“这小梅嘴甜着呢！”尚晋一拱手：“谢了于总。”“甭客气。”

尚晋和于洋告别，掉转车头准备离开，习惯性地掏出手机看了看，猛然看见苏洁那条朋友圈，脸色一变。

尚晋点开李貌的手机号码，犹豫了一下没拨，却又拨出另一个号码。

电话通了，对方是安心。

“你找李貌干吗？”“我找她装修房子啊。她这么快跟你说了？”“她没跟我说——北京这么大，你干吗找李貌啊？你先生那么大本事，找国际设计师也找得来啊。你不要无事生非。”“我就喜欢李貌的设计风格——她没跟你说，你怎么知道的？”“你是名人，到哪儿都有人发朋友圈。请你注意自己的言行举止——”“我想见你。”

尚晋一愣：“当年说不要再见面的是你。”“我长大了。”“你找李貌就是为了见我？你绕不绕啊？你直接给我打电话不就行了？”“有些事不必绕。我想见你。”“你发过誓说不再见了。”“女人的话你也信——晚七点，昆仑顶层，旋转餐厅，不见不散。”

没等尚晋再说，安心挂断了电话。

尚晋有些茫然，愣了会儿又再回拨，安心的手机却已经转到秘书台了。

尚晋想了想，给安心发了一条短信：我不会来的。

发完短信，尚晋骑上自行车往回走。骑到半路，看见常有丽跟马吃草迎面走来。

尚晋连忙下车打招呼：“常姨，马叔，你们哪儿去？”马吃草看看常有丽：“这行动能告诉犀牛吗？”尚晋乐了：“哈哈，马叔，我的原形是犀牛！”常有丽懊恼道：“不是不让你说吗？”马吃草惊恐地捂住嘴：“我到大门口等你。”说完匆匆走了。

常有丽叨叨着：“看，你把人吓得！”尚晋问道：“马叔好点没？”常有丽叹气：“我这不什么都带着他嘛，让他明白世界上还是好人多，心中有阳光，眼前就有扇窗。今儿我带他去看看糖果、喜帖、烟酒还有回礼包这些玩意儿。看看哪儿便宜。总指挥不在，什么事我不得靠上。哪像万山红，除了盯着我遛狗，还是盯着我遛狗。”尚晋赔笑：“您辛苦。常姨，您家有男人鞋吗？”

常有丽警觉道：“干吗啊你要？你不知道这是隐私吗？”尚晋笑了：“常姨，我没兴趣打听您隐私。最近幸福西里出现了一个系列盗窃案，还没破，盗贼主要针对单身女性和家里只有女性的家庭，这不，我已经通知一圈了。您弄双男人鞋搁门口就行。”常有丽恍然大悟：“哦，这样啊。行，我知道了。家里男人鞋是没有的，但我可以找一双。马得路的臭皮鞋就行吧？”尚晋连连点头：“绝对行。”

常有丽仍有些迟疑：“哎尚晋，是不是今天你没遇见我你就不打算通知我了？”“不会。我都会通知到。”“你都通知一圈了都没通知到我，是不是见到我就搂草打兔子捎带脚通知我，见不到就黑不提白不提了？”“常姨，被迫害妄想症的主要症状是什么？”“无端怀疑别人，事事往坏了想，是人没个好。”尚晋笑着：“再见。常姨。”

尚晋骑上自行车飞快地走了。

常有丽过了会儿才回过味来：“嘿，你敢编派我！你等着！”

尚晋特意找来两双男鞋和一个鞋盒，去了奶奶家，把鞋子和鞋盒摆在奶奶家门口。

尚晋嘱咐奶奶："奶奶，这个鞋盒和这两双鞋，您千万别动啊。过几天您就把两双鞋调一下个儿。再过几天，您就拿走一双，再过几天，您就再拿回来。明白了吗？"奶奶迷糊："这什么意思啊？""奶奶，您胆儿大不大？还是胆儿很小？""大。我什么都不怕。""那我就告诉您，最近出了一个盗窃团伙，专偷单身的女性家庭。弄双鞋搁这儿，他们就不偷了。"奶奶听了一脸怒气："这些小偷真可恨！有本事偷单身男人的啊！"尚晋乐了："偷单身男人也不对。他们就是没胆儿。您记住换鞋了吗？"奶奶回过神儿："哦。记住了。我倒不怕小偷，我就怕你们不常来——你饿不饿？我给你炒鸡蛋吃。""奶奶，我还有事，得走了。"

尚晋转身想走，看到奶奶渴盼的眼神，心软了，一拍脑袋："哟，忙忘了，我还真饿了，奶奶，您赶紧给我炒吧。多加个鸡蛋！"奶奶高兴了："哼，我就不信还有不馋鸡蛋的！等着！我给你多加俩！我买的促销大减价的鸡蛋，又便宜又实惠！"

奶奶欢天喜地往厨房走，但又转身用大拇指在尚晋身上按了一下。

尚晋笑："奶奶，这是赞啥？"奶奶满脸笑容："赞你留下来吃我的炒鸡蛋！"

管红花在家也看到了苏洁那条关于安心的朋友圈，眉头紧皱思考了半天，叫尚得志："得志，得志。"

尚得志没反应。管红花起身出了书房到客厅，也没见尚得志。

管红花喊："尚得志！"尚得志应了："我厨房里呢。过来。过来。"管红花惊讶："你在厨房？"赶紧往厨房走去。

管红花走进厨房，呆住了。尚得志竟不知从哪儿鼓捣了一个跟李双全家一模一样的五味神神龛，正在安装。

"得志，你这干什么呢？""请了个五味神。李双全做饭好吃就靠这个，他们家那蹄花儿也全仗这五味神保佑。你每天拜拜，至少先把菜的咸淡味儿做出来。"管红花一时难以接受："尚得志，你不是不信神不信鬼吗？去了趟北京，变化了？"尚得志一脸认真："我觉得，人还是信点啥好。我这半辈子过去了，原来觉得吃啥都行，但吃了李双全做的那顿饭，还有他做的猪蹄子，把我味蕾打开了，我觉得人生有奔头了，升华了。"管红花鄙夷地说道："你堕落了！结结实实地堕落了！要拜你拜，我不拜！我不迷信！"

尚得志转了话题："你找我干啥？

管红花把手机朋友圈翻给尚得志看。

“今天安心去李貌他们那儿了。我在想是不是咱们惹出来的。”尚得志费劲看了半天：“这不是跟苏洁喝下午茶吗？”“苏洁那是吹牛呢。安心肯定是去找李貌的。”“那跟咱有啥关系？”“咱们前几天去录过安心的节目啊。咱们跟安心说过尚晋要结婚了，我想想啊，可能还说过李貌的名字。哎呀，不够慎重，不够慎重啊。难道尚晋当年把她给蹬了，她报复来了？”尚得志觉得不至于：“她是名人，做事哪能这么埋汰。你要不放心，你就打电话问问尚晋。”

管红花略一思忖：“不能打。坐山观虎斗，不，静观其变，后发制人。”

尚得志装好了五味神龛，插上香。摸了摸兜，没打火机。

“我拿打火机去。”尚得志出了厨房。

管红花看了看五味神的神龛，探头朝外看了看，见尚得志进了房间，急忙回过头来，对着五味神的神龛虔诚地深深鞠了一躬。

安心站在健身房窗前，用手机先是拍了窗外的夜色，又自拍。

安心将夜色照和自拍照发了一条朋友圈，所配文字是：这旋转的夜，这旋转的岁月，这不旋转的自己。

刚发完没几秒钟，毛毛在那条朋友圈下点了赞。安心微微一笑。再一抬头，看见尚晋已经站在她身边。

安心看了看手机：“分毫不差。你还是老习惯。”尚晋心里各种复杂的情绪：“你还是那么自信。知道我一定会来。”安心微笑：“你发的短信是‘我不会来的’。你的语言习惯我也了解，如果你真不来，你会发‘我不会去的’。”

安心走上一台跑步机，开始缓步走。

尚晋也上了旁边一台跑步机。两人的速度一样，都是缓慢走着。

“你见我不是只想见我吧，说吧。”“没什么事儿，就是想叙叙旧。”“假话。”“尚晋，你不要把我说的目的性那么强。”“我比你自己更清楚你自己。你就是一个目的性很强的女孩。没有褒贬，客观评价。事实是你算准了我会给你打电话。”“我倒确实有一个目的，就是让你说服李貌接手我那套庭院的设计施工。”“还是假话。”

李貌在电脑上看着安心那所庭院的全景照片。看了会儿，又从抽屉里找出一本日记本，从日记本里抽出一张素描图来。图上是一张别墅全景的素描，竟然跟照片上的庭院有点像，旁边写着：人生愿望清单第六号 四十岁时，要住这样的房子。

李貌看着素描图，有些感慨。客厅里突然传来万山红的叫声："快来！快来！李貌！你快来！"李貌赶紧起身出去，见万山红正惊讶地指着电视。

"这怎么回事？这怎么回事？他俩怎么钻里头去了？"

李貌一看，电视里正在播放《调解三人组》，管红花正在头头是道地发表言论。李貌不自觉也愣神了。

万山红问道："你介绍去的？"李貌摇头。"那是谁？李才！对，肯定是李才。这李才对师娘比对娘近啊。我让他要个签名啥的都不给要。哼，外来的和尚会念经。""妈，其实也不是我哥。""那是谁？你知道！谁？"

李貌坐到万山红旁边："我倒真知道。是管阿姨自己联系的。"万山红不信："且！她有这本事？要说常有理有这能耐我信。她一小副科长有娱乐圈人脉？"李貌略有迟疑："其实有件小事，没跟你说。"万山红警惕地转过头："不说的事儿都是大事。"

李貌点点头："毕业那年，尚晋带安心去过青岛他们家。所以管阿姨自己认识安心，不用别人介绍。"万山红一脸惊讶："尚晋被甩了？""什么呀，尚晋甩了她。""凭什么呀？""反正就是尚晋把她甩了。还有，那会儿安心还只是在电视台实习，没出名儿呢。""那你的意思是，要是那会儿就出了名儿尚晋就不甩她了？也就没你们后来的事了？"

李貌无奈道："一张纸烧成灰还能倒回去吗？有些东西不能往回追！万师傅你可要注意啊，什么事儿都这么倒就是更年期来临的表现。"万山红更来劲了："来就来呗，早更早好——哎你说这次会不会是尚晋给他们联系的？"李貌摇头："不会。尚晋答应过我，绝不再跟安心联系。"万山红深沉地想了想："男人的话，不可不信，不能全信。今儿安心找你干吗？""要结婚了，想装修一套房子。""多大的房子？""别墅。很大——你自个儿看吧。"

李貌说着往房间走去。万山红在背后喊："你接吗？""没定呢。"

李貌回到房间，坐下想了想，拿起手机想给尚晋打电话，忽然又改了主意，用微信发出视频通话邀请。

尚晋和安心这会儿已经从跑步机上下来，坐在休息区喝饮料。

"所以，我还是会出现在你婚礼上，虽然不是以新娘的身份。""这是你的目的？"安心自嘲道："这是我的愿望。虽然从新娘变成了司仪。"尚晋觉得无聊："无实际意义。何必自欺欺人。”安心提醒：“接电话。”

尚晋这才发现放在一边的手机在闪，一看是李貌发来的视频通话邀请，犹豫着。

安心静静地看着尚晋。

尚晋还是接通了视频：“李貌。”“你没在宾馆啊？”“没呢。在外头谈事儿。”“哦，没什么事。那你先吃，等你回去再聊吧。”

李貌迅速截了一个图，这才挂断视频。

李貌仔细查看截图，看着尚晋身后的背景，又调出了安心刚才发的朋友圈照片一对比，一下子心里雪亮：尚晋和安心在一块儿！

李貌沉吟了一下，抓起手机给毛毛发了条语音微信：“安心那单活儿，接了。”

第十七章

安心揶揄尚晋："李貌查岗啊？"尚晋一脸自信："李貌对我绝对信任，从不查岗。不像你。她刚才连我在哪儿都没问。""女人的话你也信？女人从不会直接说实话。""我不这么认为。""你还是不了解女人。""我只是不了解你。"

安心话题一转："我主持你的婚礼你高兴吗？""那得要李貌接你的单才有可能。""李貌会接的。"尚晋一愣"你确定？""我确定。""你为什么能确定？""两个聪明的女人之间只要有个路由器，就有信号满格无限畅通的Wi-Fi。我能捕捉她，她也能捕捉我。"尚晋好奇道："你跟李貌之间有路由器吗？"安心看着尚晋的眼睛："你。你就是我们的路由器。"

尚晋觉得心很累："既然你这么确定李貌会接，可你刚才还说见我是想让我劝说李貌接你的单子。""我承认，那是假话。""那你见我的真实目的到底是什么？"安心想了想，说了实话："我过得不好。"

尚晋心里略微有些诧异："从你脸上倒没看出来。脸是一个人生活的反映，从你的脸来看，你过得很精致。没看出不好。""歪理邪说。""有歌为证，某年某月的某一天，岁月像一张破碎的脸。"安心认真地说道："照你这么说，那我这脸真还跟你有关。你还记得你送我的第一个礼物是什么吗？""记得啊，霍金的《时间简史》。后来你一直没看懂。""才不是呢，是个洗脚盆。""我那么庸俗？""我刚到电视台实习那阵儿，我们栏目组女人当男人使，男人当牲口使，没日没夜加班。你看我很憔悴，就送了我个洗脚盆，说富人吃补药，穷人洗双脚。从那时候起，我就养成了洗脚的习惯。我这脸的精致，大概是从这洗脚习惯来的。现在用的这盆，还是你送我那个。”“哦，那么，难道你起了吃回头草的想法？”

安心本来有些黯然，又被逗乐了。

“你还是那么盲目自信。你还以为你是一棵回头草？我就要结婚了尚晋。”“嫁入豪门，出人头地，你追求的庸俗生活你都已经追求到了。还过得不好，难道是精神出现了危机？”“我这么忙碌的人，没机会出现精神危机。”“那你见我的目的，就是想告诉我你过得不好。”“是的。我过得很不好。没人可以说。不敢说。不能说。”“你应该找个树洞说。树洞不会泄露秘密。”

安心看着尚晋。尚晋忽然明白了：“哦，你是把我当树洞了——你怎么过得不好了？”

安心突然流下泪来。

尚晋有些慌：“你是公众人物，请注意你的泪流量。一个人一生的泪流量是有限的。留在关键时候哭更好。”

尚晋抽了一张餐巾纸放到安心跟前。

安心一扬头，竟瞬间止住了眼泪，随即接过餐巾纸擦了一下，顺带瞥了一下四周。角落里两个人迅速缩了回去——其中一人手里拿着一架相机，正在偷拍安心和尚晋。但安心、尚晋都没发现。

“第一件不好的事儿，节目组史航、谭飞他们正密谋造反。”“史航和谭飞不是你请来的吗？”安心惊讶：“你知道？”“看到过新闻。”

安心欣慰道：“看来你还是很关心我。”随即又愁容满面起来：“现在他们强大了，原来我是这个节目的台柱子，现在是史航。史航能瞎掰，妖言惑众，他的人气越来越气人，已经超过我了。他现在要篡位。”尚晋问道：“取代你？”安心幽幽地说：“是取代我节目制作人的身份。但若他当上制作人，会把我换掉。他是个野心家、阴谋家，我养虎为患。”尚晋听得一头雾水：“他当得上吗？”安心眉头一扬：“他当不上。因为这个节目跟台里的合同是我签的，我不主动下，他就上不来。他再有法宝也比不上我这儿有法律。我气死他。”

“那你担心什么？”“他正联络别的平台，要带着整个团队出走。”“团队不是你搭建的吗？”“好人插秧，坏人拔苗。都被他收买了。”“你能剩下几个？”“要说实话吗？”尚晋一笑：“女人没实话——这是你的看法，我不同意，但我尊重。所以不用说实话，你想说什么就说什么，想怎么说就怎么说，今天我是沉默的树洞。”

安心伸出双手，一边看一边默数着，指头一个个蜷起，越来越少，最后只剩下两个。

“俩。我跟我助理滚滚。”尚晋叹气：“算你狠。比我妈人缘儿还差。”“你没什么建议吗？”“我觉得这件事你跟刘一手先生谈谈更合适。他应该能向你提供合理的建议和实际的帮助。因为他更了解你。”“这件事情，刘一手要留一手。他们家要通过这件事情，深入了解我。这是我要跟你说的第二件事儿。别人都以为我要嫁入豪门，其实我要嫁入的是土豪门。一字之差，遭老罪了。比唐僧取经都难。”

安心说着又想掉眼泪，极力忍住，给自己打气：“我要控制泪流量！我要控制泪流量！我一定行的！”

尚晋不自觉心头也是一酸：“不已经终成正果了嘛。都过去了。”安心语气里多了一丝遗憾：“时间过去了，人还没过去。嫁入豪门的路上是风光，嫁入土豪门的路上是尘土。至今我顶多算走了一半。你以前老教育我，行百里者半九十。这道理我现在懂了。”“以为你早忘了。”“你的每句话我都记得——他妈品位低，总不待见我，背地里一直在托人给刘一手介绍新的，明星、名媛，都有。这我都知道。但可惜的是没人能看上刘一手。”

“他的确长得太谦虚了——哦，抱歉。”“对，他长得很抱歉。但实际上他不蠢，事事都留着一手。但刘一手每次相亲失败，都会对我特别好。后来也就死心塌地了，我就让他给我买了套别墅，用的我的名字。万一鸡飞蛋打，不能让我最后什么都得不着。尚晋，我是不是很庸俗？”“你知道，我不说假话——是的。”“庸俗就庸俗吧。我穷怕了，就是想过富贵的生活。”“心中无缺叫富，被人需要叫贵。”

安心怔住了。

李才找到李貌，请她帮忙画一幅一名长发姑娘拖着箱子走的简笔画。这对李貌来说当然是小菜一碟，当即拿出纸笔，运笔如飞，一会儿工夫就画好了。

李貌把画递给李才：“是这意思吗？”

李才由衷地钦佩：“貌貌，你是个神一样的姑娘。比我的意思还更像我的意思——这是箱子姑娘的logo，以后将使用在箱子姑娘的吉他、箱子、演出现场，以及T恤衫、太阳帽等各种衍生产品上边，将产生巨大的利益。因此，我将支付你十万元稿费。当然，要先欠着。”

李貌大大咧咧地笑笑："免费送你了。""不，除了太阳光，我从不使用其他任何免费的东西。""你是认真的？""人而无信，不知其可也。""那好。你给我写张欠条吧。"

李貌把纸笔递给李才。

李才一愣："信不过我？""信不过人性。""好！貌貌，你成熟了。嫁给尚晋不会吃亏了。我放心了。我刚才就是考验你，看你会不会盲目相信我。"

李才写完欠条，交给李貌，拿着箱子姑娘的简笔画匆匆出门了。

苏洁鬼鬼祟祟地钻进办公室，一脸神秘："貌貌姐，你看见新闻没？"

李貌转头问："什么新闻？"

苏洁把手机递给李貌。李貌一看是一篇娱乐新闻，标题是：神秘大鳄刘一手未婚妻、著名主持人安心夜会神秘男。

李貌神色平静，没说话，把手机递还给苏洁。

"都上热搜了——那神秘男你知道是谁吧？""知道，尚晋。""他俩怎么凑一块去了？""我们都是大学同学——他俩以前谈过。""哦。我就说嘛。这就对了。""什么这就对了？你觉得对？""貌姐，如果他们俩背着你约会就不对。"

李貌想了想："哎苏洁，你结合五行属相和星座，给我看看他俩合不合。""我刚看过了。""合不合？"

苏洁欲言又止，为难地看着李貌。

李貌看出了答案："行了，我知道了。还有，他俩见面，其实我知道，不要胡乱去八卦。"苏洁一拍胸脯："我是那八卦的人嘛！""你要不是，世上就没有八卦了！"

李才约了水木年华的卢庚戌到理想胡同咖啡馆来喝咖啡。

"小卢，咱们兄弟多年，这个忙你一定得帮我，我虽然在文艺界有一定的影响力，但唯独对音乐圈儿不熟。这个神曲马良，你一定得帮我引见一下。""你见他那么一二货干吗啊？想跟他合作？""有这个意向。目前你们音乐界非常低迷，我想伸手帮帮你们。""李才，你堕落了！他那音乐多俗啊，听了人都能减肥。他那前奏一响，我就想抖腿。""我也是。但这里边的曲折我就不说了。我就是想见他一下，跟他聊聊。你帮我约一下就行——你不会是跟他说不上话吧？"

卢庚戌不爱听了："说不上话？我水木年华在乐坛的影响力你不知道吗？就这个马良，当年跟着我们混，是给我们垫场的，永远在观众找座位的时候他上。"李才追问："后来呢？"卢庚戌悻悻道："后来他莫名其妙地征服了广场舞人群，火了。现在都不怎么跟我们来往了。说到底，还是没见过世面。"李才一乐："对。但你也别生气，根据我的研究，人性大多都这样。像你卢庚戌这样人性统一的歌手太少了。"卢庚戌一脸自命不凡的样子："我现在不光是一个歌手了，我正进军电影界。你不是要伸手帮我们音乐界吗，我觉得电影人也还不够争气，我准备去提振一下他们的士气。"李才点头："好。中国电影有希望了。我最喜欢你的《蝴蝶花》，这已经是个 IP 了。"

李才说着唱了起来："是否还记得童年阳光里那一朵蝴蝶花，它在你头上美丽的盛开洋溢着天真无瑕——你是要拍这个吗？"卢庚戌摇头："不，我要拍我的《一生有你》。《蝴蝶花》是个 IP，《一生有你》是个大 IP。"李才伸出大拇指："好！我相信你的才华！我相信拍完这部电影，你将大红大紫，你将东山再起。"卢庚戌听着不是那意思："你的意思是我的西山已经倒了吗？"李才忙找补："哦，抱歉，我的意思是，你将百尺竿头更进一步。比所谓的神曲马良不知道会红多少倍。那这个马良——"

卢庚戌胸有成竹地答应着："放心，我会给你约的。当年他付不上房租借了我三千块钱还没还呢。我的事儿，他不敢怠慢。他敢怠慢我就发律师函要这钱。""好！卢庚戌，你给我联系这事儿，他这三千块钱我替他付了。""你怎么这么客气啊？谢啦！微信转账就可以。"

李才有些郁闷："卢庚戌，我就欣赏你这种亲兄弟明算账的现代文明精神！"卢庚戌真诚地回应："好多人都这么夸我！你也这么觉得吗？"李才憋屈道："是的。"

尚晋趁中午的时间去了趟杨樱的鲜花店，想看看她最近情况怎么样。想起杨樱说过喜欢吃黄焖鸡米饭，路上顺便打包了两份带过去。杨樱挺开心，和尚晋一人一份坐着吃起来，边吃边聊。

正聊着，尚晋手机响了，一看是李貌打来的。

尚晋接电话："貌貌，什么事儿？""你哪儿呢？中午来不来我这儿吃饭？"尚晋看了一眼杨樱："中午有事儿呢，不去吃了。""你一会儿过来陪我逛街买衣服吧。""好，马上过去。"

尚晋答应了，挂断电话。

“你女朋友？”“嗯。”“我这一藏起来，朋友都给弄没了。急需新的朋友圈。哪天领她来认识一下啊。”尚晋敷衍：“好的。”杨樱却追问：“什么时候啊？”尚晋仍是敷衍：“改天。改天。”

吃完饭尚晋赶紧赶去工作室，陪李貌去了附近一家商场买衣服。

李貌神色平静如常，尚晋心里却有些打鼓。

李貌在服装店里挑选衣服，尚晋寸步不离。

李貌一脸随意：“你找地儿坐呀。”尚晋却有些紧张：“不累。我给你掌掌眼。”“你不是最烦陪我逛街吗？”“俱往矣。以后我要多陪你逛街。”李貌愣了一下：“为什么？”“我在调解过程中，发现我缺乏女性思维。我爸带给我的大男子文化毒害还没彻底清除掉，我以后要跟着你，多从你的角度考虑问题。这样有助于更好地解决问题。”“你倒是很上进啊。”尚晋讨好地笑着：“谁让我叫尚晋呢。”

李貌不说话了，继续挑选衣服。

尚晋小心翼翼地打量了李貌一会儿，忍不住道：“貌貌，还有个事儿想跟你说——”李貌却打断：“你看这件怎么样？”“你是衣裳架子，什么衣服配你都合适——你看到新闻了吧？”“什么新闻？”“昨天晚上，其实是安心约我吃饭。”李貌漫不经心地继续挑衣服：“这衣服太俗，我倒是也能穿成不俗，但得靠其他东西提升。是我消费它，不能让它消费我。不好，再看看别的——哦，你说什么，安心约你吃饭，挺好啊。”尚晋又解释：“她是想让我劝你接她那单活儿。”

李貌扭头看着尚晋。

尚晋心理防线终于崩溃了：“我根本不信。我就说你肯定有别的事儿。她后来跟我说她约我见面是想跟我说她过得很不好。”

李貌没说话，继续挑衣服。

尚晋低着头像个做错事的孩子：“这事我要向你道歉。”李貌一脸毫不介意的表情：“过了啊尚晋。你这是置我于不仁不义。谁还没个把前男友前女友，见见怎么了。”尚晋仍低头认错：“不，我答应过你，不再跟安心私下联系。我违背了诺言。”

李貌看了尚晋一会儿：“上次你爸妈去录节目也是你联系的？”尚晋连忙摇头：“不是。”“那你们怎么联系的？”“我考专职调解员，其实是她告诉我的消息。她录调解类节目，知道这个消息后就告诉了我。我当时跟你说我是从报纸上看到的，其实并不是。”李貌似笑非笑：“世上无难事，人间有安心。没想到，她一直在改变你的命运啊。”尚晋喏喏地说不出话来。

安心和刘一手正在豪宅里吃饭。两人坐在一张硕大豪华的餐桌旁，一名管家远远地站在门外。刘一手边吃饭边看报纸，还时不时瞟一眼边上正在播放的电视，手机也不停地有微信进来。

安心淡淡地问：“一手，你看到新闻了吧？”刘一手故作不知：“新闻？什么新闻？”“就是我跟神秘男吃饭的一个八卦新闻。”刘一手笑了：“我只看财经类新闻。我对别的不感兴趣。”

这时刘一手收到了一条微信：刘总，安心跟尚晋的新闻已放出。如需再扩大影响，请告知。刘一手即刻回了四个字：等我通知。

“哦，你那房子找好设计师了吗？”“找好了。我找了俩大学同学接手来做。很逗，昨天晚上我见的那个神秘男就是我这俩同学其中一个的老公。”“一定要装好。不要怕奢侈，钱该花的就花，按照你的风格来。”“是不是还是节省一点？我就想装得舒服一点。”刘一手：“不，要奢华，不要低调——如果是节俭风格，这房子我将收回来。”

安心有些愣怔，看着刘一手，不确定他这句话是不是在说笑。

刘一手放下报纸：“安心，你是名人，但你不是富人，没经历过上流社会的生活。装修的不是房子，是我们身份的象征，是财富的标志，是地位的宣言。那是我们的一个社交手段。如果我像你一样，认为房子就是房子，我就不会是今天这地位。”顿了一下又说，“除了你的卧室可以用你的舒服风格，其余的地方必须按照奢侈风格来。”

安心有些心堵，放下了碗筷。

刘一手命令的口气：“你营养不够，得再吃一点。”安心转过脸去：“我饱了。”刘一手板着脸，语气更加强硬：“那是你的错觉，给你的是定量。这些只有吃完，你的营养才均衡。我给你找的是世界上最好的营养师。还有，这个月你已经吃了三顿辣火锅了。别人不好意思提醒你，我得提醒你一下。营养师说了，你的体质，那种重口味火锅一个月只能吃一次。”安心抑制不住内心的愤怒：“我连吃饭都不能自由了？”刘一手冷冷地回应：“在你生下孩子之后，会调整营养标准——虽然我不建议调整，这是为你好。世界上拥有自己营养师的人并不多。”

安心倔强地坐着不动。刘一手一直看着安心，安心终于还是妥协了，不情愿地拿起了筷子。

下午，李才带着郭纯希一起去了一家吉他专卖店——从今天起，郭纯希就是箱子姑娘了。

店员上前招呼："您好。"

李才示意箱子姑娘拿出吉他。

"这把吉他是你们厂家做的。我现在想雕刻一个图案和四个字在上头，想请你们返厂给我做一下工。"

店员检查了一下吉他："这吉他是我们这儿的。但我们只管维护保养，雕工出厂以后我们就不做了。"李才一愣："你们的吉他，木料你们最清楚，所以我才找你们。你们不做，是不负责任。"店员微笑着表示歉意："对不起，这是我们的规定。"

李才和箱子姑娘对视一眼，无奈地收起吉他。

恰好这时从外边走进来一名约莫六十岁的老者，老者衣着朴素却气度不凡。

店员恭敬地打招呼："卢老师，您来了。"

卢老师的目光却被那把吉他吸引了，叫道："姑娘，且慢。"

箱子姑娘停了手。

卢老师指指那把吉他："我能看一眼吗？"店员忙介绍："这是我们奥森的首席琴师，卢老师。"李才一脸惊喜："卢老师，您看几眼都行。"

箱子姑娘连忙又取出吉他，恭敬地递给卢老师。

卢老师端详着吉他，神情忽然凝重起来："没想到，没想到啊。人生旧物，竟然异乡重逢——这吉他谁的？"箱子姑娘回应："我的。"卢老师问道："你们来是为何？"店员插话："卢老师，他们想在这把琴上做雕工和刻字。"

卢老师看看李才和箱子姑娘："跟我来。"

卢老师领着李才和箱子姑娘穿过店面，来到里面一间工作室。

"坐，你们坐。"

三人坐下。卢老师拿起那把吉他调了几下弦。

卢老师抬起头看着箱子姑娘："你母亲还好吗？"箱子姑娘一惊："她已经过世了。""哦，哦，看来她说的是真的。""您认识她？她说的什么？"

卢老师面露感慨之色："姑娘，这把琴，是我做的。准确说，是你母亲找我定做的。”箱子姑娘疑惑：“我妈没来过北京。”卢老师看着琴回忆道：“那时我不在北京。我在全国各地教人做琴。那一年，我在枣庄做驻厂琴师——你是哪儿人？”“徐州。”

卢老师点头：“那就是了——那一年，有一位女同志，风尘仆仆来找我，说要定做一把我的手工琴。我问她给谁用，她说给她十二岁的女儿学琴用。我告诉她，初学吉他，在门市买把最普通的就行了。但她执意不肯。最后跟我说，她已患绝症，来日不多，想留一把好琴给女儿。只要女儿一弹琴，她就能在另一个世界知道女儿的消息。我被她打动了，破例给她做了一把琴——就是这把琴。说实话，她走了以后，我很长时间觉得这是她编出来的故事。没想到今天又遇见了这把琴。没想到真的琴在、人不在了。”

箱子姑娘脸上浮出一丝悲戚之色：“卢老师，谢谢您！”

卢老师和蔼地微笑着：“姑娘，这琴是我做的，我负责到底。你们有什么要求，我帮你们完成。”

李才站起身朝卢老师鞠了一个躬：“卢老师，谢谢您。”卢老师随和地摆摆手：“还不到谢的时候呢，万一我给你们搞砸了呢？等你们来取琴的时候再决定谢不谢我吧。”

次日中午，李才接到卢老师电话说琴做好了，急忙开车带着箱子姑娘赶过去。

卢老师取下吉他递给箱子姑娘，乐呵呵地说：“你们看看，我的活儿干得怎么样。”李才一竖大拇指：“不忘初心，工匠精神！大手笔！牛！”卢老师笑了：“你都没看就工匠精神？就大手笔？你是吃开口饭的吧？”李才也笑：“我确实也做一些比较有影响力的演讲。但看不看您都是大手笔！就您这饱经风霜的气质，就是大手笔。”卢老师点头：“听出来了，说我老——姑娘，你满意不？你男朋友满意不满意我倒不在乎。”

李才连忙解释：“哎卢老师，我不是他男朋友，我是他经纪人。”箱子姑娘真诚地回应：“卢老师，我满意，谢谢您！我都不知道该怎么感谢您！”李才接话：“怎么不知道？首先得用金钱价值。卢老师，这手艺费多少？您说个数，我不还价。”卢老师抬头朝李才看去：“真不还价？”“真不还价。”“一言为定？”“一言为定。”

卢老师又转过头问：“箱子姑娘，他说话算数不算数？”箱子姑娘想了想：“大部分时候不算数，小部分时候算数。今天这个情况，属于他说话算数的情况。”卢老师笑了笑，一脸认真地说道：“好。那我就开价了。这把吉他的手艺费用算下来，无价。在我心中，它是无价的。这个无有两个理解，一、它很珍贵，宝贵，可贵；二、这个无，也可以理解为没有——实际上，这把吉他，我当年感动于你母亲对女儿的心心念念，就没有收费，现在，就更不能收了。”

箱子姑娘怀抱着吉他，眼中盈满了泪水。

李才也很感动：“这，卢老师，你这样高义大善，让我无地自容啊。要不我请您吃个饭？以表达我感激之情。”“饭就免了。我过午不食。”卢老师朝箱子姑娘，“来，咱俩加个微信。以后这把吉他不管有什么问题，随时来找我。”

两人互加微信。

李才拿出手机：“卢老师，咱俩也加一个！”卢老师又笑：“还说不是你女朋友。”“真不是。”“根据我多年来的经验，一个女孩子跟异性加微信或电话，他身边的男孩子若急着要加，就必然是男女朋友关系或即将是男女朋友关系。因为他很警惕。”“卢老师，您这个理论不成立，您都算苍孙了，我就是想警惕，也没这必要啊。”“嘿，你瞧不起我是吧？你看我很沧桑是吧？昨天刚跟一个 90 后分手。”

李才不自觉有些紧张：“真的吗？”卢老师笑了起来：“看，紧张了吧。现在就流行大叔范儿。”李才尴尬地笑着：“箱子姑娘她倒是比较喜欢帅哥。”

又聊了几句，李才和箱子姑娘告辞离开。

出了门到了街道上，箱子姑娘突然悲从心来，浑身战栗，蹲到了路边，无声地哭泣。

路人投来好奇的目光。

李才赶紧上前拉箱子姑娘：“起来，不要在这儿哭。现在正讨论女孩子该不该蹲呢。你妈也不希望你这样。你以后是大明星，不能有黑历史。”

箱子姑娘眼泪汪汪抬起头：“真的吗？”“我保证。”“可我很想哭。”“大街上人们来来往往，不适合抒发悲伤。我带你找个可以哭的地方。”

李才拉着箱子姑娘上了车，驶入了拥堵的车流中。

箱子姑娘沉默地坐在车上。

李才看了箱子姑娘一眼，升起车窗：“现在可以哭了。”

“哭不出来。”“别憋坏自己。”

“我已经憋了十几年了。在亲戚家寄人篱下不敢哭，怕被人说不知足，在北京的地下室不敢哭，隔音不好，在马路上不敢哭，在人前不敢哭，在公交车上不敢哭。可我真想大哭一场。只有眼泪才能把我洗干净。”

李才没说话，掏出手机给苏洁发了一条语音微信：“苏洁，今天下午我有一个研讨会，晚上有一个电影首映式，你帮我给主办方推掉吧。多谢。”

发完微信，李才直接关掉了手机。

李才看了一眼箱子姑娘：“生死虽不由人，笑哭总要随心。今天，我带你去哭。不哭出来不知道怎样歌唱。”

李才驱车一路奔驰，渐渐驶离了城市中心。

“你觉得哪儿可以哭了，我们就在哪儿停下来。”

箱子姑娘不说话。李才也不开口，开着车驶离了城市，上了高速，直奔北戴河方向而去。

天渐渐黑了下去。直到明月高悬，车子终于开到了北戴河。

李才把车子停到一处空寂无人的海边。箱子姑娘下了车，径自走到海边沙滩上，坐在那儿，一个人默默流泪。

李才坐在车里默默地等了良久，掏出纸巾下了车，走到箱子姑娘身旁。

李才把纸巾递给箱子姑娘，箱子姑娘默默地擦掉脸上的泪水。

“你说我是民谣奇葩，可我觉得我只是一个奇葩。”“不管你是什么样的奇葩，都将为我开放奇迹。”“可你认识了我，总是遭遇奇怪。”“奇怪是奇迹的前奏。”

两人在海滩上坐了很久，直到天色将亮，才踏上返程。

箱子姑娘的情绪舒缓多了，对李才说了句：“谢谢。”

李才只笑笑没说话。

箱子姑娘悠悠地说道：“小时候，在妈妈的怀里，她教过我一支催眠歌。”

说着自顾自地轻轻唱了起来：

爱哭的孩子要睡觉
庄稼再多多不过草
远方的人儿回来了
等待的人儿不知道……
等待的人儿不知道
远方的人儿回来了
庄稼再多多不过草

爱哭的孩子要睡觉……

睡吧 睡吧

长夜漫漫路迢迢

梦中人未少

睡吧 睡吧

长路漫漫夜迢迢

梦中人未老……

回到北京天已大亮。李才一觉睡到中午才起床，看到卢庚戌发来的微信，说已经跟神曲马良说过了，叫李才下午去某录音棚找他。李才急忙赶往录音棚，在门口等了好一会儿，神曲马良跟经纪人终于从里边出来了。

李才急忙上前："神老师，我是李才，水木年华卢庚戌的朋友，他跟您说了吧？"

神曲马良脚步没停："说了。小卢干什么呢？"李才跟在神曲马良后面："他跨界了，要拍电影当导演。"神曲马良一脸不屑："不务正业。我早就说过他了，他应该趁着《蝴蝶花》火的最早那几年，打造一个花朵系列，《迎春花》《玫瑰花》《打碗碗花》，后来还听说他又打造人文诗歌演唱专辑，这能有什么市场？对不对？"经纪人连连点头："对对对。"

神曲马良一直没停："找我什么事儿啊？我马上要赶下一个通告，到停车场，你大概有五分钟时间。"李才连忙开口："神老师——"马良打断："其实我也是普通人。叫我马良老师吧。"李才直奔主题："马良老师，想必您还记得往烟旧雨中的红嘴绿鹦哥吧？"

马良一愣，站住了。

经纪人沉下脸："您什么意思？挖我们良哥黑历史呢？"李才笑道："那怎么能是黑历史，那是一段美好往事吧。"马良转头看着李才："你找我到底想干什么？""您的搭档红嘴郭纯希签我那儿了，现在改了个艺名，叫箱子姑娘。希望能得到您的扶持。""我们早就没有关系了，我扶持不了她。""我最近准备做一个推广，推广她的单曲，您可否录个VCR，为她说几句话，带一下节奏。""我做音乐没有私心，我不为任何人背书。她最近生活很困难吗？""谈不上困难——"

马良对经纪人说："转五万块钱给这位李先生，让他转交给小郭。"又转向李才："以后不要再提什么红嘴绿鹦哥了，我是神曲马良。"李才不甘心："马良老师，钱我们不要。但转发一下微博可以吗？一条就行。"马良随口敷衍："李先生，你跟我经纪人谈吧。我不接触这些事情。"

马良加快脚步走了。

经纪人鄙夷地看着李才："李先生，我们良哥一条微博的底价是三十万。你确定要合作吗？如果想合作，给我打电话吧。"

经纪人递给李才一张名片，转身走了。

李才愤愤然，扬手将名片扔进了走道里的垃圾桶。

苏洁一边嗑瓜子一边给小白在看星盘。

苏洁问小白："你最想知道什么？""我就想知道我有没有钱。""星盘显示，正常来说，你没有钱。"小白沮丧道："我就一辈子当困难群众了？""你等等，我再看看。"

苏洁又凝神看了看星盘："哇塞，你有一笔横财。"小白一惊："横财？""是的。""什么叫横财？""尚晋哥一再教导我们，能够用网络搜到的知识就不要麻烦别人。""有道理。我马上搜一下。"

小白掏出手机，搜索横财一词，念道："横财，指非法或侥幸获得的钱财。妈呀，难道我要犯法了？不美。"苏洁一脸坏笑："你的星盘里没有刑罚的痕迹，你犯不了法儿。"小白放下心："那就好。那就好。感谢星盘——那我就是侥幸获得的呗？""对。目前来看，你会侥幸发一笔财。""那我目前是不是应该去做一些侥幸的事情，比如，打麻将啊，买彩票啊，去澳门赌场啊——"苏洁打断："停。什么叫侥幸？""我搜索一下。""不用了。我告诉你吧，侥幸就是偶然，你如果一旦去找偶然，偶然就消失了。懂吗？"小白听迷糊了："懂你。""不要懂我，要懂道理。""好。我懂道理。我什么也不干了。闭门家中坐，横财天上来。哎我能发多少横财啊？星盘上有我金钱数目的痕迹吗？"苏洁神秘地说："天机不可泄露。"

手机响了，苏洁一看是妈妈来电，皱眉接起来："妈。"苏洁妈妈在电话里问："苏洁，你哪儿呢？""我上班呢。""是理想胡同咖啡馆这儿吗？""是。""好。我一会儿过来找你。"

苏洁大惊失色："你说什么？""我来北京了，一会儿过来找你。怎么，不欢迎你妈？"苏洁有些慌："不，不是。你怎么悄没声儿地就来了？你来干吗啊？""我来相看一下你男朋友李才。”“这，我！好，一会儿见。”

苏洁挂断电话，一脸沮丧。

小白转头问：“怎么了？你妈来了？”“是啊。”“干吗啊？带没带好吃的？”苏洁一脸郁闷：“就知道吃。我妈是来催婚的！”小白惊叹：“哎呀，这个不好对付啊。要不这样，我假装你男朋友，先把你妈给蒙过去。”“蒙不过去。我妈指定看不上你。”“我也是相貌堂堂一表人才啊。”“我妈就不喜欢外强中干的人。”“行。原来我在你眼里就是这么一个形象。苏洁，我算知道你了。”苏洁起身：“不跟你说了，我接我妈去。”小白追问：“外强中干是星盘上说的还是你说的？”苏洁头也不回：“天机。”

过了一会儿，苏洁把妈妈接到了理想胡同咖啡馆。

苏洁介绍着：“楼下就是理想胡同咖啡馆，我们工作室办公在楼上。”

咖啡馆进门一面照片墙，上面挂着不少李才和马得路的照片。

苏洁妈妈驻足看着：“哪个是李才？”苏洁指了指：“这个。那个是马得路。”苏洁妈妈皱眉：“李才照片不如马得路多，也不如马得路的位置重要，看来他是个二把手。”苏洁连忙解释：“是二把手，但名气很大。”

苏洁把妈妈引到一张桌子前坐下。

苏洁妈妈问：“李才他在哪儿办公啊？”苏洁左右看了一下，压低声音：“妈，您先别提李才。”“怎么了？怎么不能提？”“他是名人。我们的关系暂时还不能公开。”“这名人当得有点窝囊啊。”“才不是呢，窝囊的名人都可以公开，不窝囊的名人才不敢公开。因为有好多粉丝听说自己的偶像有另一半或者结婚了，会自杀的。”

苏洁妈妈惊讶：“这是邪教啊！李才到这邪教地步了吗？”苏洁嘿嘿一乐：“还没有。他只是不想让他的女粉丝伤心。”苏洁妈妈不放心：“我得尽快跟他见一下。”苏洁搪塞道：“他今天出去讲座去了。您先参观一下，我马上跟他联系，看什么时候见—— 小白，给我妈弄杯最好的咖啡来。”苏洁妈妈一听最好忙问：“花钱吗？”苏洁不好说不花钱：“成本价。”“那就来杯中不溜儿的就行。别浪费。”“好——小白，来杯中等的。”

苏洁偷偷给李才发微信问他什么时候回来。李才说马上就到。苏洁赶紧又说，你到了门口给我微信，先别进来。李才有些莫名其妙，但还是依言而行，到了门口停好车后给苏洁发微信。一会儿苏洁急急忙忙从咖啡馆里出来了，上了李才的车。李才问发生什么事了？苏洁吞吞吐吐地把缘由说了一下。

李才急了："荒唐！太荒唐了！苏洁，我堂堂一社会名人，怎么能假装你男朋友？传出去，我还怎么做人，不，怎么做名人？"苏洁哭丧着脸："李才哥，李才老师，我真是没办法了！我妈打上门来了！""你怎么不去找小白？小白跟你很般配啊。""李才老师，李才哥，小白我瞧不上。""是假装，又不是真的，有什么瞧得上瞧不上？""李才哥，假作真时真亦假，真真假假也有个真真假假，我瞧不上他，我就觉得不真实。我觉得不真实，我妈就能看出来。"

李才摇头拒绝："这事我不能干。你找别人去。"苏洁不依不饶："李才老师，找不了别人了，只能找你。""为什么？""因为最近我一直跟我妈说你是我男朋友。""你，你胆儿够大的啊！""不是胆儿够大，是我妈给我的压力够大。只能拿您挡一下了。李才哥，你先帮我挡过去。等我妈一回家，我就说跟你分手了。你要不帮我，我今天就没活路了。"

李才略微有些担心："你不会因为这个自杀吧？"苏洁一脸可怜的样子："自杀不至于。但我只能被我妈带回老家，嫁给一个养鱼的鱼塘主了。""为什么？""我妈给我找了个养鱼的，说如果我北京没男朋友，就带我回去结婚。"

李才的正义感激发出来了："岂有此理？谁给她的这个权力？""她自己给她的。她是我妈，我是她闺女。没跑儿。""什么年代了，还有这样的事儿，荒唐，太荒唐了。你这事儿，我管了！"苏洁心中暗喜："谢谢李才哥！谢谢李才老师！"

李才硬着头皮和苏洁进入咖啡馆，跟苏洁妈妈见了面，又热情地把苏洁妈妈请到办公室里坐，跟苏洁妈妈寒暄着。

"阿姨，您到北京，吃住还习惯吧？""习惯习惯，我一来就习惯了，我恨不得搬这儿住。"苏洁一听着急道："您可别来！"苏洁妈妈："怎么？不欢迎我。有首歌儿不叫北京欢迎你嘛——北京欢迎你，有梦想谁都了不起，有勇气就会有奇迹！"李才一乐："阿姨您还有来北京的梦想啊？"苏洁妈妈满脸欣慰："我没有来北京的梦想，我来了北京之后有梦想，就是要把我这宝贝闺女嫁出去！当然，现在基本已经实现了。李才老师，不，李才，叫老师太别扭了，我总不能管自己女婿叫老师吧。是这样的，我这个人呢，实实在在，不绕弯子，我也不想再考验你了，我觉得你这人行，你这家庭，也行。我很满意。什么时候我见见你父母？"

李才顿时僵住："阿姨，事儿不能这么急。有些情况，还要具体了解。"苏洁妈妈微笑着说："不用了解了，我非常了解你。你是干名人这个职业的，家里两套房，这两套房拆过一次了，把你们家拆到了富农阶层——”李才打断：“北京不叫富农，叫中产阶层。”苏洁妈妈忙点头：“哦，把你们拆成了中产阶层。现在你们又面临二次拆迁，估计阶层还能往上再冒一冒。当然，我可不是图你们的财，我是觉得你这人为人正派，有才华，郎才女貌嘛。你负责才华，我宝贝女儿负责颜值。”

李才听得直皱眉，干笑：“阿姨，婚姻大事绝非儿戏，我跟苏洁还需要继续深入接触，互相了解，磨合一下。要能过了磨合期，我们就在一起，要过不了磨合期，那可能就得互相尊重，和平分手。”苏洁妈妈一听认真起来：“这可不行。你们男的经得起磨合，我们女的可经不起。男人的磨合对女人来说是磨难。我的意见是，看准了就得出手，出手就得有。我闺女是让人疼的，可不是让人来磨合的——你磨合我闺女多长时间了？”李才有些尴尬：“没多长时间。没多长时间。”苏洁妈妈怀疑道：“没多长时间？我可早听苏洁说你们在谈了。”

李才懊恼地看了苏洁一眼：“谈是早谈了，主要是谈人生谈理想。谈男女朋友，是最近的事儿。”苏洁赶紧接话：“对，最近的事儿，我还得继续考察和考验我李才哥。妈，您就早点回去吧，我跟李才哥的事儿，您放心。”苏洁妈妈摇头：“我放不下心。我要见你父母谈谈。”李才着急了：“我父母您不能见。”苏洁妈妈一愣：“为什么？”“因为我是个名人。我跟苏洁是隐谈。”“隐谈？什么叫隐谈？”“是这样的，您听说过名人有结婚了不公布的吧？”“有。”“那叫隐婚。这是明星为了不让自己的粉丝伤心想出的招儿，对于我们这些还没结婚的人来说呢，我们谈恋爱不公开，就叫隐谈。”苏洁插话道：“这是李才哥保护我的强有力的措施。”苏洁妈妈一脸迟疑：“隐到什么时候？”李才回应：“一般来说，隐到过气的时候。”“那要这个人永远不过气呢？就一直隐下去？隐一辈子？”“花无百日红，人无千年好。没有人可以一直红下去。”“那你什么时候过气？”“我这么年轻，估计还会红一阵子。具体多长，不好说。”

苏洁妈妈激动起来：“我闺女不能这么跟着你黑不提白不提啊。你们这事儿，我不同意。你们隐谈的这事儿，先停止吧。”

李才暗暗松了口气。

箱子姑娘拎着一个保温杯进了咖啡馆，走到前台处，问小白：“李才老师在吗？”“那必须在啊。”“必须在？什么意思？”“今天见丈母娘呢。你说是不是必须在？”“见丈母娘？她没女朋友啊。怎么就有丈母娘了？”

恰好这时李才和苏洁送苏洁妈妈从办公室出来。苏洁妈妈一脸不高兴地往外走。

小白招呼："阿姨，走啊。"苏洁妈妈眼睛耷拉着："走了。"

李才也顾不上跟箱子姑娘打招呼，跟着苏洁把苏洁妈妈送出了门。

箱子姑娘问小白："这是他丈母娘？""是啊。""谁是这丈母娘的闺女？""苏洁啊。""苏洁是李才老师的女朋友？""这你得问李才老师啊。"

箱子姑娘一时有些愣怔。李才又匆匆从外面进来了。

李才问："箱子姑娘，你白天不在家练歌你干什么来了？"箱子姑娘举起保温杯："我在家煲了汤，送来想让你尝尝。"小白一旁起哄："俗话说，礼轻情意重啊。"

李才瞪了小白一眼："没你什么事儿，少插话。"转过头对箱子姑娘说："走，到办公室说。"

两人进了办公室。箱子姑娘把汤递给李才。李才打开，拿出小勺喝汤。

"好喝。谢谢啊。""苏洁是你女朋友？""不是啊。小白告诉你的？""小白和我的眼睛告诉我的。刚才我可都看见了——是不是？""当然不是。苏洁不是我的菜啊。""那你为什么认她妈为丈母娘？""我这是助人为乐。苏洁她妈来逼婚，苏洁没辙了，找我扮演她的男朋友。""你就扮了？""啊。我就是这么一好心的人啊。咱俩认识，不也是因为我的古道热肠嘛。""婚姻大事，岂能儿戏。这也能扮演啊？这是欺骗！""善意的欺骗吧。""善意的欺骗也是欺骗！"

李才停住喝汤，看着箱子姑娘。

"你看我干吗？喝汤啊。""箱子姑娘，你不会是爱上我了吧？""不可能。我不会爱上你的。""这汤可是很浓厚啊。""那是我煲汤的手艺好。你喝吧。我回去练歌了，保温桶别忘了带回来。""好嘞。"

箱子姑娘走到门口，突然又回头。

"你想过没有，会不会是苏洁的计中计呢？""什么计中计？""苏洁喜欢你，不想明说，所以以这种悍母逼婚的方式来告诉你——她希望你认她妈为丈母娘。""箱子姑娘，你想多了。你只是吃醋了。"箱子姑娘眼神有些闪躲："喝你的汤吧。"说完出门去了。

李才摇摇头，笑了一下，继续喝着汤。喝着喝着忽然又停住，拿出手机拍了汤的一张照片，发了一张朋友圈，配的文字是：有汤的日子，真美。

已经出门的箱子姑娘看到了朋友圈，笑了。

傍晚，尚晋忽然约李貌去外面饭馆吃饭。李貌有些奇怪，猜测尚晋肯定有事儿要说，也不问，到了饭馆若无其事地点菜吃饭，不痛不痒地闲聊着。

果然，尚晋憋不住了，吞吞吐吐地说："貌貌，有件事儿我想告诉你。"李貌淡然："嗯。好。"尚晋低着头："我最近感觉我有点不对劲儿。"李貌问道："怎么了？哪儿不对劲了？身体不舒服？"尚晋支支吾吾："不，不是身体不舒服，是精神不舒服，我怀疑我自己是不是有点儿精神出轨。我想跟你商量一下。"

这句话倒是出乎李貌意料之外。"什么意思？你干什么了？""有个人，挺吸引我的。我挺愿意跟她聊天的。""谁啊？""鲜花朵朵的店主，叫杨樱。""就是你给我买花的那家店？""嗯。"

李貌沉下脸："你跟我说这个是什么意思？你爱上她了？"尚晋连忙解释："不不不。也没有爱上，就是她很吸引我。我就是有了这个感觉以后，我觉得对不起你，所以要告诉你一下。我是坚定不移爱你的。但是为什么对其他人又有了一种喜欢的感觉呢？我要向你坦白。那天你问我到不到工作室吃饭，我欺骗了你，说有事儿，其实那天我跟杨樱在她的花店吃饭。我对自己欺骗你的行为感觉很不好。所以我要向你坦白。我这算不算精神出轨？"

李貌放下筷子，看着尚晋："不算。""不算？真的？""不算。真的。因为你告诉了我，就不算；没告诉我，就算。街上见到帅哥，我也会多看几眼。你就属于这个性质。"尚晋松了口气："哦，那我就放心了。"又担心地问："你见到帅哥的机会多吗？"李貌扬起眉毛："比你见到美女的机会多。"尚晋不放心地说："你可一定要把握好尺度。我会把握好尺度的。"

李貌瞟了尚晋一眼，拿起筷子继续吃饭："还有谁知道这事儿？"尚晋老实回答："没谁知道了。""这事儿，就此打住。我当没发生过。""貌貌，谢谢你相信我。"李貌淡淡地说道："赶紧吃吧。菜凉了不好吃。"

李貌了解尚晋的为人，确实也没把这事当成一件大事儿，不过尚晋的话还是引起了她的好奇心，不知道那个叫杨樱的女店主究竟有什么特质能吸引到尚晋。第二天上午，李貌还是忍不住去了鲜花店。

杨樱正在店里忙活，看见李貌进门，上前招呼："买花吗？"

"看看。"李貌打量着杨樱。

“需要我给你介绍一下吗？”“不用。我先介绍一下我自己。我叫李貌。尚晋女朋友。”杨樱一愣，随即笑了：“哦，那天我还跟尚晋说呢，让他介绍一下咱俩认识。估计他最近忙，一直没见他来。”“不用他介绍，我们这也不认识了嘛。”“对。欢迎常来啊。”“会的。”李貌指了指一束玫瑰花：“这束玫瑰花多少钱？”“三十八。你喜欢我送你。”“不用。”

李貌拿出手机，扫描贴在店门上的微信支付码：“钱给你付了，这束玫瑰花麻烦你给我送到尚晋单位，留我的名字和电话就行。再写上一句话。”杨樱问道：“什么话？”李貌微微一笑：“愿得一人心，白首不分离。”

尚晋正在办公室，忽然收到鲜花，明白李貌是去见杨樱了，有些不安，想给杨樱发个微信问问情况，犹豫了一下还是算了。

梅然光又来了，乐呵呵地往尚晋跟前一坐“尚晋，听说你要结婚了，你把卡号给我。”尚晋一愣：“干吗？”梅然光伸出五指：“你婚礼的钱我出了。五十万，够不够？”尚晋摆摆手笑道：“这不行。你到时候来喝喜酒就行。你要想随份子也可以，就正常给，三百五百的都可以。”梅然光一脸真诚：“你让我当这调解员，给了我新生，我得表示点意思。五十万你不收，那我给你转三十万，把你婚礼办得漂漂亮亮的。”

尚晋严肃起来：“梅然光同志，我要收了你这钱，我就是受贿。三五十万够判几年的了。”梅然光不以为然：“这是我给你的红包。怎么能叫受贿？”尚晋无奈：“有这么大红包的吗？”“我们这群煤老板出手都这么大方。”“那是你们的事儿。我不能收。但我欢迎你来婚礼上喝喜酒。”

梅然光却道：“我喝不上了。”尚晋一听愣了：“嗯？怎么了？”“我要出国了。”“去哪儿？干什么？”“去新西兰。我女儿在那里。”“移民了？不回来了？”“先去住一阵子。回不回来，看女儿的意思吧。她以前不认我，因为我只认钱。知道我当了社区调解员，哦，不，志愿者，对我看法变了，允许我去看一下她了。”尚晋由衷地说道：“祝贺你，老梅！”

“那这钱你真不收？”“不收。”“真是国家的好干部，公正廉洁清明。有你这样的年轻干部，我到国外去，对祖国也放心。”“必须的。”“老弟，谢谢你！”

尚晋把梅然光送出门。两人热切地挥手告别。

“老弟，再见。我会回来的。”

“老梅，再见。北京欢迎你。”

第十八章

李才和苏洁走在往咖啡馆的路上。

“苏洁，你妈准备什么时候走？”“她不准备走，她还想跟你谈谈。”“绝对不行。我绝对不会再跟她谈了。”“那你想个法子，让我妈主动离开北京。”“我能有什么法子。我自己的妈我都搞不定，我能搞定你妈？”“你是说你哪个妈你搞不定，我帮你搞啊。”

李才苦笑：“我哪个都搞不定——哎，苏洁，这是不是你的阴谋啊？”苏洁一脸无辜：“什么阴谋？”“你喜欢我，用了悍母逼婚的方式来向我告白和试探，看看我能不能接受？”“李才哥，这是箱子姑娘跟你说的吧？”“不是。是我自己感悟到的。”“你感悟个啥呀，这一看就是女性思维。”

李才敬佩地看了一眼苏洁：“你怎么看出来的？”苏洁扬起眉头：“我是谁，我是集星座属相两种文化于一身的东方女巫。”“甭吹了，是不是你的阴谋？”“不是。我就是想有这阴谋，我妈能同意吗？”“也对。”“别被人灌了迷魂汤！”“你什么意思？”“没什么意思。李才哥，今儿天气真好啊。哎，要是没人逼婚就更好了。”

苏洁心下发愁，跑去了尚晋办公室，进了减压室。

尚晋正在减压室里整理东西：“找你貌貌姐呢？她人不在这里。”苏洁满脸愁容：“我找其他人。”尚晋转头：“谁？”

苏洁看着五个主题的假人，不知道打哪个好。

“怎么没有逼婚这个主题？”尚晋用手一指：“逼婚属于怄气类主题。你打怄气那个吧。”“好。”

苏洁走到怄气那个跟前，猛力出拳击打。

尚晋惊讶：“嘀，看来逼得不轻。谁逼你啊？”苏洁一边打一边像说唱一样：“我妈！我脸上还有青春痘，我去年还长高了一厘米，我还在发育期，为什么逼着我结婚？我打！我打！我打！”尚晋提醒道：“光打不是个办法。”

苏洁停了手：“尚晋哥，你有办法？”尚晋思索了一下：“你搜集一些逼婚致人自杀的案例，想办法让你妈看见。”苏洁想了想，摇头：“算了吧，我妈一直认为我脸皮厚，不会自杀的。”尚晋随口道：“你妈说得倒是也有些道理。”苏洁一愣：“嗯？”尚晋意识到说溜了：“哦，你打。继续打。”赶紧出去了。

苏洁又看了一下假人的主题，挪到“情感”主题前，一通猛打，打得气喘吁吁实在打不动了才停手。

出了减压室，苏洁想了想，决定还是向尚晋求助。

尚晋说：“逼婚不算什么大难题，女孩子都会遇到。现在的父母，平时不让孩子谈恋爱，孩子刚参加工作就得结婚，你就是网络购物也不是一时半会能找到的吧？——你把我这个观点告诉你妈，她会理解的。”

苏洁说：“问题不在这儿？”尚晋一脸茫然：“在哪儿？”苏洁：“在于我撒了个谎，说我有男朋友了。”“撒谎不好。你没法圆啊。”“我圆了，我又撒了个更大的谎。我说我男朋友是李才哥。我妈信了。”尚晋咋舌：“这就是个大问题了。”“不，这还不够大。最大的问题是李才哥为了帮我，假装当了我一回男朋友，我妈对李才哥意见很大，最近准备跟李才哥谈谈。但李才哥只答应装一回，不想装第二回了。”

尚晋没想到这么复杂：“你找我是想让我说服你妈？”“不，我是想让你说服李才哥再装一回我男朋友。”“苏洁，你要端正一下你的思想。撒谎已经错了，再找李才装你男朋友就是大错了，如果再让李才装下去，就是大错加大错了。”苏洁恳求：“我被逼无奈啊。你给我出个主意吧尚晋哥。”

尚晋想了想：“只有一个主意：开诚布公。一五一十把事情跟你妈说清楚。”苏洁一听着急了：“那她就更会逼我结婚了。还会把我领回老家。你们都会想我的。”尚晋严肃地说：“你先别这么自恋。这个事儿，你先跟你妈坦白交代，然后我再跟你妈谈。我给你搞定这事儿。”苏洁苦着脸无可奈何：“我试试吧。”

苏洁想来想去无路可走，只得听从尚晋的建议，回去后跟妈妈坦白了。苏洁妈妈果然大怒，当即下令苏洁立即跟自己回老家去。苏洁好说歹说，把妈妈拉到了咖啡馆，又赶紧打电话把尚晋叫了过来。

尚晋到了咖啡馆，苏洁妈妈兀自怒气未消。

尚晋礼貌地自我介绍：“阿姨您好。我是苏洁的朋友，我叫尚晋。”苏洁妈妈冷淡地回应：“你好。”尚晋转头：“苏洁，你的事儿都跟阿姨说了吧？”苏洁耷拉着脸：“我交代了，我妈不从宽。”

尚晋从包里取出一份材料递给苏洁妈妈。

“阿姨，这个资料请您看看。我想对您会有帮助的。”“我不看。你说吧。”尚晋耐心地说道：“阿姨，这个资料的大概我可以跟您说说，但具体的一些案例还需要您带回去看。这是一份逼婚数据和案例调查。有逼婚被逼到自杀的，有逼婚被逼到闪婚又闪离的，有离家出走的，还有被逼到出家的。总之，这个数据和案例调查我觉得很有启发性。”

苏洁妈妈一听气又上来了：“你们吓唬我？”尚晋忙解释道：“不是吓唬您阿姨。我觉得说大道理，您比我们懂。我也调解过很多逼婚案例，幸福里小区就有一个很典型的案例我正调解。正因为这事儿，我才做了这个很翔实的全国逼婚数据案例调查。您不妨看看，看看总没有坏处吧。”

苏洁妈妈最终还是拿走了那份资料。

苏洁忐忑不安：“会有用吗？”尚晋胸有成竹的样子：“婚姻这事儿，很难以理服人，只能以事实服人。你等着看结果吧。”

第二天尚晋一上班，苏洁就欢天喜地地跑了过来，兴奋地说：“尚晋哥，尚晋哥，我妈撤退啦！”尚晋很欣慰：“我就说嘛，以事实服人。祝贺你。不过你也该找个男朋友了。”苏洁又开始调皮：“我这不是找不到嘛！要不，这个问题你也帮我解决吧？”尚晋一口回绝：“拉倒吧。这事儿我真解决不了。”“你不是什么难题都能调解嘛。”“我只调解，不说媒。”苏洁不自觉地用上了尚得志的口头禅：“这是什么买卖！”

手头上没事，尚晋又骑上自行车在幸福里社区巡视。正骑着，忽然被一名男子拦住。

男子拿着一张照片：“同志，你看见过这个人吗？我听说她在附近出现过。”

尚晋一看，照片上的人竟然是杨樱，心里咯噔一下，摇头：“没见过。”

男人又找别人询问去了。

尚晋猜测十有八九是杨樱的家人找上门来了，赶紧骑上车去鲜花店报信。到了店门口一看，却见店门紧闭，门上贴了一张通告：此店已关，感谢往日顾客。后会无期。

尚晋想了想，掏出手机给杨樱发条微信，对话框却弹出一句话：对方还不是你的朋友，请加好友认证。

尚晋愣住了。

李才把理想胡同咖啡馆原先的演讲和讲座区稍微改造了一下，增加了灯光和音响设备，让箱子姑娘每晚到咖啡馆驻唱。

尚晋、李貌和毛毛、马得路的婚礼在紧锣密鼓的筹备当中。安心那座豪宅的设计和装修工程也按部就班地进行着，安心也不催，只偶尔发微信问一下情况。

管红花、尚得志再次来到北京，帮忙筹备婚礼。婚礼细节问题几家人不免争执不断，管红花每每祭出婚礼总指挥的大旗，才勉强把意见统一起来。

很快，日子到了婚礼的前一天。

管红花、尚得志、万山红、常有丽四个人在将一堆彩票分装进回礼包里，每个回礼包里装六张福利彩票。万山红和常有丽坐得远远的。常有丽手腕上还拴着遛狗的绳子，呼噜蹲伏在她脚下。

常有丽有些不满："我跟马吃草满北京都转了，连丰台都去了，我都能当糖果贩子了，价儿也跟人谈好了，这又不用了。往里装彩票！"

管红花不急不慢："有丽同志，你和马吃草同志的工作精神和努力，我们都看在眼里记在心上。往回礼包里装福利彩票这件事儿，尚晋一在群里提出，大家都纷纷表示赞同。我想这里边有三点值得称赞：一是移风易俗，送糖块也不是一成不变的嘛，现在糖块也不稀罕了；二是社会公益，买福利彩票，也是慈善贡献的一种；三是充满未知，明天婚礼来宾可以在现场打开彩票，我们把今天晚上的中奖号码写在现场的电子屏上，万一有人中了一等奖呢？那是几百万！我们是什么心情？"

常有丽脱口而出："那我得嫉妒死啊！"

众人愕然。万山红鄙夷地看了常有丽一眼。

常有丽也觉得说漏了嘴，赶紧找补："当然，我是开玩笑。我才不嫉妒呢。多大点钱啊。一等奖也还不到我半套房钱。"

尚得志突然问起：“李掌柜呢，他怎么没来？”万山红也是脱口而出：“他一北京爷们，怎么会来干这零碎活！”

尚得志尴尬地看着手中的彩票和回礼包：“这是什么买卖。这是什么买卖。”

管红花解围：“你出去活动下腿脚吧。这活儿我们仨就干了。”

尚得志如获大赦，赶紧起身出去了。

减压室里，十二个女孩围着五个假人，也不分主题，一通乱打。其中一个女孩退后一步，掏出手机拍摄。另一个女孩说：“拍什么，打呀。”拍照的女孩说：“我拍下来发给马得路。”其余女孩纷纷赞同：“好，那我们再加把劲儿，姐妹们，卖力点，打起来！”

马得路正在办公室里悠闲地边喝茶边刷朋友圈，忽然进来一条微信，打开一看，正是十几个女孩奋力打假人的视频。马得路看得龇牙咧嘴，脑袋不禁左摇右摆，好像那些女孩的拳头是打在了他的脸上。

马得路赶紧把在外面忙活的李才叫进办公室来。

马得路惊慌地说道：“才哥，出了点儿我不知道是小还是大的麻烦事儿。”李才警惕道：“什么麻烦？”马得路有些不好意思但又不得不说：“明儿就要结婚了，我有些小感慨，就想跟以前恋爱过的那些姑娘打个招呼。我图省事，便弄了个微信群发，但我今儿才知道微信不能群发，太不人性了！我一群发，发现竟拉了一个群。”李才有些幸灾乐祸：“my god！不美！——你赶紧把我拉进去，我看看情况。”马得路眉头紧皱：“才哥，太不美了！更大的麻烦是我一紧张，我就退出来了，连解释的机会都没有了。她们说什么没说什么，我完全不知道了。”

李才又问：“她们之前认识吗？”“互不相识。”“几个？”

马得路有些扭捏。

李才不耐烦了：“说啊。不说我怎么给你出谋划策。”“十二个。”李才惊讶：“一打啊？你怎么这么励志！”马得路赶忙找补：“这方面，你一直是我的榜样。”李才一脸坏笑：“是不是跟毛毛同时谈的？”马得路立刻澄清：“不是。在毛毛之前。跟毛毛一确立关系，我就再没跟任何人谈过，即便猛扑我的数不胜数我也没动心过。”李才点点头：“这就好。这样的话，这件事可以定性为小麻烦。跟前任告别，在全世界都不乏先例。但此事需要保密，不可再告诉第三人。”马得路迟疑道：“我用不用让她们中间谁把我再拉进去？”

李才想了想："你还想跟这些前任还有什么后续吗？"马得路连连摇头："绝对不想。""那就彻底做个了断——把她们全部拉黑。""太黑了吧？我一向没你那么残忍。""是果敢——得路，拉黑她们，一是对你和毛毛好，你的意志没那么强大，彻底断了念想好。二是对她们好，不要再活在你的阴影里——你绝对伤了不少姑娘。"

马得路还有些犹豫："你不是老讲分手了还可以做朋友吗，第一期讲座你就讲的这个。"李才笑了笑："那是因为有人想听。我得追求收听率，观众想听什么我就得讲什么。分手了还做朋友的，那是因为双方人缘都太差。一别两宽，各生欢喜吧。"马得路仍不放心："她们不会明天组团去婚礼上闹吧？"李才叹了口气："你偶像剧看多了。谁会这么无聊！你删了就行，要让毛毛发现蛛丝马迹，你就等着你丈母娘的核武器吧。"

马得路不得已听从李才的建议，打开微信通讯录，挨个删除那些女孩的号码，边删边叹气："已经沦陷了。现在我爸在她手上，被她指挥得团团转。原来看见了谁的原型就告诉我，现在对我封锁了。"李才一听忙问道："我原型是什么啊？"马得路心不在焉："问我丈母娘去——好了，十二星座删完了。"李才惊讶："十二星座你集齐了？"马得路不好意思地笑了笑："不是故意的。小概率事件。我后来一算，我这十二个前任竟然分布了十二个星座。"李才调侃："得路，你的心长得好大啊。集了星座就行了，收心吧，可别再想着集属相了！"马得路苦笑："我心早收了，没戏了。才哥，我原来很同情你有恐婚症，现在我真羡慕你！海阔凭鱼跃，天高任鸟飞。孤舟蓑笠翁，独钓寒江雪。我真的还想再单身个两三年。"

李才同情地看着马得路："不要同情我，也不要羡慕我，亲爱的马总，你这就是恐婚症。"

下午，李貌、尚晋、马得路、毛毛、李才以及苏洁、箱子姑娘、安心几个人齐聚咖啡馆，商讨次日婚礼的流程。安心担任婚礼主持人，把流程详细说了一遍。

"流程大概就是这些，如果有机动情况，我会现场随时调整，你们听我指挥就行。"

众人点头。

马得路心里一直惦记着刘一手："安心，您跟刘总说了没有，我非常殷切地希望他能出席我的，不，我们的婚礼。"安心："我跟他说过了，但他时间不行，来不了。"马得路失望："唉，刘总不来，少点精彩。"毛毛推了他一下："马得路，你出息点儿，咱们跟刘总不沾亲不带故，人家为什么要来啊？你这不为难人家嘛！”马得路说道：“婚礼有时候也不仅仅是一个婚礼，它还是一个社交平台。咱们弄那么好一场地，不就是广交天下豪杰嘛。一举两得是商业领袖的通常做法。安心，刘总一手老师是不是也是这样？”安心微笑：“你们思路一样，但他是一举十得。”马得路满脸遗憾：“看看！看看！我们对婚礼的利用还是不够。应该婚礼搭台，经济唱戏。”

李貌听不下去了：“你太不单纯了马得路！你婚礼的主角是毛毛，别搞不清楚主次。婚礼对男人来说是个甩不掉的累赘，对女人却是个提着心的殿堂。身在曹营心在汉，你有那青龙偃月刀吗！”

李貌说着瞄了眼尚晋。

尚晋点着头：“精辟！按照我的极简主义作风，根本就不需要婚礼——”猛然注意到李貌在看着自己，赶紧改口：“但是，婚礼它不是一个人的事情。所以，该办还是得办——更所以，得路，你该好好反思一下自己了。你的婚礼，还是要以毛毛为主。”马得路没料到一不小心成了众矢之的：“怎么又绕我这儿了？毛毛，你理解我吧？”毛毛有些伤心：“我理解你。但我不能理解我自己，为什么能够忍受你把婚礼变成商业融资洽谈会、狐朋狗友大聚会、撒出去的红包回收会。”

毛毛看着李貌：“你知道吗，我一看他列的那婚礼名单差点羽化成仙。”李貌干笑：“挺好了。你知道尚晋列了多少？”毛毛问：“更多？”李貌回应：“零。他一个也不请。来宾都是我们这边请的。”马得路觉得不可思议：“你以前送出去的红包不回收一下？”尚晋淡淡地说：“我就没送过。我从不出现在别人的婚礼上，也不送人红包。”安心顺口道：“这我可以作证，为此他得罪了不少人。”

话一出口，安心自知失言。好在这时她的手机响了，是刘一手打来的。

安心站起来转了个身接电话：“喂，一手。哦，好的。”又转过身来对众人说道：“一手推掉了明天上午在上海的一个跨国谈判，明天早班飞机飞过来。”

马得路激动地挥拳：“谢谢刘总！谢谢刘总！加一个环节，让刘总讲个话。”安心微微皱眉：“现在时间已经很紧张了。”马得路想都没想：“把李才讲话减掉！”李才哭笑不得地看着马得路：“得路，我现在明白我在你心目中的位置了。”马得路满脸抑制不住的兴奋：“从来不需要想起，永远也不会忘记。瞬间可以被取代，但随时都可以再归来。李才，咱们是灵魂战友！我出去抽根烟释放一下刘总到来的喜悦。”

马得路说着起身出去了。

李才问众人："都还有什么事情？"

箱子姑娘举手。李才示意："说。"

"我觉得我当伴娘不合适。"李才一愣："为什么？""我怕给人带来不好的运气。""没事。你这个问题我已经考虑到了。从定下你做伴娘那天，定下的几个伴郎不是拉肚子，就是崴了脚，所以明天让苏洁女扮男装跟你搭配。苏洁是星座小巫女，她能压制你。"李貌觉得莫名其妙："李才，你为什么一定要让箱子姑娘当伴娘？你难为人家姑娘！"李才一脸认真："马得路是婚礼搭台经济唱戏，我是婚礼搭台文化唱戏。明天我跟马得路还请了一些文艺界的人士来，我要让箱子姑娘唱首歌，然后让她尽可能多停留在台上，多方位展示。"

箱子姑娘显得不情愿："李才老师，我能不参加吗？"李才态度坚定："你不能。我不是李才老师，我是你经纪人！你必须听经纪人的，否则后果自负！"李貌好奇地问："箱子姑娘，什么后果？"箱子姑娘怯怯地说："我也不知道什么后果，光知道自负。"李貌笑了："甭听他瞎白霍。"

傍晚时分李貌去了蹄花店。蹄花已经卖完了，李貌帮李双全收拾东西。

李貌打趣道："李掌柜，按说我明儿结婚，您应该大休三天，以示祝贺。"

李双全迟疑了一下却道："貌貌，明儿我就不去了。"

李貌愣住，看着李双全。

李双全避开了李貌的眼神："希望你能理解。"

"我不理解。我不希望我婚礼上没有您。我婚礼上不能没有您。"

李貌鼻子一酸，哭了。

李双全拍了拍李貌的肩膀，抽了张纸巾递给她，不说话，继续收拾东西。

李貌抽泣着："爸，哪有女儿结婚父亲不出席的！我想不通。您这是对我有意见，还是对尚晋不满？"李双全说道："我对谁都没意见。这门婚事，我很满意。这些年，我跟你妈——主要是我，确实走了很多弯路，想给你找个完美的丈夫。但世界上根本就没有。尚晋批评我其实批评得很对，没有完美，我就拿自己当标准，我的确是拿自己当了尺子去量别人了。"李貌追问："既然您满意，为什么不去？"李双全顿了片刻："貌貌，我没勇气站在那儿。"

李貌又愣了，不知道说什么好。

晚饭后，李双全在客厅里写毛笔字，写的是《兰亭集序》。

万山红本来正跟李貌在房间里絮叨明儿婚礼的事，李貌说爸爸明天不打算参加婚礼，万山红一听急了，扭头冲到客厅里朝李双全嚷嚷。

“你不去我也不去！闺女不是我一人的！”

李双全平静地写着字，没接话。

“你这是给谁难看呢？不管你是给谁难看，都是我跟李貌难看。”李双全边写字边说道：“万师傅，有你在，就够了。”万山红若有所指：“你晃点不了我。李双全，你有事。你心里有事。”

李双全手一抖，字竟写歪了。

李貌打圆场：“妈，我同意我爸不去了。”万山红更激动了：“你同意我没同意啊。合着咱们家你们说什么是什么？我就一点发言权都没有？”李双全无奈道：“让你去不就是你有发言权嘛。”万山红不依不饶：“别欺负我没文化。我现在算是发现了，一个人有没有发言权，不是说他想做什么就做什么，而是他不想做什么就不做什么，就跟你爸一样，想去你婚礼就去，不想去就不去，也跟你奶一样，人家没有护工她也要没有护工。还有李才，想回来住就回来住，不想回来住就外边租房子。就可着我一人儿欺负啊？”李双全停下手中的笔：“万师傅，说事就说事，别再捎上妈了。她现在已经有些老年痴呆了。”万山红气呼呼地说道：“我觉得痴呆也挺好。糊涂是自己的，麻烦是别人的。”

李双全写不下去了，抓起写字的宣纸揉成一团，扔进了废纸篓。

“万师傅，人各有志，各遂心愿，你喜欢参加貌貌的婚礼你就参加，我不想参加我就不参加。互相理解一下吧。”“从来都是我理解你，你想过要理解我吗？地球离了谁都转，你爱去不去。”

万山红转身气冲冲地回了房间。

李双全又拿出一张宣纸来写字，对李貌说：“看，你妈这么快就想通了。地球离了谁都转。要向你妈学习——你也早点休息吧。”

毛毛在家和李貌等人聊微信，敲定最后的细节，约定次日一早，马得路先来接毛毛下楼，然后尚晋再上楼接李貌。

常有丽走了过来，把一张纸递给毛毛。

毛毛接过问道：“什么呀？”常有丽说：“根据咱老北京风俗，明儿马得路上来请你下楼，不能轻易出门，得拿些问题难为他一下。我给你设计了这些问题，答案我也给你搁上头了，不符合答案不能出门。”

毛毛扫了一眼纸上的问题："这些问题太 low 了吧？"常有丽一愣："什么？"毛毛改口说："太低端了吧。"常有丽认真地说："低端高端你都给问全了，否则很容易被他一锅端。"顿了一下，常有丽一声叹息，神情黯然："这都是我的血泪教训。你一定要问。"毛毛见母亲神情不对，只好答应："好好，我问，我问。"

次日一早，一辆装扮成婚车的大公共停到了幸福里九号楼下。

车身上写着：始发站——幸福里九号　终点站——幸福

车上已经坐了一些双方家庭的亲戚、街坊。大人小孩都有，热热闹闹。马吃草坐在角落里。尚得志、管红花陪奶奶坐在一起。奶奶穿了一件旗袍，相当隆重。

马得路、尚晋一身新郎官打扮，带着迎亲人马早早在楼下等候着。箱子姑娘充当伴娘，苏洁女扮男装充当伴郎，小白、小胡则分别充当摄影和摄像。

看时间差不多了，马得路和迎亲人马上楼去接毛毛，尚晋继续等候。

管红花和奶奶闲聊："阿姨，您年轻时候一定是美人。"奶奶疑惑地道："我现在不是了？"管红花笑道："是。当然是。"

奶奶突然紧张地一摸身上，站起身："忘带钱了，我回家取去。"管红花不解："您取钱干吗？"奶奶着急："买车票啊。不买车票哪行。"管红花笑着："您坐下。坐下。车票我都帮您买好了。"

奶奶伸出大拇指在管红花额头上点了一个赞："赶明儿我还你票钱。"

马得路和迎亲人马进了卧室请毛毛下楼。不想毛毛掏出常有丽给的那张纸来，非要马得路回答了问题再说，还要求摄像给记录下来。

马得路无奈："你赶紧问吧。"

毛毛看着纸问："过年在谁家过？""在你家过。""当不当我妈是亲妈？""比亲妈还亲。""会不会打我？""想打也不敢。""正面回答。""不打。""会不会冷暴力？""不会——毛毛，你问的这些问题是 20 世纪人结婚问的，现在谁还问这个。快下楼吧。"

毛毛看看纸上的下一个问题，有些为难，不自觉看看常有丽。常有丽咳嗽了一声。

毛毛只好接着问："谁管钱？"

马得路环视了一下屋内，有些不悦："毛毛，你觉得这个问题我现在回答合适吗？今天的主场不是这儿，是婚礼现场。我得赶过去照顾来宾。"

毛毛又看向常有丽。

常有丽一脸不高兴："得路，既然你那么急着去，你去吧。你去现场吧。我看你不是娶媳妇，你是赶集。这集，我们娘儿俩不赶。"马得路慌了："好好好！我回答！我回答！家里钱你管。"指着毛毛手上的纸："你那里边不管有多少问题，我都回答是！我决不反悔！——要再不走，堵路上，毛毛，咱这婚可就结不成了。还有，咱们是拼婚，你得给人尚晋、李貌留点时间。"毛毛这才起身："走啦！"

马得路和毛毛匆忙下了楼。小白、小胡一路跟拍。

马得路对尚晋说："好家伙，折腾了半小时！你快点上去吧。尽快把李貌迎下来，时间紧张。"

尚晋赶紧进楼，小白、小胡跟上。

李貌、万山红和苏洁、箱子姑娘正在客厅等候。

"阿姨，貌貌，咱们走吧。"

尚晋向李貌伸出手，李貌伸手拉住尚晋站了起来："妈，咱们走吧。"

万山红有些愣怔："这就走了？"李貌回头："那还要干吗？"万山红说："按风俗，不是要刁难一下新郎吗？"转头朝苏洁和箱子姑娘说："你们怎么不拦一下啊？我听动静，毛毛、马得路好一顿折腾呢。"

李貌不以为然地说："万师傅，我跟尚晋商量好了，掩耳盗铃的事儿就不干了。走吧。"万山红摇头道："那不行，该有的咱得有。风俗都是有讲儿的，没有不吉利。"

尚晋往下一蹲："貌貌，阿姨说得对，这风俗就是先苦后甜的意思，不经过火焰山，取不到真经嘛。你刁难一下我，我把你从六楼背到一楼。这难度比得路和毛毛那难度大。"李貌笑着往尚晋身上一跳："出发！"

尚晋背着李貌下楼。

李貌一扭头见万山红没跟上来，怕尚晋累着："我妈落后头了，把我搁下吧。"尚晋说道："不累——李掌柜呢？怎么没看见他？""他不来了。让我向你和你父母表达歉意。""应该是我向他表达歉意。"

李双全此时正戴着墨镜在街道上暴走，已经走了一头的汗。他肋部的伤似乎还没好，时不时按一下肋骨。

万山红最后一个走出楼道口，抬眼看见公交车，呆了。李貌事先没告诉她婚车是大公共，这算是给万山红的一个小惊喜。

人都已上车。上下车门已关好。

李貌在窗户边招呼万山红："你来开车！"

万山红激动地跳上驾驶室，刚要启动，忽然想起来："没带本儿！"

李貌笑着掏出万山红的驾驶证："这儿呢。给你带好了！"

万山红高兴地发动了车子，向婚礼现场驶去。

别致的婚车沿途引来了不少人注目。阳光洒进车内。万山红英姿飒爽。

箱子姑娘在弹吉他唱《芬芳之旅》：

我会穿过田野穿过村庄
穿过开满鲜花的山岗
我会遇见你在人海茫茫
我会牵你的手穿过热闹的街巷
我会穿过时空穿过无常
穿过生命散发的芬芳
我会陪着你在人海茫茫
我会拥抱着你穿过地久天长
我们此时此刻微笑着
感受着幸福溢满的对方
我们此时此刻幸福着
拥有着无比灿烂的时光
我会穿过田野穿过村庄
穿过开满鲜花的山岗
我会遇见你在人海茫茫
我会牵你的手穿过热闹的街巷
我会穿过时空穿过无常
穿过生命散发的芬芳
我会陪着你在人海茫茫
我会拥抱着你穿过地久天长……

婚礼现场立着一道圆形充气拱门，左右挂着一副对联：

喜今日赤绳系定 珠联璧合

卜他年白头永偕 桂馥兰馨

横批：永志不忘

婚礼现场，嘉宾们陆续入场。小黄、小红、小梅负责接待，给来宾送回礼包。入场处立着两个红包箱，一个写着尚晋、李貌，一个写着马得路、毛毛，上面都贴着微信收款码和支付宝收款码，下方写着：欢迎微信或支付宝转账。

周茉莉来了。小黄递上回礼包。

周茉莉一愣："回礼包不都走的时候再领吗？"小梅神秘地说道："周主任，有惊喜。这是这次婚礼出新出奇的地方。"周茉莉看着小梅："你认识我？"小梅讨好地笑着说："周主任您好，我叫小梅，是幸福里社区西大门的保安。但其实我是一个保姆，而且是一个高端保姆，俗称月嫂。"小梅说着掏出一张名片："这是我名片，您若有高端朋友需要用月嫂，请随时联系我。我将提供优质的服务，体贴的呵护。多少钱都买不到。"

周茉莉没想到一句话引出一堆话，只好接过名片，赶紧进入婚礼现场。

婚礼现场前排区域，李才拉着箱子姑娘在介绍给文艺界人士。

"高老师，这是我旗下艺人箱子姑娘，我非常看好的新一代歌者，还望您多多关注，多多提携。"高老师有些迟疑："李才兄，你又不是不知道，现在靠传统推歌手那一路推不动了。现在歌手能出来都是靠综艺选秀。怎么不去试试啊？"李才："选秀主要靠吼，箱子姑娘是低音，她唱歌是灵魂的低语。在这个时代，低音低语意味着低调低收入。今天箱子姑娘也会唱一首。您多指点。"高老师一笑："没问题。"

马得路也在跟很多人打招呼，口里都是各种总。

"张总，理想胡同公司我又整合了很多内容进去，现在我用两条腿走路，一是大数据利器，二是互联网思维。三年之内，理想胡同肯定上市。日不落集团的刘一手您知道吧？"张总一听："知道啊。"马得路故作轻描淡定地说："他对我的理想胡同非常感兴趣。今天我也把他叫来了。"张总倒有些惊讶："真的。"

这时安心走了过来，对马得路说："一手来了。"

马得路抬眼一看，刘一手在几个人的簇拥下走来，急忙迎上前去。

"刘总一手先生，您好！"安心介绍："一手，这是理想胡同文化传媒董事长马得路，也是我大学闺密毛毛的先生。”刘一手很客气：“马先生，久仰。”马得路激动道：“岂敢，岂敢——刘总，您这边坐。”

马得路将刘一手让到预定位置上，自己坐在刘一手旁边。

安心说：“你们聊吧。我得去试麦克风。”转身离开了。

马得路掏出一张名片递给刘一手：“刘总，这是我名片。”

刘一手看了一下马得路的名片，收起来，从口袋里摸出自己在瑞士军刀厂定制的名片，递给马得路。

马得路接过名片，内心狂喜，手不自觉地在抖动：“谢谢刘总，谢谢刘总。”刘一手淡淡地问道：“咱们可以加一下微信吗？”马得路受宠若惊：“当然当然当然。应该我先请求加您。”

马得路小心翼翼收起名片，跟刘一手互扫微信。

李才领着箱子姑娘过来了。

“刘先生您好。我是李才，这是我旗下艺人箱子姑娘。”刘一手礼貌地回应：“哦，您好。”转头看着马得路：“这位是？”马得路忙介绍道：“李才是我旗下的顾问、策划，也分管我下边一部分文化板块的经营。”

李才递上一张名片。刘一手看了一眼收起来。

刘一手微笑：“不好意思，我今天没带名片。”李才说道：“没关系。刘先生，方便扫一下微信吗？”刘一手耸耸肩膀：“抱歉。手机没电了。改天，改天。”李才点点头笑着说：“好的。打扰。”

马得路见刘一手显然是高看自己而瞧不上李才，内心大为感激。

李才带着箱子姑娘要走，就听见哗啦一声，刘一手坐的那把椅子居然散架了，刘一手结结实实一屁股坐到了地上。

马得路赶紧起身去扶刘一手：“抱歉！抱歉！”

李才和箱子姑娘也有些诧异，愣在那里。

马得路抬头看了两人一眼：“才哥，拜托领箱子姑娘远点！”

李才回过神来，赶紧拉着箱子姑娘离开。

尚晋抽空跟尚得志和管红花说了声，说李掌柜不来参加婚礼了。

管红花义愤填膺：“这是一起家庭外交事件，李掌柜这是冲咱俩来的。”尚得志劝说：“老管，我一般不发表反对意见。但我觉得你这个想法过了。”管红花问道：“哪儿过了？”尚得志分析道：“李掌柜不来参加婚礼这个事儿我也没想通，但我觉得其中肯定有个道理。我当了那么多年领导司机，领导的想法我从来就没想通过，但人家其实是有道理的。我估摸着，李掌柜还是心疼闺女，见不得这个场面。男儿有泪不轻弹，就不敢来了。人家不会针对咱们。”

管红花还是愤愤不平：“心疼闺女心疼到不来？难道李貌嫁咱们家是掉火坑里了吗？何况，并没有嫁到咱们青岛。还在北京戳着呢。而且不来还不提前说。按照对等外交报复性原则，咱们也得撤一个。”尚得志一听觉得太过分了：“这是什么买卖。要撤你撤。都是一家人，谁报复谁啊。不带劲。”

常有丽这时走了过来。

“管总指挥，李双全怎么没来啊？”管红花没好气地回应：“我只是接到通知，说他不来了。至于为什么没来，并没有进一步了解。”常有丽也有些意外：“怎么也不提前言语一声啊——哎你说会不会是老万跟他吵架了啊？”管红花一脸不屑：“有丽同志，我从不干涉，也不谈论别家内政。”常有丽撇撇嘴：“好正义啊。”扭头去别处了。

马得路还在跟刘一手有一搭没一搭地聊着，不时有人过来跟刘一手打招呼。马得路忽然冒出个主意，插空低声对刘一手说：“刘总，我有个不情之请。”刘一手示意：“请讲。”“我想请您做我的证婚人。”刘一手惊讶：“你到现在还没找证婚人？”“找了一个，但是我觉得如果您给我证婚的话，会是我一生的荣耀。”“那会不会伤害到原先的证婚人呢？”“不会。原来的证婚人就是刚才过来跟您打招呼那个李才。他是我人生的候补，随时可以上下场。”

刘一手想了一下：“好的。我很愿意帮你这个忙。”马得路兴奋道：“多谢刘总！——我通知他们去。”

马得路乐颠颠去找李才，说要换刘一手当证婚人。李才老大不高兴，但也只好同意——马得路没注意到，就在他跟李才掰持的时候，十二星座前女友都悄然进入了婚礼现场。十二个人都是一样的包、一样的手表、一样的头饰、一样的鞋，区别只是胸前别着不一样的星座吉祥物。

李双全戴着墨镜还在街上暴走，忽然手机响了。

李双全一看号码一愣，停住了脚步，但还是接了起来。

对方是他的前妻、李才的母亲徐子雯。

徐子雯的声音：“方便吗说话？”“方便。”“今天貌貌结婚？”“嗯。”“你不在现场？”“不在。”“像你。”“有事儿？”“我回来了。”“住几天？”“长住。”“我给你送钥匙。”“好的。”

婚礼现场，一切准备就绪，婚礼正式开始了。安心拿着话筒走上台：“世上无难事，人间有安心。各位来宾，各位朋友，我是主持人安心。我主持过很多场节目，但主持婚礼还是第一次。非常高兴，也非常紧张。若有不当之处，请大家多多包涵。”

众人热烈鼓掌。

安心继续：“皑如山上雪，皎若云中月。愿得一人心，白首不相离。爱情是婚姻的前奏，婚姻是爱情的堡垒。今天，在这万物生长的日子里，我们将见证两对新人的幸福。首先我们举行的是马得路先生和毛毛小姐的婚礼。有请新郎新娘入场。”

音乐起，毛毛挽着马得路从拱门处入场，苏洁和箱子姑娘跟在后边。

“亲爱的朋友们，在庄严神圣的婚礼进行曲中，新郎新娘向我们走来，让我们以热烈的掌声欢迎他们。他们肩并肩，手牵手，心连心，目光交会在人生的前方——”

马得路边走边左右点头，轻轻挥手，挺胸微笑，风度翩翩。

“他们走得是那样甜蜜，那样轻柔，那样坚定，那样稳健——”

马得路正走得自我感觉良好，忽然瞥见那十二星座女孩一字排开坐在一排，正笑吟吟地看着他，一齐挥手微笑：“嗨。”

马得路猝不及防，如遭雷击，脑子里“轰”地一下，眼前一黑，一头栽倒在地，把毛毛也带倒了。宾客愕然，全场骚动。

安心镇定自若：“哦，他们可能沉浸在幸福之中，没有小心脚下，摔倒了。让我们以热烈的掌声欢迎新郎新娘勇敢站起来。”

毛毛穿着婚纱一时爬不起身，还以为马得路是不小心摔倒，小声懊恼道：“怎么这么不小心！”

安心还在台上打趣：“看来新郎是太激动了。在这样一个日子，我们是可以理解的。”

身后的箱子姑娘和苏洁忙扶起毛毛，马得路却还躺在地上一动不动。

毛毛喊着：“得路，得路。”见马得路没反应，毛毛又推了推：“得路，得路。”马得路仍然没反应。箱子姑娘在一边惶恐不已，以为又是自己带来的霉运。

毛毛迅速翻了翻马得路的眼皮，高声喊道：“现场哪位是医生？有医生朋友吗？”

众人这才意识到出了状况，一片哗然。

安心有些意外：“哦，看来不是激动，可能出了点状况，请大家不要动，不要乱——有医生朋友吗？有医生朋友吗？”

有人举手：“我是儿科医生。可以吗？”安心忙回应：“麻烦您过去看看！多谢！”

儿科医生快步往毛毛那边走。

坐在前排等待的尚晋和李貌吃惊地对视一眼。

李貌说道：“咱们过去看看。”

两人起身往毛毛那边去。李才也跟了上去。

马吃草坐在那儿愣了好一会儿，忽然大叫起来：“阴谋！有人害我儿子！还有人要害我！”一把抓住旁边常有丽的手：“报警！快报警！”

常有丽被掐得直咧嘴：“光天化日，没坏人！”

马吃草松开常有丽，抬眼四处扫射，一眼看见刘一手，脸色一变，奔过去抓住刘一手，大喊着：“我抓住坏人了！就是他害我儿子！”

刘一手莫名其妙，想甩开手，奈何马吃草紧抓住不放，摆脱不掉，很是狼狈。常有丽赶紧上前去拉，也拉不开。

常有丽扭头冲管红花叫道：“总指挥，赶紧派你老公来帮忙啊！”

没等管红花开口，尚得志箭步上前，两手一握马吃草的胳膊，马吃草不由自主地松开了刘一手。尚得志将马吃草拎起来按到了他原来的座位上去。

常有丽忙对刘一手解释：“抱歉啊刘总。我这亲家这儿有点问题。”指了指自己的头，小声道：“受迫害妄想症。请原谅。”

刘一手额头出了汗，边擦汗边摆了摆手。

儿科医生在查看马得路。毛毛、李貌、李才、尚晋、苏洁、箱子姑娘围在一边。

箱子姑娘惶恐地看着李才，小声念叨：“李才老师，都怪我，都怪我！”李才示意她不要说：“淡定。淡定。”

李貌紧紧握住毛毛的手，安慰她：“没事的。医生在呢。”毛毛惊慌失措地说：“刚才还好好的，这是为什么呀。”

毛毛下意识四下张望，看见了那一排姑娘。

毛毛示意李貌："李貌，你看，那排女的是你们那边的人吗？"

李貌看了一下，摇头："不是。"

十二星座姑娘注意到了李貌和毛毛在看自己。

双鱼座姑娘对狮子座姑娘说："哎，她在看咱们哎。咱们要不要撤？"狮子座姑娘瞟了一眼："怕什么？不撤！"天秤座姑娘有些担心："已经把他吓昏了，可以了吧？"狮子座姑娘语气坚定："坐好了，都别那么心虚，咱们是来送祝福的。现在撤，事儿就扣咱们头上了！"

儿科医生检查了一番束手无策："得送医院了。"

毛毛原本还很坚强，这下也忍不住哭了。没想到旁边的箱子姑娘跟着哭了，比毛毛哭得还伤心。这下毛毛倒纳闷了，不哭了，看着箱子姑娘。

"你哭什么啊？"毛毛有些难以置信，"难道——你跟马得路有一腿？"李才插话："瞎说什么呢！她是哭她自己那磁场！尚晋，有办法没？送不送医院？"尚晋走上前："不急。我学过急救，我来试一下。"

尚晋俯下身子，施展昏厥急救手法。片刻之后，马得路呻吟了一声，睁开了眼睛，有些迷瞪。

马得路语气微弱："怎么了？怎么了？"尚晋伸出手指晃着："这是几？""这是手。""几个？""五。"

尚晋松了口气："没事了。得路，你刚才昏倒了，现在觉得行不行？要不要继续？"

马得路这时已经醒过神来，不敢往星座姑娘们那儿瞅，一咬牙："拉我起来，继续！"

尚晋和李才把马得路拉起来，全场掌声雷动。

毛毛关心地问道："得路，怎么回事？"马得路轻声说："没事。低血糖。早饭没吃。"李才对箱子姑娘："看，跟你没关系。"

箱子姑娘长出了一口气。

马得路对李才说："让主持人继续吧！"

李才举手示意安心继续。

安心继续主持婚礼："宝剑锋从磨砺出，梅花香自苦寒来。有惊无险福必大，好事多磨人自强。让我们以最最热烈的掌声欢迎新郎新娘上台。"

马得路和毛毛走上台。苏洁和箱子姑娘紧随其后。

安心上前关心道："欢迎你们。马先生，您需不需要休息一下？"

马得路回应："不需要。但我需要吃点东西，垂直性低血糖犯了——谁有巧克力？"

一个小男孩跑上来，递给马得路一块巧克力。马得路扔嘴里嚼着。

小男孩说道："新郎叔叔，记得要还哟。"马得路一乐："你这辈子以后的巧克力叔叔包了！"小男孩调皮地笑了："说话算数，不算数我就找你丈母娘！"

全场哄笑。小男孩跑下去了。

台下的常有丽倒挺得意，对左右众人说："看，连小孩都知道我这人局气！"

安心回到主题："诗咏关雎今夕祝，三生石上契情长。好，让我们言归正传，首先有请新郎、新娘跟大家打个招呼。"

马得路恢复了精神："大家好。我是马得路，很抱歉刚才让大家担心了。我是一位天使投资人，今天我娶一位心目中的天使回家。非常感谢大家的到来，见证我这一生中最幸福的时刻。我自己可以摔跤，但我决不让我的天使摔跤。"

众人鼓掌。

毛毛有些激动："大家好，我是毛毛。来的都是亲朋好友，客套话我就不多说了。刚才马得路摔倒，我很懊恼，觉得婚礼不够完美，正想责怪他，发现他晕过去了，那会儿我就想摔倒算多大点事儿，只要人不出事就行。后来那位儿科医生建议要送医院，我就想婚礼泡汤了，但因为我闺密的先生尚晋学过急救，又当场复活了马得路，婚礼又可以进行了。一波三折，让我觉得今儿只要能把婚结了，就圆满了。今天，我很幸福！"

众人鼓掌。

毛毛接着打起了广告："各位亲朋好友，我还要多说一句，今天这个婚礼场地是由我跟我亲闺密李貌的'家是一座城'工作室设计的。如果大家觉得有可取之处，你们可以把你们家装的事情交给我们。我们只赚设计费和施工费，不赚材料的差价。谢谢大家！"

众人笑。

安心微笑着接话："我刚把我跟刘一手先生的新房交给'家是一座城'来做了。值得点一百个赞。广告时间完毕——毛毛是我大学亲校友，精明过人。在婚礼上插入这个广告，正是她的风格。我们的大学学费是从家里要的，但她的大学学费是从我们这儿赚的。她去市场上批发了袜子、头花、内衣，倒手卖给我们。今天我戴的这个头花就是当年她卖给我的。”毛毛一脸得意：“我要高价收购回来！”

众人鼓掌大笑。

台下的常有丽得意地对坐在她两边的人说：“都是我教的。大学四年，没花过我一分钱。”

万山红坐得不远，听得直撇嘴。

台上，安心继续：“现在，有请马得路先生、毛毛小姐的证婚人刘一手先生上台。”

刘一手在热烈的掌声中走上台。

“女士们，先生们，很荣幸担任马得路先生和毛毛小姐的证婚人。马得路先生年轻有为，毛毛小姐美丽聪慧，可谓天作之合。我在此宣布，马得路先生和毛毛小姐的情感是真挚的，将受到大家的祝福，手续是合法的，将受到法律的保护。大家都知道，我的企业叫日不落，我借这个名字，祝愿马先生和毛小姐的情感永远日不落。”

大家鼓掌。

毛毛悄悄问马得路：“你看左前方四十五度，那排姑娘不是李貌那边的，你请的？什么人？”马得路哪里敢看，一口否认：“不认识。不是我请的。一会儿我问问李才，是不是他请来的文艺界的什么人。”

台下万山红问坐在旁边的李才：“证婚人不是你吗？又把你换了？”李才尴尬掩饰：“没换，是我让出去的。前后脚担任两次证婚人，我觉得有些重复。”万山红根本不信：“备胎啊你是！不是一家人，不进一家门，女婿竟然随上丈母娘了。你以后再跟马得路打交道，多几个心眼吧。”李才毫不在意的样子：“没事。我们之前合作得很好。”万山红仍坚持自己的观点：“之后就不一样了，马得路婚一结，立马丈母娘附体。不信走着瞧。”

万山红说着不自觉地朝常有丽那边看过去，常有丽正好也在看她。两人眼神互刺了几下。

安心继续着婚礼流程：“死生契阔，与子成说；执子之手，与子偕老。今天我们的新人为这一浪漫神圣的时刻准备了信物，现在，请新郎、新娘互相把信物取出来。”

马得路和毛毛取出戒指。

“请新郎新娘互相给对方戴上戒指。”

马得路和毛毛互相戴戒指。

“身无彩凤双飞翼，心有灵犀一点通。新郎给新娘把戒指戴上了无名指，同时也戴上了责任，新娘给新郎把戒指也戴上了无名指，同时也戴上了幸福。现在，请新郎、新娘以及现场在座的朋友们，一起跟我做一个爱情的证明题。请大家双手合十——”

安心边说边做手势代表大家。众人跟着安心的要求和手势练习。奶奶也十分虔诚地跟着做。

“请将两手的中指向下弯曲相对。好，很好。大拇指代表我们的父母，食指代表兄弟姐妹，中指代表你自己，所以要弯曲起来。无名指，也就是新郎、新娘刚才戴戒指的无名指，它代表夫妻，小拇指代表子女。现在，让我们开始一一展开手指。先张开我们这对大拇指，大拇指能够张开，代表我们有一天会长大出门跟父母离开；再张开食指，代表着我们的兄弟姐妹有一天也会有自己的生活和家庭，会离开自己；再张开小拇指，子女长大，就要出门去寻找他自己的生活，注定要分开。好，现在，大家试着张开无名指，这时候大家发现什么了？”

马得路和毛毛都打不开自己的无名指，互相看着。

众人也都打不开。交头接耳议论：“——真打不开嘿。”“——什么情况？”

安心微笑着：“无名指打不开，因为它代表夫妻，真正的夫妻，是一辈子都不要分离的。朝夕相处，携手相扶，相濡以沫，风雨无阻。让我们再次祝福这对新人。也请新郎、新娘互诉衷肠。从新郎这儿开始，一定要情深意长。”

马得路看着毛毛，刚要说话，台下十二星座姑娘一齐娇声喊了个“好！”

马得路吓得一哆嗦，将本该说的“毛毛”说成了“貌貌”：“貌貌——”

毛毛一愣：“嗯？”

其他现场的人都没怎么听出来，但李貌、尚晋、万山红、安心、常有丽等人都觉得奇怪。

马得路迅速矫正过来：“毛毛，亲爱的毛毛，千言万语，只有三个字——我爱你！”

众人鼓掌。毛毛注意观察着那一排姑娘。

“现在请新娘诉衷肠。”

毛毛想了想：“我想提一个要求，不知你能不能满足？”马得路一愣：“什么要求？”“你得先说能不能满足，你要不满足我就不提了。”马得路有些忐忑：“万一我做不到呢？”“分分秒秒都能做到。”

“让我们鼓励一下新郎！”安心带领大家鼓掌。

马得路一看不答应也不行了，索性豪爽地答应：“好！我答应！”

“现在有请新娘说出她的要求。”

毛毛说道：“我要求跟马得路互换 QQ 密码。”

全场都一愣，接着都笑了。

马得路有些凌乱：“哎，哎，这，这——”安心在一旁笑道：“新郎，您刚才可是一口答应的哟。”

毛毛看着马得路。

马得路无奈地掏出手机，写了密码发送到毛毛手机上，对安心示意：“已经发送到她手机上了。”

安心微笑：“好。我们的新郎说到做到，已经把 QQ 密码发送到新娘的手机上了。现在有请我们的新娘把她的 QQ 密——”

马得路打断：“谢谢主持人。我不想知道她的 QQ 密码，我希望能够给我爱的人留一个私密的空间。”

众人又鼓掌。毛毛略微有些尴尬，又忍不住看了十二星座姑娘一眼。

双鱼座姑娘低声道：“看见没，她老瞅咱们呢。”天秤座姑娘说：“她是不是感觉到什么了？”狮子座姑娘冷冷地说：“现在感觉没感觉到什么不重要，重要的是你们跟马得路以前 QQ 聊过没？”姑娘们纷纷点头：“聊过聊过。”“有些还少儿不宜呢！”“哎呀哎呀我啥都跟他说过啊！”

狮子座姑娘有些幸灾乐祸的神情：“要是马得路没有删聊天记录的习惯，那就有得好看了！”

安心继续主持：“谁言寸草心，报得三春晖。现在有请新郎、新娘双方的家长代表——新娘的母亲常有丽发言。”

常有丽上台。看得出她今天打扮得非常隆重。

“亲朋好友，父老乡亲，各位街坊，大家好。我是毛毛的母亲常有丽女士。很多人都认识我，不认识常有丽的，应该也都听说过常有理。”

众人哄笑。

“为什么给了我这么一个尊称呢，因为我这人爱讲理。有理你抽我嘴巴子我吭都不吭一声，没理你翻我一个白眼儿我都要打上你家门去。但是我说的这是在社会上，在家里我是不讲理的。家，它不是一个讲理的地方。我的闺密、铁磁、老对手万山红女士，他们家的微信群的名字是‘家是一座城’。朋友们，万山红女士也在现场，万女士，请您站起来跟大家打个招呼。”

万山红懊恼别扭极了，但这时不站又不合适，只好站起来转身朝大家招了招手。

“好，万女士您可以坐了。‘家是一座城’这个名字很好，意思是家庭跟一座城一样，需要管理，需要合围，但我们家的微信群名字是什么呢，是家是一口锅。这口锅，什么都得往里搁。所以，我代表双方家长送你们八字箴言，得路，毛毛你们要记住：出门讲理，回家讲情——尚晋，李貌，一会儿我就不再上台说了，现在也把我自创的这八字箴言送给你们。祝你们白头偕老，百年好合。谢谢大家。”

常有丽下了台。

安心走到台中心：“好！让我们恭请新郎新娘下去歇息。稍事休息，我们马上进行第二对新人的婚礼。请大家不要离开座位。在第二对新人上场以前，我们给大家准备了一个节目，有请民谣歌手箱子姑娘上场，箱子姑娘将带给我们一首歌曲《大铁锤》。”

台下尚得志吓了一跳：“一个姑娘家唱大铁锤？”管红花白了他一眼：“艺术创作，你不懂。”

箱子姑娘拖着箱子抱着吉他上场。

安心继续介绍：“箱子姑娘签在著名策划人、推手李才旗下，是近年来冉冉升起的一棵民谣奇葩。之前箱子姑娘曾经组过一个双人组合，叫红嘴绿鹦哥。后来因为爱情，两人黯然分手，绿鹦哥大家知道是谁吗？就是神曲马良。”

台下一片惊呼。

常有丽更是瞠目结舌：“神曲马良是我广场舞的御用歌手啊！大腕儿！”

箱子姑娘坐到箱子上。开始弹唱《大铁锤》：

我只是一把
大铁锤
我就戳在这儿
你们有了困难

就来找我
我是你的大铁锤
你是我的谁
来爱我吧
如果我不是一把大铁锤
来找我吧
其实我只是一把大铁锤
你会爱我吗
如果我只是一把大铁锤
你会找我吗
如果我不是一把大铁锤
我是你的大铁锤
你是我的谁

第十九章

趁箱子姑娘唱歌的当口，李貌和毛毛躲到后台换婚纱。

毛毛一边换婚纱一边忙着操作手机，登录马得路的 QQ 号。

李貌边换边说：“你互换 QQ 密码可是绝杀啊。我生怕马得路再晕过去！”毛毛忿忿地说：“看看，看看，全是女网友——你听见没，马得路对着我喊你的名字。他这是要气死朕啊。”“这我倒没听见。你肯定听错了。”“甭打圆场儿。听见你也不会告诉我，你变了，不是没心没肺那会儿了。”“真没听见。真的。”“这马得路心里还是没放下你啊。”

李貌转过身来：“毛毛，我严肃告诉你，马得路是追过我，但我俩还没开始就结束了，手都没拉过。他心里有谁都不会有我。”毛毛心乱如麻：“你的意思是说他心里还有别人？”李貌无奈道：“这我哪知道啊！你别在这儿自己折磨自己，大结婚的，干吗给自己找不痛快！”

毛毛紧锁着眉头：“他今天蹊跷啊。咕咚一下，说晕就晕！还有，外边那排姑娘，看着古里古怪的。一瞅那排姑娘，我眼皮就直跳。”“哪只眼皮跳？”“右眼。”“右眼跳财！祝贺你！”“哎呀，我怎么左眼也跳了。”“左眼跳还是右眼跳不重要，人生最重要的是什么知道吗？”“不知道。”李貌抖了抖身上的婚纱：“心跳。”

马得路悄悄埋怨李才：“我昨天要进行公关，你非让我不管不顾，这人家真来了！十二星座，一个没少！作为我的顾问和总策划，你这是严重失职！不，不是失职，是渎职！”李才转过头认真地说：“作为顾问和总策划，为了不失职或渎职，我必须提醒你，你最好把QQ号码删一下。”马得路一脸丧气：“来不及了，让她看吧。这事已不可挽回。你就想想怎么对付这十二星座就可以了。”李才摇摇头：“狠。这十二星座太狠了。我就纳闷了，她们组团来想干吗啊？”马得路头疼：“这我哪知道！就是什么都不干也够我吃一壶的了！你必须给我摆平她们。”

李才想了想：“这里边谁是头儿呢？”马得路略一思忖：“应该是狮子座，她最有领袖气质。双鱼座比较善良，你可当突破口。处女座你别跟她搭话，难对付。”李才笑了笑：“我就是处女座的。同座。倒不怕她。”马得路摸摸脑袋：“金牛座比较公允，也是可统战对象。其余的我有些记不起来了。哦，那个白羊座有暴力倾向，吃软不吃硬。”李才眉毛一挑：“你有没有做对不起这些姑娘的事儿？”马得路一脸不悦：“谈恋爱你以为谈什么呢？谈成了是爱，谈不成就是恨。你对得起哪个姑娘了？将心比心吧我的总顾问！”李才连连点头：“成。明白了。我尽力。苏洁要能跟我组队去就好了，她懂星座，绝对秒杀她们。”

马得路看看台上，箱子姑娘已经唱完了，往台下走。

“世上没有神仙皇帝。来不及了。才哥，你就孤军奋战吧。拜托了！”

李才硬着头皮起身去往十二星座姑娘那边。到了近前，看了看各人胸前的星座吉祥物，找到了狮子座。

李才一脸笑容：“带头大姐，您好。幸会，幸会。”狮子座姑娘诧异地看着他：“谁啊你？”李才恭敬地说道：“鄙人李才。马得路一生的挚友。我代表他来向诸位请安。往事不必追，来日犹可待。得路非常感谢你们来祝福他。”

处女座姑娘在一旁开口：“对，这次我们就是来好好祝福他的。”李才看了眼她胸前的吉祥物：“同座的你您好。咱俩同座，我也处女。多多关照——不知各位姑娘除了来祝福，还有其他诉求没有？”狮子座姑娘白了一眼：“有啊。没有我们来干什么，还得随份子钱。”李才微笑道：“鄙人洗耳恭听。”狮子座姑娘冷笑：“可惜我们秘而不宣。”

这时音乐轰然响起，第二场婚礼开始了。

安心继续主持：“好事成双，喜事连连。有请新郎尚晋、新娘李貌出场。”

婚礼进行曲中，尚晋和李貌挽手走来。苏洁、箱子姑娘紧随其后。

“新郎尚晋先生是幸福里社区的人民调解员，他用他的真诚，他的智慧，他的正直，为人民排忧解难，为社区春风化雨，据完全统计，在短短几个月的时间里，尚晋先生调解各类大小纠纷236起，调解成功率百分之一百零三。出现零三的原因是，还有数起纠纷在听到尚晋先生要上门调解时直接打来电话说千万别来了，已经和好了。”

众人笑。

“新娘李貌女士是‘家是一座城’工作室唯一首席女设计师。她学的是室外环境设计，但做的是室内环境设计，这使得她的设计风格包容万象，变化多端，她能设计出看得见风景的房间，也能设计出看得见房间的风景。她更是凭着一双妙手，给自己设计了美好的未来。就这样，她跟尚晋一路走来，风雨同舟，万山无阻，走进了婚姻的殿堂。”

尚晋和李貌走上了台。

安心满脸笑容：“欢迎新郎新娘。我们婚礼的第一项是个神秘环节，由新郎尚晋先生的上级领导安排。现在有请幸福里社区居委会主任周茉莉女士揭晓。”

周茉莉起身上台，跟李貌、尚晋握手，走到麦克风前。

“尊敬的各位领导、各位来宾，金秋十月，丹桂飘香。在这美好的日子，我们迎来了尚晋先生和李貌女士的结婚大典。我代表幸福里社区居委会向两位新人致以热烈的祝贺。”

台下，管红花展开自己准备好的讲话稿，皱眉对尚得志说：“你看，你看，她这开头怎么跟我的开头一样啊。”尚得志回应：“你改改呗。”管红花摇头：“不改。我一改就乱，后边就记不住了。”尚得志、管红花异口同声道：“这什么买卖！”

周茉莉继续发表贺词：“除了祝贺之外，我也要小小地纠正一下主持人的一个小失误，那就是结婚了的才叫女士，我其实还未婚，故不能叫女士。”

安心忙改口：“对不起，周茉莉小姐。”“小姐这个词被污染了，也不要叫我小姐，就叫周茉莉同志吧。”“好的，周茉莉同志。”

周茉莉又转向观众：“为什么要纠正一下呢？明正则言顺——今天，作为新郎尚晋的主管领导，我给新郎带来了一份幸福里社区全体数百位单身居住女性的心意。我刚才在台下邀请了幸福里社区两位女性代表将这心意抬上来。有请。”

常有丽和小梅抬着一块蒙着红布的匾走上台来。

周茉莉继续说道：“大家应该都知道，最近一段时间，朝阳区出了一个连环入户盗窃案，窃贼专偷女性居住地。尚晋同志摸清了幸福里所有女性居住地，通知了每一位女性朋友，并给出了建议，就是有阳台的在自家阳台上挂几条男人的裤子，没有阳台的在门口摆上几双男人的臭皮鞋。幸福东里、幸福西里，都出现了盗窃案，但是在尚晋的辖区幸福里，一起案件也没发生。”

全场鼓掌。

“因此，幸福里全体单身女性以及只有女性居住的家庭租户，给尚晋同志刻了一个匾——”

周茉莉一把掀去红布，显出了匾上的四个大字：妇女之友。

全场哄笑鼓掌。

“尚晋同志是我们幸福里社区的妇女之友。我们今天送这个匾也还有另一层寓意，就是希望尚晋同志不光要在社会上做好妇女之友，也要在家庭里做好妇女之友。我们幸福里全体女性祝你们和和美美，圆圆满满，满满当当。”

周茉莉拿起匾，双手递给尚晋。尚晋接过，高举着朝台下展示了一下，转身递给苏洁和箱子姑娘。两人将匾搁到台边。

周茉莉、常有丽、小梅下台去了。

安心继续主持：“新郎，对于意外获得的这个荣誉称号，你有什么获奖感言没有？”

尚晋面向观众：“种瓜得瓜，种豆得豆。一分耕耘，一分收获。多谢幸福里的女性朋友们。祝你们永远生活在幸福里。”

安心转身又问李貌：“新娘，你对于新郎获得的这个荣誉称号，有什么感想没有？”

李貌有些调侃的意思：“感想很多，但我的婆婆管红花女士每次说话都是只讲三点，这给了我启发，所以我的感想有三点：一、妇联会不会把他调走；二、小偷会不会报复他；三、他这匾要挂哪儿？个人荣誉挂单位不合适，挂家里我爸不能让。”

台下管红花沮丧道：“唉！三点这个结构也被用了！”

安心问尚晋：“那你是要挂哪儿呢？”尚晋想了想：“个人荣誉归集体。还是挂单位吧。”安心又问：“听这意思，新郎是上门女婿吗？住你家？”李貌解释：“我们的房子还没装好。所以暂时住我家。”安心微笑着点点头：“明白了。这真是相亲相爱的一家人。好，我们现在有请证婚人李才先生上场。”

李才赶紧离开十二星座姑娘那儿往台上走。

“李才先生是我国著名的文艺界人士，是策划人、演讲人、专栏作家、电视嘉宾、网络红人，同时也是今天我们新娘的哥哥。”

李才上台，鞠躬，朗声宣读：“两姓联姻，一堂缔约。良缘永结，匹配同陈。看此日桃花灼灼，宜室宜家，卜他年瓜瓞绵绵，尔昌尔炽。谨以白头之约，书向鸿笺，好将红叶之盟，载明鸳谱。北京李才，喜悦此证。”

李才鞠躬下台，又匆匆去找十二星座姑娘去了。

“文化人的证婚词就是不一样。接下来我们有请双方家庭的统一代表、新郎的母亲管红花女士发言。”

管红花上台，清了清嗓子：“尊敬的各位领导、各位来宾，金秋十月，丹桂飘香。在这美好的日子——哦，开头一样，后面不一样。”

下面众人笑。

“——在这美好的日子，作为新郎、新娘双方的家长代表，首先感谢大家的到来。此时此刻，我的心情非常激动，我不多讲，只讲三点。”台下众人又笑了起来。管红花自顾自地往下讲：“一、当前，我们国家的形势不是小好，是大好，大街上一瞧车水马龙，超市里再瞅琳琅满目，人民生活蒸蒸日上，东西南北生机勃勃。你们在这样的大环境下成立小家，我很欣慰。因此，我要说，感谢祖国。二、作为一名母亲，我深知养育一个孩子的不易，而且，能培养出李貌这样德智体美劳全面发展、五讲四美三热爱样样精通的孩子，更是不知付出了多少心血。因此，我要说，感谢亲家——今天亲家公有事没能亲临现场，但亲家母来了，亲家母，您起来跟大家打个招呼。感谢您的辛勤劳动、无私付出！”

万山红再次被点名，更拧巴了，但不得不站起来，跟大家挥了挥手。

“三、我想对我儿子和儿媳说，对于年轻人来说，婚姻是一座新奇的围城，在外面的人想进去，但进去以后，我认为，这座围城最好是永久的，不要再出来。进去又出来，这就不叫围城了，这叫不成。荒废了自己的人生，浪费了社会的资源。那么，进了围城，怎么才能不出城呢？常有丽女士的心得是八字箴言，我的比较返璞归真，是四字箴言：诚心诚意。我是一名党员干部，最讲究实事求是。实事求是地说，今天两对新人牵扯到的四个家庭的父母辈儿，三个家庭的婚姻都有些波折，就我跟尚得志同志是完整和谐地走到了今天，因此才能有这么一个四字箴言分享给两对新人。在此我祝福这两对新人跟我和尚得志同志的美满婚姻一样，求同存异，共度一生。谢谢大家。”

管红花自己带头鼓起了掌。台下的万山红和常有丽直撇嘴。

李才还蹲在十二星座姑娘中间协商。

“你们的底细马得路都跟我说了。你们到底想干什么直接跟我说就行。咱们痛快点。”狮子座姑娘仍是一副冷冷的表情：“痛是痛了，快是快不了。”李才不耐烦了：“宁拆一座庙，不拆一门婚。用这句老话，跟你们年轻人共勉。既然你们不告诉我有什么诉求，那我就走了。”

李才起身要走。狮子座姑娘叫道：“蹲下！”吓得李才忙又蹲下。

狮子座姑娘说道：“谁说我们没有诉求了？”“那你们倒是说啊。”“我们要上台唱一首歌。”“只唱歌？”“只唱歌。”“什么歌儿？“《知心爱人》。”

李才略一犹豫：“可以。但你们不能跟马得路沾边儿，以我粉丝的名义上去唱怎么样？”

狮子座姑娘询问了一下其他姑娘：“你们觉得呢？”众姑娘都点头同意。

狮子座姑娘对李才说：“赶紧去办吧。”

李才不敢怠慢，赶紧起身往台上走去。

安心正在主持：“今天，让我们进行婚礼的最后一项，发布中奖号码——”

李才匆匆上台：“且慢，且慢，插一项。”

李才走到安心身边，耳语了几句。

安心低声问：“唱什么歌儿？”“《知心爱人》。”“那有伴奏吗？”“她们清唱就可以。”

安心举起话筒：“各位来宾，大家好，刚才李才老师跟我讲，今天现场来了十二位她的粉丝，这十二位粉丝恰好遍布十二星座，在这喜庆的日子，这十二星座要给大家唱一首《知心爱人》。现在，有请这十二星座。”

众人的掌声中，十二星座姑娘起身往台上走去。

李才下台坐到马得路身边，趁毛毛和李貌不注意，低声道：“搞定了。”马得路紧张：“她们要唱什么歌儿啊？”“《知心爱人》。”马得路松了口气。

十二星座姑娘上了台，稍作准备就唱了起来，但唱的不是《知心爱人》，而是《失恋阵线联盟》，边唱边整齐划一地跳着舞蹈，显然事前排练过。

全场哗然。

马得路咬牙切齿对李才吼道：“不是《知心爱人》吗?!”李才一头雾水：“这，我也不知道她们不守信用啊！”毛毛转过头：“你俩嘀咕什么呢？”李才忙搪塞：“哦，嘀咕我这十二个粉丝为啥要唱这首歌儿。”毛毛话里有话：“得路，你觉得呢？”马得路一脸紧张：“这还用说吗！”“用说啊。我跟李貌和尚晋都觉得很蹊跷。你不觉得蹊跷吗？”“不蹊跷。根据我对李才的了解，这十二个姑娘应该是他前女友，今儿是报复他来了吧？行啊才哥，你这还集邮呢，费了老劲了吧？”毛毛根本不信：“又不是李才结婚，她们报复他干啥？”马得路心虚了：“这得问才哥啊。”

李貌也狐疑：“哥，这真是你前女友啊？”李才不得已给马得路当挡箭牌：“对啊。知道哥的厉害了吧。竟然凑了一打星座。”

突然有人骂了一句：“无耻！”

李才一扭头见是箱子姑娘，忙解释：“现在我已改邪归正。”

箱子姑娘转过头去不再理会李才。

马得路假装严肃：“才哥，你是公众人物，以后要注意影响，可不能再这样不着调了！”李才点头：“马总说得是！”

常有丽也凑了过来：“李才，你这都是群什么粉丝啊？唱这歌儿不吉利啊，我越听越窝心，你赶紧给轰下去。”李才不得已地说：“您别在意，这是献给我的。”常有丽眉头一皱：“献给你的也不行。你不轰我轰了。”李才苦笑：“哎，我这就去轰。”

在众人的笑声和议论声中，李才上了台，跟随着姑娘们的节奏，踏着舞步凑到狮子座姑娘旁边。

李才低声道：“差不多得了！赶紧走吧，否则真出事了。”狮子座姑娘一脸得意：“不还管午饭吗？”“你们就别在这儿吃午饭了，求你们了。只要你们不在这儿吃午饭，理想胡同咖啡馆终生九折。”“五折。”“八折。”“六折。”李才一咬牙：“成交。”

狮子座姑娘朝众姑娘一扬头示意：“收工。”

姑娘们停住舞步和歌声，把话筒交给李才，大摇大摆下台走了。

李才和马得路不由自主地都抹了抹头上的汗。

安心继续主持：“感谢李才先生和李才先生粉丝带来的节目。好，我们进入婚礼的中奖号码公布环节。在我们的回礼包里，每人送了一张福利彩票，请大家拿出彩票，一会儿现场的电子屏上我们将打出中奖号码，大家可以对照一下自己的号码，看是否得了奖。这是今天的新郎之一尚晋先生提出的一项婚礼改革方案。得奖更好，不得奖就重在参与，为社会做一点福利贡献。”

这时电子屏上打出了中奖号码，众人纷纷掏出彩票对照。

突然有人大叫一声："我的个娘哎我的个奶奶哎！我中了我中了我中了！"

大家惊讶地举目张望，原来是小白。小白两手哆嗦着捧着彩票，几乎要口吐白沫。

李才、马得路快步走到小白身边。

马得路迫不及待地伸手："来，给我看看，确认一下。"小白嗖地一下收起彩票："不行！不准抢我彩票！"马得路瞪眼："我一有钱人，抢你的干吗啊？"小白被突然而来的惊喜吓得不知所措："不行，我有点儿害怕。"李才在一旁说道："得路，别吓着小白——小白，我给你看看确认一下总可以吧？"

小白看了看李才，还是摇头："才哥，我也信不过你。"李才哭笑不得："那你信得过谁？"小白四周扫了一眼："尚晋吧。就他看着顺眼。"

尚晋走了过来，小白这才把彩票交给尚晋。

尚晋对了一下，看向小白："恭喜你，你获了一等奖！"

小白仰天长啸："五百万五百万啊哦也！"

尚晋拿出手机查了一下："小白，不是五百万，是三百零五万。"

小白一愣："三百零五万啊？"顿了一下，大喝一声："也不少了！"

台上的安心向现场汇报："祝贺！祝贺理想胡同咖啡馆店面经理白云瑞小白获得了福利彩票一等奖，本次福利彩票的一等奖奖金为三百零五万。真是鲜花着锦，真是喜上加喜，真是可喜可贺。让我们为小白鼓掌！"

众人鼓掌。

常有丽没有鼓掌，觉得有些胸闷，坐到了椅子上念叨："凭什么啊，凭什么啊。"

马吃草冷不丁一屁股坐到她身边："凭什么？这个小白原形是一条鲤鱼，跳了龙门了。"

常有丽指指自己胸口："我心口为什么疼啊？我心脏没问题啊。""你心脏没问题，但你心眼有问题。""老马，你什么意思？""你心眼小，嫉妒人家呗！""且，我两套房，一拆好几千万，我嫉妒他？""你就是有几个亿，你也会嫉妒别人。"

婚礼至此算是结束了，众人移步宴会厅用餐。

马得路还是有些担心，悄悄问李才："十二星座不会再来吃饭捣乱吧？"李才坏笑道："她们本来是要来的，被我给智取了。"马得路警觉地问："你怎么智取的？""以后她们到理想胡同咖啡馆消费，一律六折。这还是跟尚晋学的，他有一次智退群众拥堵也是靠打折我们家蹄花儿。好多人都爱占这么个小便宜！”“你这叫智取啊？你这叫蠢取！才哥，你真是智商感人！”

小白匆匆过来，一只手紧紧捂着裤兜，裤兜里装着那张彩票。

“马总，才哥。才哥，马总。”马得路问道：“不是让你带着小黄小红他们一块门口招呼客人吗？”小白还未平复激动心情：“马总，不瞒您说，我现在身子有点软，心怦怦跳，你们能理解我这样一位一瞬暴富的平民吗？”李才有些疑惑：“你想说什么？”小白激动地说：“众目睽睽之下我中了这么大的奖，现在全天下的人都知道我小白是百万富翁级别的人了，如果我还在门口迎来送往您二位这样特别有见识的人觉得合适吗？”马得路不高兴了：“合着你想怎么着啊？让我们俩去迎来送往去？”小白忙找补：“不，那哪儿敢，我是想跟二位告个假，我今天先早退一下，我得把我这张彩票保护好，也回去平复一下我的心情，准备迎接另一个阶层的生活。”

李才朝马得路示意：“让小白回去吧。我估计他今儿也没心干活了。”马得路点头：“行，你回去吧。”小白犹豫了一下又说：“我还有个不情之请，希望能得到二位的支持。”马得路：“说。”“我毕竟身揣三百多万之巨的彩票，光天化日之下我觉得不安全，能否安排司机小胡送我一下？”

马得路被气笑了：“你能有什么危险？你还知道自己是谁吗？该干吗干吗去！”李才也乐了：“小白，坐公交车和地铁可能确实不美，你打个车吧。车费我给你报。”小白有些膨胀了：“那倒不用。那样也不美。我现在比您有钱。哦，对不起啊，伤害到您的自尊心了，希望能够得到您的原谅，如果得不到您的原谅——”李才听不下去了：“打住。我已经原谅你了。”

李才、马得路继续往前走了。

小白看着两人的背影万分感慨：“还是有钱好。有钱人这么容易被原谅。”

宴会厅另一个角落里，刘一手远远看着小白若有所思。

小白出了宴会厅，到酒店门口等出租车，一只手还紧紧捂着装彩票的裤兜。

一辆豪车从地下车库驶出来，停到了小白身边。小白没在意。

车窗降了下去，有人叫他：“白先生。”

小白扭头一看，是日不落集团老总刘一手。

小白一脸惶恐：“刘刘刘总。”“上车。我送您。”“不不不敢。”刘一手微笑道：“车不好打。上来吧。”“这这这——”

刘一手一只手推开了副驾驶那边的门，做了个邀请的手势。小白诚惶诚恐地上了车。刘一手启动了车子。

刘一手眼角的余光发现小白一只手还在捂着裤兜。

“白先生，哪里人啊？”小白终于说话不啰唆了：“刘总，叫我小白就可以。”“小白好。小白亲切。小白，哪里人啊？”“河北。”“河北需要大发展啊。河北哪儿啊？”“保定。”“我主要在一线城市发展，保定没去过。保定怎么样啊？”“我主要在一线城市打工，对保定也不是很了解了。但我们保定人行侠仗义，民风淳朴。”“哦，这样的人很适合交朋友啊。”“那当然。社会上原来对我们保定人有一些闲言碎语，其实都是不了解我们保定人。”“什么闲言碎语？”“说我们保定出狗腿子，实际上那是以讹传讹。我们保定练武的人多，尤其以摔跤出名，摔跤的本事里，我们保定人又以钩腿出名，腿一钩，人就倒。钩腿子，不是狗腿子。”刘一手笑了：“小白你很健谈啊。跟着你长了不少见识。”小白放松了不少：“哪里哪里。”

徐子雯坐在某个高档酒店下午茶餐厅。餐厅位于酒店最高层，可以俯瞰北京。徐子雯出神地坐在窗前，透过玻璃窗看着窗外高低不一的楼群。

玻璃上忽然出现了李双全的身影。徐子雯转过头来，看见李双全正朝她走过来。

徐子雯站起身，朝李双全伸出手。李双全拘谨地伸出手跟徐子雯握了一下，两人坐下。徐子雯给李双全倒了一杯茶。

徐子雯问道：“对女婿满意吗？”“李貌满意就好。”“李才呢？”“他还收不住心。”“需要我做点什么吗？”“需要你什么也不给他做。得让他自己去摔打。”

徐子雯沉默了一下：“妈她好吗？”“挺好。”“还喝酒不？”“偷喝过几回，还好，都没出什么大事。基本算控制住了。戒了酒，倒是添了个新癖好。”“什么癖好？”“天天到大街上商场里领各种免费的老年保健品。”“没让人骗了吧？”“她只领免费的。钱是一分不出。现在做活动的见她都躲。”

徐子雯笑了。

李双全顿了一下，又道：“她很想你。常念叨你。”

徐子雯伤感地敛住笑容，将目光别向窗外。那里是波澜壮阔的城市景象。

宴会已经开始了。

马得路、李才等人坐在主桌边上。马得路显得很焦急。

“刘总呢？刘总呢？我还有些商业计划跟他探讨呢。怎么不见影儿了？”李才四处张望：“我压根儿就没看见他进来。”

马得路喊：“小红，小红。”

小红跑过来。

“刘一手刘总你带进来没有？我不让你盯紧他吗，把他领宴会厅来。”“我领他进来了，但是一眨眼工夫就失踪了。”

马得路有些纳闷，抬眼看见安心坐在李貌和毛毛边上聊天，忙走过去。

“安心老师，刘总去哪儿了您知道吗？他跟您汇报了没有？”安心一脸意外：“哦，他不在吗？”“有人看见他进来了，但现在找不见了。”“我给他打个电话问问。”

安心掏出手机拨打电话。

刘一手正驾车行驶在拥挤的大街上。电话响，刘一手按下车载电话。

“喂。”“一手，你哪儿去了？理想胡同的马总一直找你呢。”“哦，我下午约了个朋友喝个下午茶。就不吃饭了。我看马总很忙，就没来得及打招呼。你帮我道个歉哈。先这样。”

安心挂了电话，歉意地对马得路说：“我们家一手让我向你道个歉。他有点急事，来不及吃饭先撤了。”马得路有些失望：“没照顾好刘总，得我道歉啊，哪能让刘总道歉。下次再专门拜访刘总，还希望安心老师从中多美言几句哈。”毛毛心里有火：“瞧你那点出息。”

马得路不敢得罪毛毛，讪笑着走开了。

安心对李貌和毛毛微笑：“今天看到你俩这么幸福，我也迫不及待了。”毛毛随口说道：“有句名言说，婚姻是座城，难进难出。”安心点点头：“很有道理，谁说的啊？”毛毛想了想：“哦，我自己编的。”李貌笑着对安心说：“毛毛的名言要么是她妈说的，要么是她自己编的。”安心笑道：“毛毛说得多好啊，婚姻是座难进难出的城，我得好好琢磨一下。”毛毛一脸迟疑：“就你这条件还觉得婚姻特难进？”“哦，那倒不是，我是要把这句话用到我节目里。”安心说着转向李貌，“那婚姻对你来说是什么呢？”李貌想了想：“是一座房子。前边有个小院，栽花，后边有个小院，种菜。门口拴一条大狗看门。房子有四层，一层吃饭会客，二层主卧、客房、儿童房，三层书房、工作间，四层家庭影院、健身房，露台搞啤酒烧烤趴儿。推开窗户，能看见肥肥清清一河水向前流。南北风一对穿，能闻见春夏秋冬的味道。”

毛毛脱口而出：“哎，你说的这不就是安心那房子吗？”

李貌和安心都尴尬一笑。

刘一手驾车带着小白到了一家高档酒店，恰好是李双全和徐子雯见面的那家酒店。

“小白，我住这家酒店，可否赏光上去喝个下午茶？”“不行不行不行，我哪赏得了这光。”“听君一席话，胜读十年书。刚才听你讲的几个知识点就让我受益匪浅。很愿意跟白先生成为好朋友啊。这儿的下午茶餐厅是观光餐厅，很有名的。”“您不是要约人见面吗？”“我想约的人就是你。我喜欢有知识点的人。”小白不自觉一挺胸：“哎。哎。刘总，我请您。”“见外了小白。”

两人进了酒店，上电梯。

小白问道：“刘总，您来北京不住家里啊？”“这次临时来个一两天，要密集地会见一些客人，住酒店方便。平时要是住的时间长，我会住到安心小姐的公寓。”“明白了。明白了。”“我跟安心小姐的别墅还没有装修好，等装好了，到家里来做客呀。”“那一定。那一定。”

两人到了顶楼的下午茶餐厅，坐到靠窗的一个位置。李双全和徐子雯就坐在隔壁一桌，李双全因为背对着两人，没注意到小白。小白则由于紧张和兴奋，也没发现李双全。

服务生走了过来。刘一手叫了一份下午茶双人套餐。

刘一手掏出一张瑞士军刀厂定制的名片递给小白：“小白，这是我名片，以后有事没事常联系。”

小白本来一只手还捂着裤兜，这下激动得站起来双手接过名片，差点就哭出来：“何德何能，我小白白云瑞何德何能啊，能接受您这样一张高贵的名片，这是我这样普通的人能得到的吗？”

刘一手笑了：“赶紧收起来。坐下。喝茶。喝茶。”

小白坐下，一只手又捂起了裤兜。

旁边，李双全和徐子雯还在聊着。

李双全忍不住问道：“为什么要回来长住？”“我们在北京拿了一块地。”“你不是说决不回国做项目吗？”“那是我三十多岁时说的话。人是会变的——尤其是女人。”

李双全沉默不语。

徐子雯看着李双全：“怎么，不欢迎我？”李双全尴尬一笑：“这哪由我说了算。有首歌叫《北京欢迎你》，这是国家定的调子。”“你怎么不问我拿的哪块地？”“子雯，我一卖蹄花儿的，哪懂房地产呀，你拿哪块地我都没兴趣，也跟我没关系。”“是的。我拿哪块地都跟你没关系。但北京有一块地我拿了跟你有关系。”

李双全一愣，想了一下：“你不会是拿了幸福里九号吧？”“正是。”李双全愕然：“你拿它干吗啊？”“不是我拿它，是我们集团拿的。我回来负责执行。”李双全不悦：“你是没事干了？你来干这事儿？”“我认为很有意义。”李双全不自觉声调高了起来：“有什么意义？你衣锦还乡，看着我们被拆走，这有什么意义？”

小白被声音惊动，觉得很耳熟，下意识抬头张望了一下，赫然发现是李双全，差点叫出声来，下意识低下头来怕被李双全看见。

徐子雯收起微笑：“狭隘！——双全，这里是五星级酒店，杜绝大声喧哗。”李双全竟然脱口而出一句英文：“Sorry！”徐子雯惊喜道：“我让你学英文你学了？”“这句英文不用学。你不该来做这个项目。你不全世界地做项目嘛！干吗回北京做啊，回北京你就回北京，干吗做幸福里啊！这叫什么，这叫手指头卷大饼，自己吃自己啊！哦，也不对，这不是你的手指头了！”

徐子雯轻轻叹了口气：“双全，我想家了。”李双全怔了一下：“你父母不都跟着你在美国吗？北京没你什么人啊。”徐子雯淡淡地说：“我以前以为家是家人，后来发现不尽然。家除了是家人，还可以是一座城，一条胡同，甚至可以是一道菜，一棵老槐树。四十五岁之前，我没梦见过北京，我以为我跟北京没关系了。但四十五岁以后，我常常梦见以前住过的那条胡同，逛过的街，喝过的豆汁，吃过的焦圈、门钉肉饼、爆肚冯，当然，也梦见过人，梦见李才小时候跟我坐地铁，逛公园，一梦见他他就是那三四岁的样子。我在网上每天都会搜一下李才的新闻，照片，但只要在梦里出现他就是小时候。双全，我想我是老了。”

徐子雯说着眼睛一酸，掉下泪来。

李双全有些手足无措：“两回事儿。这是两回事儿啊。”

小白一边跟刘一手谈话，一边关注着邻桌李双全和徐子雯。

刘一手侃侃而谈："人一辈子最重要的是财务自由。财务自由之后人才能真正去实现梦想。为什么大部分人实现不了财务自由呢，因为大部分人都是人生钱，杰出之人的财务模式都是钱生钱。"小白伸出大拇指："精辟！刘总，没想到在我有生之年能有幸听到您这么高明的见解。"刘一手："一点心得而已——抱歉，我去趟洗手间。""您去您去您去。"

趁刘一手去洗手间的当口，小白掏出手机，偷偷拍下邻桌的李双全和徐子雯。

李双全递纸巾给徐子雯。徐子雯拭干眼泪。

"这块地以后要建什么呢？""青年创业办公社区——这事儿我们集团要求保密，还没到公布的时候。""以后需要保密的事儿你还是别告诉我。我怕泄密。"徐子雯笑着："你一向守口如瓶。""什么时候启动？""最近就会启动。""这块地拆了好几次都没拆动。你们有把握吗？""没有把握我们就不接手了。"

李双全掏出一把钥匙，搁到徐子雯跟前。

"我的任务完成了。钥匙给你。"

徐子雯又把钥匙推到李双全跟前："我有那儿钥匙。而且我也不住那儿。住酒店办公方便。这把钥匙还得搁你那儿。""你回来了，那儿我就不去了。""那可不行。你答应帮我看管的。""你已经回来了。""只是长住一段时间，项目做完我还得回美国。再说了，我也没时间照看那房子。"

李双全犹豫了一下，又把钥匙取回来。

"我该回去了——服务员，买单！"徐子雯忙说道："不用。挂我房间上就行。我送你到电梯口。"

徐子雯起身送李双全往外走。身后的小白又拿手机连着拍了几张。

刘一手回到了座位上，刚坐下手机就响了。

"抱歉。我接个电话。""您接您接您接。"

刘一手接起电话："喂。嗯。不行。这只基金是私募，不能分包出去，要严格控制，一定要在小范围内完成。年化收益率 12 非常高了，不要扩大宣传，肥水不流外人田，多少人找我我都没接这话茬。嗯。就这样。哦，对了，你一会儿给孙胖子把他三个月的收益六十万打过去。"

刘一手挂了电话："小白，这儿的下午茶还习惯吗？"小白连连点头："习惯习惯习惯。真不错。""那以后可以常来。我还有个会，要不咱们今天先到这儿？”“您去忙您去忙。”“以后有什么需要我帮忙的尽管说。我在餐饮界、钢筋界、金融界包括文化界以及其他社会各界都还有些朋友。”小白诚惶诚恐地说道：“万分荣幸。万分荣幸。”

宴会结束，众人各自回到家中。

尚晋、李貌和万山红围在一起拆红包。李貌记着账。尚得志和管红花坐在一旁。

李貌有些不满：“马得路和毛毛的红包比咱们多。”尚晋笑道：“多就对了。马得路和毛毛是两家人的客人。咱们就一家，要是把我爸我妈那人脉从青岛拉来，那得再开二十桌。对吧，妈？”管红花又打开了官腔：“这个问题很容易计算。每桌十人，二十桌是两百人。我跟你爸的人脉可不止两百人。这二十来年我们参加的婚礼都不止这个数。虽然作为一名党员干部我不提倡婚礼大操大办，但随大流也随出去不少份子。想起来也是令人痛心。”尚得志也不由得摇头：“这是什么买卖！”

管红花对万山红说道：“山红同志，今天晚上我跟得志请咱们两家人共进晚餐吧？”万山红犹豫：“双全还没回来呢。等双全回来定吧。”

这时门开了，李双全拎着大兜小兜的菜进来了。

李貌上前迎接，接过菜：“爸。”李双全点点头：“晚上我给大家做一桌菜。”李貌高兴坏了：“耶！谢李掌柜！”

隔壁，常有丽和毛毛也在拆红包。呼噜蹲在一边。

常有丽边拆边问：“马得路呢？”“送他爸回通州了。”“不能让小胡送吗？养司机白养啊？”“他爸从不让小胡送。”“为什么？”“他爸说小胡是个坏人。会害人。”

常有丽有些不解：“小胡挺热情的啊。还送过我五斤大米。当然，我回来称了一下，是三斤半。不过这也不能算坏吧，顶多算鸡贼，马吃草哪儿看出人家坏了？”毛毛轻声说：“他说小胡的原形是只毒蝎子。”常有丽一笑：“嗐。他那原形根本不准。像我，竟然不是大型吉祥类动物。这哪儿说理去！”

毛毛犹豫了一下：“妈，有件事我想跟你说。”“说啊。什么事儿？”“你发现没，今天马得路状态不对头。”“我倒没发现，我主要关注万山红了。你是说他晕倒那事儿？”“重要的不是晕倒，而是为什么晕倒。他是看见了那十二个唱《失恋阵线联盟》的女的以后晕倒的。”常有丽不解：“那十二个女的不是李才的粉丝吗？”“不是。”“那她们是谁？”“她们是马得路的前女友。”

常有丽腾地站起来：“消息可靠吗？”毛毛点点头：“可靠。我看了他 QQ 的聊天记录。”

常有丽下意识地在屋内来回走动起来。

“这十二个女的有没有是跟你认识以后谈的？”“那倒没有。”“你想怎么办？”“结婚当天他就给我来这么当头一棒，我心里一团乱麻。想不出该怎么办。”

常有丽又坐了下来：“我想清楚了。”毛毛惊讶：“您倒是老当益壮。”“别方我。我可没老哈。今儿我跟万山红、管红花等同龄人同台亮相，是不是像差着十几岁？是不是像两代人？”毛毛忙回应：“像像像。非常像——您赶紧说您怎么想的。”

常有丽有些不满意：“说一个像就行了。你连着说好儿个像就显得很不像——马得路这事儿，很简单。他跟你交往以后没有再跟其他女孩子交往，这说明什么？说明他收心了，对你是一心一意。”“可他之前太花了！我拧巴！”“拧巴什么呀？这么多姑娘喜欢他，说明他有招人喜欢的地方。男人早花一点比晚花好。”“你怎么替他说话啊？你的意思是让我原谅他？”“必须原谅。要不还能怎么的？吵一架？打一顿？还是离一回？成家了，就不能任性了！跟以前不一样了！”

毛毛眼泪一下流了出来，把手中红包扔在了一边。

毛毛委屈道：“怎么不一样了？怎么就不一样了？”常有丽劝说道：“结婚前是日子过你，结婚后是你过日子。这就是不一样。”“那我就得忍？你忍我爸忍了二十年，那又怎么样？”“忍不对。是认。你不已经认这个男人了吗？你认了这个男人，那么他在认识你之前的事儿，你也得认。再说了，那十二个女的来捣乱不就是报复吗？你认真你就上当了！不能让她们得逞！”毛毛心有不甘：“这事儿就那么过去了？”“哪那么容易过去。马得路可以原谅，但是他得付出代价。”“什么代价？”“一个家庭最重要的是财权。你们两人的财权目前在马得路手里，这次你要以十二星座大闹婚礼事件为由头，把财权夺过来。”

毛毛想了想，摇头：“不可能。”“为什么？”“他是天使投资人，不会把钱搁我这儿的。”“你是他天使啊，搁你这儿就对了。”“不行的妈，这是他工作。”“那理财权呢？”毛毛一愣：“什么叫理财权？”“他那些钱肯定都在理财账户里，这些理财的收益归你支配。”毛毛无奈：“妈，得路跟十二星座的事儿是一回事儿，财权和理财权是另一回事儿，你不能把两件事儿混成一件事儿。”“不混一块儿你怎么夺权？”“我不想夺权。我们说好了，人生风险共担，但经济独立。”常有丽叹气:“婚姻也有甲方乙方。你若不掌握主动权，今天一过，你就是一辈子的乙方了。”“乙方就乙方呗。我又不是桂林山水，非得甲天下。”

常有丽不满:“刚才说要跟他算账的是谁？我现在给你支招儿了，你又跑他那边去了！”突然捂住胸口:“哎哟，哎哟，我心口窝儿疼！”

毛毛连忙安抚常有丽:“怎么了妈？没事吧？别窝火啊。我问他要财权理财权就是了！”常有丽叹了口气:“心口窝疼，不是你跟马得路的事儿。”“那是什么事儿？”“今天咖啡馆那小白得了那三百来万以后，我心口窝儿时不时就疼。他怎么就那么好命啊，哪儿讲理去！”

毛毛哭笑不得:“每天都有福利彩票体育彩票中奖的，别说三百来万，上亿的中奖者都有。你能讲什么理？”常有丽郁闷道:“关键问题是，那些人我都不认识啊。彩票中一等奖的，我就见过这么一个活的。他这不一步登天了嘛！我心里怎么这么别扭啊！我这是不好的心理吧？”“羡慕嫉妒恨。你就羡慕一下就可以了。可别嫉妒恨，嫉妒催人老，恨会让人走上犯罪道路。”“我使劲儿调整一下。我知道这心理不好，就是调整不过来。你说彩票这馊主意谁出的来着？”“尚晋。”常有丽恨恨地说了句:“他这是给我添堵啊！”

小红、小黄躺在床上聊大，婚礼累得不轻。她们住的是马得路给员工租的宿舍，一居室，小红、小黄住卧室，小白住在客厅。这时小白还没回来。

小红举着自己那张彩票看，沮丧地扔到地上:“命，这都是命。随礼包是咱俩装的，把小白给装成了百万富翁。”小黄一脸不悦:“怎么就他得了？就是你得了我也不会这么生气。”“你生气了？”“我倒不是生气小白得了奖，我是生气他平时对咱俩根本不好，就知道巴结马总。势利眼儿！李才他都不理！”“李才说了不算呗。哎你知道吗，他当年追我的时候，嘴可甜啦！”

小黄一骨碌爬起身来:“他追过你？”“对啊。你不信？我这儿微信记录都有呢！”“他也追过我！”小红愕然看着小黄。

小黄说道:“你也别不信。我微信也都留着呢。”“你为什么没答应？”“就他那歪瓜裂枣的样儿，我能答应吗?! 你呢？”“我嫌他说话啰唆。这要跟他过日子，耳朵聋得快。”“他就是追咱俩追不上，怀恨在心。今天等他回来你看吧，指不定多嘚瑟呢！”“他回来，咱俩装睡，根本不理他，给他个下马威。让他明白，有钱也不好使！”“对。”

这时门外响起开锁声。两人一对眼色，都躺下去装睡。

外面客厅，小白开门进来了，一只手还死死捂着裤兜。

小白坐到沙发上，颐指气使道：“小红、小黄。”

没动静。小白又喊：“小红、小黄。”依然没动静。

小白朝卧室看了看，门口两双鞋，显然她们在屋里。

小白想了想又喊：“小红，小红。我找你有要事。”

小红唰地睁开眼，起身下床，边走边抱歉地对小黄说：“他不是找咱俩，是找我。我得出去一下哈。”

小黄恨恨地看着小红出了门。

“小白哥，什么要事啊？”“给哥倒杯水。”“哎。”

小红给小白接了一杯水。

小白喝着水：“小黄呢？没跟你一块回来吗？”“小黄睡着了。您有什么事儿跟我说就行——”

小黄却打着哈欠从卧室里出来，也坐到小白身边。

“小白哥哥，你回来了啊？今天婚礼累了一天，睡得太死，都没听到你回来。小白哥哥你累不累啊？小白哥哥你知道吗，你那个获奖的随礼包就是我亲手装进去的啊。哎小红，去洗点水果给小白哥哥吃啊，就洗冰箱里昨天我买的那几个苹果。”小红不高兴了：“那是咱俩 AA 制买的！”小黄白了一眼：“你可真计较，赶紧洗去吧。”

小红不理小黄：“小白哥，你刚才找我不是有要事吗？要事不是让我去洗苹果吧？”小白说道：“苹果让小黄洗。你现在赶紧上街去给我买一个墨镜、一顶棒球帽、一件风衣。”小黄一愣：“哥你这是要干啥啊？”小白眉毛一扬：“我去领奖能大摇大摆去吗？我得低调。不能让别人记住我的模样。”小黄连忙说道：“哥我去给你买。”小红在一旁说道：“哥已经派我去了。”

小红高高兴兴地起身往外走。

小白喊：“别买地摊货！都买顶级的！”

晚上，李双全做了一桌子丰盛的菜，两家人吃着喝着聊着。

尚得志吃得痛快喝得也痛快：“带劲！你说就这么个西红柿炒鸡蛋怎么就这么好吃呢？看来五味神还是在你们家啊。我回去以后也请了五味神，饭菜还是不可口，我估计应该是没请到。”

管红花咳嗽了几声。

尚得志忙对李双全说：“哦，是我请的，不是老管请的。”李貌笑着说：“尚掌门，李掌门做菜不光靠五味神，主要是会挑。单说这西红柿，李掌门买的全是母的。”尚得志惊讶道：“西红柿也分公母？”李双全回应：“当然分啊。雌性西红柿与雄性西红柿的口味差别大了。”尚得志一脸好奇：“怎么分呢？”李双全笑了笑：“雕虫小技，不足为外人道也。”尚晋在一旁插话：“严格来说，水果分公母并不是科学说法，主要流传于民间。目前科学还没有证实公母之说，我估计可能是生长环境的不同造成了口味和外观的差异。”

李双全脸沉了下来，端起酒杯喝酒。李貌在桌下捅了捅尚晋。

管红花说道：“双全同志，今天你不在现场，你的心情我跟得志也能理解一二。感谢你这顿晚宴。我在想，白天你不在就不在了，现在是不是给尚晋和李貌说几句寄语。”李双全淡淡地说：“日子不是说出来的，是过出来的。我一卖蹄花的，说不出什么来。”管红花一脸真诚地看着李双全：“双全同志，这你就太谦虚了。虽然你的主业是卖蹄花儿，但你懂书法，修身养性，还有一个远大的理想就是要活到 120 岁到 150 岁之间，这都说明你不是一个简单的卖蹄花的。”

尚晋插话：“根据科学研究，到 2029 年人就可以永生了。”尚得志有些迷茫：“这是什么买卖！”万山红说道：“我就不想活那么长。”说完又对李双全说：“你说你活那么长，到时候你一个认识的人都没有，有意思吗？”李双全无奈道：“这是我的一个个人隐私，希望大家不要再传播和谈论。”尚晋顺着回应：“对，要尊重李掌柜的隐私。”尚得志皱眉：“别没大没小，你得叫爸。”李双全抬起头：“别。叫爸他不习惯，我更不习惯。叫李掌柜就很好，双方都舒坦。”

尚晋对尚得志和管红花说：“爸，妈，你们什么时候回去啊？我给你们订票。”管红花微笑着看着尚晋：“我们不回去了。要长住北京了。”尚晋吃惊道：“那你们住哪儿啊？”“房子已经看好了。我跟你爸决定就住隔壁，苏洁那房子很好，她自己住着也浪费。”万山红脱口而出：“那是常有理的房子。”管红花转过头：“我已经做过调查了，确实是常有理，哦，不，常有丽的房子。不管谁的房子，都是可以谈的。”

万山红撇了撇嘴。

李貌也有些意外：“那我让毛毛跟她妈说一声。”管红花微微摇头：“不用。两点之间，直线距离最短。我们来到北京，不是给你们添麻烦的。我自己去跟常有丽同志谈就行。”李貌爽快地说：“那你谈好了，我把整个房子给你们重新装一遍。”李双全也是脱口而出：“不行！”

众人愕然看他。李双全也觉得说得仓促，有些尴尬，喝了杯酒。

管红花看了看众人：“双全同志说得对，就不要铺张浪费了。即便双全不反对，我也是反对的。我刚才已经强调了，我们来，不是给你们添麻烦的。”李双全赶忙解释：“我不是这个意思，我的意思是这栋楼总是传来传去说要拆迁。万一要拆迁呢？”万山红一惊：“要拆迁？你听谁说的？”李双全搪塞道：“我没听谁说。我是说万一。”万山红满脸怀疑地嘟囔：“以前我一说要拆迁你就说我，说谣言要止于什么智者，今儿你自己怎么传谣言了？”李双全无奈地回应道：“拆迁并不是谣言，早拆晚拆都得拆。那墙上的拆是谁写的？那是政府写的。那会有错？”万山红激动起来：“那你以前怎么老挤对我？”

李双全竟也争辩道：“我挤对你，不是挤对你说拆迁，而是一有风吹草动，你就往墙上糊墙纸，挂贴画——当然，这风气不是你带动的，说到底还是常有丽他们带动起来的。我挤对你的是这个。”万山红脸上挂不住了：“这不还是挤对我吗？我糊墙纸挂贴画是为了我自己？不是为了赔偿款能多点吗？不还是为了咱们这个家吗？我传就是谣言，你传就不是谣言？那我就等着看你这次传的是不是谣言！”李双全无力争辩：“我没有传。我是说万一。”万山红忿忿地说：“这不还是传吗？”

李貌打圆场：“万师傅，李掌柜是怕花冤枉钱，也是为了咱们家。殊途同归嘛！”万山红一天的不快发作出来了：“什么殊途同归？今天一天有好几十个人问我，你们家李掌柜怎么没来，我只好说你心疼闺女，见不得闺女出嫁，个个都给你竖大拇指。我呢？我就不心疼闺女了？我就是那狠心的人？好人你做了，恶人我担了！”尚晋赶紧也劝：“李掌柜，万师傅，我说句不该说但必须得说的话，李貌嫁给我是一件大喜事，怎么就变成不忍和狠心了？而且我还是个上门女婿，甚至连我爸我妈都上门了，李貌还在你们眼皮子底下待着呀。生活照旧，一切没变，就是多了我这么个大活人。”

管红花看向尚晋：“尚晋，你少说几句。这是双全同志和山红同志坦率而诚恳的交流。这种交流对于促进家庭的和谐是很有帮助的。当然，事情的起因是缘于我们即将租住的隔壁的房子装修不装修，我跟双全同志的意见一样，不装修。所以，双全同志和山红同志的矛盾其实并不存在。”

万山红忍不住学了管红花的语气："红花同志，你错了。我跟李掌柜的矛盾并不是装修不装修，装修不装修跟我没关系。我跟李掌柜的矛盾是他说这栋楼要拆迁了，以前我一说拆迁他就说我造谣，这次他怎么也跟着造谣呢？"李双全有苦难言："我没造谣。"万山红追问："那就是说这次拆迁是真的？你保证？"李双全没好气地回应："我没什么可保证的。""那就还是造谣——红花同志，你看见没，我们的矛盾并不是装修不装修，而是拆迁不拆迁，也不是拆迁不拆迁，而是造谣不造谣。"

管红花由衷地感叹道："山红同志，今天你让我刮目相看，没想到你作为一名运输战线上的正司机，逻辑性竟然这么强。确实，你并没有提到装修不装修。"万山红回应："管副科长，您抬举！"尚得志举起酒杯："这是什么买卖！这是什么买卖！大喜之日，不说那不痛快的事儿，干杯！"

众人这才住了口，又吃喝起来。

第二十章

马得路很晚才回到家，进了卧室，毛毛坐在床上黑着脸。

马得路觍着脸上了床，想要亲毛毛，被毛毛推开。

毛毛气呼呼地说："是我问，还是你招?""你什么都知道了，还问什么呀。""那你招吧。"马得路赔笑："你什么都知道了，我招什么呀。"

"你这就是传说中的集邮吧？十二星座集全了，怎么不集十二属相啊？来，说说你的心路历程。""巧合。真的是巧合。""马得路，这你就不厚道了。敢作敢为我还当你是条汉子，敢做不敢当可就是渣男了。""别别别，咱俩从小青梅竹马，你还不了解我。""谁跟你青梅竹马？跟你青梅竹马的是李貌。你今天喊出的是貌貌，不是毛毛。你当我耳朵聋啊?""不不不，我是被十二星座吓破了胆，一不小心走了音儿。我对你决无二心，死心塌地，忠心耿耿。"

毛毛不依不饶地追问："那你十二星座是不是集邮?"马得路心虚："那时候好奇，想知道十二星座有什么不一样，纯属瞎胡闹。过去了，都过去了。""十二星座可没过去啊，她们要是过去了的话今天就不会过来了。""毛毛，这事儿只要你过去了就过去了。你看看我 QQ，我跟你交往之后，快刀斩乱麻，再没有什么外心。""我看了。要是你跟我交往之后还有事儿今天晚上你就不会在这床上了——哎，你给我了密码却不删记录就是为了证明这个吧?""一切都逃不过你眼睛。我这辈子算是栽你手里了。我情愿。我活该。"

毛毛扑哧笑了。

马得路趁机凑上来又要亲，毛毛挡住："十二星座的事儿妈知道了哈。"马得路一惊："她没给你出什么馊主意吧？""没出馊主意。""那我就放心了。""倒是出了俩好主意。"马得路警觉道："什么好主意？"

毛毛慢悠悠地说道："让我借这个机会跟你谈两个条件：一、家里的财权归我管；二、如果不交出财权，那就把理财权交给我。"马得路苦笑："你妈真是百家姓里没有赵啊。"毛毛一愣："什么意思？""顶头就是钱啊。你答应了吗？""我没那闲工夫。""贤惠！"

那边李貌躺在床上记账写日记。尚晋站在李貌的书柜前，饶有兴致地看着李貌历年来的日记本，拿起一本想翻。

"不准看。隐私。"

尚晋哦了一声，赶紧把日记本搁回原位，转身上了床。

李貌一边记日记一边说："你觉不觉得李掌柜今天有点儿不太对？"尚晋想了想："他见了我，总是有点儿不太对。我觉得他潜意识里还是觉得我抢走了你。""不是这个。今天一是李掌柜的菜大失水准，二是他反对装修。他有心事。""今天你出嫁，就是他心事。他有些晃范儿。"

李貌摇摇头，合上日记本："我得找时间问问他。""洞房花烛夜，咱们就别浪费良宵了。""讨厌。"

尚晋笑着关了灯。两人拥抱在一起。

又是一个清晨。

常有丽领着她的广场舞队伍在跳舞。林姐扭着舞步走到她身边。

"有丽，你说气人不气人，我也去毛毛婚礼了，怎么一等奖不是我啊！要是我得了，至少分你一半！谁知让那小子得了！"常有丽郁闷道："你就别说了！一说我就闹心！"林姐感叹："哦，你也闹心啊。我还以为就我自己闹心呢。过阵子我儿子那婚礼我也这么弄，到时候多给你发几张，没准下个百万富翁就是你了。"常有丽眉毛一扬："我才瞧不上这不劳而获的外财呢。就是我中了我第二天也立马儿捐给希望小学！做人就得做出个境界！"林姐岔开话题："哎，有丽，我那房子装修的事儿你跟毛毛说了吧？""这还用你提醒？早就说了，前段时间忙婚礼，来不及，马上给你弄。""女方要求高，得给我弄好点儿。""放心吧。人家电视台那著名主持人安心上千平方米的别墅都是毛毛在弄，就你那三居室给你弄不好？去，你换个激烈点的音乐，就神笔马良的《躁起来》吧，咱们释放一下，别让张破彩票给弄抑郁了！”林姐满脸笑容：“哎！我也是这么想的。躁起来！”

公园另一处，李双全和李貌在推手。突然，李双全腹部一疼，下意识停住了，揉了一下腹部。

“今天就到这儿吧。”“爸，你不舒服？”“没有。就是没睡好。咱们走走吧。”

两人沿着公园小道散着步。

走到一处幽静的地方，李双全左右看了看：“貌貌，有件事得跟你说。”李貌有些好奇：“爸，您说。”“咱们幸福里九号这栋楼的确要拆迁了。”李貌一惊：“您从哪儿听说的？”李双全犹豫了一下：“这你就别问了。我跟你说这个的意思是，昨天晚上我脱口而出那个装修不行就是因为这个消息才说的。都是话赶话赶出来的。我怕你做无用功。若有其他住户要装修你也帮人推了吧。”李貌点点头：“爸，我明白了。”

吃完早饭，李貌和尚晋一块步行去上班。

尚晋手机响了，接起来：“喂，钱多。”钱多的声音：“老同学，我不联系你你是不知道联系我啊。”“最近忙一点。找我有事吗？”“找你没什么事儿。但想请你来吃我的流水席。能赏脸吗？”“什么流水席？”“就是天下来客，推门就进，进门就吃，吃完就走，来去自由，吃喝随便。你跟李貌，今天下午都来。吃起来！哦，你要还有别的什么人就一块带来。”尚晋一脸茫然：“你这是什么买卖？”“不是买卖，就是我要做一个流水席，广宴天下客。哎呀，电话里说不明白，见面聊吧。一会儿我把地址发你微信。不见不散哈。再见。”

钱多把电话挂了。

李貌问道：“钱多啊？就钱很多的那个钱多？”“对。”“他什么事儿？”“他说弄了个流水席，天下的人谁都能吃。要请咱俩去参观一下。”李貌惊讶：“谁都能吃？他这是钱多得没地儿花了吗？”尚晋问道：“咱去不去？”“不去。大学的时候他追过我。没理他。”“还有这事儿？”“怎么着，不信啊？你以为我没人追啊？追我的人多了，就是没瞧得上的。当然，瞧上了，李掌柜也不会同意。你说这钱多是不是钱多了想显摆呢？”“不至于吧。”“不过我小时候跟李掌柜吃过一次流水席，人随来随吃，菜一道道上，地上躺着乱七八糟的人，都是喝醉的。那叫一个热闹？”“不花钱？”“那次是大院里一什么人结婚，随份子才能吃。”“我倒是没吃过流水席。”“看样子你是想去吃一下。行，那咱们就去瞧瞧热闹。一、满足你好奇心；二、让我恢复一下儿时的记忆；三、也给钱多同学一个展示财富的机会。三全其美。”尚晋笑道：“这个可以有。”

马得路和李才在办公室里开会。苏洁坐在旁边记录着。

马得路把刘一手的黄金名片递给李才，一脸得意之色：“我跟日不落集团的刘一手先生已经友好地接上了头。这对于咱们理想胡同这个文化平台来说，将是一次革命性的变化。”

李才看着黄金名片：“我对企业界不是很熟悉。这个刘一手实力如何？”马得路一脸严肃：“不是我说你李才，作为我的顾问和策划，你也该加强一下对企业界的了解。否则你怎么辅佐我？柳传志曾说过，在一个好人但能力平平和不是好人但能力非凡的人之间，他宁肯选择后者。”

李才把玩着黄金名片：“那你是怎么定位我的呢？”“这个还需要你自我反省和自我思考。反正我每天都在思考我的定位。”“听马总这口气对我不满啊。”“咱们不要情绪说话。你作为总顾问，从私人层面来说，婚礼十二星座事件你没有预判到；从工作层面来说，你没有提出有价值的战略方案。我去跟刘一手先生谈，总不能说咱俩是开咖啡馆还开赔了的吧？”

李才问道：“他身家多少？”马得路脱口而出：“至少上百亿吧。你看看人家名片这气势还分析不出他的实力吗？人家美国情报局从厕所一张草纸就能算出一个国家的经济实力。更何况一张名片？”李才放下名片：“马总，我不是美国情报局。但从你对刘一手先生的描述来看，我深思熟虑的战略规划可以实施了？”马得路一愣：“什么战略规划？你不会是一时兴起蒙我呢吧？”

苏洁举手。

马得路示意：“你说。”

“刚才你们争吵的这几句也要写到会议纪要里吗？还是回避一下？”李才说道：“回避一下。”马得路却不同意：“不要回避，写进去，必须写进去。苏洁，不要怕破坏我的形象。我不念过去，更不惧未来。在以后我个人的传记里，我希望能如实地记录下我的企业成长史和我的心灵变迁史——李才，你继续讲。”

李才不紧不慢地说：“我一直有一个伟大的构想，就是打造一个理想胡同的生态文化圈。从内容创意到内容制作，再到内容输出。鸡生蛋，蛋孵鸡，鸡再生蛋，蛋再孵鸡，有了一定的鸡，有了一定的蛋，我们把鸡向上游分，把蛋向下游分，最后鸡和蛋又循环回理想胡同，但这时候的鸡和蛋已不是最早的鸡和蛋，鸡是金鸡，蛋已是金鸡蛋，它不光有一个质量的变化，还有一个数量的变化。”

马得路听着有点蒙，歪头想着：“苏洁，你听懂了吗？”苏洁点头：“听懂了。”

李才像奶奶那样在苏洁额头点了个赞。

马得路一头雾水：“那你给我说说。”苏洁其实也没太听懂，信口胡说：“哦，这个嘛，就是鸡生蛋是小农经济，咱们理想胡同目前就是鸡生蛋，模式单一，李才哥说的意思是一群鸡生一堆蛋，一大群鸡生一大堆蛋，这就是工业模式了。李才哥，我说得对不？”

李才笑了笑：“只对了一部分。我的意思是，原来鸡生了蛋，就把蛋给卖出去，这是利润模式。但是生态系统的利润模式不是这样的，而是鸡生了蛋，我们不卖，我们有孵化平台，再把蛋孵化成鸡，让鸡再生蛋，让蛋再生鸡。这是一个小循环，等到了一定数量和质量，就往上下游延伸。最后我们有自己的图书孵化部门、剧本孵化部门、制作部门、发行部门、新媒体，我们甚至会有自己的剧院和院线。再接下去，我们还会向移动端进军，去做手机，做汽车。我们不光要有大屏，我们还要有小屏。一句话，我们在文化领域进行地毯式轰炸，生态式推进，由此理想胡同直通罗马，无人能敌。为什么无人能敌？因为我们实现了体内循环。我们自己造血，自己输血，鸡汤都自己造，鸡血都自己打。”

马得路鼓掌：“有点意思！但就是有一点我还不是特别明白，我们到底是鸡还是蛋？”李才叹了口气：“马总，希望你有点追求。我们是理想胡同生态循环系统的造物主。”苏洁突然插话：“李才哥哥，到底是先有鸡还是先有蛋？这个问题争论了几千年了。”李才肯定的语气：“鸡蛋鸡蛋，先有鸡，后有蛋。”

忽然有人推门进来，戴着墨镜、棒球帽，穿着风衣。

苏洁问道：“请问，你找谁？”“我找马总。”马得路转头看去：“你是谁？”

来人摘下墨镜，竟是小白。

马得路奇怪：“小白，你出什么幺蛾子呢！”小白擦了擦墨镜：“马总，才哥，害人之心不可有，防人之心不可无啊。我现在这身份，不适合在大街上素面朝天毫不设防吧？”马得路有些来气：“你什么身份？你告诉我，你什么身份？”小白笑笑：“马总，我好歹也是三百万富翁吧。这是事实啊。”马得路一脸不屑：“三百万就叫富翁，你去照照镜子？我三千万我说什么了？我还不是夹着尾巴做人！”

小白辩解：“您是靠祖上房子拆出来的财富积累，俗称拆二代，没人恨您，我是一瞬暴富，属于暴发户，羡慕嫉妒恨的人不定多少呢。您又不是不知道，现在社会上仇富的人很多很多的。”马得路嫌弃地说：“你还知道你是暴发户就行了。你现在的做派就是暴发户的真实嘴脸。”小白：“还真是，我现在确实感觉到我是一个暴发户，我得尽快走出暴发户的心理阴影。才哥，你要多帮助我呀。”

李才忍不住乐了：“瞧你这状态，一时半会儿走不出来。我们正在开董事会，你找马总有什么事儿吗？”“马总，才哥，我准备今天去领奖，想得到您的大力支持，没有您的大力支持——”马得路不耐烦了：“去吧。准假了。”“马总，不是光准假，我还需要您的人力和物力。希望您能——”马得路一愣：“什么人力物力？”

“人是小胡、小红、小黄，物是您的车。我希望小胡能开车拉我去，小红小黄算是跟班，替我观察一下周围环境，看看有没有什么危险分子啥的。”马得路敷衍道：“让小胡拉你去。小红小黄不能去，咖啡馆还得营业呢。”小白仍不死心：“这一天的营业损失我倒是赔付得起。”马得路瞪眼：“你嘚瑟什么嘚瑟呀！你赔付我就得停业啊？无故停业对一个店铺的损失是巨大的。你赔得起吗？小红小黄不准去！”小白悻悻地说道：“好吧好吧。”

小白转身要走，一眼瞥见李才手中的黄金名片，不禁起了显摆之心：“才哥也有刘一手先生的名片啊？”“我没有。这是马总的。”

“哦，刘一手先生的名片是有编号的。马总您的编号是多少啊？”马得路没好气：“这跟你有关系吗？”

小白从口袋里掏出自己那张黄金名片：“我也有一张，不知咱们的编号谁在前谁在后。”马得路惊讶地看着小白：“你哪儿来的？”小白一脸得意：“当然是刘一手先生送给我的。”

小白收起名片：“那我就找小胡拉我去领奖了。”说完出门去了。

马得路对李才说：“你说刘一手为什么送给他名片？他不在这阶层啊。”李才也觉得奇怪：“死乞白赖要来的也有可能。”“对。绝对是这样。真给咱们理想胡同丢脸！他要再这样，我就开除他。”“现在不是你开不开除他，是他还在不在你这儿干的问题。”马得路长叹一声：“养虎为患啊！”

苏洁在一旁说道：“他可不是你俩养出来的虎。他本就是插翅虎，这笔外路财注定是他囊中物。我看过他星盘，早知道他有这么一天。”李才转头问苏洁：“我星盘有外路财吗？”“我现在给你看一下。”

马得路赶忙打住：“别看了，上班时间不要搞娱乐活动。苏洁你赶紧上去吧。

我跟‘家是一座城’工作室商量好了，借你使一个小时我得给你毛毛姐和貌貌姐付使用费。”苏洁恍然大悟：“怪不得不打电话催我了。原来是拿我挣钱呢。”马得路笑笑说：“也不要这么说，明码标价好办事儿。”苏洁好奇地问：“那你们借我一次多少钱呢？”马得路脱口而出：“二百五。”

苏洁唰地夹起电脑沉着脸起身走了。

小胡驾车陪小白去领奖 。小白坐在后排座位，显得有些紧张。

“小白哥，我车技很好的。你不用紧张。马总，李才，坐在车上都呼呼大睡。可放松了。那种放松的状态你多少钱都买不到。”小白仍是不放心：“我还是比较遵守交通安全规则的。对了，你刚才叫我什么？小白哥？你比我大吧？”“我比你大三个月。”“那你不能叫我哥。”“哎，小白弟，听你的。”“别。叫弟也别扭。你暂时就叫我小白吧。以后等我创了业，你再换称呼，那时候是白总还是白董事长再看。”“白总您要创业了？”“暂时还没有。所以不要叫我白总。叫我小白。”“小白总，真的，我早就瞧出你不是一般人了。我见你的第一天就感觉到你能发财。没想到这一天这么快就到来了。”“我也没想到。”“小白总，我也会发财的。”“祝你成功。”

到了彩票管理中心，办完手续，工作人员将一张支票和表格递给小白。

“手续都办完了。您在这儿签个字。税款已经给您扣除了。这是支票。手续单签完您就可以去银行转账了。”

小白签字。小胡在一边心情复杂地看着。

小白签完字把表格递给工作人员：“你们这儿有后门吗？”工作人员摇头：“没有。只有一个正门。”小白紧张道：“从正门出去，安全有保证吧？会不会有犯罪分子盯守兑奖的成功人士？”工作人员抿嘴笑：“我们这儿上亿的奖金也兑过，从来没出过什么问题。”小白松了口气：“这就好——小胡，走，拉我去银行。”

李貌和毛毛在办公室里聊着天。

毛毛笑着说：“小白中奖，把我妈气得够呛！都怪到尚晋头上了，说给她添堵。”李貌也乐了：“常姨战斗力真强。什么事儿都能往自己身上揽。你跟马得路没怄气吧？”毛毛装傻：“怄什么气儿？”“别跟我装哈。婚礼上又是 QQ 又是十二星座的，你能不兴师问罪？常姨的有些秉性你还是继承了的。”毛毛一脸不在意的样子：“他 QQ 聊天记录我查了，跟我交往之后，他没背叛过我，这就行了。其余的就既往不咎了。一个人可以快活，两个人就只能是生活。生活，就不能只考虑自己痛快。对吧？”

李貌惊讶道：“哟，婚姻这大门一进，觉悟立马儿不一样了。佩服佩服。”“佩服什么呀，赶紧挣钱吧咱们。最近婚礼这一通忙活，事儿都堆成山了。眼前要紧的事儿，一个是安心那别墅，你图纸出完了，下边儿工程我来盯。你跟尚晋那房子呢？弄得怎么样了？”“都弄好了。就是一些零零碎碎的继续布置吧。”“那你怎么不跟尚晋先搬过去，在家里住不别扭啊？”“我怕闪着李掌柜和万师傅。”“早晚得闪啊。”“有一天，李掌柜和万师傅跟我谈话，说房子得散味儿，别急着住进去，甲醛害人。我就知道，他们还舍不得我走。”“他们一辈子都舍不得。”

李貌感叹道：“我知道，但其实也住不了多长时间了。”毛毛一听有点蒙：“嗯？什么意思？”李貌差点说漏嘴赶紧找补：“哦，没什么。就是感慨一下。毛总，还有什么工作上的事儿，您吩咐。”“确实还有个需要你赶紧上手的事儿，就是九号楼三单元502的林阿姨，找我妈跟我打招呼了，他儿子年前也要结婚，要把房子好好重装一下。给的钱也还可以，我稍微打了点儿折，你出个方案呗。”

李貌犹豫了一下：“这活儿咱能不接吗？”毛毛不解地问：“为什么不接呀？”李貌眼神和语气有些躲闪：“咱们不是已经走上层路线了嘛。是不是得坚定一点？”毛毛诧异地看着李貌：“林阿姨是咱们街坊啊。再说了，我妈都答应她了。就是不挣钱也得帮这个忙啊——不对，李貌，刚才的话是假李貌跟我说的，真李貌有什么瞒着我。”

李貌犹豫着。

毛毛追问道：“一结婚就跟我生分了？有什么不能说的？”李貌有些不自在：“毛毛，你需要保密。”“你这么说我可生气了啊。咱俩少女时代都不这么生分。”“给林阿姨装修是白让她花钱，因为幸福里九号很快就要面临拆迁了。”毛毛愣住：“消息源可靠吗？”“可靠。”“怪不得你刚才说住不了多长时间了。话里都有话啊——能告诉我信息源吗？”李貌面露难色：“暂时，还不能。”毛毛怀疑地看着李貌：“这拆迁的传言可至少传过几十次了。传言最后都成了谣言。”“我知道。但这次是真的。因为这个人从我认识他以来从没有跟我撒过谎。”“那即便我们不给林阿姨装，也保不齐她找别人装啊，不一样浪费钱吗？”“对，不给她装也不是解决的办法。所以我最终决定跟你有一说一。咱们商量一下怎么办好。”毛毛想了想：“我去解决吧。”李貌点头：“好。”

两人碰了一下拳头。

李双全竟然来到了尚晋办公室，说是听说这儿有个减压室，来看看。尚晋连忙把李双全请进减压室。

“李掌柜，这个是用来给大家减压的。我们准备了各种减压物品。我给您介绍一下。”“不用。我自己看就行。”

李双全好奇地看着，最后背着手走到五个假人跟前。

尚晋说道：“您试试。”“我无压可减。”

尚晋淡淡一笑，拿出手机假装看了看：“李掌柜。我得去趟周主任办公室，您在这儿待会儿，我最多半小时就回来。”

尚晋说着出去了。

李双全听尚晋脚步声远了，走到其他主题的假人跟前，敏捷地出拳击打起来。

管红花登门拜访常有丽，寒暄了一番，吃着水果喝着茶，管红花说了租房的想法。

常有丽一脸诧异：“什么？租苏洁住那房子？”“正是。”“几个月？”“三年。”“三年？这么长？”“咱们都是过来人，三年也不过就是弹指一挥间吧。”“为啥是三年？”“等李貌把孩子生下来，三岁就该上幼儿园了。我跟得志把孩子看到三岁，我们就再回青岛。”常有丽有些迟疑：“你干部出身，会看孩子吗？”管红花语气真诚：“我确实不怎么擅长家务。但我比较爱学习。等我把手头我的自传《坎坷人生路》写完，就准备报名育婴班学习一下。虽然尚晋也是我拉扯大的，但时代变了，人要与时俱进嘛。我会学习新时代的发展浪潮之下，怎么看护孩子，怎么教育孩子。”

“哎呀，让你这么一说，我也有紧迫感了。你看我这身材和我这模样，跟外婆这个词的形象还是离得很远吧？”常有丽情不自禁地站起来演示了一下形体。

管红花不咸不淡地回应：“远还是不远，事实都摆在这里了。有丽同志，房子这事儿你是怎么想的呢？”常有丽坐下来：“红花老姐，这个房子其实是‘家是一座城’工作室的样板房兼‘家是一座城’工作室的员工宿舍。当时毛毛和李貌创业，算我支持她们的礼物。我要再租给你，好像不大合适。”管红花说道：“我初步了解了一下，因为是六楼，没有电梯，上下不便，样板房的功能基本没有了，只剩下了员工宿舍这一功能。我跟得志搬进来，就住一个房间，苏洁还可以继续住在这儿。苏洁不给你交房租，但我跟得志是交房租的。这样一举几得嘛。”

常有丽心动了：“我这人不贪财，不贪婪，但这儿的地段你也知道，寸土寸金，要真按市场走，可是不便宜啊。”“多少钱呢？”“要这么一整套租给别人，那得八千每月起。苏洁占去一个卧室，其余的算下来，也得六千吧。”

管红花确实没想到房租会这么高：“房租这么高位，对人民群众来说，负担太重了。”“红花老姐，您不能算群众吧？您是干部。”“我虽然是干部，但在收入上，并不比人民群众先进。”“我看新闻，反腐掀翻了不少贪腐干部。你们那儿也有贪腐干部吧？反贪风暴刮到你们那儿没有？”“贪腐这个事儿我不好多说，还是由上级组织来处理——您这个价格，还可以再商榷吗？”常有丽眉毛一挑：“商榷是什么意思？”“哦，就是商量再商量的意思。”常有丽笑道：“您真有文化，那必须可以商榷啊。我跟毛毛、李貌、苏洁她们先打个招呼，然后我再找您商榷价格。”

管红花沉吟了一下，又拿出领导派头：“好。我同意你可以这么办。”

常有丽听得一脸拧巴。

刘一手陪着安心在奢侈品店逛着。

刘一手气势豪放，指着各种衣服和包：“这个，这个，这个，这个。”

店员亦步亦趋跟在身后，忙不迭地回应：“哎哎哎。”

安心注意到店门口有人拿相机在偷拍他们，悄声提醒刘一手：“一手，好像有人在拍咱们。”刘一手满不在乎：“买自己的东西，管别人干吗。”

逛完街，刘一手驱车回家。安心看着后座上堆得跟小山似的大包小包的东西有些不安。

“一手，今天太奢侈了吧，花太多钱了。”“到奢侈品店不奢侈一点的话，为什么要来？”“谢谢你，一手。你对我真好。”

刘一手微笑道：“正如我妈张小姐说过的那样，人是衣裳马是鞍，女人一生就看穿。而且，我妈张小姐决定见你了。”安心莫名地紧张了一下：“真的吗？什么时候？”“就最近吧。这两天她在香港会几个老朋友，等她从香港回来。”“需要我去上海吗？”“不用。到时候她会来北京。”“这多不合适。我应该登门拜访她的。”“我妈张小姐她要来北京，那肯定就是北京合适。我们等她通知就行。”安心点点头：“好。”

安心看了一眼刘一手，下意识拿起手机打开，刷了一下微博，竟蹦出一条热门娱乐新闻——

新闻标题：日不落富豪刘一手携女友安心现身奢侈品店开启买买买模式，两人关系突飞猛进，莫非好事将近？

安心点开新闻，见是刚才被偷拍的画面，她又看了看刘一手，欲言又止。

安心想了一下，打开尚晋的微信，飞速写了一条微信消息：我想尽快见你一面。有事儿。写完，发出，又飞速删掉。

刘一手看似专心开车，但眼角的余光一直在观察安心。

傍晚时分，尚晋和李貌去赴钱多的流水宴。

钱多的住所是一座古色古香的院子。

钱多站在院门口迎接尚晋、李貌："尚晋好，李貌好。好久不见，别来无恙。尚晋，你一点儿没变。李貌，你变得更年轻了。"

李貌笑着："你这是挤对人呢还是挤对人呢？有越活越年轻的吗？"钱多一乐："真可能有。相信科技得永生。里边请。"

钱多引着尚晋、李貌进入院子，边走边介绍："这院子我盘下来两年了，目前这里里外外都是我亲手设计改造的。还入眼吗？"尚晋边走边四处张望："很不错。挺宽敞的。"钱多又转头问："李貌同学觉得呢？"李貌一本正经地回应着："我是学室外环境设计的，又从事室内环境设计了几年，我一般不评价其他人的作品。"钱多伸出大拇指点赞道："有原则，好！请。两位先到茶室喝杯茶。"

钱多把两人请到里面的茶室，烧水布茶。

尚晋问道："钱多，你这流水席到底怎么回事儿啊？你不是从事互联网行业吗，怎么想起搞流水席了？""因为我对人生有了独特的感悟。你是学哲学的，大学时跟我谈得来，因此我一直想邀请你来看看我的流水席。""我更想听听你的感悟。"

钱多斟茶："咱们同级的林在风记得吗？"尚晋喝了口茶："记得。干过一届学生会主席。后来听说去了深圳。"钱多叹气："两个月前连续加班七天，猝死了。"李貌一惊："啊？没听说啊？"尚晋对李貌说："你以后得少加点班了。"钱多又道："两年前创业明星秦铁创业失败自杀的事情你们都听说过吧？"

尚晋和李貌点头。

钱多继续说道："秦铁曾经是我的合作伙伴，跟我同年。我想到过他创业可能会失败，但没想到他会自杀。我们才多大啊？"尚晋心情有些沉重："是的。我们还没到告别的年龄。"钱多满脸忧虑："后来我稍微留心了一下我们这一代创业者的概况，发现猝死和自杀的人竟然并不是个案，而是时有发生。我这才意识到，我也经常连夜加班秒回邮件，也经常胸口发闷胳膊发麻，也经常鼓励自己拼命工作赢得明天。你知道怎样才能赢得明天吗？”尚晋顺口答道：“活过今天。”

钱多一把握住尚晋的手：“知音啊。所以，我两年前就想通了，就盘下了这院子，工作也要干，生活不能误，我就开了这流水席，致敬和纪念这流水一样的人生。”尚晋看着钱多：“现在感觉怎么样？”“胸口不闷了，胳膊不麻了。有些必须解决的问题，因为没有像以前一样立即解决，它竟然自己解决了。生活和工作，在我眼前展现了另外一种精密的秩序。”尚晋欣慰道：“祝贺你。”

李貌端起茶杯：“钱没白花。祝贺你。能问一下你这一月得花多少钱置办这流水席吗？你不想回答就不答啊。”钱多笑了笑，大方地说道：“这不是秘密。当然可以回答。其实不多，三四万元的菜钱，一万元左右的酒钱。总共五万元左右。”

三人喝了会儿茶又聊了一会儿，有工作人员进来：“钱总，可以开饭了吗？”钱多示意：“开。”

钱多又领着尚晋、李貌走进饭厅。菜已摆好，四凉八热，都是家常菜，中间一盆米饭。饭厅桌边坐着六七个人。

钱多在长条桌东端坐下，尚晋、李貌坐到他旁边的空位上。

钱多向大家致意：“大家好。今天的晚饭正式开始。大家随便吃随便喝随便聊。我不喝酒，大家自便。开动。”

众人吃起来。

钱多问尚晋：“你喝酒吗？”“不喝。”钱多又转头：“李貌呢？”李貌微笑：“谢了。不喝。”“那就吃。我请了俩厨子，手艺不错，也会自创一些菜。”李貌好奇：“来的这些人你都认识啊？”“认识一两个。其他的都不认识。”尚晋也有些疑惑：“不用介绍就这么吃吗？”钱多笑了笑：“边吃边聊。一会儿就认识了。水到自然成。”

一个衣服上下浑身都是兜的男子提议：“钱总，今天晚上大家来自五湖四海，相互认识的不多，不妨自我介绍一下，您看怎样？”钱多点头微笑：“好啊。从你开始吧。”

“浑身兜”说：“我姓蓝，叫蓝白红。是一个电影导演。很高兴跟大家认识。从我右手边开始吧。”

蓝白红右手边的女孩说：“我叫邦妮，公众号情感摆渡人创始者。情感咨询师。”钱多问道：“你的公众号我经常追，最近怎么断更了？”邦妮回应：“情感出了点问题。”蓝白红惊讶道：“你不能摆渡你自己？”邦妮淡淡地说：“如果人能渡己，世上已无人。我们都是彼此的菩萨，互相摆渡对方，苦苦等待点化，当然，也有不自知等待点化的。”钱多点赞道：“邦妮高论！很受教。”

邦妮右手边的女孩：“我是邦妮的闺密小红，服装设计师。你们看，邦妮这身衣服就出自我手。大家有什么服装需求，找我哈。”

小红旁边的女孩：“我叫娇娇，我是他女朋友，跟着来吃饭的。”说着指了指自己右手边一名身材高大的男子。

高大男一开口：“我叫雷人。”

众人笑。

雷人一脸认真：“大家不要笑。我身份证上就叫雷人。我出生的时候雷人这个词儿还不雷人，我爸没预料到互联网的发展把我变得雷人了。我是搞互联网技术开发的。跟钱总是同行。”转头对右手边埋头吃饭的男子说：“该你了。”

埋头男却问道：“这位管饭的老总，来你这儿必须得自我介绍吗？”钱多微微摇头：“那倒不一定。”埋头男继续埋头：“那我就不介绍了。”

雷人转头看着身边这位：“这位朋友这么在乎自己身份啊？多个朋友多条路。大家都介绍了，你也自我介绍一下呗，认识一下嘛。”埋头男冷冷地回应：“介绍不介绍倒在其次。但你刚才有句话我觉得不对。”“哪句话？”“多个朋友多条路。”“这句话有错吗？这是句俗语，从古至今传了多少年了。”埋头男一脸不忿：“我还觉得多个朋友少条路呢。”雷人诧异道：“朋友，何必抬杠呢。”埋头男脱口而出：“我不是你朋友。”

气氛一下子紧张了。

娇娇拉拉雷人的衣袖，示意算了。

雷人脸上挂不住了：“这就没意思了。怼我你找错人了。”埋头男争辩道：“你先怼的我。你自找的。”雷人撸起袖子：“嘿，来劲了不是！当着主人面我不好教育你，咱们出去练练。”埋头男看看雷人，不屑地说：“算了吧。你不是个儿！别耽误大家吃饭。”

雷人猛地站起身，一把揪住埋头男的脖领子，几乎将他从座位上提了起来。

“我茬架长大的知道吗？欠揍你就张嘴！我弄死你！”埋头男目露凶光：“茬架长大的了不起啊？我他妈还杀过人呢！欠杀你就张嘴！再不松开我捅死你！”

尚晋注意到埋头男将右手搁进了裤兜里。

众人都站了起来劝解。

钱多忙站起身劝解："都消消气儿！都消消气儿！"

尚晋也劝道："雷先生，你先放开这位先生吧。多个朋友多条路对不对先不讨论，但这句话还有下半句，就是多个仇人多堵墙。这句话指定是对的吧？大家吃流水席为吃个高兴，真闹起来对不起钱总。万一钱总一不高兴把流水席关了，咱们哪儿吃去啊？"

气氛一时缓和了。雷人找到台阶，松开了手。埋头男摇了摇脑袋，坐下继续吃饭。大家也都坐下。

坐在埋头男对面的一个女食客掏出手机自拍。

埋头男警觉道："你拍我？"女食客放下手机："我没拍你啊。我自拍。我看看我妆乱没乱。"

埋头男又继续低头吃饭。

尚晋看在眼里，心里又多了一分疑惑。

蓝白红招呼大家："咱们继续自我介绍。不爱自我介绍的就不自我介绍了。"

女子丁："我叫青青。不知名演员。"

男子丁："叫我大郑就可以。无业游民，就爱钓个鱼。"

男子戊："叫我小胖吧。舞台灯光师。爱玩个摩托。"

李貌："我叫李貌。设计师。"

尚晋："我叫尚晋。学哲学的。爱看个书。来，咱们喝一杯吧。"

大家或举杯或举茶。

尚晋喝了一口茶，低声对李貌说："你留心一下刚才那哥们的相貌，给我画个影图个形。"李貌低声问："你说那雷人？""雷人要打的那对象。别让他感觉到。""得嘞。"

李貌悄悄观察埋头男的面容。

埋头男很快吃完了，一推碗筷站起身："请客的这位老总，谢了。"钱多微笑送客："欢迎再来。"埋头男面无表情："有机会就来。"说着离开了。

雷人愤愤地说："什么人哪，什么人哪。钱总，你这流水席是不是得邀请制啊？否则什么人都进来了，什么没素质的人都进来了。这样下去还得了？"钱多一笑："雷先生，您是我邀请的吗？"雷人一愣："倒也不是。"钱多说道："我这流水席是给天下人办的，天下人皆可进。如果我是邀请制，那就成俱乐部了，就不是流水席了。流水席，流水一样的人生，流水一样的人群。要的就是这意思。”

蓝白红满脸好奇：“遇到过不靠谱的人吧？”“遇到过。顺走我这里东西的，抱怨不好吃的，要求打包带走给其他人吃的。多的是。”蓝白红惊讶地问：“那怎么办？”“顺走就顺走了，我当他喜欢；抱怨不好吃的，我只当没听见；要求打包带走给其他人吃的，一律拒绝。这是流水席，不是施舍店。”蓝白红钦佩地看着钱多：“你心真大。”钱多笑笑：“也不是一开始就这么大，也是慢慢长大的。”

尚晋低声对钱多说：“钱多，咱们去茶室吧，有事儿跟你聊。”钱多问：“吃饱了吗？”“先聊事儿。”“好。”

三人起身回到茶室。

尚晋一脸严肃：“李貌，你现在赶紧找纸笔画那人的速写。”李貌更严肃：“哎！钱多，你这儿有纸笔吗？”钱多不解：“那儿呢——什么事儿啊？”

李貌没说话，起身去找纸笔回来画速写。

尚晋起身去把茶室的门掩上，回来坐下。

“我怀疑刚才那人是杀人犯，是个逃犯。”钱多不由得睁大眼睛：“尚晋，你哪儿看出他是杀人犯的啊？”“他自己说的。他说‘我他妈还杀过人呢’，你们都听见了吧？”李貌边画边说：“听见了。”钱多有些不敢相信：“我也听见了。这不就是句吹牛的话吗？那个雷人不也说了句我弄死你吗，他会真弄死他吗？而且，如果那人是杀人犯的话，他自己会说吗？不合理啊。”

尚晋认真地说道：“是不合理。但接下来还有三个细节请你们注意，一个是他说‘再不松开我就捅死你’。弄死和捅死不一样，雷人说的弄死是个概念，在这里是句气话，情绪化用语；但那人的捅死是个很具体的杀人的方法，而且他在说完这句话的时候，把手掏进了裤兜，我怀疑他裤兜里有弹簧刀一类的刀具。”

钱多：“另外两个细节呢？”

尚晋继续：“他怕被人拍照。对面那个女的掏出手机自拍，他就以为是拍他。另外，一个算不上细节的细节是，他的衣服看上去没怎么换洗。我怀疑，他是外地逃亡进京的。不敢到公开的地方吃饭，不知从哪儿听说你这儿是流水席，天下人可吃，就来蹭一顿饭吃。照这样推理的话，他最近应该还会来。”

钱多还是有些疑惑：“那他为什么要说自己是杀人犯呢？”尚晋沉吟了一下：“三个可能性：一、话赶话，被逼急了。二、不耐烦逃亡生涯了。三、起了杀心，谁惹他就杀谁，杀一个赚一个。”

李貌很快画完了素描像，递给尚晋：“画完了。”

尚晋接过画像看了看，折起来揣进了兜里。

钱多仍是一脸迟疑：“尚晋，我觉得你越说越邪乎了。”尚晋严肃地说道：“不邪乎。我觉得要重视。”钱多转头问李貌：“你信吗？”李貌也一脸严肃：“我宁可信其有。至少可以为民除害。用我女性的直觉来说，不是尚晋邪乎，是那男的挺邪乎。像个火药桶，一点就着。”钱多苦笑了一下：“尚晋，那你的意思是，我现在得报警，说我这儿来了个杀了人的逃犯？”尚晋摇摇头：“你这么报，警方不会受理。不够立案标准，也没什么实证可举例。”钱多越听越蒙：“你看，到警方这儿了，你就说没什么实证；到你这儿了，句句是实证。”尚晋解释：“是的。老同学，有的事情可以心证，有的必须实证。我现在心证那人是个杀了人的逃犯。但警方肯定不这么认为。”

钱多一脸茫然：“那你说怎么办吧？”尚晋分析道：“根据我对今天晚上的情况分析，这人如果是个杀了人的逃犯，也是激情杀人，过失杀人，不是杀人惯犯。他现在走在一种危险与落地的边缘：往好了走，他会自首；往坏了走，再被惹毛了杀人，就会变成杀人惯犯，走上杀一个赚一个的恶性犯罪心理。我希望这个人能自首。他如果下次再来，你一定赶紧给我电话，我要来劝他自首。”

李貌一听着急了：“直接报警啊！这是警察叔叔的事儿。”尚晋摆摆手：“没影儿的事儿，警察不会来的。”钱多又问：“那他要不来呢？”尚晋又想了想：“一、他目前没地儿吃饭，饿不住了就会来；二、他不来我也有李貌画的这张图。我会不断对比全国各地的杀人犯通缉令，看能不能对上他。”钱多直皱眉头：“你这是大海捞针。”尚晋却一脸自信：“所以，主战场在你这儿。他一来，你一定要给我打电话。如果能劝他自首，对他好。”钱多只好点头：“好。他再来，我给你打电话。”尚晋觉得差不多了：“好。钱多，感谢你的流水席，我们走了。”李貌也微笑着说：“谢谢你。菜挺好吃。”钱多客气地回应：“以后常来啊。我送你们走。”

三人起身离开。

常有丽背着小铲子别着塑料袋在幸福里九号楼下不远处遛狗。她故意在万山红规定的三十米范围的边缘遛。

万山红趴在自家客厅的窗台上，用一架小型望远镜居高临下看着常有丽。望远镜里的常有丽和呼噜一直在她规定的线上徘徊。万山红紧张地看着，连尚晋、李貌进门都没注意到。

尚晋和李貌拎着大包小包，看见万山红的样子有些奇怪。

李貌问道："你干吗呢万师傅？"

万山红吓得一哆嗦，慌乱地转过身来，将望远镜藏在身后。

"回来怎么不按门铃？"李貌往窗前走："我们有钥匙按什么门铃。你看什么呢？""没什么没什么。就是有点闷，我到窗口透口气。你们坐，你们坐。天太热，我换件衣服去。"万山红快步进了卧室。

李貌往窗下看了看，见常有丽在空地上遛狗，明白了，招手示意尚晋过来看。尚晋正在低头看手机，看到了安心那条微信，一时有些愣神儿，没注意到李貌招手。

李貌喊："尚晋，尚晋。"

尚晋迅速删掉安心的微信，收起手机往窗边走，低声道："不用看，我知道。"说着用手指了指对面的常有丽家。李貌点点头，会意地笑了。

万山红从卧室换了件衣服很快出来了，看见尚晋、李貌买回来的大包小包："你们这都买的什么啊？"尚晋一本正经地答道："战略、战备物资。"万山红一脸狐疑："什么战略战备物资？来，我先帮你们拾掇起来。"尚晋忙说："不，等李掌柜回来，咱们共同安排。"

万山红疑惑地看着李貌。

李貌笑着说："你甭操心受累，就听尚晋安排吧。"

趁李双全还没回来，李貌拉着尚晋进了厨房，走到五味神龛跟前。

"你拜一下。"尚晋一愣："干吗？""拜了以后做菜好吃啊。""多此一举。不李掌柜做饭吗？""着眼于以后。等咱们搬出去就你做饭了。""你不做啊？""不做。这光荣任务交给你了。""我不会做啊。""活到老，学到老。你这么聪明，一学就会。这不还有五味神保佑着你呢嘛。"

尚晋看了看五味神，取香虔诚祭拜。

李貌在一边直乐。

尚晋扭脸发现李貌在乐，一把把李貌拉到身边。

"不行，你也得拜。"李貌挣脱说道："我拜干吗啊我又不做饭。""万一我加班呢？万一我不在家呢？你不得自己给自己做点吃的呀？你拜一下，这样不委屈自己。”“我能不拜吗？”“不能。”

李貌只好接过香祭拜。

吃过饭，尚晋带领李双全、万山红、李貌在放置各种战略战备物资。

尚晋将一瓶桶装矿泉水搁到客厅的角落里。

“大家记住，这是客厅的紧急水源应急处。当灾难来临，这桶水至少可以维持三五天。”万山红不解：“你说的灾难主要指什么？”尚晋气喘吁吁：“北京这个地理位置，一般不会有洪水，火灾也用不着水源，所以水源主要是用来防地震的。”万山红神情一凛：“要地震了？你是不是得到了什么内部消息？”尚晋一笑：“没有。我这是防患于未然。中国家庭都缺少灾难防备意识。”万山红又问：“那火灾呢？”

尚晋将一个红色提包放在水桶旁边：“火灾也必须防。这里边有手电筒、消炎药、针线包、压缩饼干和罐头等各种应急物品。还有一条救生缓降器。救生缓降器就是用来防火灾的。当火势控制不住的时候，它可以带大家安全抵达地面。当然，火灾起来的时候，咱们不必忙着跑。”

尚晋又拿来一个手提式干粉灭火器和一块灭火毯：“起火以后，先用干粉灭火器和灭火毯灭火，最后再使用缓降器。这些应急物品在两个卧室和客厅都是必要配置。厨房主要是李掌柜在使用，我不敢贸然决定。”万山红插话：“厨房就不用了，做饭才进去。”

李双全沉吟了一下：“从安全角度来说，厨房也搁上这些装备——这叫什么？”尚晋说道：“全称叫家庭战略战备应急物资装置。”李双全爽快道：“厨房也装一个家庭战略战备应急物资装置吧。”尚晋点点头：“好。水资源是三个月一换。中间无论什么情况都不能破坏水源，也不能征用。”

李双全问李貌：“你奶奶那里给装了吗？”李貌回应：“吃饭前尚晋就给装上了。奶奶给尚晋点了好几个赞。”

李双全满意地点点头。

万山红忽然觉得心慌：“不对呀尚晋，是不是你在政府部门工作，听到了什么内部消息？咱北京是不是要大地震呀？”尚晋笑着说：“万师傅，到目前为止，还没有哪个国家可以准确预测地震，所以我不可能有什么内部消息。”李貌也安慰道：“妈，你就放心吧。从概率来说，你已经遇见一回唐山大地震了，不会再遇见什么其他的大地震了。”万山红舒了口气：“哦。”

尚晋却说：“那倒不一定。有一个四川人，当年到唐山出差，遇见了唐山大地震，被从废墟里救出来；2008 年，汶川地震他又被埋，当然，也获救了。”万山红听得肝颤，转头回房去了。

李貌嗔怪地看了尚晋一眼：“你成心啊。万师傅就害怕提地震。”尚晋一脸认真：“万师傅需要战胜自我。”

李双全催促着：“赶紧给我厨房装吧。”尚晋忙转过身：“哎。”

第二十一章

常有丽和毛毛吃饭。桌上六个菜，很丰盛。

常有丽问道："得路怎么不回来吃？"毛毛边吃边说："他不在饭局，就在去饭局的路上；除此之外，不在开会，就在开会的路上。创业者都这样。甭考虑他。"

毛毛忽然想到什么："哦，你这是为了他才做这么丰盛啊？以前你都是俩菜糊弄我。"常有丽看着毛毛："我才不会胳膊肘儿朝外拐呢。我这都是为了你。""为了我什么？你从来没有对我这么好过，就是考大学也就是加了俩煮鸡蛋啊。""告儿你，我从尚晋他母亲管红花那儿得到了重要启示。""什么启示？""人家管红花已经作决定了，要在北京住三年。为什么是三年，因为孩子三岁就该上幼儿园了。人家要住到孩子上幼儿园。别说，我原来瞧不上管红花两口子，现在看来还得刮目相看。"

毛毛放下筷子："孩子三岁上幼儿园？谁的孩子？到底什么意思？"常有丽叹了口气："我的聪明你怎么就没有遗传呢。李貌尚晋的孩子啊，人家要来北京看孩子。"毛毛惊讶："李貌怀孕了？""人家已经在备战李貌怀孕了，而且一战就是三年。所以我在想，你也得赶紧怀。怀孕最重要的是什么？备孕。你得把身体养好。所以从今天起，营养必须保证。"

毛毛哭笑不得："你不是个合格的母亲，倒想做个合格的外婆。"常有丽撇撇嘴："别说外婆这词儿，我一听心里就哆嗦。把我给叫老了——还有那什么，我已经决定把苏洁那房子租给管红花了，你以后备孕加营养的钱都从那房租里出。当然，苏洁那间卧室还给她保留。”毛毛有些为难：“我当时答应苏洁让她一个人住的。你当时可也答应我了。”常有丽又讲起了道理：“这我承认。但是管红花是谁？是李貌的婆婆。李貌又是谁？你闺密铁磁啊。我撅了管红花合适吗？她一小地方的小副科长，尚得志一小地方的老司机，就他俩那三五百的退休死工资，你让他们租别人的房子租得起吗？我租给她，一是考虑人还是得时不时做点公益，二主要也是为你考虑，不能让你在李貌面前短了面儿。”

毛毛想了想：“他们租房子倒确实麻烦，高不成低不就的，总不能让他们租地下室吧？”常有丽感到些许欣慰：“这就对了。人心都是肉长的，但凡我心硬一点点一下下，我就不租了。我惹这麻烦干吗啊？我又不缺这零敲碎打的钱。唉，人在江湖，身不由己啊。”毛毛自言自语：“今天李貌也没跟我说这事儿啊。”

常有丽脸一板：“毛毛我跟你说，你跟李貌确实是好闺密，我也不愿意背后说她什么，但她深着呢！你是看上去心眼儿多，实际上还是直肠子；李貌看上去大大方方的，实际上她那心里有城府。”

毛毛不自觉地点点头，想起李貌说的拆迁的事，犹豫着要不要说出来。

常有丽见毛毛不说话：“那出租这事就算你应了吧？应了我就跟那小副科长谈房租了啊。”毛毛回过神来：“哦，我得先跟苏洁商量一下。”“商量什么呀，你通知她就行。当领导，别唧唧歪歪的。得让下边人怕你！”“我就这么一个兵，已经要跑了。我正极力挽留呢。你必须等我谈完再说。”“跑了再招呗。人不还有的是。”“说得轻巧，招不到。现在但凡有点能力的都创业去了。没人愿意打工。”

常有丽一脸无奈：“行。那我再忍耐个一两天——你林阿姨那事儿开始弄了吧？”“正要跟你说这事儿呢。你能说服林阿姨不装这房子，先把儿媳妇娶进来吗？”“不能。你什么意思？放着钱不挣啊？还是嫌钱少？”

毛毛犹豫了一会儿：“妈，有件事跟你说了你能保密吗？”常有丽保证：“不管什么话儿，到我这儿就进了保险箱。你说。”毛毛犹豫了一下，还是说了出来：“幸福里九号，要拆了。”常有丽大惊：“不可能！谣言！”毛毛疑惑地看着常有丽：“怎么就是谣言了？”“因为没人儿通知我啊。你想，以前传了多少次，都是从谁那儿传出去的？”“谁？”“我啊。我是幸福里九号拆迁谈判总指挥，有什么消息我得先知道啊。凭什么别人能早知道？谁告诉你的？”“李貌。”

常有丽快速眨眼思考了一下：“尚晋！肯定是尚晋告诉她的！”毛毛一脸愁容：“我不知道谁告诉她的，但这是真的。所以林阿姨那个活儿我们不能接，怕她白花钱。”常有丽心思不在林阿姨身上：“李貌没告诉你谁告诉她的？”毛毛摇头：“没有。她说暂时还不能说。”

常有丽严肃地说道：“李貌开始对你有保留了，这不是一个好闺密该干的事儿。你们俩有隔阂了？”毛毛听得烦躁了：“闺密就得什么都说啊？我也有好多事儿不跟李貌说。你别把什么事儿都往沟里带，这个事儿告诉你的意思是我们不能接林阿姨的活儿。”常有丽仍不依不饶：“这个我会处理的。但你跟李貌的关系我也不能不关注。”毛毛放下筷子：“行了，你还是多关注广场舞吧。你吃好没？”“吃好了。”“那我收了。”

常有丽起身阻拦：“别别别。你回房间休息吧。我收就行。”毛毛疑惑地问：“你怎么变勤快了？”常有丽立刻恢复温柔：“在你备孕时期，我会当一个称职的妈妈。”

马得路一直到夜深了才回来。他本以为常有丽和毛毛这会儿肯定都睡着了，轻手轻脚开门进屋，不料客厅里灯还亮着，常有丽坐在一桌菜前等着他。

马得路一愣：“妈，您还没睡呢？”常有丽淡淡地回应：“没呢。”

马得路走到桌前看了一眼：“哟，这么丰盛，晚上来客了？”“没有。”“妈，那要我帮您收拾一下吗？”“不用。”马得路有些发怵：“时候不早了，那我睡去了。”常有丽突然阻拦：“请坐。”

马得路只好坐下，怯怯地看着常有丽。

“十二星座的事儿我知道了。”马得路一惊：“这，我跟毛毛已经和解了。”常有丽看了看他：“和解也是因为我在背后做了工作。毛毛年轻气盛，火苗子哪那么容易压得住。这是个很恶劣的事儿，毛毛能既往不咎，你要好好感谢毛毛。”马得路狼狈地低着头：“也要感谢您。谢谢妈谢谢妈。”

常有丽顿了一下，又继续说道：“再说今天晚上这桌饭。这是我给你做的。”马得路感到意外：“给我做的？妈，这太不好意思了。我晚上有个应酬，谈个项目。”“平时我跟毛毛，最多俩菜。一荤一素。你进了门，菜的数量和质量都上来了。”“千万别，千万别。我跟我爸在家，就是一个菜两碗饭。我自己的时候，直接就是盒饭，要不就路边摊解决。您这样让我无以回报啊。”常有丽又淡淡地回应：“还是可以回报的。”

马得路愣住：“这，妈您话里有话啊。您就别绕弯子了，直说，看我能不能做得到。”“晚上应酬喝酒了吗？”“喝了一点。”“抽烟了吗？”“抽了几根。”“烟酒不分家啊。”马得路赔笑：“有点小瘾。有点小瘾。”

常有丽收起笑容：“从今儿起，能把烟酒戒了吗？”马得路不解：“为什么呀？”“先正面回答。”马得路想了想：“戒过多次，都戒不了。但我可以保证在家里不抽不喝。”常有丽追问：“最长一次戒了多长？”“一个月。”“很有毅力啊。”“您过奖了。”“这次让你最多戒三个月。只要你努力，两个月也许就够了。”

马得路还是没明白：“时候不早了，妈您可否明示？”常有丽认真地说道：“备孕。备孕期间，烟酒不沾。怀孕以后，烟酒照旧。”马得路有些急：“要孩子的计划我还没跟毛毛商量呢。”“这事你就甭受累了，我跟毛毛商量过了，她已经同意了。”马得路听着这话有些拧巴：“我不怕累，这事上我还是希望有一个发言权。”“发言权你当然有。但我要告诉你一个严峻的事实，尚晋和李貌已经在备孕了。而且他们已经制订了一个三年计划，从备孕到孩子上幼儿园。”马得路惊讶：“真的？”“真真儿的。”“看来人生的竞争无处不在啊——那我就订一个六年计划。”“计划第一项，烟酒不碰。”马得路一挺腰杆：“得嘞！”

上午尚晋抽空又去了趟钱多的院子，见钱多正在院子里擦拭窗户。

“嗬，自己动手啊。”钱多回头：“丰衣足食嘛。我现在特喜欢体力劳动。我把管擦拭的杂工给辞了，我就爱这儿擦擦那儿抹抹，不爱开会，不爱看 PPT。我是不是有点儿贱兮兮？”尚晋笑了笑：“是人自带三分贱。挺好的，从另一个维度观察自己。——哎，上次那人又来了没？”

“没。你还真当回事了？”“对啊。上次我不是说了吗，他很可能是杀了人的逃犯，要重视。”“那你对比网上的逃犯通缉令了吗？”“对比了，没发现有他。所以，我怀疑他是在偏僻地方杀的人。”“那他说话也没什么口音啊？”“偏僻地方不一定是偏远地方，也不一定有口音。我指的就是比如在偏僻的地方，杀了人，埋尸荒野，一时还没泄露。这都有可能。”钱多嘲讽道：“你成推理家了。你该去写推理小说。进去喝杯茶去？”尚晋摆摆手：“不去了。还有事儿。走了。”钱多冲着尚晋的背影喊：“有时间来吃流水席啊。”尚晋回头：“那人来我就来。”

尚晋又出了院子。钱多摇摇头，继续擦玻璃。

尚晋回到办公室，没多久，来了一对夫妇要求调解。

丈夫拿着一瓶饮料在喝，腰带上还挂着几瓶饮料。

尚晋有些不解：“您为什么一天要喝十几瓶饮料呢？”丈夫气呼呼地说：“你问

她啊！”

妻子哀怨地说：“他戒酒以后，就这么喝饮料。不这么喝，他就得喝酒。”尚晋又问：“喝酒得喝多少？”妻子满脸愁容：“啤酒就是一瓶接一瓶喝，没法算；白酒就是早晨一醒就喝睁眼酒，一直喝到闭眼醉。”丈夫在一旁接话：“我不想喝饮料，我就想喝酒。我早就说了，你跟我离吧。我没救了。让我痛痛快快地喝酒吧。”

尚晋问丈夫：“您能回避一下吗？我有几个问题问一下您太太。”丈夫痛快地答应：“你们聊。”

丈夫一边仰头喝着饮料一边走出去了。

尚晋问妻子：“去正规医院治疗了吗？”“治了。没用。戒了酒就得喝饮料，戒了饮料就得喝酒。这么喝，就是喝水也得中毒啊。”“您的调解诉求是什么？”“他想离婚，我不想离。他酗酒前我们关系很好，我要是离了，他就毁了。医院去了，心理医生找了，药也吃了，戒酒中心也去过十来次了，他爸妈都给他下跪请他戒酒了，办法都想尽了，到您这儿是最后一站了。”

妻子忍不住哭了。

尚晋安慰道：“这事我已备案了。我一定替您想办法。其实喝饮料总比喝酒好，这已经是很大的进步了。”妻子哭道：“可他等喝饮料喝到吐的时候，转头就会再去喝酒。”“别着急，您先带他回去，我来想想办法。”“好的。”

妻子抹着泪出去了。

尚晋挠挠头，将调解登记表夹进档案，想了想，给安心打电话。

电话通了。“是我。”“我知道。”“今天中午见可以吗？”安心犹豫了一下：“我中午约了史航老师和谭飞老师餐叙。晚上可以吗？”“这几天李貌约了我晚上下班以后去逛家居店，不太方便。我只中午有一个半小时时间，上午下午都得上班。要么就下周找个晚上？”“不行。这周末我就得见一手他妈了。那就今天中午吧。我向史航老师和谭飞老师告个假。”“好的。”

安心挂了电话马上给史航、谭飞发了个微信，说临时有急事万分抱歉之类。

谭飞和史航边吃边聊发着牢骚。

“史航兄，她说不来就不来，把咱俩晾这儿，这是不是在向咱们示威？你说她是不是已经察觉到咱俩对她不满了？”史航作深沉状：“不是。我从她发来信息的语言指纹来看，她今天中午确实是有事儿。”谭飞不满：“什么事儿能大过跟咱俩吃饭？她知不知道是谁在托着她？”“这个我想她是很清楚的，如果没有我，哦，不，没有咱俩，她是不会有今天的。”“对啊。她敢放咱俩鸽子，就不怕咱们放她鸽子吗？”“她不怕。”

史航掏出手机给谭飞看照片：“你看，这是她跟日不落集团刘一手逛街被拍的照片。她交上了富豪刘一手，还会怕咱俩吗？”谭飞冷笑：“有钱就了不起啊？相爱容易，因为五官，相处太难，因为三观。我不看好这种利益爱情，就是结了婚也是玩偶之家。”史航放下手机：“我不关心她的爱情和婚姻，我关心咱俩。”

谭飞有些迟疑：“史航兄有何高见？可否明示？”史航说道：“《调解三人组》的出品人、制片人都是安心，这意味着她是这个节目的最大受益人。咱俩这几年下来，就赚了点嘉宾费，多少我记不清了——”谭飞脱口而出：“六万八千五。”史航冷笑一声：“就这点钱，连她一个包钱都不够。”“她有个包三十五万六买的。”“这你都知道？”“款式牌子，一查便知。”“谭飞兄，话题不要跑偏。”“是你问的——史航兄有话不妨明说。”

史航继续说道：“这个节目，到现在已到达顶点，不会更好了。知道为什么吗？”谭飞想了想：“我略知一二，但想听史航兄说那七八。”史航擦了擦嘴：“咱们节目目前的嘉宾全部是真的，调解起来缺少戏剧性，缺少猎奇。我跟安心提了多次，咱们这个节目，必须得有编剧，我们编一些社会事件，越离奇越狗血越好。只有这样，才能突破收视瓶颈，成为全国现象级节目。”谭飞兴奋起来：“这样好呀！那天我看到一个段子，一男子约女网友见面约到了自己的儿媳妇，正尴尬的时候，被尾随而来的儿子暴打了一顿。要调解这样的事件，那收视率还不得爆表呀！”

史航一脸无奈：“安心她不听啊。她一言堂啊！如果继续这样下去，我们俩存在的意义是什么呢？无非是继续捧红她，维持她的地位。她大红，我们就得惨绿呀？”谭飞点头：“她吃肉，我们就得喝汤啊？”说着端起面前的味噌汤喝了一口：“你别说，这味噌汤还真不错。”

史航摇摇头：“汤再不错终归是汤，填饱不了肚子。”“对。汤汤水水，难填欲壑。您的意思是？”“谭飞兄，你觉不觉得咱俩已经有能力在安心面前为自己谋权益了？”“咱俩的翅膀早就硬了。当然，您翅膀比我硬。在全国节目界，您已是大咖。呼风唤雨，不在话下。另外，我听史航兄这意思，您好像已经有作战方案了？”“有。谭飞兄愿意跟我做一致行动合伙人吗？”“咱俩风风雨雨这么多年，但凡兄长有托，我必赴汤蹈火亦在所不辞，我将与兄长共进退。”“义气！局气！大气！干杯！”

两人端起味噌汤碗豪气干云地碰了一下。

尚晋和安心约在一个安静的公园里见面。两人都没吃午餐，尚晋在麦当劳打包了一份麦辣鸡翅套餐，给安心带了根甜玉米。安心说了刘一手母亲要来北京见她的消息。

尚晋点点头：“听上去是好事儿啊。”安心却有些发愁：“我发怵。”“怵什么？”“一手他妈张开兰听说过吗？”“商界女强人。从给工地卖钢筋开始，打造了一个日不落帝国。”安心有些感动：“尚晋，没想到，你还这么关注有关我的一切。”尚晋有些不自在：“我真不是特意关注的。这是很多年前我从一本鸡汤杂志上看见的。”“你不用躲避，你对我的好我都知道。虽然我们这辈子有缘无分，只能是朋友了。”

尚晋刚要解释，手机响了，一看是李貌打来的。

尚晋对安心说：“稍等。李貌来电。”赶紧接起来：“喂。”李貌的声音：“来工作室吃饭吧。小白请大家聚餐呢。”尚晋快速思忖了一下：“我在外边，有个酗酒者的调解案例，我今天来嗜酒者互诫协会调研一下，赶不过去了。”“还有这么一个协会？那你看看有没有奶奶这样的案例，以防万一。”“好的。你们吃吧。”

尚晋挂了电话，又问安心：“你找我来，就是想说你很怵？”安心一脸无助的样子：“就要见婆婆了，若是过了婆婆这一关，很快就要结婚了，我心里发慌，老觉得紧张。张开兰的记者访谈我都网上查了，她说话刁钻刻薄，记者都接不住她的话。”尚晋赞同道：“可不是嘛。”“你别光赞同我啊，你得替我想办法啊。我要是有一丁点儿办法我也不会麻烦你啊！反正不管你遇见什么你好像总有办法！”“瞧您说的。”

“以前跟你在一块的时候，吃五块钱一碗的拉面，挤人山人海的地铁，但我心里有底。现在我变得六神无主。真应了那句话，有人越活越笃定，有人越活越迷茫。”尚晋顺口回应：“可不是嘛。”安心盯着尚晋：“你是在嘲笑我呢还是在嘲笑我呢？”尚晋一笑：“瞧您说的。”

远处树丛里，有镜头对着安心和尚晋在悄悄拍摄。

安心气愤地说：“尚晋，你到底什么意思？什么瞧我说的？什么可不是嘛？”尚晋笑了笑说：“智慧人用眼教，聪明人用嘴教，笨人得用棍棒教。我刚才已经把主意给你出完了。你竟然没听明白。”安心一脸迷茫：“别打哑谜，我脑子一团糟。”

尚晋微笑：“一个人无论遇到什么难缠的人，什么难以回答的对话，只要学会两句话就可以应对，一句是‘可不是嘛’，另一句是‘瞧您说的’。”安心半信半疑：“是吗？”“可不是嘛。现在咱们可以就演练一下。我现在变身为张开兰，模拟跟你谈一些话题，你先看看这两句话好不好使。”“好。”

尚晋清了清嗓子：“安心，你跟一手交往之前谈过几个男朋友啊？”安心一愣，顿了一顿：“四个。”尚晋懊恼：“你跟我之前还谈过三个？——这句话代表我自己问的。”安心忙解释：“跟你是第一次。之后谈过三个。谈几个跟你都没关系了。你赶紧模拟张开兰。”

尚晋模拟张开兰：“好。我现在又是张开兰了——其实我呢，不希望我们家一手找娱乐圈的人。我虽然在商界，但也看过一些娱乐圈八卦消息，乱七八糟的。安心，你觉得娱乐圈是不是也很不消停啊？”安心继续回应：“可不是嘛。”

尚晋竖了下大拇指，继续模拟张开兰：“一手跟我谈了你跟他的交往。他能把你带到我面前来，说明他对你是满意的。我作为长辈，是很开明的。你现在是一个主持人，你的节目我也看了，很不错。在国内是有一定影响的。所以我相信你在以后的日子里也能辅佐一手，给日不落集团带来一些资源和帮助。这也是我的愿望。我的愿望不会落空吧安心？”安心继续回应：“瞧您说的。”

尚晋一拍巴掌：“出师了！”

安心依然忧心忡忡：“他们家毕竟是豪门，你说我嫁过去以后能适应吗？”尚晋认真地说道：“据我不完全了解，明星，包括体育明星，嫁入豪门的，大部分的结局都很悲惨。”安心有些害怕了：“你就不能安慰一下我吗？怎么还吓唬我！”“我必须告诉你事实。”“也许我是那小部分呢。”

“我也希望并祝福你是那成功的极小部分。但胜败的概率我也要告诉你。知己知彼知概率，胜固可喜，败亦不惧。”安心心乱如麻：“我跟刘一手的事儿早被狗仔偷拍了，连我老家的人都知道了。我输不起。”尚晋突然想起来：“说到这事儿，你不觉得奇怪吗？”安心一愣：“怎么奇怪？”“你有一定知名度，但你并不是一线艺人。刘一手身上也没有什么娱乐元素。狗仔为什么要拍你们？”“可他们就是拍了我们了。新闻上都有啊。”“关键是你上次跟我吃饭，也被拍了。你不觉得可疑吗？不要把狗仔想得那么神通广大。我不认为狗仔会对你或者刘一手感兴趣。”

安心若有所悟：“你的意思是说一手找人拍的我？”安心下意识警觉地前后左

右看了一下，没发现远处隐藏的镜头。

尚晋谨慎地说：“我没有证据。不敢下结论。”安心有些慌张：“要照你这么说，那这次也会有人拍我跟你！”

尚晋刚才还指点江山，听到这话忽然也害怕了，迅速起身环顾了一下四周，静寂无人。尚晋有些后怕：“时间差不多了，咱们回吧。”安心一副无助的样子：“嫁入豪门这事儿，你得继续帮我啊！我一人应付不来。”尚晋叹了口气：“豪门分很多种，比如商业豪门、权贵豪门、家族豪门，你嫁入的是豪门中最难把握的一门。”安心问道：“什么门？”“土豪门。”安心顿了一下，随即又说道：“随便你埋汰我。只要你能帮我。”

李貌、毛毛、李才、马得路、箱子姑娘、苏洁、小白等人聚集在一张长条桌前聚餐。桌上堆满了麻辣烫、小龙虾、煎饼等各种低档外卖。

马得路不满地说道：“小白，你一夜暴富，就拿这点东西打发我们啊？”李才也补刀：“虽然我不喝酒，但是我明显感觉到你中午聚餐就是想少付点酒钱。小白，不厚道啊。”

小白嘿嘿笑着：“自从中奖以后，我就有了暴发户心理。看了几次心理医生才调整过来。所以我必须要像以前那样节俭朴素，请大家聚餐也一样，如果我带你们去吃高档的地方，那不说明我已经堕落了吗？已经浮夸了吗？你们忍心眼睁睁看着我不学好吗？”

李貌抬起头：“李才，得路，这么多好吃的还不满足？别挤对人家小白。吃大户心态很不好哈。”小白一拱手：“谢谢李貌姐仗义执言。”毛毛在一旁边吃边问：“你哪儿看的心理医生啊，这么好使。给我介绍一下，我想认识一下。”马得路担心地问毛毛：“你有心理问题了？”毛毛转过头：“我想带你爸去看看。哦，现在也是我爸。”

马得路松了口气：“爸倒好说。就是你别再出什么问题。小白，你心理医生哪儿的啊？贵不贵？”小白一乐：“我的心理医生不贵，其实大家都认识。就是——苏洁。”苏洁面对着大家的注视，堆起笑容，挥手：“嗨。”

毛毛瞪着苏洁：“嗨什么嗨，你都假冒医生行医了？”苏洁一脸无辜：“毛毛姐，我光明磊落地坐拥心理师执照。客户也不老少了。”小白一听：“你不是说只有我一个客户吗？你说你只有我一个客户的。”苏洁忙解释：“哦，VIP 只有你一个。我还有几个普通客户是拿来小试牛刀保持我良好状态的，我主要还是为 VIP 客户竭诚服务。”

箱子姑娘问道：“苏洁，你还接其他客户吗？”苏洁来了精神：“接啊。我打通了星座学、心理学和属相学的壁垒，正广招客户对我的学说进行实践论证呢。你有朋友就介绍过来。我收费不贵的。”箱子姑娘淡淡地说道：“我想成为你的客户。可以吗？”

苏洁一愣。李貌、毛毛都担心而好奇地看着苏洁。

苏洁鼓起勇气：“都说你是倒霉蛋儿不是？你自己也受到心理影响了不是？告诉你，我星座小公主心理小魔仙属相人气王不怕这个！你这个客户，我义无反顾地接了！我来把所谓的你带给别人霉运的传说一扫而光！”

苏洁说到兴起一挥手，不料吧嗒一声，手中的苹果手机脱手而出飞到了地上。全场静默。苏洁捡起来一看，碎屏了。

箱子姑娘沮丧道：“对不起，苏洁。”苏洁咬着牙忍住心痛，假装若无其事：“没事儿，不要紧，无所谓。这部手机是处女座，我早算出它命中会有此一劫。”李貌一听乐了：“手机也有星座啊？”苏洁一脸认真：“这手机九月买的。典型处女座。”李貌补刀：“你水瓶，它处女，你早就告诉我这俩座不怎么合，你自己怎么还犯这低级错误呢？”苏洁叹气：“智者千虑，必有一失啊。”箱子姑娘起身：“我吃好了，先回去了。”

马得路敬畏地看着箱子姑娘的背影，低声对李才说：“她倒霉蛋儿这人设倒是没崩。”李才一脸歉意地看向众人：“她人设不崩，咱们就多绷根弦儿吧。”

简陋的房间内，尚得志来回转，管红花趴在书桌前写着什么。尚得志有些着急：“这个常有理怎么还不回话呢？她到底租还是不租呢？”管红花边写边说：“不要背后说人家的外号——她会租的。”尚得志怀疑的口气：“你怎么知道？”“我在政坛阅人无数，这个常有丽一看就是个爱贪小便宜的。她没有不租的道理。”“住宾馆这一天天钱花得我心慌啊。常有丽也不给个准话，要不咱俩住到尚晋、李貌那新房子里去吧。他们怕甲醛，咱们不怕啊。都一把年纪了，还怕什么！”管红花抬起头：“什么一把年纪了，不刚步入壮年吗？你不怕，我怕。当然，这事儿还不是个怕。尚晋、李貌没邀请咱们，咱们就住进去，你觉得体面吗？符合咱们的身份吗？”尚得志无奈道：“好好好。我都听你的。咱们出去转转吧，你这一天到晚写自传，不闷得慌啊。”管红花放下笔：“这两天我没有写自传。”

尚得志探头看：“那你写什么呢？”“我在整理咱们的人脉和人情。触目惊心啊。”“什么人脉人情？”“得志，你从参加工作开始，到跟我结婚，再到今天，参加了多少个人的婚礼？多少个人的葬礼？多少个孩子的百岁？多少个烧炕暖房？你随了多少份子钱？”尚得志一脸蒙：“哎呀，这还真记不清了。两百人有吧？”“什么两百人，咱俩加起来四百多人！咱们这钱就白花了吗？这人情就白搭了吗？这人脉就这么断了吗？”尚得志叹气：“哎呀哎呀，这么多呀。不带劲！这想起来怪心疼的。那不白花还能怎样？”管红花眼睛一亮：“到了算总账的时候了。尚晋和李貌结婚，就是一个回款的好时机。”尚得志迟疑道：“这婚都结完了，婚礼都办完了，怎么收啊？”管红花露出一丝笑意：“北京的婚礼是办完了，青岛的婚礼还没办呢。我决定，在青岛再办一次。”

尚得志瞪大了眼：“老管，这可是大动静啊。尚晋、李貌能愿意折腾吗？”管红花又分析起来：“得志同志，你先别考虑困难，先考虑前景。我这几天进行了精密计算，咱们青岛办这么一次婚礼，资金能回流十五万到二十万之间。除去成本，还能净剩十万左右的利润。你觉得该不该办？”尚得志连连点头：“该办。现在咱们手头太紧了。”管红花拿起名单：“李貌的工作，我去做。你现在看看我列的名单，看看还有哪些漏网之鱼。”尚得志提了提精神：“哎！”

常有丽和林姐在万山红划定的警戒线边上遛狗。常有丽在警戒线以内，林姐在外边。林姐忍不住问：“咱们在这儿遛个什么劲啊。往远处遛遛去啊。”常有丽：“不去。我就在这 29 米 99 的线上遛。”林姐劝道：“你就跟万山红置气吧。事儿不都过去了吗？”常有丽又有理了：“事儿本来早就过去了，但她万山红画了条三十米的红线来制裁我。三十米以内有线遛狗，三十米以外无线遛狗，这不明摆着给我和呼噜套了个紧箍咒吗？她出了招儿，我不能不接啊。”忽然低声道：“知道吗，老万正在她家窗口盯着我呢。”

林姐狐疑：“不能吧？”正想仰头去看，被常有丽制止住。

“你别看。我吓她一跳。”

常有丽忽然抬手朝万山红家窗户的方向招了招手：“哈喽。”

万山红果然正在家用望远镜观察常有丽，突见常有丽朝自己招手，吓了一跳，下意识往后躲。又一想，不对，这么远她不可能看清我这屋里的动静，于是又凑到望远镜前观察，嘴里嘀咕着："蒙谁呢！"

常有丽和林姐继续交谈。常有丽一脸神秘地低声说道："林姐，跟你说件事儿你谁都不能说。"林姐眉头一扬："你还不知道我，拾了黄金都不带笑的！想从我嘴里套出句话儿，不可能！"常有丽顺口道："还真是。认识你半辈子了，你就没跟我掏过心里话。不过这次你是真拾着黄金了。"说着指着墙上的字："看见那拆字儿没？""看见了。""看见后边那问号没？""我眼神儿好着呢。""那个问号，就要变成叹号了！"

林姐惊讶地转过头："真要拆了？"常有丽忙压低声音示意："你小点儿声——嗯哪！"林姐又摇头："有丽，假的吧，都传过好多次了，哪次见真章了？"常有丽一脸自信："这次就要见真章了。因为是我传的。"林姐仍不相信："有丽，说句话你别生气啊，前边那些大部分也是从你这儿传出来的。我没别的意思，就是怕你再闪了舌头。"常有丽生气了："不信拉倒。"

常有丽牵起呼噜向前走去，林姐忙跟上去。"有丽，有丽，别生气啊。我不是不信你，我是不信传话给你的那些人。你想啊，本来你公信力和威力多大啊，是不是随着你一次次预言变成谣言下降了。幸福里可以没有常有丽，不能没有常有理啊。我是想维护你常有理的权威。"

常有丽脚步慢了下来："你说得倒也是实情。林姐，没想到你对我是这么忠心耿耿。"林姐听得有点拧巴："主要是一种关心和关怀吧。毕竟常有理这牌子也是你摸爬滚打立起来的。"常有丽又显出了自信："那是！进了家门我是常有丽，出了家门我就是常有理。有理走遍天下，无理寸步难行。"林姐问道："有理，你这次拆迁这消息可靠吗？谁告诉你的啊？"常有丽低声说："内部渠道传出来的。暂时还不能说。百分之百可靠。"林姐顿了一下："行，我再信你一回。宁可信其有，不可信其无。"

常有丽一脸真诚："林姐，为什么告诉你这个绝密信息呢？因为你是我广场舞舞团的副手，忠心耿耿，能冲能打，这几年咱俩联手，打败了多少来抢地盘的！"林姐伸出四个手指："打跑了四拨。合并了两拨。"常有丽继续说道："所以这个消息透给你也是你这么多年追随我的福利。这个消息可以给你带来两个好处：一、止损。你儿子那新房就不能再真刀实枪地装修了。二、受益。你虚张声势地装修一下还可以。这样评估的时候你还能多要点。"林姐连连点头："对对对，能多要点就多要点。这辈子，咱老百姓不就指着手头这房嘛——那虚张声势地装，是不是这钱也还让毛毛赚？”常有丽大义凛然地说道：“这事儿毛毛能干吗？从小我就教育她不准弄虚作假！——你从街上拉个施工队，明面儿上装一下得了！”林姐顺从地答应了：“哎！哎！”

常有丽嘱咐：“守口如瓶啊。”林姐拍拍胸脯：“我这瓶子就没口儿！实心的！”

傍晚，钱多正独自在茶室喝茶，工作人员进来问：“钱总，开饭吗？”“开。”工作人员回应：“好的。”钱多也放下茶杯去往饭厅，走到饭厅门口，不经意往里一望，上次那个埋头男赫然坐在一角。钱多猛地收住脚步，左右望了望，上前拉住一个经过的工作人员。“告诉厨房，暂停开饭。稍等再开。”工作人员点头：“好的。”

钱多急忙又转身回到茶室，拨打尚晋手机：“尚晋，你哪儿呢？”“下班路上呢。”“那人来了。”尚晋一激灵：“我马上打辆车过来！”

尚晋挂了电话就转头直奔小区外，打了辆车急速赶往钱多的院子。

钱多在院门口焦急等待。尚晋赶到：“人还在吧？”钱多有些紧张：“在呢。还没开饭呢。我怕一开饭他吃饱跑了。”尚晋抬脚：“走，进去吧。”钱多谨慎道：“用不用我埋伏好一些人啊？以摔杯为号，抓他。”“不用。我先摸摸底。你在茶室外边埋伏好人，我一会儿引他到茶室去谈话。在这儿动静太大。”“好。”

饭厅里照例坐了六七个食客，除了埋头男，其他都是生面孔。尚晋走到埋头男旁边，对他旁边的人说：“您好。我跟这位先生是熟人，咱们往那边挪一下位置可以吗？”那人爽快地挪了位置，尚晋坐到埋头男身边。

埋头男还穿着上次的那身衣服，正低着头拿着手机在玩下象棋游戏。看上去棋术颇为高超，十几步就赢了对手。

尚晋微笑着点头：“您好。又见面了。”

埋头男却只是淡淡地点点头，没说话，继续玩下象棋游戏。

菜陆续上来。埋头男这才停止了玩游戏。

钱多照例来几句开场白：“大家好。今天的晚饭正式开始。大家随便吃随便喝随便聊。我不喝酒，大家自便。开动。”

埋头男也不管他人，自顾自低着头大口吃饭。

尚晋悄悄观察着埋头男：“您来杯啤酒吗？”

埋头男摇头，只管吃饭。

尚晋假装不小心把筷子掉到了地上，俯身去捡。他注意到埋头男的裤兜口有一个浅露的刀把。

尚晋继续跟埋头男搭讪："您哪儿人啊？我青岛的。我们那儿盛产海鲜和啤酒。"埋头男含糊地回应："我西边的。"

尚晋掏出手机："兄弟，方便加个微信吗？"埋头男拒绝："我不用微信这玩意儿。"尚晋又说："留个电话呢？这年头，不加上电话号码或者加上微信，就跟不认识似的。"

埋头男警觉地看了一眼尚晋。尚晋一脸诚恳热情的笑容。

"您不会是连手机号也不用吧？""对。手机号我也不用。我就是用手机下象棋。""独特！佩服！我听说有不用手机的一群人，返璞归真，追求简单生活。没想到在这儿碰上了。来，敬您一杯！"

尚晋端起一杯酒，埋头男端着饭碗没动。

尚晋放下酒杯也端起饭碗："来，干！"

埋头男只好端着饭碗跟尚晋的饭碗碰了一下。

尚晋继续找话题："我也爱好下象棋。"埋头男有了点兴趣："哦？下得怎样。""七八岁开始下，中学以后，没遇见过对手。你下得怎样？""我棋臭。不像你。""哦。那就是没天赋。我其实也没怎么练，就是有天赋，上了手之后，怎么下怎么有。"

埋头男皱了皱眉，明显有些不服气的神情。

尚晋转头问道："钱总，你这儿有象棋吗？"钱多回应："我这儿啥都有。"说完对一边的工作人员说："去，买副象棋。"工作人员："好的。"转身出去了。

尚晋又对埋头男说："别的不敢说，象棋我可以指点你一下。你水平提高会很快的。吃了饭要不要我带带你的棋艺？"埋头男终于被尚晋说动了："好。我领教一下。"

吃完饭，尚晋和埋头男来到茶室。

象棋已摆好。尚晋和埋头男分坐两侧。

尚晋示意道："你执红，先走。"

埋头男不多言，当头炮就搁上了。尚晋应对。

走了几步，埋头男诧异地看了尚晋一眼。尚晋其实是吹牛，他的棋艺根本不值一提。走了还不到十步，埋头男一个将军，尚晋就投子认输了。

尚晋赞叹："没想到你水平这么高。"埋头男眼睛盯着尚晋："不是我高，是你水平太低。""是吗？我自己觉得我水平还可以的。""你不像是个撒谎吹牛的人。""我不是。"

埋头男冷冷地问道："所以，你是谁？""我叫尚晋。是学哲学的。""知道你学哲学的。我想问的是，你是干什么的？为什么故意把我引到茶室里来？""你应该知道我为什么把你引到茶室里来。"

埋头男呼地站起身想走。

尚晋说道："外边有十几个人。你走不了。"

埋头男回过头来，面露凶光："你想干什么？"尚晋一脸镇定："跟你谈谈。"

埋头男把手揣进了裤兜，恶狠狠地说："谈什么？"尚晋不紧不慢地回应："谈谈人生，谈谈理想。""我没有理想，也不想谈人生。""那么，我们也可以谈谈前程。人，总是要考虑前程的吧。即便不为自己考虑，也要为家人考虑吧。你说呢？""你总像话里有话。你想跟我谈前程，那你得先告诉我你是谁。""我可以先告诉你我不是谁——我不是警察。我是一名普通的社区调解员，为人排忧解难是我的职责。"

埋头男瞪视着尚晋："你怎么知道我有事的？""这不重要。重要的是你的事儿和你的前程。""我的事儿很大。""事儿很大有事儿很大的处理方法，比如，自首。""我杀了人，自首也是个死。"

埋头男说着从裤兜里掏出了一把弹簧刀，啪地打开。

"我要走，谁挡我我捅死谁！"

尚晋镇定住精神："兄弟，杀了人也要看杀人的性质，如果是过失杀人激情杀人，自首就不会死，不自首一定死。"埋头男一愣："什么叫激情杀人？"尚晋冷静地解释道："就是一时冲动下杀了人，或者因为过失手段致人死亡，只要自首，我想是有光明前途的。你现在有两条路：一、负隅顽抗，被警察抓住，死罪难逃；二、我现在报警，让警察来带你走，算自首。我可以给你做证。我想，法律会给你公正的处理。"埋头男眼神突然黯淡下来："我本来不想杀他。他是我的朋友，我不想杀他。"尚晋趁机说道："你可以先把刀子收起来。跟我说一下。"

埋头男挥舞了一下手中的弹簧刀："不，没刀子我心里没安全感——他是我朋友，我们一块打工，两人住一个宿舍，其实关系也非常好，但我懒，他勤快一点，他打扫宿舍多，我打扫宿舍少。后来他经常唠叨这事儿，就起了争吵，把很多事儿都翻出来了，越吵越大，他打了我一拳，我一刀子捅过去，捅心口窝上了，他就死了。我把他偷埋了——我这算什么杀人？”尚晋尽力保持着平气的语气：“激情杀人。如果自首，罪不当死。”埋头男迟疑道：“这你能说了算？”尚晋诚恳地看着埋头男：“我说了不算。但我是调解员，看过不少这样的案例，你可以相信我。你还这么年轻，时间长着呢。我可以打电话了吗？”

埋头男想了想，点头。

尚晋掏出手机，又道：“兄弟，你最好把弹簧刀给我。这样是你自首的有力说明。”

埋头男犹豫了一下，把弹簧刀折叠起来，递给了尚晋。

尚晋刚接过弹簧刀，钱多就带着几个人冲进来，把埋头男摁在了地上。

李貌也冲进来，抱住了尚晋。

李貌带着哭腔：“你吓死我了！谁让你自己行动的！我不说了要带着我嘛！”

埋头男被摁在地上，气急败坏地吼：“你是个骗子！”

尚晋朝钱多示意：“钱多，放开他，放开他。他要自首。”

几个人把埋头男拉起来，但还是紧扣着他的胳膊。

尚晋走上前：“各位，放开他——兄弟，别紧张，这都不是警察，是这里的员工。我现在就给警察打电话，让他们过来。”

几个人迟疑着放开埋头男。

埋头男嘴唇嚅动了一下：“谢谢。”

尚晋拨打了报警电话，很快，一辆警车呼啸而至，简单问了下情况，几名警察押着埋头男上了警车。

尚晋不忘宽慰埋头男：“兄弟，我会去给你做证的。放心。”

钱多、尚晋、李貌看着警车远去。

钱多松了口气：“尚晋，行啊，服你！”尚晋转头笑了笑：“你忙吧，我们走了。”钱多拍了拍尚晋肩膀：“改天再来吃。”尚晋回应：“好的。”

钱多转身进去了。

尚晋对李貌说：“咱们走走吧。”

李貌挽住尚晋的胳膊往前走。

“以后这么危险的事儿必须告诉我。我一听你来了就赶过来，刚才在外边吓死我了。”尚晋语气轻松地说：“人生是平淡的，哪有那么多危险的事儿。”“万一他不自首呢？”“他已经自首了。就不要讨论万一了。讨论万一还不如讨论万师傅呢。”“讨厌。你就会狡辩。”

尚晋笑着：“走，咱们吃夜宵去。”李貌开心道：“好！去吃东大桥那家小脏串儿去！”

两人在夜色中轻快地走去。

毛毛开车拉着苏洁去安心的别墅庭院查看施工进度。路上毛毛拐弯抹角地提起房子的事。

“苏洁，有件事儿跟你商量一下，你一个人住那房子我觉得有点浪费了，不如让尚晋他爸妈也搬进来住吧，怎么样？”

苏洁眼前一下浮现出她跟常有丽上次在她房子里尴尬偶遇的场景。

不由得警觉道：“这是要赶我走啊。”“苏洁，说什么呢。谁赶你走了？那房间空着不也是空着吗？尚晋爸妈住宾馆太贵，让他们一间就是了。其他空间共用。”“当初你说的可是让我一个人住。我就是贪图这环境安静，可以让我不受打扰地研究星象学、心理学和属相学，否则我也不会答应到你们工作室工作。”毛毛：“我怎么记得是你托了李才的关系介绍才来的，怎么就成了你答应我们了？”“反正就是如果没有这个单独的居住环境，我不会出现在你们工作室。”

毛毛皱眉：“这么说你就是不同意尚晋爸妈来住了？”苏洁语气坚决：“毛毛姐，您别拿话套我，您这叫道德绑架。我不是不同意尚晋爸妈来住，我是不同意破坏咱们之间的契约。我们新一代年轻人，很重视契约的。”毛毛无奈地摇摇头：“倚老卖老可悲，倚小卖小可耻。我跟你差不了几岁。我也尊重契约，如果你极力反对，我就再去跟我妈商量一下。”“果然是常阿姨的主意。我早该料到这一步了。”“那你同意还是不同意啊？”苏洁撇撇嘴：“如果常阿姨插手这事儿了，我肯定会被同意的。所以，我主动同意，落个好人缘儿。”

毛毛沉默了一会儿：“对不起啊苏洁。”苏洁乐了起来：“我很开心啊，毛毛姐，你第一次跟我说对不起呢。”毛毛一愣：“是吗？李貌说对不起的时候多吗？”苏洁一脸得意：“她经常说。”毛毛不说话了。

安心的别墅庭院装修工程已经进行了一大半，工人正在施工。

毛毛和苏洁进了院子，施工负责人迎上来。

“毛总，您来了。”“施工进度怎样？”“一切正常。我领您看看。”

苏洁第一次来，惊叹于庭院别墅的气势。

苏洁四处张望：“毛毛姐，我能自由飞翔地去看看吗？”毛毛提醒道：“你来是跟我一块验收的。”苏洁嘿嘿笑着：“让我见识见识。马上下来。”毛毛无奈：“去吧。”

苏洁兴奋地进了别墅，如同刘姥姥进了大观园，仔细观看，拿着手机不时拍照。豪华别墅在她眼前展开，令她惊叹不已。

毛毛查验庭院施工完成的部分。负责人跟在后面。

毛毛忽然注意到花园边上隐蔽处一块地面砖的颜色跟其他部分略有区别。

“这砖怎么回事儿？”负责人赔着小心回应：“毛总，您眼神儿真好。是这样，这砖我们工人不小心打碎了一块，实在找不到同样的，我们又不敢误工，就想办法找国内的师傅烧了这么一块。”毛毛一听激动起来：“你们当然找不到，我这是找日本陶艺大师专门定制的。为什么不跟我说？”负责人嗫嚅着：“我原来觉得，没人会发现。”毛毛一脸不悦：“自欺欺人。就这明暗对比谁发现不了？”

负责人尴尬：“毛总，我们施工组负担那块砖的成本。”毛毛生气道：“不是这砖钱的事儿。是你这样让我措手不及，我再订都来不及了。我没法向业主交代！”负责人忙找补：“是。是。毛总办法多，见识广，您一定有办法的！”毛毛大声说道：“你不要用话套我，我有什么办法？我能有什么办法？”

苏洁听到争吵声从别墅里匆匆跑过来。

“毛毛姐，怎么了？”毛毛没好气地说：“太客气了！他们打碎了一块砖，也不告诉我，找了个替代品，这不一眼就能看出来嘛！”

苏洁往地上看：“哪儿呢？哪儿呢？”毛毛一指：“不就那儿嘛！”苏洁还是没看出来：“哪块儿？那块儿？”

负责人燃起了希望：“毛总，你看，你看，凡夫俗子是看不出来的！”苏洁不高兴了：“你说谁凡夫俗子呢？”

毛毛想了想：“苏洁，别跟他计较。你是不是真看不出这里边有块砖不对？”“看不出。”“你有色盲吗？”“当年军校都录取我了，后来驾照也考出来了，你说我有色盲没有。”“别学小白那么啰唆。有就说有没有就说没有。”“没有。”

毛毛心里有了点底，拿起手机对着那几块砖拍了几张照片。

毛毛告诉施工负责人：“怎么处理回头等我的通知吧。”

查验完毕，毛毛和苏洁驾车往回走。

苏洁翻看着手机里别墅的照片，又看着窗外发呆，忽然叹息了一声："这才是生活啊。"毛毛开着车："感叹什么呢？"苏洁出神地看着窗外："住上这样的别墅，才叫生活啊。有花园，有菜园，有电影院，有游泳池，临窗有湖水，仰望有星空。真的，我原来觉得，马得路这样的拆二代就算逍遥自在了，没想到跟刘一手比起来，他过的也只是二手生活。"毛毛翻了个白眼："你在别人面前评价别人丈夫的时候，能考虑一下别人的感受吗？"

苏洁一激灵："哦，对不起，毛毛姐，刚才跑神了。我就是万分感慨。正所谓人比人，气死人。"毛毛鄙视道："你还艺术学院出来的呢，能不那么物质吗？"苏洁："毛毛姐，物质生活太差会导致人的审美层次太低，直接会影响我的编剧生涯。"毛毛鼻子一哼："就你这精神气质能成为编剧吗？有个诗人说得好，贫穷而听着风声也是美好的。"苏洁撇撇嘴："我在出租屋里这样听过好几年，没感觉到美好，只感觉到好冷。"

第二十二章

安心正在化妆室化妆，准备上场录制新一期《调解三人组》节目。

助理袁滚滚走了进来："安姐，史航老师和谭飞老师想上场之前跟您聊聊。他俩在门口等着呢。"

安心回应："好啊。让二位老师进来啊。"

袁滚滚打开门，把史航和谭飞让进来。

安心转过身："二位老师坐。"

史航和谭飞拉了两把椅子坐在了安心身边，不经意间形成了包围之势。史航对谭飞使了个眼色。

谭飞对助理和化妆师及化妆师助理说："滚滚，你们先出去。我俩跟安心老师交流一下节目的事儿。"

袁滚滚看向安心，安心点点头。袁滚滚带着化妆师和化妆师助理出去了。

安心隐约感觉到有些不对劲儿，笑着问道："二位老师，有什么指示？"

史航说："安心你好，今天跟你谈这个事儿实际上很为难。因为咱们是搭档，共同创办了这个节目。"安心微笑："史航老师，您别为难，有什么事儿咱们可以共同解决嘛。"史航："千里搭长棚，没有个不散的筵席。"谭飞："送君千里，终有一别。"史航："我们俩，要跳槽了。"

安心呆住，实在没想到："史航老师，谭飞老师，这好好的，怎么说起这个来了？"

这时候安心的对讲机响了，是现场导演发来的语音：“安心老师，安心老师，观众已进场，机器灯光已布好，调解对象已到位，可以开始了吗？”

安心拿起对讲机：“十分钟。等十分钟。”

安心看着史航、谭飞：“二位老师，咱们录完这期节目再谈好不好？”史航一脸深沉：“如果我们决定了跳槽，节目我们就不会再录了。”

安心意识到对方是来逼宫的：“史航老师，谭飞老师，你们要跳到哪儿去？什么条件？”

史航拿出手机，打开一条微信，递给谭飞。谭飞看着手机念着：“史航先生，我们诚挚邀请您跟谭飞先生加盟我们台的调解节目。该节目形式、内容及风格均由您定。包括您一直提倡的调解案例虚实结合的方案我们也非常赞赏。关于待遇，除每期固定嘉宾费用以外，您享受该节目广告的百分之十的分成。固定嘉宾费用将是您目前的三到五倍。”

史航看着安心：“安心，都为稻粱谋，都为事业拼，希望你能理解。我跟谭飞兄其实也不愿意另起炉灶，但目前咱们这边的待遇太简陋，我们实在难以为继。”

安心极力保持镇定：“二位老师，什么样的条件能让二位留下？”

史航示意谭飞说。谭飞开口道：“史航老师的意思是，一、由您和史航老师共同担任制作人。二、节目广告，我俩能有一个分成的体现。三、在节目录制上，主持人主要是穿针引线，由调解师即史航老师来把握主要节奏。这也符合《调解三人组》的节目定义。四、调解对象遵循真假结合的方法。不一定全部是真的，我们可以适当编一些案例来调解。这样有助于提高收视率。”

安心沉吟了一下：“给我五分钟考虑时间好吗？”

史航回应：“静候佳音。”谭飞也回应：“同候佳音。”两人起身离开了化妆间。

安心看着镜子里的自己，拍了拍自己的脸，试图使自己清醒一下。

安心站起来走动了几下，又坐下，拿起手机翻看着。在翻过几个名字后，她的目光停留在刘一手、父亲、母亲上边，她试图拨出给父亲母亲，最后又都放弃了。安心想了想，还是拨出了刘一手的电话。

刘一手正在日不落集团办公室里坐在镜头前接受电视台记者采访。一名女记者跟他对谈。“慈善是我一直在做的，从日不落集团能够回馈社会那天起，慈善工作就如影随形。这主要源自我母亲的理念，她在童年时代曾流落街头，有一家饭馆老板舍了她一碗面，她从那天起，就发誓要回报社会，我受到了我母亲慈善理念的影响——”

刘一手的手机不断在口袋里振动，他打了个停止的手势：“抱歉。暂停一下。”

女记者微笑：“没问题，您请。”

刘一手掏出手机，见是安心打来的，起身走到门外走廊接起来：“喂，安心。”“一手，我这边有点棘手的事儿。”刘一手皱眉：“什么事儿？我这儿正接受省级电视台的采访呢。”

“调解员史航和策划谭飞威胁我要跳槽，实际上是要谈条件待遇。”“什么条件待遇？”安心：“当联合制片人，主控节目，拿广告分成。”“不答应呢？”“今天的节目他们就不录了，然后他们就跳槽了。”“你的节目呢？”“找到合适的人就继续录，找不到人可能就得暂停一段时间。”刘一手不假思索地回应：“答应他们。”

安心愣住：“什么？这条件我不能答应他们！”“必须答应他们！现在是咱们的关键时刻！”“什么关键时刻？”“一、你马上要见我妈了，若她答应我们的事儿就定了；二、一旦定了，我们的婚事马上要向社会公布；三、马上就要结婚了；四、结婚会来很多社会名流，你现在还能拿出手的身份就是这个《调解三人组》的主持人。这个身份不能丢。所以要先答应他们，稳住局势。”安心难以接受：“这是丧失主权的条件。”刘一手冷冷地说道：“即便丧失主权，也要先保住身份。无论如何，你得先答应他们，不能把节目搞垮了。我可以明确告诉你，如果节目垮了，咱俩的事儿就黄了。”

安心忽然有些悲哀：“一手，难道咱俩要成就因为我是《调解三人组》的主持人吗？”刘一手：“安心，我不光代表我，我还代表我们家族。”安心伤心道：“什么家族？不就你跟你妈俩人吗？”刘一手语气坚定：“你说对了，这事儿我妈的意见很重要。我不能完全代表我自己。你也不能完全代表你自己。我们既是一个家庭组合，也是一个利益共同体。话不好听，但事实如此。你要没有著名主持人的身份夹持，我妈就会犹豫。我让你答应他们，也是为了咱俩。好，这个事儿就这么定吧。电视台首席记者还在会议室等着我呢。”

刘一手挂断了电话。

安心有些愤恨，又有些茫然，咣地一脚将一把椅子踢翻在地。

对面化妆间的史航和谭飞听到了椅子滚翻在地的声音，对视了一眼。

谭飞笑了笑：“这是跟自己较劲呢！”史航倒有些担心了：“她不会上吊自杀吧？”“刘一手你见过没？”“见过。土鳖。”谭飞肯定地说：“她都能忍辱嫁给土鳖，不会上吊自杀的！”

安心又在飞快地刷手机通讯录，这次名字停留在尚晋那里。她犹豫着。

桌上的对讲机又响了，是现场导演。

现场导演：“安心老师，安心老师，可以开始了吗？”“再等我五分钟！”

安心不再犹豫，拨通了尚晋的电话。

尚晋正陪着李貌在商场挑选家居用品。

李貌拿着一架小巧精致的台灯：“这个我可以晚上就着它写日记，这光是黄色的，一小圈，打扰不了你。”尚晋满脸笑容：“我才不怕你打扰呢。你还是怕我看到你日记都写什么了。”

手机响了，尚晋打开见是安心来电，不自觉瞄了李貌一眼：“李貌，我接个电话。周主任来电。”

李貌还在挑台灯的颜色，没在意：“嗯，你接吧。我再挑点小玩意儿。”

尚晋连忙走到一旁无人处接电话。

尚晋低声道：“喂。什么事儿？”“急事儿。我这儿出事了。”尚晋一惊：“出什么事儿了？刘一手他妈不见你了？”“不是这事儿。是史航、谭飞他俩要跳槽，哦，也不是他俩要跳槽，是他俩逼宫，要取代我。”

尚晋满脸疑惑：“取代你？他们怎么能取代主持人？你得把话说清楚，我才好给你出主意。”安心带着哭腔：“我现在说不清楚。”“你把他俩的诉求告诉我。”“史航要跟我当节目的联合制片人，广告收益要拿走百分之十的分成，节目内容由他主控。最让我不能容忍的是，他们要找编剧编造一些假案例来调解，说这样能提高收视率。”“否则呢？”“他们就去另一个台的调解类节目了。而且，几分钟之后就要录制的节目他们就不录了。”

尚晋又问：“真有别的台请他们吗？”“有。这个节目红了以后一直都有挖墙脚的。”“那你能满足他们吗？”“我满足不了。他可以当联合制片人，但广告收益我说了不算，内容主控权我也不会放出去，否则他们就直接编造假案例来调解了。”“他们会妥协吗？”“不会。”“今天如果不录节目会有大麻烦吗？”“小麻烦。还应付得来。但如果几天之内没有人替代来录的话，节目就会开天窗。”

尚晋快速思考了一下：“安心，拒绝他们的无理要求。这样的要求即便满足，他们也会提出新的要求。这个节目是你的主权领地，一旦被逐出，全盘皆输。至于人选，你的节目这么火，何愁找不到人补位？即便找不到，停个一期两期的也无所谓，就说要改版，收视率还会提升一大截呢。关键的是，如果他们平时来提要求，可以谈；但在这节骨眼上提，就是渣男。我参加调解工作以后，总结出了一些人生口诀，其中一句是对女性朋友说的：满足渣男，全部玩儿完。”

安心镇定了下来：“谢谢你尚晋。其实这也是我内心的答案，但经由你证实，我更有信心。”

“好了。我还有事儿。先挂了。”

尚晋挂了电话，回到李貌身边。

李貌看了一眼尚晋：“周主任找你没事儿吧？”尚晋顺口就来：“没事儿。就是区里要报模范人民调解员提名人选，问我想不想报。我说我不报，把荣誉留给其他同志吧。”李貌倒认真起来：“干吗不报？你妈多在意名誉啊。至少得让你妈高兴一下。”尚晋连忙接话：“那我再想想。”

安心再次把史航、谭飞请进化妆间，表明了态度。

史航、谭飞显然有些吃惊，异口同声地说道：“你不同意？”安心坚定地回应：“是的。我不同意。”谭飞显然没想到：“吃水不忘挖井人。你不要忘了，你是谁捧红的。”

安心一脸平静：“这个节目是我创办的。您二位是我请来的。我非常感谢你们对我的帮助和参与，但是我不能接受你们的条件。这个节目的风格定位已经得到了观众和市场验证，我不想冒险破坏它。”

史航铁青着脸，一字一句地说道：“那你也应该明白，这个节目的风格，没有我们俩，也是不成立的。”安心微笑着：“是的。所以我真诚地希望您二位留下来。嘉宾费用可以适当提高一些。”史航拒绝：“那就不必了。我们也不缺这仨瓜俩枣。再见。”谭飞也跟着：“再见。”

两人站起身大步出门去了。

对讲机又响了。现场导演有些焦急：“安心老师，是否可以开始了？”

安心深吸了一口气：“我马上就来。”

现场观众正躁动不安。安心手拿麦克风匆匆走到舞台中央。现场安静了下来。

安心举起话筒：“世上无难事，人间有安心。观众朋友们，大家好。我是主持人安心。非常抱歉地通知大家，今天的节目因为特殊原因不能录制了。”

现场导演、工作人员和观众都吃了一惊。瞬间安静之后观众又不满地议论起来：“大老远地倒了四趟车来怎么就不录了，这不晃点人嘛！”“就是啊！镚子儿没有来给你们充数儿，不带这么忽悠人的！”

安心整理了一下思绪：“大家请安静。非常抱歉！今天不能录制的全部责任在我。因此我准备了一个补偿方案。我们的摄影棚离中国电影博物馆和观复博物馆非常近。大家请自行选择。我安排了两辆车，1 号车去电影博物馆，2 号车去观复博物馆。门票我会请工作人员给大家买好。谢谢大家了！希望得到大家的谅解！我在这里给您鞠躬了！”

安心深深地鞠下躬去。

现场导演和现场工作人员也赶紧转圈给大家作揖道歉。

现场导演：“各位大爷大妈大叔大婶哥哥姐姐弟弟妹妹，给你们添麻烦了，下次您再来！我们一次多录几期！一定让您大饱眼福！”

一位北京大妈很仗义：“成！就这样吧，一个节目千头万绪的，出点差错也正常。咱也别难为人家主持人和节目组了，看看博物馆也挺好。走吧大家伙儿。”

观众们起身朝外走去。

安心一直保持着鞠躬的姿势，眼泪叭嗒叭嗒掉在舞台地板上。

尚晋、李貌买完家居用品，拎着大包小包说说笑笑地走出商场门口。

李貌笑着：“一会儿带我去吃麻辣烫吧。”尚晋一脸抗拒：“垃圾食品。不能吃。”

话音刚落，尚晋猛然看见周茉莉迎面走了过来，顿时僵住了。

尚晋有些语无伦次：“周主任好。您亲自来逛啊？”周茉莉倒勾起了伤心事：“我不亲自谁能替我？”

李貌也打招呼：“周主任您好！”周茉莉微笑着回应：“李貌好。”

尚晋心虚：“周主任，您逛吧。我们家李貌饿了，我带她吃麻辣烫去！”周茉莉点头示意：“好。你们去吧。”

尚晋连忙拉着李貌向前走，周茉莉却又叫道：“尚晋，等等。”

尚晋心惊胆战地回过头。

“区里要报最佳人民调解员提名名单，你准备一下资料，周一交给我。”

李貌疑惑地看了尚晋一眼。

尚晋心知要露馅，赶紧掩饰：“周主任，我跟您说过了，我还不到接受这个名誉的时候，那这样，周一我到单位再跟您汇报思想。周主任再见。”

周茉莉疑惑地问：“你什么时候跟我说过了？”

李貌看不下去尚晋撒谎了，转身自顾自向前走了。

尚晋慌忙圆话：“哦，周主任，那可能没说过。周一见。”赶紧转身去追李貌。

周茉莉有些迷惑，自言自语：“什么情况？”

尚晋追上李貌，小心翼翼地试探：“貌貌，咱们去吃麻辣烫吧？”李貌面无表情：“垃圾食品。不想吃了。”

尚晋犹豫着想解释一下，又放弃了。

小白找到马得路和李才，要辞职。

马得路想挽留：“辞职了干吗去啊你？”“创业。”“创什么业？”“正在布局。”“你能创什么业？布什么局？你会什么？要不是我提拔你，这个咖啡馆大堂主管你都干不了！”李才唱红脸：“马总，别着急，小白有了这笔外路钱以后，又有了理想，是很正常的。”小白一脸认真：“才哥，不是理想，是梦想。我原来的人生理想就是挣个几十万回河北保定买套房子成家立业，没想到歪打正着一下子就把理想实现了，所以我就给自己定了个梦想。”李才转头问：“什么梦想？”

小白眼神躲闪着，不好意思说。

李才鼓励道：“你大胆说。梦想还是要有的，虽然一般都实现不了。”马得路不屑道：“咳，不用他说我也猜得出来，就是再挣点钱，在北京买套房子呗。”小白被激着了：“不是！我本来的理想是当房奴，但我现在已经超越房奴理想了，因为我有梦想了！”李才继续鼓励：“到底是什么梦想？说出来，我们给你合计一下。”

小白眼睛一亮：“中国有个首富，你们知道他是谁吗？”马得路脱口而出：“马云啊。我本家。”小白摇头：“不对，是王健林。”马得路问李才：“是吗？不是我们姓马的？”李才看着小白：“有时是马云，有时是王健林。正所谓有圆有方，轮流坐庄。马总的梦想是成为马云，小白你莫非想成为王健林？”小白摆手：“不不不，我哪能这么不着调！”马得路转过头：“你说我不着调？”小白解释：“我说我不着调——别说王健林了，就是他儿子王思聪我也成不了呀。我现在的人生梦想就是实现王健林说的小目标，先挣他一个亿！”

马得路睁大眼睛：“那叫小目标？那对于马云、马化腾、王健林是小目标，你要说这话就是摽！”小白一脸迷茫：“摽是什么意思？”李才解释：“摽是地方方言，流行于东北和山东某些地区，在北京话里是二，普通话里是二百五。它的近义词是不着调、不靠谱、傻不棱登。”小白听懂了：“明白了。感谢才哥给我普及文化知识。以后我在创业道路上，还免不了麻烦才哥指教文化层面的问题，因为我想当的是儒商。”

马得路哭笑不得：“小白，我跟你说啊，你当年走投无路，我招你到理想胡同来，是想给你一份稳定的工作。你突然得大运中了奖我确实没想到——”小白插话：“我也没想到，又有谁能想到。用才哥的话说，造化弄人啊。”马得路瞅了一眼小白：“兜里有几个钢镚儿也别轻易打断上司说话。我的意思是，幸福里这一片拆了以后，拆出一窝一窝的千万富翁，上亿的都有。你再看看到今天，这些钱还守得住的有几个？人一有钱啊就不是人了。本来生活温饱还能活个人畜平安，钱一来，心就乱了，人就散了。有了钱，家破人亡的有，赌博吸毒的也屡见不鲜。做生意赔个底儿掉的，那就不计其数了。赌博吸毒我不担心，你不是那种人。但要说做生意赚一个亿，您就歇会儿吧。你能守住这税后小三百万就万事大吉了！你没那个亿万富翁的命！”

小白争辩道：“我的心理医生兼星相师、属相师苏洁给我看了，说我从属相学来说是富贵命，从星相学来说是幸运儿，从心理学来说是光明人。我非常佩服苏洁的分析，因为我感同身受。所以从这三个指标来看，我还是可以在商界一搏的。希望二位老总能同意我辞职。”马得路苦口婆心：“你已经执迷不悟了。我们在挽救你。”李才也劝说道：“小白，我跟马总不是不支持你创业，相反，马总是天使投资人，非常支持青年人创业。但是你目前没有经验，也没有方向，不如在理想胡同咖啡馆继续卧薪尝胆，择机创业。当然，我也理解你创业的渴望，所以我也给你这个光明人指一条光明道儿。”

小白一脸期待地看着李才：“其实说到底我不过也是个普通人，我还是很谦虚的。才哥您请讲，请多指教，请多指道儿。”李才认真地说：“理想胡同是一个生态系统，理想胡同咖啡馆是理想胡同生态系统中的一道亮丽的风景线。你一直奋斗在第一线。这个想必你比我还清楚，所以我觉得你其实不妨投一点资到理想胡同咖啡馆。”

马得路和小白都没想到李才提出这么个建议，颇感意外。

李才继续说道：“当然，理想胡同咖啡馆的股份比较紧张，目前只有我跟马总两位股东，马总的股份是不会减持的，你要投的话，我可以匀一点给你。”

小白还没回答，马得路先急了：“反对！李才，要转让股份也得你先提出申请，咱俩开会讨论。你怎么能未经我允许就提出股权转让？这个公司谁说了算？”

李才自觉不对：“这不都是为了挽救小白嘛。”马得路有些愤怒：“你违反了公司章程！你需要检讨！”李才觉得马得路有点小题大做，轻描淡写地说：“得路，差不多就得了。”马得路不依不饶：“什么差不多就得了？没有规矩，不成方圆。你必须检讨！”李才有些下不来台：“我要不检讨呢？”马得路话赶话赶急了：“不检讨那你就得退出啊！”李才僵住了。

小白反过来打圆场：“得路兄，才哥，千万别为了我反目成仇。创业这事我回去想想，投资理想胡同这事我也回去想想。你们有话好好说。我先出去了。”

小白起身出了办公室。

李才恼火地说：“得路，你当着一个下属的面这么怼我好吗？”马得路盯着李才：“李才，先不说公司章程和程序的事儿，你是对理想胡同和我根本没信心，想股权一卖，落袋为安。对吧？”李才控制了下情绪：“我没这么想。你别小题大做。我刚才就是临时起意，觉得可以转让点股权给小白，确实有点儿不太妥，以后我一定注意。这个就算口头检讨吧。”

马得路态度也缓和下来：“兄弟同心，其利断金。我也不是说真想让你作检讨，我就是觉得你不跟我商量当着外人卖股权扎着我的心了，所以才话赶话赶到那儿——”

马得路的手机响了，刚要按掉却发现是刘一手来电，急忙起身：“我先接个电话。”

马得路拿着手机出了门，找了个没人的旮旯儿接起电话：“喂，刘总您好。”“得路兄，我过几天到北京一趟，您最近都在京吗？若你在京的话，到时候见个面聊聊？”马得路有点受宠若惊：“在京。必须在京。”

“你上次不也说了想跟我合作吗，我想到时候咱们具体聊一下。我这边都是开放的。我投资你的公司也可以，你参与我这边的一些项目也可以。包括我日不落餐饮的品牌你要是想用，也可以商量。”马得路简直要热泪盈眶了：“刘总，这，您简直是春风化雨阳光普照，我 24 小时开机，随时恭候您来。”“当然，咱们还要先确定一点，理想胡同你是控股股东吗？”“绝对控股。”“公司的事儿是你说了算吗？还是需要跟其他股东协商呢？我喜欢简单直接，太麻烦的公司我不合作。”

马得路不自觉一挺胸：“刘总您放心，在理想胡同我是一言堂，没人挑战我的权威。”“好，那咱们就北京见。”

马得路挂断电话，思索了一会儿，又转身回到办公室。

李才正斜窝在沙发上喝咖啡。马得路坐到对面看着李才，也不说话。

李才觉得有些不对劲儿，坐直了身子："出什么事儿了吗？"

马得路顿了一下严肃地说道："咱们接着刚才的话继续谈。兄弟同心，其利断金，这次这个事情的性质还是非常严重的，所以这也是我让你做书面检讨的原因。"

李才有点不敢相信自己的耳朵："得路，你说什么？让我做书面检讨？""对的。""你刚才不是说不想让我作检讨吗？"

马得路一本正经地回应："我是不想，但这个事儿你不做是不行的。我刚才在小白面前已经说让你作检讨了，你要不做，我脸往哪儿搁？还有，你发现没有，他叫我得路兄，他叫你什么，叫你才哥。叫兄显然把我当外人，叫哥把你当自己人。从这个称呼上，我发现我的威信早就被你背后给架空了！"

李才警觉地问："刚才谁给你打的电话？怎么一个电话你就变了个人儿？"马得路有些闪躲："跟这个电话无关。"李才狐疑道："难道是你丈母娘打给你的？她善于那什么——运作人际关系。"李才本来想说挑拨离间，话到嘴边改成了运作人际关系。

马得路一听又激动起来："李才，你不要诽谤我岳母。我让你作检讨，跟谁给我打电话没关系。我就是想维护公司运转秩序。"李才也很强硬："我不写。得路，你要明白，我不是你下属，咱俩是合伙人关系。""合伙人也有个主次吧？""你主我次。但是属性平等。你可以指责我批评我，但你无权让我做检讨。董事会就咱两人，一人一票。作为董事会一员，我不同意李才先生对马得路先生作书面检讨。"

马得路话里渐渐也有了些火气："你跟我玩这一套语言游戏啊？那我告诉你，你不光是我的合伙人，你还是我理想胡同的实际职务担任人，你担任顾问，我每月给你发一万五千块钱对不对？你每个月的社保是我给你交的对不对？"李才反驳道："是理想胡同文化有限公司给我交的。"马得路咄咄逼人："钱是不是我出的？我出了钱你就是我职员。我就有权利要求你对我进行书面检讨。"

李才压着火："至于吗马得路？"马得路毫不松口："至于。因为你在挑战我的权威。你要是不做检讨，股权给你保留，社保继续给你交。但你每月那一万五千块钱工资我就不给你发了。既然你要合伙人待遇，我就给你合伙人待遇，我从没拿过一分钱工资，你也别拿了。"李才彻底怒了："不拿就不拿。我不为五斗米折腰！我什么都不要了！”“包括箱子姑娘在咖啡馆的演出吗？”“对！”

李才站起身气呼呼地出门去了，一肚子火无处发泄，径直去了尚晋的减压室，照着财产主题的假人一通暴打。

尚晋看见了有些意外：“李才，缺钱了？”李才仍不停暴打：“我会缺钱吗？我虽然不是有钱人，但小钱是源源不断啊。”尚晋觉着不太对劲：“那今天怎么逮着财产主题在打啊。”“理想胡同为什么发展不起来，就是因为马得路是个守财奴。跟他当合伙人，极大地限制了我的才华。哎，我打财产主题，你可别告诉别人啊。尤其不能让马得路知道。”尚晋一笑：“这儿的击打率和击打主题是保密的。”李才松口气：“这我就放心了。说实话，对马得路这样的普通人倒没什么，就是我这样的名人，一旦传出去，不合适，算黑历史。”尚晋善解人意地点头：“好，你打吧。我也回避一下。”转身出去了。李才继续暴打假人。

晚上，李貌、毛毛和苏洁还在加班。

毛毛把手机里拍的地面砖的图片递到李貌面前：“你看看这个！”

李貌扫了一眼，眉头一皱，指着其中一块砖：“这砖不对呀！”

苏洁惊讶地看着李貌：“你们都什么眼神呀！我怎么就看不出来？”

李貌一笑：“无他，唯眼尖耳——怎么回事儿？”毛毛一脸愁容：“有块砖让工人给摔碎了。他们给找了块高仿铺进去了。”李貌一惊：“这不行啊。这不胡闹吗？赶紧换回来。”毛毛无奈道：“时间来不及了。这是我从日本定制的。从下订单，出货，船运，最后到咱们这儿得小一个月。再过几天安心、刘一手他们就来验收了。”李貌头疼：“那就跟安心说一声。”

毛毛神秘地说：“我有个更好的主意。”李貌狐疑道：“又想瞒天过海？我不同意。”毛毛企图说服：“苏洁根本看不出来。刚才上楼的时候我跟苏洁又找小黄、小红测试了，全都看不出来。”苏洁连忙点头作证：“对。谁都看不出来。”

李貌态度坚决：“关键问题是我和你能看出来，而且我们心知肚明。‘家是一座城’工作室决不能造假。这是咱们的初心。”毛毛解释：“不是造假，只是权宜之计。肯定要换成真的。但是验收的时候先应付过去。”李貌难以接受：“毛毛，为什么不能开诚布公？”毛毛认真地说：“貌貌，你负责创作，我负责商业。商业不是你这样的，我要是明说缺块砖，等于没完工。没完工人家可能就不付款。不付款咱没垫付的前期款怎么办？我拿什么跟施工队结账？”

李貌有些动摇了："安心不会这样吧？"毛毛反问道："安心不会这样，你能保证刘一手不这样？即便刘一手不这样，你能保证张开兰不这样？"李貌愣了一下："张开兰是谁？""哦，刘一手他妈。""他妈也要来验收？""他们家刘一手就是个傀儡。什么事儿都是张开兰说了算。这个张开兰属曹操的，疑心重，野心大，能力强。"

李貌犹豫："那万一让这个女曹操发现了，又怎么办？"毛毛看着李貌："所以这就需要你出马。""什么意思？""在高仿的基础上，做到以假乱真。""我不会做砖。""只需要你填色。把这里边百分之一的差别提高到万分之一。这样就没有人能发现。"

毛毛又给李貌看了几张照片。

"你看，这块砖位于别墅最不起眼的位置，根本不影响全局。而且，我们并不是作假，而是求真。先把它弄得跟真的一样，最后真的给它换成真的。这叫打一个时间差。"李貌忍不住担心："要是被人发现作假，这砖可就变成板砖了。"毛毛一拍胸脯："你负责技术执行。其他责任由我承担。"

这时李才给苏洁打来电话。苏洁走到外间接电话："喂。"

"你哪儿呢苏洁？""工作室加班呢。""赶紧到我这边儿来一趟。要保密。""哎。"

苏洁挂了电话又进入里间办公室。

"毛毛姐，李貌姐，没事儿的话我先回去了。"毛毛抬起头："一会儿一块走呗。"苏洁摇摇头："我得回去收拾一下东西，腾一下房子。"李貌一愣："腾房子？"苏洁回应："哦，李貌姐，我住的那房子，常阿姨租给您公公婆婆了。"李貌追问："那你住哪儿？"毛毛插话："我妈给苏洁留了一间。"苏洁有些迟疑："我再想想办法，看能不能尽量给管阿姨和尚伯伯留个完整的空间。"

毛毛一听："苏洁，我和我妈绝没有撵你的意思。"苏洁笑了笑："对啊，你们没有撵我，我体面地走多好。万一打扰了管阿姨和尚伯伯的二人世界，让你们为难，我的面子就吧唧一下掉地上了。"毛毛惊讶："嗬，你这面子还带动静啊。"苏洁一脸自信："那是。我们看动漫长大的年轻人，出门自带混响。"

苏洁出门去了。

李貌问毛毛："哎你说苏洁怎么又不提辞职的事儿了？我还一直担心这事儿呢。"毛毛看着苏洁的背影："哼，你没瞧出来？""瞧出来什么？""她喜欢上李才了！”李貌惊讶：“有这事儿？”“什么都休想瞒过我的慧眼、法眼、火眼和金睛！”“她跟李才也不搭啊。”“她不会这么想。”

毛毛忽然想起什么，抬头看了看墙上的表，已经十点半：“哎呀，刚想起一事儿，咱们也回吧。”李貌起身：“好啊。什么事儿啊？”

两人开始收拾东西。

“还不都是因为你。”李貌奇怪：“因为我？”“对啊。你跟尚晋一备孕，弄得我这边也得行动起来。”李貌纳闷：“什么备孕？谁告诉你我跟尚晋备孕了？”“我妈告诉我的。她是听你婆婆管副科长说的。说现在你们开始备孕，她在北京要长住三年，一直到送你们的孩子上幼儿园。”李貌叹口气：“我倒真不知道这事儿。”忽又觉得好笑：“闹半天你是要回去备孕啊。”毛毛害羞了：“咳，这不跟你竞争嘛。今天是正日子。”李貌打趣道：“那赶紧走吧。别耽误你的大事儿。”

李双全躺在床上，手悄悄按着肋部，那儿时时作痛。

万山红上了床，见李双全已经躺下了，有些奇怪：“你今儿还没给我按摩呢。”李双全闭着眼：“今儿累了。最近我歇一阵儿再给你按。”“你也不打坐冥想了？”“最近我换了个方式，躺着冥想。”“以后这小一百年就躺着冥想了？”“也不一定。看效果吧。”

万山红一转念：“跟你商量个事儿哈。最近我就给李才踅摸一下对象了。”李双全淡淡地说道：“李才的事儿还是让他自己折腾吧。你就别操心了。”万山红有些委屈：“我倒是想不操心，可我怕别人说我偏心眼儿啊。妹妹嫁了哥没娶，会给人落下口实的。我要是个亲妈倒不怕什么，可我是个后妈啊！后妈难当啊。”李双全无奈：“没人会说你。”“常有理就会说。”“你不要为她活着。”

万山红一听激动起来：“谁为她活着了？人争一口气，我为自己活着。你知道她多气人吗？天天遛狗都在我画的那条线上遛，她这是遛什么？她这是遛我呢！欺负人欺负到眼皮子底下了！她最近没再找你给我带话儿吧？”李双全无力反驳：“没有。”“那李才的事儿我到底是管还是不管啊？”“不用你管。”“那谁管？你管？还是她亲妈管？”

李双全不想讨论这个话题：“谁都不用管。男孩子不比女孩子，女孩子要管，男孩子要让他自我管理。”“那李才他亲妈就撒手不管啊？这像当亲妈的吗？”“也不能说她撒手不管。”“她管了？”“没管。”“那不还是撒手不管吗？”

李双全无奈地回应："当时协议里说李才归我管，她就不再插手了。所以她的确没管，但也不能说人家撒手不管。"万山红撇撇嘴："她够狠心的。怎么也不回来看看李才啊？"李双全不耐烦了："山红，现在是我的冥想时间。请你安静一下好不好。"

"好好好。"万山红看着躺着的李双全，"你这一躺着冥想我怎么觉得怪别扭呢？"

李双全闭上眼睛调匀呼吸不再说话。

万山红悻悻地躺下，也学着李双全的姿势冥想。

李貌坐在书桌前写日记。尚晋半躺在床上用手机查资料。尚晋输入搜索引擎的关键词是"嫁入豪门的女星"。

李貌写日记写到"毛毛开始备孕"的时候回头望向尚晋。

"你知道吗，毛毛、马得路开始备孕了。"尚晋关掉搜索页面："是吗？他们倒是神速啊。""他们说是要跟咱俩竞争。""这话从何说起？""毛毛说，你妈跟她妈说的，说咱俩已开始备孕，你妈已经有一个三年计划，说要住到咱们的孩子幼儿园毕业，要给咱们看孩子。""我妈没跟我说啊。"

李貌转头继续写日记："不管怎样，以后咱俩的孩子不能让你爸妈看。"尚晋点点头："我同意。我这后脑勺就是让我妈当年给我睡扁了，否则我的智力不会是这水平，会高出一大截。已经有科学证明，后脑勺睡扁了影响智力发育。"李貌边写边说："我就是担心这些。"尚晋一转念："是不是李掌柜万师傅想看？"李貌摇头否定："也不让他们看。他们在看孩子水平上，比你爸妈也高不到哪儿去。咱们得找专业的月嫂，术业有专攻。"尚晋不假思索："对。坚决支持。你日记写完没？""快了。有事吗？""赶紧写完过来备孕啊。"李貌嗔怪："讨厌。"

隔壁，马得路和毛毛也上床准备休息。

毛毛发问："你今天没抽烟吧？""没。""酒呢？""你放心，在你怀孕之前，我烟酒不动，辛辣刺激食物不碰。""关灯。"

马得路忙打住："别。还有件事儿，你得给我出出主意。"毛毛一撇嘴："扫兴。说。""今儿我跟李才闹了点儿内部矛盾。""看来矛盾不小啊。怎么回事儿？""他没经我同意就要把他的股份卖给小白，美其名曰让小白投资。这不是对理想胡同不信任吗？这不是挑战我的权威吗？我让他给我写个书面检讨，他不写。我就停发他的工资，他说其他的也都不要了。”

毛毛不可思议地问：“这么点小事儿就闹掰了？”“事小，意义很大。要不拿他一下，以后我没法管理啊。知道吗，刘一手刘总给我打电话了，想跟我合作，他问我在公司是否说了算，他怕麻烦。要是我连个李才都镇不住，我还能说我说了算吗？”毛毛纳闷：“刘一手那么大集团能跟你合作什么？”“刘总约我见面谈。他应该主要是看中我的能力。”

毛毛一脸不信：“不管怎样，我建议你还是撤回书面检讨这个要求，跟李才重归于好。”马得路嘴硬：“凭什么？”毛毛一字一句地说道：“幸福里九号真的要拆了，你得做好准备，李才不再是穷光蛋了，身家马上就超过你了。你以前不老说不能得罪李才吗？怎么现在犯起糊涂来了？”马得路一惊：“幸福里九号要拆了？我怎么不知道？”毛毛轻声嘱咐：“目前只有极少数人知道。你得保密。”马得路回过神儿来：“这岂止是保密，这得是绝密。李才还不知道吧？”“应该不知道。”

马得路爬起身：“那我现在就要给李才打电话道歉！要他知道幸福里九号要拆，他就看穿我心思了。那时候道歉就不起作用了。”毛毛点点头：“好。你现在就打。”

马得路拿起手机拨打李才的电话。

李才的手机在桌上振动着。李才看着来电显示的马得路的名字，不理睬。

箱子姑娘在李才对面坐在一把椅子上弹吉他唱郑智化的《原来的样子》，听到了手机的振动声：“李才老师，你需要接电话吗？我可以等你一下。”李才说道：“不。你不要管我接不接，你就继续你的演唱。你就当这里是一个舞台，周围有一千人在听你演唱，当你能感觉到你的周围有一万人演唱的时候，你就是顶级的歌手。”箱子姑娘忍不住问：“李才老师，马得路不让我去唱是不是我又给你和他惹上什么倒霉事儿了？”李才笑了笑：“不是。是我们两个男人之间的激烈对决。弹你的唱你的。别管我。”

马得路又拨打了几次，李才就是不接电话。

马得路有些担心：“没接。难道真生气了？”毛毛在一旁说道：“没事。可能是睡着了。明天一早再跟他解释也不晚。”马得路放下手机：“好。那就先忙咱们的事儿。”嬉皮笑脸地拉灭了灯。

箱子姑娘依旧在弹唱。

李才看看表已经十一点多了，苏洁还没来，正想打个电话问问，门铃响了。

李才起身去开门，门一开，愣住了。

苏洁脚边立着一个大行李箱，手上拎着、身上脖子上挂着大包小包。

“苏洁，你这是怎么了？”“我准备来你这里寄人篱下。”“你大房子不住，跑这儿干吗？”“被赶出来了。你到底收留不收留？你不收留，我转身就走。”李才笑了：“我这儿就是文艺女青年的最后庇护所。你还能走到哪儿去。”

苏洁归置好行李，回到客厅，跟李才坐在沙发上聊天。

箱子姑娘继续在轻轻弹唱郑智化的《中国的孩子》：

她来自美丽的东方一路风尘仆仆，她走过千年的风霜依然青春永驻——

李才把跟马得路闹别扭的事说了一下。

苏洁一脸意外：“找我就为这么点小事儿啊？”“事儿虽小，意义很大。关系到我跟马得路的未来啊。”“这主要看你灵魂深处是怎么想的，是想跟他掰，还是想跟他合？”“我不想跟他掰啊。他成立理想胡同这公司是无偿给我股份的，又给我发工资，而且我又撺掇他开了这咖啡馆，给他赔了不少钱，他也没说什么。”

苏洁点点头：“我明白了。那就合呗。本来也没什么大不了。不就是写份检讨吗？写呗。”李才皱眉：“口头检讨我是很乐意的。但是书面检讨它就进档案了啊。照我现在这发展趋势，以后会越来越有影响力，你说我这么大一名人，别人抽屉里存着我的检讨合适吗？”苏洁笑着看向李才：“一个没有黑历史的名人，不是名人。一个人生从来不出事故的名人，不会成为故事。”李才头疼：“苏洁，别学我总想说金句，那得有深厚的文化底蕴。就你刚才这两句，听上去像模像样，实际上很空洞。”苏洁不服气：“我怎么觉得很有哲理呢。很空洞吗？”“非常空洞。”“得了吧，这两句话是你说的，三年前你发到朋友圈的，自己都忘了。”

李才连忙改口：“是吗？是我说的吗？我三年前水平就这么高了？真的，人有时候会忽略过去的自己。”苏洁一脸蒙：“刚才不还说很空洞吗？”李才嘿嘿笑：“我那是嫉妒你说出了这么天才的名言。”

苏洁对箱子姑娘说：“你这歌儿太悲情了。可以点歌吗？换首欢快的。”箱子姑娘点头：“可以。一首五十。”苏洁一愣：“什么？在家里弹你还收我钱？”

箱子姑娘淡淡地说：“李才老师定的。说从今天起，不管我在哪儿弹，都是在舞台上弹。要有市场意识，要有演出意识，要有盈利意识。李才老师，我能免费给苏洁弹一首吗？”李才随口回应：“打个折吧。三十一首。别免费。一切劳动都不能白白付出。”

箱子姑娘为难地看着苏洁。

苏洁有些来气：“别打折，五十一首就五十一首。给我来首《一马当先》。这歌特缺心眼，特二，特欢快。”箱子姑娘迟疑道：“苏洁，这是绿鹦哥的歌儿，我不想唱。您能换一首吗？”苏洁一愣：“绿鹦哥？这不神曲马良的吗？”李才解释：“绿鹦哥就是神曲马良。以前跟箱子姑娘组过红嘴绿鹦哥乐队。我跟你说过。”苏洁明白过来：“哦，一时有点蒙。好，那就来一首《野子》吧。我现在微信转给你五十。”

苏洁果真微信给箱子姑娘转账了五十块钱。箱子姑娘唱起了《野子》。

苏洁又对李才说：“既然你需要马得路，我觉得你就给他写张检讨吧。”李才有些犹豫：“这是从人情世故出发，我自己能考虑，你能不能从玄学的角度，比如，从星象学，从属相学，或者从面相八字等角度来看看我是否应该跟马得路和好。”苏洁一本正经地说：“从玄学角度来看，你俩的关系是孟良焦赞，孟不离焦焦不离赞，必须和好。”李才心里有底了：“嗯。你俩早点休息吧。刚才马得路给我打了好几个电话我都没接，估计催检讨呢，我回去给他写一份，明天一早给他。”

苏洁叫住：“哎，别急，任何劳动都不要免费，我刚才给你做了心理咨询玄学指点，费用一千。微信给我转过来吧。”李才一乐：“嘿。你这儿等着我呢。”苏洁一脸得意：“我也是在践行你的原则。”李才狡黠地一笑：“你在我这儿的租金是一月两千。给你免了，顶你这个咨询费用。”苏洁撇嘴：“你不都是免费的吗？”李才一脸坏笑：“费可以给你免，但不代表没有费。二位，晚安。”

李才起身进房间去了。苏洁做了个鬼脸。

次日上午，李才又去了咖啡馆。吧台里就小黄一个人，不见小白。李才皱眉：“都几点了？小白怎么还没来上班？”小黄回应：“小白说他睡个懒觉再来。”

李才想发火，又忍住了：“马总来了没有？”小黄点头：“一早就来了。办公室呢。”李才板着脸：“哦，知道了——打电话让小白赶紧来上班！他现在还是这儿的员工，让他忠于职守，有点职业精神，否则创业也会失败的。”

马得路在办公室里双手搓动来回走着，正在等待李才。

李才推门进了办公室。马得路抬头：“哟，李才老师，您可终于来了。我盼您盼得望眼欲穿啊。”马得路说的是客气话，但热情过了头，在李才听来倒像是反讽。李才拉下脸来："得路，你说话怎么夹枪带棒的，咱们兄弟之间不至于用这种歪门邪道的表达方式吧？"马得路一脸茫然："我夹枪带棒了吗？我是真诚地盼望着你来，梳理一下咱们的关系啊。"李才冷笑："你这种真诚我已经感觉到了，今早儿打开手机一看，七八个未接来电，清一色全是你的。你就这么急着要我的检讨书啊？"马得路接话："对，昨天晚上我是想跟你说检讨书的事儿——"

李才打断马得路："不美！您甭费心了。"说着掏出检讨书啪地搁到马得路面前："检讨书我写好了，您请过目。"

马得路一愣，低头一瞧，确实是李才工工整整的检讨书。

李才说道："得路，我回去想了。我有两不该。一、我确实不该在小白面前不跟你商量就卖股份。电影《教父》我看过很多遍，里边父亲不做毒品生意，儿子想做，为此儿子跟父亲争辩了一两句，被毒贩捕捉到了，毒贩就布置杀手暗杀父亲。小白虽然不是毒贩和杀手，但咱俩的分歧也不宜在外人面前表露。二、我不该一生气转身就走。我以前老教育别人不管谈什么，谈好谈坏不谈崩。我自己就先崩了。这就等于我的人设崩了啊。我以后需要注意。"

马得路有些意外，原本想好了一大通话想跟李才道歉和好，没想到李才主动交上了检讨书，这一下打乱了马得路的步骤。马得路脑子还算快，眼珠子一转决定顺水推舟。他生怕李才反悔，扫了一眼检讨书后就赶紧把检讨书锁进了自己的抽屉。

"我很感动。李才，虽然咱们是发小，但我今天第一次发现了你的高风亮节。我没有选错合作伙伴。咱们一定是要走到底的！我昨天那些话也是气话，怎么可能不让箱子姑娘在理想胡同演出呢，这就是她永远的主场啊！怎么可能不给你发工资呢，不但要发，还要多发！现在物价飞涨，你作为名人也必须得保持一个体面的生活，所以我决定给你每个月再增加一万元！从今天起你每个月工资两万五！"

李才震惊："得路，当真？还是你有什么事儿求我办啊？"马得路一副痛心疾首的样子："你这是把我当势利眼儿看了！"李才也觉言重了："哟，还当真了？跟你逗闷子呢——马总，那我就却之不恭了。谢啦！"

李才正要出去又被马得路叫住了。李才问："什么事儿？"马得路悻悻地说："小白发了这三百万横财以后，天天想着辞职创业。"李才不以为意："他创不了。"马得路不放心："架不住他有这么笔横财架着他呀！他要真铁了心辞职，咱们还缺个领班哪。”“领班还不好找？随时招聘就行。现在这社会，就是不缺人。”“缺人才啊。你别看这小白有时候不靠谱儿，但待人接物察言观色还挺机灵，咖啡馆没这么个人，不行。”

“你的意思是未雨绸缪，先找？”“找啊。”“那小白要是最后没辞职呢？”“没辞职我就俩都要啊。我现在算搞明白管理的秘诀了，管理的秘诀就是找人、开人和管人。找人就是把厉害的人找来，开人就是把不靠谱的撵走，管人就是让他们互相制衡，既能发挥最大能力又不能失控。我再找一个，就是制衡一下小白，不能让他权力太大。”李才点头：“好。我赞成。”“那招聘工作你负责吧，我最后把关。”“别，马总，进领班这么大事儿，还是得您亲自把关。您把关，我放心。”“好，那我马得路就亲自出马！”

马得路当即行动起来，在朋友圈和各个微信群里发布了招聘广告。当天就有几个人跑过来报名。马得路亲自面试，连着几天忙得不亦乐乎。

这天来了一名戴着眼镜看上去很文静的姑娘。

眼镜姑娘问：“有五险一金吗？”马得路答道：“我们是大公司，当然有。”眼镜姑娘又问：“管吃管住吗？”马得路顺口回应：“中午、晚上管。早饭自理。住宿自己解决。我们的员工大部分都在一块儿合租，如果你来了，可以跟他们合租。”

“如果他们那儿没地儿呢？”马得路皱眉：“是这样的，原则上我不管员工住哪儿，这个问题得你自己解决。”“我求职的首要条件就是公司得管住。”马得路一愣：“为什么？现在公司都流行管住了吗？”

“我原来在五环的一个单位工作，住在一个公寓里，现在公寓不让住了，被清理出来了，自己找住的地方太难，所以我得找个管住的地方。”“很抱歉。我们公司目前没有管住的实力。”“你们不是大公司吗？”“虽然是大公司，但也还在成长期。所以，您去比我们更大的公司看看吧。”

眼镜姑娘失望地离开了。

李才走了进来：“得路，这个我觉得形象气质很好啊。怎么还不行？”马得路直摇头：“她要求管住。咱们哪儿有管住的实力啊。”李才犹豫了一下：“要不让她住我那儿去。”马得路打住：“你别给我添乱。我的管理是有科学体系的，我不管住就是不管住，我要给她管了，小白小黄小红这些人来找我怎么办？没有规矩，不成方圆。”李才打消了念头：“好。那你继续招聘。面试多少人了？”马得路叹气道：“二十来个了。人才呢，人才都到哪儿去了呢？”李才问道：“是不是你要求太高？”马得路无奈道：“小白那样的我都能让他当主管，我要求能高到哪儿去？”李才想了想：“也是。”

下午又来了一位求职的女孩，长得很清秀，谈吐也很得体，上海人。

马得路问道：“我看了你的简历，你一直在上海工作，家也在上海，为什么突然要跳槽到北京来呢？”上海姑娘说：“因为我被家里人逼婚。我要出来透口气。”“哦，你是独身主义者？”“不是。”“那是什么情况导致你被逼婚呢？”“一直就没找到合适的，所以一直单身。”“您今年 27 岁了对吧？”“对。虚岁 27。”

马得路想了想：“明白了。是这样，我觉得我们这份工作不适合您。”上海姑娘不解地问：“为什么？希望您能告诉我原因。”马得路解释道：“您 27 岁了，还单身，这说明您交际能力有些问题，我们这次招聘的领班呢，需要有较强的交际能力，就是说情商得高，因为会遇到各种各样的顾客，有刁难服务员的，有蛮不讲理的，有挑剔的，没有交际能力不行。希望我说的这些话能够给您帮助。”上海姑娘有些难以接受：“你因为我单身不招聘我，对吧？”“这只是其中一个原因。”

上海姑娘突然没有征兆地抱头哭了。

马得路有些慌张：“哎，哎，这是怎么了？这——”

上海姑娘猛地抬起头来：“你歧视单身女性！我要告你！”马得路蒙了：“告我？你到哪儿告啊？”上海姑娘站起来：“我会有地方的！”

第二十三章

这天，罗永恒突然到居委会来找周茉莉。周茉莉客气地请他落座。

周茉莉问道："罗先生，请问您今天来有何贵干？"

罗永恒一脸严肃："有大量证据表明，我爱上了你。"

周茉莉魂飞魄散，赶紧起身去关了办公室的门，想想关了更不合适，又把门打开，回到办公桌后坐下。

"罗永恒同志，现在是上班时间。你讲这些话很不严肃，也不应该。""明白了。我应该下班来讲，这样是不是就很严肃了？""我现在不能跟你谈这个问题。""那什么时候可以谈？"

周茉莉正难以回答，尚晋进来了。

"周主任。哟，罗先生在呢。我需要回避一下吗？"周茉莉如同见了救星："不用回避。罗先生的事情已经办完了。"

罗永恒悻悻地起身，跟周茉莉说了声再见，看都不看尚晋，扭头出去了。

周茉莉暗暗舒了口气，问尚晋："什么事儿？"

"周主任，咱们北京市优秀调解员的提名资料您这儿都有吧？""有。""属于保密材料吗？""目前是。""什么时候不是？""得一两个月以后吧。"

尚晋挠了挠头："我现在可以借用一下吗？肯定严格保密。"周茉莉犹豫道："你要看？"尚晋点头："对。我学习一下。"想想不对又连连摇头："不，周主任，我不骗您了，不是我看，是给一个朋友看。"

周茉莉斩钉截铁地拒绝："那绝对不行！内部资料怎么能外传！"尚晋一脸沮丧："对对对。周主任，算我没说。"

尚晋转身往外走。

周茉莉叫住："等等！"

尚晋站住。

周茉莉走到尚晋面前，严肃地看着尚晋："你要给谁看？"尚晋一愣："怎么了？"周茉莉有些训斥的口气："尚晋，咱们司法工作有严格的保密纪律，虽然调解员的工作不属于国家机密，但纪律一样要遵守。你怎么想到要把资料外传——"尚晋忙解释道："是外借。不是外传。"周茉莉板着脸："外借就有可能外传。你要外借给谁？什么目的？你得跟组织汇报清楚。"

尚晋有些蒙："向哪个组织汇报？"周茉莉挺起腰杆："向我。我现在可以代表居委会这个组织。"尚晋想了想："好，我汇报。周主任，事情很简单。《调解三人组》的主持人安心您知道吧？就是我跟李貌婚礼上的那个主持人。""知道啊。我看过她节目。""现在她那三人组里的调解大师史航和策划人谭飞辞职了。""啊？那这节目不就完了吗？"

尚晋又道："现在还没完。还有重振雄风的可能。但需要尽快找到新的调解大师和策划人。我想把资料给安心看看，看能不能从里边挑一个调解大师出来，先渡一下眼前的难关。但确实违背了保密纪律，我以后注意。"周茉莉语气一转："你怎么不早说？"尚晋一愣："这也是刚发生的事儿。""我说的是，你要把资料拿给安心筛选你为什么不早说？"

周茉莉转身回到办公桌后，操作起电脑来。

尚晋小心翼翼地问："早说，有用吗？"周茉莉边操作边说道："《调解三人组》是国内调解类节目中唯一使用真实案例，不洒狗血，不虚构事实的一档节目。司法系统开会经常表扬这个节目，它是一股正向能量，也传达了调解工作的不易和艰辛。现在它遇到困难，我们怎么能袖手旁观？"

周茉莉说着啪地按下一个按键："资料我已经发到你邮箱了。你赶紧转发给安心。"尚晋大喜："谢谢茉莉！您真美！"

周茉莉又严肃起来："请叫我周主任！"尚晋嘿嘿一乐："周主任，您真美。"

尚晋乐颠颠地出去了，回到自己的办公室，有人来找，正是上次在咖啡馆应聘的上海姑娘。

“请问，您什么事儿？”“理想胡同咖啡馆在招聘中，有歧视单身女性的倾向，我去找了妇联、消费者协会，都不管，都给我推到你这儿来了。”尚晋一边记一边问：“谁招聘的你？”上海姑娘忿忿地说道：“一姓马的。说话阴阳怪气。就因为我 27 岁还是单身就把我拒绝了。别的原因我能忍，这个原因不能忍。我要为中国 1200 万单身女性争口气。”

尚晋又问：“您的诉求是什么？”上海姑娘态度坚决：“让他向我道歉，并保证不再歧视单身女性。”尚晋放下笔：“你等一下。”

尚晋拿出手机给马得路拨打电话。

“得路，你前几天招聘的时候，是不是有歧视单身女性的意思？”马得路苦笑：“找到你那儿去了？”“是啊。你过来一趟吧，给人家道个歉。”马得路倒也痛快：“得嘞。我马上过去。”

没一会儿马得路匆匆走进办公室，看见上海姑娘立即一个鞠躬。

“马得路给您道歉了。”

上海姑娘完全愣住了：“这你就道歉了？”马得路诚恳地回应：“对啊，还要怎地？你还有什么要求？”尚晋补充：“她还要你保证以后不再歧视单身女性。”马得路立刻面向上海姑娘立正站好：“我保证，以后不再歧视单身女性。对不起。”

说着又一鞠躬。

上海姑娘一脸茫然地对尚晋说：“怎么不用说服教育，他就道歉了？他脸皮怎么这么厚，说道歉就道歉？”尚晋忍住笑：“他应该是主动感受到了自己的失礼。当然，他脸皮，不，他确实也比较诚恳。”

马得路连连点头：“对对对，那天你走了，我就在反思，我的确有歧视单身女性的意思。这是很不好的。我从小就失去了妈妈，我不可能不尊重女性。我只是一时失礼。如果您不嫌弃，我诚恳邀请您到我这儿来工作。”上海姑娘冷冷地回应：“我才不会跟你这样没有原则的人一起工作呢！”马得路听着意思不对：“我怎么没有原则了？”上海姑娘看了他一眼：“世界上哪个人道歉不是经过挣扎和说服教育的，你一开口就道歉，一是不诚恳，二是无耻！”

上海姑娘站起身扭头走了。

马得路愣在那儿。

尚晋笑了：“积累一下经验教训吧，女生让你道歉，别道那么快。”马得路也觉得可笑：“对对对！毛毛每次让我道歉，我也都是道得太快。以后得抻一抻。”

尚晋提醒道：“不过，以后招聘，可不能再歧视单身女性了，当然，单身男性也不能歧视。”“男的也不行啊？”“女生也就来投诉一下你，男的会直接对你老拳暴打。”“哦，那我得注意。被人打，不美。”

安心在《调解三人组》节目组办公室里，手机立在桌子上，正在跟刘一手进行视频通话。

视频里的刘一手暴跳如雷：“我不是跟你说了吗让你留下他们？谁让你擅自决定的？”安心一脸平静：“我留不住。”“怎么留不住？答应他们条件就是了！”“我不能答应。”“你怎么这么愚蠢！先稳住，以后再慢慢收拾局面！就俩酸文假醋的小文人，我有一万种办法降服他们。”

安心有些心烦：“一手，这是我节目组的事儿，我自己能处理好。”刘一手怒斥道：“你没有处理好！你处理好了那天还用给我打电话吗？打电话我给你出了最佳方案你又不用你给我打电话干吗？你节目组的事儿就是你节目组的事儿吗？牵扯到咱俩的婚事，牵扯到我妈对你的看法，牵扯到日不落集团的前景。”安心激动起来：“我嫁的是你这个人，不是你的家族，也不是日不落。”刘一手仍态度强硬：“别那么任性。你嫁了我就是嫁给了我的家族，就是嫁给了日不落集团。这是客观事实。这次我妈来京，安排了她的几个闺密去看你的节目录制，你现在人都没了，录什么呢？我妈这些闺密个个都是名媛、上市公司的老板娘、世界五百强的CEO，放这样人的鸽子你知道是什么后果吗？”

安心尽量保持着平静：“一手，人我已经辞退了。”刘一手气愤地说：“那你就去给我请回来。必须请回来！不惜一切代价！”安心不想再说下去了：“我要开会了。再见。”

安心关掉了视频电话，坐着发呆，有些茫然的神情。

有人敲门。安心定了定神：“进来。”

场务小张推门进来：“安姐，范台请您过去一趟。”“好的。就来。”

小张出去了。

安心调节了一下情绪，刚要起身，手机响了，是尚晋打来的电话。

安心接起来：“喂。尚晋。”

尚晋在居委会院子里踱步，敏感地问道：“安心，你情绪不太好啊。”“我很好。”“好。很好就好。《调解三人组》的人选解决了吗？”“还没有。”“我给你邮箱发了一份北京市优秀调解员的资料，你看看能不能从里边挑一个人选。策划人我给你想好了。”“谁？”“李才。”

安心有些疑虑：“他行吗？”尚晋语气笃定：“绝对行。口才、学识、反应能力，都很靠谱儿。最重要的是，他说话还有些二，具备网红气质，特别适合上节目。网上有他讲座的视频，你也看看。”安心心里暖暖的：“好。我马上看——谢谢你，尚晋。”尚晋笑着回应：“瞧您说的。再见。”

安心挂了电话，出门去台长办公室，不料在走廊上和史航、谭飞迎面相遇。

两人趾高气扬地走着，和安心错身而过的时候，两人对视一笑，看上去很是得意。

安心走到台长办公室的门前敲门。

范台长：“进来。”

安心走进办公室，范台长正在一边看文件一边单手举个小杠铃锻炼。范台长五十岁左右，属于很有威信，不怒自威的那种。

“范台，您找我？”

范台长起身倒了杯水递给安心，和蔼地笑着：“小安，你胆子不小啊，不经组织允许就把剧组解散了。”安心解释道：“范台，没有解散，只是走了俩人。”范台长看着安心：“这俩人的分量你比我更清楚。他们是台柱子。”安心微笑着：“范台，在《调解三人组》里，我才是台柱子。”

范台长收敛了笑容，严肃起来：“小安，我欣赏你的自信。但你要知道，一个人当不了四面墙。太自信就变成自负了。”安心一脸真诚：“这个节目是我在您和台里其他领导的帮助和扶持下一手撑起来的，我对这个节目不光有责任，还有一份爱在里边。对它，我不能放任自流，更不能撒手不管。这墙是我砌的，倒了我再盖。”范台长语重心长：“一台节目，一旦有了影响，它就不是哪个人的，甚至它也不是台里的，它属于社会。做节目，要讲市场，也要讲政治。讲市场，就是要保证经济效益；讲政治，就是要保证导向和稳定。难哪！”

安心听着不太对劲：“范台，您什么意思？”范台长顿了一下说道：“《调解三人组》是台里的王牌节目，我跟台里其他领导都不希望就这么散了。我们希望这个组合还是能固定下来。”安心皱眉：“史航老师和谭飞老师去意已决，他们跟别的台已经接触了。”范台长微微点头：“是有这么回事。但我已跟他们要去的那个台里的领导打过招呼了，先不公布，暂缓办理手续，容我先协调一下你们三个人。

这是很大的面子哟！小安，我为了你，欠了咱们的直接竞争台一个很大的人情哟！所以，你们仨能一块干还是一块干嘛。否则我这人情就白搭了。”

安心一脸茫然：“不是我不想干，是他们不想干了。”范台长笑了笑：“误会。都是误会。史航和谭飞我刚刚叫他们过来谈过话了，他们明确表示，想留在《调解三人组》这个节目里。”安心愣住：“您答应了？”范台长默认：“我想这也是你想要的结果吧。”安心狐疑道：“他们什么条件都没提？”

范台长轻描淡写地回应：“提还是提了。一个就是史航想当联合制片人，那就让他当嘛。制片组都是你的人，你怕什么？要有文化自信，也要有制度自信，说到底，你是台里的人，他们是外聘的。再退一步说，你不还有我这个靠山嘛。当然，这个不能对外说。这个提法太江湖了。我是个很江湖的人，但我毕竟在这个领导岗位上，不能让人觉得很江湖。我这么说，你不会觉得我有点那什么人格分裂吧？我很注意自己形象的。”

安心有些失落：“您不分裂，您一直是统一的。他们还有其他条件吗？”

范台长继续说道：“另外一个就是关于节目风格，史航提出虚实结合的角度，我觉得也不是不可以尝试一下。其他兄弟台的调解类节目，包括婚恋类节目，都是真假结合嘛，而且他们都已经组建了自己的编剧团队。逆水行舟，不进则退。现在收视竞争这么激烈，不用些手段很容易被挤下去。至于待遇，他们表示可以维持原样。你看，这两人也是让步了的。你觉得呢？”

安心脱口而出：“我不同意。”

范台长一怔。

安心语气坚定：“联合制片人我可以让。真假结合我不同意。这个节目的生命力就在于真实。这是我创办这个节目的初心。”范台长感到有些意外：“小安，我刚才说了，这个节目不是你一个人的。也不是我能说了算的。我就是再江湖，可我也不是大海啊。我没有能力让你海阔凭鱼跃。你看我都从靠山说到大海了，你得考虑一下大局。”

安心态度坚决：“范台，我很珍惜您给我的机会，但如果台里确定了这个节目的录制要真假结合，那我就退出。”范台长眉头紧锁：“不真假结合，你有办法保证收视率吗？你有办法在短时间内组织新的嘉宾团队来录制吗？你是做节目的老人儿了，你知道嘉宾要磨合好是要时间的。”安心一咬牙：“我能做到。范台，你给我十天时间，我录一期新的样片给台里。不行的话，我走人。”

范台长沉吟了一会儿："小安，你让我很为难啊。我跟史航和谭飞谈话，也是跟台里其他领导打过招呼的。大家都觉得，节目还是要稳定。一动荡，广告商就会撤资。希望你能服从大局。局面稳定下来，机会很多嘛。我再给你争取开其他节目的机会。"

"范台，我是您招进来的，也是您看着成长起来的节目制作人和主持人。您跟我说过，当时我打动您，让您上这台节目的是一句话，就是真实自有万钧之力。我有我的专业判断。请您再相信我一次。"

"小安，我们换个角度来看，你的节目两个嘉宾全换，实际上等于改版。效果一旦不佳广告商就会撤资。""我有信心比原来的更好。""我相信你的信心。但是如果，我说的是如果——如果效果不佳，你能否让你男友刘一手的日不落集团来冠个名？"

安心愣住。

范台长眼睛一亮："日不落集团实力雄厚，我看光慈善事业，刘一手先生就有不少大手笔。一个商业冠名应该不是问题。咱们台也是有影响力的，算强强联合嘛。如果有这么一个预案，我跟其他领导解释的时候也比较有说服力。否则很难达成共识。"

安心想了想，一咬牙："好！就这么办！"范台长装模作样道："我让你为难了吗？"安心违心地摇摇头："没有。"

范台长满意地笑了："那就好。那就好。我这人，一向局气，从不喜欢让人为难。尤其是让女人为难。从这一点来说，我对自己还是比较满意的。"

又一个清晨。

李双全在客厅里写毛笔字。

李貌从卫生间洗漱出来："李掌柜，走吧。"李双全头也不抬："李貌，我最近不去晨练了。""为什么？""我要在家练练毛笔字。"

李貌有些疑惑，没说什么，回到卧室。

尚晋还在沉睡。

李貌上前推醒尚晋："醒了，醒了。别睡懒觉。"尚晋醒了，睡眼惺忪地嘟囔："咱们婚前协议里有一条，我有睡懒觉的权利。""被我作废了。陪我晨练去。""不都李掌柜陪你吗？""你去不去？""我困啊！我不去！"

尚晋最终还是被李貌拉起来了，陪她去公园跑步。

公园空地上，尚得志在打风雷十二掌。呼呼生风。虽然只有几个零星的人在围观，但尚得志已经很满意了，打得很卖力。

不远处常有丽带着人群在跳广场舞。林姐、马吃草、罗永恒他娘、管红花等都在。周茉莉也在。最令人惊讶的是，小胡和小梅竟然也在里边。

尚晋、李貌跑过广场舞人群，跑过尚得志，不时跟认识的人打着招呼。

李貌说："你妈融入得很快啊。广场舞都跳得很溜了。"尚晋回应："晚了。她要早这么跟群众打成一片，也不至于干一辈子才干到个副科长。"李貌话里有话："前车之鉴啊。人啊，最好别犯错。"尚晋避而不接话茬："李掌柜雷打不动地每天早晨跟你推手，今天怎么不推了？"李貌也觉得可疑："他最近有点怪。肯定有事儿。""你问问他。""他不会说的。"

广场舞结束，小胡、小梅走出公园。

小梅抱怨道："每天上班太累了，我以后能不能不来跳广场舞？"小胡摇头："不行。你值夜班的时候可以不来，平时必须都得来。这是一个接触人、认识人的最好的地方，你在这里，很容易被人信任。这信任，多少钱你都买不到。"小梅迟疑道："这儿也没有咱们的目标客户啊。""不要乱下结论。你怎么知道没有？放长线，钓大鱼。""你不都有目标了嘛。还钓啥。我就等着去马总家呗。""没那么快。毛毛还没怀孕呢，就是怀了孕还得等上十个月呢。十个月之内，若有合适的目标客户也干啊。有钱就赚呗。"小梅看着小胡："我觉得你现在挑客户很谨慎。""小心驶得万年船啊。我想好了，等钱攒够了，咱们就开一个美容美发店。贼赚钱。""你不是说攒够了钱就跟我结婚吗？怎么又成开美容美发店了？""哦，婚也结，店也开。双喜临门！"

尚得志和管红花晨练完也往小区外走。

尚得志感慨："青岛也有广场舞，没见你跳过。到了北京你倒来劲了。这是什么买卖！"管红花又打起了官腔："我不用多讲，只讲三点就行，一、在青岛那会儿我是干部，身份受限，现在无官一身轻了。二、在北京，咱们的人脉很少，通过广场舞能结交一些人，对于咱们扎根北京我想会有一定帮助的。三、广场舞强身健体。我最近一边写个人传记，一边统计跟咱们有人情往来的婚宴名单，体力有些透支，需要多加锻炼。"

尚得志突然想起来："我又加了六十来个，名单你都看了吧？"管红花转过头严肃地说道："我已经审阅过了。没问题。但是，老尚，看了名单，才知道你背着我参加了不少人情活动啊。有些还是我明确跟你说过我不同意你参加的。"尚得志心虚，竟有些语无伦次："哎呀，人家一请，我就不好意思不去，你不让我去的，我也都把红包送到了。"管红花板着脸："表面一套，背后一套。老尚，这个作风很不好。"尚得志赔笑着："就是好面子闹得！没别的！这事你就别再揪我短了哈！"管红花脸上浮现出一丝欣慰："根据我多年的从政经验，历史问题，要用未来眼光看待。我不会揪你短，因为客观来看，你当年偷偷摸摸送出去的那些人情份子，现在都增值了！"尚得志脱口而出："还真是。比股票靠谱。"

尚得志自觉失言，扭头一看，管红花已经拉下了脸。

吃过早饭，李貌和毛毛来到工作室碰了下头，准备去安心的庭院别墅施工。这时小白敲门进来了。

"李设计师，毛总，二位好。"毛毛听着别扭："别叫我毛总，还是叫我毛毛姐吧。"李貌也说："也别叫我李设计师，叫我李貌或者李貌姐都行。"小白嘿嘿笑："我听说中产阶层对人的称呼都比较准确，所以我觉得我称呼您二位也得比较严谨。"毛毛一愣："你这是改换阶层了？"小白又膨胀了："不改换也不行啊。事实在这儿摆着。我现在有了这小三百万，你说我算不算中产阶层？"

李貌和毛毛互相看了看。

李貌点点头："我觉得算。你比我跟毛毛有钱。"毛毛也点点头："嗯。我俩没你这么多钱。"小白一听："这，这不太好吧？那以后你俩见了我不会有自卑感吧？这弄得我太不好意思了！"毛毛忍住笑："不要不好意思，大胆地活出你中产阶层的风采吧。"小白拱起手："我努力，我努力。听说阶层都固化了，我这样一下子能干拔上来不容易。还得多仰仗大家指导我。"

毛毛抬举地说道："您来什么事儿啊白总？"小白有些不好意思了："别，也别叫我白总，这还只是一个愿景。我来是想跟李设……不，跟李貌姐提一个请求。不知李貌姐能不能答应。"李貌回应："那你得先说啊。"小白说道："我想参观一下你们家。"李貌一愣："为什么啊？""我听苏洁说你们家是由你设计的，非常高大上，非常有特点——"李貌打断："你想买房了？"小白微微点头："有这个愿景了。所以我想看看你的装修设计风格。没准儿以后也找你俩来给我干这活儿。"

毛毛捅了捅李貌："李貌，这是咱们潜在的客户呢，你可不能不答应。"李貌想了想："成。找个李掌柜和万师傅不在家的日子你来。"小白一脸满足："谢了。我还有个随行人员哈。"毛毛问："谁啊？""苏洁。她是我的人生顾问嘛。"毛毛惊讶："她不光顾你星座属相什么的吗？置业也顾了？"小白认真道："顾。只要她顾得过来的，我都听听她的意见。"毛毛狐疑道："你给她顾问费吗？"小白："那当然——那我不能说。这是商业机密。"毛毛一乐："行，嘴还挺严。您赶紧忙去吧白总。"

送走小白，李貌、毛毛驱车去往安心的别墅庭院。

李貌拿着画笔给那块仿冒砖上色调整。毛毛站在旁边给她打着一把伞。

李貌嘀咕着："就怕那天下雨。"毛毛不以为意："我查天气预报了，北京最近没什么雨。"李貌心虚："我从没造过假。心里有点儿慌。"毛毛提醒说："我跟你说过了，这不是造假，是求真。还有，这事儿你别写日记里去啊。日记也不能什么都写。"李貌还是不放心："不会出什么事儿吧？这涉及咱们'家是一座城'的品牌和荣誉啊。"毛毛安抚道："你打小是幸福果儿，逢山开路遇水搭桥，在你这儿只有好事儿没坏事儿。"

这时手机响了，李貌停下手中的画笔，拿出手机看，是管红花打来的。

李貌接起电话："喂，妈。""李貌，有件事儿想跟你商量。不知你什么时候方便？我随时都可以去你工作室找你。""我现在在郊区呢。我回城以后给您发微信。急吗？""不急。你先忙。我等你消息。""好的。那先挂了。"

李貌挂断电话。继续工作。

毛毛问道："管副科长找你什么事儿？""不知道呢。"毛毛笑："估计是备孕的事儿。"李貌左右看了看："公开场合，注意你的言语！"

李双全在厨房里榨果汁。

万山红走到客厅窗前往下望，看不见常有丽是否在遛狗，悻悻地坐到沙发上，随手打开电视。电视里播音员正在播报一条新闻："本台最新消息，一名32岁女子前段时间被狗咬伤后，第一时间去医院打了五针狂犬疫苗，但不幸的是，她竟然于今天上午狂犬病发作身亡，究竟是哪个环节出了问题呢，请稍后关注我们的跟踪报道。"

万山红手中的遥控器吧嗒掉到了地上，脸色苍白，身子瘫软在沙发上。

万山红拼尽全力几乎是惨叫一声："李双全！"

李双全正端着杯子仰头喝果汁，被万山红的惨叫惊得洒了一身，顾不得擦急忙向客厅冲去，只见万山红浑身无力满脸泪水呼吸困难瘫坐在沙发上。

“怎么了山红？”“我不行了双全。”“哪儿不舒服？心梗？脑梗？要不要叫救护车？”“新闻里，一个女的，今天上午，狂犬病发作，死了。”

李双全一听是这事儿，松了口气：“你跟她不一样，打疫苗了。”万山红哭着说：“一样。她也打疫苗了。”李双全疑惑道：“你看的是假新闻吧？”万山红指指电视：“新闻台刚报的。假不了。”

李双全掏出手机：“我看看网上有没有。”快速搜索了一下：“哟，还真是！”万山红又是一哆嗦：“我怎么有些怕光呀，怕是也要犯了。”李双全忙安慰道：“山红，你别瞎想。网络上都在讨论，一个可能是她的那批疫苗过期了，另一个可能是她自己的免疫力低，还有一个可能是咬她的那只狗携带的病毒太烈。这跟你都挂不上钩。”万山红眼泪止不住得往下掉：“怎么挂不上钩啊？万一我的那批疫苗也过期了呢？万一我的免疫力也低呢？哦，不对，不是万一，我的免疫力本来就低，动不动就感冒。万一咬我的那只狗病毒也很烈呢？”

一提到狗，李双全忽然心里有底了。

“万师傅，你就放一万个心吧。那常有丽不是给过你一个检测证明吗？她那狗没有狂犬病毒。”“她的话你也信啊？”“我不是信她的话。我信她的那份证明。医生的检测证明她造得了假？人命关天的事她敢造假？她这人虽然不讲理，但总还不至于拿着别人的性命开玩笑吧！”“你也觉得她不讲理？”李双全无奈地说：“现在不是讨论她讲不讲理的时候。是你相信她会给你开假证明害你性命吗？”

万山红觉得这话也有道理，身上有了点力气，坐起身来。

“确实。她伤我多次，但绝对不敢真害我。”

李双全捡起地上的遥控器递给万山红：“继续看电视吧。别看新闻了。你不是喜欢电视剧吗，最近有一部特狗血，叫《满朝文武爱上我》。你应该爱看。”

李双全转身想回厨房。

万山红忙叫住：“不，双全，我还是不放心。”李双全头疼：“要怎样你才能放心？”万山红想了想：“不是检查常有丽的狗，而是要检查一下我体内到底产生没产生抗体，只要有抗体了，我就彻底放心了。”李双全摇头：“不要多此一举。”

万山红呼地站起来：“我的生命我做主！你每天喝果汁营养液的想长生不老，我也不想活在狂犬病的阴影里。”

万山红说着进了屋，拎上自己的包就往外走。

李双全瞠目结舌。

万山红径直去了上次打疫苗的医院，找到接诊她的医生。

听明来意，医生跟万山红解释："我跟你说了，你这个情况不用复查，用不着检测。你已经安全了。"万山红一脸焦灼："那个女的打了疫苗，狂犬病又犯了。这你怎么解释？"医生回应："那个患者不是在我们医院治疗的，我不清楚过程，跟你解释不了。但你是我接诊的，疫苗在我们这儿打的，我现在可以保证你是安全的。"万山红仍不放心："我心里不踏实。我就想查一下，看我身体里是不是已经有抗体了。你让不让查吧？医院不就是给患者治疗和检查的机会吗？"医生无奈道："那就查吧。"

李双全一个人在屋子里踱来踱去思考了良久，走到桌子前，拿起毛笔写了一段公告："兹因个人事务，李氏蹄花店停售一段时间。何时重新开张，另行提前通知。感谢各位新老顾客的支持。鞠躬。李双全。"

写的过程中，肋部又疼了几次，短短几句话写了好一会儿才写完。

李双全坐到沙发上休息，拿起手机给供应商打电话。

"喂，老朱。我双全。"老朱热情的声音："双全啊，今儿你怎么没来拿货啊，都给你留好了，一水儿的前蹄儿。""老朱，抱歉，我最近个人有点事儿，店要关一段时间，货就先不拿了。你尽着别人吧。""双全，你没事儿吧？要有什么能帮得上忙的言语声儿。""没事。放心。再见。"

挂断电话，李双全顺手打开了四合院的监控，神情一凛，不禁坐直了身子——画面中，徐子雯正走向四合院正房门口。

徐子雯感慨地左右打量着院子，走到正房门口，掏出钥匙打开房门进去。

房内干净、温馨、安静。阳光洒进来。

徐子雯满怀感情地看着房间里的东西。

李双全将监控切到了室内，见徐子雯敲了敲餐桌、坐了坐沙发，又起身凝视着墙上的老照片——那里有徐子雯自己的照片，有她跟李才奶奶的照片，有李才小时候的照片，也有她跟李双全的照片。

徐子雯情不自禁伸手抚摸着这些照片。

徐子雯走到立柜前，打开立柜。立柜里挂着李双全上次跟刘克弱比武的衣服。徐子雯从衣柜里取出衣服，拿在手里。

李双全紧张地看着监控视频。画面中，徐子雯将衣服放到鼻子前闻着。

李双全不自觉地凑近了手机屏幕。

大门砰地打开了，万山红风一样地进来。

李双全赶紧关掉监控视频。

万山红径直走到李双全跟前，盯着李双全。

李双全有点发毛："检查完了？"万山红目露火光："拆迁你到底听谁说的？"李双全掩饰道："没听谁说啊。"万山红气呼呼地说："现在家家户户都在装修。都说听到了风声。说这次是真的。"李双全大惊失色："真的吗？"万山红手一指："你自己到窗前去看看。"

李双全起身快步走到窗前，往下一看，只见楼前停满了装修施工的车和材料，各个单元门口都有工人搬着装修的材料在进出。

李双全懊恼不已，猛击了一下墙壁。

万山红追问："你真没听谁说？"李双全有气无力地回应："我瞎蒙的！——你这次不跟着他们折腾了吧？"万山红眉头一扬："折腾啊。我得等我检查报告出来，没事儿我就折腾，有事儿我就消停。"李双全一脸无奈："不会有事儿的。但我也不希望你折腾。人家拆迁都是有标准的，不是你挂上几张贴画就给你加钱。"万山红警惕道："什么标准？你听谁说的？"李双全心乱如麻："我不知道什么具体标准，也没听谁说。我就是觉得肯定有个统一标准。没标准就乱套了。"

万山红嘟囔着："我不像常有理那样爱占人便宜，但我也不想吃亏。幸福里这一片拆的时候我也看见了，虽然说大差不差，但是还是爱哭的孩子吃得奶多。哎你怎么没去进货？"

李双全指指桌子上的公告。

万山红看了一下："什么情况啊你？""累了。休息一阵子。"

万山红狐疑地看了一眼李双全："我也累了。阳台躺会儿去。"

万山红去了阳台，躺到阳台吊椅上闭目养神。

李双全瞄了几眼万山红，悄悄又打开四合院的监控视频，房间里已空无一人。

常有丽、管红花、尚得志到苏洁原先住的房子来看房。三人转了一圈进了原先苏洁的房间。

常有丽很有理地说道："我估计你们习惯了二人世界，所以思来想去，就把苏洁给劝退了，她的房间，也归你们了。”尚得志觉得不合适：“这是什么买卖！这是什么买卖！这不等于我们把人姑娘给赶出去了嘛。”常有丽信口开河：“她住到你徒弟李才那儿去了。也是我给她找的地方。没有下家，我不会让她走的。一样不花钱。”

管红花说道：“有理同志——哦，不，有丽同志，感谢你的好意。但苏洁走不是我们希望的，这个房间也不在我们计划之中。”常有丽一听就懂了：“哦，这我知道。不会让你们按原价支付的。苏洁这个房间放在中介，一个月至少能租两千，你们只加三百就行了。”尚得志感激：“哎呀，这哪好意思！”

管红花瞪了尚得志一眼：“老尚，你清点一下物品，给有丽同志一个清单。”尚得志干脆地回应：“哎。”

尚得志去别的屋统计去了。

管红花一脸严肃：“有丽同志，我不多说，我只再强调三点：一、我跟老尚一直求真务实，统筹兼顾，能用多少面积就用多少面积，因此我们就不占用这个房间了。二、我们立足当前，着眼长远，自觉按兜里有多少钱就办多少事的人生理念，在你给我们每月三千元的租金预算上，我们不会再咬牙提高了。三、综合以上两点，这三百元人民币我们就不支出了。”

常有丽并不意外：“管科长很会过日子啊。一百也不能出吗？”管红花语气坚定：“我出身政界，为人小心，但并不小气。这个事儿并不是一百和三百的问题，而是不必要的浪费必须杜绝。该大方的时候我很大方，该小心的时候我也很小心。希望您能理解。”常有丽笑着：“理解理解。人生大方不大方，取决于他有多少钱。我也不是个大方的人儿。咱们一样儿一样儿的！”

管红花听着别扭，但也没再说什么。

常有丽又说：“咱们按季度支付，一会儿你微信转给我就行。”管红花又开始了：“这个我说三点：一、我同意你微信转账的方式。二、按季度支付得改变一下。三、为什么改变一下呢？因为我听说要拆迁了，谁知道明天和拆迁哪一个先到来呢？故，按月支付吧。当然，如果你立等着这笔钱急用，我跟得志开个会商量一下，提前支付你一个季度的房租也不是不可能的。”

常有丽被管红花说得没招儿了：“我不缺这三百五百的。按月就按月——管科长，政坛的人我认识得不多，他们说话都像你这样吗？”管红花微笑着：“出纳界的人我结交得也不多，出纳说话都像你一样吗？都能常有理吗？显然是不可能的。

千人千衣裳，万人万模样。”常有丽撇撇嘴：“对。都是人。两只眼睛一双唇。”

尚得志在房间里到处溜达统计物品，溜达到阳台上，不经意扭头一看，看到了隔壁阳台上的万山红。

尚得志高兴地喊：“万师傅！万师傅！”

万山红正闭目养神，听见有人喊，睁眼一瞧是尚得志。

尚得志喊道：“万师傅，我跟老管搬这儿来了。以后咱们就是邻居啦。”

万山红干笑了几声还没开口，常有丽和管红花也走到了阳台上。常有丽似笑非笑地看着万山红。

管红花对万山红说道：“山红同志，你的花和摇椅都很具备中国特色，我得向你学习啊。”万山红不以为然：“尚晋是火命，给克死了几盆。要不更多。”尚得志一乐：“这是什么买卖。尚晋还真是火命。有不怕火命的花吗？我买几盆给你送过去。”常有丽接话：“仙人掌。”

常有丽一边说一边在阳台上假装自拍，实际上是想把万山红给拍进去。

管红花低声提醒尚得志：“不要传播封建迷信。”又朝万山红笑道：“人生一世，草木一秋。养花栽草主要还是看技术。”万山红嘴硬：“我跟李掌门的养花技术还是很过硬的。”尚得志这才想起来：“对啊，李掌门呢？在家吗？出来打个招呼啊。”

万山红回头喊：“李掌门，李掌门。有人找。”

李双全也到了阳台上。

尚得志一脸高兴：“我们搬这儿了！”李双全笑着说：“祝贺。”尚得志招呼着：“我张罗一下，来给我们暖锅哈。”李双全点头：“一定。我还有事儿，先回了。”万山红也站起身来：“我也还有事儿，尚师傅，管科长，回见。”常有丽挑衅的语气：“回见。”

万山红没理她，回房间了。

常有丽低声对管红花说：“老管，你发现没，万山红同志的脸是歪的。”管红花又打起了官腔：“还是叫我管科长吧。我不习惯别人叫我老管。我倒没发现。”常有丽又说：“我早就发现她脸是歪的了。你看。”

常有丽拿出刚才的自拍照，万山红出现在后景里。常有丽把照片放大。

“你发现没，这半拉脸是歪的。”

管红花看了一下，摇头：“没发现。”

常有丽失望地叹了口气：“你们都什么眼神儿啊！老管，不，管科长，你还是提醒一下山红同志，让她到医院检查一下吧。”管红花点头：“好。话我会带到的。”

李貌回到工作室，立即给管红花发微信：“妈，我回到工作室了。您方便过来吗？”

管红花连忙赶了过去，见了李貌先说了一下要搬家的事，随即说了回青岛再办一次婚礼的想法。

李貌惊讶：“再办一次婚礼？为什么？”管红花并不想说出真正原因：“这个呢，我不多说，我也只说三点：第一呢，青岛和山东的亲戚朋友都想贺喜一下；第二呢，尚晋从小在我们那片儿长大，结婚没个动静不好；第三呢，在娘家办，不在婆家办，不太好看。”

李貌难以接受：“妈，我就直说了：第一，贺喜怎么贺都行，我跟尚晋下次去青岛的时候请亲戚朋友吃个饭吧；第二，结婚不是为动静，尚晋也不会同意为了动静再组织一次婚礼；第三，我跟尚晋的婚礼是在北京办的，是娘家和婆家合办的。您是总指挥，还做了唯一发言。所以，这并不能说是在娘家办的。我跟尚晋最近工作都挺忙的，就别再折腾一趟了，好吗？”

管红花顿了一下说道：“李貌，你说得都对。那么，我跟你还是有一说一吧——回青岛办这个婚礼，主要就是为了回笼一下资金。”李貌没听明白：“回笼资金？什么资金？”管红花解释道：“就是想把以前我们送出去的份子钱回笼一下。”

李貌倒没想到这一点，愣在那里。

管红花继续说道：“我一直忙着写自传，倒真没想到这一点，是老尚不断提醒我，说半辈子撒出去的份子钱该资金回笼了。你别说，老尚还真是粗中有细。那天他拉了一张单子给我看，嗬，真没少随。我又补充了一些名单。因为我人缘儿比较吃得开，有些人情费用老尚都不知道。老尚也批评我了，不该瞒着他有请必到。”

李貌想了想：“妈，能回笼多少？”

管红花一听有门打起精神：“二十万左右吧。如果他们照通货膨胀来付人情的话，也许二十五还能鼓一鼓。毕竟这是我们半辈子的人脉一次性释放出来。人情一把锯，你咋来我咋去嘛。不过，尚晋一定居北京，以后也没什么机会释放了。人情一关门，不再故乡人。”管红花有些伤感。

李貌快速思索了一番，拿定了主意。

“妈，资金我帮您回笼，但您也帮我一个小忙可好？”管红花警觉地问道：“什么事儿？我的能力是否匹配你的要求？”李貌笑了笑：“绝对匹配。”

管红花斟酌着措辞：“李貌，鉴于你对我的能力并不完全了解，你还是先通报我一下，我再作决定。我必须对你负责。”

李貌犹豫了一下直说开了：“嗯。是这样的，我跟尚晋有了孩子以后，不用您看，可以吗？”管红花拧巴地回应：“这俩事儿怎么搁一块了？你这不是想让我干什么，你这是想让我不干什么啊！是李掌柜和万师傅想看吗？”李貌一脸认真：“我跟尚晋商量过了，要找专业的月嫂。”

一听不是李掌柜和万师傅想看，管红花放下心来。

“找专业月嫂好。我大力支持你跟尚晋的这个想法。”李貌大喜：“您同意了？”管红花一口答应：“成交。哦，不，喜事咱们就这么喜办了。我赶紧回去跟老尚开青岛婚礼筹备会。”

管红花告辞，李貌准备起身送，却被管红花按在座位上：“赶紧忙你的吧。不用送。”

管红花往外走，路过前台。苏洁正在嗑瓜子看星相学书籍，听见脚步声抬起头：“管阿姨再见。”

管红花却走到苏洁跟前：“先别说再见。我跟你谈几句。”苏洁爽快地回应：“好。”递给管红花一把瓜子：“阿姨，您边嗑边谈。”管红花没接：“我从小就不吃零食。”苏洁好奇道：“那你牙口很好吧。阿姨您什么星座？”

管红花认真地说道：“咱们今天先不谈牙和星座——我跟你尚伯伯搬到原来你住那房子里去了，听你常阿姨说，她为了我俩的清静把你给苦口婆心地劝退了，我心里有些过意不去，所以来向你道个歉。”

苏洁一听是为这：“我搬出去确实是为了您跟尚伯伯的清静，但是这不是常阿姨的劝退，而是我自己主动的后退。当然，也不光是为了您和尚伯伯，也为了我自己。我也不习惯跟很多人一块住。”

管红花关心地问：“你搬到李才那儿几个人住？”“三个人。我，李才，箱子姑娘。”“这边也是三个人，那边也是三个人。这不都一样吗？”“老将出马，一个顶俩。你跟尚伯伯每个人能顶两个人，那就是四个人，再加上我，五个人。李才和箱子姑娘俩，加我，仨。”管红花笑了笑：“我能听出来，你是变相地在批评我们年纪稍大一些的同志说话比较啰嗦。我跟你常阿姨他们不一样，我是不啰嗦的。”

苏洁调皮地乐了："管阿姨，开个玩笑啦。主要还是不想打扰您跟尚伯伯。"管红花嘱咐："少嗑。小心嗑出瓜子牙。苏洁，再见。"

"管阿姨，再请问您一遍，您贵星座是什么？""你怎么跟查户口似的——天秤座。当然，我不迷信星座属相什么的。""天平阿姨，再见。"

李双全去了趟蹄花店，把歇业告示贴到玻璃上。这时徐子雯打来电话。

徐子雯已经尽量克制，但语气里还是有一丝责怪的成分："双全，你为什么把拆迁的消息说出去啊？"李双全也有些自责："我只告诉了一个人。"徐子雯叹了口气："你告诉一个人，就是告诉了所有人。"李双全诚恳地说："是啊。你当初就不该告诉我。"徐子雯以为是反讽："你是在把责任往我身上推吗？"李双全有些语无伦次："不不不。我是说，你真不该告诉我。你告诉我，是把我推进了火坑。现在我哪句话都对不上了。"徐子雯敏感地问道："跟谁对不上了？跟你爱人？"李双全回避道："不说这个了。就这事，我向你道歉。是不是给你们的工作造成了困难啊？"徐子雯沉吟了一下："造成了一定的被动吧。我们正在跟政府相关部门进行拆迁的调研安排，争取一次性到位，不要产生什么不良事件。九号楼是一个钉子楼，之前的拆迁都无功而返，所以这一次我们谨慎又谨慎。消息提前泄露会让居民产生拆迁综合症。不光对我们的拆迁工作，就是对居民的生活质量都有影响。"李双全更加自责："惭愧。惭愧。"

徐子雯转移了话题："我想找个时间去看一下李才奶奶。行不行？"李双全拒绝："不行。"徐子雯问道："怕你爱人知道？"李双全没正面回答："她现在有高血压，不能兴奋，一兴奋血压就蹿到最高值。她要见到你，会兴奋到有生命危险。"

徐子雯沉默了一下："那我想见一下李才。可以吗？"李双全不置可否："这是你的权利。但他不一定见你——他对你有些意见。"徐子雯心情有些沉重："所以我需要你帮我约一下他。"李双全犹豫道："你们什么时候公布项目？不能等你公开亮相之后再见他吗？"徐子雯语气有些激动："还不知道什么时候能公布。要等有关部门的指示。在美国的时候还好，我网上看看他照片和视频也就满足了，但是回到北京，离他很近，几乎能感受到他的气息了却见不到他。我——"

徐子雯说不下去了，哽咽起来。

李双全有些慌："子雯，你看这样行不行，李才的手机号你有，你先约一下他。如果他不见你，我再出面。好不好？"徐子雯忍住泪水："好！"

安心坐在办公室里，墙上的大显示屏上放着李才的讲座视频。李才在视频里口若悬河。

安心一边听一边在电脑上浏览着尚晋发来的优秀调解员资料。看着看着，尚晋的名字忽然出现在电脑屏幕上。

安心停住了。将尚晋的资料打开，放大观看。看着看着，安心心潮澎湃，禁不住站起身来回走动起来。

李貌和毛毛在加班讨论一份设计图。

毛毛说道："这活儿是一土豪的，你给他设计得太雅了，得再俗一点。"李貌皱眉："这我已经俗到底线了。""你的底线就是他的理想。他最大的目的就是想使他的卧室显得大。""卧室大要显小，小要显大，这是咱们的美学原则和历史习惯啊。皇帝卧室都不能大。""皇帝他至少懂啊。暴发户哪懂这个。你必须想尽一切办法使卧室变得不像卧室。"

李貌想了想："这也简单。我给他卧室的东西两道实墙上画上一扇窗，窗户是开着的。东墙是一座座山峦，苍翠葱郁，象征太阳升起之地，万物盛开，光天化日。"毛毛鼓掌："好好好！西墙呢？""西墙的窗户望出去，是一望无际的大草原，青草绿到天边，有马匹星星点点游荡其间。"毛毛鼓掌："好好好！天花板呢？天花板是星空好不好？深邃神秘。"

李貌摇头："星空不好。是个人就能想到。"毛毛耷拉下脸。李貌忙解释："你不是让我挖空心思嘛，星空你说这暴发户想不到？"毛毛一脸不悦："合着我跟暴发户一个水准。那你觉得什么好？"李貌目光看向远处："大海。天花板给他画一片辽阔的大海，波浪轻轻翻滚，他不是要大嘛，咱们给他弄到没边没沿儿。"毛毛鼓掌："好！让他知道什么叫大！"

苏洁正在前台嗑瓜子，一个西瓜搁到了她面前，抬头一看是尚晋。

"尚晋哥，你这是送李貌姐的？""送你的。""我不爱吃西瓜。""我送的不是西瓜，是西瓜子。来，给我把瓜子。"

苏洁拧巴地掏了一把瓜子递给尚晋。这时他们听见里边不断传来鼓掌击掌叫好声，两人面面相觑。

尚晋茫然地说："这都什么情况啊？这俩工作起来怎么跟打了鸡血似的。"苏洁不屑道："这俩人一听有钱挣就兴奋，见钱眼开的主儿。"忽然想起尚晋是李貌丈夫，忙打圆场："哦，我也见钱眼开。人之常情，我倒不是贬义。你是调解员，经常调解金钱矛盾吧？"尚晋苦笑："不是经常调解金钱矛盾，是所有的矛盾都与钱有关。要么是钱引起的，要么得用钱解决。"苏洁有些惊讶："听起来这份工作难度很大。"尚晋说："不是很大，是相当相当大。"苏洁好奇："那一般都怎么调解？"尚晋摊开手念叨："开导，劝解，苦口婆心，语重心长，软的，硬的，文的，武的，一块儿往上招呼。简单一句话，用所有的矛和盾，来化解所有的矛盾。"

苏洁一脸深沉："悲哀，人类的悲哀。我要写一部深刻的关于人性的戏剧，希望能获诺贝尔文学奖。获奖感言我都想好了。"尚晋笑了笑："你想多了。"

尚晋手机响了，一看是安心来电，连忙走出去接电话。

安心在电话里听起来很兴奋："谢谢你尚晋。我找到调解大师的人选了。"尚晋一听顿感欣慰："太好了。祝贺你。""你不想知道是谁吗？""不想。是谁我也不认识。不过我可以帮你联系。我们周主任那儿联系方式都有。""不用周主任帮我联系。这个人你认识。你帮我联系就行。""我认识？谁？""你。"

尚晋愣了愣："开什么玩笑。""你觉得我像开玩笑的样子吗？""安心，我不行。我没有这经验。""史航、谭飞最初也是菜鸟。经验都是从没经验开始的。""不行。真的不行。""你对自己这么没自信？""不是我没自信。安心，咱俩关系特殊。""前女友这个关系很特殊吗？"

尚晋环顾左右："对你来说也许不特殊，但对李貌来说很特殊。我不能伤害李貌。其实我都答应过她，不再跟前女友联系。""是不再跟我联系吧？""不是。不是针对你，是说前女友。""尚晋，你只有我一个前女友。""这个不重要。重要的是我不能参与你这件事儿。"

安心激动起来："你太大男子主义了！你太小瞧我们女性了！你已经结婚了，我也马上要嫁了，新房是谁给我在装修？是你太太！这个关系还不够明确吗？有什么特殊的？分手了我们就不能光明正大地做朋友吗？"尚晋解释："我怕李貌觉得我出尔反尔，质疑我的人品。我是靠人品生活的人。"安心不甘心："我觉得咱们都已经攀登到了人生各自的新阶段，应该互帮互助。你跟我谈恋爱的时候总教育我，做人做事两点之间直线距离最短，你现在怎么变成抛物线了？"

尚晋争辩道："你不要乱用我的理论，这个理论要把两性关系除外。因为在两性之间，直线距离最远。""尚晋，我没有退路。你是唯一人选。"尚晋有些崩溃了："我怎么就成唯一人选了？泱泱大国，巍巍首都，成千上万的调解员，你就找不到其他的人？”“千人排门，不如一人把关。比你强的有。比李才强的也有。但组合起来，你俩就是最合适的，就是能把关开门的。知道史航和谭飞为什么能火吗？因为他们平时在生活中就是一对损友。在节目中能够配合默契，该互相怼就互相怼，该互相捧就互相捧。本来我也可以给李才找一个其他的什么调解师，磨合几期也能出来。但时间来不及了，我只有一期拍样片的机会。要么成功，要么出局。生死存亡，在此一举。而且，也不必瞒你，如果节目失败，我跟刘一手也必然瓦解。”

尚晋无奈：“你想怎么办？”安心迫不及待地说：“时间贵如油。你叫上李才。咱们连夜开个策划会。”尚晋一头雾水：“你给我出了我自己都调解不了的难题啊！”安心想了想：“如果你觉得为难，我给李貌打个电话解释一下。”“不用。我自己说就可以。而且也不光是李貌的问题。”“还有什么问题？”“我更大的担心是，以我的聪明才智妙语连珠，我上了节目就会红遍全国啊！我根本不愿意当这种大众名人。”安心冷笑一声：“你想多了——地址我一会儿发给你。”

第二十四章

挂断电话，尚晋眉头紧皱想了好一会儿，鼓起勇气去了李貌的办公室。

毛毛打趣："哟，等不及了。"李貌准备收工："马上就好。"

尚晋心情有些复杂："不，我不是催你的。我有件事儿跟你汇报一下。"毛毛问："需要我回避一下吗？"尚晋一脸严肃："不用回避。也想听听你的意见。"

李貌、毛毛都看着尚晋。

尚晋低着头："刚刚安心给我打电话说了一件事儿，比较严重。"毛毛下意识地问道："砖的事儿？"说完自知失言，懊恼地捂了一下嘴。

尚晋没明白毛毛什么意思："她没说砖，是她节目的事儿。她节目里两位嘉宾辞职了，她想请李才和我补位，算救场吧。"

李貌和毛毛都很意外。

毛毛不相信自己的耳朵："请你俩去录节目？"尚晋点点头："是的。"李貌心里不是滋味："你答应了？"尚晋不置可否："我想听听你的意见。毛毛，也想听听你的意见。"李貌一直看着尚晋："我问的是，你是不是已经答应了？"尚晋沉默了一下："对。我已经答应了。"李貌语气中带着一丝愤怒："你都已经答应了。那你还问什么我的意见毛毛的意见？"尚晋自觉理亏："如果你反对，我就不去。"李貌板着脸："我反对。"

尚晋和毛毛都愣住了，看着李貌。

李貌看着尚晋："我反对，你就会不去吗？你不会的。你会想尽一切办法说服我。我了解你，尚晋。你也了解我，你知道我不会反对的。我为什么要反对？我找不出我要反对的理由。我还当这是好事呢。”

尚晋没听懂李貌的话是正还是反，没敢接。

毛毛有点蒙：“尚晋，你是救一次场还是以后就驻场了？”尚晋摇头：“我也不清楚。”李貌顿了顿，努力平静下来：“什么时候去？”尚晋满脸歉意：“一会儿就去。”“晚饭你怎么吃？”“我跟李才商量吧。”“那你去吧。早点回来。我跟毛毛还有几个细节商量。”

尚晋如获大赦，一出门赶紧给李才打电话，把安心的意思大致说了一下，叫李才开车到咖啡馆来接他。

李才很快就到了，两人驱车去往安心的办公室。尚晋在驾驶座后面的位置，系着安全带。

李才看看后视镜里的尚晋：“你坐到我边上多好啊，聊天方便。”尚晋放松下紧绷的神经：“副驾驶位置是全车位置中最不安全的。我能不坐就不坐。”李才一笑：“那你现在这位置是最安全的？”尚晋一脸认真：“是的。当然，也得是在系安全带的前提下。不系安全带，哪儿都不安全——《调解三人组》你看过吧？”“当然看过。那个史航、谭飞跟我很熟，我们在其他场合见过多次，都是嘉宾界的老熟人。”“你觉得你行吗？”

李才笑了：“你得问你行不行，别问我。史航、谭飞中间跟我差着一百来个高晓松。你得考虑一下你行不行。”尚晋给自己打气：“调解比赛我是第一名，我有什么不行的？”李才得意地笑了笑：“调解和节目调解是两个事儿。源于生活高于生活。不过没事儿，你也不用紧张，做节目我是老司机，你跟着我的节奏就行，不会把你带沟里的。这安心一定是我粉丝，看过我很多节目，否则不会拐弯抹角请我的。”尚晋无奈道：“李才，你是我推荐的。”李才郁闷：“是吗？难道我过气了？不红了？不能啊。”尚晋实在看不下去李才的浮夸，嘲笑道：“才哥，您红过吗？”

快下班时周茉莉接到罗永恒电话，约她在附近一家餐馆吃饭。周茉莉犹豫再三还是去了。

周茉莉掐着点到了餐馆，罗永恒正站在门口等着她。

“茉莉你好，你真准时。有证据表明，优秀人士都从不迟到。像我就没迟到过。”周茉莉有点冷：“早到也不好受。外边多冷啊，你在这儿等干吗，走，咱们进去吧。”“不，稍等一下，你从哪条路来的？是不是抄小道来的？”“是啊。”

罗永恒露出一脸关怀的神情：“我不是发微信提醒你了吗，我就怕你不接受我的提醒。以后你可不能再走那条小道了。有证据表明，那条小道没装探头。我就从不走没有探头的道路。最近全球发生了好多女性失踪案件，你要注意。你以后也不要走没有探头的路。大意失足阳关道，小心驶得万年船。这是我的座右铭。”

周茉莉听着有点害怕：“你这么一说，弄得我很没有安全感啊。尚晋也是这样，天天背个大包，好像随时都有灾难发生，也是弄得我没有安全感。你们俩男的怎么活得比我还小心。”

罗永恒严肃地说道：“茉莉，你最好不要把我跟尚晋相提并论，我的一言一行都有证据支撑。我也是真关心你。他尚晋有什么？耍嘴皮子抖小机灵而已。在我眼里，他就是个棒槌。”周茉莉一愣：“棒槌什么意思？”罗永恒一脸嫌弃：“二。二百五。缺心眼儿。不懂装懂。”周茉莉迟疑道：“我没感觉到他棒槌啊。我觉得他懂得不少啊。你这有证据表明吗？”罗永恒一脸自信：“你是被他蒙蔽了。我会有证据表明他是个棒槌的。”周茉莉有些无奈：“有其他证据表明，外边太冷了。”罗永恒这才回过神儿来：“走，里边暖和着呢。这是我为你千挑万选的馆子。”

两人进了餐馆落座。罗永恒拿来菜单，自顾自点了一堆菜。

周茉莉看着上来的菜有些愣怔：“你怎么知道我爱吃这些菜？”罗永恒神秘地回应：“有证据表明，你爱吃这个。”“什么证据？”“我看了你最近五年来的微博和你发的所有的朋友圈，把你喜欢的书、菜以及你爱逛的店做了一个大数据的统计。所以，到目前为止，我可能比你自己更了解你。喜欢一个人，首先就是要了解一个人。”

周茉莉有些尴尬：“可是，我今天是来拒绝你的。”罗永恒疑惑道：“不能啊。有证据表明，你也是喜欢我的。”周茉莉一头雾水：“这又是哪儿看出来的？”罗永恒：“暂时保密吧。你为什么拒绝我呢？”

周茉莉神情略微黯淡了下去：“因为我比你大。”罗永恒脱口而出：“我不在乎。”周茉莉仍不放心：“你家里人呢？”“我们家我妈主事儿。我问过她，她说大一点可以。我妈很开明，头脑灵活，不像一些僵化顽固的家长。比如说像尚晋的丈母娘万山红。”“真的吗？你妈不在乎年龄？”“当然是真的。我从不说没有证据的话。如果你需要，我下次可以录一段我跟我妈对此事的态度来向你证明一下。”“那倒没有必要。”

罗永恒忽然又担心地问道："你不会是比我大三岁吧？"周茉莉看着他："你怎么知道的？你又哪儿看见的证据表明？"罗永恒神情却凝重起来："你真比我大三岁？""对啊。""那你属羊？""嗯。"

罗永恒不自觉地叹息："唉，嗨，这！"周茉莉惊讶："你也相信属羊的女人命不好？""我怎么会？我是受过高等教育的人，我一证据学教授怎么可能相信这些完全没证据的话！"

周茉莉放下心来："嗯，我就想你不可能信这个。""可是，我妈信。"周茉莉一愣："不是有证据表明你妈是个开明的人吗？"罗永恒沮丧道："我妈哪儿都好，就是在属羊这事上认死理儿。她早就说了，只要我答应她不找属羊的女的，找什么样的都行。她的开明，建立在不找属羊女性的基础上。"

周茉莉有些失落："所以，我拒绝你还是对的。生命太短太短，没时间留给遗憾。"罗永恒忙说道："不。我要挑战命运。我要跟我妈谈谈，扭转她的观念。我也要借此一改邻里街坊对我的错误认知。"周茉莉疑惑地问："他们对你有什么错误认知？"罗永恒一脸委屈："他们都说我是妈宝男。你觉得我像妈宝男吗？"周茉莉淡淡地回应："等有证据表明吧。"

咖啡馆里客人不多。箱子姑娘照例在表演区弹吉他唱歌。

刘克弱和徒弟高大勇进来了，坐到一张桌边。

小红走过来，递上菜单："您好。您二位来点什么？"刘克弱直接问道："你们那个说话特啰唆的服务员呢？"小红转过头："白总，白总，有人找您。"

小白握着一本书从一边晃晃悠悠地走过来。穿着打扮跟以前大有不同。

"谁找我呀？——哦，克弱兄啊。别来无恙？"刘克弱有些意外："你成白总了？哪儿的白总？""不敢。人称一声白总，也就是江湖上抬举，给个面儿而已。克弱兄您喝点什么？""两杯你们的自酿白啤。中杯。"小白对小红吩咐道："上两个大杯。富余出来的那部分我请。"

小红答应着走开了。

小白笑着问："克弱兄，您今晚上来是闲坐还是有事啊？"说着意味深长地看了舞台上的箱子姑娘一眼。

刘克弱说道："你放心，我跟这姑娘之间的爱恨已了，我跟李才的恩怨已断，再没有任何瓜葛了。我来，就是听听歌，喝杯啤酒。"小白立刻鞠躬道："理想胡同欢迎您。您二位慢慢聊。啤酒马上就来。”

小白迅速走到没人的角落里，掏出手机给李才发语音微信。

“李才哥，李才哥，上次踢你馆的那个野蛮人刘克弱带着他的一个打手刚刚来到理想胡同咖啡馆，我大义凛然地上前与他交谈，安抚了他，目前他的情绪很稳定，应该不会发生过激的行为。现在我正请他跟他的打手喝两大杯啤酒。箱子姑娘也在正常演出。一切请放心。特此通告特此通知特此汇报。”

安心、尚晋、李才、袁滚滚、现场导演及两三个编导在会议室里开会。安心正在发言。

“我负责串场，控制现场节奏。尚晋主控调解过程，负责跟调解对象谈话沟通，找出解决矛盾的办法，要保证在现场将矛盾化解成功。李才老师的任务就是八个字：插科打诨，活跃气氛。”李才撇撇嘴：“闹半天我是个丑角啊？”

安心笑着说：“李才老师，您并不是丑角，而且责任重大，但因为时间紧急，我就先用了这么八个字简单描述。您是节目的老油子，不，老江湖了，我觉得咱们就不必多作解释了。”

李才发现手机屏幕亮了一下，小白来了语音微信。李才说了声“对不起”，拿起手机贴耳边听了一下微信内容，又对安心说：“您请讲。”

安心严肃地说：“李才老师，尚晋老师，您二位是我们请来的嘉宾，我们非常尊重，但以后节目组开策划会的时候，一律不能接打手机，不能微信聊天。手机要全程保持静音。这是我们节目组的纪律。”

尚晋和李才对视一下，各自拿起手机静了音。

安心继续：“现在，我先说一下库存选题和调解对象的情况。目前我们的库存选题有六个，这六个选题中的调解对象都联络好了，随时可以录。按照原来的计划是想先录一个教育题材，就是一对夫妻在怎样教育孩子的事儿上产生了分歧，闹到要离婚。但这个选题相对比较温和，并不适合本次录制。因为这次录制我们从中途又回到了起点，是录制样片，所以得找激烈一点的。”

尚晋问：“最激烈的一个题材是什么？”安心想了想：“最激烈的一个选题是认亲。有个女孩，是世界射击锦标赛的冠军，她小时候父母想要个男孩，但生了一堆女孩，弄得家境越来越艰难，父母就把她送人了。有一对夫妇收养了她。女孩获得了世界冠军后，被她亲生父母发现，就来认亲。但女孩坚决不认，双方矛盾不断升级。但考虑到尚晋和李才两位老师是第一次录制，也不宜选最激烈的。所以我想还是找一个中等难度的——”

这时李才发现手机又亮了，一个陌生号码打进来，毫不犹豫地按了拒接。

尚晋干脆道：“就选这个最激烈的。”安心皱眉：“万一 hold 不住呢？咱们仨毕竟没磨合过，这个难度太大。”尚晋一脸自信：“优秀的人生来就是解决困难的。”

这时李才手机屏又亮了一下，刚才那个陌生号码发来一条短信：“李才：我在北京，我想跟你见一面，可以吗？妈妈徐子雯。”李才浑身一震。

尚晋淡淡地分析道：“有我在，没什么 hold 不住的。你不用担心。为什么先做这个呢，因为这个选题里边有亲情的疏离，有阶级的分层，有身份的变化，有年代的变迁，我想，还会牵扯到金钱的问题。事儿很大，线索很复杂，对我们调解员来说，很刺激，很带感。李才，你觉得认亲这个选题怎么样？”

李才愣神没说话。

尚晋敲敲桌子：“李才，想什么呢？”李才一激灵，回过神来：“哦，刚才思考得太深，竟然入定了。你说什么？”尚晋冲着李才一字一句地重复道：“我说先录认亲这个选题怎么样？”李才脸上肌肉不自觉地抽搐了一下，摇头：“不美。这个选题太狗血。”

尚晋有些意外：“只要是真实的，怕什么狗血？调解类节目，不就是直面真实吗？”李才摇头：“一口吃不成胖子。我还是同意安心的意见，先录个中等难度的。这不是出风头的时候，要保证安心的成功率，而不是成功度。”安心欣赏地看着李才：“谢谢李才老师的关心。”

尚晋争辩道：“没有成功度，就没有成功率。以前的节目很精彩，如果我们也只是做到精彩，在审片组那儿肯定会挂彩。”李才一愣：“为什么？”尚晋脱口而出：“因为衣不如新，人不如故。”

李才手机屏幕又亮，徐子雯补来一条短信：“李才：我时间随时都可以。看你方便。妈妈。”

李才把手机屏幕朝下放在了桌子上：“尚晋，我不想录这个题材。如果非得录，我退出。”

众人都一愣。安心看着尚晋。

尚晋严肃地板着脸：“今天会就开到这里吧。请节目组按照认亲这个题材做录制准备。一定要把详细的资料发给我跟李才老师。”李才有些激动：“我刚才的话你没听见？录这个我就退出。”安心觉得气氛不对，赶忙打圆场：“尚晋，咱们换一个吧。”尚晋语气坚定地说：“不用换。你们尽管准备就行了，我会说服李才的。”李才哭笑不得：“你不可能说服我！”尚晋看着李才：“人可以有文化自信和知识自信，不要有性格自信。人是会变的。”

箱子姑娘在台上唱歌。刘克弱和高大勇还在喝啤酒。

“大勇，知道我为什么喜欢箱子姑娘这样柔弱范儿的吗？”“不敢反抗您？”刘克弱白了高大勇一眼：“你这意思我喜欢欺负弱者？在我这双拳头之下，有强者吗？”高大勇不屑地笑了笑：“没有。没有。”

“大勇，你喜欢什么样的姑娘？”高大勇话里有话：“我哪有喜欢姑娘的资格。”“大勇，你为什么这么自卑？就你这一身腱子肉，什么妞儿泡不到？”“泡妞不得有钱嘛。没钱，就是妞泡我我也不敢下手啊。”“这倒也是。大勇你说这什么世道，像李才这些搞文艺的，文艺女青年猛扑，不但不花钱，还倒贴；像咱们这些搞武术的，怎么没有武艺女青年生扑倒贴呢？”

高大勇见刘克弱没明白自己意思，有些失望，又拐弯抹角提醒。

“就是他们这些搞文艺的，没钱也不行。现在哪儿都离不开钱。有钱不万能，没钱万不能。”刘克弱转过头：“大勇，你今晚怎么老提钱啊？”忽然明白了：“大勇，你是提醒我你在我这儿挣钱少吧？”高大勇连忙说道：“教练，少我也不怕。主要是发得不及时啊。”“不及时？欠你几个月了？”“五个月了。”“我还以为多长呢。不才五个月嘛。这样给你攒着多好。要不你也就花到姑娘身上了，一分都剩不下！”

高大勇有些憋屈：“教练，能先给发两个月的吗？”“吃住俱乐部都管。你有什么花钱的地方？你支这么大一笔钱干什么？现在好多人手里有点钱就赌博吸毒，我得对你负责。”

刘克弱说着拿起手机操作：“我先给你转一笔款过去，你先花着。不用还，以后也不从工资里扣。”高大勇欣喜道：“哎！谢谢教练！”

高大勇拿起手机一看，笑容僵住。刘克弱给他转了三百块钱。高大勇对刘克弱失望了，想了想，按了拒收。

刘克弱见钱被退回来了，诧异地看着高大勇：“按错键了？怎么不收啊？”高大勇淡淡地回应道：“个人困难个人解决吧。就不麻烦教练了。”刘克弱拿起酒瓶：“跟我别见外。有困难就说。困难越大越好。”

尚晋和李才从安心办公室出来，找了个露天的卤煮摊儿，一人要了一碗卤煮，又要了几瓶啤酒，边吃边喝边聊，都略微带了点酒意。

尚晋看着李才："你不是矫情的人。你不录这期认亲节目肯定是有个什么事儿别着。跟我说说。"李才掩饰道："我就是不爱参与这些苦情煽情的节目。"尚晋不信："你以前没少参与。这不是借口。"李才面露难色："你能不逼我吗？"尚晋认真起来："是你别逼我。今天咱们是跟安心在一块开会。李貌再不介意，这个点儿也够晚的了。以前过了十点我要是没回家，她肯定给我来个微信或电话，今天都这点了她也没给我打。说明她还是介意。你就是从心疼李貌的角度上，你也赶紧把这心窝子给我掏了。你要有事儿咱们就解决事儿，你要真没事这期节目咱们就得录。"

李才沉默了一会儿，掏出手机，打开徐子雯发的信息，递给尚晋："你自己看吧。"

尚晋看了一下信息，愣了。

"你不想见她？"

李才默默点头，灌了口啤酒。

尚晋叹了口气："明白了。你也面临认亲的问题。为什么不想见她？""她没有尽做母亲的任何义务啊。她都没有回来看过我。""也许有什么难言之隐呢？有什么误会呢？""我现在倒没有怨恨她。我就是对这事抗拒。我到现在为止不敢走进婚姻的殿堂，就是她跟李掌柜离婚给我留下的心理阴影。""于情于理，你不能一辈子不认。晚认不如早认。""你就这调解水平啊？""你是明白人。话不用多说。"

李才突然压低声音："你知道吗，她早就是有钱人了。全球知名文化地产开发人。跟我都不是一个阶层了。"尚晋语气真诚："爱是超越阶层的。"李才笑着摇摇头："高阶层能超越低阶层，低阶层超越不了高阶层。她现在要是一个普通工薪阶层，再低点，或者再高点，我就认了。你说她现在一巨有钱的人，我去认，那是认亲还是认钱呢？"尚晋反问："你是认钱的人吗？"

李才想了想，沮丧道："我是啊。我是认钱的人啊！这就是我纠结的地方。我记得中学那会儿有一阵儿我特恨她，发誓这辈子不认她。你说她现在有钱了我认她可不就是认钱吗？我要是个不为钱所动的人我问心无愧，可我现在为了每个月一两万的工资我都能给马得路写检讨，我的品质也并不是你想象的那么高啊。"

尚晋看着李才："我没有把你的品质想象得很高。但你的才华我认为是很高的。你要想早点摆脱掉给马得路写检讨的日子，你就好好配合做这期节目。你之前做的那些节目嘉宾都是边角料，这次可是以你我为主。节目一播，你红了，马得路抢着给你写检讨。再退一步说，你做这么一期认亲节目，在这个过程中你也可以想一下你跟你妈妈的关系。想着想着就通了，人生也轻松了。回避只会制造问题，不能解决问题。"

李才话锋突然一转："你为什么这么帮安心？请有一说一。"尚晋被问住，顿了会儿："我说不清楚。但我没有任何别的想法或企图。我心里只有李貌。"李才一拍桌子："我能说清楚。四个字，有情有义。尚晋，你今天晚上的话并没有说服我，但你对前女友的态度说服了我。这个忙我帮了，录。"

尚晋松了口气，又道："你再帮个忙，可千万不要在李貌面前说类似的话。"李才意味深长地说道："妹夫，我不傻。不过，你可千万也别犯错。李貌眼里不揉沙子，作为哥哥，我也不允许任何人往她眼里揉沙子。"

周末上午。尚晋还在睡懒觉，李貌过来推醒尚晋。

"起来了别睡了。"尚晋赖着不想起："今天好不容易休个周末，你让我多睡会儿吧。""睡不了了，小白今天带苏洁来参观。""来参观什么呀？""看看中产阶层都是怎样的房子，看看我设计得好不好，然后决定以后买房子找不找我跟毛毛。""他不着调你也不着调啊？有什么可参观的？拍几张照片就得了。""你这样是看不起新晋中产阶层啊，很不礼貌。"

这时外面传来门铃声。

"这就来了。你赶紧起床吧。"

李貌去开门，把小白和苏洁让进来。

苏洁礼貌地打招呼："李貌姐好。"李貌回应："苏顾问好。"苏洁吐了吐舌头。

小白站在门口不动："李貌姐，要戴鞋套吗？"李貌随意道："不用。尚晋正起床呢，我先带你们转转。"

李貌带着小白和苏洁参观。

"这就是客厅了。我用了一些透视原理，使这个客厅显得大了一些，这是李掌柜练书法的桌子，上边那是一个字纸篓。"

小白四下打量着："不错。挺好。很棒。可以拍照吗？"李貌同意："拍吧。"

小白拍照。

尚晋从洗漱间出来："欢迎二位。"小白转头："尚晋哥，打扰。"苏洁也问候道："尚晋哥早。"李貌招招手："来，你们看看我跟尚晋房间。"

小白和苏洁探头看尚晋和李貌房间。

尚晋在一旁建议："房间有什么可看的，全天下大同小异。我建议你们去看看李掌柜的厨房，那才是真值得参观的地方。"小白不解地问："厨房有什么可看的？"尚晋一笑："你看了就知道了。"李貌也露出神秘的笑容："跟我来。"

李貌领着两人去了厨房。

小白一进门就直眼了："哇塞哇塞哇塞！这是厨房吗？这是厨房吗？我以后就需要这样的厨房！我就要这样的生活！这才是中产生活！"忽然看见神龛："这是什么？"李貌介绍道："五味神。管味儿的。酸甜苦辣咸。有这五味神在，做什么都好吃。"

小白扑通就跪下了，念念有词："五味神在上，小白给您磕头了！请以后让我的嘴吃什么都有味儿！"

小白砰砰砰磕了仨头，抬起头问苏洁："这就管用了吧？"苏洁顺口说道："还得烧香呢。""哦，我烧。"小白站起来又去烧香。

李貌看了苏洁一眼："苏顾问，你的雇主很虔诚啊。"苏洁嘿嘿干笑着："有钱人都这样。有钱人都这样。"

三人从厨房出来，尚晋已经泡好了茶。

尚晋招呼着："来，喝点儿茶。"

几人在沙发处坐下。

小白还在回味："这才是生活啊。"忽然站起身来："我得回去奋斗了，为早日拥有这样的生活。"李貌把他摁回到沙发上："坐下吧你。好容易来参观一回，还能不管你顿饭。一会儿毛毛、马得路也来。中午咱们一块儿吃饭。"小白兴奋地问："用李掌柜这厨房做吗？"李貌摇摇头："倒是想，不会用。那锅碗瓢盆刀枪剑戟的，使唤不了——叫外卖。"小白有些遗憾："哦。"

霸王龙搏击俱乐部休息室一角，高大勇在给刘克弱按背，放松肌肉。

刘克弱满意地说："大勇，我告诉你，你比专业的按摩师按得都好。他们按了没用，我晚上还是全身酸痛，放松不了。你按了，睡得倍儿香，醒了就满血复活。”高大勇停了下来：“您过奖。教练，想跟您汇报个事儿，您别生气。”刘克弱闭着眼睛：“别怕。有事儿就说。事儿越大越好。”“我想辞职。”

刘克弱呼地一下坐起来。

“有人排挤你？”“没有。”“那你为啥要辞职？”“我想休息一阵子。”刘克弱愣了一下：“休息一阵子？你这么年轻休息什么？得赶紧趁年轻多挣钱啊！”忽然明白过来：“哦，你是嫌俱乐部迟发你工资对吧？俱乐部不是只迟发你一个人的，都没发呢。最终会发的。这样，我让财务先给你发一个月的。”高大勇微笑着：“教练，能全发吗？”

刘克弱拍了几下大腿，下定决心。

“好！给你全发！以后可不准再跟我提辞职了！”高大勇嗫嚅着：“教练，谢谢您全发！我对不住您！”刘克弱又一愣：“怎么了？”高大勇为难地说：“我家里人觉得搞散打没前途，另给我找了个工作，我马上就得到那儿去上班了。所以我还得辞职。”

刘克弱瞬间脸就变了：“大勇，你耍我呢！你这是变着法儿要钱啊！这工资就不能给你发了！”高大勇呆住：“教练，这工资明明早就该发给我了，为什么不能给我发呢？”“俱乐部没钱。”“你刚才还说给我发呢？这眨眼就没钱了？”刘克弱冷冷地说了一句“是的。”

刘克弱转身走了。

高大勇对着刘克弱的背影：“教练，我再问您一遍，我鞍前马后在您这儿工作，您确定不给我发吗?!”

刘克弱没回头，只打了个胜利的手势。

高大勇眼里燃起愤怒的火焰，冲着刘克弱的背影做了几个拳击的动作。

中午时分，毛毛和马得路过来了。李貌叫了一桌子外卖，众人围在一起边吃边聊。

小白觉得奇怪：“李才哥怎么不来？”苏洁边吃边回应：“睡懒觉呢。”马得路叹气：“今天我本来想跟我的总顾问聊聊世界局势，他竟然又睡懒觉。我听说马云、马化腾都不睡懒觉。”小白看了看苏洁：“你可以跟我的顾问苏洁聊聊世界局势。”马得路不屑道：“跟苏洁只能聊星座。”苏洁抬起头自信地说：“属相我也懂！”马得路讽刺地点点头：“真渊博！”

毛毛问道："小白，你参观了李掌柜家，有什么感想？""感想很多。太多了。"尚晋问道："小白，你说说。我都住进来了，还没什么感想，不知道你看一回怎么有这么多感想。"李貌一听不乐意了："什么意思？你的意思是住到我们家你无感啊？"尚晋解释道："不是无感，是无感想。"李貌一脸迟疑："这不一回事吗？"尚晋放下筷子："感，代表感觉，感受，也代表敏感。感想，代表对外部事物的一种联想。这个家对于我来说，不是外部事物，是我自己家，所以我没有联想是对的——小白，你赶紧说你的感想。"

小白挺了挺腰板说道："好，我不多说，只说三点——"苏洁忍不住插话："你怎么被尚晋妈妈传染了。"小白一本正经地解释道："我觉得这个思维方式很好，不管什么事儿，你只说三点，保证就说清楚了。第一点，没想到李掌柜卖蹄花，万师傅开大公共能有财力打造出这么一个家，我小看了小作坊小买卖和手工业人群——"

李貌摆摆手："打住。李掌柜和万师傅可不是高收入人群，他俩的财富也是拆出来，他们已经拆过一茬了。"小白有些茫然："哦，这已经是拆过一回了？那我还是要准确预估小作坊小买卖和手工人群的收入，以定位我未来的创业方向。"

李貌示意："说第二点吧。"小白继续道："第二点，我参观到厨房的时候，我发现，这才是生活，我何时才能拥有这样的生活呢？我真是一天也不能等了。就连坐在这里跟你们吃饭聊天，我都觉得是一种浪费。莫等闲，白了少年头，空悲切。"毛毛听不下去了："甭悲切了。你已经不是少年了。"

"第三点，就是关于你们。拥有这么好的厨房，但是还要点这么多外卖，你们已经失掉了做饭的手艺，这多么令人痛心啊？点外卖，增加了多少白色垃圾的污染，多么令人痛心啊？难道你们这一代青年人，就不会自己做饭？就不能自己动手丰衣足食吗？"毛毛敲了敲桌子："别上纲上线啊，点外卖解决了很多人的就业问题。"小白站起身来："你们我管不了，但我作为你们的下一代，我要自强不息，自己做饭，不点外卖。"毛毛哭笑不得："你不会也不吃我们点的外卖了吧？"小白："哦，还真是。改变自己，从此刻开始。我走了。我要回去着手我的创业大计了。再见。"

小白说着果真走了。几个人面面相觑。

毛毛皱眉："走火入魔了吧？"苏洁顺口说道："有钱人都这样。有钱人都这样。"马得路："苏洁，话不能这么说啊。我比小白还有钱，我这样了吗？"苏洁嘿嘿干笑道："刚刚有钱的人都这样。刚刚有钱的人都这样。"尚晋拿起筷子招呼起来:“吃吧。别浪费。小白刚批评了咱们污染，确实也有污染，希望有关部门能早日解决一次性餐饮的餐具污染问题。咱们要浪费就是二次污染。这泡椒凤爪我最爱吃，大学时候的最爱，好久没吃了。谁点的?”李貌一脸得意:“除了我还能有谁?”尚晋嘿嘿笑。

下午，尚晋去了趟居委会，刚好周茉莉也在。尚晋把安心选中他当嘉宾的事向周茉莉做了汇报。

周茉莉很高兴:“太好啦！没想到选中你啦！可喜可贺！这是咱们幸福里社区的一大成绩！——听说安心是你前女友，选中你不会有什么内幕吧?”尚晋一脸自信:“如果有其他任何选择，安心都不会选我。选我是因为她别无选择。我的调解成绩太突出。”周茉莉点头:“那就好。上节目的时候要不忘宣传幸福里，不忘宣传幸福里社区居委会。当然，我你可以不提。”尚晋笑着回应:“我一定见缝插针，宣传幸福里。”周茉莉又想起来什么:“还有，能不能在你出场的时候加上这么一句，这是来自幸福里社区的调解员尚晋。可以吗?”尚晋顿了一下笑着说:“我跟节目组商量一下。目前我还不能全部做主。”“好。要尽快掌握更大的话语权，讲述更多更好的调解故事。”“明白。要做我就会做到最好。”周茉莉语重心长地嘱咐道:“尚晋，无论以后你有什么样的发展，都不要忘本。不要走得太远而忘记了为什么出发。”尚晋立刻表态道:“您放心，我出走一生，归来仍是少年。周主任，您忙吧，没事的话我先撤了。”

尚晋站起身。

周茉莉示意:“有事。”

尚晋只好又坐下。

周茉莉沉吟了一会儿说道:“近年来，幸福里社区公园里的相亲角发展得很好，但也有一些不良甚至丑恶的现象一直在蔓延。我们需要加以警惕。”尚晋看着周茉莉:“比如?”“比如对属羊女性的歧视和伤害。这个你注意到没有?”“我去的第一天就注意到了。”“我非常痛恨这种歧视女性的现象。”“我也痛恨。”

周茉莉心中暗喜:“好。我很欣慰你有这样正确的价值观。我们必须杜绝、根除这种不良行为。”“需要我做什么?”“你调查一下歧视属羊女性的历史原因，我们对症下药。”“我马上办。”“当然，我这么做，全部出于公心。并非因为我是属羊女性我就公报私仇。”尚晋一愣:“您属羊啊?”“对啊。你有什么意见吗?”“没意见，有建议。既然您属羊，我到时候组织个属羊幸福女性说明会。您来现身说法，一举击溃他们的偏见。”周茉莉摇摇头：“我没有说服力。”“怎么没有说服力？您长得漂亮——”“我这不叫漂亮，叫端庄。”“您长得端庄大气——有目共睹，身材匀称——可上秤量，事业有成——全区最年轻女主任，体检指标超强——仅仅有颗智齿……”

周茉莉惊讶地打断道：“嗯？你怎么知道我体检结果的？”尚晋忙解释道：“居委会的体检表是我去领的。人家医生在那儿议论，说咱们这拨儿体检的您指标超强，我就记住了。但您具体的指标我没看哈。我的人品是过硬的。”周茉莉松了口气，放心了：“哦。这就好。”尚晋又笑着说：“就您这样的不叫幸福谁还叫幸福？”

周茉莉叹了口气：“尚晋，在世人眼里，凡是一个女人还没嫁出去，就不叫幸福。美好的婚姻是情感的产物，是竞争的结晶。我没嫁，说明没有结晶。所以，我没有说服力。”尚晋说道：“您这说的是美好的婚姻。那不幸的婚姻呢？那不就是情感的坟墓，竞争的恶果了吗？所以，一个人幸福不幸福跟婚姻没有必然的关系。”周茉莉：“可惜这是你的认识，不是人类普遍共识。”尚晋一脸正义：“这事你甭管了。我来摆平那些老顽固。普遍人类我做不到，我先普遍他们这些歧视属羊女性的人类。”周茉莉欣慰地看着尚晋：“我替属羊的女性谢谢你！”

史航和谭飞很快知道了两人将被替换的消息，躲在一家日料店里密谋。

史航拉着脸：“安心这是釜底抽薪。”谭飞也忿忿地：“也叫落井下石。”“没想到她用了这么卑鄙的手段。”“史航兄，难道咱们就这么忍了？”“知道怎么才能不得抑郁症吗？”“接触正能量？”“有事别憋着。”

谭飞眼睛一亮：“我明白怎么办了——尽快给她捅出去——史航兄，这次怎么没点你爱吃的甜虾啊？当然，我也爱吃。”史航淡淡地说着：“没人报了，花自己的钱还不省着点。签了下家再吃。”谭飞咬着牙：“明白。这是卧薪尝胆的时刻！”

上午，万山红拿着一把小喷壶走到阳台上浇花，不经意间往隔壁阳台一瞥，不禁大吃一惊。

管红花已经把阳台打扮得跟她这边一模一样，也是各种花错落布置，花的种类也差不多，而且也装了一把吊椅，甚至连吊椅的牌子、颜色都一模一样。

万山红呆在那里。

恰好这时管红花也拿着一把小喷壶走到阳台，万山红一看喷壶也一样，有些崩溃了，不自觉揉了揉眼睛，生怕自己是做梦。

管红花热情地打招呼：“早啊，山红同志。”万山红有些语无伦次：“这怎么、怎么一模一样啊？”管红花看了看四周：“一模一样吗？不一样吧，你看，我这边有个小书架，有我常爱看的一些书，你看，像这本《资本论》，我走到哪儿读到哪儿，受益匪浅。活到老，学到老嘛，我时刻更新着自己的头脑，升级着自己的生活。山红同志，你读过这本书吗？”

万山红木然地摇头。

管红花又指了指身旁一处：“我这吊椅前边还有个小书桌，天气好的时候，我准备就在阳台上写我的自传。”

万山红被打败了，一言不发，放下喷壶转身进了屋。

管红花浇着花，手机突然响了。是个陌生的北京号码。

管红花接起来：“喂。哪位？”对方是个女声：“管科长您好，我是谈英啊。”管红花诧异道：“谈英？你怎么用北京号码呢？”“我也来北京了。以后请管科长多多关照。”

管红花以为对方来套近乎，客套地回应：“我哪有什么能力关照谈科长。”“管科长，我很想跟您见一面，不知您时间怎么样？”管红花确认对方是找她办事，开始拿架儿，边打电话边进了屋：“谈科长，我最近时间不行，一个是在写自传，出版社催得急着呢；另一个呢，我儿媳妇的工作室我也得帮她打理。反正时间是比较紧张。我也没想到这一从领导岗位退下来，倒比以前忙了。你来北京小住还是常住啊？你闺女在北京工作？”

尚得志坐在沙发上看电视，听得有些发愣。

“我闺女不在北京，她在广州呢。我是调北京来了，担任驻京办主任。”

管红花几乎惊掉了下巴：“你不是跟我一批退的吗？”“对啊，是本该一批退的啊。我本来就想去广州跟着闺女住了，谁知道中间出了岔子。”

谈英的语气里透着炫耀劲儿，管红花吃惊之下也忘了矜持，追问：“什么岔子？什么岔子？”“嗐，一言难尽啊。你那么忙就不给你添麻烦了。这次找你呢，主要是有件公事，就是——”管红花迫不及待地打断道：“忙归忙，老同事见见还是要挤时间的。我今天就有空儿，你时间可以吗？”“我可以。你随时来。”“我这就来。”

管红花放下电话，对尚得志说：“收拾一下，出发。”尚得志淡淡地回了句：“你自己去。我不去。”管红花转头看着尚得志：“你必须去。给我装一下门面。”“我一司机，能装什么门面。”管红花想了一下：“你去征用一下李才的车——不，李才的车不如马得路的好，你找李才征用一下马得路的车，开车拉我去。”尚得志不情愿地起身：“这是什么买卖。到哪儿都躲不过司机的命！”

万山红在家冲着李双全发火：“你去看看！你到阳台上看看！跟我一模一样。我听说有撞衫的，我没听说有撞阳台的！这是撞阳台吗？这是撞我！一个常有理就够我头疼的了，又来了这么一个管红花。怎么这全世界都跟我作对！”

李双全肋部依旧疼得厉害，不敢大声，细声细气地说：“消消气儿。”“我消不了气儿！你倒是到阳台上去看看啊。”“既然是一样，看这个阳台不就看到那个阳台了吗？这事儿要从另一个角度看，她学你的阳台，说明她认同你，说明你是她的榜样。”“合着我应该高兴才对？知道的是她学我，不知道的是我学她呢！”“她已经学了，你能怎么样？”万山红：“我……我跟你发发牢骚不行吗？”李双全苦笑：“行。你继续发。”

万山红倒不知道说什么了，赌气道：“我不发了。我拿我的检测报告去。”

万山红拿起包要走。

李双全连忙叫住：“等一下。顺便把菜买了。”万山红一脸意外：“买菜不是你的特权吗？”李双全嘿嘿笑：“现在是你的了。”万山红气呼呼地说：“你也欺负我！”李双全无奈道：“买个菜怎么就欺负你了？我不都买了小三十年了嘛。”

万山红又坐下：“对啊。你买了小三十年了怎么不买了？刚结婚那阵儿我要买你都不让我买！那会儿你对我多好！”李双全点点头：“我喜欢买菜。”万山红反问道：“你喜欢买菜现在你怎么不买了？无非是你看着我退休了，李貌的事儿张罗完了，你看我闲着你难受，就把买菜的活儿派给我呗。”李双全头疼：“你就暂时买一阵儿不行吗？”万山红不依不饶：“暂时是多长？一天？一个月？还是小三十年？”“先三个月。可以吗？不光买菜，还有做饭。”

万山红惊呼：“你这是要当甩手掌柜啊！”想想又觉得不对，严肃地问：“双全，你不买菜不做饭，连蹄花店都关了，你要把省下的时间干吗？你为什么把你的这两项特权让给我？这里头有事儿。”李双全顿了顿：“你能不问吗？”“不能。菜我可以买，饭我可以做，但我也得知道这是为什么。”李双全无奈：“我身体出了点儿问题。”万山红一惊：“啊？”李双全挤出一丝笑容：“没事儿。甭担心。就是亚健康状态。休息调理一阵儿就好了。”

万山红站起身：“走，我带你去医院检查一下。”李双全紧张道：“我不去医院。没事儿也能查出事儿来。”“你不已经有事儿了吗？查查，该怎么治就怎么治。”“亚健康不是病，就是一个危险状态，再不休息就要生病了。”“好。我知道了。你好好休息吧。菜我买饭我做。等你冠健康的时候再说。”“什么冠健康？”“亚军上边是冠军，亚健康上边不是冠健康吗？”李双全苦笑点头：“……你说得也对。”

谈英在办公室里照镜子。秘书小刘在一边站着。小刘是个女孩。

“小刘，你看我这身衣服怎么样？一会儿要见个客人，这气场强大吗？”小刘看着镜子里的谈英：“挺好的。很强大。谈主任，是重要客人啊？”“哦，不重要。很不重要。就是以前的一个老同事，现在退了，叫管红花。”“谈主任，不重要您还要这么大气场干吗？”“她不重要。但压倒她很重要。你跟着我，要多学一些人际关系学，这样以后才能进步。这些话，轻易我是不讲的。”小刘满脸欣喜：“谢谢谈主任教导。”

谈英有些感慨：“这个老管啊，以前跟我们这些同事关系搞得很僵，一辈子就当了个副科长。很失败啊。有时候，你从成功者身上——比如我这样的领导——学不到什么，但从失败者身上，会学到很多东西。”小刘拍马道：“不，谈主任，我跟着您就能学到很多东西。”谈英得意地笑了笑：“活到老，学到老。迎难而上吧。”小刘：“明白！”

说着话管红花和尚得志就到了。一番寒暄过后，管红花迫不及待地问谈英到底怎么回事。

谈英讲述着：“我在办理手续期间，组织上发现我的年龄有误。二十年前普查户口的时候，给我误加了两岁。实际上我应该两年之后退。”管红花急忙问道：“那你就找组织反映了？”谈英微笑着看着管红花：“我没找组织反映。是组织找到我，调查这个年龄是不是真的搞错了，是谁搞错了。最后发现是当年普查工作的时候，因为人手不够，从社会上调动了很多学生来做这个工作，很多同志的年龄都搞错了。”管红花追问：“然后呢？”“然后就是组织调查明白我的年龄是因为失误造成的，就找我谈话，说我年富力强，希望我再工作两年。但是就不适合在原来的位置上待了，因为已经安排了其他的同志，所以就把我调到了北京。相对于原来的位置，其实还高了半级。但咱们为人民服务，高半级低半级都无所谓。就像你干副科长干了半辈子，也没闹什么情绪嘛。”

管红花违心地说："我根本不在乎级别。即便我是副的，那实际上也是主持工作。跟一把手没什么区别。"谈英笑了笑："那是，您的工作能力是非常出色的。"管红花话锋一转："找我还谈什么事儿？"谈英这才说道："有一份独生子女费，您需要回去办理一下领取手续。我现在就负责这事儿呢，在青岛的好说，在外地的，有些联系都联系不上。"管红花问："多少钱啊？""两千来块吧。""好的。我尽快回去办——谈主任，您最近还回去吗？""没时间啊。忙。里里外外都是事。"管红花装作遗憾地说："那尚晋结婚的请柬我也就不给你发了。"谈英一愣："尚晋不已经办了婚礼了吗？""那是人家娘家人办的。咱婆家人还没办呢。""回青岛办？""对。"谈英笑了笑："那我就参加不了了。但我人不到，红包肯定到。到时候微信转你啊。"管红花故作姿态："红包不红包无所谓，就是图个吉利和热闹。"

又寒暄了一阵子，管红花和尚得志告辞离开。一出门迎面一人拎着一桶油走来，看见尚得志，立刻兴奋地喊："老尚！你怎么在这儿？"

尚得志一看，认出是原先政府食堂的厨子老孟，也很意外："老孟，你调北京了？不在政府食堂干了？"老孟嘿嘿一笑："可不是嘛，谈主任说我做菜好，就给调过来了。"尚得志忽然想起一事："你最近也不回青岛了吧？""回不了，厨子只能跟着锅灶转。有事儿？""尚晋最近在青岛办个婚礼，想请你喝喜酒啊。""那时间是不行了。老尚，晚上在这儿吃吧，就当我随礼了，我给你弄一桌菜——绝不是花公家钱啊，我自己掏腰包。"尚得志摆手："这是什么买卖！不行。我们时间不行。"

老孟坚持道："老尚，你走了，我在青岛都找不到个说话的人，咱俩当年一个厨子，一个司机，最交心。你儿子结婚我不能不表示，我做一桌地道的青岛菜今天晚上给你送到家里去。现在快递可发达了。"尚得志连连推辞："不合适。不合适。"

管红花动了个心思："得志，你跟老孟是拜把子兄弟，他要随一桌菜，也是一个心意，你不收，伤人啊。"老孟一听猛点头："还是管科长会说。我就这意思。"

尚得志明白了管红花想要这桌菜，只好答应了下来："这是什么买卖。老孟，那就麻烦你了。"

出了门上了车，管红花一脸失落。

"得志，你说我的年龄不会也搞错了吧？""没搞错。我记得很清楚。"管红花叹息了一声："这个谈英，真是命好啊。"

尚得志不解地问："老管，你弄这桌菜干吗啊？咱俩哪吃得了？"管红花淡淡地说："有人的地方，不一定有菜；有菜的地方，一定有人。"尚得志叹口气："哎，还真是这么个道理。"

万山红去了医院，找到上次的接诊医生。医生把一份检测报告往万山红跟前一放："放心回去吧。已经有抗体了。"

万山红打开检测报告看了一下，喜笑颜开："太好啦！太好啦！我以后再不怕狗咬了！"医生提醒道："还是得注意，因为再被狗咬，还得打。"万山红连连点头："注意注意！我有抗体了！我有抗体了！"

万山红忍不住兴奋地笑了起来，没想到一笑又止不住了。

医生见万山红笑个不停，神情却颇为古怪，警觉起来："你没事儿吧？怕光吗？ 如果你开始怕光了你要控制住别咬我，我会想办法抢救你的！"

万山红一边笑一边艰难地指着自己的肋部："你放心，我不是狂犬病发作！点！点我！使劲戳！来点呀！我不会咬你的！"

医生将信将疑拿手指朝万山红肋部戳了几下，不起作用。万山红已经笑岔气了，蹲到了地上，忽然眼前一黑，背过气儿去了。

医生有些瞠目结舌，好在反应迅速，冲到门口喊："护士，担架，这儿有急救！"

李双全坐在阳台的吊椅上闭目养神，徐子雯又打来电话。李双全接起来："喂。""李才没有给我回信息。你帮帮我吧。"李双全沉默了一下："我找时间跟他谈。你别着急。""谢谢你。"

李双全迟疑了一下问："你回四合院看了吗？"徐子雯撒了谎："没有。我很忙。有你帮我看着我很放心。"李双全顿了一下："你能不能再找个人？""双全，我没有人。你为什么不愿意帮我看了？不都已经看了这么多年了吗？""精力有限，顾不过来。还有，我越来越觉得这样很不妥，容易出事。""那也等到你给我把李才联系上，这个房子我是要给李才的。等见了他我就跟他商量办过户手续。就不用你帮我看了。"李双全脱口而出："我不同意。"徐子雯一愣："那是我的房子！""他是我的儿子！""也是我儿子！""当年就说好了，他由我负责。""那我也不能一点不尽责吧？"

李双全叹气："你不明白吗？给他这个房子是害他！他的脾性我清楚！摁着他

长他才能成才，任着他长他就长裂巴了！”徐子雯情绪激动起来：“你只管教育他？你就不考虑一下我跟他的关系？你这样让我根本无法面对他。他为什么不理我？不就是因为我这个母亲当得太不像话了吗?!”“这是你当年的选择。不应该来反问我。当年咱们是掰开揉碎了商定的这件事儿。这个结果是我们早就料到的。我们也应该承受。”“双全，你太固执了！我不是那个时候的我，你也不是那个时候的你了，我们都变了。”李双全不想再争执下去：“我没有变。我还有点事儿，回头再说吧。”

李双全挂断了电话，坐着发了会儿呆，忽然意识到什么，从吊椅上一跃而起，顾不得肋部的剧烈疼痛，朝隔壁阳台看过去，不禁大惊失色。

尚得志正在隔壁阳台上，手里拿着手机播放着单田芳的评书。

李双全不知道尚得志是刚来还是一直都在，硬着头皮直接发问：“尚掌门，您听到什么了吗？”

尚得志怔了怔，意识到李双全刚才可能在打私密电话，连忙道：“我什么都没听见。”

李双全露出狐疑的神色。尚得志其实真的什么都没听见，见李双全不相信的样子，又强调了一遍：“这是什么买卖！我真的什么都没听见！我在听单田芳的评书啊！”

李双全见尚得志不像说假话，放松了一些，坐到吊椅上，干笑了几声：“跟你开个玩笑的，尚掌门。其实我什么也没说。”尚得志却没笑，感叹了一句：“这是什么买卖！”李双全有些尴尬。

万山红从急救室的床上醒来。眼前先是模糊继而渐渐清晰。急救医生和护士好奇地在一边看着她。万山红看着医生：“我笑过去了？”

医生点点头。护士问道：“需要我通知您家人来接您吗？”

“不不不。不用。我自己能走。我这是老毛病了，一笑就停不下来。没事儿。我已经恢复了！”万山红说着起身下了床。

护士有些担心：“女士，您最好休息一会儿，再观察一下。”万山红摆摆手：“不用休息了。我的毛病我知道。谢谢你们啊！”

第二十五章

万山红从医院出来，没有直接回家，先去了商场，买了一大堆保健品，又去菜市场买了菜。路上经过一家书店，万山红想起管红花的话，跑进去买了一本《资本论》，这才拎着大包小包往家走。

常有丽带着林姐站在奶奶家门口按门铃。常有丽手里拎着一块豆腐。林姐手里拿着一个小本。他们在挨家挨户抄水表，收水费。

奶奶打开了门。一看是常有丽满心欢喜，堆起笑容。

常有丽笑着说道："阿姨，我们查一下水表。"奶奶招呼着："快进来。快进来。"

常有丽、林姐进门。林姐去抄水表。常有丽把豆腐给奶奶搁冰箱里。

"阿姨，豆腐给您搁冰箱里了。老张头家的，筋道。"奶奶一脸高兴："对对对。除了老张头的，都炒不成团。"

常有丽打量着屋里奶奶领来的各种免费物品："嗬，您又缴获了不少战利品啊。越来越多了。"奶奶走过来："你看好哪样，拿！"常有丽边看边说："还是您留着用吧。"奶奶得意地说："别跟我见外，都不花钱，白领。我领垮了好几个了。"常有丽笑："您怎么知道人家垮了？""不来了。不来了就是垮了呗。"

林姐走了过来。

奶奶问："多少钱？"林姐："阿姨，别着急，让咱们常楼长算算。"常有丽转过头："我算什么呀？不都你算吗？"

林姐对常有丽使个眼色。常有丽这才接过小本，一看数字吓了一跳，低声问林姐："你是不是老花眼了？""我早年近视眼，不会老花眼的。""你陪阿姨侃几句，我去看看。"

常有丽走到水表处查看，确认数字没错，很是纳闷儿，又回到客厅问奶奶："阿姨，这一个月都是你自己住吧？""对啊。一直我一人儿——多少钱啊？我给你取去。""阿姨，这次水费，今儿咱先不结算，改天再说。"奶奶不解地问："为什么不结算啊？"常有丽："楼里有地方跑水，需要大家分摊一下，该摊多少还没算好呢。等算好了就来找您。"奶奶："哦，好。那你可得赶紧找人查查啊。水可不能浪费啊。"常有丽："嗯。您放心。那我们先走了。"奶奶："你们不坐会儿啊？我给你们洗苹果吃。"常有丽："不了，阿姨，我们还得继续抄呢。"

奶奶又忙问道："有丽，还有一事儿，最近这楼里怎么热闹起来了啊？人进进出出的。"常有丽回应："都装修呢。"奶奶担心道："难道又有人传这儿要拆？"常有丽微微点头："是有这么个说法。"奶奶双手合十祈祷："老天保佑，千万别拆啊。"林姐在一旁说："拆了住大房子！更好！"奶奶一脸忧虑："我不想住到燕郊去。"常有丽问："谁说您要住到燕郊去了？"奶奶说道："拆了的那些老街坊，好多都住到燕郊去了。那儿还是北京吗？"林姐摇头："不是了。"

常有丽安抚地说："阿姨，您不会住到燕郊去的！谁让你到燕郊住，您就跟我一块儿住！"奶奶伸手在常有丽额头上点了一个赞："阿弥陀佛。"

常有丽和林姐从楼里出来，边走边低声商量。林姐分析说："要么水表坏了，要么水管坏了，否则她一个人怎么一个月能用八吨水。"常有丽也觉得奇怪："我让人来检修一下。看是哪儿的问题。"

林姐忽然戳了戳常有丽，低声道："万山红来了。"

常有丽扭头瞧去，见万山红背着包，左右手各拎着一个购物袋，正往家走。万山红远远地也看见了常有丽和林姐，想停下又绕不过去，只能硬着头皮继续往前走。走了几步，忽然身子往下一蹲，假借是购物袋换左右手，迅速从背包里取出刚买的《资本论》握在手里，将封面朝外，右手握在胸前，直起身继续朝前走。

常有丽低声对林姐说："你邀请她来跟咱们跳广场舞，我看看她什么反应。"林姐迟疑地问："你这什么心理啊？""真诚地邀请啊。""你怎么不自己邀请？""我不能跌价儿。"

这时万山红已经走到两人跟前。

林姐笑着打招呼："山红，买东西去了？"

万山红站住，傲娇地回应："不是。专门买书去了。顺便买了点东西。"

常有丽不屑地看着万山红胸前的书，又往上打量她的腮。

林姐随即问道："怎么不来跟我们跳广场舞啊山红？街坊邻居，还有退下来的老同事都在呢。"万山红眉头一扬："我不爱蹦蹦跶跶的，以前想看书没时间，退休以后时间大把大把的了，就把这当年的爱好捡起来了。活到老，学到老嘛，我时刻更新着自己的头脑，升级着自己的生活。"万山红不自觉地用了管红花的话。

林姐有点接不住了，转头看向常有丽："你看看，你看看，有丽，山红这一读书确实升级了，这词捅得我都有点接不上了。"万山红一副趾高气扬的样子："再见，林姐。"

常有丽忽然开口了："山红，留步。"

万山红回头看着常有丽。常有丽打量着："山红，最近还好吧？""非常好。""那就好。但我一直想问，你的脸怎么有点歪呢？"万山红一听来气了："骂谁呢？你的脸才歪呢！""我是好意提醒你，你的脸歪了。""我也好意提醒你，你的心歪了。"林姐在一旁劝说："山红，有丽确实是好意，她早就发现你脸歪了，都跟我说过好几次了。要不你去医院检查一下吧。歪不可怕，怕的是不知道歪。"

万山红扫了林姐和常有丽一眼："狼狈狗为奸。"气呼呼转身走了。

林姐纳闷道："有丽，狼狈是我和你，那狗是谁？"常有丽看着万山红的背影："呼噜。"林姐："哦，狗不是个比喻，指的就是狗啊。"常有丽沉吟了一下："看来，万山红还是对呼噜耿耿于怀，我得保护好呼噜。"林姐叹气："要我说你们俩就是没事儿找事儿，连带着我也吃了挂落儿。也不知道她指的我是狼还是狈。"常有丽转头看着林姐："她指的你是狼。""你怎么知道？""直觉。"

安心正在办公室里看资料，袁滚滚推门进来："安姐，你上热搜了！"安心惊喜地问："是吗？太好啦！哪期节目这么热？"袁滚滚不好直说："不是节目，是你跟刘一手先生的事儿。你自己看吧。"

安心心知不妙，赶紧打开手机上微博查看，一看热搜关键词是"安心傍上土豪刘一手"。又点击热搜，出来一系列标题，安心一看不禁站了起来。

标题字字诛心：

——安心携手土豪未婚夫刘一手，做掉《调解三人组》顶梁柱史航、谭飞

——史航、谭飞愤然退出《调解三人组》，背后黑幕原来是这样

——钱色结合挤走创始人老臣，《调解三人组》面临人事地震

安心呆了一会儿：“热搜能删吗？”袁滚滚摇头：“我们删不了。”“其他媒体呢？”“已经有视频节目在跟进报道，还有大量的自媒体在发稿。”

安心扭身朝外走去，径直去了台长办公室，走到范台长跟前，将自己手机往前一递：“范台，这热搜是怎么回事？”范台没接安心的手机：“我刚才已经看见了。”安心忍住情绪：“范台，如果广告商撤出，日不落就来兜底，这只有咱俩知道，媒体是怎么知道的呢？”

范台一本正经地说道：“小安，我这人，一向局气，从不传闲话的。这个事情虽然是咱俩谈的，可不是只有咱俩知道。一个是我通知了台里的领导班子，否则大家不会同意你录这个样片，再一个呢，我又找史航、谭飞谈了一次话，因为我本来把人家留下了，现在又不用人家了，必须得告诉人家原因，这个底我是要透的。这俩人的手段我是略知一二的，否则他们一出去造谣，说我潜规则你的都可能有。你说，我这样一个公正清廉的形象，传出去我潜规则你，那多可怕啊。”

安心强忍着怒火：“别人不会信的。”“嗯？你什么意思小安？你是不是说我形象很差啊？”“您形象不差。您很儒雅。范台，您得替我想想，现在这个热搜让我很被动。”“被动吗？无非也是一个事实。”安心有些激动了：“这样外界会认为我靠的是傍大款抱大腿找靠山上的位啊！我亲民、善良、无辜、人畜无害的人设就崩了！人设一崩万事空啊！”

范台：“怎么可能？你不是有信心做好你的节目吗？只要你的节目做好了，广告商不撤资，这不证明了你不需要你老公的钱吗？全世界对你都会刮目相看的。”安心悻悻地说：“还是未婚夫。还不是老公——范台，这是洗不白的。这新闻一出，至少人家会说刘一手给我做了背书，我才能把史航和谭飞挤走！”

范台看着安心：“那你想让我做什么？”“您能出面让人把热搜撤了吗？”“很抱歉，小安。我没这个权力，也没这个能力。”安心觉得头晕眼花：“范台，这个爆料把我变成了一个溺水的人。我现在有点缺氧。”范台安抚道：“小安，在娱乐圈工作，得有一定的承受能力。”忽然又担心起来：“你男朋友给你接盘的事儿属实吧？否则我就成溺水的人了，我就缺氧了。”安心顿了顿：“属实。您不会缺氧的。您忙吧，范台。”

安心转身又回到办公室，袁滚滚还在等她。

“安姐。”安心淡淡地问：“节目准备得怎样了？”“这两天就可以录了。等您的准话儿。”“好。你忙去吧。”

袁滚滚出去了。安心皱眉思索了一会儿，还是决定给刘一手打个电话。

刘一手此时正在上海日不落集团总部办公室里，站在母亲张开兰跟前，一副诚惶诚恐的样子。张开兰正大发雷霆：“你怎么管理的女朋友？她怎么敢拿我们日不落集团给她背书？日不落最终是要上市的，怎么可能这么轻佻地给谁背书？让全社会怎么看我们？让证监会怎么看我们？是你给她的这个承诺吗？”刘一手紧张得满头大汗：“妈，我没有。”张开兰怒气冲冲：“没有就更可怕了！”

这时刘一手裤兜里的手机响了，拿出来一看是安心打来的。

“妈，安心来电。”“先不要接。”刘一手顺从地直接挂断了电话：“您别生气了。我会向她问责的。其实我觉得，她并不是可怕的人，您见了就知道了。她跟您没法比。”张开兰气呼呼地看着刘一手：“你说我可怕？”“不是。是说她不可怕。”“我说可怕也不是说她可怕，是说你可怕。”刘一手迷茫了：“我？”“对。就是你！你都跟她交往多长时间了，还摸不透她的脾气，还判断不出她的行为，这不是很可怕吗?! 你这样浑浑噩噩能扛得起日不落吗？你觉得你这样可怕不可怕？”刘一手唯唯诺诺：“可怕。可怕。”张开兰语气咄咄逼人：“日不落现在处在什么阶段你最清楚，如果她节目砸了广告商撤资了，日不落集团真能接手吗？我们接得了吗？”刘一手连连摇头：“接不了。接不了。”“那这事你想怎么处理？”

刘一手快速地整理了下思路：“我想双管齐下：第一管，我要严重警告安心，日不落集团的愿景是上市，不能受干扰，她以后不准打这张牌；同时，让她去跟电视台领导汇报，日不落集团并没有给她背书的想法，然后让《调解三人组》以节目组的名义发一个声明，就说这事是以讹传讹，以挽回日不落集团的被动。”

张开兰面无表情：“第二管呢？”“第二管就是，如果第一管不好使，我就出面去找安心的领导，由我亲自出面澄清。反正一定不能让日不落集团当背锅侠。”张开兰一脸不满地训斥道：“你这不叫双管齐下，你这叫前仆后继。”

刘一手小心翼翼地问：“妈，您有什么办法？”张开兰板着脸：“安心的行为非常错误，极其严重，相当出格。但是，我为什么给你起这个名字你还记得吗？”“记得记得。”“那就给我讲一遍。”“我能坐下说吗？”“不能。站着说。怎样才能日不落？首先得人不落——说吧。”

刘一手低着头悻悻地说：“当年，你跟我爸做生意——”“不是我跟你爸做生意，是你爸跟我做生意。”“对，我爸跟你做生意，赚了点儿钱，他就找了个小三卷钱跑了。”“哪天跑的？”“您生下我，出哺乳期的第一天。”

张开兰自顾自说起来：“这个男人狠啊！他知道如果不出哺乳期就跑，我就可以告他，但出了哺乳期，这事就没有法律问题了。他一秒都没有等。他就是哺乳期最后一天的凌晨12点以后离开的家门。一手，你明白吗？”刘一手站得腰疼：“妈，我明白。您都跟我讲过几十遍了。”张开兰一瞪眼：“你不耐烦了？”刘一手立刻解释道：“没有。我是说我记得很牢靠。”

张开兰语气中充满了怨恨：“我当时发誓，以后不再相信任何人，不管做什么事情都要留一手。所以给你起名一手。本来不想让你跟着那个负心汉姓刘了，但是跟着我姓张你就变成了张一手，不符合我总结出的经验教训，就便宜了他，还是让你姓刘。刘一手的寓意就是跟谁都要留一手，知道吗？”刘一手连连点头：“我都留着呢。”张开兰又道：“你刚才就没留。安心的行为是不对的，但是她带来的效果却不一定是错误的。”刘一手听得一头雾水，抬起头说道：“妈，我不是很明白。”

张开兰叹了口气：“我的糊涂儿啊。安心这新闻上了网络热搜，你知道网络热搜上一条多少钱吗？几十万乃至上百万。咱们日不落集团上过网络热搜吗？”刘一手一愣：“没有。”“你这不省了上百万广告费却达到了上百万的效果吗？”刘一手更不解了：“可这是个负面新闻。”张开兰一字一句地分析道：“对于《调解三人组》是负面新闻，对于日不落，不是；对于安心是负面新闻，对于你，不是。因此，我们应推波助澜，把这件表面上的坏事变成实际中的好事。”刘一手恍然大悟：“一切听您吩咐。”

张开兰这时才指了指沙发：“就座吧。”刘一手如获大赦：“谢母亲大人。您请具体指示。”“立即让集团的公关部和品宣部行动起来，在媒体发出消息，确认日不落集团给安心节目背书的新闻属实，打造你的好男人形象，重情感，有担当，借着当下热搜的势头，争取把你和日不落集团也送到热搜榜上。视频、文字都要有。记住，让这俩部门不要忽略了自媒体的力量。”

刘一手点头：“好的。但是，如果安心的节目真的砸了怎么办？”“那就弃卒保车。”刘一手犹豫了一下：“妈，我是真的喜欢安心。”张开兰淡淡地说道：“还不到弃卒保车的时候，不讨论这个。赶紧去安排和录制消息吧。妥了以后咱们立即进京。”刘一手松了口气：“是！——我什么时候给安心回电话？”“先不用回。让她忐忑。”“……好。”

万山红正在给李双全一一展示买来的保健品：“这是核桃仁，补脑的；这是西洋参，补气的；这是冬虫夏草粉，管神经衰弱的……”李双全打断：“万师傅，你刚才不说你的身体内已经有抗体了吗？”万山红点头：“有了。”“那你还补这些东西干吗使啊？”“这不是给我补，是给你补啊。”“我补什么补？我从来不吃这些玩意儿。”“你不是亚健康吗？我今儿找地方咨询了，亚健康就得补这些东西。”李双全心疼地说道：“你花这冤枉钱干吗啊！”万山红一愣：“什么叫冤枉钱？得赶紧给你把亚健康调理过来啊。”“我自己能调理。你这些玩意儿能退吗？”“不能。”“反正我不吃。”万山红火了：“你不吃我吃。人保健医生说了，这玩意儿不光能调解亚健康，还能预防亚健康呢。”

门铃响，万山红起身去开门，一看是尚得志。尚得志笑眯眯地问道：“李掌门开始做饭了吗？”万山红以为尚得志和管红花要来蹭饭：“并没有。最近我们家由我掌勺。我的手艺你知道，水平太低，就不邀请你们过来吃了。”尚得志又问：“那你做了没有？”“没有啊。”“太好了！太好了！没做就太好了！你们四个晚上到这边来吃饭，就算暖房了。”万山红有些意外：“这么突然？”尚得志笑道：“一家人有什么突不突然的。李貌、尚晋我已经通知了，都来。李才有事来不了。”万山红推辞道：“我得跟李掌柜商量一下。”尚得志脖子一伸，冲着屋里：“李掌柜，一定来啊。”不等李双全答话，尚得志一转身走了。

万山红转过头对李双全说：“你都听见了。他们叫过去吃饭。”李双全摇头：“不去。我早就提醒过他们了，三日为请两日为叫当天叫提溜。怎么还提溜我！”万山红表示赞同：“对。不去。拿谁添人头呢。”

李双全忽然又想到了一个问题：“晚饭你准备做什么？”万山红发愁道：“我二十年没动过铲啊勺的了，反正李貌、尚晋不在家吃，今儿晚上咱俩先对付一下，我煮俩鸡蛋，熬锅小米粥。再切点咸菜丝。”李双全哭笑不得：“你做的这是早餐啊。”万山红尴尬地笑笑：“吃饱就行呗。我听说有很多人都过午不食呢。你得让我先熟悉一下，大餐一时半会儿我做不了。”李双全说道：“不用做大餐。晚上你炒俩菜吧，一个芫爆里脊，一个土豆丝。里脊，芫荽，土豆，都是现成的。我就着喝杯酒。”万山红皱皱眉：“芫爆里脊问题不大，就是大火颠大勺，我这手劲儿有；土豆我切不了丝，刀功不行，我给你炒土豆块行吗？”李双全无奈地：“也行。”万山红站起身："那我做去了。"

万山红去了厨房。

李双全习惯性地拿起手机刷了一下，看见管红花在"家是一座城"的微信家庭群里发了一个菜单，他放大看了一下：

今夜菜单

凉菜：海米炝芹菜、酸辣海带、拍黄瓜、油炸花生米。

热菜：大虾烧白菜、葱拌八带、辣炒蛤蜊、小蘑菇炖鸡、流亭猪蹄、红烧带鱼。

主食：山东大饽饽。

李双全的眼睛都直了，真切地咽了一下口水，想了想，起身也进了厨房。万山红正在笨拙地切土豆块，李双全当即改了主意："山红，我想了一下，还是到那边去吃吧。"万山红转过头："你改主意了？""还是要为李貌着想。就这么一墙之隔，她到了，咱们不到，让人看着不局气啊。"

万山红看了看切得乱七八糟的土豆，痛快地放下刀："你说得也对。"

李双全、万山红去了隔壁房子。菜已经摆上桌了，一会儿李貌、尚晋也到了，众人围坐一堂，准备开饭。

管红花端起酒杯："在座的各位好。欢迎大家参加晚宴，我跟得志同志不禁感觉到脸上生辉。开席之前，我不多讲，我讲四点——"

万山红脱口而出："不是三点啊？"

管红花微笑着说："三点式讲话结构是我的基本盘。四点乃至七点的结构我在讲话中也常使用。一、这桌菜是青岛本地特产，青岛在北京工作的同志得知我在北京后，为表达对我之前对青岛做出的贡献，特意快递了这么一桌美食，人已走，茶没凉，这是对我工作和人品的双重表彰。作为我的家属，想必你们也会为我感到自豪。"

尚得志在一边听得直咧嘴。

"二、唐朝白居易有两句诗写得非常好：每因暂出犹思伴，岂得安居不择邻。什么意思呢，就是人生必须要找一个好邻居。那么，我跟得志为什么不到外边找个房子呢？因为我们就想跟亲家做邻居。俗话说，千贯买田，万贯结邻。俗话还说，远亲不如近邻。我们搬到这里来，那就是两家人真的变成了一家人。我偶尔也看过一些狗血电视剧，婆媳斗，岳母跟婆婆斗，夫妻斗，前妻跟现妻斗，后妈跟亲妈斗，这对于建设和谐社会是非常不好的。我们要做一个典范。三、为了使尚晋和李貌的婚姻得到更多的祝福，也为了保持我们忠厚传家久诗书继世长的优良传统，我们决定回青岛再办一次婚礼。这个已经得到了尚晋跟李貌的大力支持。我们也诚挚地邀请李双全先生和万山红女士到青岛一并参加婚礼。”

李双全立刻回应道：“我去不了。”万山红也跟着回应：“我也去不了。”

尚得志有些尴尬，忙催促道：“赶紧吃吧，好好的菜都凉了。”

管红花顿了顿，继续道：“我还有最后一点，也就是第四点，明天我跟得志同志就回去筹备青岛婚礼了。那么这个房子里还有点花花草草希望山红同志能帮我照顾一下，不知道可以不可以？”万山红郁闷地看着管红花：“啊？为什么找我？”“本来，我可以找常有丽同志帮我照看，因为她是我的房东，有这个义务；但跟常有丽比起来，咱们的关系更近一些，我若是绕过咱们这个一家人的关系去找常有丽，让外人看起来，咱们不团结。所以我就由近及远。如果山红同志不方便，我就找常有丽。”万山红干脆地回绝：“不方便。”

管红花郁闷了：“好。那我就找有丽同志了。来，咱们同举杯，共祝愿，家庭和睦，祖国昌盛。”

众人开始喝酒吃菜。

管红花忽然想起什么，对万山红说：“山红同志，有丽让我转告你一句话。”万山红警惕地看着管红花：“什么话？”“她说你的腮有点歪。”

万山红一天来的委屈爆发了：“你们成心是吧？合伙来欺负我呢是吧？欺负我有瘾是吧？”管红花愣住：“山红同志，何出此言啊？”万山红忿忿地说道：“常有理说我嘴歪了我不生气，她天天编派我；老林说我嘴歪了我也不生气，因为她是常有理的跟班儿跟屁虫。你口口声声说自己是一个国家干部，怎么也跟着起哄架秧子呢？”管红花没料到万山红反应如此激动：“我就是转达她对你的关心。”

“这是关心吗？”万山红拍了拍自己的两腮，“你看看，这脸是歪的吗？”管红花看了一下：“看不出来。”

“我脸没歪，你起什么哄呢？这是不是也是常有理的主意？成心硌硬我？”管红花辩解道：“山红同志，我真不想硌硬你！有尚得志同志作证。”尚得志无奈道：“这是什么买卖。一家人作什么证啊？”

万山红伤心地放下筷子："你们啊，个个儿都是人精儿，就欺负我这么一个老实人！这饭，我吃不下。"

万山红起身要走。

尚晋忙叫住："万师傅，且慢。您请坐，我有话讲。"

李貌赶紧拉万山红坐下。万山红耷拉着脸："你要说什么？"尚晋说道："万师傅，你的脸确实是歪的——左半边。"众人都惊讶地看尚晋，又看万山红。万山红不自觉地摸自己的腮。李貌知道尚晋不会乱说，也很惊讶："尚晋，怎么回事儿？"

尚晋一脸认真地说："从我第一次见万师傅，到今天，我发现万师傅都只用右边咀嚼。我想你左边的牙应该出了问题。"

万山红愣愣地看着尚晋。"长期用一边吃，另一边会萎缩，脸不对称，看上去就是歪的。"李貌盯着万山红的脸："妈，是这样吗？"万山红木木地点点头："是。我左边后槽牙早就不中用了。"李貌一惊："你怎么不说啊？"万山红难过地说："我原来想的是能吃就行啊。我没想到脸会歪啊。"

李貌转头埋怨尚晋："尚晋，你怎么不早告诉我？"尚晋微微一笑："我早都安排了。""你安排什么了？""牙医啊。再过几天不就是万师傅的生日嘛，我给万师傅的生日礼物就是给她约了一个牙科诊所，是个德国牙医。本来想保密，现在只好提前说了。"李貌一听忙对万山红说："妈，到时候我陪你去。"

万山红吧嗒吧嗒掉眼泪。李貌赶紧拿餐巾纸给万山红擦泪："妈，怎么了？别这样。"万山红哭着说："我万山红万万没有想到啊，发现我脸歪了的，不是自己人，而是我的仇人。"李貌劝慰着："怎么不是自己人，尚晋早就发现了。"万山红满脸泪水："常有理发现得更早。"

尚得志赶忙打圆场："不说这事了，咱们喝起来，吃起来。"

"我吃不下，先回去了。"万山红起身走了。

尚得志一时不知如何是好："哎呀，这，这——"

尚得志忽然发现管红花也在掉眼泪，吃了一惊："老管，你怎么也哭了？"

大家都看管红花，竟然也是满脸泪水。李貌赶紧又拿餐巾纸给管红花擦泪。

尚得志有些慌张："老管，怎么回事，这是哪一出啊？"管红花感慨道："人山红同志好歹还有个仇人，能看出她脸歪了。我连个这样的仇人都没有。"李貌听出点什么："您的牙不是不是也坏了？"管红花伤心道："右边磨牙有两颗早就退休了。这几年我一直用左边吃呀。一个发现的都没有。"

尚得志担心地说道:“尚晋,你赶紧瞅瞅,你妈的脸歪了没?”

尚晋认真看了看:“没歪。”尚得志一脸迟疑:“万师傅脸歪,你妈的脸怎么不歪?”尚晋分析道:“估计是我妈爱讲话,腮部肌肉用得多,给平衡了。”尚得志松了口气:“没歪就好。来,大家吃起来!”

管红花问尚晋:“真没歪吗?”“真没歪。”“以后我讲话的机会不多啊,会不会歪呢?”尚晋善解人意地说道:“妈,一、您多讲话给我听;二、马上也给您约个牙医。”管红花这才满意:“很好。也要德国的。”

安心在大屏幕上放刘一手接受采访的视频。刘一手:“当然,我必须支持安心,我会用尽我一切力量保护她。”记者:“刘总,您真是一个深情的男人。那这是您主动的要求还是安心老师主动的请求呢?”刘一手:“安心是一个非常独立的女性,她没有请求我,是我主动要求为她托底的。”记者:“仅仅是情感方面的驱动吗?”

刘一手:“当然不是。作为一个现代企业家,也作为一家正在谋划上市的集团负责人,我不会贸然做出决定,那对我的股东是不负责任的。但这次我为什么要托底这个节目呢,有这么几个原因,首先是《调解三人组》是一股正能量,给人民群众解决了一些实际困难,带来了一些普遍启示,这样的节目我们必须给予支持。其次呢,这个节目面临改版,改版意味着创新,创新意味着进步。当然,创新也意味着风险。我们日不落集团愿意跟《调解三人组》一起承受这个风险。最后呢,我们还有一个实力的保证,日不落集团是百亿级别的企业,对于这样一个底我们是有底气的,是托得起的,连一个小目标都算不上。”

安心关掉了视频,想了想,拿起手机拨了刘一手的电话。

刘一手、张开兰此时正并排坐在飞机的头等舱里。

刘一手见到安心来电,想接但又不得不请示:“安心又来电。”

张开兰懒洋洋地说道:“不用接。让她自己反思吧。”

刘一手悻悻地看着屏幕上安心的名字。张开兰低声问:“你发朋友圈了吗?”“没呢。”“为什么不发?”“没来得及。”

张开兰左右看了看,依然低声:“我早给你规定过,一进飞机头等舱,要发朋友圈,最好带自拍。否则咱们花这冤枉钱干吗?”刘一手有些犹豫:“我怕让人看出炫耀。”张开兰说道:“一、身份比你低的人不认为你是在炫耀;二、为了防止少部分人,你加一点吐槽就把炫耀带过去了。来,咱俩自拍一张。笑得灿烂点。”

张开兰举起自己的相机，跟刘一手自拍了一张。

“我把图修一下。”张开兰熟练地把图修好，点击发给刘一手：“图发给你了，你就发这张自拍，文字你这么配：飞机永远这么不靠谱，又延误了，还好这次跟永远满世界跑的母后大人在一起，享受一下久违的母爱。”

刘一手面露难色：“妈，这趟航班没延误。”“除了咱俩，谁知道咱俩坐这趟航班？所以，除了咱俩知道它没延误，谁还能知道它没延误？”“我的秘书知道咱俩坐这趟航班，她订的票。”“屏蔽她你不会吗？”刘一手顿了一下，随即称赞道：“母后大人圣明！”

刘一手依言开始操作手机发朋友圈。张开兰看着刘一手，暗自叹了口气。

安心拿着手机在看刘一手的那条朋友圈，想了想，决定再拨一次刘一手的电话，结果手机已关机。安心眉头拧了起来。

李貌和毛毛在办公室里聊着。

李貌问：“那刘一手和她妈什么时候来啊？”毛毛一脸轻松：“等通知呢。就这几天。甭着急，稳坐钓鱼台。”李貌有些焦虑：“那砖是从外边晕上的色儿，我坐得住，砖坐不住。时间长了不行。”

毛毛打开手机找出一张照片递给李貌看，得意地说：“我弄了个恒温罩儿，防晒防雨防冰雹。”李貌一脸钦佩的表情：“真敬业呀你。”毛毛嘿嘿一笑：“必须的呀。就是不敬业，那也得敬钱不是。更何况，给安心这一单做好了，以后不愁没活儿干。她婚礼一办，来的明星大腕儿还不得排队找咱们。”

李貌转而问道：“安心这两天联系你没？”毛毛摇头：“没有。估计忙节目的事儿吧。哎，尚晋去录节目一期多少钱啊？”“不知道。尚晋没跟我说。”“你得问呀。”

李貌犹豫了一下：“你说，安心为什么要找尚晋去做节目？”毛毛看着李貌：“担心了？”李貌笑了笑：“真没有。我就是好奇。”毛毛想了想：“用你婆婆管副科长的讲话模式来说，我不多讲，我只讲三点：一、熟悉。熟悉带来安全感。二、尚晋能说会道，参加过辩论大赛，现在又在调解第一线，客观条件已经具备。三、买一送一，尚晋去还能带个李才。这不就齐活了吗？要我是安心，我也得这么选啊。”

李貌若有所思：“那你就是说，安心选尚晋，是个客观情况？”毛毛拿起手机：

“不但客观，而且非常客观。你看看这个新闻，我刚刷出来的。”

毛毛将手机递给李貌。李貌一看是条视频新闻，标题是：安心男友刘一手确认日不落集团将为安心节目改版做接盘侠。

“安心算盘打得山响。她对尚晋只会动心思利用，不会动感情使用。放心了我的姐？”李貌白了一眼：“我本来就没多心。”毛毛撇撇嘴：“亲闺密这么假着说话就没劲了啊。”

马得路坐在露台上，拿着手机也在看刘一手的采访视频，口里不时发出啧啧的赞叹之声。看着看着，忽然感觉到后颈有呼气袭来，扭头一看是小白站在身后伸着脖子看。

“干吗呢你？你这是偷窥啊。”“得路兄，你看的这是公共视频。我手机上也能看，谈不上偷窥。”“那你怎么不在你自己手机上看啊？”“我刚才路过不小心就被刘一手刘总的话吸引住了，忍不住跟你共同观看了几分钟。对啊，我为什么不用自己的手机看呢。”

小白坐到马得路边上，掏出一个崭新的手机，翻找视频。

马得路皱起眉头：“小白，换手机了？”“换了。最新款的。用起来真是麻利方便，内存也大，以后我看武侠小说根本不用看纸质书了，下载就行——”“你那点钱省着花！别老霍霍儿。”“我没霍霍儿。就是买了几身衣服，买了一个包，换了个手机，买了块表，请了串珠子。”

小白从脖领子里掏出一串珠子向马得路展示：“哦，还买了辆电动车。”

马得路一副痛心疾首的表情：“就这还没霍霍儿啊？衣服包手机我都理解，你弄块表干吗啊？手机不就能看时间吗？”小白指指马得路的手腕：“得路兄，你也戴着表呢。”“我这是身份的象征。不是用来看时间的。”“大狗要叫，小狗也要叫嘛。我也不用它看时间，也算是个装饰，也算是个象征。”

“把你表亮出来我看看？”“甭看了。没你的好。”马得路警惕道：“我看看——你是不是买了块比我还贵的？”

小白很不好意思地亮出手腕，马得路一看气炸了：“你怎么买了块跟我一样的？”小白尴尬地笑着：“我刚接触奢侈品，还没有了解更多品牌，我又怕上当受骗，所以只能先以您为参考。你看，我的裤子和鞋子跟你都是一样的。”

马得路往下一看，欲哭无泪。两人的下半身穿着一模一样。

马得路无奈道："人家最多是撞衫，你这是要撞人呢！就差件上衣了，否则我就被你给山寨了！"小白补刀道："你这件上衣我也有。今天没穿。"马得路崩溃了："你不能跟我有点区别吗？"小白嘿嘿一笑："以后肯定有区别的。现在还在摸索。"马得路无语道："你摸索一下李才。"小白一脸真诚："他跟你不能比。我更欣赏你的穿衣风格。"

马得路无可奈何，只能语重心长地说道："小白，这是一个差异化时代，咱俩不能穿得一样。苏洁不是你的星象学属相学心理学顾问吗，你再让她给你兼一个着装顾问。"小白皱眉："她不行。她收入太低，奢侈品商场她都没去过几次，顾不了我的问。"马得路头疼："那好，这样，我让你毛毛姐给你当顾问。你以后要再买衣服，找她。好不好？""收费吗？要是收费的话——""免费。""成交！"

马得路可算是舒了口气："给我去拿瓶啤酒。"小白有些意外："您最近不是戒酒了吗？""今天得喝瓶压压惊。""还是喝黄啤？""白啤吧。"

小白转头向屋里招呼："小黄，来。"小黄走了过来。

"给马总来一杯白啤。"小黄点头："好的小白哥。"转身要走。

小白忙叫住："别走，还有我呢。给我来杯马天尼。""好的小白哥。"

小黄转身进屋拿酒去了。马得路觉得稀奇："马天尼？你平时不喝马天尼啊。"小白嘿嘿一笑："你平时也不喝白啤啊。"马得路明白了："我喝你的姓，你就喝我的姓，跟我较劲呢吧？"小白讪笑着："礼尚往来，礼尚往来。"

马得路又好气又好笑，无可奈何。

晚上，李貌照旧拿日记本写着日记。尚晋在看《调解三人组》调解对象的资料。李貌边写边说："尚晋，给你妈也约一个牙医吧。""等把青岛婚礼办完回来再约。""好——谢谢你给万师傅约了牙医。"尚晋听着不太适应："你一客气我就觉得陌生。你最好对我颐指气使一点。"

李貌顿了顿，问道："资料看得怎么样了？节目什么时候录啊？""就最近几天吧。""录一次给多少嘉宾费？"尚晋愣住："这我还真没问。""你不问，他们也应该说。这事哪能白不提黑不提。你要觉得你跟安心的关系不方便问，你可以让李才问呀。"

尚晋赶忙澄清："哪有什么不方便问的。我问。要说不方便，李才最近才真是不方便。""李才怎么了？""她妈回来了。"李貌没反应过来："她妈？她妈不就是——”忽然明白过来，扭脸看向尚晋，惊讶地问：“她妈回北京了？”

尚晋点头。“谁告诉你的？”“李才本人。”“李掌柜知道不知道？”“我不清楚。”

李貌无心记日记了，略一思忖：“李掌柜肯定知道了！他最近不对劲儿就是这个原因。可千万别让万师傅知道——李才什么反应？”“她妈约他见，他拒绝了。”李貌思考着：“她是过路还是长住呢？”尚晋转过头问道：“这重要吗？”李貌一脸严肃：“非常重要！”尚晋明白了：“回头我打听打听。”

马得路一脸愁苦地在客厅里拖地。

常有丽在一边自己给自己打着节奏，练习着广场舞舞步。

“妈，不能请个保姆吗？我一天使投资人，还是一文化公司的总裁，拿出这么大的精力和时间干家务不合适吧？”常有丽自顾自地跳着：“生活面前，人人平等。”“我不是说我有多高等，是说不应该把我的时间浪费在鸡毛蒜皮的小事上。”“等毛毛怀孕了，就请个保姆。那时候你就解放了。”

马得路举起拳头挥了一下：“我要争分夺秒。”常有丽突然转过头：“但今天晚上不准行房哈。”“为什么？”“你今天喝啤酒了。”马得路震惊：“这您都知道？您怎么知道的？”常有丽露出一丝得意的笑容：“要想人不知，除非己莫为。”

常有丽自顾自打着节奏练习着舞步。

马得路一脸拧巴，自己呼了几口气，用手拨拉到鼻子前闻了闻，还是纳闷：“没酒味儿呀。”

毛毛在卧室里练习瑜伽。马得路进来，仰头躺到床上：“毛毛，咱们住到通州去吧。”“不去。太远。你爸那迫害症太吓人。他一人住好些，不用幻想谁迫害他。在这儿亏待你了？”“做牛做马呀。我马得路原本早就摆脱掉手工劳动了。你说马云会在家拖地吗？马化腾会在家拖地吗？现在我变成你们家的杂工了。”“那叫分工，不叫杂工。妈做饭，你拖地，我洗碗。三权鼎立啊。你要不想拖地，跟妈换也行，跟我换也行。”

马得路想了想：“做饭不熟悉，洗碗太油腻，我还是拖地吧。我要找个保姆妈也不让，说要想找保姆必须得等你怀孕。我马得路算是虎落平阳了。”马得路沮丧地叹气。

毛毛一听不高兴了：“你骂我妈是狗呢？”马得路连忙解释道：“我就是打个比

方。我能骂咱妈吗？我敢吗？再说了，现在拿人跟狗打比方是骂人吗？妈多喜欢狗啊。说真的，我在妈眼里肯定不如呼噜有地位。”毛毛坐起来：“那还用说，就是我，也不如呼噜。那是我买给妈的。那时候她还没跳广场舞，空虚寂寞冷，靠呼噜的陪伴走过艰难岁月。行了，别郁闷了，干点正事吧。”

马得路没明白：“什么正事？”

毛毛把瑜伽服的左肩膀往下褪了一下，露出了半边香肩，挑逗地看着马得路。

马得路更郁闷了：“不行。妈不让做。”毛毛惊讶道：“啊？这她也管？凭什么呀？”“也不知道她怎么知道的，我今儿喝酒了。”“你不是答应不喝了吗？”“下午让小白气着了，我借酒消愁。”

“怎么了？”马得路一脸不忿：“我戴什么，他戴什么，我穿什么，他穿什么。好容易才说服他，让他活出他自己。”毛毛笑了：“整个一暴发户嘛。你怎么说服他的？”马得路一脸坏笑：“我说以后你再买衣服，让你毛毛姐给你参考当着装顾问，他好歹算是答应了。”毛毛眉毛一扬：“我凭什么给他当着装顾问啊？我忙得脚打后脑勺，哪有时间伺候他？”“你不伺候他，他就穿成我，你伺候不伺候？”“你为什么不给他当？”马得路无奈地恳求着：“我有什么衣服你最清楚。你得帮我。否则我没法出去见人了。”

毛毛心一软：“好吧。答应你——过来吧。”“不行啊，喝酒了。”“喝多少？”“一瓶。倒是好啤酒。不伤人。”“你能不能有点文化自信，就咱俩这优秀基因，还怕那一瓶不伤人的好啤酒？男儿当自强！”

马得路想了想，从床上一跃而起，扑向毛毛：“我要自强不息！”

咖啡馆打烊了，箱子姑娘拖着箱子和李才一块出来，两人在寂静的道路上走。

箱子姑娘心情有些凝重：“李才老师，我感觉我红不了，您不要在我身上花时间了。”李才转头看着她：“你喜欢唱歌吗？”“喜欢。”“那就唱嘛。不要考虑红不红。只要你红红心中有个蓝蓝的白云天就行。”“可是，我觉得你在考虑。”李才语气轻松：“运筹帷幄，决胜于千里之外。我这人，不考虑事儿睡不着。当然，我也没有特别给你考虑，搂草打兔子，捎带着的事儿。”

箱子姑娘沉默了一会儿说道：“如果是捎带着，你就不会去找绿鹦哥了。”李才惊讶道：“这你都知道？谁告诉你的？不可能啊，你又不认识卢庚戌。”“其实，你找了绿鹦哥之后，他就派经纪人来找过我。”“找你干吗？”“他说我不适合唱歌，愿意给我一笔钱，让我开家淘宝店，或做点其他生意。”李才皱眉：“不美。你没答应吧？”箱子姑娘悻悻地回应：“如果答应了，怎么还会跟你走在这里。不过我现在觉得，也许他说的是对的，我并不适合唱歌。”

李才想了想：“我觉得你适合——好，跟你说说我的计划吧。本来我想先推你，把你捧红。现在看来，得调个个儿了。我会先红。当然，我是红过的人。我在文艺界，其实已经红了。但是我的大众知名度还没打出来，等我上了《调解三人组》，爆红以后，我就有了更多推你的机会和实力。”

箱子姑娘很难过：“我有霉运，不想连累你。”李才笑了笑：“最近已经好多了。演出不再停电了，跟你走不再崴脚了，吃青豆不崩牙了，走路撞不到电线杆了。连苏洁都敢跟你住一屋了。这说明什么？说明你正在转运。”箱子姑娘迷茫地看着李才：“我还应该继续唱吗？”“你必须唱下去。你妈妈在天上看着你呢。”

李才往天空一指。两人仰头望去，是北京难得的好天气，星星闪烁，布满了苍穹。

箱子姑娘感慨道：“我真羡慕你。每天跟家人在一起。”李才淡淡地说：“你知道吗，我有两个妈妈。”箱子姑娘意外地看向李才：“我不知道。”“你见到的万师傅是李貌的妈妈，我妈妈在我很小的时候就跟李掌柜离婚了，去了美国。不过，最近她回北京了。”“你见到她了？”“还没有。她想见我，但我不知道该不该见她。”“见啊。为什么不见？亲人能见就要见啊。”“事情不是你想的那么简单。我还没有想好。”

箱子姑娘竟有些激动：“我想见我妈妈，见不到；你能见，却不见——真羡慕以后嫁你的姑娘，她会有两个妈妈呢。”李才苦笑道：“别人才不会像你这么想。也许会觉得是负担。或许我会真因为这个找不到另一半呢！要是我不幸落单了，你恰好也落单了，不如嫁给我算了。”箱子姑娘有些慌张地说：“李才老师，你不要拿我开玩笑！也不要拿婚姻大事开玩笑。”

箱子姑娘忽然停下脚步，仰望星空，双手祈祷。

李才问：“你干吗呢？”“我向星星许了个愿，愿你妈妈能早日见到你。”“为什么不是许我早日见到她？”“因为决定权在你这儿。愿望，从来都是许给渴望的。”

箱子姑娘又继续朝前走去。李才望着箱子姑娘单薄的背影、大大的箱子，眼神不禁柔软起来。

毛毛和马得路正在收拾打扮，准备穿衣服出门。马得路犹豫着穿哪件。

毛毛已经穿好了："赶紧的呀，磨蹭什么呢。"马得路皱眉："我怕跟小白撞衫啊。"毛毛转过头："笨！你想穿哪件穿哪件，穿好了给小白发个自拍就行了。"马得路茅塞顿开："对啊。"

小白也正在住处对着镜子穿衣打扮。手机一响，进来一条微信。小白查看，见是马得路发来的一条语音微信："小白，我马上把我今天的穿着自拍给你。"

小红在一边听见了："白总，马总穿什么还得向你汇报啊？"小白装模作样地说："嗨，马总见我总是穿得很得体，向我取经呢。"

小白有些紧张地看着手机屏幕。过会儿马得路的自拍发来了，小白一看哭丧起了脸，马得路的穿着竟然跟他一样。

小白只好走到衣柜前换衣服。

小红觉得奇怪："白总，您怎么又换衣服了？这一身多飒啊。"小白一副不以为然的样子："这一身我推荐给马总穿。我再换身别的。""狭路相逢勇者胜。我跟小黄支持您跟马总正面 PK。""做人要厚道。我不忍心把马总比下去。"

小白利索地换上另一身衣服。

"小红，小黄，过来给我掌掌眼。"

小红、小黄走了过来。小红伸出大拇指："白总，有钱就是好，真不白给。这衣服，褶子是褶子领儿是领儿。"小黄也赞叹道："白总，这衣服别说穿您身上，穿谁身上它都不跌份儿。真的，我跟小红都心疼您这么花钱！您对您自己可真是够破费的呀！"小白看着镜子里的自己："我不对自己破费，我就是一身破绽！"小红继续拍马道："您都没破绽了，还不赶紧创业啊，我跟小黄还等着集体跳槽到您这儿呢。"

小白一脸得意："创业的事儿我得请教一下我大哥。"小红一愣："老家你大哥？"小白转过身："不。是日不落集团人称日不落掌门人的刘一手刘大哥。他是我创业顾问。"

天气很好，管红花和尚得志在公园里散步。管红花边走边问："得志同志，你对现在的生活满意吗？"尚得志一脸的惬意："满意啊。很满意。有吃有喝的，北京住一段，青岛住一段。多好的买卖！"管红花语气淡淡地："好吗？你不觉得日子就这么白白流过去了吗？你没有紧迫感吗？"

尚得志想了想："我没有，没什么急着要办的事儿了。你是不是有什么不满？"管红花有些失落："当然。不满是向上的车轮。我觉得目前的生活太安逸了，太按部就班了。其实，我还年轻，还是能给组织干点儿工作的。我的从政经验就这么白白浪费了。可惜。"

管红花正叹息着，手机响了，管红花一看，惊喜不已："得志同志，单位给我来电！难道是要返聘我？""赶紧接吧。接了就知道了。"

管红花接起电话，"嗯、哦"了几声就挂了电话。

尚得志刚想问什么事，就见管红花身子一软往下一瘫，尚得志眼疾手快，急忙扶住她。"老管，你怎么了？"尚得志说着把管红花扶到旁边的长椅上坐下。

管红花神情木然："老尚，我犯事儿了。""犯什么事儿了？""有人举报我，纪委接手了，组织通知我，让我立即回去接受调查。"尚得志震惊："这，这是什么买卖！你没干什么对不起组织的事儿吧？"管红花有气无力地说："我现在一头雾水，什么也想不起来了。你给我买张票吧，无论怎样，我还是要听从组织的召唤。"

尚得志也坐到长椅上："这事儿得告诉尚晋、李貌他们，李掌柜和万师傅也要通知。"管红花："家丑不可外扬啊。"尚得志："纸包不住火。万一你进去了呢，也得让尚晋、李貌他们做好准备。"管红花想了想："那就通知他们吧。"

管红花、尚得志找到尚晋、李貌，把事情一说，两人也都很震惊。

尚晋紧张地问道："妈，你得明确告诉我，你身上有事儿没有？"管红花一脸迷茫："大事儿肯定没有，小事儿我搞不清楚啊。"尚晋又问："你什么时候回去？"管红花回应："明天。"尚得志看着管红花："我跟你一块回去。""别呀。别被一锅端了。"尚得志安慰道："我不怕端，我没事儿。我光明磊落坦坦荡荡。"管红花情绪有些激动："得志同志，你什么意思？你的意思是我不光明磊落不坦坦荡荡？"尚得志连忙解释道："我不是这个意思，我是说我陪你回去。有福同享有难同当。"管红花："我还没落难呢，组织对我进行调查，并不代表我出了问题。尚晋，李貌，跟你们说的意思，就是我怕万一我这边有什么事儿，你们也好有个心理准备。"

尚晋、李貌也拿不出主意，只好泛泛地安慰了管红花几句，又赶紧给他们买了当天最晚一班返回青岛的动车票。

管红花把常有丽约到了咖啡馆，点了些咖啡和点心，想拜托她帮忙照看一下房子。常有丽却一口拒绝："老管，今天这咖啡和甜点，我请。但你这个钥匙我不能接。"管红花不解地看着常有丽："为什么？根本没什么事儿啊，就是隔三岔五进去看看，暖气管漏水没有，角角落落里还有几盆小花，你给浇浇水。没别的。”

常有丽摇头：“不行不行，我真抽不出时间。我每天遛狗跳舞买菜做饭，还要给幸福里社区居民打抱不平谋福利，我没时间给你照看这房子。再说了，这事轮多少人也轮不到我啊。你为什么不找万山红？”

管红花没说话。常有丽明白了：“万山红不接，对吧？”管红花默认了。常有丽又想了想：“不接你找双全啊，哦，双全不行，他也是横草不动竖草不拿的主儿。尚晋跟李貌呢？”管红花叹了口气：“我们这次回去，是为了大力筹备青岛婚礼。筹备好了，尚晋、李貌也得回去。所以索性找个闲人，把这事负责起来。”常有丽眉毛一挑：“合着你觉得我是个闲人？”“现在觉得你不闲了。”

常有丽一本正经地说道：“我忙得很。你要出门，我也得出门。我一年一度的韩国时间就要到了。”管红花一愣：“什么叫韩国时间？”常有丽解释道：“我每年都会抽出几天时间到韩国旅行一趟。放飞自我，感受生活。”管红花：“有丽同志，年年去韩国感受生活？不会产生腻烦的旅行感受吗？”常有丽一脸得意的神情：“不会啊。我爱吃韩国的冷面。还有，韩国近嘛。欧洲也不是不能去，远。呼噜我一天都离不开。所以只能找个近一点的地方。”管红花说道：“日本倒也不是很远。”常有丽看了一眼管红花：“日本是个多震国家，我恐震。而且我一直认为，去哪儿不重要，重要的是你是不是去了。”管红花笑了笑：“在恐震方面，你跟山红同志是一样的。哎，咱们刚才聊什么来着，怎么聊到地震了？”

常有丽回到主题：“聊到谁来给你照看这房子——有一个人非常合适。”“谁？”“李才。”“他多忙啊。”“再忙，他也是尚掌门的徒弟呀。一日为师，终身为父。让他干。”管红花叹息道：“看来，也只能在风雷十二掌这个门派框架内解决这个问题了——我回去收拾收拾，晚上还得赶火车。”

常有丽故作惊讶：“坐飞机多快啊。”管红花板着脸争辩道：“作为一名干部，出国旅行都有限制，所以我喜欢在国内的列车上欣赏祖国的大好河山。”“等会儿。管科长，我听说处级以上干部出国才有限制啊，你是副科级干部——”“没有副科级这个说法，正确的说法叫副股级。”“——你是副股级干部，限制不到你吧？”“理论上来说是这样的，但在实际中，这跟个人要求有关。我是以正处级干部的要求来规范自己的。”“嗬，您这觉悟，简直了！”“谈不上觉悟，就是一个自律吧。这个心路历程在我的自传中有，等出版了以后你可以细细品味一下。”

常有丽不服气地回应：“好。我一定好好品味。管处长，不，管科长，您回到青岛以后，也别忘了把我的广场舞分享给青岛的父老乡亲，让他们也好好品味一下来自首都的时尚风。”管红花一脸不屑：“一方水土养一方人。你的广场舞到了青岛我估计会水土不服。服务员，买单。”“今儿我买。”“好。那我就不客气了。再会。”管红花说着拿上钥匙走了。

常有丽嘀咕：“嘿，还真让我买啊？以后真不能客气！”

第二十六章

趁着管红花找常有丽的当口，尚得志匆忙去找了谈英。

谈英见到尚得志很诧异："老尚，你怎么来了？坐。我给你倒水去。"尚得志显得很焦虑："不用了。老谈，咱们开门见山吧，我们家老管的事儿你知道了吧？""不能算知道，只是听说了。""严重吗？""老尚，严重不严重需要组织调查才知道。我怎么能知道呢？"尚得志叹气："这是什么买卖。这是什么买卖。我很着急啊。"

谈英问道："老管知道你来找我吗？""不知道不知道。我找了个借口溜出来的。""事情严重不严重，其实老管自己最清楚。""她是真不清楚啊。""怎么会不清楚？自己收了人多少礼，有没有以权谋私，有没有贿赂别人，我想老管自己心里是有数的。""我没见她收谁的礼啊。""你没看见，不代表没有。人是很复杂的。中央现在反腐的决心很大，让老管认清形势吧——哎老管在哪儿呢？她回去接受调查了吗？""还没有。今天晚上回。""她不会跑路吧？""不会。绝对不会。"

谈英顿了顿，看着尚得志："老尚，我明白你来找我的目的，但我确实什么也不知道。就是知道，也不能告诉你。这是组织纪律。但是有两点我要提醒你：一、不要存着侥幸的心思，跑路，或者抗拒组织调查，也不要转移财产。二、要看好老管，防止她自杀。老管这人我还是了解的，好面子，脾气倔，她要一时想不开，很可能寻短见。"

尚得志听得一愣一愣的："哎呀我得赶紧回去！"赶紧告辞离开了。

安心终于等到了刘一手的电话，说他和母亲张开兰已经到了北京，约安心下午两点到他们下榻的酒店拜见张开兰。

安心准时到达酒店，刘一手早早就在大堂焦急等待。

“怎么才来？”安心看了看时间：“没迟到啊。还早到了五分钟呢。”“我妈习惯别人早到半小时等着她。”

两人匆匆进了电梯。电梯一路上升。

安心也有些紧张：“我这身衣服行吗？”刘一手有些迟疑：“我也拿不准，她有时候喜欢端庄，有时候喜欢时尚。看心情。”安心狐疑地看着刘一手：“你怎么老不接我电话？”“这个以后再说吧。”“你妈的意见？”“我刚才说了，这个以后再说。”安心顿了顿：“谢谢你啊一手。替我挡了那事儿。”

刘一手没说话。这部电梯有一面是玻璃的，安心不经意朝外瞥去，一阵头晕目眩，身子晃了一下。

刘一手扶着安心：“怎么了你？”“我有些恐高。”刘一手笑了笑：“要注意时刻战胜自我。我就喜欢高，我喜欢居高临下的感觉。”

两人到了顶层的总统套房。套房豪华开阔。静悄悄的。

“妈，安心来了。”

张开兰的声音从套间里传来：“等我一下。我跟纽约那边开一个电话会议。”“好的。”

张开兰根本没有开会，而是躺在床上悠闲地做面膜。

安心和刘一手在外间无声地等待。气氛有些压抑。

两人忽然感觉到什么，扭头一看吓一跳，张开兰已经悄无声息地站在套房门口。精心打扮，光彩照人。

安心忙站起来。

刘一手介绍道：“安心，这是我妈。”安心忙叫道：“阿姨。”

张开兰淡淡地回应：“别叫阿姨了，叫我张小姐就行。外边人都这么叫。”安心微笑：“张小姐，您好。”张开兰看了看安心：“坐吧。”

张开兰走到安心对面坐下。刘一手恭敬地站到了张开兰身后。

安心见刘一手没坐下，不知道自己是坐好还是站好。

张开兰转过头：“一手，要不你也坐下？”刘一手笑着轻声说：“妈，我还是站着吧。您甭管我。”张开兰对安心示意：“你坐。”

安心看了一眼刘一手。刘一手点头示意：“你可以坐。”安心这才坐下。

张开兰看着安心问道：“你什么星座？”安心语气小心翼翼地：“我双鱼。”“上升呢？”“我听说，三十岁之后才看上升。”“很快就会到的。对女人来说，日子不经混。男人一秋，抵女人三年。”安心顿了一下：“我上升也是双鱼。”

张开兰随即说道：“哦，那常做梦吧？”安心字斟句酌：“您说的是梦，还是白日梦？”“都算。”“经常。倒没做噩梦。”

张开兰谈话节奏转换得很快：“郊区那小房子交给你，让你来负责打理装修，真是辛苦你了。我代表我跟一手向你表示感谢。你替一手省出了时间，就是给日不落集团做出了贡献。”

安心一时不知怎么回答，急中生智想起了尚晋的话：“瞧您说的。”

“你之前的那些节目我看了，有些不错，有些我觉得还有欠缺，还可以更好。你觉得呢？”安心照方抓药：“可不是嘛。”

安心这简洁回答倒让张开兰有些不适应，没法往下接了。张开兰看了刘一手一眼：“都安排好了吗？”刘一手恭敬地回应：“集结完毕，随时可以出发。”“那走吧。”

张开兰起身。刘一手示意：“安心，咱们走。”安心一脸迷茫：“去哪儿呀？”“验收房子。”安心愕然：“验收房子？这么突然？这不得通知毛毛、李貌她们到现场吗？我现在就通知。”“不用。妈的意思是不用通知。”“为什么呀？”

张开兰说道：“安心，我觉得，她们不在的时候验收不更真实可靠吗？你觉得呢？”安心只好回答：“可不是嘛。”张开兰转身：“出发。”

酒店门前一前一后停着两辆车。前边是一辆豪华轿车，后边是一辆中巴车。中巴车上坐了十几个人。

安心、刘一手、张开兰走出来。刘一手拉开后排车门，将张开兰让进去，又将安心让进，自己坐到副驾驶位置上，司机启动了车辆。后边中巴跟上。

安心禁不住向后车瞥了一下，低声问：“一手，后边车上都是谁啊？”刘一手低声回应：“集团品宣部跟部分媒体、新媒体和自媒体。”

安心心里有些焦急，拿出手机想发微信又心里忐忑，怕被发现。

眼看就要出城上高速了。安心觉得必须行动了。

“张小姐，一手，不知道几点回来，我向台里请个假。”

张开兰嗯了一声。安心打开手机，迅速调低话筒音量，翻通讯录，翻到毛毛，拨出。

李貌在电脑上画效果图。毛毛正在电脑前跟小白掰扯，她一页页翻着电脑页面，里边都是马得路的衣服。齐刷刷一片。“小白，这都是你们马总的衣服鞋子。这些衣服鞋子啥的，你就别买了——我会发到你微信上，供你及时避免。”

小白看得眼都直了：“这些我都不能买，我还有什么可以买的？”毛毛笑笑：“一入服市深似海，有钱想买就能买。愁什么！”

毛毛正在充电的手机亮了，是静音，没响，毛毛也没注意。

小白还在自我陶醉：“在阶层固化的时代，我是突然跨越了阶层，所以还有些不适应，希望毛毛姐和李貌姐以后多多指点。”李貌顺口说道：“我指点不了。你毛毛姐是专家。苏洁也经常淘衣服。”小白摇头：“苏洁还固化在工薪阶层，理解不了我的精神需求。”

安心的电话一直未接通。张开兰忍不住望了安心几眼。安心无奈挂断，重新拨打，这次她拨了李貌的电话。

李貌手机响，见是安心来电，接起来：“喂。”

安心的声音：“范台长，您好，我安心，想跟您请个假。”李貌愣了愣：“安心，你打错了。我是李貌。”“范台长，今天一手和她母亲张小姐来到北京了，我陪他们到郊区一趟，跟您这儿请个假。”李貌皱眉：“你打错了安心！”“没错。您说得对，我们一定会把节目准备充分了再录制！我们决不会出错的！也不能出错！谢谢您的关心！”

安心挂断了电话，又以飞快无比的手势打开微信给李貌发送了实时位置共享。

李貌放下手机有些发愣。

毛毛转过头问：“安心打错了？”李貌一脸茫然：“她打给范台长，不知为什么打到我这儿了；我跟她说打错了，她还在说，又好像是打给我的。”毛毛一听也觉得奇怪：“她有什么事儿都是打给我，怎么会打给你。”

这时她想起自己的手机，转身拿来一看有安心的未接来电。

“她给我打电话了！你赶紧把她的来电放一遍给我听听。”小白大吃一惊：“你们通话都有录音啊。”毛毛紧张起来：“嚷嚷什么。我们谈业务，怕说不清楚，得有个备份。”

李貌刚要打开手机的录音，发现安心在跟她共享位置。

“毛毛，安心在共享位置，她正在出城，往别墅方向走。”毛毛像是问李貌，也像是问自己：“那她还有可能打错吗？”

两人对视一眼，忽然都明白了，同时跳起来大叫：“不是！”

李貌说道：“我们必须在他们赶到之前赶到那里！”

毛毛对小白说：“你，下去，立即让小胡把马总的车开到门前！”

小白不敢怠慢：“是是是！得嘞得嘞得嘞！”一溜烟下去了。

李貌、毛毛迅速收拾东西。

毛毛问：“你开还是我开？”李貌看了一眼手机上安心共享的位置：“我开还是你开都追不上了。只有一个人行！”毛毛迅速明白了：“你妈！”

李貌飞速拨打万山红电话。

万山红正在卧室里照镜子，看自己的脸，自言自语：“怎么就歪了？”

手机响了。万山红接起来。

李貌急速地说：“万师傅，带上你驾驶证，立马下楼！不要问为什么！”

安心等人乘坐的车已经到了收费站，就要上高速了。

安心也不知道李貌听没听懂自己的意思，很忐忑。

张开兰看了看后视镜：“听说这次装修的是你的大学同学？”安心点头：“对。”“为什么找她们？不会仅仅因为是大学同学吧？”“她们的人品我知根知底，靠得住；作品我也看过，非常优秀。”“很好。希望她们的作品配得上你的这个评价。这个社会，都看人情，不看人品，都看表面，不看里面。日不落集团为什么能屹立不倒？靠的就是实实在在。”

刘一手也在副驾驶位置一握拳头附和：“对。实实在在！”

安心忽然发现张开兰在看她，赶紧也表态，又不知说什么，顺口而出：“可不是嘛。”

万山红手捧驾驶证在楼下茫然站着。一辆车快速驶来停在她身边。李貌从驾驶座上跳下来：“万师傅，上车！你开！”万山红：“去哪儿啊？”李貌顾不上解释：“上车再说。”迅速上了副驾驶位置。万山红也连忙坐到驾驶座上。

毛毛坐在后排：“万姨，辛苦！今儿看您的了！”李貌：“出发！出大门左转！”万山红兴奋地：“坐好喽！”一脚油门，车子轰然驶了出去。

李貌焦急地看着手机上安心共享的实时位置关系：“万师傅，咱们现在落后五点三公里。”万山红语气轻松：“一脚油门的事儿。”毛毛说：“万姨，三元桥往四元桥方向较堵，我建议——”万山红打断：“甭建议。你们就说大方向。大路小路红绿灯摄像头坑坑洼洼都在我脑子里。”李貌着急地说：“尽快上京承高速！”“得嘞！”

万山红一打方向盘，插空档超越了前车，驶出了一个出口，拐进一条胡同。很快又从胡同里钻出来，冲上一条大道。

车流缓慢。但万山红的车速飞快，她驾车在车流中游来游去，不断超越。

很快到了高速公路收费站。前方的车排成长队缴费。李貌一看：“糟了。”万山红一脸镇定：“不糟。这车有 ETC。”

万山红驾车从 ETC 出口疾驰而出：“还差多远？”李貌看着手机：“六点四公里。”毛毛着急地问：“怎么还远了？”“他们在高速上。车速快。”万山红胸有成竹地说道：“一脚油门的事儿。坐好喽！”李貌担心地提醒道：“妈，安全第一。”万山红一脸自信：“退休前年年我都是安全标兵。”

张开兰闭目养神。刘一手已经打起了呼噜。

安心悄悄拿出手机看实时位置，发现李貌在后方不断靠近，不自觉浮起一丝微笑。

安心轻声对司机说：“师傅，张小姐和刘总都睡着了，行驶不要太快，安全为主。”司机点头：“好嘞。”张开兰睁开眼：“我倒是没有睡着。就是养会儿神。四十五岁之前，我没睡过午觉；四十五岁之后，不睡午觉，下午就乏。老啦。跟你们不能比了。”安心干笑：“瞧您说的。”

李貌看着实时位置关系图。两辆车越来越近。

“万师傅，目标出现，前方左侧三百米那辆。”

万山红看了一眼，不屑地说：“我轰掉它！”说着加大油门，风驰电掣，瞬间就超越了安心等人乘坐的豪华轿车。

安心偷看了一下手机，见李貌已经超越过去，松了口气，关掉了实时共享位置，往后一靠，也闭目养神起来。

又过了大约四十分钟，一行人到达了那座庭院别墅。

中巴车上的媒体记者们也都下了车，纷纷拍照摄像。

安心、刘一手、张开兰下车，步入大门。施工负责人正带着几个工人在修剪花草，看见安心等人很是意外：“安心老师，您怎么来了？”安心微笑着：“我们来验收一下。时间紧，没来得及通知李貌、毛毛她们。你带我们看看吧。”负责人一听:“巧了。毛毛、李貌她们今天也来了。”安心故作惊讶:“是吗?这么巧?”

负责人对着别墅高处喊:“毛总!毛总!”

张开兰、刘一手对视一眼,又都狐疑地看安心。安心若无其事。

毛毛和李貌戴着施工帽居高临下出现在别墅顶层的窗口。

毛毛对下面喊:“什么——,哎,安心,你来了?我们马上下来。”

李貌和毛毛匆匆下楼来到庭院里,到了几人跟前。

毛毛笑着说:“安心,来怎么不打个招呼啊!”说完又对刘一手:“刘总好。”又看向张开兰:“安心,这位是?”

安心介绍道:“这是一手的母亲,张小姐。”毛毛立刻问候道:“张小姐好。我叫毛毛,‘家是一座城’工作室的负责人,这是李貌,我们工作室的首席设计师。”李貌微笑着:“张小姐,您好。”

张开兰略微点点头,算是打过招呼。

毛毛语气镇定:“没想到你们来。欢迎。李貌,咱们带安心她们转转吧。”安心转头问道:“张小姐,咱们先看室内还是室外?”张开兰看向别墅:“室内。”

一行人往别墅里走去,媒体记者们也都纷纷跟上。

别墅内部已经装修完毕。

毛毛、李貌带着张开兰、安心、刘一手等人挨层、挨个房间看着。

毛毛在一旁介绍:“张小姐,我们这个设计理念是这样的——”张开兰打断:“不用介绍。日不落集团所有的门店、办公场所都是我设计的。我在美国、欧洲的房子都是我自己设计。我略懂一点。”毛毛赶忙回应:“那真是再好不过了。”

张开兰仔细看着,内心很满意,外表很平静。

张开兰对李貌问道:“都是你一个人设计的?”李貌微笑着说:“前期风格界定的时候,我跟毛毛一块来做;细节部分主要由我完成;工程的实施由毛毛全权执行。毛毛本身也是设计师,我们分工不同。”安心在一旁补充:“她俩大学同班,一个专业。亲同学。”毛毛一乐:“也是亲闺密。”

张开兰又对李貌问道:“愿意到日不落集团来做设计吗?如果你愿意,可以带上你这位亲同学。待遇随便你们提。”李貌回应:“我们是创业公司,不会跳槽的。”张开兰内心有些意外,却不动声色地问:“你们的愿景是什么?”毛毛脱口而出:“上市。”张开兰淡淡地回了句:“祝你们成功。”

这时边上一名记者插话:“张小姐,听说日不落集团也在计划上市,现在有什么进展吗？”张开兰若有所指：“现在人人都要上市，盲目得很，可笑得很。我们日不落集团还是稳扎稳打步步为营吧。具体的一些事情以后你们可以约刘总聊聊。”

万山红一个人在庭院里溜达，口里不时发出“啧”“哎哟”等赞叹之声。眼神里冒着真正的羡慕嫉妒之光。她是有些被富人生活给惊着了。参观完院子，万山红颓然坐到院中一座亭子间的椅子上，茫然环顾仰望，顿觉人生不如人。此情此景让她发出了尚得志的一句感叹：“这是什么买卖！”

李貌、毛毛、安心、张开兰、刘一手等人从别墅里出来了，开始视察院子。

一记者问：“张小姐，这是刘一手先生和安心小姐的婚房吗？”张开兰随口道：“这小房子是一手送给安心的聘礼。”

“哇！”记者群体里边发出一片惊叹之声。

张开兰又说：“当然，也会作为北京的婚房。上海和海外，一手也都置办好了。到时候婚礼就在这儿举行，希望各位来捧场哟。”

记者们随声附和着。

另一个记者：“张小姐，我们来用不用包红包啊？”张开兰爽快地回应：“不准包红包，只准领红包。”

记者们又是一片笑声。

一名女记者：“安心老师，真羡慕您哪！”

一行人说着走向那块赝品之砖，李貌和毛毛紧张地互相看看。

万山红见到安心等人越走越近，按捺不住激动，拿出手机拍了一下安心。

张开兰看到了万山红，指了指：“那人谁啊？是保洁吗？还是外边进来的闲杂人等？谁让她私自拍照片的？让她删了。”

万山红听了鼻子差点被气歪，尴尬地立在那儿。

毛毛解释：“张小姐，她不是闲杂人等，她是李貌的妈妈。”张开兰有些疑惑：“出来工作还带着家人啊？”李貌说道：“忙不过来的时候，我妈有时也兼任我们工作室的一些工作，今天就担任了司机的工作。”张开兰：“哦，这样啊。看来你们是一家非常节俭的公司，怪不得要上市呢。”

安心向万山红举手打了个招呼，用以解围。

“阿姨好。阿姨辛苦了。”万山红憋出一句：“……同志们好。”

张开兰、安心一群人走远了。

万山红打开手机的自拍，上下观察自己，悻悻自语："你才保洁呢！"

一行人走到了那块赝品砖附近。张开兰四下看着。

毛毛有意无意地想挡住那块砖的视线。但张开兰来回走动转悠，几无死角。毛毛和李貌只得在心里默默祈祷，但最担心的事还是发生了，张开兰注意到了那块砖。

张开兰蹲下来，先用手摸了一下，又敲了一下，最后用指甲划了一下，同样程序又试了一下其他的砖。试完，站起来，看着毛毛和李貌。

"这块砖不对。你们发现没有？要么是施工队骗了你们，要么是你们在骗我。"

李貌、毛毛互相看了一眼，同时开了口。

李貌："发现了。"毛毛："没发现。"

两人尴尬万分。安心也有些意外，看着两人。

李貌忙解释："我发现了，但我没通知毛毛。所以，毛毛是不知情的。"张开兰一脸不悦，质问道："怎么回事？"李貌控制住紧张的情绪："我在画图的时候，面积没算对，砖少了一块；我就找了一块替代，已经新订了这款的砖，五个月左右就能换上。"

安心不解地问："换一块砖怎么需要这么长时间？"李貌继续解释："这块砖是我们设计以后，专门从日本定制的。单烧一块是没法烧的，一烧就是一窑。需要等他们再烧这一款式的时候加一块。"安心有些担心："那他们如果不烧呢？不是说这是你们设计的吗？"李貌无奈道："他们的确不会烧了，但我们会再在其他的装修工程中继续用这一款砖，到时候多烧一块就行了。"

张开兰板着脸："不行。我不想跟其他人分享同样的款式。太 low 了——单烧一窑运过来铺上需要多长时间？"李貌顿了一下："两个月左右。"张开兰："来不及——施工负责人呢？"

负责人从人群后边闪出来："在呢。"

"砸了。"负责人一愣："什么？"

张开兰指了指地上："把这些砖全砸了，重新铺。日不落的仓库里有一批意大利的砖，一手，让人运过来。"刘一手干脆地回应："好。马上办。"

毛毛震惊："张小姐，不能砸啊。损失太大。而且就一块砖，不影响大局，到时候我们尽快换一块就是了。我明天就飞日本，让对方尽快烧。"

安心小心地说："张小姐，是不是听一下毛毛的意见，这儿也没人看得见，不会有人知道。”

张开兰一脸不满：“我看得见。我心里知道——毛总，我要的是品质。什么叫大局？小节就是大局。日不落能走到今天，靠的就是内容为王，品质在先。”转头对负责人说：“给我拿把大锤子来。”

负责人看毛毛。

张开兰沉下脸：“你想我现在就换掉你吗？”负责人赶紧转身：“我去拿。”张开兰又嘱咐：“拿长柄的大铁锤！”

毛毛呆住：“张小姐，这么砸，成本怎么算？损失怎么算？”张开兰淡淡地说：“成本算我的。损失算我的。”

毛毛无言以对了。李貌去握毛毛的手，毛毛无声地甩开了。

一会儿施工负责人扛着一把大铁锤吭哧吭哧跑来。张开兰伸手取过铁锤，望了一下媒体记者们。媒体记者们会意地纷纷把摄像机和相机打开，对准张开兰。

张开兰抡开架式，比画了几下，等记者们找好角度。觉得差不多了，张开兰抡锤砸下。众人纷纷鼓掌。

一名记者举着相机：“不好意思张小姐，我想再抓取几个近景，做一个动图，您能再砸几下吗？”张开兰抬起头问：“你是哪家媒体的？”记者：“我们是一家自媒体，叫豪门生活在线。张小姐，您砸的时候表情可不可以夸张一点，带点对施工方的愤怒，咬牙切齿那种，这样有利于传播，甚至能形成表情包。”张开兰立刻笑道：“自媒体了不得呀。好，我再砸几下。发稿的时候，恳请大家给我修一下图哈，我眼角还是有几条皱纹的。”

集团品宣部负责人讨好地回应：“张小姐，您放心，我都会审稿过目的！”

张开兰又兴致勃勃地砸。表情生动夸张。

毛毛见多日心血化为乌有，忍不住一脸泪水。李貌也不忍看，转过了头。

记者们纷纷叫好。刘一手也在一旁鼓掌。

视察结束，安心和张开兰、刘一手一行人前呼后拥地离开了。李貌、毛毛和万山红也往回赶。

万山红开着车。李貌、毛毛心情郁闷，不过在万山红面前都装得若无其事。

万山红边开车边嘟囔着：“那是个什么老妖精啊，装腔作势，狐假虎威，像个假人。”李貌淡淡地回应：“那是安心的婆婆。”万山红不解：“安心多出挑儿啊，怎么找了这么一个凶神恶煞的婆婆？”毛毛叹口气：“万姨，男人能挑，婆婆没得挑。

婆婆属于嫁一送一的。”

万山红惋惜道：“那这个安心可是遭了殃儿了。”李貌提醒道：“万师傅，背后说人不好。”万山红撇撇嘴：“我没背后说人，我是背后说我的偶像。我是安心粉丝，我这几年且看她节目呢。我就不明白了，为什么这些明星主持人都要找有钱人呢？她自己不就能挣很多钱吗？”毛毛干笑：“钱当户对呀万姨。”万山红有些遗憾地说：“今天没来得及合影，下次再见了安心我得跟她合个影儿。”毛毛：“以后有的是机会啊。尚晋、李才马上要跟她一块录节目了，您随时都能跟她合。”

万山红一听兴奋起来：“貌貌，录节目我能去看吧？”“你要在家无聊去那儿又觉得不无聊你就去呗。”万山红开心不已：“去去去。”

回到理想胡同咖啡馆，李貌说：“万师傅，你先回吧。我跟毛毛再商量点事儿。”“好。我正好买菜去，你有想吃的什么没有？”“买点菠菜吧。”“你不吃菠菜呀。”“尚晋爱吃。”

李貌、毛毛进了工作室。

毛毛瞥了苏洁办公桌一眼，人不在，但手机搁在桌上，气恼地哼了一声。

两人进了办公室。毛毛把包扔一边，坐下，恼火地看着李貌。

李貌歉然一笑：“毛毛，对不起。我没想到你会那样说。”毛毛气愤地说：“咱们是有分工的，我主外你主内。这种情况下，你得等我发言，你得听我的口径。”李貌低下头：“我不知怎么就脱口而出了。”毛毛语气沉重：“你不尊重我！李貌，你这一句话，把我给埋坑里去了。今天那么多记者，传出去，我还怎么在行业里做事儿？”李貌忙说道：“毛毛，我永远跟你共进退。”

毛毛沉默着不说话。

李貌沉吟了一会儿，说道：“毛毛，今天的事我向你郑重道歉。但是，有一件事，我想跟你商量。”毛毛看着李貌。“以后咱们能不能不再弄虚作假？”“你这不是向我道歉，你是在指责我造假。”“绝不是。安心别墅的这个假是我跟你一起造的。我也存在侥幸心理，想着万一不被发现呢，但结果是，根本没有万一。如果我们早一点坦诚地跟对方沟通，也许能避免今天这个情况？”“能吗？李貌，我问你，你真的觉得能吗？”“我觉得能！”毛毛争辩道：“肯定不能！不是这块砖，也是那片瓦。她验房为什么要带着媒体，你想过吗？她验房为什么要瞒着咱们偷偷跑去，你想过吗？她要拿咱们祭旗！即便我们做得完美无缺，她也会找一个不满意的地方举起她早就会举起的那把大锤，宣扬她早就找人写好的宣传稿日不落集团坚持内容为王品质至上！这跟咱们造不造假没关系！”

李貌看着毛毛：“可是，毕竟咱们造了假。没造假，我们可以据理力争，造了假，就问心有愧。所以，毛毛，这是两回事，不能搁一块说。我们应该吸取这个教训，以后堂堂正正把事情做好，我想，结果是不会亏待我们的。”毛毛并不认同：“你看鸡汤文看多了吧？堂堂正正把事情做好？我倒想听听你怎么堂堂正正把事情做好。”“真材实料，真才实干，以诚待人，童叟无欺。这不就是堂堂正正吗？这很难做到吗？”“不是很难。”

李貌欣慰地看了毛毛一眼。

毛毛却又斩钉截铁地吐了一句：“——是根本做不到！”李貌露出无奈的表情：“可是，我们除了安心这个庭院别墅，不都做得很好吗？”“很好吗？那我跟你说一下。咱们成立工作室到现在，一共做了 26 单，这 26 单除了 7 单是给亲戚朋友邻居做的之外，剩下的 19 单，没有一单是干净的！”

李貌很是吃惊，呆呆地看着毛毛。

毛毛顿了顿：“本来这些破事儿不想跟你说。既然说了就亮开了说。这 19 单里，有想潜规则睡我的，有想拿回扣的，有让我给安排按摩找特殊服务的，有暗示我要行贿的，有灌我酒甚至暗下催情药明塞摇头丸的，没一个是顺顺溜溜利利索索干干净净能拿下来的。破事儿烂人多了去了，你以为你活在童话里？”李貌担心地问：“你被睡了？”毛毛气呼呼地说：“照我这脸盘条子，我要能接受被睡这种潜规则，咱们还会只做这 19 单吗？ 190 单都能做！早上市了！”

李貌松了口气：“那就好。那就好。那你怎么应付过去的？”毛毛整理下情绪，淡淡地说：“这就不告诉你了。手段我有的是。谁也别想占我便宜——这些事儿，不要跟别人说。我怕让得路知道。”李貌满脸歉意地看着毛毛：“抱歉。毛毛，我不知道你的这些难处。我应该跟你并肩承担的。”“我不会让你承担这个的。这是我的责任——从成立工作室那天就定下的。”

李貌向毛毛伸出手，毛毛也伸出手，两人轻轻碰了碰拳头，又握在一起。

苏洁推门而入：“哎哟，你们这干吗呢，好肉麻啊。”

两人有些不好意思地把手分开。

毛毛严厉地问苏洁：“干吗去了你？”“我刚洗手间去了。你没看见我手机扔桌上嘛。要去远的地方我不会把手机扔桌上的。”“谁教你的？”“什么谁教我的？”“出门把手机扔桌上，让人以为自己马上就会回来，而且还没法打电话找你。这花招儿是谁教你的？我发现你用过多次了。”

苏洁不自觉地看了李貌一眼。

毛毛看李貌：“你教的？”苏洁忙解释：“不不不，不是李貌姐教的。”“那你看你李貌姐干吗啊？”李貌不屑道：“毛毛，这还用教？苏洁自己想不出来？”毛毛语气笃定：“她智商的高度我很清楚。肯定有人背后教她一些乱七八糟的职场学问。苏洁，你骗得了自己骗不了我。说吧。”

苏洁扭捏着不肯说：“给人家留一些私人空间嘛。”李貌有些意外：“苏洁，还真有人教你？你不老给别人当顾问吗，怎么还得找顾问？”苏洁不好意思地解释道：“我再聪明绝顶博学多才，也不可能是全能的嘛。虽然我的烦恼不多，但也会有一星半点，有了烦恼我就向一位智者询问，智者总会给我一个满意的解答。就是这么回事。”李貌好奇：“什么智者？”毛毛问：“李才？”苏洁回应：“李才哪有这道行。这人其实你俩都认识，就是尚晋哥啊。”

李貌惊讶：“手机扔桌上，他给你出的主意？”苏洁点头：“对啊。我说我经常去洗手间长了挨训去吃个午餐回来晚了挨训，他就说你把手机扔桌上，就不会再挨训了。”李貌又追问：“还给你出过什么馊主意？你不说的话我回去直接问尚晋好了。”苏洁一听急了：“哎呀别别别，我说。尚晋哥一共给我出过仨主意，一个是扔手机。一个是上级问答，就是上级问你在忙什么，你不能说你在忙什么或者不忙什么，这样都会挨训，而是应该说我马上过来。”

毛毛哼了一声：“这个也是针对我的。还有一个呢？是不是也是针对我跟李貌的？”苏洁老实回答：“还有一个是怎样谈钱。比如我想要涨工资，我说的是比如啊。那么，不能早晨谈，上午谈，中午谈，或者傍晚谈，应该是在下午三四点钟谈。因为尚晋哥通过各种数据研究总结，发现下午三点到四点之间，人对钱的警惕性最低，合约谈判啊涨工资啊要债啊成功率最高。尤其是三点半，成功峰值最高。”

毛毛看了一下墙上的记事本：“哦，原来你约我明天下午三点半见就是这个呀？我还以为你是要谈辞职呢。”苏洁尴尬道：“我在等待你们批准我辞职的日子里，想明白了一个问题，就是我不应该辞职，因为你们对我有知遇之恩，我应该扶你们一马，送你们一程，我再奔赴我自己的前程。”毛毛干笑：“李貌，你看，一个迷途知返的人，是多么会自圆其说啊——苏洁！”

苏洁一激灵：“在。”

毛毛一脸严肃："现在，我不多讲，只讲三点：一、明天下午三点半咱俩的谈话取消；二、以后我所有的涉及钱的谈判、约会都约在下午三点到四点之间，涉及钱数较多的约在三点半；三、以后尚晋哥再教你什么奇葩绝活职场秘籍都要向我跟李貌如实汇报。"苏洁愁眉苦脸："是。"

张开兰、刘一手、安心回到酒店总统套房。张开兰坐到沙发上。刘一手关心地问道："妈，您累了吧，您要不要先休息一下？"张开兰语气逼人："哪有时间休息，今天发生了这么重大的事情，难道不应该立即开会总结一下吗？"刘一手连连点头："应该。应该。"

张开兰对安心说："请坐。"又对刘一手说，"你也坐下吧。"

安心和刘一手坐下。张开兰严肃地说："安心，你先说一下你对这件事情的看法吧。希望不再是'瞧您说得'和'可不是嘛'这样模棱两可的态度。"安心有些不安："我觉得，这是一个失误。"张开兰转过头："一手，你觉得呢？"刘一手顺口说道："我觉得您说得对！"

张开兰训斥道："我说什么了？——让你说你的观点！"刘一手一愣，随即说道："哦，我觉得，她们做得不对。换砖不要紧，但为什么不通知咱们呢？安心，她们不是你的亲校友亲朋友吗？为什么不跟你商量一下？还是跟你商量了，你们仨一块拿的主意？"安心一脸无辜地解释："一手，她们没有找我商量。如果她们找我商量，我不会瞒着你跟张小姐的。这个基本的信任，我们应该有。"刘一手看着安心："我当然信任你，但她们对你就是欺骗啊。"张开兰开口说："一手说到点子上了，这个事情的性质不是失误，是欺骗。我们得统一到这个定性上来。"

安心感觉到一些什么："张小姐，这个事情不是过去了吗，为什么还要定性？"张开兰面无表情："对一件事情必须定性，才能判断怎么做。这件事来说，不定性的话，怎么止损？怎么索赔？"安心惊讶道："张小姐，您在现场说的是成本和损失都由您负责。""是的。关于砖的成本和损失都由我负责。但这整件事情谁来负责呢？你跟一手都是公众人物，若婚期出现问题，谁来负责呢？""我跟一手的婚期并没有具体定日子啊。""这几天就会定，就会向社会公布。我来北京，主要也是督办这件事情。"

安心担心地问："您的意思，是要毛毛和李貌负责这件事情？"张开兰不屑地说："不用她们负全责，但还是要负一点小责。结算的时候，扣她们十万块钱吧。"

安心吃惊："啊？这，张小姐，这不合适吧？""怎么不合适了？""她们赚才赚多少钱啊！""你知道她们赚多少钱？""我不知道。""那你怎么认为她们赚不了多少钱？家装行业的黑幕你不了解，我了解。处处都克扣，处处都是钱。也别觉得她们是你的亲朋友，这就是个宰熟的场所。"

安心无助地看了刘一手一眼。

刘一手小心翼翼地说："妈，这个事儿让安心去处理确实挺为难的——"张开兰不悦道："谁说让安心去处理了？集团养了那么多法务、律师和公关人员是干吗使的？这事儿交给法务部，公关部协助处理。"刘一手微笑地看着安心："安心，你看，妈都替你想到了。"

安心沉吟了一会儿："张小姐，这事儿是我起的头儿，还是让我处理吧。"张开兰有些意外："你开得了口？"安心点点头。张开兰语气欣慰："那也好。你去通知她们吧。让她们负一点责对她们的成长有好处。要让她们明白，诚信，是成事之本。十万块钱并不重要，重要的是，挽救她们的价值观。我作为一个过来人，还是要对她们负责的。"刘一手在一旁安慰着："安心，不用害怕，不要为难，你身后站着一个日不落集团呢。"安心勉强笑笑没说话。

傍晚，尚晋和李貌把管红花、尚得志送上了动车。

临睡前李貌照例记日记，想起苏洁的事，对尚晋说："以后别再教苏洁那些乱七八糟的职场秘籍了哈，她全拿来对付我们。"尚晋一惊："不是对付你们吧，应该是只对付毛毛。你温和，苏洁犯不上对付你。毛毛有时候苛刻了一点，我就帮帮苏洁。""那也不行啊。对付毛毛不就是对付我嘛。不过，你那些招儿真好使。""我还没放大招儿呢。""你都有什么大招？教教我。""遇大事儿才能有大招。这叫云在青天水在瓶。没事儿就没招儿。""那你还有什么小招，你教我几招。"

尚晋点头："那就教你几招。我嫁入你们家以后，你发现李掌柜的性格是不是温和了许多？"李貌想了想："好像是有那么一点。"尚晋得意地笑着："因为我的到来改变了李掌柜的饮食结构。李掌柜顽固，好斗，有基因决定的那部分，也有后天的原因，就是他血液中尿酸较多，最显著的办法就是吃菠菜，以及其他的黄绿菜。长期吃，李掌柜就会更温和。"李貌笑："你是要把李掌柜吃软啊。""正是。"

李貌又想了想，问道："毛毛爱发脾气，应该吃什么？"尚晋不假思索地回答："桂圆。干核桃仁。长期吃，能给她把脾气吃下去，但别吃多，吃过头能把人吃颓了。”

李貌崇拜地看着尚晋，忽然又警惕道：“你是不是一直给我调整饮食结构呢？”“是啊。在调整。你吃酸太多，我正在想办法给你减下去。吃酸多了容易钻牛角尖。”李貌恍然大悟：“你是个阴谋家啊。你为什么都不告诉我？”尚晋嘿嘿一笑：“告诉你，你憋不住告诉李掌柜怎么办？那李掌柜还不得把我赶出去啊！”

李貌接着问：“你还有什么招儿？”“最后一个呀。不能没完没了。”“嗯。你说。”尚晋一字一句地说道：“你目前的所有存款，是你经常联系的九个人目前所有存款的平均值。”

李貌一把抓过手机，看自己经常的联系人。

李貌惊呼：“啊呀，拖我后腿的人太多了，苏洁，李才，哦，马得路还行。你也算吗？”“我也算。”“你也拖我后腿了——是不是那些拖我后腿的我得拒绝跟他们常联系这样才能提升我的财务指数？”尚晋笑着：“是的。睡吧。”

毛毛卧室，马得路和毛毛躺在床上。

马得路嬉皮笑脸地：“今天晚上还备不备孕啊？”毛毛心情烦躁：“去。烦着呢。”“怎么了？”

毛毛一骨碌又爬起来：“你得小心那个刘一手，少跟他来往。”马得路又问：“怎么了？”毛毛气呼呼地说：“今天他跟他妈验房，验房就验房，偷摸去验房。”马得路笑着说：“考验你们嘛。我也常这么干。”毛毛继续说道：“有块砖碎了，我们找了块替代的，以后给换回来。你猜怎么着，他们把所有砖给砸了。这家人有病。”

马得路劝说着：“富人的生活是很难想象的。日不落集团要不是这么精益求精，能有今天？”毛毛心有不甘：“富人就不是人了？我几个月心血他们就这么给我砸了？”马得路一惊：“让你们赔偿了？”“目前还没有。那个张开兰倒是说损失由她来赔。我不相信。我觉得背后肯定还有幺蛾子。”

马得路松了口气：“你们换砖就不对。人家砸固然砸得狠了点儿，但没让你们赔也算仁至义尽了。”毛毛生气地看着马得路：“你怎么净向着别人说话啊？我是在提醒你这家人有问题，你远着点，别往上凑。”“我没凑。是刘总主动约我，聊一些商业方案。”“黄鼠狼给鸡拜年的感觉。”“你总是瞧不起我！我就是鸡，我也是金鸡独立的鸡！闻鸡起舞的鸡！”“快该鸡叫了，睡吧！”

常有丽和林姐叫了个修理工，去奶奶家检查水表水管，看是不是哪儿坏了，或者哪儿漏水。修理工仔仔细细检查了一番，却一切正常。

常有丽纳闷，问修理工："那你觉得会不会有人偷她的水？"修理工摇头："我都排查了。没这个情况。"常有丽说："好。明白了。"

修理工走了。

林姐问："那就照这个吨数收？"常有丽觉得不妥："不行。我作为一楼之长，必须得为每一个可疑事件负责。我得空儿找李双全问问。这不是个小数。"

说到这儿常有丽忽然想起来有几天没见着李双全了，有些纳闷，问林姐："李双全怎么不来晨练了呢。"林姐也觉得奇怪："被万山红看起来了？"常有丽不以为然："万山红没这本事。"

刘克弱在训练厅里和一个学员练习对打。另一个学员手里攥着手机跑了进来："教练，教练，出事了！出事了！"

刘克弱停了手："有人踢馆？"学员把手机递给刘克弱："教练，你看看这里头是不是您？"刘克弱一看视频，脸色大变，大叫一声，手捂胸口，一头栽倒在地。

练习对打的学员踢了跑进来的学员一脚："你给教练看啥了？"跑进来的学员说："教练和李氏太极掌门人李双全的比武视频！"对打学员一惊："啊？哪儿来的？"跑进来的学员："网上已经传疯了！——快救教练啊！"

箱子姑娘站在情感主题的假人面前，小心翼翼地打着。

李才站在一边，忽然叹息一声："看来你对马良还是有感情。"箱子姑娘突然警觉地回头问："你是用这个来测试我的想法？"李才解释："主要是让你发泄。我怕你抑郁了。顺带着也检测到了你的情感刻度。我不是故意的，我的观察力一向惊人！"箱子姑娘幽幽地说道："你对我真是用情至深啊。"李才微笑："我正在规划你的事业期，不要牵扯个人感情。你要剪断情根，等你红了，什么样儿的找不到！不要再想着那么个什么马良了。打！使劲打！"

箱子姑娘心情有些低沉："不想打了。咱们走吧。""你不打了？那我打一阵。"

李才走到情感主题跟前，一顿打。

箱子姑娘好奇："你这是在打谁？"李才继续暴打："我正是当打之年，打一切该打之人！"

忽然手机响了。李才停了手，见是李貌打来的，接起来："貌貌……"李貌急促的声音："我给你发了条视频！快看！"

李才有些疑惑，当即坐到减压椅上，拿出手机看李貌给他转发的那条视频，一看脸色变了——赫然是李双全和刘克弱比武的过程！

视频中，李双全和刘克弱先是互相施礼致意，接着刘克弱率先进攻。李双全躲闪、后退。刘克弱直拳勾拳摆拳组合出击。李双全连续撤步，但突然弓步上前，双手夹住刘克弱的两腮，将其拧翻在地。

刘克弱一跃而起，活动了几下脖子，继续进攻。刘克弱一个鞭腿，鞭在李双全肋部，李双全一个趔趄，接着刘克弱又一个鞭腿跟上，第二次踢中。李双全踉跄后退。刘克弱继续鞭腿进攻，第三次鞭腿踢中李双全的时候，李双全右手一个崩拳击中了刘克弱的脖子。刘克弱面条一样倒地。

李双全半跪在地上。慢慢又站起来。刘克弱抽搐着，摇头，表示认输。

李双全转身走出比武厅。李才愣了一会儿，又看一遍。箱子姑娘也凑过来看，很是吃惊。

李才看了一遍又一遍，忽然把脸埋到双手之中，哭了。

酒店里，徐子雯在看电视新闻。

播音员：今天上午，一个现代搏击与传统武术实战的爆料视频刷爆了网络，据爆料人称，视频中对打的两人分别是霸王龙俱乐部总教练刘克弱和李氏太极掌门人李双全。刘克弱是非常知名的搏击运动员，曾获得过亚洲级别的搏击比赛的冠军；而李双全则名不见经传，目前我们只知道他是一家蹄花店的老板，另据消息称，他还是文化知名人士李才的父亲。我们试图连线李才，但他的手机迟迟打不进去。现在，让我们回顾一下这个短视频。

徐子雯紧张得站了起来。

视频结束。播音员：好，视频看完了。我们播报最新收到的消息，根据可靠信源，刘克弱总教练在看到这个视频后，昏厥在地，现在正在医院抢救。而另有消息指出，这个视频的流出是因为霸王龙俱乐部拖欠了某些员工和教练员的工资，从而受到了报复……

徐子雯拿起手机给李双全拨打电话，没有接通。

风暴的中心静悄悄。

李双全坐在沙发上。手机在边上一直显示有各种电话打入，李双全都没有接。

徐子雯的名字出现在屏幕上，李双全依然没有接。

万山红坐在阳台的吊椅上发呆。腿上搁着打开的《资本论》。

李双全看着万山红的背影，忐忑不安。

李貌、李才、尚晋三人开门进屋，看到眼前安静景象倒愣了一下。

李貌奔到李双全跟前，指着李双全肋部："爸，您这儿没问题吧？"

李双全淡淡地回应："要是没问题，他那亚洲搏击冠军的荣誉岂不是太草包了。有一点小问题，不大。"

李才一脸愧疚："我对不住您呀爸！"李双全摆摆手："好在没输。"

尚晋不放心地说："咱们去医院吧。"李双全摇头："现在不能去。正在风口浪尖。那刘克弱正在医院抢救呢，我再进了医院，不合适。这不是打架斗殴的节奏吗？"

"别硬撑了！我还以为你真的是亚健康呢，原来是被人打伤了。"

李双全抬头看，见万山红已经从阳台回到了屋里。

李貌迟疑地看着万山红："万师傅，这么长时间，你就没瞧出李掌柜不对头啊。""李掌柜他也得让我瞧啊？不让我瞧打破头我也瞧不出来不对头啊！""妈你今儿怎么了，怎么这时候还说风凉话！"

李才说道："李掌柜，今儿你去也得去，不去也得去！由不得你！您也替我想想，事儿是我惹的，您要真有什么三长两短，我就成千古罪人了！"李貌忙打住："别说不吉利的！"

好说歹说，众人还是送李双全去了医院做检查。拍完片子，拿到结果，众人一起去见医生。

医生拿着李双全的片子一看，眉头就皱起来了，看看李双全："怎么来的？""坐车来的。""从停车场到医院里边呢？""走来的。"

医生示意："双手放平。呼吸调匀。"

李双全双手放平调匀呼吸。

医生嘱咐："现在你不要动。保持这个姿势，保持这个呼吸。不要笑，不要做大幅度动作，扭头的时候身体要跟头平行。懂了吗？""我懂。""能做到吗？""能做到。我学过太极拳，有这个动作。"

"好。"医生扭头朝旁边的护士，"去给我准备个手术室。"护士回应："今天手术室都排满了。"

医生抓起电话，拨了一个号码："主任，我胸外二科陆伟，我这儿有个危重病人，随时可能致死，请您务必安排一下。好的。"

医生放下电话，对护士说："主任正在协调，你去那儿等着。"

护士答应着出去了。

李貌、尚晋、万山红、李才都有些摸不着头脑。李双全也不明所以。

医生对李双全说："放心。会尽快给你手术的。"李双全一脸平静："医生，我不着急。您先给那个随时可能致死的危重病人手术。我可以等，哪天都行。"医生惊讶地看着李双全："我说的危重病人，就是你。"

李貌等人同时发出"啊"的一声。李双全倒没觉得什么，他还微笑了一下："瞧您说的。"

李貌忙问："医生，您能跟我们说一下情况吗？"医生解释："他断了两根肋骨，因为时间关系，两根肋骨已经偏移，随时可能刺到肺部或心脏，非常危险，必须尽快手术。"

李貌一下子哭了出来。

医生又问："一会儿你们家属谁在手术单上签字？"万山红回应："我。"

李双全这才认真起来："我不会进了手术室出不来吧？"医生严肃地说道："任何手术都有风险。但我们会尽最大努力。"李貌一时难以接受："医生，您别吓唬我们，这不就是个小手术嘛。"医生对李貌解释："也请您理解，我们医生，不能像你们那样说话。现在医闹的人太多了。"

李双全想了想问众人："我一直没想过这事儿。要按照我进去出不来的节奏，我现在应该干什么？"尚晋脱口而出："写遗书。"李双全道："有道理。我想想。我得写个遗书。给我找笔和纸。"

医生忙制止道："别。你写遗书我们管不着，但你的遗书只能口述，目前手臂必须保持水平，不能动。我建议你们别想遗书的事儿，赶紧去办住院手续吧。"尚晋说道："好。我去。"转身出去了。

李双全看了看众人："现在我口述一下遗书。"李貌哭着："爸，您别逗闷子了！"万山红也满脸泪水："你还真要留遗书啊？需要我回避吗？""不。不需要回避。"医生识趣道："我回避一下。"起身出去了。

李双全想了一下："我的遗书很简单，不多，只有三点。一、李貌和李才，你们孝敬好奶奶；二、李貌和李才，你们孝敬好万师傅；三、李才，你协助尚晋，照顾好李貌。”李才一愣：“完啦？”“完了。”李才迟疑了一下：“存款房子什么的呢？遗书主要不就是分配遗产吗？”李双全淡淡地说：“我这次要是歇菜了，遗产那就是万师傅的麻烦了。我现在只管生死，不操那个闲心。”李貌已经哭成泪人：“爸，您是要活到一百五十岁的。”李双全笑着：“那就是个乐子。你还当真了？”“我当真。”

第二十七章

刘一手突然给马得路打电话，说要亲自上门跟他谈谈。马得路激动坏了，赶忙叫小白去加急制作了一条横幅："热烈欢迎日不落集团总裁刘一手先生莅临理想胡同！"挂到了咖啡馆大门上方。又叫小红、小黄准备好瓜果点心等。刚准备停当，刘一手到了。

马得路热情地把刘一手迎进办公室，关门对谈。

小白在外头心神不定团团转，一会儿问："怎么还不出来啊？"一会儿又问："小红，他们谈了多长时间了？"小红不耐烦："你不自己有表嘛！"小白叹气："忘计时了。"小红想了想："半拉钟头吧。"小白悻悻然："他们又没有共同语言，谈啥谈呀！"

在马得路跟前，刘一手一改在张开兰面前的拘谨和小心，高谈阔论。马得路则比较拘谨，带着崇敬，小心陪着。

刘一手侃侃而谈："正如我在很多国际论坛上曾经说过的那样，日不落是一个综合集团，我们几年前就从一个单一的钢筋供货商，蜕变为一个航母式集团，我们现在有餐饮，太阳落下之后，日不落餐饮联盟体负责发光，我们直营的日不落餐饮有六十多家，分布在一线和二线城市，加盟的有三百多家，分布在三线和四线城市。正所谓夜幕降临，日不落升起。为了保证日不落名副其实，我们这些店，至少有一半是24小时不打烊的。"马得路竖起了大拇指："大手笔。"

刘一手一笑："这算什么大手笔，餐饮是日不落集团里边手笔最小的。像矿业、地产业、玉石业，我们都有涉足。最近我还刚投资了一家情趣用品连锁店。”马得路一脸意外：“刘总的兴趣真是广泛，怎么想到投情趣用品呢？”“因为情趣用品店一般都是 24 小时服务的，符合日不落的品牌特点，可以互相加持。我要不断地增强日不落这个品牌的价值。同时，也符合人性需要。我们企业家创造财富是为了什么？不就是服务人性吗？”

马得路一脸崇拜：“深刻！精辟！大部分的企业家只能到服务人民的层次，而您是服务人性。”刘一手不屑地说：“这些也都是小手笔，边边角角的事儿。”

马得路小心翼翼地问道：“那刘总的大手笔是？”

刘一手看着马得路，深沉地说：“日不落集团有两大手笔，一个大手笔由我妈张开兰小姐负责，就是造车。造世界上最环保、最独特、提速最快、续航最远的电动汽车。”马得路听得一愣一愣的：“刘总，你妈的思路——”刘一手打断提醒道：“叫她张小姐。”马得路忙改口：“张小姐造车的思路我不是很懂，从钢筋到餐饮，再到地产玉石，我都能理解，甚至投资情趣用品，我也能摸着一点边儿。但这汽车怎么造啊？不是有句话叫术业有专攻吗？”

刘一手看着马得路：“张小姐曾教导我，在互联网出现之前，术业有专攻；在互联网之后，术业不分工。车，有钱就能造；人，爱拼才会赢。”马得路有些茫然：“在哪儿造呢？”刘一手蹦出句英语：“America。”“为什么去 America 造而不在 China 造呢？”“那里技术比较发达。”“这是你妈，不，张小姐的大手笔。那您的大手笔呢？”

刘一手眉毛一挑：“IP 知道吗？”马得路点头：“知道。就是一些网络小说，可以拍成电影电视剧，改成游戏，大概其这意思吧。”刘一手微微一笑：“准确的说法叫知识财产。我的大手笔就是要在三年内囤积一千万部大 IP。”马得路瞠目结舌：“一千万部？”“对。日不落集团要成为中国乃至全世界最大的版权基地，日不落投资出品的影视剧要在全世界任何一个有电的地方播放。日不落，要从物质的日不落，走向精神的日不落。”

马得路惊叹道：“厉害了我的哥！”随即不好意思地说：“其实我也囤 IP 了。但没囤好。”刘一手问：“你囤了多少？”马得路叹气：“我就囤了一部，叫《挖坟启示录》。刚要开发的时候发现这是一部抄袭作品，怕惹官司，没敢继续弄。白扔了一笔钱。”

刘一手开始套话：“不是我批评你，你现在资金有多雄厚，就敢这么扔？”马得路嘿嘿笑着："不雄厚。不雄厚。您批评得对。"刘一手又问："不雄厚是多少？我帮你规划一下。"马得路惭愧道："两千来万。跟您不能比。"刘一手摆摆手："不要跟我比，有几个能跟我比？"马得路连连点头："对对对。"

刘一手继续问道："你是怎么规划投资的？"马得路掰着手指头算起来："这两年投了几个小项目：填了一片海，挣了几十万；修了一小段高速公路，赔了几十万；养了几十条藏獒，赚了百十万；参股了一个共享单车，赔了百十万。"刘一手听完："打了个平手？"马得路又叹气道："打了个平手倒好了！还有俩项目是赔的，一个就是买了那个抄袭的IP，另一个是开了这家咖啡馆，到现在都还没有盈利。"

刘一手看着马得路："接下来呢？"马得路顿了顿："我每个月都会有个项目海选会，但没有什么比较打眼的。最近我的总顾问李才给我规划了一下，我觉得非常好。"刘一手显出感兴趣的样子："说说我听听。可以的话我来给你投资。"马得路说道："这个计划我们开了十几次会，给它命名为生态化变。"刘一手皱眉："怎么听起来像生化武器？什么意思？"马得路娓娓道来："什么叫生态呢？我举个例子，有栋楼，一楼是餐馆，二楼是足底按摩，三楼是棋牌室，四楼是卡拉OK，五楼是夜宵，六楼是宾馆。这栋楼，如果这六层由六家经营，那就是各自为战，如果是一家来经营呢？就叫生态化变。"刘一手恍然大悟："那就是在一楼吃完饭，到二楼做个足底，然后上三楼打牌或上四楼唱卡拉OK，唱完就小半夜了，去五楼吃夜宵，吃完夜宵一看天蒙蒙亮了，得，就这儿眯一觉吧，六楼开间房。"

马得路一乐："明白人儿啊我的哥！当然，这仅仅是个比方，要再大一点想，比如，您拍了一部IP——"刘一手打断："我这儿没有IP，都是大IP。"马得路忙改口："您拍了一个大IP，怎么挣钱呢？无非就是卖给平台。按照生态化变的计划，是卖给自己，我们自己打造一个视频平台，我们自己造电视机，我们自己造手机，于是，我们的作品通过我们的产品，循环往复地传输到了受众那里。它不是一次性利润，是不断滚动的利润。一句话说，生态化变就是自我造血，自我输出。刘总，您觉得怎么样？"

刘一手斩钉截铁地回应："不可行。"马得路一愣："为什么呢？"刘一手意味深长地笑了笑："正如我妈张小姐说过的那样，在互联网出现之前，做企业要守，以守为攻；在互联网出现以后，做企业要攻，以攻为守。你的生态化变是守，守是守不住的，更可怕的是，很可能没人来攻你。你自己跟自己玩？这不回到农耕文明时代了吗？"马得路听得迷茫了："那依刘总的意见呢？"刘一手一副浮夸的表情："你看日不落集团，我刚才跟你说了，日不落集团是航空母舰式发展。美国为什么强大，它航母多呀。哪里有事，航母凫着水就过去了，指哪儿打哪儿。这就叫攻。时代变化多快啊，机会说来就来，说走就走，你必须得有航母，能尽快起飞降落调动炮火打击一切可打击目标。说造车就造车，说打造 IP 帝国就打造 IP 帝国。航母式发展让你永远待在风口上。"

马得路干笑："是是是，我听说风口上猪都能飞。当然，我现在还没能到风口待过。"刘一手继续试探："我待过好几次了。不经历几次风口，日不落没有今天。你对日不落集团有多少了解？"马得路仍是一脸崇拜："认识您之前就有了解，认识您之后就甭说了，我现在已经是日不落集团的精神股东了。""嗯？什么叫精神股东？""我原来每天上班第一件事就是上网搜我的名字，理想胡同的名字，看有什么消息没有；现在我上了班，第一时间就是搜你的名字，日不落集团的名字，我关心日不落胜过关心理想胡同。这不已经是您的精神股东了嘛。"刘一手顺势说道："不要只甘心做精神股东。为什么不来做我的真实股东？"

马得路不敢相信："我？哪做得了日不落的股东，您要是航空母舰，我连小舢板都算不上。精神股东我都是鼓足勇气说出来的。怕您笑话。"刘一手语重心长地看着马得路："正如我妈张小姐多次在风口来临的时候教育我的那样，胆大得一半，胆小得一看。也正如我妈张小姐在我刚入行的时候，写给我的八字箴言：天大地大，胆子要大。不要看不起自己，你的理想不是跟马云、马化腾并肩吗，那为什么不敢想来做我的股东？"马得路半信半疑："刘总您真有这意思？"刘一手见马得路一脸惊讶的样子，继续劝说道："你现在势单力薄，要学会借航母出海。我这次来京，事务繁忙，我日理万机之余来见你不会是空手而来。你这边别再乱找乱投什么项目了，资金就扔我那儿，我给你托着。"马得路一时语塞："这，我……"刘一手笑了："别着急，别激动，你先听我说。你投到我那儿，给你算固定投资，零风险。年化收益率百分之十二。除此之外，按比例分红。"

马得路担心地问："你妈张小姐会同意吗？"刘一手不以为然地环顾四周："她只管国外造车部分。日不落国内部分由我全权负责。还有，你这个咖啡馆也不能这么往里扔钱，得尽快盈利。日不落餐饮的品牌还可以，你就挂出去吧。日不落的品宣和公关部门也会给你做推广。"马得路感觉像在做梦："刘总，我这就算上了您的航母了吧？"刘一手伸出手："日不落欢迎你。"马得路也伸出手："刘总，我还有个不情之请。""讲。""我这次有幸搭上您和日不落的顺风车，是不是能有个战略合作小仪式什么的？”刘一手干脆利落：“你马上操办。”马得路激动不已：“哎！刘总局气！”

刘一手站起身：“我还有事儿，就先回去了。我这边会有专人跟你对接推进咱们刚才商定的这些事儿。”马得路点头：“得嘞！”

小白正等得着急，忽见刘一手、马得路从办公室走了出来，急忙迎上前跟刘一手打招呼：“刘总您好。”

刘一手毫无上次的热情，脚步没停，只淡淡点了点头：“您好。”

小白热情道：“刘总您不喝杯咖啡啊？”刘一手没回头：“刚才在马总办公室喝过了。”

马得路低声呵斥小白：“赶紧忙你的吧。没见今天客人很多嘛。”

马得路送刘一手出了咖啡馆。

小白愣愣站着。小红走过来：“这是真刘一手吗？看上去跟你不熟啊。”小白没好气地回应：“赶紧忙你的吧。没见今天客人很多嘛。”

小红撇撇嘴走开了。

小白坐到吧台后生闷气，想了想发了条朋友圈：今日对我爱搭不理，明日我叫你高攀不起。

刚发完，忽然进来一条微信，一看正是刘一手的。

刘一手的微信：弟，今日相见不便，等我再约。一手。

小白浑身一凛，手忙脚乱赶紧将刚才发的那条朋友圈删掉。

小红跑过来：“白总，你发的那条朋友圈怎么删了，我还没来得及点赞呢。”小白警惕道：“你看见了？”小红点头：“我看见了。”

小黄刚好拿着托盘经过：“我也看见了。说得真好！”小白沮丧地放下手机：“那就说明，他也可能看见了。”小红问：“他是谁啊？”小白有些失落：“别那么八卦。这是我们商界之间的明争暗斗。”

李双全的伤情很危险，不过手术并不复杂，一个多小时就做完了。李双全从麻醉中醒了以后，被送到了病房。

尚晋、李貌、李才万山红关切地围着李双全。

李貌轻声问：“爸，怎么样？”李双全微笑着：“很好。前些日子一直不敢大喘气儿，一喘气儿就疼，现在放松了。”

李双全不自觉看了万山红一眼。万山红也正在看他。两人都有些心事。

李才说：“爸你想吃什么我给你买去。”李双全这才突然觉得很饿：“来碗卤煮，加两个饼。”李才点赞道：“会吃！我去去就来！”

李才很快买来了卤煮。李双全吃得很香，连汤都全喝完了。

李双全满足地舒了口气：“还是吃这舒坦！”李才看着李双全：“您都多少年不吃了！我就记得小时候你带我吃过。我是特好这一口儿。尚晋也爱吃。”尚晋笑着：“卤煮炒肝都行，就是豆汁儿我喝不来。”

李双全看了看众人：“你们都回吧。这儿没事了。”李貌一愣：“都回？谁照顾你啊。”李双全不以为然地说：“起立坐卧行走如常，照顾什么。”万山红看着李貌他们说：“你们仨回去吧。我在这儿就行。”李双全摆摆手：“你也不用在这儿耗着。有事儿我喊你。你们都回去。”万山红一听激动起来：“李掌柜，你是活痛快活明白了，就不替我想想？”李双全愣住：“什么意思？”“一家子人把你一人扔这儿，挨骂的是谁？我！”李双全疑惑地看着万山红：“谁骂你？”“一楼筒子的人都会骂！”

李双全沉吟了一会：“这事儿，封锁消息。谁也别告诉。”又对李貌说：“也不能让你奶知道。”万山红无奈地摇摇头：“看来你还是不了解幸福里，芝麻大的事儿在这儿都是轰天雷！还封锁消息，你只能封锁自己不知道别人的消息。你封锁得了常有理吗？”转头对李貌、李才、尚晋说：“你们都忙去吧。我耗这儿就行。”尚晋有些犹豫：“还是排班吧。万师傅盯白天，我们仨轮番盯夜班。”李双全突然想起什么，问道：“尚晋，单人病房贵不少钱吧？”尚晋回应：“贵倒没贵多少，主要是紧张。我一问，正好空出一间，就自作主张给您定了。”李双全发自内心地：“谢啦。”尚晋、李貌相视一眼，笑了。

李貌回到工作室，毛毛急急迎了上来。

“干吗去了？发微信不回，打电话不接。就一句有事儿就打发我了。”李貌一脸疲惫：“找我有急事？”“有。安心约咱俩今天见面。我预感不妙，就没答应见。”“早见晚见不都是见嘛。这能躲哪儿去。”“我就是答应，你今天也没时间啊。”“干吗非得叫上我，咱俩的事儿不都你一个人就能定嘛。”“不行。这次事关重大，我约了她明天下午三点半，咱俩一块儿去。这个点儿最吉利！”李貌扑哧笑了：“你还真信啊。”毛毛一脸严肃：“宁信其有，不信其无——哎你今天到底干吗去了？”

“我去医院了——”毛毛大叫：“你怀孕了？你检查去了？你怎么抢我前头去了！”李貌无语道：“什么呀。我爸做了个小手术。”毛毛一惊：“李掌柜多硬朗啊。怎么了？”“唉，那视频你不也看了嘛，他被踢断两根肋骨，一直硬撑着呢。要不是这视频流出来，我们都还不知道！”“李掌柜为什么要撑着？这哪能撑得住啊。”“他好面子呗。”“命比面子还重要啊？”

李貌一怔，觉得毛毛说得对，这件事貌似还有什么隐情。李貌想了想又打开手机，仔细看李双全和刘克弱的比武视频，头两遍没看出什么来，看到第三遍，李貌忽然一激灵：李双全身上的衣服从没见他穿过！李貌满腹疑惑，她隐隐觉得，李双全应该是有事瞒着大伙儿。

傍晚时分，李貌、李才、尚晋又一同去了医院，让万山红回家休息，他们在医院守护。晚饭时尚晋、李貌去外面饭店炒了几个菜打包过来，几个人围着床前的小桌吃着。

李双全皱眉：“这土豆丝火候老了一点。可惜。”尚晋说道：“我这是去您指定的那家店炒的。”李双全点头：“知道。也就是这家店，只老了一分；要换别的店，老五分都有可能。这世道，人心浮躁啊。”李貌：“李掌柜，您不能一盘土豆丝定天下啊。”李双全自顾自地说道：“炒土豆丝，在厨师的手艺中，是太极拳站桩的位置。一看刀功，二看火候。一个社会，普遍炒不好土豆丝的话，说明人心浮躁。在北派厨师中，不会炒土豆丝的厨子就不是顶尖的厨子。”

尚晋听出些门道：“这有什么要领吗？”李双全：“炒土豆丝如火中取宝，不及则生，稍过则老，争之于俄顷，失之于须臾。难哪！难哪！”李才惊讶：“这是烹饪大师黄敬临的传世弟子罗国荣说的话，经常被用于鲁菜要领。您这都知道，佩服佩服。”李双全干笑：“没你不知道的。那你知道为什么你们那咖啡馆不挣钱吗？”李才嘴硬：“还没养起来。等养起来就挣钱了。”

李双全摇头道：“错。是因为你们咖啡馆厨房离堂口太远了。开餐馆讲究什么？锅气！菜饭一出锅，立即能进口，生意才能好。从你们那厨房端个菜出来，到桌锅气就散了。”李才并不认同：“爸，我不是跟您抬杠啊。您的锅气理论我从书上看到过，古代叫镬气，它有一定道理，但只针对餐馆。我们是咖啡馆，两回事儿。”李双全追问：“你们有没有餐？”“有。简餐。”“简餐它也是餐。只要是餐，就得有锅气。天下馆子，都逃不出这个理。”李才争辩道：“那您的蹄花从您那儿买回家，锅气不也散了吗？不也卖得挺好吗？”“我那蹄花，热可大啃，凉可冷嚼。热啃滑爽不腻，冷嚼滋味暗生，避免了锅气散味儿。你还有什么可跟我争的？”

李双全说得急了，伤口有些疼，放下了筷子：“我躺会儿。”

李貌朝李才翻白眼："你会做饭嘛你这儿瞎白霍！"李才忙改口："我就是跟李掌柜探讨一下。受益匪浅。受益匪浅。"

李双全缓了缓问道："那个刘克弱抢救过来了吧？"尚晋回应："抢救过来了。"李双全松了口气："那就好。那就好。"尚晋转过头："但以后武馆可能开不成了。声名扫地了。文无第一，武无第二。"

李双全半晌没说话，仰头想着什么，最后冒出一句："这是什么买卖啊。"

李貌忽然想起万山红一个人在家，也不知吃没吃，走到走廊上给毛毛打了个电话，叫毛毛给万山红送点吃的过去。毛毛应了。

这会儿常有丽刚把饭菜端上桌。

马得路夸赞："丰盛！"常有丽得意地说："你这几天烟酒没碰，给你加了个红烧肉。"马得路讨好道："谢谢妈。"

毛毛拿着两个饭盒过来，夹菜。

常有丽不解地问："干吗啊你？"毛毛边夹边说："万姨一个人在家。李貌怕她不做饭，让我给送点吃的过去。"常有丽狐疑地看着毛毛："她干吗一个人在家啊？闹家庭矛盾了？出什么事儿了？""没闹矛盾。好着呢。就是李掌柜做了个小手术，李貌他们都在医院呢。"常有丽一惊："做什么手术？""那视频你不也看了吗，李掌柜被踢断了两根肋骨。"常有丽大叫："啊呀，啊呀！这还了得！"

马得路关心地说："那我得找时间去看看李叔。"常有丽顺口而出："我也得去。"毛毛皱眉道："你去什么去啊。我跟得路去就行了。就代表你了。"常有丽一听不高兴了："你们代表不了我。我是九号楼正楼长，她管红花还跟我显摆呢，她是副的，我是正的。我要代表九号楼去看望我的楼民。哎对了，那万山红她为什么不去医院啊？这里头有事儿！"

毛毛装好饭盒："赶紧吃您的吧。我给万姨送过去。"常有丽笃定地说："你就是送过去她也不会吃。她吃我的心有，吃我饭的心不会有。"

毛毛拎着饭盒按响了万山红家的门铃。万山红正躺卧室床上想心事，听到门铃响，不情愿地下床去开门。

毛毛将俩饭盒递给万山红："万姨，李貌说您一个人在家，让我给您送点吃的过来。我下班回来路上就去饭馆里给您炒了俩菜。您将就吃吧。"万山红接过去："谢谢你啊，毛毛。"

常有丽贴门后听着对面的动静。马得路偷笑。

常有丽回头瞪了一眼："笑什么笑！"

毛毛回来。三人吃着饭。

常有丽还是没憋住："明明我炒的菜，干吗说是饭馆里叫的。"毛毛无奈道："你跟我说你炒的菜万姨根本不会吃。我就只好变通一下了。"常有丽叹气："唉，失去了一个测试我俩关系进展的机会。"毛毛看着常有丽："我看啊，你俩就谁也别惦记谁了。"常有丽不屑道："我离了她倒行，我有的是朋友伙计闺密，她没人玩儿啊。这一退，我怕她憋出毛病来。"毛毛干笑道："只要你不气她，就不会出什么毛病。"常有丽撇撇嘴："你这话说的！那我以后还不能气她了？她也气我呢！说我跟林姐是狼狈狗为奸。"马得路抬头问："狗是谁？"常有丽扔了块骨头给呼噜："它。"

一早，林姐在九号楼门前遛狗。

万山红背包从楼里出来。林姐马上热情地迎上去："山红，去医院啊。"

万山红一愣："你怎么知道的？""全楼人都知道啊。""知道什么？""你们家李掌柜被打断好几根肋骨，好容易抢救过来啊。""谁跟你传的谣？啊？谁传的？""大家都在传。"万山红气愤道："根本没有的事儿！"

万山红说着往前走。林姐又跟上来。

"山红，问你个事儿，您受累回答一下行吗？"万山红脚步不停："没空儿。""就一句话，就是你说我跟常有丽和呼噜是狼狈狗为奸的事儿。"

万山红停住了脚步："你听出来狼狈狗为奸的狗是指常有理的那个恶狗呼噜？"林姐笑了笑："好赖话我还听不出来。听不出来那不成棒槌了嘛！但确实有一点我不是很清楚，就是在你的心里我跟常有丽谁是狼谁是狈呢？还是说你就是那么一笼统地说，没细分？"万山红反问："你为什么问这个？"

林姐犹豫着没说话。

万山红看着林姐："有细分。但你不说为什么问那就算了，这事儿就不聊了。"林姐连忙说道："我跟你说。是这样，那天我跟有丽分析了一下，有丽说在你心里，我是狼她是狈；但我不服，她怎么就能知道你是这么想的？我觉得这是她想的，因为狈指挥狼嘛。她是想指挥我。我想知道你是怎么想的，我究竟是狼还是狈。"万山红又反问："你自己是怎么想的？"林姐想了想："我觉得不一定，得看具体事儿，有时候我是狼，有时候我是狈。她常有丽也不一定能完全指挥我。"

万山红心生一计："我跟你想的不一样，也跟常有理想的不一样。我说的狼狈，指的你是狈，她是狼。"林姐满脸欣喜："真的？"万山红语气真诚："当然是真的。你记住，两个人在一块儿，要么是一条绳上的蚂蚱，要么就是狼狈为奸。你们俩一看就不是蚂蚱，是狼狈。但她还真以为能指挥得了你，她根本不知道姜是老的辣，看似她指挥你，实际上都是你牵着她鼻子跑。所以，她是狼，你是狈。她谁的便宜都占，她占过你一丁点儿便宜吗？"林姐摇头："那还真没有。"万山红顺势说道："那她怎么就是狈了？我就不认为她能指挥你！你就是狈！"

林姐感动地说："山红，咱俩该是朋友啊。"万山红冷冷地回应："敌人的朋友是敌人。这辈子是不可能了。再见。"

万山红说着往前走去，走了一阵儿又回头，看见林姐牵狗走远了。

万山红不屑地笑了一下："真是个棒槌！"

下午三点半，毛毛如约去了安心的办公室。

安心开口说道："非常抱歉！今天跟你聊的是个人私事，本来应该约外边去，但因为这两天筹备节目样片录制，跟打仗似的，就约办公室了。"毛毛笑着说："没事啊。参观一下电视台也挺好。就是进门太麻烦，各种证件盘查什么的。"安心解释着："新闻单位必须保证安全。"毛毛郑重地说："我理解支持并赞成。安心，今天李貌有事儿，我就一个人来了。砖的事情，我向你道歉，不该瞒着你。虽然是我们两人共同的决定，但这主要是我的责任。"安心微笑："跟我这么见外干什么。我要是你们，也会那么做。不就一块砖的事儿嘛，没必要上升到板砖的程度。"毛毛欣慰地说："安心，您真是名副其实，让人安心啊——你约我什么事儿啊？"

安心不自觉地长出了口气。

毛毛看着安心："有事就直说。我是直女——直来直去的女生。李貌也是。我记得你也是哦。""那我就直说了——张小姐要扣你们钱。"毛毛一惊："凭什么？多少？""十万块。""不是说张小姐负责损失吗？""她说损失由她负责指的是重新铺的砖和工时由她负责。但整体上她认为你们有责任，需要扣除一部分费用。"

毛毛断然拒绝："我们出不了这个费用。我跟李貌以前没做过这么大的工程，所以我们是当成'家是一座城'工作室的代表作来做的。从这里边我们没有赚什么钱。因为一块砖，扣我们十万块钱是没有道理的。而且现在我们成了她的垫脚石，媒体上都在疯传她砸砖的场面，这传出去，我跟李貌以后都没法接活儿了。

这个损失谁来赔？你让张小姐来跟我们谈吧。你谈不合适。”

安心情绪有些低落：“她不会跟你们谈。如果不是我谈，就是日不落集团的律师和法务甚至公关来谈了。”毛毛气呼呼地说：“无论谁来谈，我们不赔钱。砖是她自己砸的，她想作秀，自作得自受。我们有没有责任？有！一块砖的责任。走法律就走法律，走法务就走法务，随她便。”安心顿了顿：“如果少赔一点呢？”毛毛态度坚决：“一分也不行。砖是她砸的。她破坏了我们的作品。我们还没索赔呢。”安心劝说道：“毛毛，你要明白，她是雇主。”“她不是。”

安心一愣，看着毛毛。

毛毛也看着安心：“你是雇主。你当时给我们看过房产证，户主是你。是你雇了我们来给你装这房子。我们跟你签的合同，为你负责。日不落集团跟我们没有关系，也谈不上打不打官司，走不走法律还是法务。安心，要真从法律意义上来说，你的房子你做主，怎么她来给你打啊砸的？”安心一副无奈的样子：“她毕竟是我未来的婆婆。我得尊重她的意见。”“房本是真的吧？”“是真的。”“没签那些豪门经常私底下签的那些内幕合同吧？”安心一愣：“什么内幕合同？”“就是必须生出男孩才能分遗产啊房子只是名义上代持其实还归别人啊什么的。”“没有。我怎么可能签那种合同。”“那你就挺起腰杆当雇主！”

安心没说话，面带难色。

毛毛稍稍平复了一下情绪：“你若为难，也可以让他们来跟我们谈。张小姐不来，其他人也行。你夹在中间，不好处理。”安心一咬牙：“不为难。我回去再跟张小姐商量一下。尽量让大家都满意。”毛毛沉吟了一下：“安心，你一向温婉得体，想照顾所有人，但我多说一句，世上没有大家都满意的事儿，有些事儿合情，有些事儿合理。你只能挑一头儿。咱们这件事儿，涉及合约和金钱，只能合理，无法合情。希望你能理解我跟李貌，也希望你能在这件事中担当真正的甲方——说句闺密级别的体己话，有些情况，一次不是甲方，就终生不是甲方了。”安心真诚地说道：“毛毛，我明白你的意思。谢谢你！”

小胡开车拉着常有丽、林姐去医院看望李双全。

副驾驶座上放着一个果篮。常有丽、林姐坐后排。呼噜坐两人中间。

林姐皱眉：“你怎么带呼噜来了？医院进不去。”常有丽不以为然地说：“我今天要带呼噜去打防疫针。再拐回去不顺道儿。一会儿搁车上让小胡看着就行。”小胡一听忙说道：“阿姨，我看不了。马总让我把你送到以后去办其他事儿。”常有丽一脸意外：“我不是说今天下午这车我征用了吗？”小胡解释：“阿姨你不知道，马总在筹备非常重要的一个战略战术合作仪式，理想胡同全体人马都忙得鸡飞狗跳。”常有丽问道：“什么仪式？”“马总让保密。”“好，那我直接问马总吧。”

小胡说：“对您那不能保。我就是听说啊，理想胡同和日不落集团要联手打造一艘航空母舰。”林姐惊叹道：“什么？航空母舰？那不是国家的事儿吗？有丽，你女婿出息了！”常有丽有些疑惑：“不大可能，估计是打造游艇什么的——小胡你慢点开，别把水果给颠坏了。”“阿姨您放宽心。我快归快，但稳一定要稳。就是颠坏了我也不能颠坏这些很贵的水果！”常有丽暗喜：“你能看出这些水果很贵？”小胡回应：“那是。无论多糟烂的水果，捏咕到果篮里就显贵了。”

常有丽皱了皱眉，不再接小胡的话。

林姐憋不住说道：“有丽，上午我碰见万山红了。”常有丽警惕地问：“没理她吧？”“倒是说了几句。”“你先跟她说的？”“她先跟我说的，问我遛狗呢吗，我说是的。这都不重要了，重要的是我问了她一个事儿，就是她说的狼狈分别指的是谁。”常有丽一惊：“是谁？”“她跟你的说法相反。”常有丽狐疑道：“我驮着你跑？不可能！”“她就是这么说的。说得真真儿的，你是狼我是狈。”

常有丽不满：“林姐，你跟她讨论这个干吗？狈比狼光荣吗？你这一讨论这不把咱俩狼狈的关系给坐实了吗？”林姐争辩道：“我问的是她怎么想的，她怎么想是她的事儿，咱们又不是她想什么咱们就认什么。”常有丽有些生气：“问题不在她，在你。你为什么去问她这个事儿呢，还不是因为你对我说你是狼这个事儿不满！你想翻案。”林姐也不悦：“我翻什么案啊，我就是好奇。”

常有丽哼了一声，不说话了。

到了医院，常有丽把呼噜领到大楼门口角落里。

常有丽命令：“坐下。”呼噜坐下了。

常有丽用脚在地上画了个圈：“乖，在这里边待着别动。听见没呼噜？”

呼噜“汪汪”叫了两声。

常有丽对林姐说：“走吧。”林姐不放心：“行吗？”常有丽笃定地说：“没它不行的事儿。这几年排队占地儿都靠它呢。我不回来，它不会挪窝儿的。”

两人进了医院大厅。

常有丽对林姐说道：“你去打听一下李双全的病房在哪儿。”林姐点头：“哎。”

“林姐，把那果篮儿给我，我拿着。你这样拎着多累呀。”

林姐一下明白了常有丽的用意：“我不累。”“咱俩客气什么！”

常有丽不由分说从林姐手上取过了果篮。

万山红坐床前一小板凳上看《资本论》。

李双全躺床上打着点滴。手机振动，有电话进来。是徐子雯打来的。李双全按了拒接。

很快，徐子雯又发来一条微信：你怎样？看了你的打架视频，很担心。你受伤没有？方便时回电。子雯。

李双全用眼的余光看了一下万山红，迅速回了一条微信：不便回电。一切都好。李双全。

发完，李双全迅速删掉了对话。

这时有人敲门。李双全放下手机：“进来。”

门开了，李双全和万山红愕然发现是常有丽和林姐进来。万山红恍然感觉自己是做梦。在脸上抹了一把，发现没错，真的是常有丽和林姐来了。万山红懵在那里。

李双全想要坐起来，常有丽赶紧阻止：“躺下，躺下。我们来看望你，不是给你添麻烦的。你该怎么着还是怎么着。”林姐也说：“李掌柜，您就好生躺着。别见外。”

李双全示意：“山红，拿两把椅子。”

万山红忍气站起来，从墙角拉过两把简易的折叠椅子打开。

李双全客气道：“请坐。”

常有丽坐下说道：“双全，听说你外出打擂台受了点小伤，我作为楼长，率领副楼长林姐，代表全楼的楼民和幸福里部分街坊邻居，以及在幸福里公园早晨锻炼的部分相识的晨友，来看望你。这是我买的一点水果，供你补充一点维生素什么的。”林姐连忙插话：“这也是全体楼民的一点心意，用楼费买的。”李双全一愣：“咱们还有楼费？”常有丽看了一眼林姐，不得不圆话道：“有一点。就是有时候电费水费淤出来的零头，公共垃圾箱的纸箱子水瓶子也能卖一点，还有收的公共设施维护费也能剩一点，总共有个几百块钱。”

李双全不安地看着果篮：“这就得花不少吧？”常有丽笑着说：“我做楼长的原则，就是取之于民用之于民。你这次代表咱们朝阳区跟海淀区的武馆比武，打赢了，值得花这个钱。”李双全苦笑：“我没代表谁，我就是代表我自己去打的。也不是打，就是切磋。”林姐冷不丁一句：“被打断好几根肋骨还不是打？”

万山红生气了：“谁让你们造谣说打断好几根肋骨的？能不能别传谣？是好几根吗？就两根儿！”

林姐看常有丽。

常有丽拉下脸：“别看我，不是我传的！”万山红气呼呼地说：“不是你传的还能是谁传的？就是你传的！这就是你说话的风格！”常有丽一下激动起来：“老万，咱们有过节儿归过节儿，但你不能说没证据的话。”“我有证据。”“有证据请拿出来。”“非典那阵儿，有天你听人说已经有一千来个患者了，你从六楼出门到一楼，就这么一会儿工夫，已经被你传成好几万了。有这事没有？”“非典那事儿跟今天这事儿有什么关系？”“一回事儿。狗改不了——咬人。”“老万，你人身攻击可不好！”

李双全看着她俩争吵，忙劝说道：“医院重地，不宜喧哗。”

万山红气呼呼看了常有丽一眼，夹着《资本论》出门去了。下了楼出了大厅，本想找个地方坐会儿，猛然瞥见蹲伏在角落里的呼噜。

呼噜也看见了万山红，本来蹲着，立即警觉地站起来，在常有丽画的小圈里打转，嘴里发出低沉的呜呜的声音。

万山红心中恼火，也死瞪着呼噜，将书一卷，攥在胸前当作武器，向前走去。呼噜发出低低的咆哮声。

李双全满脸歉意：“山红是急脾气，别见怪。”常有丽语气缓和下来：“我们是老朋友了，就是吵着玩儿。没事儿。对吧林姐？”林姐笑着：“对对对。吵吵也挺好。不吵不热闹。”常有丽接着说：“当然，吵着玩儿不是今天来的目的，今天来主要是看望负伤的您；另外还有一件小事，是关于李貌她奶奶。”

李双全紧张地问：“我妈怎么了？”“以前阿姨每个月用水的量都是正常的，一吨左右；但上个月她用了八吨。”“跑水了吧？”“水管水表都查了，正常。我作为楼长，得过来跟你说一声。她为什么会用这么多水呢？我们问也不好问。您是不是抽空儿问问？”

李双全想了一下：“有丽，谢谢你跟我说这个事儿。我想呢，我妈的水费你们还是照上个月的数收一下，多出的部分我先付上。等下个月看一下是不是正常。你看这样行不？”常有丽点头：“行。照你说的办。”

三人又聊了一会儿，万山红还没回来。

常有丽起身说道：“双全，那我们就不等老万了，先撤了。”李双全客气道：“不送了——也送不了。”林姐摆摆手：“李掌柜，再见。”

常有丽和林姐走出医院大厅，常有丽往呼噜那边一瞅，脸色变了，呼噜竟然不在了。

常有丽急忙四下查看，喊着：“呼噜，呼噜。”

呼噜不知所终。常有丽腿一软，竟然坐到了地上。

林姐赶紧过来扶常有丽：“没事的，丢不了，都有监控。”常有丽猛地想起来：“对对对，有监控。”

常有丽赶紧挣扎着坐起来，和林姐一起去了医院办公室，找到办公室主任，要求查看监控。

办公室主任看着眼前两位：“对不起，这个你们看不了。”常有丽着急道：“我在这儿丢了狗，为什么看不了？”“我们这儿不是找狗的地方，您也不应该带狗到医院。”“我没有带狗进医院不能去不准去的地方，正因为这样我才丢了狗，因此，为表彰我守规矩的行为你们也得给我看一下监控。”办公室主任无奈道：“你们还是另想办法吧。我们这儿是救死扶伤的地方，不是宠物医院。”

常有丽一脸焦虑：“你们救死扶伤对吧，你们只管人对吧？”办公室主任：“对。”常有丽恳求道：“我没了这条狗，我活不了。你们不能见死不救吧？”办公室主任一愣：“你是在吓唬我？”林姐在一旁说道：“她说的是真的。这条狗跟她的关系比她跟她女儿还亲！可以说相依为命！而且她说到做到。你到幸福里打听打听，没人不知道她说一不二。再说了，狗是人类的朋友，你帮忙通融通融吧。救狗一命，就是救人一命。两条命摆你这儿呢。”办公室主任无可奈何：“跟我来吧。”

办公室主任领着常有丽和林姐去了监控室，调出了监控视频。

视频里，呼噜老实蹲着。常有丽紧张看着，忽然“哎哟嘿”惊呼了一声，只见万山红出现在了视频里。视频里，万山红和呼噜先是对峙着，接着万山红将《资本论》卷起来，向前走。呼噜低低咆哮着。万山红快走了几步，呼噜向前蹿了一下，万山红挥舞了一下《资本论》向前方躲避，呼噜追了上去，一人一狗跑出了视频监控的范围。

常有丽问道：“下一个视频监控呢？”技术员回应：“那是一个死角位置，没有监控了。”

常有丽和林姐对视了一眼。

常有丽转身出去："找万山红去！"

万山红坐在院区空地一张椅子上，抱着《资本论》打着瞌睡，忽然感觉到不对劲儿，猛一抬头，常有丽和林姐不知什么时候已经到了跟前，常有丽气愤地看着她。

万山红看着常有丽的脸："干吗啊？死缠烂打啊？""说！把我们家呼噜弄哪儿去了？""你说什么？""别装傻充愣！监控我都看了，赶紧告诉我，呼噜在哪儿？""你狗不见了？真不见了？"林姐说道："这还能有假！真不见了！是不是你给弄走的啊？"万山红认真想了想，平静地说："是。"

常有丽气得捂着胸口："你！有事你冲我来！你冲一条狗下手算什么英雄好汉！赶紧把狗交给我，否则我就报警解决了。"林姐也忙劝说着："山红，你要是知道狗在哪儿你就告诉有丽吧。她跟呼噜的关系你还不知道。"万山红冷冷地说："不知道。"常有丽追问："你怎么把狗给弄走的？""不告诉你。"常有丽一咬牙："那你就只能告诉警察了。"

常有丽说着掏出手机拨通了110的电话："喂，110吗……"

李貌陪着毛毛在美甲店美甲。

毛毛淡淡地说着："看见我对张小姐的判断了吧，漂亮话儿说着，亏心事儿做着。说实话，我根本不担心咱们那十万块钱，我担心的是安心。嫁这么一号人家里去，那得受多大憋屈啊。哎你怎么不美一下啊？记得以前你爱美甲啊。"李貌摇摇头："尚晋说皮肤也要呼吸，这美甲是化学用品，伤人。"

美甲店的店长一边听见不高兴了："我们这是环保的。你看着！"

店长拿起一盒美甲油，直接抹到了嘴唇上，然后上下舌头舔了舔。

毛毛吓得："我了个去！做生意不带这么不要命的！"店长微笑着："我们很敬业很职业的！"说完朝李貌："美女，你也美一下吧。"李貌迟疑了一下，随即说道："要能吃我倒是可以美一下。"

毛毛手机响了，一看是常有丽打来的。

毛毛接起来："喂，妈。""你赶紧到幸福里派出所。出事了！"毛毛一惊："出什么事儿了？""呼噜，可能被万山红给害了，110正带我们去派出所的路上！"

毛毛呼地站起身来。

李貌忙问道："怎么了？"毛毛对美甲师说："不美了。"美甲师："还有一只手没做呢。""下次再做。"毛毛对李貌说："咱们赶紧走。我妈和你妈，又开战了！"

常有丽、万山红、林姐坐在俩民警对面。一名男警负责问话，另一名女警做着笔录。

万山红边说边比画："我好模好样地走出了大厅，一抬眼，吓了我一大跳，那恶狗就冲我叫，我很害怕，我拿起我正在看的书当作武器，想从它身边过去，一边走，一边看着它，它忽然冲上来，我就跟它展开了搏斗。"

民警追问："怎么搏斗的？"万山红比画着："我拿脚踹它。我就这么一脚，两脚，三脚，最后一脚让我给踹墙外去了。"

万山红每说一句，常有丽就哎哟一声，心疼不已。

民警接着问："然后呢？""然后我就找了把椅子看书去了。"常有丽痛心不已："万山红，你好毒啊！警察，她自己都承认了，可以逮捕她了。"万山红眉头一扬："逮捕我什么啊？我跟恶狗搏斗还得有嘉奖呢！"

民警对做笔录的女民警耳语了几句。女民警起身出去了。

民警说道："这个事儿，首要的还是找狗。能找到狗，事儿就解决了。"常有丽不依不饶："她承认害了我的狗。"民警安抚："别急，她跟你的狗发生了肢体接触，但还没有迹象表明她害了你的狗。"

尚晋正在调解一对年轻男女。

男子："就一个座位的事儿，我也不知道她怎么就要跟我分，这过两天就领证了！"女子："是一个座位的事儿吗？是通过座位反映出来的那些事儿。你那副驾驶不是一直我来坐吗？为什么给她坐？你们俩有事儿！"男子："你胡搅蛮缠！"女子："那你找她去，她不胡搅蛮缠！"

尚晋劝解道："两位别着急，情况我都明白了。首先，座位很重要。从中央领导，到咱们平头百姓，坐哪儿都是有讲究的，没有讲究也有个约定俗成，没有约定俗成也有个默契。就拿坐车来说，对于官场来说，领导都是坐后排，秘书坐副驾驶，为什么？后排安全系数高。对于情侣，爱并排坐，是爱的表现。位置被别人占了，肯定不爽。如果被别人占了，她很爽，你就危险了。知道吗？"

男子这才回过味儿来："是吗？她不是胡搅蛮缠。"尚晋笑着说："她不但不是胡搅蛮缠，她还用这种让你非常苦恼的方式告诉你，她很爱你。她要不爱你，你让她下车她都没意见。幸亏她在乎这事儿，不在乎的话你就该在乎了。"男子想了想："好像是这么回事儿。"尚晋顺势说道："甭废话，是爷们就回去道歉吧。"

男子有些犹豫："在这儿道不行吗？万一她不接受，您好接着给调解呀。"尚晋苦笑一声："我这儿也忙着呢。她这么在乎你她能不接受吗？"女子急了："你这什么调解员啊？谁在乎他了？谁说我一定就接受了？"尚晋笃定地回应："要不咱俩打赌？我赌你最后会接受他的道歉！你敢不敢赌？"女子愣住："你是个假调解员吧？还有这么调解的？"尚晋一脸轻松："你们这种矛盾，我至少有一百种调解方法，但那有什么意思？我说说他，再说说你，跟哄孩子似的。你们俩看看，都夕阳西下了，一天又过去了，人生一共九百来个月三万左右天，不赶紧去吃大餐看电影接吻开房，在这儿耗什么啊？有劲吗？"

年轻男女左右看看，起身，出门，拉起手走了。

周茉莉匆匆进来了："尚晋，赶紧去幸福里派出所一趟。""什么事儿？""说有一起幸福里社区的纠纷，让你去把俩当事人领走，转咱们这儿调解。""什么情况啊？""不知道。就说俩女的为了一条狗。"尚晋一惊："不会是万师傅和常有丽吧？"周茉莉疑惑地问："那一起你不都调解完了吗？"尚晋感到一丝不安："矛盾，有时候会升级的。"

眼瞅着天快黑了，常有丽、万山红和林姐还在派出所干坐着。那名男警自顾自低着头办公，也不搭理她们三个。

常有丽按捺不住了："民警同志，到底怎么处理给我们个话呀？我得找狗啊。活要见狗，死要见尸。"万山红也着急："我得回医院看病人呢。"林姐一脸郁闷："我得回家做饭呀。这事儿跟我没关系。能不能先放了我？"

民警摇摇头："你也是报警人，不能走。"林姐皱眉："那得关到什么时候啊？"民警回应："我们把你们这事儿交给我们其他的职能部门来处理。"常有丽诧异道："你们警察都管不了这事儿？""不是管不了，是管不过来。"

尚晋匆匆走进派出所的门，一眼看见李貌和毛毛坐在靠墙的椅子上。

尚晋大吃一惊："你俩打起来了？"李貌示意："不是我俩，里边呢。"尚晋明白了："我先领她们去。"

尚晋匆匆去了民警办公室。

万山红诧异："你怎么来了？"尚晋说："我来领你们。你们这事儿转我那儿去了。"常有丽不满："凭什么又转你那儿？"转头对民警："不能转他那儿去。他们是裙带关系。他是她女婿。"民警不以为然："这事儿没那么复杂，不涉及裙带关系。关键在找狗。”民警拿过一张表递给尚晋：“你在这儿签字吧。”

签完字，尚晋和常有丽、万山红、林姐从民警办公室出来。

尚晋先发话：“这事儿，先找狗。别的以后再说。”常有丽对万山红说：“老万，你把狗还我吧！”万山红理直气壮：“常有理，你的狗是被我打跑的。但我不知道它去哪儿了。”毛毛劝说：“妈，先找呼噜吧。”常有丽伤心不已：“大海捞针，北京找狗，哪里找啊。”李貌想了想：“咱们都发发朋友圈微博什么的，先找到狗再说。”又低声问万山红：“真是您干的呀妈？”万山红一口承认：“是我。”

李貌难以置信地看着万山红。

常有丽悲痛欲绝：“我的个亲呼噜啊！你在哪儿啊！万山红，我要找不回我的呼噜，我就跟你拼了！”万山红语气坚定地回应：“奉陪到底。”

安心左思右想，去银行取了十万块钱，去了张开兰所住的酒店。

刘一手和张开兰正在聊天。

“妈，您这次砸砖，究竟是怎么想的，我一直没琢磨出这里边的道理。”“你质疑我？”“不，我是要学习您的思路。”“1985 年，海尔的张瑞敏砸了 76 台冰箱，砸出了海尔的未来；前些年，王健林砸了 350 多个商铺，砸掉了十亿多。这两个人傻不傻？”刘一手想了想，谨慎地回答：“不是很傻。”“我砸砖跟他们砸冰箱砸商铺是一个原理和心理。不破不立。”

刘一手不由得称赞道：“妈，您真高明！”“高明？我还是手软了。”“啊？”“那天去，我为什么让你找了几十家媒体，如果就是验个房我会带几十家媒体去吗？”“那您是想？”“我去，是想把那房子全砸了。”

刘一手目瞪口呆。

张开兰淡淡地说道：“但是，我没想到他们把房子弄得太漂亮了。我没下得了手。那天回来的路上我就后悔了，但再回去砸已经来不及了。正因为漂亮，砸才砸得有价值，砸才砸得震撼啊！”刘一手附和着：“我看新闻了，热度还可以。”张开兰有些遗憾：“没能发酵起来。王健林的小目标就发酵起来了，我本来是想砸掉房子之后，说这样没品质的小房子我是见一个砸一个，我想借助目前网民的仇富心态，推广一个小房子的概念出来，跟王健林的小目标遥相呼应。但是，唉，我还是个善良心软的人。”

刘一手顿了一下，问道：“那砖您怎么看出来的？”张开兰冷笑道：“我早就知道了。”“您早就知道？”“那房子我是要砸的，施工现场什么情况我能不知道吗？那把大锤都是我让人提前给我备好的。抡起来好看，跟我身材比例也协调。”刘一手又问：“咱们的线人是谁啊？”张开兰一脸不屑地说：“这种鸡零狗碎的事儿你就不需要知道了。那么多施工的人，收买个把人还不容易。知己知彼才能百战不殆。”

这时门铃响。刘一手抬头问：“谁啊？”安心在门外应着：“我，安心。”

张开兰迅速站起来，低声对刘一手嘱咐：“说在跟美国造车团队开视频会议。”

说完蹑手蹑脚快步进了套房。

刘一手去开门，将安心让进来。

安心环顾了一下：“张小姐呢？”刘一手看了看套房那边：“跟美国造车的团队在开视频会议呢。”

张开兰的声音从套房内传来，说的是英文：“挖！必须挖！这个人是电动汽车之父，他能来将极大地促进咱们的量产速度。对，立即行动起来。”

刘一手看着安心：“你能听懂英文吧？”“当然——我听懂不听懂有什么关系，张小姐又不是说给我听的。”刘一手有些尴尬：“那是。那是。”

张开兰从套间里出来了：“安心来了。”安心礼貌地打招呼：“张小姐好。”

安心从包里取出十万块钱。搁到张开兰跟前。

“李貌、毛毛同意赔付十万块钱。”张开兰有些迟疑：“到时候从尾款里扣不就行了？”“没有尾款。她们当时经济紧张，我就一次性全支付他们了，所以这次就只能退现金了。”张开兰提醒道：“安心，以后不能这么草率。不管跟谁，都要一是一二是二。”安心点点头：“好的。”

张开兰沉吟了一会儿：“没想到她们倒没有磨叽。没让你为难吧安心？”“没有。”

张开兰吩咐刘一手：“一手，搁保险柜里去。”

刘一手拿起钱搁到了保险柜里，又走到张开兰身后站定。

“我刚跟一手在商量你们婚期的事儿，就定在十一期间。企业界人士我请，金融界一手请，娱乐圈你负责。这是名单。”

张开兰递给安心一张名单。

安心一看惊呆了：“张小姐，不好意思，这个名单上的人，我大部分都请不到。”张开兰不以为然：“让你负责，不是让你请。请另有他人。”安心一愣：“谁？”张开兰笑了笑：“钱大爷。你负责联系，让钱大爷请。”安心一下没明白过来：“钱大爷在哪儿？”张开兰露出得意的神情：“它住在银行里。钱大爷无翅能飞，无手能攀，名震四海，威力无边。你带它去请，请不到张三，也能请到李四。这些明星大腕，只要能来，上不封顶。”

安心有些疑虑：“有些人，跟我毫无关系啊。”张开兰严肃起来：“安心，这个婚礼，已经不是一个婚礼了，它是日不落集团的一次形象展示。我就要去美国专心造车了，有些人脉关系，我要转移到一手和你这里。所以这次婚礼，对于日不落来说，非常重要。你明白吗？”安心违心地回应：“……明白。”

张开兰转而问道：“另外，毛毛和李貌给你写字据了吗？”安心诧异道：“什么字据？”“她俩赔付这十万块钱，万一以后她们反悔了呢？得让她们补一个字据，就是自愿赔付，永不反悔。”“张小姐，她们不会反悔的。我保证。”张开兰语气逼人：“永远不要替任何人保证。这个字据必须拿到，否则那十万块钱在保险箱里也不保险。”安心一时难以接受：“我担保。张小姐，如果她们反悔，这十万块钱我出。”张开兰奇怪地看着安心：“你跟一手结婚以后，你的钱就是你们俩的共同财产啊。你拿家里的钱给外边的人担保？”安心无奈：“好。我去找她们要字据。”

第二十八章

常有丽有气无力地躺在瑜伽垫上。马得路和毛毛站在一旁。

马得路："妈，我已经让李才发了微博，也让他的那些大V朋友转发了；广播电台我也去做了寻狗启事；传单印了一千份，找人分贴到了医院周边。总之，我会用一切办法去找呼噜。"毛毛："妈，您不能不吃不喝啊。我给您煮碗方便面吧——我就会这个。"马得路："妈只要你吃，我给你买小龙虾去。"

常有丽两眼无神地嘟囔着："呼噜这个时候正在吃什么呢？还是说，呼噜已经被人吃了？"忽然一骨碌坐起来："狗肉馆，狗肉馆你应该贴上呼噜照片去。"

马得路想了想："北京没什么狗肉馆。"常有丽一下又失落道："那就是运到外地去了，运到外地就完了。完了完了完了！现在应该已经出城了，拦不住了。"毛毛劝慰道："您想象力别这么丰富好不好。先找一找，找到了大喜，找不到日子也得过呀。呼噜是我给您买的，我再给您买一条呗。"

常有丽气愤地看着毛毛："谁让你给我买呼噜的？你说你安的什么心？当年你上了大学，我觉得我苦日子熬出了头，准备周末、十一、五一的长途旅个行，你倒好，咣当一下，把一只狗给我端跟前儿。狗多黏人啊，我这连趟郊区都去不了。单位组织的福利旅游都去不了，就那万山红还蹭过苏杭、桂林、长白山呢。一条狗，把我给画地为了牢。"

毛毛顺口说道："那你就趁机出去旅个游吧。我给你报个团，香港台湾还是欧美日韩，你想去哪儿就去哪儿，想去多长时间就去多长时间。"马得路也忙表态：

“想买什么买什么——我出钱。”常有丽捂着胸口，痛心地说：“你们这辈人怎么这么寡情啊。呼噜它跟我这么长时间，我手里丢了，心里丢不了啊。万山红，我跟你没完！”

常有丽说着又呜呜呜地哭了起来。毛毛和马得路无可奈何。

李貌和万山红躺在床上谈心。

“那狗是怎么回事儿啊，妈？我不相信是你干的。”“就是我干的。我给它踢跑了。”“您为什么要踢它啊？”“它要咬我啊。我正当防卫！她常有理怪我，她怎么不反思一下她自己？她到医院来嘚瑟什么？不就是来膈应我吗？这叫自作自受！”“她也就是来看望一下我爸。”“她看望得着吗？”“她不是楼长嘛。”

万山红忿忿地说：“什么楼长，不就是个收电费水费的嘛！咱们原来有楼长，是三单元搬走的那个孙大姐，搬房山去了，走之前让她收水费电费，她倒好，自封自己是楼长，还封那老林是副楼长。她怎么不上天哪？”李貌迟疑道：“什么时候封的，我还真不知道。”万山红哼了一声：“她认识了管红花之后，把官场那一套学会了，给老林封了个副楼长，老林死心塌地给她跑腿打杂。李掌柜也是，就这么俩心怀不轨的人来了，还让我给她们搬椅子。这不成心吗？”李貌打着圆场：“我爸让她们站着也不合适吧。”万山红顿了一下：“你爸，他就习惯了让我难受。”

李貌沉默着。

万山红想想又委屈：“他过得多逍遥自在啊。他从不想想我有多难。”李貌劝慰道：“妈，你怎么就难了，你不也逍遥自在吗？”万山红沉吟了一下，神情失落地说着：“没退休那阵儿，盼着退休，觉得退了就一身轻了。现在想想，还是开大公共那会儿自在，线路熟得闭着眼都能开，天天人来人往上上下下的，再遇上吵架斗嘴弄样儿的，能乐呵半天，至少活了个热闹。现在，越活越糊涂，活不明白了。这胸口，越来越闷。”李貌心疼地看着万山红：“您有什么不明白的，跟我说说啊。”万山红有些伤心：“李掌柜打架这事儿，我就不明白。他悄悄替李才去平事儿我明白，被人踢断两根肋骨不说我不明白。你明白吗？”

李貌想到李双全那身衣服，没说话。

“两根肋骨啊，随时都能插肺插心脏，命都险些丢了，可他就是不说，也不去治。为什么呢？他在瞒什么？这些事儿，本来我也不想跟你说。可是我心里闷啊。你说半辈子夫妻，怎么越过越生呢？还是别人家也是这样？我看管红花和尚得志不这样啊。”

“妈，我觉得我爸怕丢人，怕给咱们添麻烦。”“你小看你爸了。他心里有块地方，咱们谁都进不去。这就是我搞不明白的那块地方。貌貌，那视频你看了吗？”“看了。”“你看出点什么没有？”李貌心里一咯噔，迟疑了一下：“看出来了。”“看出来了？你看出什么来了？”“我爸那件衣服，我之前没见他穿过。”

万山红一骨碌爬起身来：“我不明白的也是这个呀。他哪儿冒出了件衣服？”李貌想了想：“有没有可能是那天他去比武的路上临时买的，比完了又换下来的。”“我想过这个可能。可是他在哪儿换哪？”“随便哪儿找个洗手间都能换。”

万山红又躺下，很快又坐起来。

“可是你爸不光是多一件衣裳。”“还多什么？”“他还多一把钥匙。”李貌不解：“钥匙？”

万山红抓过手机，打开，给李貌看他拍下的李双全的钥匙串。

“你看，这是家里的钥匙，这是你奶奶家的钥匙，这是蹄花店的钥匙，这是他抽屉的钥匙。那这把钥匙是干啥的？”李貌也有点迷糊：“装饰用？”“这破铜烂铁的钥匙，装饰什么？我怀疑，他是不是包养了个小三儿。”

李貌扑哧笑了。

“你笑什么笑？这很严肃地跟你在谈心呢。”“钥匙和衣服我暂时解释不了，但李掌柜绝不可能有小三。”“它总得有个解释吧？”“妈，会有解释的，等我爸伤养好了，我就跟他谈谈。”“我不想把你扯进来。”“不是把我扯进来，是我本来就在这里边！但是妈，如果是你把常姨的狗踢跑了的话，您得去道歉。”万山红一梗脖子：“我没错，我不道歉。”

理想胡同咖啡馆高高的霓虹灯上已经打上了“日不落餐饮驿站”的字样。

咖啡馆打烊了，箱子姑娘拎着箱子跟李才从里边出来。

箱子姑娘关心地问：“你爸怎么样了？”“没什么危险了。静养就好。”“那天我想来给你解围，他要打你我就跟他走，没想到是你爸解了围。谢谢他。”“他一直说不管这件事儿，吓得我还拜了个师父，最后他还是管了。”“你不需要去看看他吗？我可以陪你去。”“不用。今天晚上尚晋值班。”“你妈呢？你想好跟她见面没有？”李才避而不答：“咱们吃夜宵去吧。你想吃什么？”“烤冷面。”“走。”

尚晋在病房里陪护李双全，坐在椅子上抱着笔记本电脑在工作。

李双全躺在床上：“尚晋，你回去吧。”尚晋没抬头：“不用，我再陪你一会儿。”李双全实在忍不住：“你这叫陪我啊？”

尚晋醒悟过来，赶紧合上电脑："哦哦，李掌柜，我陪您聊天？"李双全摇摇头："我跟你没什么聊的。你会不会下象棋？""会一点儿。""去买副象棋，咱们下。""不用买，咱俩用手机就能下。""我不习惯，你去小卖部买一副，咱们实打实地下。不干摸，一局十块。你要怕输就五块。""十块不刺激，一百一局怎么样？""随便。"

尚晋买来象棋，和李双全鏖战起来。不知不觉就下了几个小时。尚晋棋艺不精，一盘不赢。这一盘眼看又要输了，尚晋急得抓耳挠腮。

李双全："将！"

尚晋瞪大眼，看看已经无路可走了，只得认输，还不服气："再来！"

李双全指指窗外。尚晋朝窗外望过去，这才发现天已经亮了。

"哎呀，我得上班去了。"李双全美滋滋地："别急，别急。你一共输我四千八，钱你是转账还是现金？"尚晋笑了："转账转账。我现在微信转您。"李双全一脸满足："今天晚上再来呗？"尚晋连忙推托："今天晚上李才值班。我不敢来了。再来这个月的工资就泡汤了。我跟李貌没法交代。""可以玩十块的。"尚晋一本正经地说道："我们调解员守则之一就是不聚赌，不参赌！"说着一溜烟儿走了。

理想胡同咖啡馆门前彩旗招展，花篮林立。

马得路和刘一手握手的大海报立在门口，挂在门头。

门口铺着红地毯。礼仪小姐在引导来宾往签名墙上签名。

咖啡馆大堂里挂着一条醒目的横幅：日不落集团与理想胡同咖啡馆战略战术合作仪式。

舞台上摆着一张桌子。桌上摆着两份合同。

舞台前坐满了记者和来宾。小白一脸艳羡地站在人群里。苏洁也在人群里嗑着瓜子。徐子雯戴着墨镜、帽子也站在人群里。她的目光落在李才身上。

李才正在主持："现在我们有请今天的两位主角，日不落集团的刘一手先生与理想胡同文化传媒公司董事长、天使投资人马得路先生登场。"

刘一手和马得路走上舞台，跟大家挥手，坐到桌前。

"有请二位签署战略战术合作合同。"

两人签字。相机咔嚓咔嚓咔嚓响成一片。

"现在请马得路先生讲几句。"

马得路拿起话筒："大家好，现在我的心情难以形容，我在跟刘一手先生还没有合作的时候，我曾经说，我是日不落的精神股东。没想到，刘一手先生给了我机会，让我成了日不落的肉身股东。这是刘一手先生给我的一种信任，一种鼓励。大家可以看到，我们的理想胡同已经冠上了日不落的品牌。对于日不落来说，理想胡同只是一束光，但对于理想胡同来说，日不落是一个太阳。我们将在日不落的照耀下，把理想胡同走成通天大道。谢谢大家！"

众人鼓掌。

李才继续主持："现在请刘一手先生说几句。"

刘一手一脸从容、自信："我就不说了，我看这儿有音响，还可以唱歌，所以我就唱吧。唱一首什么呢，唱一首《野子》。为什么唱《野子》呢，既是唱给马得路先生的，也是唱给我自己的。我刚开始接手日不落集团的时候，我们还只是一家钢筋提供商，当时我说要把日不落打造成一艘航空母舰。社会上都在说我吹牛，但是，我吹过的牛都在一一变成现实。因为我们踏着力气踩着梦。现在，日不落国内部分有餐饮板块、地产板块、保健品板块、大 IP 板块，国外部分有电动车板块。希望大家一如既往地支持日不落，支持每一个造梦的人。来，音乐。"

音乐起。刘一手投入地唱起了《野子》：

怎么大风越狠
我心越荡
幻如一丝尘土
随风自由的在狂舞
我要握紧手中坚定
却又飘散的勇气
我会变成巨人
踏着力气 踩着梦
怎么大风越狠
我心越荡
又如一丝消沙
随风轻飘的在狂舞
我要深埋心头上秉持

却又重小的勇气
一直往大风吹的方向走过去……

刘一手唱歌的声音从楼下传到了上面的“家是一座城”工作室里。

李貌看着毛毛：“你还同情人安心嫁入这一号人家呢，担心担心你们家马得路吧。”毛毛郁闷地说：“我管不了啊。结婚前我答应他不管他生意上的事儿。他怕我反悔还签了合同，这白纸黑字的我也翻不了脸。”李貌摇摇头：“你多提醒一下吧。”毛毛忍不住有些担心：“提醒了。不管用。你说这刘一手和他妈人不靠谱，他们那企业靠谱吧？可别把我们家马得路给坑了。”李貌耸耸肩膀：“我又不懂生意场上的事儿——你妈劲儿缓过来没有？”“且缓呢。”“没什么消息吧？”“消息不少，都不是我们家呼噜。我估计丢了就凶多吉少。但我现在不敢跟我妈说。”“你听她口气还会找万师傅麻烦吗？”“会。”李貌叹了口气：“那让尚晋处理吧。”

刘一手一曲终了，众人鼓掌。

李才走上前：“好，感谢刘一手先生的演唱。现在有请刘一手先生台下休息——”刘一手打断道：“不，我不累。从掌声里听出大家很喜欢我的演唱，为了回馈大家，我再场一首《苦行僧》。”

众人只好再鼓掌。

刘一手又投入地唱起了《苦行僧》：

我要从南走到北
我还要从白走到黑
我要人们都看到我
但不知道我是谁……

趁着刘一手唱歌的当口，苏洁悄悄地凑到李才身边，低声道：“李才哥，有个女的老盯着你。”李才问：“谁？”“右转四十五度，戴墨镜帽子那个。”

李才扭头过去，跟徐子雯的视线相撞了。李才一震，猜出了是谁。

徐子雯转身挤出人群，走了。

苏洁狐疑地问道：“谁啊？”“不知道。”

李才下意识想追出去看看，被马得路拉住。

“别乱动！原地待命！”

徐子雯出了咖啡馆，快步走着，边走边紧张地回头看，见没人追上来，稍微松了口气，却有些失望。

刘一手唱完，众人鼓掌。

刘一手走下台。李才调侃道：“刘先生再来一首吗？”刘一手摆摆手：“不来了，不来了。”马得路说：“刘总，走，到我办公室休息会儿。”刘一手：“稍等。”对一边眼巴巴的小白说：“小白，带我去趟洗手间。”小白受宠若惊：“哎。”

刘一手和小白走进洗手间。

刘一手迅速查看了一下洗手间没人。

“你最近有什么情况？”“马总和李才想让我把钱投在理想胡同。”“理想胡同都把钱投到我那儿去了，你投理想胡同干吗？”“是啊是啊是啊。我这不正想找时间咨询刘大哥您嘛。”刘一手爽快地说：“我给你跟马总同样的投资待遇，年化收益率百分之十二，按比例分红，你不承担任何风险——这个谁都不能说。”小白激动不已：“哎哎哎！”刘一手笑了笑：“我这边会有人跟你对接。合作愉快！”小白连连点头：“愉快愉快愉快！”

安心助理袁滚滚走进来，递给安心一张打印纸。

“安心姐，给您打印好了。”

安心看着那张纸，抬头写着“自愿赔偿协议”：因我们失误，致使安心的庭院别墅装修出现了问题。我们自愿赔付十万元人民币整。并永不反悔。

安心对袁滚滚说：“我签毛毛，你签李貌。木子李，容貌的貌。”

安心提笔在协议上签上毛毛的名字，又把笔递给袁滚滚。

袁滚滚犹豫着：“不会有什么法律风险吧？”安心说道：“有也是我承担。”

袁滚滚签上李貌的名字，又道：“安姐，节目组都已经准备好了，随时可以录了。”安心点头：“跟嘉宾和调解对象确认时间。以最快速度开录。”袁滚滚：“哎！”

安心把伪造的自愿赔偿协议交给了张开兰，张开兰倒也没起疑心。安心松了口气，把这事搁一边去了，紧锣密鼓筹备新一期节目录制事宜。

李双全住了几天医院，强烈要求出院。李貌等人征询了医生意见，接李双全出了院，让他在家再静养一段时间。

很快到了新一期《调解三人组》节目录制时间，尚晋、李才早早赶到录制现场化妆准备。

马得路和苏洁、箱子姑娘都去了现场准备给尚晋、李才助阵。令人意外的是，史航和谭飞也来了，特意坐在第一排，一脸挑衅的神色。

离节目开始录制还有一点时间，现场导演调动观众鼓掌预演："大家再鼓一遍，一定要热烈，谁鼓得热烈，谁就有可能出现在荧屏上。"

众人哗哗哗地鼓掌。

苏洁注意到了史航、谭飞，低声对箱子姑娘说："史航和谭飞是尚晋哥和李才哥的前任。"箱子姑娘担心道："他们怎么来了？捣乱的吗？"马得路调侃地说："捣乱也不怕。只要你坐到他们位置上，他们只能倒霉！"箱子姑娘白了马得路一眼。

万山红也来了，发现第一排满了，想了想，就在后排一个位置上坐下了。旁边有个人戴着墨镜，正是徐子雯。万山红礼貌地问："您好，这儿有人吗？"徐子雯回应："没有。"万山红坐到了徐子雯边上。

尚晋正在化妆，管红花打来电话。尚晋接起："喂，妈。"

管红花和尚得志正在某家酒店的宴会厅里。"尚晋，今天是你适应电视嘉宾这个社会新角色的第一天，本来我跟你爸都应该出席的，但我们正在忙着跟婚宴酒店继续沟通菜品、程序等事宜，所以就只能在家乡祝你成功了。那么今天呢，我不多讲，我只讲三点——"

尚晋打断："妈我们这正化妆呢，你能把三点缩成一点吗？""这也不是不可以，三点缩成一点来讲呢，就是要高举真诚的旗帜，坚持正确的导向，把你的调解事业借助电视这个平台全面推到最高点。""好的。再见妈。"尚晋把电话挂了。

管红花悻悻然："这孩子，也不多跟我说两句。我还能传授给他一些经验。"尚得志脱口而出："你那些经验，不说也罢。"管红花一愣："你什么意思？"尚得志一时语塞："……没什么意思。"

李才看着尚晋："尚晋，开始紧张了吧？紧张的话到时候跟着我节奏走就行。"尚晋一脸平静："我从小就看热闹不怕事儿大。好像不怎么紧张。"李才提醒："这不是看热闹了，这是别人看咱们的热闹。"尚晋不以为然："我感觉差不多。"

李才给苏洁发微信：都安排好了吧？苏洁回复：欧了。

安心匆匆进来了。

"辛苦二位。好消息。台领导非常重视咱们这次录制，刚才又发来几条指示，其他几条我们办，最重要的一条咱们仨得统一一下意见。"李才示意："您说。"安心说道："台领导认为，这个选题大气，接地气，有真情，能感人，尤其在目前这个社会环境下，可以呼唤出人们的同情心。而且这个女孩是世界冠军，属于公众人物。所以，台里指示，无论如何，要让这个女孩认亲。要深入心灵，感动中国。"

尚晋皱眉："调解也要看当事人意愿吧？"安心解释道："尚晋，你理解一下，台领导的意见非常重要。只要样片通过，以后自由发挥的机会多的是。"李才在一旁开口："拿人钱财，替人消灾。尚晋，出来混，要讲江湖规矩。电视圈，也是一个江湖。"安心松了口气："谢谢李才老师。谢谢尚晋。多理解。理解万岁。我刚接到现场导演发来的消息，今天史航和谭飞也来现场了，我们只能成功，不能失败。"

安心伸出手，李才伸出手，尚晋也伸出手，叠在了一起。

啪啪啪——灯光打亮。

现场导演："安静。五、四、三、二、一——开始！"

安心从后台走了出来。现场响起掌声和欢呼声。

安心的一群粉丝从其中一排站起来喊："安心，安心，没你不行！安心，安心，欣欣向荣！"

"谢谢！谢谢！谢谢你们的等待和支持！我回来了。"

安心示意粉丝们坐下，微笑对着话筒："世上无难事，人间有安心。大家好，这里是《调解三人组》，我是主持人安心。许多朋友是第一次到《调解三人组》做客，因此在录制节目之前，我先提醒一下大家，现在明明是白天，但我一会儿要说成晚上，因为我们的节目首播是晚上；在我黑白颠倒的时候，请大家不要笑，笑不一定是好事，也可能是穿帮。"

下面有部分观众笑起来，显然是第一次听到这话。也有不笑的。

有一老观众说："安心，你每次都提醒，其实我们都是老油子了，不会出问题的，以后您就甭费这劲了。"

安心语气从容："您是老油子，但总有新油子。只要有一个新油子，我这话就得说。这也是我们这个节目的宗旨，说管用的话，做有用的事，无论这件事情，多小，多烦琐，多重复。好的。世上无难事，人间有安心。大家晚上好，我是主持人安心。大家都知道，《调解三人组》原来铁三角是由史航老师、谭飞老师和我组成，但因为史航老师和谭飞老师身兼其他要职，现在离开了我们这个节目，这是我们这个节目的巨大损失，在此我代表节目组向史航老师和谭飞老师致以深深的谢意，没有他们就没有《调解三人组》，也没有安心的今天。今天，史航老师和谭飞老师也来到了现场，请允许我向他们两位老师深深鞠上一躬。”

安心走到史航和谭飞前方，鞠了一躬。

史航和谭飞弄拧巴了。两人互相看看，没说什么。

“在此也祝福两位老师前程万里，更希望两位老师常回来看看。让我们给他们二位献上热烈的掌声。”

众人鼓掌。

安心待掌声停歇继续道：“现在，让我向大家介绍我的新搭档。首先请出的是著名策划人、文化推手、专栏作家李才老师。他将担任我们的策划人和辅助调解师。”

李才拿着一把扇子从后台走出。

台下史航手里也拿着把扇子，愤愤地对谭飞说：“他学我呢！”

李才走到舞台中间，一抱拳。

苏洁在台下站起来转身向后边一挥手。后边站起一排文艺女青年，同时拉出一条横幅：“爱李才 爱生活”。文艺女青年们齐声高喊：“李才，李才，推开心灵雾霾！李才，李才，你是蓝天大海！”

台上安心笑着：“哇，李才老师粉丝众多啊。”李才一脸得意：“这么多年深耕文艺界，还是有些家底。”朝文艺女青年们招招手：“大家赶紧坐，不要影响节目录制。”

安心继续：“最后我们请出的是我们节目组新一版金牌调解师尚晋同学。尚晋是我们调解领域的后起之秀，是全国调解大赛的冠军获得者，被幸福里社区居民自发封为妇女之友，更为神奇的是，他目前的调解成功率已上升到百分之一百零九点三。”

众人笑。

安心解释：“不要笑。因为有好多起纠纷都是在听说是尚晋去调解的时候，自己主动就和好了。”

众人笑得更欢了。

“有请尚晋同学！”

尚晋走到舞台中间，鞠了个躬。跟刚才李才出场比，场面显得有些冷。

苏洁着急，台下喊了一嗓子："尚晋加油！"马得路、箱子姑娘跟着喊："加油加油！"后排的万山红也挥臂呼应了一下："尚晋加油！"

万山红喊完，感觉旁边徐子雯在看她，解释一下："这我女婿。给加个油。"徐子雯一笑："哦。"万山红又补了一句："旁边那李才，我儿子。"

徐子雯一惊，这才意识到坐在身边的就是李双全的现任妻子万山红。

徐子雯"哦哦"了两声，不动声色地开始暗中观察万山红。

李貌和毛毛没来现场，在工作室里忙活。

毛毛忍不住问道："你怎么不到现场去看看啊，对尚晋也是个支持。"李貌随口回应："手头活儿这么多，分不开身。"毛毛看了一眼李貌："切。我知道你心里怎么想的。你就是不想看到尚晋和安心同台共事。"李貌抬起头："你别老想我怎么想，你赶紧开拓点儿新业务。贼来钱的那种。""我这不一直开拓着嘛。我着急着呢。"李貌转接话题："嗯。哎你多吃点核桃仁啊。""你最近为什么老买核桃仁啊？对怀孕有好处？""去。别老想这个，这是顺其自然的事儿。核桃仁是治爱发火的。""尚晋告诉你的？""除了他谁还钻研这个呀。"

节目录制正式开始了。寻求调解的双方当事人坐到了台上。一方是射击冠军魏晓丹，另一方是魏晓丹的亲生父母以及他们另外两个女儿和一个儿子。

全场气氛紧张。

安心问道："这么说，晓丹，你并不打算认亲？"魏晓丹承认："是的。"安心继续问道："可是你同意来调解，不就是代表了一种有可能的和解吗？""我愿意来到这儿面对这件事情，但并不是说我来是想认亲。""那能说说你愿意来的原因吗？""我来，是因为这个事情到了一个必须解决的时候了，他们天天到我家里静坐，要从我爸爸妈妈那里把我带回去。我的爸爸妈妈是非常善良的人，他们让我自己选择。我选择留下，但他们还在坚持。"

大女儿接话道："因为这里坐着的才是你爸爸妈妈，我们才是你真正的亲人！"魏晓丹看向她："他们对我没有履行父母的责任和义务，我不能称他们为爸爸妈妈。"大女儿劝说道："妹妹，血缘是不能否定的。"魏晓丹语气格外镇定："我没有否定血缘，我说的是我们无缘。有缘怎么会走到今天？"安心问："那你不认的理由呢？"魏晓丹："不认就是因为我找不到要认的理由。"

安心转过头："李才老师，这种情况您怎么看？您有什么想对晓丹说的吗？"李才开始了对谈："晓丹您好。""李才老师您好。""我看过您很多比赛，您也被媒体称为冷面杀手，这个冷您觉得该怎么理解？是与生俱来吗？还是职业需要？”“射击运动员比赛时候的状态大概都是这样。私下里我不冷，我是个很热情开朗外向的人。我去年还在下雪天的时候去听过您的讲座呢。”

李才微笑地说：“倍感荣幸。您对您出生的那个家的环境了解吗？”“不了解。没有记忆。一两岁我就被送走了。”“我让我的助手收集了一下那个环境以及你们家里的一些图片和资料。咱们看一下大屏幕。”

大屏幕上依次出现的是：

一个二十世纪九十年代的山村。

亲生父母的家——一座破败的房子。

亲生父亲在煤矿挖煤照片，满脸乌黑。

亲生母亲手里领着一个，背上背着一个，怀里抱着一个走在山路上。

一张没有魏晓丹的五口人的全家福，弟弟被抱在怀里，俩女孩都站两边。

李才一一介绍道：“这是你出生的村子——全镇最落后的。这是你的家——全村最贫困的。这是你的父亲在煤矿挖煤的照片。这是你母亲拉扯孩子的照片。这是你们家缺少你的一张全家福。看了这些照片，你有什么感受？”魏晓丹回应道：“辛苦您了。去找那么多照片。”

全场笑。

李才问：“你对这些照片本身没有什么具体感受吗？”魏晓丹说道：“李才老师，您有话不妨直说，我现在一边训练，一边念大学，读的是心理学专业。对您这样诱导式谈话不是很习惯。我是职业射击运动员，讲究不拐弯，直来直去，一击中的。”李才掩饰着尴尬：“好。我想说的是，人是环境的结果，命运是环境的产物。他们当年把你送走，一定是出于无奈。对吧，这位母亲？”

母亲已是满脸泪水：“孩子，对不起你啊！我们对不起你啊！当时实在是养活不了你啊！”李才：“这位母亲，请不要激动，您如果有无奈可以说出来。”母亲：“无奈啊，无奈啊。虎毒不食子。我们要能养肯定就养了啊。你原谅我们吧！”

魏晓丹不说话。

李才又看向旁边：“这位父亲有什么想说的吗？”父亲哑着嗓子：“我就是想一家人团圆。”安心问道：“这位爸爸的嗓子怎么了？”大女儿：“我爸挖煤得了尘肺病。”

全场一片叹息和惊呼。

安心关心地问："治疗的情况怎么样？"大女儿："我跟我二妹挣的钱全用在治疗上了，听说哪儿能治就去哪儿治。为这事儿，我跟我二妹都跟婆家闹了矛盾，现在都离婚了。我弟弟上大学也没钱，就辍学了，现在四处打工。"

又是一片叹息。

一直没说话的二女儿开口了："关键问题是，这个病根本治不好。我们那片儿，查出来的一共两百零八个尘肺病病人，已经过世一百八十六个了，还剩下二十二个。我爸他也撑不了多长时间了！"母亲哭了："说实话，我们本来也没脸来认这个女儿，但因为他爸已经这个样子了，他就想一家团团圆圆的，这样以后他走得也安心。"

李才这时说道："晓丹，我知道你作为一个公众人物，一个世界冠军，参与了很多慈善和公益工作，但你可能不知道，你的家庭也是最需要帮助的。"魏晓丹有些动情："的确，之前我不了解这个情况；现在了解了，我愿意尽我所能去帮助他们。"

全场响起了掌声。

李才接着问道："这个帮助我们都希望并不仅仅是物质帮助，你愿意在精神上帮助他们吗？认回他们爸爸妈妈的身份，回到他们身边，或者只是在三百六十五天中有几天回到他们身边？"魏晓丹拒绝："我不愿意。我不能这么做。我只有一个父母，就是我的养父养母。"李才："是你养父养母有什么想法吗？"魏晓丹："不，我刚才说了，他们让我自己选择——我选择他们。"

李才动情地说："人生不是二分法，不是非黑即白啊。如果你选择了相认，你就有两对父母，两个家庭，这不是一种美好吗？这不是一种大爱吗？人生在世，只有爱才能感染别人，恨，最终与世无关。因为两个人不是两座陌生的山岗，总要见面的。晓丹，你要潇洒一点，不要跟过去过不去。跟过去过不去，你就永远过不去。原谅是一盏灯，宽恕是一道光，生命是一种角度，如果不放下重担，你就不会获得幸福。晓丹，留出百分之一的爱，来认你的父母吧，他们需要你的爱。爱是彼此的奉献，爱是血缘的流动，爱是迷途知返，你是世界冠军，我希望你能再超越自我，成为自己的冠军。"

煽情的音乐突然响起。母亲离座走到魏晓丹跟前就要下跪。

"给我们一个机会吧！"

魏晓丹一只手托住了她。母亲跪了几次竟然跪不下去。

台下苏洁对箱子姑娘说："嘿，这姑娘真不愧是练射击的，这臂力！"

安心上前相劝："阿姨您先请回到座位上去。"

大女儿、二女儿起身把母亲拉回座位去了。

安心面对观众："现在让我们听一下现场观众的意见。哪位观众发表一下意见。"

一些人举手。有位女士高高举手。

安心示意："好，工作人员给这位女士拿一个话筒。"

女士接过话筒："大家好，我是一个做生意的，也是一位母亲。很喜欢这个节目，今天调解现场我看到这儿，我觉得不用调解了，这位姑娘，你认是必须的。你是世界冠军，你的一言一行影响到多少人？该不该认你都得认，因为你有模范作用。你是公众人物，你必须承担更多。但这还不是我想说的，我想说的是，你们此后的尘肺病治疗费用由我的公司来承担。"

全场热烈鼓掌。

工作人员要拿回话筒。女士又道："等一下，我还有最后一段话。最后，我给大家念一首诗，这个诗，是我非常佩服的一个女人写的，在此送给天下父母和天下儿女——世间爹妈情最真，泪血溶入儿女身。殚竭心力终为子，可怜天下父母心——我发言完了，谢谢大家。"

有人问："这诗谁写的啊？"台上李才回答："慈禧。"

安心继续："还有哪位现场观众发言？"

有一个女孩举手。工作人员递过话筒。

"大家好，我是一个公务员，原来也当过社区调解员，今天来学习一下。认亲这个事儿，在我们调解员的工作中会遇到很多，绝大部分都以相认为结果。这也是我们非常欣慰的。具体到这个家庭，我认为这位晓丹姑娘还是要认。因为就目前经济情况来说，你在高，父母在低，而且父母也需要经济的救助，如果你不认，社会舆论怎么办？我不从血缘关系来谈这个事儿，我只从你个人处境上来谈。你不认，就会面临一个道德的困境，这是一。二呢，按照刚才家里二女儿的说法，这位父亲的病情还是很严重的，如果你现在不认，可能就是一种永远的遗憾，这遗憾，也会反过来给你的生活造成很多的困难。我就从我的工作角度说这么两点。姑娘，女性的路不好走，我觉得你要三思。"

魏晓丹微微点头："谢谢您。"

安心控制着节奏："好。那我们回过头来再继续听专家意见。尚晋同学，你作为调解师，刚才一直没发言。”尚晋微笑着：“因为你没问我。我第一次录节目，不知道主持人不问的情况下，是不是可以主动发言。”安心点点头：“可以。您随时可以打断我。”

尚晋：“我想问一下，这个家庭，谁可以代表一个家庭出来说话？”大女儿：“我。”尚晋：“好。您父亲得尘肺病有多长时间了？”大女儿：“十几年了。”尚晋：“从得了尘肺病开始，就开始想要认魏晓丹了吗？”大女儿：“不是。那时我爸病情还没这么重。”尚晋：“你们知道她在哪儿吗？”大女儿：“不知道。”魏晓丹：“你们知道。”大女儿：“我们不知道。我们是通过民政部门找到你的住址的。”魏晓丹：“那是在我们搬家之后的事儿。搬家之前，你们到我们家偷偷来借过两次钱——我不想说是讹诈，但你们从没打算还。我爸妈怕你们再来借，就悄悄搬走了。他们不是不想借给你们，他们也没有钱，靠收破烂供我上的学练的射击。咱们今天谁也别比惨，就说情理。”

尚晋：“这是什么时候的事儿？”魏晓丹：“我刚进射击队练射击的时候。高中时候吧。”尚晋对大女儿问道：“你们想认她回家是在她得世界冠军之前还是之后？”大女儿警惕地问：“你什么意思？”李才：“反对！认不认亲，跟是不是世界冠军没关系。”尚晋：“有关系。关系很大——是不是在她得了世界冠军之后？”大女儿：“我记不清了。”二女儿：“在她得世界冠军之前，我们找不到她了。她得了冠军，我们才找到她。”尚晋：“好。这说明你们还是世界冠军之后想要认的她。”大女儿：“我妹妹说了，之前我们找不到她。”

尚晋：“可是她在上高中的时候，你们是找得到她的，为什么那时候不认她？”大女儿：“我们供不了她读书。”尚晋：“现在你们的家庭能供得起她读书吗？如果她现在还在读的话。”大女儿：“供不起。我们连治病的钱都没有，到哪儿供去？”尚晋：“这也就是说，你们认不认这个女儿回家，取决于她是不是你们的负担？”二女儿：“我们这样一个贫困家庭，难道还有什么其他的法子吗？我们负担不了，就是认回来，吃苦头的不是她吗？”尚晋：“你说得很有道理。但是你们想过对方家庭的感受没有？”二女儿：“对方说了。他们不在乎她选择谁。”尚晋：“他们不在乎魏晓丹选择谁，是因为他们太在乎魏晓丹。而你们，并不在乎她。”大女儿：“我们怎么不在乎她了？不在乎她我们跑这儿来丢人现眼？”尚晋：“在乎她，就会尊重她的选择，就不会拿着亲情和死亡来绑架她。”

全场一片哑然。

父亲艰难地咳嗽起来。

二女儿愤怒地站起身来指着尚晋："你安的什么心？"又对安心说："你们请来的什么专家？你们说要调解我们相认我们才来的！"安心赶忙打圆场："我们正在调解！尚晋同学，这不会是您的结论吧，毕竟在中国传统文化体系里，家庭伦理还是最重要的一个体系。家和万事兴嘛。"

尚晋逼问："我想问你，如果魏晓丹不是世界冠军，还要让你们负担读书的费用，你们还认不认？"李才："我继续反对这种如果式提问。我希望你能直接抛出你的观点。"尚晋："好。那就直接抛，双方的资料我都查看了，现场也感受了一下，因此我确定了我今天的调解目标，我支持魏晓丹暂时不认亲回家。"

全场哗然。台下史航和谭飞窃喜。

史航："砸了。"谭飞："绝对砸了。"

安心没想到尚晋会这么说，急得快哭了。

大女儿嚷嚷："你不支持我们一家团圆你来干什么？"尚晋理直气壮："调解都是双向的。你们的调解方向是团圆，但魏晓丹的调解方向是拒绝认亲。"大女儿："她就是怕我们连累她！"二女儿："魏晓丹，你眼里只有钱吗？"

小儿子突然站起身来："姐姐，爸爸妈妈就是为了能生我，才把你送出去的！不怪他们，你怪我吧！我们不连累你！我们不用你的钱！求你了，回家吧姐姐！"说着突然跪下了。

观众中有人开始抹眼泪。

安心快步走到尚晋身边，关掉话筒，低声道："尚晋，你赶紧借这个契机拐弯儿，必须调解他们相认！这是台里的死命令！求你了，就算你为了我。"

李才也低声地劝道："大局。请顾全大局。"

尚晋没回答两人，朝跪在地上的小儿子："这位兄弟，我希望你先站起来。下跪，也是一种要挟和道德绑架。你们是来解决问题的，不是来乞求的。"

小儿子起身又坐下了。

尚晋问大女儿："你们真的确认要认她回家吗？"大女儿："确认。"尚晋："那现在我给你提供几个情况以后你再作判断。"魏晓丹想打断："尚晋老师——"尚晋："不，我必须说。一、魏晓丹拿世界冠军的奖金一共是税后八千元人民币。没有你们想象的那么多。"

观众席上一片议论。

大女儿、二女儿没想到这么少，互相看了一眼。

“二、因为她参加的是单项比赛的世界杯，并不是奥运会，奥运会冠军或许可以拿到更多的奖金。三、魏晓丹已经没有机会参加奥运会了，她的肩颈受伤了，不可逆，她已经退出了射击队。四、因为是非正常退役，队里不再负担魏晓丹的医疗费用和学习费用，她今年大三，到毕业两年下来的学费是两万块钱左右。这个需要你们负担。另外，还有她的肩颈医疗康复费用每年大概要几万块钱。五、魏晓丹不让我告诉你们这些，这些连她的养父养母都没有告诉。她跟我说，她想直接拒绝你们，不想让你们看到这些情况再下判断。那太残忍。因为她判断你们知道了这些情况不会再认她。六、你们还确认要认她回家吗？”

亲生父母一家人都蒙了。

大女儿和二女儿接耳商议了一下。

大女儿：“我们要全家到后边去商量一下。”

尚晋：“好的。请。”

安心面朝现场观众：“大家不要走动，五分钟之后我们继续。”

安心和尚晋、李才回到化妆间。

安心责备地问道：“尚晋。你调查到的这些情况为什么不告诉我们？”尚晋一脸淡然：“信息平均会造成势能平缓。做节目就需要异峰突起。”李才也忍不住责怪道：“你做过节目吗你就异峰突起？做节目是寻求最大公约数，寻求在平衡木上舞蹈。这期节目要不播还好，要播，等着挨骂吧。尚晋，你不能真把人性搁刀刃上。你这不把人心给推到黑暗里了吗？”尚晋并不认同：“那我们就粉饰太平，欺骗这个姑娘，把她推到一个并不爱她的家庭里边？”

这时安心手机响了，一看是范台来电。

“先别说话。我接一下范台电话。”

安心接起电话：“范台。”范台语气不悦：“为什么不按照大团圆结局调解？”安心解释着：“我们正在试图努力。”范台严厉地训斥道：“你们根本没有按原定计划执行，你们在揭露人性黑暗面，没有展现社会正能量。你们好自为之吧！”

不等安心再说，范台“啪”地把电话挂了。

安心懊恼地放下手机：“台长怒了。”李才感觉不妙：“意味着什么？”安心紧皱眉头：“意味着砸了。”尚晋不解地看着安心：“这就砸了？只要我们让双方最后都能接受调解结果，调解就是成功了。”安心无力争辩：“那是你现实中的调解，咱们这是做节目。”尚晋仍据理力争:“我不同意这个观点。节目的核心，就是调解。调解最核心的法则是什么？在真相面前，辨法析理，胜败皆服。”

几分钟过后，安心、尚晋、李才回到舞台上。

安心继续主持:“世上无难事，人间有安心。好，现在让我们请出当事人双方。”

魏晓丹回到现场，亲生家庭这一方却只有大女儿回到了现场。

安心问道:“其他家庭成员呢？”大女儿说:“他们不想上来了，让我代表。”安心点头道:“好，那么，我想现在大家都很期待这个家庭刚才讨论出的结果。你们有结果了吗？”大女儿:“有。”安心:“那就跟大家讲出来吧。”大女儿:“我们不认她了。”

全场发出嗡的一声。

刚才那位做生意的女士急得一下站起来:“我不接受这个结果！如果是这样的话，我不会捐款的！我认为，钱是身外之物，爱，才是化解一切问题的钥匙。只要你们一家人相亲相爱，只要你们一方愿意认，另一方愿意回到家庭的怀抱，那么，你们尘肺病的医疗费用，这个姑娘的上学费用，我的公司都包了！难道我们的亲情就这么轻易被金钱打垮了吗？心若在，爱就在，我支持你们从头再来！大家伙儿觉得呢？”

观众有鼓掌的，有喝彩的。

尚晋:“这位女士，这是一个公开节目，您的话都是记录在案的。我现在问您几个更具体的问题。一、如果他们相认，您就捐款，不认就不捐了，对吗？”女士:“是的。因为不符合我人生有限大爱无疆的价值观。钱不是问题，价值观才是。不符合我价值观的，我不捐。我相信其他人也是这样。”尚晋:“好的。二、您的捐款是分期的形式，还是一次性打给他们？”女士:“当然是分期。”尚晋:“三、既然是分期，如果这中间您的公司出了问题，支付不了医疗费和学费，谁来善后？”女士:“我们公司不会倒。”尚晋:“任何公司都有可能倒。连宇宙都会坍塌。如果你们公司万一出了问题，他们一家人就要继续面临道德、良知和金钱的拷问。因此，我认为，爱不是解决问题的办法，钱也不是解决问题的办法。”女士:“那你说，什么是解决问题的办法？”尚晋:“理智。理者明，智者慧。”女士:“爱，你把爱放哪儿去了？爱是人类最宝贵的情感。”尚晋:“爱是本能，不值一提。”

全场又是嗡的一声。

女士抓狂了："爱不值一提？你不爱你的父母吗？你父母不爱你吗？安心，你们这个节目是要挑战人类底线吗？"安心慌了："尚晋，这个问题打住吧。"尚晋仍固执地说着："不，这个问题很有意义——是的，我父母很爱我，我也很爱我的父母，但它确实不值一提。除了极个别的精神病人、变态，以及认知有障碍的人群，爱就是一个底线。我不是挑战人类底线，我是要夯实人类底线。爱从来都不是一个高度，它是一个底线。我们不能突破这个底线。爱不是用来仰望和提升的，爱是动物和灵长类动物的基础性物质，它维系了人类以及一切生物的发展，但不要指望它来解决问题。如果爱就能解决问题，我们要法律、武器、警察、法官、律师、制度这些东西来做什么？"

女士："歪理邪说！"

尚晋："如果爱能解决问题，当时他们就不会把魏晓丹送给别人。他们为什么要把魏晓丹送给别人，因为他们靠理智得出了结论，把魏晓丹送给别人，能解决家里的一部分问题。那么，今天，我们依然需要靠理智来回答魏晓丹该不该回去的问题。一、她回到亲生家庭，但让她养父养母继续提供她的学费。你觉得这公平吗？你觉得这就是爱了？二、她回到亲生家庭，一家人继续贫困的循环，你觉得她们每天靠爱就能活下去？"

女士："我说了，我公司负担治疗费用和上学费用。"尚晋："我也说了，你垮了怎么办？"女士："你，你怎么诅咒我公司垮掉！"尚晋："请理智一点。我说的是如果。而且，即便你垮不了，你也要尊重当事人的选择。她回去就是爱，她留在养父养母家里就不是爱了？"女士："她完全可以在两个家庭中走动。享受双重的爱。"尚晋："如果她愿意，我支持。但她不愿意。"女士："你作为调解员，要说服她愿意。否则要你这调解员干什么？"尚晋："我不违背任何人的调解意愿和个人意志。"女士："你已经违背了这个家庭的调解意愿，人家本来的调解意愿是什么？是要认女儿回家！你不让人家认，你什么意思？你有人情味儿没有？"

安心试图打圆场："大家不要人身攻击，都消消气儿。今天的主题是讨论这亲该不该认，咱们别跑偏。说到哪儿来着尚晋？"

尚晋："我说我没有违背调解当事人的意志。从想认女儿回家到不认，是他们自己做出的决定。我只是摆明事实，这叫辨法析理，希望当事双方胜败皆服。只要我们摆脱掉对爱的沉溺和依赖，我们就能做出理智的判断和选择。实际上，天天嘴里说爱的企业和个人我都是很警惕的。打着爱的旗号做事的人，绝大部分是骗子。传销组织一直都这么干。警惕啊人们！”

女士：“我听不下去了！退场！”说着果真起身气冲冲离开了。

尚晋：“好。让我们离开本能的爱，谈一下怎么处理这件事情。今天我请来了真爱清尘公益组织机构的负责人之一艾明老师，现在，让他说几句。”

艾明从第一排站起来，拿过话筒：“大家好。这位女士您好。首先向您的父亲不幸患上尘肺病表示慰问。真爱清尘致力于尘肺病病人的寻找与救治，包括医疗方法的改进。尚晋先生把您的资料拿给我们了，我们会关注您的病情，为您提供一切帮助，节目录制结束以后，我们这边的工作人员会联系您，给您提供必要的检查、救治和帮助。我们也希望跟您那里其他的尘肺病病人联系上，我们会提供我们力所能及的帮助。我们不会放弃每一位尘肺病病人。”

大女儿站起来鞠了一躬：“谢谢您！”

场内响起了经久不息的掌声。

安心忧心忡忡。

晚上，李双全、李貌、尚晋、万山红在吃饭。

李双全笑呵呵看着尚晋，亲切地问：“录得怎么样？”尚晋叹气：“砸了。”万山红抬起头：“砸了吗？我觉得录得挺好，下次我还去。”尚晋郁闷道：“我估计没下次了。”

李双全又道：“饭后咱们来几局？”尚晋连忙婉拒：“甘拜下风。甘拜下风。”李双全一笑：“哪里哪里，不要谦虚，你的棋艺是可以的，非常有可能赢我。”尚晋无奈：“我真不如你。”

李貌对两人关系的亲切感到很奇怪：“你们这聊什么呢？”李双全一脸无辜的样子：“我想跟尚晋学习一下象棋。尚晋藏招儿呢，躲我。”李貌信以为真，对尚晋说：“你就教一下李掌柜吧。”李双全偷乐。

常有丽一家三口也在吃饭。

马得路边吃边说：“自从丢了呼噜，妈您这饭做得就没滋没味了。”常有丽面露不悦：“我还能做就不错了。你还挑我的理了？”马得路连连摆手：“不不不，我是钦佩你跟呼噜的人狗情未了。”毛毛劝慰着：“您就别琢磨呼噜了，就想想去哪儿旅行吧。”常有丽叹了口气：“我不琢磨呼噜了，指定是找不回来了。我现在要琢磨一下万山红，我要给呼噜讨回一个公道。另外呢，在给呼噜讨公道的同时，我也不能闲着，我准备把考驾照的事儿捡起来。”

毛毛和马得路互相看了看，没说话。

常有丽不依不饶地说着：“这考驾照呢，其实也是跟万山红作斗争。万山红这一辈子，就一个地方比我强，就是会开车。其他哪点儿都不如我。所以我还是得把驾照学出来。她开了一辈子车，退休了没车开；我一辈子不会开车，退休了，学会了开车，把车开。这样也能气气她。”

毛毛无奈：“妈，您就别学车了，都学了好儿回了也没学会。”马得路补刀：“都五六年了。”常有丽撇撇嘴：“人家是包教包会，不管多少年，只要没学出来就可以去学。我查了，那学校还没垮。今儿我已经打电话了，要求继续学！不害呼噜，我给她留个优点；害了呼噜，我地毯式覆盖她碾压她。”

马得路、毛毛面面相觑。

常有丽又对毛毛说道：“还有你，赶紧给我把孩子怀上！抢李貌前头！”毛毛放下筷子：“你俩的事儿，牵扯我们下一辈儿干吗！”常有丽咬牙：“我要跟她全面开战！”

吃完饭，李双全、万山红进房休息去了。

尚晋打扫卫生拖地。李貌坐在沙发上发呆。

尚晋拖地拖到李貌脚下，李貌把脚抬起来。

“李貌同学，这么懒不好吧？我一个人当然能干，但你是不是也得动换一下身子骨啊？我怕你胖了以后自己不喜欢自己了。”李貌并没在意尚晋的话：“坐。”“我还没拖完呢。”“坐下。我有事儿跟你商量。”

尚晋只好坐下：“你吩咐。”李貌一脸严肃：“尚晋，有件事儿我一直觉得不太对劲儿。”尚晋一愣：“什么事儿？不是我做错什么了吧？”李貌白了一眼：“别自作多情。我说的是尚掌门和管副科长给咱们抵押掌门大印的事儿。这事儿，不妥。”“怎么不妥了？”“咱们这不成啃老了吗？最近我就一直琢磨，这大印，咱们要给尚掌门赎回来。”“咱俩现在没这么多钱啊。”“攒啊。”尚晋惭愧地说：“我工资就这么多，攒也攒不了多少。”李貌爽快地回应着：“你能攒多少攒多少，我们工作室最近活儿挺多的，不愁。”尚晋感激地看着李貌，竟有些语塞：“李貌，谢谢你。”李貌听着别扭：“跟我说这么生分的话啊？拿我当你媳妇儿吗？”

尚晋搂住李貌就亲：“现在就拿！”

李貌一把推开尚晋：“别这么腻歪！赶紧拖地！”

第二十九章

管红花给尚晋打来电话，说青岛婚宴已经安排妥当，定在这周六也就是后天晚上，一共订了四十桌，让尚晋、李貌务必周五晚上之前赶到青岛。

尚晋连忙通知了李貌和李双全、万山红。李双全伤势未愈肯定去不了，万山红本就不想去，借口要照料李双全脱不开身，也不去了。

万山红心里闷得慌，去了减压室，对着假人一通打。

尚晋站在一旁小心翼翼地问："万师傅，呼噜真是你给打跑的吗？"万山红气喘吁吁："怎么，你不相信？我踩了一辈子油门，我踢不飞条狗？"尚晋连忙解释道："我不是质疑您的能力。我是想说，你是个善良的人，不会死命踢的。"万山红咬牙道："那是因为我没发狠。"尚晋笑着说："万师傅，发狠也踢不过去。那墙我去看了，也试了，别说一只狗，一只鸡踢过去都够呛。"万山红转过头看着尚晋："你跑去试验这个干吗？就没点儿正事了。""这就是我的正事。派出所把这个事儿转到我这儿来，我就得处理好。""这还真成了你的事儿了？"尚晋微笑着点头："当然是我的事了。您要是支持我的工作，您就把事实真相告诉我。"

万山红沉吟了一会，说道："我是被常有理冤枉的。我根本没踢那狗。那狗一扑我我就吓跑了，我哪还敢踢它？"尚晋一脸迟疑："冤枉你你为什么不反驳呢？以前你跟常有丽都是据理力争针锋相对的啊。这次怎么不斗争了？"万山红一咬牙："因为我就是想那么干的。"

尚晋愣了，一时不知道说什么。

万山红顿了顿，继续说道："以前常有理冤枉我，我反驳，因为那都是没影儿的事儿；这次她冤枉我，虽然我没干，但是我想这么干，这是有影儿的事儿。所以，她一冤枉我，我就承认了。我就是几次想把她的狗给踢飞，给她踢没影儿了！我没干，是因为没这能力，不是不想。所以，她冤枉，也不算冤枉我。所以，我根本不反驳。你懂吗？"尚晋点点头："虽然绕，但我懂。"

这时外间传来声音："有人吗？"尚晋回应："来了。"赶紧出去了。

万山红也停了手，躺到减压沙发上休息。

来人是个中年男子，问尚晋："你就是社区调解员？""对。您哪位？有什么事儿？""我是行万里驾校的校长，这是我名片。请问常有丽女士是您这社区的吧？""对。她是我们社区的。"

减压室里的万山红一听到常有丽的名字，噌地起身走到外间，坐到一旁认真听了起来。

校长苦着脸："这位常有丽女士六年前在我们那儿报名学车，我们那会儿报名学车的待遇是包教包会，只要学不会可终身教学。这位常女士来学了几次，效果都不好。因为只要一有情况，她就捂住眼睛尖叫。我们换了多位教练员，甚至她来学的时候，给她请了心理辅导员，全都不好使。"

万山红差点乐出来，赶紧忍住。

尚晋有些迷茫："那您来这儿的意思是？""我想请您跟这位常女士协调一下，让她别再学了。"尚晋一听："明白了。有个问题需要问您一下，这个终身包教包会是常有丽女士报名时的规矩吗？现在还是不是这规矩？"校长解释道："常女士报名之前一直都是这样，她报名学车以后我们就把这规矩变了。我们之前从来没遇到过一个人学车真学不会这样的情况。"尚晋又问："你们能退多少钱给常女士？"校长爽快地说："只要她能不学了，我们愿意退百分之六十；如果她能下决心永远不学车了，就是不光不在我们这儿学，也不在其他地方学了，我们全退。"尚晋惊讶："这是为什么？"校长一脸忧虑："她这种情况，就是最后勉强学成拿到了驾照，也是一个马路杀手啊。"尚晋竟有些感动："您非常有社会责任感，我代表路人谢谢你！"校长问道："您会帮我们调解吗？"尚晋点头："全力以赴。"

李貌正在上班，奶奶突然打电话过来，叫她过去一趟。李貌不敢怠慢，赶紧跑了过去。

李貌关心地问："奶奶，什么事儿？"奶奶笑着说："青岛我不去了。"李貌有些意外：“为什么？您怕我们不带你？票都给你买了。”

奶奶在李貌身上点了个赞：“我不去了。票退了吧。”李貌不解地问：“奶奶，您怎么了？”奶奶叹气：“我老了。以前没觉得老，最近觉得老了。”

李貌抓起奶奶的手：“奶奶，有什么事儿您跟我说。”奶奶有些担心：“我说了，别把我送医院里去好吗？”李貌点头：“好。”奶奶顿了顿：“最近，有些事儿我记不起来了。”“健忘。你们这年纪的人都这样。”奶奶语气中有些无奈：“三十年前的事儿记得，三天前的就记不准了。还有，好多人我忽然就记不起他的名儿了。我只能冲人笑。有时候，我自己的名儿我也记不起来了。”

李貌看着奶奶，心里忽然一阵难过，说不出话。

“我就不跟你和尚晋到青岛了，别给你们再丢人。我要再一兴奋出点事儿，你爸还不得剋你们啊。”李貌心酸地回应：“嗯。那我们回来给你带螃蟹吃。”奶奶笑了：“好。还有两件事儿，我得跟你说。”“您说奶奶。”“你跟我来。”

奶奶拉着李貌进了卧室，从衣柜里掏出一个小箱子，拿出一张存折。

“密码我告诉你，我怕我以后忘了。”“奶奶，您这个密码我知道。上次在医院，您就告诉过我一次。还告诉李才和我爸了呢。”奶奶狡黠地一笑：“从医院回来，我觉得自己好了，我就去银行改了。”李貌也笑了。

“密码是654321。”李貌惊讶道：“您这密码也忒简单了。”“嗯，人家银行都不给我改，我说复杂的我记不住了，人家才给我改。你记住喽，这个密码我不再改了。”“好。”“还有这个。”

奶奶又从衣柜里取出一身衣服。

“等我走那天，你记着，一定给我穿这一身衣服。”李貌忍住眼泪：“奶奶，您大白天的跟我说这个干吗啊！”奶奶：“我怕我明天就忘了这事了。我现在每天都忘很多事儿。还有，交代给别人我也不放心。就你最听我的话。”李貌点头：“奶奶，我记住了。”

奶奶又看着李貌，拉住李貌的手：“千万别把我送医院去。”李貌心情有些凝重：“嗯。那您也得答应我，以后别出去领东西了，别再给我走丢了。”奶奶不好意思地笑：“好，好，不领了，不领了。”

奶奶又小心翼翼地把衣服放回柜子里，将存折搁回到箱子里。李貌看着奶奶，眼中噙满泪水。

中午，尚晋买了盒饭去工作室和李貌一块吃午饭。李貌说奶奶也不去青岛了，两人一合计，干脆开车去，时间自己好把握。又说起奶奶给她存折的事，李貌又伤心起来，饭也吃不下了。

李貌难过地说：“奶奶以前从来不说这样的话。”尚晋安慰道：“那是因为奶奶以前不老。”李貌站起身：“不吃啦，去奶奶家！”

李貌拉着尚晋去了奶奶家。奶奶很高兴，拉着两人坐到沙发上。

尚晋说道：“奶奶，现在我教你跟貌貌一个游戏，看谁能先学会。”奶奶兴奋地像个孩子：“好！好！”又对李貌说：“你别让我！”李貌眉毛一挑：“我才不让呢！”尚晋一乐：“这个游戏叫枪打出头鸟。来，跟我学。”

尚晋举起两只手，握成拳头，突然一手变成手枪状，另一只手伸出一根指头。

“一枪打一鸟。”

然后双手互换。接着一根指头变成两根、三根、四根、五根。

尚晋一边动手，一边动嘴：“……一枪打两鸟，一枪打三鸟，一枪打四鸟，一枪打五鸟。”

李貌和奶奶慢慢学。奶奶手指没那么灵活，李貌也假装笨拙地学着。

尚晋笑着说：“奶奶，给您个任务。”奶奶点头：“保证完成任务！——什么任务？”“一天必须打满五百只鸟！”奶奶问：“貌儿每天完成多少只？”“她也是五百只。”奶奶不服气：“那我六百只！”

从奶奶家出来，李貌好奇地问：“你这办法管用吗？”尚晋信心满满：“十指连心，心随意动，左右协调，上下疏通，一天打满五百只出头鸟，延缓头脑衰老。”李貌责怪道：“你怎么不早点教奶奶？”尚晋笑：“我也是刚学到的。”

两人定好次日中午吃过午饭就出发，大概晚上八点能到青岛。李貌想把车送去4S店检修一下。尚晋说：“上个月刚保养的，没必要再送去一趟。我自己检查一下就行了。”李貌不放心：“我不相信你哎。”尚晋调侃道：“不要相信我，要迷信我。”李貌白了一眼：“迷信你也行。但明天得让我开啊。我就想跑个长途风驰电掣一下。”尚晋点头：“你开三分之二，我开三分之一。”李貌一听不满地说：“哎你就不能让我一下啊？”尚晋油嘴滑舌：“我让你可以，但我也心疼你啊。”

李貌抿嘴笑。

“再说了，我还得保证咱俩的安全呢，我不能让你疲劳驾驶。”李貌开口就来：“就开趟青岛，疲劳什么啊，我一脚油门就轰过去了。”尚晋乐了：“结婚以后，怎么发现你越来越不靠谱了？说话怎么跟李才似的不靠谱了呢？”“后悔了吧？”“没事儿，我慢慢改造你吧。”

傍晚，尚晋把常有丽约到咖啡馆，请她吃烤串喝啤酒，拐弯抹角劝她别去学车了。

常有丽不乐意：“凭什么不让我学啊？”尚晋解释道：“不是不让您学，是觉得您不适合学，跟您商量一下。”常有丽皱眉：“不适合？多少比我笨的人开着四个轮子满世界跑啊！还有不如我的人开四个轮子开了一辈子呢！我之前就是没用心，我要一用心，没我学不会的！”尚晋：“有些事儿，越努力越邪乎！”

常有丽拿起酒瓶直接灌了几口。尚晋也拿起酒瓶想喝，被常有丽喝止了。

“慢着！你少喝几口！”“怎么了？”“别没点数儿。等李貌怀孕了你再尽兴喝。”尚晋一愣：“哎。好。”赶紧放下了酒瓶。

常有丽固执地说：“我必须学。这次我必须学出来。我准备买一辆吉普车，但不是李才那么便宜的。”尚晋无奈只好明说：“阿姨，人家愿意退钱。”常有丽脱口而出：“我不缺这钱——退多少啊？”“如果您不在这儿学了，退百分之六十；如果您哪儿都不学了，退百分之百。”常有丽一听气上来了：“合着没本事教会我，还不让别人教我了？这是法西斯行为。”尚晋忙劝道：“阿姨，您心里明镜儿似的，这不是法西斯行为，这是为了保护您！您都学了几次车了，您自己最清楚具体状况。再说了，坐车多美呀，自己开多累。”

常有丽平复了下情绪：“让我想想。我倒也不一定非要开车——你那丈母娘害我呼噜的事儿呢？怎么说？”尚晋心里有底了：“万师傅没有害您的狗，也没有踢，她当时被您那呼噜给吓跑了。”常有丽一脸茫然：“那她为什么承认啊？不是她害的她有胆儿承认吗？她会让我平白无故冤枉她？”尚晋说道：“我给您放一段录音吧。”

尚晋掏出手机，播放了他跟万山红在减压室里的对话录音。

常有丽默默听着。

尚晋看着常有丽：“你们俩，明争暗斗了这么长时间，该和解了。”

常有丽没说话，拿起酒瓶猛喝了一大口。

次日中午，尚晋、李貌开着车出发了。李貌坐在副驾驶练着枪打出头鸟，又想起奶奶。“你说奶奶会在家打吗？”尚晋肯定地回应：“会。”

毛毛开车拉着苏洁去建材市场挑选装修材料。开着开着，毛毛忽然觉得不对劲，看着后视镜："苏洁，后边有辆车怎么老跟着咱们？"苏洁一愣："哪辆？""右后方第三辆。黑色的。"

苏洁扭头看了一下："你谍战剧看多了吧，它跟咱们干吗啊。"毛毛也觉得奇怪："我哪儿知道，我从通惠河上四惠桥，就发现它了，我上了三环，又发现它了。这么巧？"苏洁又问："你怎么发现的？""那个车上车窗的贴膜我上大学的时候代理过，我就多看了一眼。"苏洁不屑地说道："贴膜不满大街都是。""那个牌子早都停产了。不知道这辆车为什么还用这老古董。""看来这车跟你有缘啊。""我开车这么多年，没发现拐这么多弯还一块走的车。""你试试不就知道了。""怎么试？""你临时找个出口出去，看它跟不跟。它跟，就是跟踪；它不跟，就是巧合。"

毛毛一打方向盘："就这么干！"苏洁被闪了一下，赶紧抓住扶手："哎哟，你还真这么干啊！"

车子驶上了辅路，两人再回头看，没有了那辆黑车。

苏洁苦笑："毛毛姐，你真是属曹操的！""什么意思？""疑心重。"毛毛反击："那你就是属手电筒的——只知道照别人不知道照照自己！"

两人一路说说笑笑，很快到了建材市场。停好车，两人进了市场——那辆黑车鬼魅般地追踪而至，无声地停在了停车场的偏僻处。

毛毛和苏洁边逛边聊着。

"既然你不想辞职了，你就得多跟着我学着点儿啊，得能独当一面啊。"苏洁摇摇头："这些材料名儿我都记不住。以后我还是得从事文艺工作，就跟李才哥那样。"毛毛一脸不屑："文艺界的事儿靠得住吗？李才和尚晋去做节目我听说被怼回来了。还是学门实打实的手艺傍身吧。你只要好好干，我跟李貌商量一下分你点干股。"苏洁不以为然："让我再不靠谱一段时间吧。"

逛完，毛毛驾车带着苏洁往回返。开着开着，变道的时候毛毛无意中一瞥后视镜，竟然又发现了那辆车。

毛毛看了一眼苏洁，苏洁正低头打游戏。毛毛想了想没说什么，一打方向盘，突然拐上了一条小道。再看，后边那辆车又消失了。毛毛有些恍惚。

晚上，毛毛和马得路上床准备休息。

毛毛忍不住说了："得路，我跟苏洁今天去建材市场订货，发现有辆车跟踪我。"马得路觉得很好笑："跟踪你？谁会跟踪你？""苏洁也看见了。""你说说。"

毛毛一脸严肃："我去的路上，它一直跟着我，苏洁跟我说突然变个道试试，我就上了辅路，这车就不见了。""苏洁这不是给你排除了嘛。""但我回来的路上，它又跟我后边。""苏洁看见没？""我没告诉苏洁，我就又变了一条路，它又不见了。"

马得路难以相信："你确定没看错？是一辆车？"毛毛很笃定："没看错。绝对是一辆车。"毛毛说着有些担心："你最近没得罪什么人吧？"马得路一乐："我人畜无害，得罪谁啊。"毛毛迟疑道："那谁会跟踪我？"马得路不以为然地说："我认为，要么你看错了，要么是巧合。"

毛毛还是忧心忡忡。马得路安慰她："别想了，明天我跟你上路去看看。我就不信，谁敢跟踪常有理的闺女！"

次日下午，毛毛开车带着马得路满大街转悠，警惕地观察着前后左右的车辆，结果转悠了一下午一无所获。毛毛有些沮丧，马得路自嘲："行，今儿就当咱们北京一日游了。"

晚上，马得路、李才、苏洁、毛毛几个人一块烧烤喝啤酒。马得路谨遵常有丽的命令滴酒不沾。毛毛则心事重重地喝着饮料。

箱子姑娘的歌声隐约传来。是她的原创歌曲《箱子姑娘》。

马得路煞有介事地对李才说："你让箱子姑娘多写点儿。《箱子姑娘》挺好，点的人也多。我觉得就得多写点苦情歌曲，苦情歌曲很多年没火过了，只要箱子姑娘写得够苦，我给炒成大 IP。"李才一脸不屑："创作的事儿你不懂。不要乱指挥。"马得路眉毛一扬："怎么不懂？我跟刘总正合作开发大 IP 呢。你的生态化变式发展人家刘总认为行不通，还是得航空母舰式发展。刘总那儿有一千万大 IP，全部开发出来是多大的规模？多大的利润？"李才冷笑："别不识数，中国统共有一千万部小说吗？"马得路争辩道："网络小说。我们指的大 IP 就是网络小说。那是海量的。"李才挖苦："海量抄袭的吧。《挖坟启示录》的教训还不够啊。"

马得路心有不服："我现在跟刘总共享他的 IP 仓库。他的 IP 仓库全部向我开放。苏洁，你不是想当编剧吗，我挑一部 IP，你来负责改。我让你一炮走红。"苏洁并不感兴趣："我不改。我要写原创。"马得路劝说："你傻啊，以后不需要传统意义上的编剧了。你这么写下去就是死路一条。苏洁，我现在给你指一条生路——"李才打断："得路，不要轻易给别人指生路，因为这意味着别人不行了。传统编剧我认识好多，人家都活得挺好啊。"马得路嘴硬："那是以前，现在不行了。”李才无奈道：“那我听听你的生路。”

马得路郑重其事地说道：“我跟刘总商量了，我们要对中国影视界进行颠覆性操作，我们要洗牌。比如，我们不会再请任何专业编剧，不需要。”苏洁惊讶地问：“不要专业编剧？那你拍什么？”“我们会请 IP 的贴吧吧主和无数的同人小说作者，挑最优秀的十个人组成一个小组，我不用你们写剧本，就是写故事，跟杀人游戏一样不断淘汰，最后肯定会剩下一个人。那个人必然是写得最好的。对吧？”

李才嗤之以鼻：“你们这是养蛊啊。”马得路说得头头是道：“剩下的这个蛊，不，这个人，我们重金奖励。然后由他执笔，把大纲写完，他就退出了。这时候我们就找导演，在导演的带动和指挥下，我们再找几个专业编剧一起创作。”

苏洁听得一头雾水：“得路哥，我不是很明白，不是已经养了一个蛊出来了吗，为什么还要再找其他人，让这个蛊写完不行吗？”马得路左右看了看，对苏洁说：“苏洁，文艺界的事儿，出去别乱说啊。”苏洁立刻保证：“我也是文艺界的。我会维护文艺界的。你放心。”马得路眼睛一亮，狡黠地说：“这个其实是我跟刘总的一个谋略。如果让这个蛊从头到尾写完，他就有版权了，对于我们以后操作，非常麻烦，不管干什么，总得他授权。他只参与一部分，他没有版权；后边的编剧、导演都参与一部分，同样没有版权。他们只有获酬权和署名权。这样的结果是什么？是我们拥有全部版权！接下来的时代是什么时代？版权时代！是我们理想胡同和日不落的时代！”

李才听不下去了：“马总，听人一句劝，一辈子吃饱饭。我得劝你一下，这个 IP 风气我也了解，我认为是个陷阱。你刚才说的一千万部 IP 在我看来也就是五部，分别是：满朝文武爱上我，两百万件；黑白两道爱上我，两百万件；霸道总裁或霸道皇帝爱上我，两百万件；大长腿高富帅傻白甜爱上我，两百万件；鬼吹灯鬼吹蜡鬼吹号，两百万件。”苏洁一脸崇拜地看着李才：“哇塞！李才哥，精辟！我粉儿你粉得没错！”自己扬臂高呼：“李才，李才，推开心灵雾霾！”

马得路悻悻地看着苏洁：“再拍马屁也没用，你李才哥喜欢的是箱子姑娘。”苏洁仍陶醉着：“我这是发自内心地拍。因为我是李才哥不过脑子的粉丝。”马得路不屑地摇摇头：“这不就是脑残粉儿嘛——李才，不要嫉妒 IP，我们的 IP 大业成了之后，也有你一份。我还可以再进一步告诉你一个秘密，以后没有 IP，根本拍不了电影电视剧。我们占的，就是这个先机。”李才冷笑道：“得路，我也可以告诉你，只有一种情况下拍不了电影电视剧。”马得路问：“什么情况？”“没有电的情况下。”

马得路气呼呼地看着李才：“嫉妒，你还是嫉妒。你还是不懂 IP，IP 是什么？是知识财产。”李才调侃道：“IP 在我看来，翻译成汉字儿，就是俩字，挨揍的‘挨’，被雷劈的‘劈’。IP 就是挨劈。”马得路心有不服：“等我把你打造成大 IP 的时候，你就知道 IP 的威力了。”李才不以为然：“别咒我。你才挨劈呢。”

毛毛突然插话：“我还是觉得有人跟踪我。苏洁都看见那辆车了。”苏洁有些迟疑：“我是看见那辆车了，但你一变道，人家没跟上来啊。要是跟踪，它是不是得跟上来？”毛毛表情凝重：“回来的路上我又看见它了。”苏洁惊讶：“回来路上我没看见。”

马得路安慰道：“毛毛，你最近压力太大，别太拼了，我这边 IP 大业一成，先把你跟李貌这工作室收购了，把你们打造成全世界最好的工作室！你们就是 IP！”毛毛白了一眼：“在我成为 IP 之前，你得保证我的安全。”马得路立刻表态：“绝对保证！你负责幸福，我负责保证你幸福。”

尚晋、李貌八点多到了青岛。管红花向尚晋、李貌简单说了一下明日婚宴的安排。李貌给万山红打电话报了平安，问李掌柜身体如何，万山红说一切正常。

李双全这会儿正在客厅练字，万山红在看电视。

正写着，李双全手机振动，进来一条微信。李双全查看，是徐子雯发来的：“双全，房子我想收回，明天那儿见。可否？”李双全迅速回复：“可。下午两点。”发完李双全照旧删掉了对话，偷偷瞥一眼万山红，万山红跟着电视在那儿傻乐，似乎根本没注意李双全的动静。

次日中午，万山红又坐在阳台吊椅上看《资本论》。

李双全看时间差不多了，收拾好准备出门。

李双全朝阳台喊了一声：“山红，我遛弯儿去了。”

万山红“哦”了一声，头都没抬。等李双全出了门，万山红一跃而起，扔下《资本论》，匆忙拿起包和手机跟着出了门。

万山红远远跟着李双全出了小区，见李双全上了一辆出租车。等出租车驶远，万山红立即也上了一辆出租车，打开苹果手机上的查找我的 iPhone 软件，一边查看李双全的行进路线，一边向司机下达指令：“直行。”“前方左转。”“直行。”

司机忍不住问道：“您没个准地儿啊？”万山红头也不抬：“没。右转右转！”

李双全乘坐的出租车停在了琉璃厂大街附近的胡同里，李双全下了车，向老房子所在的四合院走去。

过一会儿万山红的车也到了。万山红下了车，跟着手机上显示的移动轨迹走到了四合院门口，抬头一看，明白了点什么。

这时手机上的移动轨迹也停止了。万山红想了想，迈步进了院子。

房间内很静。阳光穿窗入户。

徐子雯还没到。李双全拿着扫把和簸箕在卧室里扫地。

万山红轻手轻脚走到正房门口，略一迟疑，推门而入。

卧室内李双全听到门响，叫了声："来了。"

没人应。李双全直起身来，一回头，目瞪口呆。

万山红站在门口，浑身哆嗦："谁要来呀？"

李双全方寸大乱："你，你怎么来的？"

李双全拿出手机，想发微信给徐子雯叫她不要来。

万山红却劈手夺过手机："不管是谁，总得让我认识一下吧。手机我先保管。我参观参观，还没住过平房呢。"

万山红走进卧室，扫了一眼，打开立柜，看见了李双全的衣服，那件比武的衣服也挂在其中。万山红又看看墙上的照片。看完，又去别的屋子看了一圈，这才回到堂屋，坐到沙发上。

李双全在卧室里如同热锅上的蚂蚁急得团团转。

万山红叫道："出来坐吧。在自己家客气什么。别打扫了，已经挺干净了。"

李双全硬着头皮从卧室里出来，坐到沙发上。

万山红环顾四周："挺好，很温馨。跟你认识这么多年了，除了做饭，没见你干过家务活儿，在这儿都学会扫地了。那小姿势，扫得多带劲啊。不简单，不知道她是个什么样的女人。我得参观学习一下。"

李双全低着头不说话。

这时门开了，徐子雯推门进来。

徐子雯一愣，没想到屋里还坐着个女人。但她迅速认出了万山红。

徐子雯礼貌地打招呼："万女士，您好。我是徐子雯。李双全前妻。"

万山红没想到是她，愣愣地看着徐子雯："你不在美国吗？你们俩偷摸复合了？"李双全连忙解释："没有偷摸——"万山红转过头问："是光明正大？"

徐子雯勉强微笑着解释："万女士，是这样，这个房子离婚的时候归我，但我人在美国，就找双全帮我照料一下。最近我回国做项目，想着这个房子也不能老是这么空置着，今天想把这房子收回来，我另有打算。"

万山红看着徐子雯："这小三十年就是他在看着这房子？"徐子雯点头："对。"

万山红转头看着李双全，一副难以置信的表情："从跟我结婚前到今天，你都在看着这房子？"李双全顿了顿："……对。"

万山红一下子泄气了，喃喃自语："你们真会玩儿啊。"

说完站起身，把李双全的手机往茶几上一搁，推门出去了。

李双全、徐子雯面面相觑。

万山红快步出了胡同。走着走着，万山红忽然感觉浑身无力，顺势坐到马路牙子上，不知不觉已是满脸泪水。

徐子雯坐到了沙发上，看着李双全："她怎么来的？"李双全沮丧道："我也不知道。估计是跟踪了我。"

李双全掏出钥匙搁到茶几上："这是钥匙。我的那些衣服你给我收拾一下扔了吧。"徐子雯看着李双全："你怎么不问我怎么处理这房子？"李双全淡淡地回应："这跟我没关系。""有关系——我还是要把这房子过户给李才。""我不同意。""这是我的房子。我说了算。""你过户给他，就是害了他。"徐子雯急了："我不能再听你的了，听你的我就失去他了。他根本不回我短信，不见我。你又不帮我，我怎么办？双全，我只有这一个孩子，我不能失去他。"李双全摇头道："李才不会不认你的。现在也不是我不帮你，是这个时候你跟他见不合适。我想先找个时机，把你回来的消息让大家知道，然后再给你联系见李才，最后把你开发幸福里的事儿透出来。这得有层次，有先后。现在，唉，乱套了。"

徐子雯沉默了一会儿："你回去怎么跟她解释？"李双全叹气："有一说一吧。""谢谢你这么多年帮我照看这房子。""是我应该谢谢你。"徐子雯一愣："谢我什么？"

李双全没说话，抬头扫视着房子，内心百感交集。

下午四点，李貌、尚晋在家做出发准备。李貌换上了旗袍，尚晋换上了西装。管红花和尚得志也都打扮得焕然一新。

管红花略微有些失望："李貌，你没带婚纱来啊？"李貌不以为然："没有。上次那婚纱是租的。”管红花迟疑了一下：“现在租来不及了吧？”尚晋一笑：“这哪儿来得及。妈，今儿其实是你跟我爸的大日子，我俩就是走走过场。”管红花一脸严肃：“今天各级领导，远近亲戚，新朋旧友都在，必须得重视起来。”尚晋笑道：“李貌这旗袍，压得住场。”李貌转过身：“你拍几张照片发群里。”

尚晋拿出手机给李貌、管红花、尚得志拍了几张照，发到了家庭群里。

万山红一个人失神地坐在阳台吊椅上，发了会儿呆，拿出手机想给李貌打电话，看见了家庭微信群里李貌等人的照片，想了想又把手机放下了。

婚宴预订六点开始。管红花、尚得志和李貌、尚晋早早赶到酒店等候。五点多时喝喜酒的人陆陆续续来了一些，都是尚管两家的亲戚和一些老朋友。管红花之前说的领导和老同事一个都没来。

眼看已经到六点了，整个大宴会厅里只零零落落地坐了三桌。管红花急得团团转。一个亲戚随口感慨：“人一走，茶就凉啊。”管红花无言以对。尚得志也是一个劲地唠叨：“这是什么买卖！这是什么买卖！”

尚晋、李貌心知不妙，赶紧安慰管红花。

李貌劝说道：“妈，无所谓，来多少人就吃多少人呗。”管红花长叹：“滑铁卢，滑铁卢呀——通过这件事，我才真正看清这票人啊。”

这时宴会厅的经理王总过来了，问：“管科，时间到了，开不开席？”管红花心情跌落到谷底：“王总，因为请柬环节出了点儿问题，来不了那么多人了，来几桌就上几桌的菜吧。”王总为难：“管科，我们是照四十桌备的料，有些菜都已经做了。要是就差个几桌，我就给您抹平了，这差了三十六桌，我没法抹。”管红花无力地回应：“都是老交情了，你看着办吧。”王总：“好的。”管红花又问：“能给换个小厅吗？”王总：“小厅都满了。”管红花：“那就开席吧。”王总点点头：“好的。那婚宴仪式还照常吗？司仪已经准备好了。”管红花想了想：“免了吧。一切从简。”

婚宴草草开始了。三桌人冷清地在四十桌的宴会厅里吃着饭，场面安静而尴尬。

管红花面色悲凄，几乎没动筷子，手在桌子底下不断发抖。李貌不忍，伸手握住了管红花的手。

婚宴没一个小时就结束了。回到家，管红花径直进了卧室，往床上一倒，蒙着被子痛哭失声。

尚得志在旁边好言安慰："你都混了这么多年政坛，你还不清楚怎么回事儿。"管红花悲愤道："奇耻大辱！奇耻大辱啊！——你让我哭一会儿吧，否则我就憋死了！"尚得志无奈："好。那你就先哭一会儿。"

尚得志回到客厅，和尚晋、李貌坐到沙发上。

李貌有些担心："要不要我进去陪一下？"尚得志摆摆手："没事儿，哭会儿就好了。人有的时候就得靠眼泪喷一喷。"尚晋不解："我妈人缘儿这么差啊？不至于吧？"尚得志感叹道："不带劲，不带劲。这不是人缘儿的事儿，这是个人情的事儿。名单上这些人都是以前我们随过份子的，按说不至于不来啊。"又朝李貌："见笑了，让你见笑了。这买卖砸了！"李貌小心地问："爸，损失很大吧？"尚得志沮丧地说："现在看来，物质损失倒没什么，主要是精神损失太大了。这以后没脸在青岛待了。"李貌安慰道："爸，北京欢迎您，还有我妈。"尚得志叹口气："好。看来尚晋留在北京是对的，否则现在都没地儿投奔啊。"

尚晋问："爸，我们明天一早就回了。你们跟我们一块回吗？"李貌说道："咱们一家四口正好坐得下。一人开一段，傍晚正好回家啃李掌柜的蹄花儿。"尚得志摇头说："不了，我们再待几天，把跟酒店的账算一算。咳，这是什么买卖。"尚晋没再说什么："好。那我们就先回。"尚得志嘱咐着："明天你们要开长途，早点歇着吧。"

再说李双全，下午和徐子雯告别后，没敢回家，一直在外面溜达，直到夜里十点了，这才硬着头皮回家去。一进门，客厅灯黑着。李双全打开灯，却见万山红面无表情端坐在沙发上。李双全讪讪地问："还没睡啊？"万山红淡淡地说："我睡得着吗？"

李双全坐到万山红对面："山红，我跟你解释一下。"万山红打断："不用解释。"李双全继续说着："我只是给她看房子，什么事儿也没有。"万山红反问道："这还叫什么事儿也没有？看了二十多年房子，你瞒了二十多年，这叫什么事儿？"李双全无奈："怕你误会。"万山红顿了顿又问："这二十年来，你每个星期天出去快走，就是到那个房子里去了吧？"李双全默认了："山红，我向你道歉。"万山红冷冰冰地："这个事儿，道歉解决不了。"

万山红说着起身进卧室，到了卧室门口，转身又道："你就别进来睡了。我怕做噩梦。"

万山红进了卧室，反锁上了门。李双全呆坐了一会儿，在沙发上试着躺了一下，肋部又隐隐疼起来。李双全无奈坐起身，想了想，关灯出门，去了楼下奶奶家。

李双全掏出钥匙开了门，屋子里漆黑一片。李双全借着手机的亮光轻轻走到主卧门口，见奶奶躺床上已经睡着了。李双全犹豫了一下没叫醒奶奶，轻手轻脚去了另一间卧室，关好门，上床睡觉。

下午和晚上在外面转悠了几个小时，李双全又累又困，很快睡着了。到了半夜，李双全忽然惊醒了，坐起身，竖起耳朵一听，外面传来窸窸窣窣的声音，接着客厅的灯也亮了。

李双全知道是奶奶醒了，犹豫着要不要出门看看。他听见奶奶去了洗手间，接着又听见冲水的声音。李双全等了一会儿，没听到奶奶返回屋里的脚步声，反倒是冲水的声音不断地传过来，一次又一次。

李双全有些纳闷，悄悄起身，开门走了出去。只见卫生间的门开着。李双全悄悄走到卫生间门口一看，吃了一惊。

奶奶正不停地按着水箱，等水箱的水冲了下去，又满了，就再按一次，奶奶满意地听着水流的声音。

李双全恍然大悟，终于明白了为什么奶奶一个月会用掉八吨水。

奶奶按了一会儿水箱，转身向外走，李双全赶紧躲到了小房间里。

奶奶没有回卧室，却坐到了沙发上，用固定电话拨自己的手机号码。

奶奶听着固定电话里的铃声，看着自己的苹果手机屏幕。

李双全躲在一边心情复杂地看着奶奶。

奶奶回到房间，拿出自己的百宝箱，一样东西一样东西地翻看把玩。

奶奶坐在床上，笨拙地练习枪打出头鸟。

奶奶又穿上那天给李貌展示的衣服，在镜子前照。

李双全从门缝里看着。

过了会儿，奶奶竟然出了门。李双全赶紧跟了出去。

夜深人静，奶奶在空无一人的小区里寂寞地走着。

李双全远远跟在后边，看着奶奶的背影。李双全表面上不动神色，内心却如同翻江倒海，无比震动。他忽然间明白了，奶奶这些看似怪异的行为，不是因为奶奶老糊涂了，而是因为奶奶长期独居，太过孤独。不知不觉，李双全的眼睛湿了。

经过了昨天一整天的徒劳无功，毛毛稍微安了心，以为前天的跟踪惊魂或许真就是巧合。下午毛毛又开车出门去办事，开着开着，往后视镜一瞥，竟然又看见了那辆车远远地跟在自己车后。毛毛惊得差点叫出来，赶紧给马得路打电话。

毛毛惊恐万状："得路，我又看见那辆车了。"马得路一惊："真的吗？你拍下来！"毛毛声音有些颤抖："它跟得很远，我一个人拍不了！"马得路安慰道："别怕，注意安全，先赶紧回来。"毛毛："好的。"

毛毛真有些怕了，也不去办事了，掉转车头就往回走。

马得路在咖啡馆的办公室里等着毛毛。毛毛回来把刚才看到的情形一说，马得路也觉得奇怪，但也说不出个所以然来。

"得路，我在考虑，要不要报警。"马得路一脸茫然："影儿都没拍到，怎么报？就凭你几句话警察会出警？就算可以出警，到哪儿抓人去？"毛毛咬着牙："我要再看见它一次我就报警！"马得路顿了一下："毛毛，我再啰唆一句哈，真不是你的幻觉？"毛毛无助地看着马得路："真不是！你不要怀疑我，你应该怀疑是谁想害你的妻子！"马得路解释道："毛毛，我不是不关心你，是因为咱爸不就有这个毛病吗，老疑神疑鬼。他看到的东西更吓人！"毛毛无奈："我没有被迫害妄想症，我没有幻觉，我看到的，就是一辆车在跟踪我，一定是不怀好意在跟踪我！你不相信我就算了，我只能靠警察了！"马得路想了想："这种事儿，靠警察也是对的。在家靠老公，在外靠警察！只要它再出现，我陪你报警！"

李貌和尚晋一早就从青岛出发，一路没停，下午四点多到了家。两人一进门，猛然看见万山红坐在沙发上，手里竟然夹着一根烟，正吞云吐雾。李貌大惊失色，再一看李双全也不在家，心知肯定出了事。

李貌、尚晋坐下，好言安抚，万山红终于把老房子撞见徐子雯的事说了出来，说着说着眼睛就红了。

万山红伤心不已："事儿就是这么个事儿。我也不能瞒你们。"李貌劝慰着："妈，这事我爸做得肯定不对。我会找他谈话的。"万山红冷冷地说："没什么可谈的。现在徐子雯已经回来了，让他俩过吧。我腾地方。"李貌有些着急："这是您的家，您腾哪儿去！"

万山红叹了口气："昨天晚上我想了一宿，一个人，骗了你二十多年，你愣没发现什么，这个人可怕不可怕？可怕。但最可怕的还不是这个人，最可怕的是自己，因为自己太蠢了。常有丽欺负我，好歹也就是欺负我个性格；这李双全他欺负我，他是欺负我的智商啊。但凡要换个性子烈的，受这么大侮辱，就从这窗户跳下去了。”尚晋接话道：“那不叫性子烈，那才叫蠢。李掌柜瞒您二十来年，是因为您蠢吗，是因为他可怕吗？都不是。是因为李掌柜在乎您的感受。”万山红忿忿地说：“你们是没见他拿扫把扫地的样儿，那样儿真是大了去了。我一看他在那儿拿扫把扫地，我的心就死了。”

尚晋快速地整理了下思路：“万师傅，您别光闪回昨天的事儿。我给您分析一下，从逻辑上捋一遍，李掌柜根本没时间跟你说这个事儿。”万山红反问：“二十来年没时间？”尚晋没正面回答：“这房子是他跟您处对象之前同意徐子雯女士帮他照看的，对吧？”“对。”“这说明他看这个房子不是针对您，对吧？”“对。”“后来他跟您处对象，如果上来就开口跟您说，他给前妻还看着一套房子，很可能一看三十年，以您这性格，您会继续跟他处吗？”万山红斩钉截铁：“不会。”“李掌柜肯定也看出了不会。所以就没跟您说。等处了一段关系，稳定下来准备结婚的时候，不管是李掌柜，还是其他什么人，谁会在这节骨眼上放这么一雷？破坏喜庆气氛。而且说了以后，你们两人的事儿依然很有可能翻车。这时候，要确保稳定。”万山红脱口而出：“这就是骗。”

尚晋继续分析道：“这个事情的性质不是骗，是瞒。骗是主观的，恶意的；瞒也是主观的，但有时瞒具有善意和被动的性质。李掌柜对您的瞒，就是一种善意和一点点被动。他答应徐子雯看房子，也是一种善意，一种帮助。一个对前妻还有帮助的男人，首先是一个善良的人。另外，他瞒着您，是对您一种美好心情的保护。这种瞒，本身也是美好的。他跟您结了婚，再说这事儿不就破坏您的心情吗？等李貌出生，家庭迈入新阶段，就更没法提了。就这样，二十来年过去了。根本找不到跟您说这事儿的气口。李掌柜化解这事儿用的是太极的理念，以柔化刚，想把这事儿化于无形之中。”

万山红盯着尚晋看，看得尚晋心里有点发毛。

“原来你调解各种事儿就是这么红口白牙地黑白颠倒啊？你对李貌也是要这样来保护？”尚晋紧张道：“具体情况具体分析。我跟李貌不存在这个问题。”万山红哼了一声：“甭给我分析了。你们去通知李双全，找时间办手续吧。我现在什么事都想明白了，他想活一百五十岁，不是想活一百五十岁，是想把我熬死他跟徐子雯复合呢。”李貌听不下去了：“就是我爸能活一百五十岁，徐子雯能活那么长吗？你这是胡思乱想。”万山红仍固执地说：“备不住徐子雯也在修炼呢？我看她细皮嫩肉的像在修炼！我熬不过他们，我撤！”

李貌、尚晋有些无可奈何。两人悄悄一商量，决定分头行事，李貌去找李双全问个明白，尚晋在家继续对万山红进行劝解说服。

李貌去了蹄花店，推开店门一看，李双全果然在里面，正收拾打扫店面。

“爸。”“回来了？”“嗯。”“见过你妈了？”“见过了。都知道了。”“她情绪怎么样？”“要跟你离。”李双全叹了口气。

李貌看着李双全：“李掌柜，这事您做得可不局气。”李双全一脸无奈：“我什么也没做，就是帮着看一下房子。”“这还叫什么也没做啊？”李双全淡淡地回应：“这房子是个历史遗留问题，当时不想带到新生活里去，就没跟万师傅说。后来我就习惯了，每周到那儿去待一天，放空一下自己。”

李貌皱眉：“您这是另立根据地啊，事情很严重——您心里不会真有跟徐子雯复合的想法吧？前半辈子您的婚姻失败了一次，收获了李才；成功了一次，收获了我，跟生活算是打了个平手，别再折腾了。”李双全反问道：“我是那折腾的人吗？——尚晋呢？”“跟万师傅谈话呢。得解决你俩的事儿啊。”李双全感到一点欣慰：“好。让尚晋帮着给调解一下吧。”

李貌好奇：“你跟尚晋最近怎么关系融洽了？”李双全笑了笑：“尚晋没跟你说？我们是赌友了。下下象棋，输赢点小钱。”李貌恍然大悟：“哦。不准玩儿大的哈。你昨天哪儿睡的？这儿？”“你奶那儿。我悄悄进去的，也没睡着。”“怎么了？”李双全沉吟了一下：“你奶半夜就起来了。她一会儿按马桶，一会儿用固定电话打自己的手机，一会儿看她百宝箱里的东西，一会儿换衣服照镜子，一会儿用手指在那儿比画什么，折腾到天亮。我在想，她这么多年，肯定每天夜里都这样。你知道吗，她一个月按掉了八吨水。”说着说着李双全有些伤感：“我老了，会不会也是这个样子呢？”

李貌撇撇嘴：“您还是想点眼皮子底下的事儿比较好。让奶奶跟我和尚晋住吧。我们过一阵儿就搬到新房子里去。”李双全叹气道：“你奶奶她习惯一个人了。找保姆都不让。”

万山红坐在吊椅上，尚晋搬了把小板凳坐在旁边。

“忙你的正事去吧尚晋，别跟我这儿瞎耽误工夫。离是离定了。”尚晋一脸认真:“万师傅，这就是我的正事。我是调解员，有必要有责任有义务调解这件事情。”万山红不满道:“我委托你调解了吗？还是李掌柜委托你调解了？不委托你调解你就调解，是不是这叫非法调解？”尚晋苦笑道:“妈，咱们是一家人，不说两家话。我是一个调解员，我给那么多人调解了那么多纠纷矛盾，自己家却闹出一个离婚，您说我还站不站得住脚？”万山红转脸看着尚晋:“合着你这意思，当你们调解员的家属，人就不能有矛盾了？”

尚晋分析道:“矛盾是前进的动力，可以有，但不要扩大化。李掌柜犯了错误，可以批评，加以改正，但是一步就跳到离婚是不合适的。这里边有这么一些问题，你现在想着李掌柜要和徐子雯女士复合，那人家徐女士有丈夫呢？没有丈夫，那人家可能谈着男朋友呢？没有丈夫，也没有男朋友，但是徐女士并不想跟李掌柜复合呢？这些问题都需要考虑。从李掌柜来说，李掌柜给她看房子就是想跟她复合吗？显然不是，仅仅是一种出于人道主义的关怀。”万山红冷冷地哼了一声:“他怎么对我缺少这种关怀？”尚晋反问道:“李掌柜给你做了二十来年饭，算不算关怀？每天晚上打坐前给你按肩膀算不算关怀？事实摆在这儿呢。万师傅，现在有一个最大的问题还摆在眼前。就是目前这个矛盾五个人知道，你、我、李掌柜、李貌、徐子雯。但凡再扩大一个人，事儿就不可控了；而且，如果万一扩大到常有丽女士身上，事情就不但不可控，而且不可逆了。”

听到常有丽仨字，万山红陡然警觉起来，问尚晋:“现在她还不知道吧？”尚晋微微点头:“目前还可控，重要的是可逆。”万山红心有不甘:“那我就白吃了李双全和徐子雯这么一个大窝脖儿？”尚晋又问:“玩儿过丢沙包游戏没？”“童年的时候玩过。”“游戏规则还记得吗？”“你扔我，我扔你，打中就下场。”“若你接住呢？”“增加一条命。”“这次，您就是增加了一条命。下次即便您犯错也不用下场。人的一生，接住的沙包越多，命越多。要把自己留在场上。”

万山红惊讶地看着尚晋:“你这都是哪儿琢磨出来的道理？”尚晋嘿嘿一笑:“玩沙包的时候总结出来的。”万山红不由得担心起来:“你心眼儿太多了。你在李貌这儿接住多少沙包了？你在她这儿有几条命？”尚晋忙解释道:“只有元神。一条多余的命也没有。因为李貌就没扔过我沙包。”“你扔过李貌没有？”“没有。”“那李貌在你这儿只有一条命？”“李貌就是我的命——万师傅，你能不能别把我说的话都套到我跟李貌身上，这会要我的命的。”

万山红站起身:“正人先正己——晚上想吃什么？我做饭去。”尚晋心里踏实了："您看着办。"

万山红没说话，进屋去了。

尚晋松了口气，赶紧给李貌发微信：搞定。带李掌柜回来吧。

吃过晚饭，李貌、尚晋借口跑了一天长途太累了，早早进屋休息去了，想给李双全、万山红留点空间。两人确实也累了，躺上床一会儿就呼呼入睡了。

李双全陪着万山红坐在沙发上看了会儿电视，两人也不说话。过会儿万山红起身进屋去了，李双全一看万山红没把门反锁，松了口气，连忙关了电视跟着进屋。

万山红像往常一样坐在床上。李双全上前，像往常一样给万山红按摩肩膀。万山红也没拒绝。

过了好一会儿万山红开了口："你那骨头不疼了吧？"李双全回应："好了。"

"这徐子雯回来干吗啊？"

李双全的手停住了，起身坐到地上打坐的垫子上，思忖着。

万山红转过脸："又不想跟我说了？"李双全感慨道："经过这个事件的教训，我发现跟你说话不能瞒你。"万山红冷笑道："不瞒我就对了，你瞒我干什么？"李双全缓缓道："徐子雯回来，是要开发幸福里。"

万山红惊讶地张大了嘴。

"她代表她们公司，回来打前站。"万山红看着李双全："我明白了，上次传出来九号楼要拆也是打你这儿传出来的。"李双全点头："是。"万山红问道："你告诉的常有丽？""我没告诉。""你都告诉谁了？""我只告诉了李貌一个人，接着全楼人就都知道了。"万山红恍然大悟："我明白了，李貌传给了毛毛，毛毛传给了常有丽，这就等于传给了全世界。常有丽，她是个漏气的阀门啊。"

万山红不自觉想起下午尚晋说的话，万一自己和李双全的矛盾传到常有丽耳中，要不了一天恐怕就满城风雨了。万山红不由得自言自语："看来我今天做的还是对的。"李双全疑惑："你做什么了？"万山红回过神来："哦，没什么。"

安心这天一到办公室，袁滚滚就匆匆跑来说范台找她。安心有种不祥的预感，硬着头皮去了范台办公室。

果然，范台开门见山地说道："安心，样片被毙了，台里认为调解过程太闹腾，失控了。而且最后那个女孩没有认亲，不算积极向上的正能量。"安心试图做最后的努力："范台，调解有一个圆满的结果，调解过程很激烈，这正是调解类节目的刚需和标配啊。"范台冷冷地回应："这是台里的意见，不是我一个人的意见。"

安心沮丧道："那这个节目就砍掉了？"范台顿了顿，说道："台里认为，《调解三人组》本来是一个很稳定的节目，跟兄弟台比，也有相当的竞争力，所以，台里的意思还是想把史航和谭飞请回来。他们两人也有这个意思，也向台里写了请愿书，表示愿意不计前嫌跟你重新搭档。我建议你认真考虑一下，因为你只有这一档有竞争力的节目，如果这个节目倒了，你的位置就很尴尬了。"

安心不忍放弃："范台，我是您的学生，是您培养起来的主持人，您能不能出面协调，给我一次样片播出的机会？"范台提醒道："没有播出样片，你有退路；播出之后，你就没有任何其他机会了。"

安心咬咬牙："如果收视率和播出效果不好，我辞职走人！"范台有些意外："我不希望你孤注一掷。"安心语气坚定："我不一掷，连孤注都没有了。"

范台沉吟了片刻："那我再给你争取一次。"安心感激："范台，让您为难了。"范台感慨道："为男人者，不为难自己几次，成不了男人也。"安心笑了："为女人者呢？"范台想了想："为女人者——其实，女人干得好，不如嫁得好。"

安心一愣："范台，您真的这么认为？"范台坦然地说道："我的教育和修养告诉我，不能这么认为；但是，这的确是我本能的认识。"说着指了指自己的头："脑袋里，好多观念在打架。教育，出身，先天认识，打得难解难分啊。小安，你不会认为我歧视女性吧？"安心顿了一下："有点儿。"范台叹气："哎呀，哎呀，我得扭转一下自己的观点啊。我必须尊重女性。"

晚上回到家，安心和刘一手商讨起婚礼宾客名单的事。

安心把一张名单递给刘一手："这都是能请到有时间来的明星大腕，有个经纪人朋友从中帮着张罗，这些人全来需要五百多万。"刘一手不以为然："可以。"安心有些犹豫："一手，真的，有这必要吗？""非常有。""这些人跟咱俩谁都没有关系。""正如我妈张小姐说的那样，咱俩的婚礼仅仅是一个婚礼吗？它是日不落集团的一个亮相。""亮相就得是往死里花钱吗？"刘一手一惊："你为什么要说死这个字？这是不吉利的！"安心连忙说道："抱歉。"

刘一手沉吟了一会儿："安心，我能向你透露的是，日不落集团正在进行新一轮融资，这场婚礼，就是融资的一个重要工具。"安心仍是不解："既然需要融资，为什么还这么大手大脚？"刘一手不屑地笑了笑："这才多少钱？日不落需要的不是几百万几千万，日不落需要更大的局面。这场婚礼，就是日不落实力的展现。钱你不用管，我会让人安排。”安心只好点头：“好吧。”

手机响了，安心一看是范台，连忙接起来：“范台。”

范台说：“安心，已签发排播了。接下来的事情，就不是我能帮得上的了。”安心很激动：“谢谢范台！”

毛毛把被跟踪的事跟李貌一说，李貌也觉得蹊跷。两人猜了半天也想不出什么人会这么干。李貌鼓动毛毛再试验一下，看那辆车会不会再出现。毛毛一想有道理，当即下楼去找马得路。

毛毛伸手道：“车钥匙给我。”马得路一愣：“有事儿？”“我得再试验一下，看那辆车会不会出现。”马得路一听有些不放心：“我让小胡陪你去。”毛毛拒绝：“不行。我发现车上有其他人的时候，它就不出现。”

马得路只好把车钥匙交给毛毛，又嘱咐：“往人密的地方开，别往外走。”毛毛边走边回应：“放心。”

李貌却死活要跟毛毛一块去。毛毛说道：“不用，我怕有人它就不出现了。”李貌却一再坚持：“苏洁在的时候它不也出现了嘛。走吧。”毛毛拗不过李貌，只好同意。

毛毛开着车，李貌坐在后排，拿着手机，准备随时拍摄跟踪车辆。

两人一边观察着后视镜一边聊着。

“这次到青岛，有收获吗？收了多少钱？”“一败涂地。估计尚晋爸妈赔了不少钱。除了亲戚和几个他们的老友，一个人没来。”毛毛惊讶：“怎么会这样？管科长人缘儿这么差？”李貌郁闷道：“差按说也不至于——”

毛毛忽然低声惊呼：“出现了！出现了！”李貌急忙回头去看：“哪儿呢？”“左后方，第五辆车。能拍吗？”

李貌扭头去看，看到了那辆车：“拍不到。我要伸出车窗拍，它就发现我了。你能慢下来跟它并行吗？”“我试过，我慢它也慢。你能看见它车牌号不？”“你变道加一下速，它往上跟的时候我应该能看见。”

毛毛变道加速，后边那辆车果然也变道跟上来。车辆相错的时候，李貌看见那辆车没挂牌。

“毛毛，它没牌儿。”“我了个去！你说它到底要干吗！”

毛毛远远看见前方路口有警察："李貌，咱们举报无牌车吧。让警察查一下。""不行。这样就打草惊蛇了。我们就真不知道它要干吗了。要报警，就得正式报警。"毛毛回应："好。"

毛毛当即开着车往派出所的方向驶去，驶着驶着一回头，发现那辆车又不见了。两人心里都有些发毛。

到了派出所，毛毛把情况一说。

接待的警察摇头："单凭你们的口头描述我们还不能出警。因为没有证据能说明这辆车要伤害你，或者说对你有明确的跟踪关系。"毛毛着急："怎么没有跟踪关系？我已经看到过它好几回了。"李貌也说道："我也看见了。我们另一个同事苏洁也看见了。"毛毛又道："这辆车还没有牌子，就凭这个也可以抓。"警察："车牌是交警的事儿。自会有交警处理。这样，你们这个事儿呢，我备案了，等下次那辆车有更进一步的行为的时候，你们再来报案。现在就是我出警，都不知道哪儿出去。"

毛毛和李貌无可奈何，悻悻而归。

傍晚时分。箱子姑娘坐在台上正在调弦，准备唱歌。

苏洁从旁边走上台："箱子姑娘，你累不累？"箱子姑娘抬头："不累。我还没开始唱呢，累什么。"苏洁又说："你看上去怪累的，我先替你唱一首吧。"箱子姑娘有些惊讶："你会弹吉他？会唱歌？"苏洁得意地说："我还会弹钢琴吹笛子拉手风琴呢。小时候我妈给我报了十几个班，我啥都会。"箱子姑娘惊叹道："辅导班儿童出身啊？""对。""怎么没能像我一样，从事音乐艺术工作？""我还是更喜欢文学艺术，就学了编剧——我能唱一首吗？"箱子姑娘拒绝道："理想胡同是我的场子，我不希望降低演出水准。抱歉哈。"苏洁有些失望："哦。"

苏洁转身要走，又被箱子姑娘叫住。

箱子姑娘问道："你想唱谁的歌？""我自己写的歌儿。""你还会写歌儿？""嗯。我就是典型的样样精通样样稀松，我写了首歌儿，叫《我已有四年没回家》。"箱子姑娘想了想："那你给我垫个场吧，我也听听你的水平，给你指导一下。"苏洁一脸开心："好嘞。"

箱子姑娘把吉他递给苏洁。苏洁接过吉他，从口袋里掏出一把瓜子递给箱子姑娘："你嗑着瓜子听吧。"箱子姑娘没接："不，我虽然是瓜子脸，但我怕嗑出瓜子牙。”苏洁笑了：“我都嗑十来年了，没事儿。嗑吧。”说着把瓜子硬塞到箱子姑娘手里。

箱子姑娘有些不放心：“你轻一点。这是我妈留给我的吉他。”苏洁开心地回应着：“你放心，我手嫩，重不了。”

苏洁坐到箱子姑娘的箱子上，开始弹唱她自己写的《我已有四年不回家》。箱子姑娘在一边静静听着。

苏洁弹完，箱子姑娘上台接过吉他。

“箱子姑娘，我弹得怎么样？”“还可以。还有很多需要改进的地方。我可以教你。”“收费吗？我现在还没有完成资本原始积累，要是收费的话，我就没法虚心向你学习了。”“不收费。以后你每天给我垫场先唱个一两首，就当学费了。”苏洁跳起来：“这是什么买卖！欧也！”

入夜了，尚晋、李貌、马得路、毛毛和苏洁、李才、箱子姑娘、小白一群人聚在咖啡馆露台上喝着啤酒吃着小吃聊着天。大家都知道了毛毛被神秘车辆跟踪、报警被拒的事，七嘴八舌商讨对策。

尚晋说道：“这个事儿不怪警察，它没法儿出警。没有依据，也没有目标。”李貌着急：“我跟毛毛苏洁都看见那辆车了。”尚晋解释说：“我没否定那辆车的存在。我是说警察他没法先行介入。警察的工作从来都不是预防，而是事后的追缉和查证。”

李才看着尚晋：“你有什么建议没有？”

尚晋起身去把通往露台的门关上，神情严肃地分析道：“得路在车上，它不出现；我跟李貌在车上，它不出现；苏洁或李貌在车上，它出现；毛毛一个人在车上，它出现。这是目前的基本规律。说明什么呢，说明目标是毛毛。这辆车在观察毛毛的出行规律。一旦车上有男的就立即放弃，我猜想他们是想用暴力对付毛毛。”

毛毛“啊？”的一声，眼泪唰地就下来了。

李貌赶紧搂住毛毛：“你别吓唬毛毛。”尚晋一脸认真：“这是客观分析。”马得路担心起来：“警察也没法管，咱们怎么办？”尚晋低声说道：“办法我已经有了。但是大家一定要保密。毛毛既然每次出行他们都知道，那肯定是在幸福里布有暗岗。”李貌着急：“你就赶紧说怎么办吧。”“不急。我得先把人调来。”李貌一愣：“谁啊？”尚晋说：“风雷十二掌尚掌门。我让他赶紧到北京报到！——毛毛，在咱们行动之前，你不能再自己开车上路。”毛毛连连点头。

第三十章

次日尚晋给尚得志和管红花打电话，让他们尽快到北京来。管红花和尚得志本打算订第二天的车票，结果组织上要找管红花谈话，只好推迟行程，周六才启程，周日下午到了北京。

稍事安顿，尚晋把三家人以及箱子姑娘、小胡等人叫到咖啡馆开会，布置反跟踪事宜。尚晋在墙上的投影仪上展示自己做的一个 PPT。

“我们一共使用三辆车。第一辆，中间位置的车是毛毛，这辆车由毛毛自己驾驶。”常有丽不放心：“我上去跟毛毛做伴。”尚晋摇头：“不行，车上有人对方放弃，我们就得再找机会。”毛毛低声对常有丽说：“妈，听尚晋指挥。”

尚晋继续：“毛毛车前头，是一辆中巴车，由万师傅驾驶。万师傅驾驶的要领是稳稳领在毛毛车前头十米左右的位置。这辆车上的人员是常有丽女士、管红花女士、李貌、苏洁、箱子姑娘、小胡。这辆车有两个功能，就是如果出现嫌疑车辆逃窜的情况下，万师傅要用车身将其别住。”

万山红一拍胸脯：“没问题。别人我最在行。”

“嫌疑车辆被我们逼停的时候，常有丽女士和李貌女士迅速接应转移毛毛到大巴车上。苏洁、箱子姑娘负责拍照、拍视频留做证据。管红花女士负责报警，并做好随时发动群众思想准备，以动用人民的力量。”

小胡一脸茫然：“我干什么呢尚晋哥？”

尚晋拎起地上一个包递给小胡：“这里边有各种合法的防身武器，如果歹徒逃窜到你们这边车边，你负责保护她们。”小胡接过包：“好！”

“后车由李才驾驶。”尚得志一愣：“不是我驾驶啊？”尚晋解释道：“你有更重要的任务——李才要跟紧嫌疑车辆，在这儿，要追尾对方，将其撞停。”李才不解地问：“为什么在这儿？”尚晋分析道：“明天是周一，这儿是北京的车辆拥堵路段，对方被撞停以后，走不了。但是要注意，一定要在对方追尾毛毛之前撞停对方。”马得路狐疑地问：“你怎么知道他们要撞停毛毛？”尚晋回应：“我猜的。撞停毛毛，造成纠纷，借此把毛毛装上车带走。才哥，清楚了吗？”李才点头：“清楚了。”

“后边车上的其他人是李掌柜、尚掌门、马得路、我。我坐副驾驶位置，便于跟李才商量时机撞停对方，得路跟李掌柜、尚掌门坐后排，得路坐中间，李掌柜和尚掌门分坐两边。”马得路又问：“为什么？”

“因为你最弱。撞停对方后，我们后车的人迅速下车，由我和李才跟对方理论，我会通知李掌柜，到时候和尚掌门、得路慢慢上前，到近前后，立即动手，制服对方。”尚得志听得皱眉：“为什么不上来就干掉他们？”尚晋分析道：“如果气势汹汹，我怕他们拿武器。对方车上最多也是五个人，咱们是五个人，有两大武林高手，又出其不意，咱们肯定能拿下对方。重要的是不能让对方警觉，使对方没有拿武器的机会。”

李貌有些担心：“李掌柜的伤口不知道会不会影响动手？”尚得志一拍胸脯：“没关系，还有我呢。”尚晋舒了一口气：“好的，咱们明天下午六点出发，六点半到达动手的拥堵路段。从六点钟开始，我们的手机全部开启电话会议模式，以这种方式保持沟通！”

次日，到了下午五点来钟，众人齐聚咖啡馆，都摩拳擦掌严阵以待。到了六点，尚晋一挥手：“出发！”

毛毛一个人开着车，有些紧张，不时左右观察着。万山红驾驶着一辆中巴车行驶在毛毛车前边，保持着十米左右的距离。李才则驾驶着吉普车远远跟在后边。众人的手机都调成了电话会议模式。

忽然间，毛毛从后视镜里发现了那辆神秘车辆，赶紧通知众人：“那辆车出现了。在我右后方第五辆。黑色无牌车辆。”尚晋回应：“好的。毛毛，我们已经锁定它。你不要紧张，保持匀速前行。”然后对李才说：“跟到它后边。”李才：“好嘞！”

李才变道前行，神不知鬼不觉地跟在了那辆神秘车辆后面。

中巴车里也是一片紧张气氛。万山红聚精会神开车。

常有丽不时地回头看，忍不住提醒道："山红，别离毛毛车太远。"万山红："放心，尚晋说的是十米，我控制着呢。"常有丽连声说："谢谢谢谢。"

开着开着，那辆嫌疑车辆开到了毛毛车的后方。中巴车、毛毛车、嫌疑车辆、李才车连成了一条线。

尚晋看见嫌疑车辆里有人探头看周围环境。

尚晋赶紧说道："才哥，撞上去！"李才一愣："还没到规定路段呢。"尚晋大喊："对方要动手了，来不及了，撞！"又对着手机喊："毛毛，加速！"

李才一加油门，撞了上去，嫌疑车辆被撞得往前一蹿，差点追尾毛毛的车。众人迅速按计划行事：毛毛停下车，上了中巴车和常有丽、李貌会合。管红花立即掏出手机报警。苏洁和箱子姑娘则下车拍照。小白双手各握武器护在一边。

这边，李才、尚晋迅速下车，逼近嫌疑车辆。

嫌疑车里下来两名男子，一个贼眉鼠眼，另一个满脸横肉，一看就不是善类。

满脸横肉的男子瞪眼嚷嚷着："怎么开车的呢？"尚晋走上前："你们怎么开车的呢，报警吧。"贼眉鼠眼的男子不想纠缠："算了算了，算我们倒霉。追尾后车负全责，不用你们负责了，你们走吧。"

这时候李双全和尚得志已经悄然逼近了两名男子。

尚得志率先动手，上前扭住满脸横肉的男子，一用力掀翻在地。

"走不了了你！"

李双全也迅速用擒拿手锁住那贼眉鼠眼的家伙。

嫌疑车上又下来两个人，挥舞着U形锁朝众人冲过来。

尚晋掏出防狼喷雾剂，一阵乱喷。两人被喷倒在地，捂脸哇哇大叫。

小白非常扫兴："这就结束了？"

警察很快赶到，把众人和四名嫌疑人连同嫌疑车辆一同带回派出所。到了派出所，警察让众人在一个房间里等着，分头去讯问四名嫌疑人。

众人等了好一会儿，一名警察进来了。

"你们谁是头儿？"尚晋举手："我。"

警察笑眯眯地看着尚晋："干得漂亮。给你们看看这个。"警察举起一个透明的袋子："后备厢搜出来的，剪刀，斧头，胶带，绳子。刚才招了，要绑这个女事主。"毛毛惊讶："为什么绑我？他们招了吗？""钱。这四个人非常了解你们家。

因为其中有两个，是你爸的狱友。他们从你爸那儿都摸清楚了。”毛毛有些意外，顿了顿：“这事儿跟我爸没关系吧？”“目前看没关系。不过我们会找他来了解一些情况。”常有丽一惊：“他不还在里头吗？”警察转头对常有丽说：“我们刚才核实了，因为有立功表现，一个月前他已经提前出来了。你们都回吧，我们继续提审。这几个人没准身上还背着其他案子。”常有丽忧心忡忡。

从派出所回来，众人聚到咖啡馆露台上吃烧烤喝酒喝饮料庆祝。

小胡还在遗憾：“我的家伙什儿没用上，可惜。”尚晋笑着说：“送你了。防身。”小胡摇摇头：“我用不着，不过我可以送给小梅，让她带着防身。”

毛毛抬起头：“李才，你修车的费用得路出哈。”李才放下筷子，一脸惬意：“要你不说，他不会出的。”马得路不屑地说：“等我大 IP 事业启动了，送你辆新的。”

常有丽坐在一旁心事重重。

毛毛走过来递给她一块烤馒头片：“妈你吃点东西。喝啤酒不？”常有丽摇头：“喝不下。”毛毛看出常有丽的心事：“妈，我爸出来了，是好事啊。”常有丽叹气：“我没说不是好事。我就是有点怕他。”毛毛不解：“怕他什么？”“不知道。”毛毛劝慰着：“我爸他在里边这么多年，我想也应该变了。再说了，我爸本来也不是坏人。他就是仗义过了头。我明天去派出所看看能不能见到他。”常有丽微微点头：“嗯。你问问他缺什么。我们给他置办。”

第二天，毛毛又去了派出所。毛毛爸果真被叫过来协助调查。毛毛说明来意，一名警察让毛毛等着，自己去了讯问室。过了一会儿警察又回来了，对毛毛说：“他不见。你不必等了。”毛毛紧张地问道：“这事跟他没关系吧？”警察摆摆手：“查了，没关系。”毛毛稍微松了口气：“谢谢您！”

管红花抽空去了趟青岛驻京办。谈英没在，管红花就在她办公室门口等着。过会儿谈英来了，走着走着一抬头看见管红花，愣住了，不自觉揉了揉眼睛。

管红花走上前：“谈英同志，不用揉眼睛，就是我——管红花同志。”谈英感到十分意外：“老管，你不是进去了吗？怎么出来了？”管红花淡淡地回应：“不管是进去，还是出来，咱们就别站在门口聊了，不请我进去喝杯水吗？”谈英这才反应过来：“哦，请进。”

两人进了办公室坐下，谈英给管红花端上一杯白开水。

管红花看了看水杯:“没有茶吗?”谈英谨慎地回应:“我们这里不设茶,能省一分是一分。”管红花微笑着:“谈英同志很讲原则啊。改天我送你一点茶。私人花费。”谈英忙摆手:“不不不,这个说不清楚——你的事儿跟组织说清楚了吗?”“谈英同志,事儿都不是话能说清楚的。这需要组织调查才能调查清楚。”“那组织调查清楚了吗?”“不调查清楚我能坐在这儿吗?不调查清楚我能称呼你同志吗?谈英同志,这次组织不但调查清楚了,而且还调查得非常清楚,调查出了一个非常大的内幕。”

谈英来了兴趣:“哦?什么内幕?”“就是发现了一个清官,一个清正廉明的大清官。”“谁啊?”“就是我。经过组织调查,我不但没有贪污挪用单位一分钱,而且,我自己给单位垫资以及没来得及报销的,一共还有两万六千四十八块钱。就是说,单位还应该返还我两万六千四十八块钱——查贪污查出来一个清官,这是政坛佳话啊!”

管红花禁不住笑了起来。

谈英愣愣地看着管红花:“老管,这是真的?”

“还不只这个。还查出来我多年来自己给困难群众送的一些米面粮油,这个加起来也有不少。说实话,这个我都忘记了。当时就是单位跟一些贫困村帮扶结对嘛,有些工作,做了就做了,我从不放在心上。当然,困难群众必须时刻放在心上。”

谈英愣怔了片刻,回过神来,笑着说:“老管,没想到,祝贺你出来。”管红花微微一笑:“我呢,就是怕你担心我,所以把我的这些情况来跟你说一下。做人不易,做官更不易啊。咱们且行且珍惜吧。”谈英又问:“那两万来块钱怎么处理的?”管红花喝了口水:“那还能怎么处理,有些已经过了报销期了,有些即便能报销,我也已经退了,再报也不符合我的做人和做官原则。所以,能报的那一部分我还是委托单位捐给困难群众了。”

谈英站起身:“红花同志,你的所作所为让人敬佩。我给你倒杯咖啡去。”管红花笑道:“不是没茶吗?”“我没说没咖啡啊。咖啡能提神,工作疲劳的时候可以喝一杯,能加快工作效率。都是为了工作——当然,这咖啡是我个人购买的。”“好,那尝尝你个人购买的咖啡。我儿媳妇的哥哥开了个咖啡馆,叫理想胡同,你有时间的时候,我请你去喝咖啡。”谈英警惕道:“别,我不能接受群众吃请。”“那你可以请我嘛。”“好的。改天我去请你。”管红花点头:“一言为定。”

从谈英那儿出来，管红花没直接回家，去了之前在网上找好的一家月嫂培训中心，报了个月嫂培训班。回到小区，管红花特意绕到小梅值班的岗亭。

“小梅同志你好。”“管阿姨您好。”“小梅同志，我听说你有月嫂证。”“有。”“我也想学，过来咨询你一些细节，如何才能在班里尽快掌握技巧。”小梅一头雾水，但还是大致说了一下月嫂的注意事项，管红花认真记在了心里。

新一期《调解三人组》节目播出了。尚晋、李貌、万山红、管红花和常有丽、马得路、毛毛特意聚到咖啡馆里共同观看。

万山红最兴奋：“下次录我也想去。”管红花也满脸期待：“还有我，我们都参加一下。毕竟是自家孩子的节目。”常有丽连连点头：“对呀，我们都去。”

尚晋依旧无精打采：“没有下次了。”万山红一愣：“啊，为什么？”管红花也很诧异：“是啊。为什么？”尚晋叹气：“说电视台领导不喜欢我们这风格。”管红花心里有些不平：“领导，也不一定都对。当然，我当领导的时候，基本还是对的。”

万山红愤愤不平：“他要不喜欢你们这风格，他就一定不对。”李貌在一旁说道：“你这是庄稼看着别人的好，孩子看着自己的好。”管红花惊讶地看着李貌：“貌貌，你没有农村生活经验，竟然还能说出这样的谚语。”李貌一笑：“我听尚晋说的。”管红花竟有些感动：“你们彼此语言的融合代表着你们婚姻生活的和谐。我很欣慰。我很满意。”万山红也忙说道：“哦。我也很欣慰。我也很满意。”

次日，安心一到电视台，就忐忑不安地去敲范台办公室的门。

范台：“进来。”

安心推门进去，走到范台跟前。

范台也没说话，把一份数据表递给安心。

安心拿起数据表，却紧张得不敢看，盯着范台的脸。

范台给看毛了：“你看我脸干什么，我脸上只有沧桑，没有数据啊。”安心声音有些颤抖：“您有嘴啊，您来告诉我吧范台。”

范台露出了笑容：“祝贺你，安心。收视率同时段全国第一！你不愧是我的学生，你是我的骄傲，继续干吧！大胆干吧！祝你干得好胜过嫁得好！”

安心眼泪夺眶而出，上前就要拥抱范台。范台赶紧往后躲：“可别！可别！让人看见会传潜规则！我这人一向局气从不近女色！你的拥抱，我心领了心领了。你赶紧回去忙你的吧。”

安心一脸幸福地将数据表捂在胸口出了门。回到办公室，安心立即打电话向尚晋和李才报喜，两人也是欢欣鼓舞。

李才高兴过后心事又涌上心头，想了想去了蹄花店，见了李掌柜也不说干吗，就帮着他忙这忙那。

李双全猜到了儿子的心思，开了口："李才，去见见你妈吧。"

李才沉默着。

李双全沉吟了片刻，说道："你高中时候写信给她，让她帮你联系美国的学校，是我不同意的；你大学的时候，给她写信，问她要钱，也是我不同意的。她不是不帮你，是尊重我的意见不帮你。因为我觉得，对于一个男孩子，不拄着拐棍长大，才能真正长大。"

李才还是没说话。

李双全又说："她这次见你，想把四合院里那三间房子给你。我本来不同意，觉得还不是时候，但现在，主意由你自己拿。房子要不要，你说了算；见，你必须得见，妈，你必须得认。"

李才终于开了口："她住哪儿？"

徐子雯正在酒店房间里看各种报表，门铃响。

徐子雯去开门，见是李才，一下子愣住了，不知道说什么好。

李才尽量平复着情绪："妈。"

徐子雯眼泪夺眶而出，上前抱了抱李才，赶紧把李才让进房间，请他就座，随即转身走到房间角落里一个文件柜前，从里面的保险柜中取出几大本厚厚的资料夹，递给李才："你看看。"

李才翻开一看惊住了，资料夹里全是徐子雯收集的李才的剪报。

李才很是感动，仔细翻看起来，越看越是惊叹不已。

"这您都有。这都什么时候的事儿了。"徐子雯骄傲地说："关于你的消息，你的演讲，我能收集到的，都在这里了。"李才忍不住赞叹道："好。这个资料很全，我让苏洁帮我收集，她才收集了您这个的十分之一。您这个资料我让苏洁给我复制一份。"徐子雯指着其中一页："你看，这张剪报——"

李才有点迫不及待了："妈，剪报我回去看，您不是想跟我谈谈房子的事儿吗？"徐子雯愣住："你爸，不让我跟你谈。""他允许你跟我谈了，说把选择权交给我。虽然这是一个艰难的选择，但我决心还是要面对。"

徐子雯迟疑着："我交给你，你会接受吗？"李才很干脆地回应："会的。我会的。我不傻！"

母子俩对视了一会儿，突然都哈哈大笑起来——这一瞬间，母子间三十年的隔阂一下子烟消云散了。

管红花经过一个月的苦学，从月嫂培训班毕业了，拿到了月嫂证。说来也巧，没几天后，李貌和毛毛两人一起去医院检查，竟然同时怀孕了。几家人都高兴坏了。

一晃又几个月过去了。安心和尚晋、李才已经成为新的金牌组合，《调解三人组》节目收视率节节升高，每期都高居同时段收视率第一。

这天录制完节目，安心和尚晋、李才三人回到后台化妆室。

安心一边卸妆一边问："尚晋，李才老师，我的婚礼，你们俩明天参加吗？"李才一口答应："不来不美。我来。"尚晋推辞："我参加不了。"安心也没勉强。

从得知毛毛怀孕当天起，马得路就操心起学区房的问题，到处打听寻摸。这天下午，马得路接到中介电话，说有一处新的学区房房源，位置和价格都非常合适，马得路赶紧开车拉着毛毛一块去看房。

房产中介把马得路和毛毛领到市中心一处老城区的胡同里。三人边走边聊着。

毛毛迟疑地问："九平米，能算学区房吗？"中介语气坚定："学区房不算面积，就算位置。我就说这大哥真有远见，孩子没出生就开始置办了。厉害了我的哥！"毛毛心里犹豫："得路，真有必要提前六年买学区房？"马得路一脸自信："我做投资这几年，明白了一个道理，教育资源和医疗资源是最紧张的。提前六年，不算提前。"

说着话三人进到一个大杂院里。房产中介走到一间小房子跟前，敲门喊："老毛，开门。有看房的。"

里边传来一个声音："进来吧，没锁。"

中介推开门，一个老头正蹲在地当间儿涮火锅，嘴里还叨咕："有什么好看的，老来看！不就买了上学吗，又不住。别整天啰唆我！"

老头说着一抬头，刚好毛毛和马得路也进了门，三个人都呆住了——老头正是毛毛的爸爸毛百搭。

毛毛有点不敢相信："爸。是你吗？"

毛百搭慢慢站起身来，嗫嚅着："你怎么找到我这儿的？"

毛毛走上前："爸，你出来了怎么不去找我们？"

中介糊涂了："啥？你叫他啥？"毛毛转过脸："这是我爸。你走吧。我们聊一会儿。"中介狐疑地看着眼前三个人："你们不是合伙儿蒙我呢吧？你们是不是想做私单啊？给我下套啊！"毛百搭摆摆手："走你的吧。她是我闺女。"

中介看看这个看看那个，不想走。

毛百搭眼里射出冷光："你是想让我请你走还是想让我赶你走？"

中介瞧出这老头不是个善茬儿，只好走了。

毛百搭目光又看向马得路。

马得路赔笑："叔，不是也要请或者赶我走呢吧？"毛毛示意："叫爸。"马得路这才反应过来："对对对。爸爸爸。爸，我给您鞠躬了！我绝对没欺负过毛毛。"毛百搭哼了一声："你敢！"马得路连连摇头："不敢！不敢！"

毛毛上前抱住毛百搭，动感情地叫着："爸。爸爸。"

毛百搭轻轻拍拍毛毛的背："闺女，咱们吃火锅。"

马得路赶紧找来几张小板凳，三人围坐在一起吃火锅。

毛百搭边吃边说："不用买了，到时候这房子送你们，就在这儿上学。"马得路抬头道："还是买。还是买。我给您换个地方住。"毛百搭摇头："不卖。你们想要我就送，要买就算了。"马得路态度坚定："送我不能要。"毛毛放下筷子，对马得路说："要。"

马得路愣了愣："毛毛，咱不能白要。"毛毛撇了嘴："为什么不能要？这是我爸，我爸送我是应该的！送他外孙子或外孙女更是应该的。对不对，爸？"毛百搭忍着内心的激动，点点头："对。对。应该的——什么时候生啊？"

毛毛笑着说："快了，还有三个月。"

毛毛边说边给毛百搭夹菜。

毛百搭眼角有泪盈出，他悄悄擦掉。

第二天，小胡开车拉着小白、马得路、李才往安心的庭院别墅去参加安心的婚礼。到了庭院别墅门口，只见门前停满了豪车，彩旗招展，花篮林立。

马得路、李才、小白忽然看见还有几辆警车停在门口。

马得路赞叹："刘总还有警界的朋友，没想到。"李才却意识到什么："气氛不太对啊。"

几人正要往里走，忽见几名警察押着刘一手从别墅里出来。后边跟着众多茫然慌乱的宾客。

马得路赶紧上前："刘总，这是怎么了？"

刘一手沉着脸不说话，很快被押上了警车。

马得路一着急顺手抓住了一名经过的宾客："怎么回事？怎么回事？"宾客一脸凝重："听说是非法集资，被抓了。"另一名宾客接话："刚刚网上传的消息，张开兰已经从香港逃往美国了。"

马得路呆了片刻，忽然"嗷"的一声，昏厥在地。

李才慌忙招呼小白："小白，来，咱们把马总架车上去。"

却听见小白也"嗷"的一声，直挺挺倒地。

刘一手被抓的消息很快传开了。

安心备受打击也倍感震惊。虽然办案机关最后查明她和非法集资诈骗的事情无关，她还可以继续做节目，但由于她和刘一手的夫妻关系，她也必须承担部分债务的连带偿还责任。这些债务大大超出了她的偿还能力，安心因此被列入了失信执行人名单，成了所谓的"老赖"。

安心内心苦闷，只能每天埋首于工作，以暂时忘却烦恼。

尚晋看在眼里。这天做完节目，尚晋没着急回去，主动叫安心去外面走走。两人去了附近公园，慢慢走着。

尚晋看了看身边沉默的安心："我都知道了。""嗯。""你还好吧？""还好。"安心顿了一下，又说："你知道吗，我接受了我自己。以前我总觉得未来有无限可能，有一个超越我的我等着我，我现在知道，现在的我，就是未来的我。"

尚晋停住脚步，安心也停住脚步。两人对视着。

"安心，你应该去追求自己的幸福。"

安心若有所思，像是自语，又像是追问："自己的幸福？"

"对。你自己真正认同的幸福。"

安心抬起头，天空湛蓝无比。

回到办公室，坐在办公桌前，安心心情激荡，脑中不时回想着尚晋的话。她忽然才思泉涌，拿起纸笔，写下了一首歌，歌名就叫《自己的幸福》——

挥别了从前的我
往前走去冒险探索
过去再美 也需要亲手打破
不活在别人眼中
去寻找最渴望的梦
我的未来 只要我自己认同
就让时光 安排所有经过
沿途再颠簸
都当作是岁月的收获
我要的幸福 是自爱自足
不用谁来羡慕 我很清楚
我要的幸福 鲜花和征途
不管哪一条路 勇敢点
迈出第一步
旅途的所有段落
拼凑成现在这个我
带着回忆 飞往更高的天空
目送时光 安排所有经过
眼中的花火 被岁月洗过后更透彻
我要的幸福 是自爱自足
不用谁来羡慕 我很清楚
我要的幸福 鲜花和征途
不管哪一条路 勇敢点
迈出第一步
我要的幸福 单纯最如初
永远记得当时 美好面目
我要的幸福 全新的领悟
放开一切束缚
就当给 自己的礼物
我有自己的幸福……

马得路把资金全都投到刘一手那儿了，如今血本无归，一夜回到解放前。马得路遭此打击，一蹶不振，在床上连着躺了将近一个月，人都瘦了一大圈。毛毛起初还挺生气，后来见到马得路这副模样也开始担心起来，每天好言相劝。马得路不管去哪儿，毛毛都寸步不离跟着，生怕马得路一时想不开走了绝路。

这天吃过中午饭马得路又要出门，毛毛照例寸步不离跟着。

马得路知道毛毛的心思："我出去散散心，你甭跟着我。我不会自杀的。"毛毛不放心："不，我跟你一块。"马得路叹了口气："小白都没自杀，我能自杀吗？我在想着怎么能东山再起！"

这时毛毛手机响了。一看是个陌生手机号码，毛毛没接，直接挂掉了。对方马上又打过来，毛毛只好接起来："谁？"电话里传来毛百搭的声音："我，你爸。我要见一下你跟马得路。"

毛毛把咖啡馆地址告诉了毛百搭，然后和马得路去咖啡馆办公室等着。

过了一会儿毛百搭来了，进了办公室，取出一张卡，搁到桌上。

"房子卖了，九平米，卖了两百二十万。值了。先拿去用吧。"

毛百搭说完起身就往外走。

毛毛愣住片刻，随即叫道："爸，回家住吧。"毛百搭不理："我有地儿住。"马得路看着毛百搭的背影："爸，我不能要你的钱。"毛百搭头也不回，边走边说："不是白给，借你的。到时候要给我利息，按银行利率算。"马得路松了口气："那行！"

李才开车带着箱子姑娘又来了次远行，目的地是位于秦皇岛北戴河新区黄金海岸边的孤独图书馆，是箱子姑娘提出来的。

车子行驶在高速公路上，车上回响着箱子姑娘演唱的歌儿。

箱子姑娘淡淡地说："耽误你的时间了。"李才一笑："时间就是用来耽误的。但我想知道，你为什么经常心情不好？"箱子姑娘沉吟了片刻："我想，我有些抑郁。"李才又问："重，还是轻？"箱子姑娘想了想："应该不重吧。有时候听你讲座还能笑出来，有时候还想看海。"李才看了看车窗外，依旧是潇洒的语气："轻就看海，重就吃药。没什么大不了。开心点，生活不值得你不开心。大海，就在眼前。"

两人到达了目的地。箱子姑娘站在孤独图书馆前边，看着大海。

李才从图书馆里走出来，走到箱子姑娘身边。

“外边冷。里边有很多书，你要不要进去看一会儿？”箱子姑娘一直看着大海：“你喜欢的是书海，我喜欢的是海，就是海。就跟许巍唱的那样，每一次难过的时候，我就想看一看大海。看到海我心情就会好起来。”

李才说道：“我喜欢山。世界上只有两种人，一种人像水，另一种人像山。像水者柔韧，像山者坚强。”箱子姑娘转头看着李才：“我柔韧吗？”“是的。”“可我觉得你并不坚强。”“我不坚强吗？”“不觉得你坚强。我觉得你内心深处，其实很脆弱。”“你看错了，我不脆弱。即便你让我承认我软弱我都不承认我脆弱。”

李才把大衣脱下来披在了箱子姑娘身上。

“谢谢你陪我来看海。”“随时奉陪。”“咱们进去吧。”“你不是不想进去吗？”“我怕你冷。”

傍晚，两人又去了海边，奔跑着，大叫着。

两人气喘吁吁地站定。

李才看着箱子姑娘问道：“你想对大海说一句什么？”

箱子姑娘想了想，面朝大海，大声喊：“大海大海我问你，你为什么这么蓝？大海笑着来回答：因为我的怀里抱着天。”

箱子姑娘和李才仰头看天空，天空一片湛蓝。

箱子姑娘扭头看着李才：“你想对大海说一句什么？”

李才用尽全身力气喊了一句：“我——爱——你！”

喊完，两人静静站着。谁都没有看谁。

箱子姑娘忽然说：“你还说你爱山呢。你刚才对大海说的是我爱你。那你到底是爱山还是爱大海？”

李才沉默了一会儿：“爱是说不清楚的。”

一晃又是几个月过去了。李貌和毛毛前后脚进了产房。李貌生了个女儿，毛毛生了个儿子。几家人都是喜气洋洋。

尚晋和李貌的新家也已经装修好了，李貌出院后就直接住进了新家里。管红花原本以为自己拿了月嫂证，李貌会改变主意让她帮忙看孩子，没想到李貌却婉拒了。连万山红都看不过去，时不时劝李貌几句，李貌不为所动。

这天万山红又去了李貌的新家。李貌女儿睡着了，李貌坐在婴儿床边给女儿画肖像。

万山红看着李貌："画多费劲，相机一拍，哪儿都不走样。"李貌没抬头继续画着："小孩不能多照相。"万山红忍不住又说："你就真不让尚晋他妈给你看啊？"李貌淡淡地回应着："说好了的。我到青岛给她站喜宴，她放弃看孩子。""她可专为了这个学的。""学也不行。她得说话算话。你看人毛毛找的谁，找的小梅。小梅手脚伶俐，专门学这个的。""管红花的证跟小梅的证是一样的。管红花给我看过。""年龄不一样，心态不一样。她当了半辈子官儿，被人伺候管了，能伺候得了孩子吗？以奶奶的心态看孩子，孩子得到疼爱没问题，得不到职业的看护。"

管红花把尚晋叫到租住的房子里，对尚晋和尚得志发牢骚。

"我不多说，我只讲四点：一、她说要找职业月嫂，我不就是职业月嫂吗？我有证儿。二、我是答应过她不看孩子，但那是政坛中的管红花，我现在是月嫂管红花，我的身份已经发生变化了。三、放着一个现成的月嫂不用，非得去招聘，这是对自己人极大的不尊重。四、你现在是公众人物，能随便让外人进出家门吗？"尚得志直叹气："这是什么买卖！这是什么买卖！"

管红花顿了顿，问道："你们招聘过几个月嫂了？"尚晋说道："六七个吧。都不满意。"管红花愤愤不平："为什么不试试我？""妈，您当时自己放弃的。现在改不了口。""说到底，李貌对我有意见。"尚晋无奈："她对您这个人没意见，她对您看孩子有意见。"

管红花长叹一声："我的人生，怎么这么坎坷呢？"尚晋趁机转移话题："您的自传写完了吗？"管红花哼了一声："你看这一波未平一波又起的，怎么结局?!"

楼道里忽然传来吵闹声，像是常有丽家门口传来的，三人连忙开门查看。

原来是马吃草在赶小梅走。常有丽、毛毛、马得路在一边劝。

马吃草冲着小梅大喊："走！走！"

小梅窘迫地拎着自己的包，手足无措。

管红花上前问："这是怎么了？"

毛毛小声说："得路他爸来看孩子，一见小梅就犯病了，说不能让小梅看孩子。"管红花不解："为什么呀？""说小梅是害人精。"

小梅眼睛含着泪水："常阿姨，毛毛姐，叔叔这么撵我，我没法儿在这儿给你们看孩子了。我走了。"

小梅委屈地拎着包下楼了。

马得路也生气了:“爸，你再这样把你送医院了啊!”

马吃草倔强地看着马得路。马得路没好气地把马吃草拉回了家。

常有丽也无奈，对毛毛说:“再找一个吧。”毛毛皱眉:“再找一个干吗，得路他爸又不常来。”常有丽撇撇嘴:“眼看着就要拆了，咱们住哪儿去?不得先到得路他爸那儿过渡一阵子啊。到那时候怎么办?晚换不如早找。”

管红花突然兴奋地问道:“我，我怎么样?”常有丽没反应过来:“管科长，你怎么了?”“我来给你们家看这孩子。”

众人都吃了一惊。

常有丽诧异地看着管红花:“逗什么闷子。”“不是逗闷子，不能让我英雄无用武之地。”“你怎么不去给李貌看啊?”“她不让啊!”“为什么不让?”“因为她对我认识不够。”

常有丽和毛毛交换了一下眼色。

“管科长，我跟毛毛得商量一下。你也回去再自个儿想想。从政坛生涯，到保姆生活，转变可够大的。”管红花有些着急:“你们赶紧给我回话，我不在乎身份的转变，我在乎价值的实现。”

毛毛和常有丽回到屋子里，关上门，把管红花的话一说，马得路率先反对:“我不同意。她不去看她孙女儿，跑咱们家看孩子，这太拧巴了。”马吃草却道:“我同意!我同意!她是个好人!”

常有丽看了一眼马吃草，心里有些犹豫:“这开了天眼的倒真敢给人下定论——毛毛，如果管科长来当月嫂，对你和李貌的关系会不会造成伤害呢?”毛毛一时拿不定主意:“我得跟李貌商量一下。”常有丽想了想:“如果李貌不大力反对，我们就用管科长。”马得路一脸不悦:“我刚才说反对，你们没听见啊?”常有丽说道:“得路，这个事儿，你没有发言权。你该去追日不落集团的债就去追债。”马得路顿时没脾气了。

尚晋在那头也表示反对:“妈，您这样，是摆明了给李貌难看。”尚得志也劝:“孩子不看了，咱们回青岛吧。”管红花语气坚定:“青岛咱们还回得去吗?这孩子我看定了!我要向李貌证明我能看孩子!”尚晋和尚得志也无可奈何。

隔日李貌和毛毛一起带着孩子去医院打防疫针，顺便聊起管红花的事。

李貌一听倒高兴了:“你们要同意管科长我没意见。那小梅我可用了?”毛毛松了一口气:“你用啊。咱们这样两全其美了。”两人相视哈哈一笑。

幸福里九号楼终于要拆了。

常有丽、林姐、万山红等十来个人围聚在小区绿化带的石桌旁，研读幸福里社区九号楼拆迁补偿公示。

常有丽逐条念着："临时安置费——这次比上次提高了，很好；家电补偿金——以前没有，这次有了，不错；高龄补助——这也是新生事物，山红，你们家老太太能拿到。"万山红摇摇头："还差一岁多呢。"常有丽："到时候争取一下——预签生效比例奖励、速签奖励——这都是希望咱们尽快早点走。"林姐："早走晚走都是走。只要补偿合理就行。"

常有丽："咱们继续往下看，选项一，货币补偿，九万两千块人民币每平方米。这个大家有意见没有？"万山红："能谈到十万吗？"常有丽："谈不到。九万五有可能。我谈试试——选项二，房山万庄家园两点五倍面积外迁。"林姐："我真不想去房山。我还想在城里住着。"

常有丽："我看能不能谈到三倍面积。至于去不去房山，这个大家自己回去商议——不管选一还是选二，每户都另加八十五万人民币其他补偿——这一条也比较有诚意，但诚意还不足，我争取给大家谈到一百万。如果货币补偿我能谈到九万五，其他赔偿谈到一百万。大家满意不？"

万山红、林姐等人都点头。

常有丽："这次政府和相关机构都比较有诚意，咱们就拆了吧。就这么最后一栋楼了。"顿了一下叹了口气，"其实，就是有点舍不得大伙儿。聚起来不容易，这说散也就散了。"说得林姐红了眼睛。

拆迁在即，各家都得另寻住处。常有丽和毛毛带着孩子搬去了通州马吃草家。李双全和万山红本想搬到李貌那去先凑合一段时间，李才却极力鼓动他们带着奶奶一块住到徐子雯给他的老房子里去。李双全内心赞同却不敢表态。万山红这时也早想通了，考虑到李貌家还有保姆和孩了，自己再住进去实在太挤，也就爽快地答应了李才的建议，一家人择日搬到了老房子里。

由于准备充分，幸福里九号楼的拆迁安置工作进行得格外顺利。一个多月之后，伴随着"轰"的一声巨响，九号楼摇晃了一下，化为了漫天尘土。

随之而来的是新的幸福里九号的设计招标工作。毛毛第一时间拿到了招标方案，兴冲冲跟李貌说："幸福里九号的设计方案面向全世界招标，咱们'家是一座城'应该参加。我们本来就是做室外环境设计的，我们熟悉这里的一草一木，我们熟悉这里的人文地理，我们可以一战成名！"

李貌自是赞同。两人随即不眠不休奋战了一个多月，赶在期限前拿出了设计方案，递交了投标书。"家是一座城"工作室顺利通过了第一轮筛选，和另外五家机构进入第二轮复选面试阶段。

到了复选当天，李貌和毛毛早早去了设在某酒店的招投标办公室。

毛毛按捺不住兴奋："剩下六家入围，今天面试淘汰三家，剩下最后三家去美国考察两周，做最后一轮淘汰、定稿。今天我们要打起精神，争取不被淘汰。欧也！"李貌却道："我倒想被淘汰。"毛毛一愣："为什么？"李貌看着毛毛："离不开我那小宝贝呗。你就舍得？"毛毛想了想："我还好。儿子嘛，得皮实着养。"

"家是一座城"工作室排在了面试的最后一位，两人等了半天，终于到了面试的时刻。

进屋一看，评审组一共七位评委，徐子雯显然是评审组的头儿，由她主问。

徐子雯开口道："老实说，你们的创意有些平，不知道你们是怎么想到的？"毛毛毫不怯场张口就来："平你们还将我们选进了六强，可见你们是一些不平凡的人。我很看好你们。"

评委们不禁露出了微笑。

毛毛继续侃侃而谈："文似看山不喜平，设计也这样。但这说的是一张白纸，一片荒地的情况下。幸福里社区早已经开发完成了，只剩下了这么一块弹丸之地。它周围的建筑物都以亲民便民为主，如果处理得非常奇崛的话，跟周围的建筑就格格不入。我们的总设计师李貌一直强调，建筑之美，是局部与整体的关系。"

徐子雯看向李貌："李貌，你能说说你的设计初衷吗？"

李貌娓娓道来："我从小在这一片儿长大，对这里有感情。北京变化得太快了，快得让我有点儿认不出来。我希望我的设计充满温度，是一个人人可以穿梭停留的街区，不是一个整齐划一的让人四处碰壁的建筑。我想，如果这个设计有什么有意义的地方，就在于它留出了创业之外的生活的空间，留出了一些看似无用的地方。"

徐子雯不由得露出了赞叹的神情："我们用谷歌地图，和你的设计做了一个三维模拟，我个人很欣赏你的设计。但至于结果怎样，请回去等通知。祝你好运。"

面试结束，李貌、毛毛出了办公室，往酒店外走。

毛毛低声问:“要不要让李才问问他妈?”李貌不同意:“我们不要作弊。”毛毛不满道:“问问结果就叫作弊啊?”李貌停下脚步:“我们要避免一切嫌疑。这是‘家是一座城’的宗旨。”

毛毛还想再劝，背后忽然传来脚步声。

“二位，等一下。”

两人回头，见徐子雯快步走了过来，都有些忐忑。

“你们两人都有护照吧?”两人点头。

“收拾行李，准备办签证吧。”

徐子雯说完又匆匆回去了。

李貌、毛毛对视而笑，握起拳头碰了碰。

日子过得匆忙而充实，很快李貌、毛毛办完了赴美签证，次日就将奔赴美国。

晚上，李貌在卧室里收拾行李，问尚晋:“人家都说去美国要带方便面，我带不带?”尚晋嘿嘿一笑:“别那么土哈。你到了美国就是想吃方便面随时也都能买到。”

刚收拾完行李，小梅敲门进来:“李貌姐，尚晋哥，宝宝睡着了。小胡找我有事儿，我出去趟可以不?”李貌爽快地答应了:“去吧。”小梅一脸开心:“哎，谢谢李貌姐。”

小胡把小梅约到自己宿舍，吃着花生米喝着酒，密谋着。

小胡对小梅说:“李貌明天走，走了你就动手。这机会，多少钱都买不到。”小梅犹疑:“哥，尚晋现在可是名人。”“他不是名人，咱们动手还不能这么痛快。名人最怕出事儿。”“他要不上钩呢?”“规矩你不都懂吗?必须得干一票了!”说着伸出自己的大拇指:“再不干，我这根指头就没了。”“你又去赌了?”“甭废话。赶紧把这一票干了!否则咱俩谁都没好。”

次日，送走了李貌，尚晋照常去上班。

小梅在家心神不定地等待着。小胡下午打来电话，给小梅鼓劲，小梅也横下心来决定听从小胡的安排。估摸着尚晋快下班了，小梅拎了一壶开水到自己卧室里，把水壶放到桌上。

没一会儿小梅听到外面的开门声，知道尚晋回来了，赶紧把后背的拉链拉开了一些。

尚晋先去婴儿床上看了看女儿。女儿正在熟睡。尚晋忍不住亲了亲女儿的脸颊。这时小梅的声音从她卧室传来："尚晋哥，你来一下。"

尚晋走到小梅卧室，见小梅在拉后背的拉链。

"尚晋哥，我拉不上，你帮我拉一下好不好？"

尚晋犹豫了一下，上前给小梅拉好，不料小梅突然一转身抱住了尚晋："尚晋哥，我喜欢你！"

尚晋简直魂飞魄散，猛地挣脱了小梅："小梅，请你自重！"

小梅又上前想抱尚晋："尚晋哥，没人知道的，我是真喜欢你！"

尚晋迅速退出了门，把门带上，厉声道："我现在带孩子下去，请你自行离开！"

尚晋快步走到婴儿床边，正要抱起女儿，却听见小梅屋里传来撕心裂肺的惨叫声。

尚晋感觉不对，迟疑了一下又走到小梅房间门口，推开门一看，见小梅躺在地上抱着胳膊痛苦地缩成一团，水壶扔在了地上，开水流得到处都是。

尚晋以为小梅是不小心打翻了水壶烫伤了自己，赶紧上前扶起小梅。

"你怎么了？"

小梅没答话，咬牙忍着痛，拿起手机给小胡打电话："哥，你上来吧！"

尚晋意识到不对，赶紧转身出了门，把婴儿床连同女儿抱进自己卧室，把卧室门反锁上，自己在客厅等候。

过了一会儿有人敲门，小胡在门外喊："小梅！小梅！尚晋哥，尚晋哥。"

尚晋去把门打开，小胡进来，径直进到小梅房间。尚晋也跟了过来。

尚晋对小胡说："赶紧送医院吧？"

小胡假装吃惊地问："小梅，你这是怎么了？"

小梅一指尚晋："他强奸我！"

尚晋迅速明白了眼前的局面："你们想讹诈我！"

小胡索性承认："是的。"

尚晋想打开手机录音。小胡却摸出一把锋利的刀子。

小胡威胁道："尚晋哥，我们就是靠体力靠皮肉之苦讹诈，不想动刀子，你不要录音。咱们谈谈条件。"

尚晋只好放下手机。

小胡说道："我们治这烫伤，也得几万块钱，我们也不问你多要，十五万。

十五万对你来说不算什么，对我来说却是救命钱。你要不给，我们就只能法庭见。你是名人，你的损失你知道。”

尚晋沉着脸：“我不会受你们讹诈的。”

小胡冷笑道：“尚晋哥，我们讹过好多票了，没失手过。我这儿证据齐全，你的指纹都留在小梅身上。非礼不成，想强奸，强奸不成，恼羞成怒，泼了热水到小梅身上。我们这是有剧本的，学来的，不是胡来。接下来打官司去法庭也都有剧本。”

尚晋很冷静：“根据你的剧本，如果我不受讹诈，你们该怎么往下演了？”“报警。”尚晋点头示意：“根据你们的剧本来吧。”小胡一愣，又马上掩饰着说道：“尚晋哥，咱们都别往绝路上走，我再给你减五万。你给我十万就行。就她这胳膊，没三万治不好。”尚晋不打算讨价还价：“报警吧。你不报，我报了。”

尚晋拿起电话。

小胡咬咬牙：“尚晋哥，那咱们就鱼死网破了！”

小胡果真打电话报了警。

趁等待警察上门的时间，尚晋给李才打电话，叫他赶紧过来帮忙照顾一下女儿。李才赶到的时候警察也到了，简单问了下情况，把尚晋和小胡、小梅一块儿带走了。小梅被送去医院治疗，尚晋则被留置审查。

李才大致搞明白了怎么回事，赶紧通知了尚得志、管红花和李双全等人。几人一商量，此事肯定有诈，当务之急是先把尚晋保出来。李才当即找关系联系上了一名著名的刑辩大律师，由尚得志以父亲身份出面火速签署了委托协议。

律师次日就去了派出所，见到了尚晋和办案警察，问明了情况，回去后跟尚得志等人一说，众人才略微放下心来。隔了几日，律师带着尚得志和李才去派出所给尚晋办理了取保候审手续，把尚晋接了出来。

李才开车载着尚晋和尚得志回家。

尚晋问李才：“跟李貌说了吗？”李才回应：“我说之前李貌就知道了，网上已经炸了锅。李貌已经订了票，提前回来。”尚晋又问：“宝宝呢？”李才安慰道：“万师傅和你妈都在家呢。”尚晋又对尚得志说：“爸，我不会干那事儿的。”尚得志信任的目光看向尚晋：“这还用说！”

两天后，李貌提前回国了。尚晋和李才到机场去迎接。

李貌一见到尚晋就上前紧紧抱住了他。

尚晋还想解释："李貌——"

李貌打断："不用解释。我相信你。"尚晋热泪盈眶。

路上，李貌问："目前什么进展？"尚晋说："移交法庭了。"李才补充道："目前证据对他们有利。"李貌："走一步看一步吧。"

很快到了开庭的日子。小胡、小梅站原告席。尚晋站被告席。李貌、李才等家人坐在旁听席上。

小胡、小梅的律师侃侃而谈："鉴于被告的名人身份，该案件包含了性侵、故意伤人等行为，性质严重，影响恶劣，我们希望予以严惩，并要求对方赔偿十五万元人民币。这十五万元人民币包含医药费和精神损失费。"

法官问："被告，你们还有什么最后陈述吗？"尚晋的律师："我们有新的证据提要提交。"法官："什么证据？"尚晋的律师："事发现场的所有录像。"

全场一片惊呼。

法官："录像哪儿来的？"尚晋的律师："由被告的妻子李貌女士提供。根据录像，我们不难看到所有真相。"法官："既然有录像，为什么不提早交出来？"尚晋的律师："这个牵扯到当事人的意愿。但我可以保证，该录像真实无误。"

尚晋吃惊地看向李貌，李貌却避开了尚晋的眼睛。

原告席上，小胡和小梅已经面如死灰。

看了现场监控视频，法官当庭宣判：尚晋无罪释放。

一家人及安心等人在法院外，鼓掌迎接尚晋出来。

安心正在直播："我们的金牌调解员尚晋，回来了！他将以最快的速度、最新的面貌出现在我们下一期节目里！尚晋，来，跟大家打个招呼。"尚晋对着镜头微笑招手："大家好，我们节目里见！"

晚上，李才做东请众人一道去饭店吃饭，说是为尚晋洗尘。一桌人吃着喝着说着笑着，痛骂小胡、小梅的龌龊阴毒，又夸赞李貌的未卜先知，说要不是李貌关键时候来了这么一手，尚晋这官司还不知道扯皮到什么时候。李貌只是听着，不说话。

酒足饭饱回到家，尚晋和李貌坐在沙发上，尚晋板起了脸，李貌也低着头有些忐忑。尚晋看着李貌："为什么监视我？"李貌低着头："我只是想监控一下小梅看孩子。"尚晋有些生气："李貌，你不会撒谎。你最好不要撒谎。你监控小梅看孩子，为什么不通知我？"

李貌不说话。

尚晋又问：“你监视我多长时间了？如果不是这个事儿，你是不是要监控我一辈子？如果不信任我，为什么要嫁给我？”李貌抬起头，流下泪来：“对不起。”尚晋一时难以接受：“这不是对不起能解决的事儿！你不信任我！没有信任，就没有在一起的基础！”李貌突然盯住尚晋：“我怎么信任你？我为什么要信任你？”尚晋一愣：“你什么意思？”李貌：“你自己看。”

李貌打开手机，递给尚晋。

尚晋一看呆了，李貌的手机相册里存着不少他跟安心单独在一块儿的照片，甚至还有他给安心写的《嫁入豪门指南》的图片。

尚晋惊讶地看着李貌：“你跟踪我？”李貌：“我没那本事。不知道谁给我发的。你说，尚晋，你值得信任吗？”

尚晋无言以对。这时孩子哭醒了，两人同时起身奔向孩子。

李貌抱起孩子哄着。孩子渐渐哭声停了，在妈妈怀里安详地睡着了。

尚晋不知不觉气也消了大半，悻悻然：“要不是在哺乳期，我就把你休了。”

李貌不甘示弱：“你休啊！你给我写个二婚指南啊！”

两人气呼呼互相看着，忽然都笑了。

李貌把孩子放下，抱住了尚晋。两人又流下泪来。尚晋：“算了，就这么过一辈子吧。”李貌：“你也找不到更好的了。”

一个周末，尚晋和李貌借口外出旅游，悄悄去了趟青岛。老鹰正在茶楼里边喝茶边把玩尚得志的那块玉。忽然有人敲门。老鹰赶紧把玉收起来，这才叫道：“进来。”

进来的是尚晋和李貌。尚晋热情地叫着：“鹰叔叔。”老鹰既惊又喜：“尚晋？你怎么来了？快坐。”尚晋介绍道：“鹰叔，这是我爱人李貌。”老鹰：“这还用说，我一眼就看出来了，我看货一眼货，看人也是一眼一个准。”李貌：“鹰叔好。”老鹰：“坐。赶紧坐。”

尚晋和李貌坐下。老鹰给尚晋和李貌倒茶。

“怎么想起看你鹰叔来了？可好久没见你了，回来也不到我这儿来喝杯茶。”尚晋笑着说：“对不起啊鹰叔，每次都来去匆匆。这次来找您，确实有点儿事儿。”老鹰抬起头：“什么事儿？”

尚晋看了一眼李貌。

李貌开口说道："鹰叔，我们想买回尚掌门的那块掌门大印。"

老鹰一愣："还真往回买啊？"尚晋赔笑："那是我爸的心头肉，我跟李貌终于把钱凑齐了，就赶紧来找您。"老鹰又问："你爸知道吗？"尚晋摇头："不知道。您也别跟他说，要说了，他肯定不同意我们买。我妈也不会同意。"

李貌迫不及待地说："谢谢您鹰叔。"老鹰："我还没同意呢。姑娘，别拿话儿给我下套啊。"李貌做了个鬼脸。

尚晋期待地看着老鹰。

老鹰沉吟着："我跟你爸签的合同，按说得你爸来买，我要让你俩赎回去，于理不通。但于情又是通的，一是我跟你爸是多年老友，二呢也能满足你俩的孝敬之心。我是该通情呢，还是该达理呢？这是一个问题。"李貌赶忙接话："通情通情。"尚晋看鹰叔有些犹豫，说道："鹰叔，我们的心意和愿望说了，您自己定吧。要不，您考虑一晚上再回答我们？"

老鹰不屑地说："我是那么磨叽的人吗？我是玩玉的，不能让玉玩我！我想通了——通情！"李貌跳起来："耶！鹰叔是个好人！您给我们个账号，我们把五十五万给您打过去。"老鹰："什么五十五万？谁告诉你们的五十五万？"李貌愣住："不是说加五万就能赎回来吗？"尚晋也紧张起来："是不是您想涨点？"李貌着急地问："涨多少啊？"

老鹰叹口气："给我打五十万就行。我跟老尚一辈子的交情，就值五万？我说加五万是想吓唬他不来赎回去，我好多玩儿几年。没想到你们插了一杠子。"尚晋感动："谢谢您鹰叔，不过咱们要讲契约精神，我们还是给您五十五万。"老鹰摆手："别跟我讲什么契约精神，让你们打多少就打多少。打多了我就不让你们赎回去了！你们婚礼我也没去，那五万，就当是给你们随份子了。"

尚晋站起身给老鹰鞠了个躬："鹰叔，谢谢您！"

李貌也跟着起身鞠了个躬："鹰叔，您局气！"

老鹰咧嘴乐了："没毛病！"

时光如梭。刘一手被审判。尚晋被评为全国优秀调解员。全新的幸福里九号建筑群正拔地而起。这成了"家是一座城"工作室真正意义上的代表作。徐子雯忙完了国内的事务，又回美国去了。不过她答应李才，至少每半年会回来一次。

马得路发誓要东山再起，日复一日地面试着青年创业者，寻找着投资机会。箱子姑娘一如既往地唱着歌，每天晚上拖着箱子和李才在星空下回家。小白经历了黄粱一梦，又恢复了服务员的忙碌。苏洁依旧沉迷于星盘，继小白之后，又担任了小红、小黄的星座顾问。管红花如愿以偿成了孙女儿的专职保姆，一门心思地在家看孩子，连自传都顾不上写了。尚得志和李双全成了晨练搭子，每天一早双双到公园练拳，偶尔还切磋一下。尚得志又收了两名徒弟，李双全却一个也不肯收。常有丽照旧每天去公园跳广场舞。万山红也加入到广场舞的队伍中去了。最让人意想不到的是，周茉莉和罗永恒结婚了。

日子就这么一天天过着，没有惊天动地的大事，有的是一天天的烦恼与欢乐。平凡的日子和人们就是这样的。今天好像和昨天一样，明天好像又会和今天一样，但其实，改变一直在悄悄地发生，在你不经意的时候。正所谓一日长于百年。

一个晴好的天气。李貌从外面回来，穿行在幸福里社区里，走到“理想胡同咖啡馆”门前。大门旁边张贴着一张海报，海报上是李才一张意气风发的照片，海报上一行文字：

未经审视的人生不值得度过——《调解三人组》人气嘉宾李才第四十六场心灵感悟。

李貌一笑，进入咖啡馆，上了二楼，进入工作室，边走边给尚晋打电话：“尚晋，我跟毛毛今天得加班，你别忘了给宝宝买奶粉。”尚晋：“嗯。放心。”李貌挂断电话，转身看见苏洁双手背在身后笑眯眯看她，觉得有些不对劲儿：“苏洁，你又笑什么呢？”苏洁瞬间敛住笑容：“我又眉开眼笑了吗？”李貌哼了一声：“你一笑心里就有鬼。什么事儿？”苏洁嘿嘿笑着，将一张纸从背后捧到李貌跟前：“貌姐，我准备辞职。”李貌没接：“给我个理由。”“我懒。”“上次说过了。没指望你勤快。”“我馋。哦，也说过了。无论如何，我就是心意已决地想走！”李貌不耐烦了：“你告诉我，你到底想干吗？”

苏洁忽然嘴一咧哭了：“貌姐，我妈逼我回家结婚！我不想回去。”李貌无奈：“那就在北京待着呗。”苏洁哭着：“可是我的星盘显示我在劫难逃。”

苏洁哭的是那样伤心和一本正经，竟把李貌给哭乐了。毛毛进来，先是一愣，接着也笑了。李貌上前揽住苏洁的肩膀："好了，你的事待会儿再说，咱们先看一下'家是一座城'工作室最新的宣传片，提提意见。"毛毛一听兴奋起来："宣传片做好了？"李貌："做好了。"毛毛迫不及待地说："苏洁，赶紧放！"

苏洁瞬间止住了哭声，乖乖地去打开电脑和投影仪，拉上窗帘。李貌取出光碟插入电脑光驱。苏洁关上灯，坐到电脑前操作着，播放视频。

李貌、毛毛、苏洁聚精会神地看着：一双手在推开一扇窗；无数双手在推开无数扇窗；一栋楼矗立；一排楼林立；二环、三环、四环、五环、六环。镜头不断地跳跃扩大，如同北京这座城在跳舞但被定格的瞬间。镜头与镜头之间抑扬顿挫，似有韵脚。当镜头跳到高空，俯瞰六环之内的时候，带有凝视的感觉，大城北京充满了浩大的命运感。画面渐渐黄昏，次第亮起万家灯火。像星星一样缀满城市。在这灯火之城里，有无数道灯火是流动的——那是穿梭在各条道路上的车灯。流动的一道道灯火渐渐交融，像是万千个日子编织到了一起……